NICOLE STEYER

# Das Pest Kind

aufbau taschenbuch

Marianne hat als Einzige ihrer Familie die Pest überlebt. Die Braumeisterin Hedwig Thaler nimmt sie bei sich auf. Doch ein neues Zuhause bietet sie ihr nicht, dafür ist der Alltag zu entbehrungsreich, Hedwig zu lieblos. Als die Braumeisterin eines gewaltsamen Todes stirbt, überschlagen sich die Ereignisse. Marianne ahnt, wer der Mörder ist, doch wird es ihr gelingen, einen zu Unrecht Verdächtigten vor der Verhaftung zu retten?

NICOLE STEYER

# Das Pest Kind

Historischer
Roman

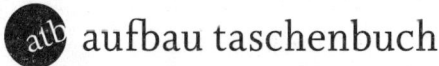

aufbau taschenbuch

MIX
Papier | Fördert
gute Waldnutzung
**FSC** FSC® C083411
www.fsc.org

ISBN 978-3-7466-4176-8

Aufbau Taschenbuch ist eine Marke der
Aufbau Verlage GmbH & Co. KG

1. Auflage 2025
Vollständige Taschenbuchausgabe
© Aufbau Verlage GmbH & Co. KG, Berlin 2025
www.aufbau-verlage.de
10969 Berlin, Prinzenstraße 85
Der Verlag behält sich das Text- und Data-Mining nach § 44b UrhG
vor, was hiermit Dritten ohne Zustimmung des Verlages untersagt ist.
Bei Fragen zur Sicherheit unserer Produkte wenden Sie sich bitte an
produktsicherheit@aufbau-verlage.de.
Umschlaggestaltung www.buerosued.de, München,
unter Verwendung eines Motivs von © akg images
Satz LVD GmbH, Berlin
Druck und Binden CPI books GmbH, Leck, Germany

Printed in Germany

*Für meine Eltern*

# Prolog

Pfarrer Angerer hatte seinen Blick auf die Berge gerichtet, als er den schmalen Feldweg entlangging. Wieder einmal redete er sich ein, die mächtigen Gipfel würden ihm Sicherheit geben. Denn sie waren immer da, in ihrer Schönheit unvergänglich, und sie würden auch noch auf die Welt blicken, wenn es die Menschen nicht mehr gab.

Rechts und links des Weges standen Leichenkarren, auf denen in Leinentücher gewickelte, namenlose Tote auf eine Beerdigung in einem Massengrab warteten. Auf einem der Karren saß eine weinende Frau, eine Kinderleiche im Arm. Der Pfarrer blieb stehen und musterte sie mitleidig. Anneliese Hoflechner zählte noch keine achtzehn Jahre. Erst vor zwei Jahren hatte er sie in seiner Kirche getraut. Glücklich war sie damals gewesen, die Wangen rund und gerötet, die blauen Augen strahlend. Jetzt wirkte sie wie ein anderer Mensch, das Gesicht blass und eingefallen, die verweinten Augen in tiefen Höhlen. Ihr Kleid war schmutzig und voller Löcher, ihr Haar strähnig und wirr.

»Ach, Anneliese, es tut mir so leid für dich. Du solltest aber trotzdem vom Wagen herunterkommen. Der kleinen Luise kannst du nicht mehr helfen, denn sie ist schon längst bei Gott. Ich verspreche dir, sie in meine Gebete einzuschließen.« Er streckte ihr seine Hand hin und nickte aufmunternd. »Du wirst doch krank.«

Die junge Frau sah den alten Pfarrer verstockt an.

»Nein, ich gehe nirgendwohin. Sie braucht mich. Ich kann sie nicht einfach hier liegen lassen. Sie wollte doch nie allein sein. Sie schreit bestimmt, wenn ich fortgehe.«

Traurig nickte der Geistliche.

»Na, dann bleib noch ein wenig, damit das Kind nicht schreit.«

Seufzend setzte er seinen Weg fort. Ihm fehlten die Kraft und die Worte, um Anneliese zu erklären, dass ihr Kind nie wieder schreien würde. Wahrscheinlich war auch sie bereits krank, und nur Gott konnte ihr – konnte ihnen allen – jetzt noch helfen. Am Totenfeld angekommen, empfing ihn Ludwig, der Totengräber. Sein braungebranntes Gesicht war mit Erde verschmiert, seine Wangen waren leicht gerötet. Er begrüßte den Pfarrer mit einem Lächeln.

»Guten Morgen, Hochwürden.«

Ludwig, der den blonden Schopf und das mitfühlende Herz seiner Mutter geerbt hatte, wirkte gesund und kräftig. Keine Anzeichen von Erschöpfung oder gar Fieber waren zu erkennen. In Pfarrer Angerers Augen war dieser Mann ein Phänomen. Seit Wochen vergrub er Leichen, berührte jeden Tag den Schwarzen Tod und atmete verseuchte Luft ein, doch krank wurde er nicht. Viele andere, die hier draußen gearbeitet hatten, waren bereits dahingerafft worden. Aber er war jeden Tag hier, arbeitete bis zur Erschöpfung, spendete so manch Trauerndem Trost und betete für die Toten.

»Und, wie sieht es heute aus?« Der Pfarrer blickte in die neu ausgehobene Leichengrube, in der bereits mehr als zwanzig Tote nebeneinanderlagen.

»Wie immer.« Der Totengräber deutete hinter sich. »Heute ist auch vom Gutshof der Leitners ein Wagen gekommen. Alle sind tot. Nur …« Ludwig stockte.

»Was nur?« Pfarrer Angerer sah ihn erstaunt an.

»Es fehlt jemand.«

»Wie, es fehlt jemand?«

»Ich habe doch oft auf dem Hof ausgeholfen. Im Stall und auf dem Feld. Nachdem Maria, Gott hab sie selig, letztes Jahr im Kindbett gestorben ist, wurden dort immer wieder helfende Hände gebraucht.«

Pfarrer Angerer sah den Totengräber ungeduldig an.

»Ja und, weiter.«

Ludwig deutete auf einen Leiterwagen am Wegrand.

»Alle sind auf dem Karren. Sogar Alma, die Küchenmagd, hat es erwischt. Nur die kleine Marianne fehlt. Es war keine Kinderleiche darunter. Ich habe genau nachgesehen.«

Verdutzt sah der Pfarrer den Totengräber an.

»Vielleicht sollte noch mal jemand auf dem Hof nach dem Rechten sehen?« Ludwig kratzte sich am Kopf. »Am Ende lebt die Kleine noch.«

Pfarrer Angerer seufzte. Viel Hoffnung, ein lebendes Kind zu finden, hatte er nicht. Doch das tote Mädchen dort seinem Schicksal überlassen, das wollte er auch nicht. Das Kind hatte es verdient, in geweihter Erde begraben zu werden.

»Mit jemand bin dann wohl ich gemeint.«

Ludwig grinste, griff erneut nach seiner Schaufel und begann, das Massengrab zuzuschaufeln.

»Ich würde ja hingehen. Aber Ihr seht ja, was hier los ist.«


Der Gutshof der Leitners sah von weitem wie immer aus. Doch als der Pfarrer auf den Innenhof des weitläufigen Anwesens trat, war die Veränderung spürbar. Es war totenstill. Keine Hühner kamen ihm neugierig entgegengelaufen, keine Pferde oder Kühe standen auf den Weiden rund ums Haus, Staub tanzte, vom heißen Wind aufgewirbelt, über den Boden, und unter einem Holzkarren saßen zwei Katzen, die ihn misstrauisch musterten. Die Stille zeigte auf grausame Art und Weise den Tod.

Pfarrer Angerer straffte die Schultern, ging auf das Haupthaus zu, öffnete die Tür und betrat den dämmrigen Flur. Die Luft war abgestanden, und es stank nach Erbrochenem, Exkrementen und verfaultem Essen. In der Stube befand sich niemand. Teller mit schimmligen, vertrockneten Essensresten waren noch auf dem Tisch, unter dem ein Schuh lag. In einer Ecke neben der Ofenbank standen ein Spinnrad und ein Korb mit Wolle und Strickzeug. Der Pfarrer ging weiter.

Die Küche war ebenfalls leer. Im Spülstein stapelten sich Tonteller und Becher, und der Ofen war erkaltet, ein Topf mit Eingebranntem darauf.

Das Fenster war verschlossen, die Hintertür sogar verriegelt. Er wandte sich ab und stieg die Treppe nach oben, doch weder in den Schlafräumen des Gutsherrn noch in den Gesindekammern fand er das Mädchen.

Er trat wieder auf den Hof, schloss die Tür hinter sich und ging in den leeren Stall. Herumliegender Dung und Mist erinnerten daran, dass hier einst Ziegen, Kühe und Schweine gestanden hatten.

Kopfschüttelnd wandte sich der Pfarrer ab und wollte den Stall gerade wieder verlassen, da drang plötzlich ein seltsames Geräusch an sein Ohr, und er hielt inne.

Ein Summen. Ganz leise nur, aber es war da.

Er ging in die Mitte des Stalles und blickte sich um. Das Summen hörte nicht auf. Suchend schritt er durch den Stall und schaute in jeden Verschlag. Sein Blick blieb an einer schmalen Bretterwand hinter dem Schweinekoben hängen. Einige der Bretter waren schief. Neugierig trat er darauf zu und schob sie zur Seite. Sofort schlug ihm fürchterlicher Gestank entgegen. Eine Mischung aus Kot, Urin und süßlichem Früchteduft raubte ihm den Atem. Im Dämmerlicht entdeckte er Marianne, die ihn mit großen Augen ansah. Ihre Wangen waren, soweit er es bei dem schwachen Licht erkennen konnte, verschmiert, und ihre schwarzen Löckchen ringelten sich wirr um ihr Gesicht. Sie hielt ein halb gefülltes Einmachglas in der Hand und hatte ihren Daumen im Mund. Pfarrer Angerer lächelte erleichtert. Krank sah die Kleine auf den ersten Blick nicht aus.

»Marianne, Kind, da bist du ja«, sagte er freundlich und streckte die Hand nach ihr aus.

Sie wich zurück.

»Nicht rausholen!« Ihr Blick war trotzig. »Die Alma hat gesagt, ich soll hier drinbleiben. Bald wird sie kommen und mich holen. Hier bin ich sicher. Sind wir alle immer sicher, wenn sie kommen.«

Pfarrer Angerer atmete tief durch. Anscheinend saß die Kleine nicht zum ersten Mal in diesem Verschlag. Wie oft sie sich hier vor Marodeuren versteckt hatten, konnte er nur erahnen. Bei näherem Hinsehen bemerkte er jetzt auch einige Decken, einen Tonkrug und Becher.

Warum die alte Magd das Mädchen hierhergebracht hatte, konnte er nur vermuten.

Langsam sank er in die Hocke, sah Marianne fest in die Augen und entschuldigte sich innerlich beim Herrgott für seine Lüge.

»Sie hat mich geschickt, damit ich mich um dich kümmere. Sie selbst kann das im Moment nicht.«

Misstrauisch sah ihn die Kleine an, kam dann aber doch näher. Erleichtert zog der Pfarrer das Kind aus dem Verschlag, nahm es auf den Arm und verließ sofort den Stall.

»Wo sind die Hühner?«, fragte Marianne verwundert.

»Vielleicht fortgelaufen.« Der Geistliche betrachtete Marianne näher. Sie war schmutzig und stank erbärmlich. Ihr Haar war zerzaust und verklebt, und ihre Finger waren voller Marmelade und Brotkrümel, aber sie schien gesund zu sein. Es war ein Wunder. Alle hier waren gestorben, nur dieses kleine Mädchen lebte und war putzmunter.

»Ich habe Durst.« Marianne begann, auf seinem Arm zu zappeln. »Wo ist Alma?«

Der Priester ließ die Kleine nicht los.

Im Innenhof stand ein Brunnen, doch der Sauberkeit des Wassers traute er nicht. Das Grauen dieses Ortes ergriff Besitz von ihm, und er wollte nur noch weg von hier.

»Du bekommst gleich etwas zu trinken.« Beruhigend strich er dem Mädchen über die Schulter, während er eiligen Schrittes den Hof verließ. »Ich verspreche es dir. Ich bringe dich jetzt ins Pfarrhaus. Gewiss bist du hungrig. Lydia, meine Magd, wird sich um dich kümmern. Sie kann sehr gut kochen.«

Marianne begann zu weinen und wild um sich zu schlagen. Seine Worte interessierten sie nicht. »Lass mich runter! Nicht weggehen! Ich will zu Alma! Sie hat gesagt, sie kommt mich holen. Fest hat sie es versprochen!«

Pfarrer Angerer antwortete nicht. Er hielt sie umklammert und kämpfte mit den Tränen, während er den Feldweg entlangging und erneut den Blick auf die Berge richtete.

Marianne wand sich, schlug auf ihn ein und schrie. Doch es half alles nichts. Der Gutshof wurde immer kleiner und verschwand bald ganz aus ihrem Blickfeld.

# Teil I

## Rosenheim 1648

Das rote Licht des anbrechenden Sommermorgens drang in den Raum. Die Vögel waren erwacht, zwitscherten aber nur vereinzelt. Marianne drehte sich zur Seite und blickte durch das kleine Fenster über die Dächer der Stadt. Über die Mauern, Giebel und Hinterhöfe, die dicht an dicht nebeneinanderlagen und kaum Raum ließen für Blattwerk und Grün. Doch nicht weit davon, hinter den letzten Gassen unten am Fluss, erstreckte sich ein Wald, den sie von hier oben erkennen konnte. Sie beobachtete stumm den roten Streifen am Horizont, der sich ins Orangerote und Gelbe verfärbte, um dann dem grellen Licht der Sonne Platz zu machen. Heute wäre ein guter Tag für einen Ausflug ins Kloster, dachte sie. Schon länger hatte sie die Mönche und ihren Mentor, den Abt Pater Franz, nicht mehr besucht. Besonders ihr geliebter Rosengarten, in dem sie so gern saß, fehlte ihr.

Sie richtete sich auf und schaute auf ihren Stiefbruder, der zusammengekauert neben ihr im Bett lag und im Schlaf leicht schmatzende Geräusche machte. Sein fettiges, braunes Haar stand wirr von seinem Kopf ab, und seine Wangen, die ein sanfter Flaum zierte, waren gerötet. Anderl war in der Nacht zu ihr gekommen. Was er immer tat, wenn ein Gewitter über dem

Haus tobte oder andere Dinge ihn erschreckten. Allmählich wurde er allerdings zu groß, um in ihr Bett zu schlüpfen. Immerhin waren sie keine Kinder mehr – jedenfalls war sie keines mehr. Im Herbst würde sie achtzehn Jahre alt werden, viele Mädchen in ihrem Alter dachten bereits ans Heiraten oder waren verlobt. Anderl, der drei Jahre jünger war als sie, war zwar auch älter und größer geworden, hatte einen flaumigen Bartwuchs und eine tiefe Stimme bekommen, aber es war die Stimme eines Mannes, der dachte wie ein Kind, der so vieles nicht verstand und den alle nur den Dummen nannten. Als einfältiges Balg der Thalerin wurde er beschimpft, und die Kinder verspotteten ihn und riefen ihm all das hinterher, was sie von den Erwachsenen aufgeschnappt hatten. Anderl machte sich nicht viel daraus. Er schien in seiner eigenen Welt zu leben, hielt nichts von Regeln, verschwand, wann er wollte, nahm sich die Zeit, die er brauchte.

Es war nicht richtig, wie sie ihn behandelten, dachte Marianne und strich ihm sanft über die Wange.

Vorsichtig kletterte sie über ihn hinweg und schlich zu ihrem winzigen Waschtisch. Die enge Dachkammer war karg möbliert. Ein einfacher Stuhl und ein schmaler Tisch standen unter dem zweiten Fenster. In einer schäbigen, braunen Truhe verwahrte sie ihre wenigen Habseligkeiten – ihre Erinnerungen an ein anderes Leben, das es nur noch verschwommen in ihrem Kopf gab. Ihr Blick wanderte über die matt schimmernden Beschläge und das abgewetzte Leder. Jetzt war keine Zeit für Wehmut, auch wenn das ihrer Stimmung entsprach. Ihr Tagwerk rief. Irmgard war bestimmt bereits in der Küche und wartete auf sie. Die gute alte Irmgard, der einzige Mensch in diesem Haus, außer Anderl, der sie nicht ständig ausschimpfte oder gängelte.

Ihr Hemd klebte an ihrem Leib, den jetzt, da sie der Wärme

des Bettes entflohen war, trotz der schwülen Hitze im Raum eine leichte Gänsehaut überzog. Hastig zog Marianne das Hemd aus und nahm von einer kleinen Wäscheleine, die in der Ecke neben dem Tisch hing und den Kleiderschrank ersetzte, ein frisches. Es wies bereits einige kleine Löcher auf, war aber trocken und sauber. Daneben hingen ihre wenigen Kleider. Ihr einziges Sommerkleid hatte sie gestern notdürftig vom Schmutz der Straßen befreit. Seufzend nahm sie es von der Leine und fuhr über den Saum, der noch feucht und nicht ganz sauber war. In einigen Stunden würde er sowieso wieder aussehen wie vorher, dachte sie, zog das Kleid über den Kopf und schnürte ihre Brüste ein. Sie hielt nicht viel davon, ihre weiblichen Reize zu zeigen. Prüfend blickte sie in den trüben Spiegel, der über ihrem winzigen, klapprigen Waschtisch an der Wand hing. Doch ihre tiefen Augenringe konnte selbst der alte Spiegel nicht verdecken. Sie spritzte sich Wasser ins Gesicht und rubbelte es mit einem Leinentuch trocken. Anschließend musterte sie sich erneut. Die Wangen hatten jetzt ein wenig Farbe bekommen und waren leicht gerötet. Ihr langes schwarzes Haar hatte sie zu einem dicken Zopf geflochten, aus dem sich während der Nacht einige Haare gelöst hatten, die ihr nun wirr ins Gesicht hingen. Sie öffnete den Zopf und bürstete den Staub des letzten Tages heraus.

»Es sieht hübsch aus.«

Erschrocken zuckte Marianne zusammen und blickte sich um. Anderl saß aufrecht im Bett und lächelte sie an.

»So hübsch sind deine Haare.«

Sie legte den Kopf schräg und spürte, wie ihr die Schamesröte ins Gesicht stieg.

»Du bist wach?«, sagte sie ausweichend. »Es ist recht früh, Anderl, schlaf noch ein wenig.«

Der Junge sah sie prüfend an. Marianne begann, ihren Zopf zu flechten, und wartete geduldig ab, bis er die richtigen Worte gefunden hatte.

»Ich bin nicht müde«, antwortete er, ließ seinen Kopf aber zurück aufs Kissen sinken.

»Doch, das bist du.« Marianne band sich ein blaues Kopftuch um, ging zu ihm und sank vor dem Bett in die Hocke. Zärtlich sah sie ihn an und fuhr ihm durch sein wirres Haar.

»Es war eine laute Nacht, und du bist so spät zu mir gekommen. Schlaf noch ein wenig.«

Dankbar sah er sie an und kuschelte sich gähnend unter die Decke.

»Du bist auch müde.«

Seufzend erhob sich Marianne und schlüpfte in ihre abgetragenen, aber bequemen Schuhe.

»Ja, das bin ich. Aber wenn ich jetzt nicht gleich in die Küche gehe, dann reißt mir Irmgard den Kopf ab.«

Prüfend zog sie ihr Kopftuch vor dem Spiegel zurecht und drehte sich dann erneut zu ihm um.

Doch Anderl hatte die Augen bereits wieder geschlossen. Marianne schüttelte den Kopf. Wahrscheinlich hatte er ihre Antwort gar nicht mehr gehört. Sie öffnete die Tür und trat in den düsteren Flur.

Die allgegenwärtige Geruchsmischung aus Malz, gebratenem Fleisch und Schweiß hüllte sie ein. Leise schlich Marianne über den knarzenden Dielenboden, vorbei an Hedwigs Kammer, zur Treppe. Ihre Ziehmutter hielt nichts davon, früh aufzustehen. Zumeist erschien sie erst kurz vor dem Mittagsgeschäft in der Gaststube, worauf Marianne und die anderen durchaus verzichten konnten.

Hedwig stellte das dar, was man sich gemeinhin unter einer

Brauereibesitzerin und Wirtin vorstellte. Sie war korpulent, hatte ausladende Hüften und große Brüste. Ihre Haut war weiß wie Schnee und von roten Flecken übersät. Ihr Kinn war fleischig, ihre Oberarme fest und muskulös. Laut und burschikos klang ihr Lachen, und ihr Gang hatte nichts Weibliches an sich. Margit, die abends immer beim Bedienen aushalf und eigentlich nur wegen der Männer kam, verglich sie gern mit dem großen, massiven Geschirrschrank, der hinter der Theke in der Gaststube stand.

Marianne konnte nicht über Margits Scherze lachen, denn sie hatte Angst vor Hedwig und war stets auf der Hut, wenn sie in ihre Nähe kam. Nicht eine angenehme Eigenschaft verband sie mit dieser Frau, die eigentlich ihre Mutter sein sollte und sie großgezogen hatte. Sie würde niemals auf den Gedanken kommen, sich als ihre Tochter zu fühlen. Sie war die Tochter der Frau mit den hellen blauen Augen und der sanften, singenden Stimme, die es nur noch in ihrer Erinnerung gab.

Marianne blieb verwundert auf dem letzten Treppenabsatz stehen. Normalerweise hörte man Irmgard mit den Töpfen klappern und nahm die unverwechselbaren Gerüche von Holzrauch und Haferbrei wahr, die durch den unteren Flur zogen. Aber heute war es still. Unheimlich still. Die Küchentür war nur angelehnt, und ein schmaler Lichtstreifen fiel auf den Dielenboden. Marianne trat näher heran. Ihr Herz klopfte ihr bis zum Hals. Sie schob die Küchentür vorsichtig auf. Keiner schlug sie wieder zu, nichts fiel zu Boden, niemand rannte fort oder erschreckte sie. Sie wurde etwas mutiger und blickte in den Raum. Die geräumige Küche war leer. Wie Marianne bereits auf der Treppe vermutet hatte, brannte kein Feuer in dem großen gusseisernen Ofen. Auf dem Boden entdeckte sie Irmgards Korb, gut gefüllt mit Gemüse, das in dem kleinen Garten hinter den Brauereigebäuden wuchs. Also musste sie hier gewesen sein, überlegte Marianne. Die Tür zum Hof stand offen, quietschte ein wenig in den Angeln, und die Sonne schien in den Raum. In ihrem Licht tanzten kleine Staubkörnchen, irgendwo summte eine Biene, das Gackern der Hühner drang an ihr Ohr. Marianne rieb sich fröstelnd über die Arme, obwohl es nicht kalt war.

Langsam ging sie durch die Küche, trat auf den Hof und hob ihre Hand zum Schutz vor der Sonne über die Augen. Als sie sich an das grelle Licht gewöhnt hatte, sah sie Irmgard. Sie lag auf dem Boden. Die Hühner tippelten eifrig um sie herum und pickten nach dem Futter, das aus dem Eimer gefallen war, der neben der alten Magd lag. Irmgards Blick ging ins Leere, ihre Gesichtszüge wirkten erschlafft. Vorsichtig trat Marianne näher. Der Tod hatte für sie nichts Erschreckendes. Sie sank neben die alte Frau und betrachtete ihr Gesicht. Das Antlitz, das sie jeden Tag gesehen hatte, die Augen, die jetzt ausdruckslos waren, hatten immer über sie gewacht und oft Milde und Nachsicht gezeigt. Selbst jetzt, im Angesicht ihres Schöpfers, lächelte Irmgard ein wenig. Marianne lächelte ihr zu und vergaß für einen Moment den Hof und alles um sich herum.

In ihrer Erinnerung sah sie plötzlich ihre alte Küchenmagd Alma vor sich. Die gute alte Alma, die nicht wiedergekommen war.

Sie sah ihren kleinen Bruder, wie er im Bettchen gelegen hatte, die Augen geschlossen, die Lippen rot. Er hatte ausgesehen, als würde er schlafen, so friedlich und ruhig. Der Tod hatte ihm nicht seinen Liebreiz genommen. Alma hatte immer gesagt, der liebe Gott würde aus Kindern Engel machen und sie deshalb im Schlaf holen. Warum er sie selbst damals nicht geholt hatte, hatte sie nie verstanden. Sie wäre so gern ein Engel geworden, an der Seite ihres Bruders.

Ein sanfter Windstoß brachte Marianne in die Realität zurück. Seufzend erhob sie sich, hielt dann aber noch für einen kurzen Moment inne. Der Wind schien für einen Augenblick stärker zu werden. Staub wirbelte in die Höhe, und sogar die gackernden Hühner wurden still. Es war, als würde die Seele sich verabschieden und endgültig gehen.

»Auf Wiedersehen«, flüsterte Marianne und wandte sich wieder zur Tür, durchschritt schweren Herzens die Küche und ging die Treppe nach oben. Jetzt musste Hedwig geweckt werden.

Das rostige Friedhofstor quietschte laut, als Marianne es öffnete. Missmutig blickte sie sich um. Es war Mittag, und die Sonne schien unerbittlich auf die schmiedeeisernen Kreuze und Grabsteine. Langsam schritt sie durch die Reihen der Gräber. Einige wurden liebevoll gepflegt, andere waren verwildert, und Brombeerranken und Efeu überwucherten die Grabsteine und -kreuze. Der Friedhof war im hinteren Bereich erweitert worden. Ein großes Loch klaffte in der Mauer, und ein angedeuteter Weg führte auf ein neues Gräberfeld. Dicht an dicht lagen hier die frischen Grabstätten, meist nur mit einfachen Holzkreuzen verziert.

Marianne ging nicht gern auf den Friedhof, was nichts mit den Toten oder so manchem Geist zu tun hatte. Sie fürchtete sich eher vor den Lebenden. Langsam schritt sie durch das hohe Gras. Niemand hatte sich die Mühe gemacht, in diesem neuen Teil des Friedhofes einen Weg anzulegen. Zu viele Tote hatte es in der letzten Zeit zu beklagen gegeben. Zwar waren die Zeiten nicht so schlecht wie während der großen Pestwellen, und Massengräber gab es keine, aber Leopold Wiesner, der Friedhofsgräber, den alle nur Poldi nannten, konnte sich über fehlende Arbeit nicht beklagen.

Marianne blieb vor einem teilweise ausgehobenen Grab stehen. Poldi hielt beim Schaufeln inne und blickte auf. Mürrisch verzog er das Gesicht, womit Marianne gerechnet hatte, denn Poldi konnte sie nicht leiden und machte daraus, wie fast alle in Rosenheim, keinen Hehl. In seiner Gegenwart verspürte sie stets Angst, was gewiss auch mit seinem abstoßenden Äußeren zusammenhing. Poldi war als Kind von einem Hund gebissen worden. Das Tier hatte ihm einen Teil der rechten Wange und ein Auge herausgerissen. Diese Entstellung ließ ihn wie ein Ungeheuer aussehen. Sein verbliebenes Auge wirkte stechend und unnatürlich. Er drehte es oft seltsam hin und her, was die abschreckende Wirkung noch verstärkte. Wegen des Lochs in seiner Wange konnte er nicht richtig lachen und verzog oft nur den Mundwinkel, was sein Gesicht noch hässlicher aussehen ließ.

Er wischte sich seine schmutzigen Hände an der Hose ab.

»Was willst du, Mädchen? Habe ich nicht gesagt, du sollst dich auf dem Friedhof nicht blicken lassen, verdammtes Pestkind.« Marianne wich ein Stück zurück. Am liebsten wäre sie fortgelaufen. Sollte Hedwig doch zusehen, wie sie ihre Magd unter die Erde bekam. Eigentlich war es ihre Aufgabe, sich um Irmgards Beerdigung zu kümmern. Allerdings hätte Hedwig wahrscheinlich vergessen, zum Friedhof und zum Pfarrer zu gehen, bei dem Marianne bereits gewesen war, denn sonst würde Irmgard bei diesem Wetter im Schuppen zu stinken anfangen. Die alte Magd hatte es verdient, eine anständige Beerdigung zu bekommen. Auch wenn diese eher einfach und ohne

Pfarrer am Grab ausfallen würde. Hedwig dachte nicht daran, den Geistlichen zu bezahlen oder wenigstens eine kleine Spende für die Kirche zu geben. Deshalb würde Irmgard nur kurz im Stall gesegnet werden, bevor Poldi sie hoffentlich abholen würde.

Marianne atmete tief durch, ignorierte seinen rüden Ton und antwortete:

»Hedwig Thaler schickt mich. Unsere Irmgard, die Küchenmagd, ist tot. Einfach umgefallen. Könnt Ihr sie morgen Vormittag holen?«

Poldi zog die Augenbrauen hoch und machte eine weit ausholende Geste.

»Vier Gräber müssen bis morgen fertig werden. Denkst du, ich hab für alles Zeit, du vermaledeites Etwas? Sieh zu, dass du fortkommst, und richte Hedwig aus, ich hätte zum Abholen keine Zeit und sie soll die Leiche herbringen.«

Mit dieser Antwort hatte Marianne gerechnet.

Doch es gehörte zu Poldis Aufgaben, die Leichen abzuholen. Sie durften innerhalb der Stadtmauern nicht einfach auf irgendeinem Wagen transportiert werden. Der Friedhofsgräber musste sie mit dem dafür vorgesehenen Karren abholen, ob es ihm gefiel oder nicht. Margit hatte sie schon vorgewarnt, dass er gewiss versuchen würde, sie abzuwimmeln.

»Ihr kennt die Regeln, Poldi. Sie muss mit dem Leichenkarren abgeholt werden.«

Poldi warf ihr einen bösen Blick zu. Auch wenn er sie nicht leiden konnte und am liebsten in die Hölle schicken würde, aus der sie anscheinend hervorgekrochen war, musste er in diesem Fall nachgeben. Es war seine Pflicht, die Toten einzusammeln. Wenn er es nicht tat, konnte er Ärger mit dem Büttel bekommen, was er auf gar keinen Fall wollte.

Er griff wieder nach seiner Schaufel und arbeitete weiter. Marianne blieb abwartend vor dem Grab stehen. Sein Verhalten war unmöglich, doch sie versuchte trotzdem, geduldig zu bleiben, denn mit lauten Worten würde sie nicht weiterkommen. Poldi musste nachgeben. Es war nur eine Frage der Zeit.

Der Friedhofsgräber schaufelte eine Weile schweigend weiter, doch irgendwann konnte er ihren Anblick nicht mehr ertragen. »Also gut«, lenkte er ein. »Ich komme sie morgen früh holen. Einen Sarg wird es nicht geben, oder?«

Marianne atmete erleichtert aus.

»Nein, einen Sarg gibt es nicht. Auf Wiedersehen.«

Sie drehte sich um und schritt hocherhobenen Hauptes davon.

Auf dem Rückweg vom Friedhof kam Marianne am Anwesen der Hofers vorbei, das am Anfang der engen Hafnergasse lag, die zum Salzstadl führte. Es war ein prachtvolles Eckhaus mit einem großen Tor, durch das man in einen Innenhof gelangte, in dem eine große Linde neben einem plätschernden Brunnen stand.

Die Hofers waren reiche Leute. Maximilian Hofer war ein angesehener Tuchhändler. Fast alle Lieferungen, die über den Inn verschifft wurden, kamen zu ihm oder wurden von hier verschickt. Im hinteren Teil des Hofes gab es große Lagerhäuser, in denen viele Tuchballen auf ihre Abnehmer warteten.

Marianne hatte als Kind gern mit Angelika, der Tochter des Hauses, gespielt. Angelika war zwei Jahre älter als sie und hatte nie viel darauf gegeben, ob ihrem Vater gefiel, was sie tat. Ungehorsam hatte er sie genannt und Marianne stets vom Hof verscheucht, wenn er ihrer ansichtig geworden war. Sogar eingesperrt hatte er Angelika und geschlagen. Doch die beiden Mädchen trafen sich trotzdem.

Der Tuchhändler war Witwer und oft auf Reisen. Angelika war von Kinderfrauen großgezogen worden, die sich meistens nicht darum scherten, was das Kind tat.

Marianne und Angelika waren eine Zeitlang wie Pech und Schwefel gewesen. Marianne hatte die Freundin häufig zu den Mönchen ins Kloster mitgenommen, wo sie durch den weitläufigen Obstgarten toben durften und oft bei der Ernte halfen.

Wehmütig blickte Marianne in den vertrauten Innenhof und betrachtete den staubigen Boden, die Karren vor den Lagerhäusern und die Hühner, die gackernd herumliefen und nach etwas Essbarem suchten. Überall auf dem Boden lagen wie ein hellgrüner Teppich die Blüten der Linde.

Gern wäre sie hineingegangen und hätte grüß Gott gesagt, aber sie traute sich nicht. Angelika hatte vor drei Jahren geheiratet.

Ludwig Thalhammer stammte aus einer einflussreichen Kaufmannsfamilie. Von fern hatte Marianne Angelika in ihrem hübschen seidenen Hochzeitskleid bewundert. Ihre blonden Haare waren geflochten und aufgesteckt worden, und sie hatte einen Blumenkranz aus Margeriten getragen. Ab diesem Tag war alles anders zwischen ihnen geworden. Ludwig hatte Angelika den Umgang mit Marianne verboten. Sie sah jetzt weg, wenn ihr die Freundin auf der Straße begegnete, und grüßte sie nicht mehr. Marianne hatte anfangs gehofft, dass diese Ablehnung sich geben würde, aber als Ludwig sie an einem windigen Herbsttag wie einen räudigen Hund vom Hof gejagt hatte, hatte sie verstanden. Seitdem war sie nie wieder hierhergekommen. Doch jetzt zögerte sie weiterzugehen. Nur zu gern hätte sie Angelika, die im letzten Jahr Mutter geworden war, wiedergesehen. Die Freundin konnte doch nicht auf ewig so abweisend zu ihr sein. Auch wenn alle sie verachteten und ihr mit Misstrauen und Argwohn begegneten, wusste Angelika es besser.

Aber dann überlegte sie es sich anders und ging weiter. Angelika hatte jetzt ein eigenes Leben, in dem es für sie keinen Platz mehr gab.

Einige Meter weiter ließ ein lautes Quietschen Marianne innehalten, und sie wandte sich um.

Ein kleines Mädchen kam aus dem Hof des Tuchhändlers gewackelt, ruderte mit den Armen, lief auf die Gasse und hob einen Kieselstein auf, den es bewundernd musterte. Marianne blickte zum Hoftor, doch niemand folgte dem Kind. In diesem Moment bog ein mächtiges Fuhrwerk, von vier Pferden gezogen, um die Ecke und fuhr genau auf die Kleine zu. Marianne rannte los, riss das Kind an sich und sprang zur Seite. Das Fuhrwerk ratterte an ihnen vorbei. Das Mädchen riss erschrocken die Augen auf, verzog sein Gesicht und begann zu weinen.

In dem Moment trat Angelika auf die Straße. Sofort rannte sie zu Marianne und riss ihr das Kind aus den Armen.

Ihr Blick war eiskalt. Marianne wich zurück, versuchte dann aber, sich zu verteidigen.

»Sie ist vor eines der Fuhrwerke gelaufen.« Angelika sah ihre Tochter mahnend an.

»Frieda, meine Frieda. Du sollst doch nicht auf die Gasse laufen.«

Sie wandte sich ab. Marianne schaute ihr fassungslos hinterher. Das konnte doch nicht sein. Sie hatte die Kleine vor dem sicheren Tod bewahrt, denn die Pferde hätten das Kind niedergetrampelt, und das war der Dank dafür. Enttäuscht wollte sie weitergehen. »Warte!«, rief Angelika aber doch noch. Marianne blieb stehen und drehte sich um.

»Danke, dass du Frieda gerettet hast.« Angelika lächelte schüchtern.

»Gern geschehen«, antwortete Marianne erleichtert.

Angelika nickte, hob die Hand zum Gruß, ging auf den Hof zurück und schloss das Tor hinter sich.

Marianne blieb noch eine Weile stehen und blickte nachdenklich auf die rot gestrichenen Bretter, auf denen in weißen geschwungenen Buchstaben der Name des Tuchhändlers stand. Der Verlust ihrer Freundschaft schmerzte sie sehr.

Doch dann straffte sie die Schultern, schluckte den Kloß in ihrem Hals hinunter und ging. Sie würde nichts daran ändern können, sosehr sie es sich auch wünschte, denn sie spielte in Angelikas Leben keine Rolle mehr.


Der Innenhof der Brauerei war wie leer gefegt, als Marianne ihn kurz darauf betrat. Dicke dunkle Quellwolken türmten sich am Himmel bedrohlich auf und verdeckten die Sonne. Doch die schwüle Hitze lag wie eine Glocke über allem. Ihr Kleid klebte an ihrem Körper, und Schweiß rann ihre Beine hinunter. Selbst die Hühner hatten sich in den Schatten des Hauses zurückgezogen. Sanftes Wiehern drang aus der geöffneten Stalltür nach draußen.

Marianne verdrehte die Augen. Bert und Sepp, die beiden behäbigen Brauereipferde, sollten eigentlich schon längst auf der kleinen Weide stehen, die auf der anderen Seite des Gebäudes direkt an den Gemüsegarten grenzte, um den sich bisher Irmgard gekümmert hatte. Marianne ahnte bereits, dass ihr diese Aufgabe jetzt zufallen würde, wie alles, was Irmgard erledigt hatte. Hedwig Thaler würde ihre Angewohnheit, möglichst wenig zu arbeiten, gewiss nicht ändern.

Sie betrat den Stall, in dem ihr drückende, nach Pferdemist

stinkende Luft entgegenschlug. Sofort scharrten die beiden Tiere unruhig mit den Hufen. Marianne öffnete die Boxen und führte die beiden über den Hof auf die kleine Weide, die nicht mehr als ein Stück Wiese zwischen Hauswänden war. Die Sonne verschwand hinter den Wolken, grummelnd kündigte sich ein Gewitter an. Schwer atmend und von Schwindel geplagt, blieb Marianne unter einem Apfelbaum stehen. Erst jetzt wurde ihr bewusst, dass sie bisher weder etwas gegessen noch getrunken hatte.

Zurück im Hof, ging sie trotz des nagenden Hungers noch einmal in den Stall, um nach der toten Irmgard zu sehen. Die Leiche lag noch genau dort, wo sie sie abgelegt hatte, ordentlich zugedeckt mit einem grauen Leinentuch. Beruhigt wandte sie sich zum Gehen. Doch dann ließ ein Geräusch sie aufhorchen. Zielsicher eilte sie durch den Stall, blieb in der hintersten Ecke stehen und entfernte ein Holzbrett in der Wand, welches als Tür diente. Dahinter befand sich eine enge Nische, gerade groß genug für zwei Menschen. Anderl saß darin und sah Marianne mit weit aufgerissenen Augen an.

Sie kroch schweigend neben ihn und schob das Brett mit geübtem Griff wieder vor den Eingang.

»Was ist passiert?« Sie streichelte sanft seinen Arm.

Anderl schluchzte leise und wischte sich die Tränen aus dem Gesicht.

»Hat sie dich wieder geschlagen?« Er nickte.

Liebevoll zog sie ihn an sich. Hedwig würde nie mit ihm umgehen können. Immer wenn es dem Jungen zu viel wurde, verkroch er sich in der Nische im Stall. Als Kinder hatten sie häufig viele Stunden hier ausgeharrt, wenn Hedwig mal wieder wütend gewesen war.

»Warum war sie denn böse?«

Anderl reagierte nicht auf ihre Frage.

Marianne wiederholte sie. Doch anstatt ihr zu antworten, wechselte er das Thema.

»Wir müssen für Irmgards Grab Blumen pflücken.« Marianne verstand: Er wollte nicht darüber reden.

»Ja, das machen wir. Wir werden ihr einen großen bunten Strauß pflücken. Vor dem Münchener Tor wachsen Margeriten und Glockenblumen. Gleich morgen gehen wir dorthin.« Anderl lehnte seinen Kopf an ihre Schulter.

»Glaubst du, Irmgard ist jetzt im Himmel?«

»Bestimmt. Unsere Irmgard war so ein guter Mensch. Gewiss ist sie jetzt bei Gott und guckt auf uns herab.«

»Mutter wollte nicht, dass ich Blumen pflücke«, sagte Anderl leise.

Marianne schloss die Augen.

»Das kann ich mir vorstellen.« Anderl hob den Kopf.

»Sie hat Irmgard nicht gerngehabt, oder?« Marianne stützte ihr Kinn auf seinen Kopf.

»Manchmal frag ich mich, ob sie überhaupt irgendwen gernhat.«


In der darauffolgenden Nacht konnte Marianne nicht schlafen. Durch das winzige Dachfenster schien der Mond auf den Dielenboden, und das Zirpen der Grillen war zu hören. Sie lag, die Arme hinter dem Kopf verschränkt, im Bett und starrte an die Decke. In solchen Momenten dachte sie oft an den Hof in Kieling und versuchte sich auszumalen, wie ihr Leben wohl verlaufen wäre, wenn ihre Eltern nicht gestorben wären. Sie schloss die Augen und sah sich selbst in dem Innenhof, an den sie sich noch gut erinnern konnte. Eine Schar Gänse lief schnatternd um sie herum, und Knechte und Mägde gingen ihrem Tagwerk nach. Am geöffneten Küchenfenster stand Alma und winkte ihr fröhlich zu. Marianne öffnete wieder die Augen. Alma, die gute alte Küchenmagd, die für sie wie eine Mutter gewesen war. Sie hatte sie gesucht in jener Nacht, als sie es wagte, ihr Versteck zu verlassen. Sie war vom Lärm geweckt worden und hatte gedacht, Alma wäre zurückgekommen. Doch es war nicht die Magd gewesen, die sie auf dem Hof gesehen hatte. Seltsam verhüllte Gestalten mit Fackeln in den Händen hatten ihr Angst gemacht. Sie schüttelte den Kopf, um die schrecklichen Erinnerungen loszuwerden, und drehte sich zur Seite. Ihr Blick fiel auf die Truhe unter dem Tisch. Wie lange hatte sie nicht mehr hineingesehen? Sie wusste es nicht. Sie stand auf, zog die Truhe unter dem Tisch hervor und öffnete sie.

Ganz oben lag ihre alte Puppe Elly und sah sie mit ihren schwarzen Knopfaugen vorwurfsvoll an. Elly bestand aus ein paar alten Strümpfen und Stroh, ihre Haare waren aus brauner Wolle. Sie trug noch immer das blaue Kleid, das Alma ihr genäht hatte. Marianne konnte sich noch genau daran erinnern, wie sie es ihr gemeinsam angezogen hatten. Lächelnd hob sie die Puppe hoch, drückte sie kurz an sich und legte sie dann neben sich auf den Boden. Unter Elly kam ein Bild ihres Vaters zum Vorschein. Sie hielt es ins Mondlicht, um es besser sehen zu können. Sein Blick war ernst, und er trug eine Uniform, denn er hatte gedient und war für die Kaiserlichen gegen die Schweden gezogen. Wegen einer schweren Verletzung am Bein war er heimgekommen und geblieben. Marianne hatte ihren Vater nur humpelnd gesehen. Aber immerhin war er zurückgekommen und nicht fortgeblieben wie so viele andere. Sie legte das Bild zur Seite und kramte den nächsten ihrer Schätze heraus.

Es war eine feine Goldkette, an der ein winziger Anhänger in Form eines Engels hing. Die Kette hatte einmal ihrer Mutter gehört. Alma hatte sie ihr um den Hals gehängt, als sie sie in den Verschlag gebracht hatte. Aufpassen sollte der Engel auf sie und beschützen vor allem Bösen, ihr Glück bringen.

Marianne ließ den Anhänger durch ihre Finger gleiten und hielt ihn ins Mondlicht, in dem er sanft schimmerte. So ein kleiner Engel, dachte sie. Wie sollte er sie beschützen können? Vielleicht war damals doch der Teufel mit im Spiel gewesen. Aber was hatte sie getan, um ihm zu erliegen? Sie war ein Kind gewesen, klein und hilflos. Sie schloss ihre Finger um den winzigen Engel, stand auf und legte sich wieder in ihr Bett. Vielleicht war es dieser kleine Anhänger gewesen, der sie gerettet und das Böse und die Pest vertrieben hatte, was ihr jedoch niemand glauben würde, das wusste sie, denn die Pest, schwarz und dunkel, würde sie niemals verlassen.

Am nächsten Tag glich Rosenheim einem dampfenden Gluthaufen. Die Hitze flimmerte über den Pflastersteinen des Äußeren Marktes, auf dem nur wenige Laubengänge Schutz vor dem gleißenden Licht boten. Staub tanzte in der schwülen Luft übers Pflaster, und kaum ein Mensch war zu sehen. Die meisten flohen um diese Zeit in ihre kühlen Häuser und schlossen die Fenster. Erst am späten Nachmittag, wenn die Sonne langsam hinter den Mauern verschwand, würde sich der Markt wieder mit Menschen füllen. Nur wenige, meist mit Salz oder Getreide beladene Fuhrwerke waren unterwegs.

Marianne war nass geschwitzt, und ihr Kopf dröhnte. Sie war auf der Suche nach Anderl. Der Junge hatte nur wenige Talente, doch wie man sich klammheimlich davonstehlen und vor der Arbeit drücken konnte, verstand er hervorragend.

Sie verließ die Stadt durchs Inntor und wandte sich zum Fluss, wo sie Anderl vermutete, der gern den Schifffahrern bei der Arbeit zusah.

Hier draußen, in der Nähe des Wassers, war die Luft etwas erträglicher. Ein leichter Wind wehte über die Weidenbäume und die von gelbem Löwenzahn übersäten Wiesen. Marianne atmete tief durch und blickte auf das glitzernde Wasser der Mangfall, die wenige Meter weiter in den Inn mündete, um mit ihm gemeinsam die weite Reise zur fernen Donau anzutreten.

Über den Bergen türmten sich die ersten Quellwolken auf, einige davon verfärbten sich bereits bedrohlich dunkel. Sie entdeckte Anderl schon von weitem. Er stand dort, wo sie ihn vermutet hatte, direkt neben dem Fähranleger, unweit von der abgerissenen Innbrücke. Einige Überreste der ansehnlichen Brücke lagen noch am Ufer. Den Rest hatten die grünen Wasser des Inns verschlungen. Die kaiserlichen Truppen hatten die Brücke, trotz aller Proteste der Bürgerschaft, vor einigen Jahren zerstört. Die Kriegslist war aufgegangen, und General Wrangel war bisher nicht über den Inn gekommen. Allerdings hatten die Truppen der Stadt damit großen Schaden zugefügt, die ihr Brunnenwasser über eine an der Brücke entlangführende Leitung vom hoher gelegenen Schlossberg bezogen hatte. Seitdem waren Durchfallerkrankungen, die von verunreinigtem Wasser herrührten, weit verbreitet. Vor allem Kleinkinder und Säuglinge fanden den Tod.

Wann die Brücke wieder aufgebaut wurde, wusste niemand. Marianne blieb hinter Anderl stehen und folgte seinem Blick. Auf der anderen Seite des Flusses war eine Gruppe Innschiff-fahrer mit vielen aneinanderhängenden, teilweise vollbeladenen Booten unterwegs. Alois Greilinger, der Stangenreiter und Schiffsmeister, den jeder in Rosenheim kannte und sogar ein wenig fürchtete, ritt voraus und prüfte das Ufer mit seiner langen Stange nach etwaigen Untiefen, die für die Männer und Pferde, die hinter ihm die Boote an Seilen und Ketten zogen, den sicheren Tod bedeuten konnten. Es ging nur langsam und mühsam gegen den mächtigen Strom voran.

Die Innschifffahrer waren ein ganz eigenes Volk. Einerseits angesehen, in Bruderschaften verbunden, andererseits galten sie als ruchlos und ohne Manieren. Sie waren frei, ein wenig wie Landsknechte, die durch die Lande zogen und tun und lassen konnten, was sie wollten. Jeder Vater in Rosenheim sperrte seine Töchter ein, wenn die Männer in der Stadt waren. Obwohl ein Schifffahrer durchaus auch eine gute Partie darstellte, auch wenn die Innschifffahrt viele Gefahren barg und so manches Mädchen schneller Witwe wurde, als ihr lieb war.

»Ich weiß, du würdest gern mitfahren«, sagte Marianne, ohne ihren Stiefbruder zu begrüßen.

»Schon«, antwortete er, ohne sich umzudrehen. »Aber sie werden mich nicht haben wollen.«

Marianne trat neben Anderl.

»Warum bist du dir da so sicher?«

Anderl sah seine Stiefschwester verwirrt an.

Sie seufzte. Wieder einmal hatte er sie nicht verstanden.

»Ich kann mich ja mal erkundigen«, sagte sie. »Vielleicht brauchen sie noch einen Schiffsjungen. Du bist kräftig geworden und groß.«

Schweigend blickte der Junge ans andere Ufer, die Boote verschwanden nach und nach hinter einer Biegung.

Ein Schatten legte sich auf den Fluss. Marianne blickte auf. Die ersten Wolken schoben sich vor die Sonne. Hedwig würde bestimmt schon ungeduldig auf sie warten.

»Wir sollten gehen«, schlug Marianne vor. »Mutter ist bestimmt schon wütend. Du kennst sie doch.«

Anderl sah seine Schwester nachdenklich an und blickte danach wieder aufs Wasser hinaus.

»Mutter ist immer wütend. Also ist es gleichgültig.«

Langsam drehte er sich um und trat auf die Straße. Marianne folgte ihm.

Wie recht er doch hat, dachte sie. Sie wird niemals zufrieden mit ihm sein – oder mit mir.


Später am Abend hing die Schwüle des Tages noch immer über der Stadt, und auf dem Marktplatz drehte der Nachtwächter bereits seine Runden. Doch die Gaststube der Brauerei war noch gut gefüllt.

Marianne, die beim Bedienen aushalf, war auf dem Weg zur Küche. Durch die geöffnete Hintertür drang ein leichter Luftzug in den düsteren Flur, kühlte ihre schweißnasse Haut und ließ sie kurz erschauern. Seufzend strich sie eine Haarsträhne, die sich aus ihrem geflochtenen Zopf gelöst hatte, nach hinten und atmete tief durch, genoss für einen Moment den kühlen Hauch des Abends und schloss die Augen. Müde lehnte sie sich an die Wand. Der Tag war anstrengend gewesen und war längst noch nicht vorbei.

Hedwig hatte keinen Finger gerührt, um den Betrieb am Laufen zu halten. Marianne hatte das Gemüse geerntet, sich um die Pferde und Hühner gekümmert und den Stall ausgemistet. Sie hatte den Boden in der Gaststube gescheuert, Brot gebacken und beim Metzger das bestellte Fleisch abgeholt. Hedwig dagegen hatte wie immer nur Befehle erteilt und Marianne sogar geohrfeigt, als ihr etwas nicht schnell genug gegangen war.

Hedwig hatte Irmgard nie so gegängelt, vor ihr hatte sogar sie so etwas wie Respekt gehabt.

Doch Irmgard lag jetzt unter der Erde, am Rande des Friedhofs, abseits der kunstvoll geschmiedeten Kreuze, dort, wo die Armen verscharrt wurden.

Anderl hatte als Einziger um Irmgard geweint. Er hatte die Magd sehr gemocht. Traurig hatte er eine Weile vor dem Grab gestanden und seine selbst gepflückten Blumen hineingeworfen.

Marianne selbst konnte nicht weinen. Sie wusste nicht einmal, warum, denn Irmgard hätte ihre Tränen verdient. Die alte Magd hatte sie zwar auch gegängelt und zur Arbeit angetrieben, aber sie hatte sie so angenommen, wie sie war.


Marianne schloss die Augen, drehte ihren Kopf zur geöffneten Tür und sog die nach Regen riechende Luft ein. Wie schön wäre es jetzt, einfach fortzugehen. Einen Tag nur das zu tun, was einem gerade einfiel. Vielleicht auf einer Sommerwiese liegen, irgendwo unter einem schattigen Baum, die nackten Füße im weichen Gras. Dort, wo einem der sanfte, nach Blumen duftende Wind um die Nase wehte und nur die zwitschernden Vögel und summenden Bienen zu hören waren.

»Marianne!« Sie öffnete erschrocken die Augen. Hedwig stand mit einem Tablett, auf dem sich gebratene Hühnerbeine türmten, vor ihr und sah sie vorwurfsvoll an.

»Was faulenzt du hier schon wieder herum, dafür füttere ich dich gewiss nicht durch. Beeil dich und bring das Tablett zu Mooshammers Tisch.«

»Ja, Mutter, sofort. Es tut mir leid. Es ist nur« – Marianne stockte –, »es ist so schrecklich schwül heute.«

Die Wirtin drückte Marianne das Tablett in die Hand.

»Habe ich das Wetter gemacht? Das ist keine Entschuldigung für deine Faulenzereien. Ganz im Gegenteil. Ich habe deine ewigen Ausreden satt. Wärst du eine normale Dienstmagd, schon längst hätte ich dich vor die Tür gesetzt. Aber diese Flausen werde ich dir austreiben, du wirst schon sehen.«

Drohend hob die korpulente Frau die Hand. Marianne zog den Kopf ein und presste die Augen zusammen. Doch nichts geschah. Verächtlich schnaubend wandte sich Hedwig von ihrer Stieftochter ab und ging zurück in die Küche.

Vor Wut kochend, schob sich Marianne durch die gut gefüllte Gaststube und schlug nach der einen oder anderen Hand, die ihr das herzhaft duftende Fleisch stibitzen wollte. Die Gerüche von Bier, Wein und Schweiß schwängerten die Luft und raubten ihr den Atem.

Wäre sie eine einfache Magd, dann wäre sie schon längst fort, dachte Marianne, während sie bemüht lächelnd die Fleischplatte auf dem Tisch abstellte und eine weitere Hand daran hinderte, ihr Hinterteil zu begrapschen. Gäbe es auch nur eine einzige Möglichkeit, zu gehen, hätte sie sie genutzt. Doch es gab keine. Ihr ganzes Leben würde sie bei diesen Trunkenbolden verbringen. Abend für Abend, Nacht für Nacht würde sie in dieser verrauchten und stickigen Gaststube stehen, und niemals würde sich daran etwas ändern. Wahrscheinlich endete sie irgendwann wie Irmgard, verscharrt und vergessen auf dem Armenfriedhof.

Hinter der Theke spülte Margit, die zweite Küchenmagd der Brauerei, Gläser. Marianne gesellte sich zu ihr. Margit und sie waren in etwa gleich alt. Sie war ein wenig kleiner als Marianne und hatte lockiges kupferrotes Haar, das sich nur schwer bändigen ließ. Ihre Haut war kreideweiß und von Sommersprossen übersät. Margit wollte ebenfalls fort aus der Brauerei, allerdings aus anderen Gründen, die ausschließlich etwas mit dem männlichen Geschlecht zu tun hatten. Deshalb hatte sie sich auch heute wieder ausgesprochen aufreizend zurechtgemacht. Ihr dunkelblaues Leinenkleid war eng geschnürt, und ihre Brüste hatte sie ein gutes Stück nach oben geschoben. Ein Korsett, wie es sich die reicheren Frauen Rosenheims leisten konnten, besaßen sie beide nicht. Deshalb wickelte Margit einfach ein Stück Stoff unter ihre Brüste, was in etwa dieselbe Wirkung hatte.

»Der Büttel und sein Kumpan möchten noch zwei Gläser Wein. Ich hab sie schon eingeschenkt. Kannst du die Bestellung an den Tisch bringen? Du siehst doch, was hier los ist.«

Margit wies in den Gastraum und schenkte dabei dem Wildbacher Gerhard, der sabbernd in ihren Ausschnitt starrte, ein verführerisches Lächeln. Marianne verdrehte die Augen, griff nach den Gläsern und schob sich an einer Gruppe singender Männer vorbei zum Tisch des Büttels.

August Stanzinger, wie der Büttel hieß, war ein kleiner, drahtiger Mann mit schmalen blauen Augen in seinem kantigen Gesicht. Seine Wangen wirkten eingefallen, und selbst wenn er lächelte, hatte er nichts Freundliches an sich. In seiner Gegenwart fühlte sich Marianne immer seltsam unbehaglich und verletzbar. Eilig stellte sie die Gläser auf den Tisch und wich dem kühlen Blick aus, den er ihr zuwarf. Sein Gegenüber war ihr unbekannt. Den großen blonden Mann, der ihr sogar ein Lächeln schenkte, hatte sie hier noch nie gesehen. Eigentlich kannte in Rosenheim jeder jeden. Nur in den letzten Jahren, seitdem immer wieder Soldaten und Landsknechte durchzogen und untergebracht werden mussten, gab es auch Fremde hier.

Doch der Mann sah weder wie ein Soldat noch wie ein Landsknecht aus. Neugierig musterte Marianne, nachdem sie wieder hinter der Theke war, die beiden sich angeregt unterhaltenden Männer. »Sag mal, Margit, kennst du den Mann, mit dem der Büttel heute hier ist?«

Margit, die gerade eine Runde Schnaps für einen der größeren Tische vorbereitete, blickte zu den beiden hinüber und schüttelte den Kopf.

»Den habe ich hier noch nie gesehen. Warum interessiert dich das? Findest du ihn hübsch?« Marianne seufzte.

»Nein, finde ich nicht. Ich wollte einfach nur wissen, ob du etwas über ihn weißt. Der Büttel scheint ihn ganz gut zu kennen, so wie er mit ihm redet.«

Margit zuckte mit den Schultern.

»Keine Ahnung. Der wird schon wissen, wer er ist. Mir gefällt der Kerl nicht. Und mit Männern, die man nicht kennt, sollte man sowieso nicht liebäugeln. Das hat meine Mutter schon immer gesagt. Schuster, bleib bei deinem Leisten, hat sie gesagt. Am Ende ist er ein armer Schlucker oder ein Verbrecher.«

»Ein Verbrecher, der sich mit dem Büttel unterhält?«, fragte Marianne und verdrehte kopfschüttelnd die Augen. Wenn es um Männer ging, dachte Margit nur an das eine und hatte eine blühende Phantasie. Warum die Küchenmagd noch nicht unter der Haube war, war Marianne schleierhaft. Vielleicht lag es aber auch daran, dass Margit es mit ihrer Tugend nicht so genau nahm. Mehr als ein Mal hatte sie sie dabei beobachtet, wie sie mit einem Burschen hinterm Hühnerstall verschwunden war. Wenn sie so weitermachte, würde sie nicht als treue Ehefrau, sondern als Hure enden.

Den Rest des Abends verbrachte Marianne hinter der Theke. Ab einer gewissen Uhrzeit ließ sie Margit den Vortritt beim Bedienen. Immer wieder wanderte ihr Blick in die Ecke, in der die Männer heftig miteinander diskutierten und manchmal sogar hinter vorgehaltener Hand flüsterten.

Einige Zeit später, als der letzte Gast endlich gegangen war, arbeitete Marianne noch immer in der Küche. Es zählte zu ihren Aufgaben, den Ofen zu reinigen, die Töpfe zu scheuern und den Abfall rauszubringen. Jeder Knochen im Leib tat ihr weh, aber heute genoss sie es, allein zu sein und diese Zeit für sich zu haben. Sie hatte die Hintertür zum Hof und die Tür zur Gaststube geöffnet. Ein leichter Luftzug wehte durch den Raum und ließ sie freier atmen.

Hedwig wusste ganz genau, wie sie ihrem Stiefkind das Leben schwermachen und ihr immer wieder zeigen konnte, was sie von ihr hielt. Dass es der Alten nur um den Unterhalt ging, den ihr Pater Franz jeden Monat bezahlte, war Marianne schon lange klargeworden. Nächstenliebe war für die Thalerin, wie ihre Ziehmutter überall in der Stadt genannt wurde, ein Fremdwort.

Wie oft hatte sich Marianne von hier fortgewünscht, war weinend ins Kloster gelaufen und hatte darum gebettelt, nicht mehr hierher zurückzumüssen. Aber es hatte alles nichts geholfen. Niemand außer der Thalerin wollte sie haben. Sie war die Geächtete, die es mit dem Teufel hatte. Mit der Zeit hatte sich Marianne an das Geschwätz der Leute gewöhnt. Sie war dem Tod entkommen. Gott hatte ihr das Leben geschenkt, sagte Pater Franz immer. Er war für sie ein wenig wie der Vater, den sie nie gehabt hatte. Sie konnte immer zu ihm ins Kloster kommen, wenn sie Kummer hatte. Er hörte ihr zu, nahm sie in den Arm und trocknete ihre Tränen.

Ein starker Windstoß, der die Tür zur Gaststube laut knallend zuschlug, ließ Marianne, die gerade dabei war, eine gusseiserne Bratpfanne im Spülstein zu scheuern, aufblicken. Donnergrollen folgte dem Windstoß, und ein weiterer Luftzug ließ die Kerze in der Laterne flackern.

Erleichtert über die kühle Brise, welche die stickige Schwüle des Tages vertrieb, ließ Marianne ihre Arbeit liegen und trat in den dunklen Hof hinaus. Sie genoss es, wie ihr der Wind unter die Röcke fuhr und sie an den Beinen kitzelte. Ein heller Blitz zuckte über den Nachthimmel und erleuchtete die dunklen Fenster. Der Duft von Blumen und Erde vermischte sich mit dem sanften Malzgeruch, der hier allgegenwärtig war. Wieder zuckte ein Blitz über den Himmel und ließ den Hof geheimnisvoll und unheimlich aussehen. Gleich würde es zu regnen beginnen. Seufzend drehte sie sich um, ging zurück in die Küche und begann, die Küchenabfälle, die Hedwig stets achtlos in die Ecke neben den Herd warf, in einen großen Holzeimer zu schaufeln, lief erneut hinaus und schüttete sie auf den Kompost. Es war seltsam still geworden. Nichts regte sich. Das Unwetter rang noch einmal nach Atem, um dann endgültig zuzuschlagen. Plötzlich durchbrachen Stimmen die bedrohliche Stille. Das Hoftor war nur angelehnt. Direkt davor standen anscheinend zwei Männer, die sich heftig stritten. Den einen der Männer erkannte sie sofort an seiner überheblich klingenden Stimme. Der Büttel und sein Kumpan. Leise schlich Marianne zum Pferdestall hinüber und drückte sich in den Schatten der Hauswand. Vor Aufregung schlug ihr das Herz bis zum Hals. Lauschen war eine Sünde, das wusste sie. Aber sie konnte nicht anders. Sie wollte unbedingt wissen, was die beiden Männer so Wichtiges zu besprechen hatten.

»Die Brauerei gehört mir. Meine Cousine ist Witwe, eine Frau kann so einen Betrieb doch gar nicht richtig bewirtschaften. Und ihr einfältiger Sohn wird die Geschäfte niemals übernehmen können.«

»Ich weiß nicht«, erwiderte August Stanzinger. »Immerhin bin ich hier der Stadtbüttel. Ich kann doch nicht das Recht mit Füßen treten.«

»Es soll Euer Schade nicht sein. Unter meiner Führung wirft die Brauerei gewiss gute Gewinne ab, und eine Beteiligung Eurerseits käme dann durchaus in Frage. Oder soll ich mein Wissen doch noch kundtun?«

»Nein, natürlich nicht!« Der Büttel wurde lauter. »Ich werde Euch schon irgendwie helfen. Das Stockhammer Bräu hat einen guten Ruf, der, seitdem die Frau es allein bewirtschaftet, sehr gelitten hat. Natürlich auch deshalb, weil sie den blöden Jungen hat und sich auch noch dieses Pestkind aufhalste, das hier niemand haben will.«

Marianne sog scharf die Luft ein.

»Also helft Ihr mir jetzt, meine hübsche Base loszuwerden? Wie gesagt, es soll Euer Schade nicht sein.« Die Stimme des Mannes klang zynisch.

Der Büttel seufzte hörbar.

»Meinetwegen. Aber wir müssen genau darüber nachdenken, wie wir es am besten machen. Am Ende stellt der Bengel doch noch Ansprüche.«

»Aber der Bengel ist doch einfältig und dumm.«

»Ja schon«, erwiderte der Büttel. »Aber Ihr wisst ja, wenn es ums Geld geht, da begreift selbst der Dümmste Dinge, die er vorher nicht verstanden hat.«

Die Stimmen entfernten sich.

Langsam frischte der Wind auf. Erneut erhellten Blitze die Dunkelheit, und die ersten dicken Tropfen fielen vom Himmel. Marianne stand, wie zur Salzsäule erstarrt, an der Hauswand. Der Wind, die Regentropfen, alles prallte an ihr ab. Das eben Gehörte konnte sie kaum glauben. Wenn sie die Männer wirklich richtig verstanden hatte, dann planten die beiden einen Mord.

2

Die Frau auf dem Boden hatte ihren Kopf abgewandt und die Augen fest geschlossen. Rhythmisch bewegte sich ihr Körper. Sie spürte den Atem des jungen Soldaten an ihrem Hals, hörte sein Stöhnen. Ihr nackter Po scheuerte über den Dielenboden, und wie durch eine Wand drangen die Rufe der Männer an ihr Ohr.

»Ja, komm schon, Claude, zeig ihr, wer hier der Sieger ist«, feuerten die Männer, die um die beiden herumstanden, den jungen Burschen an, der sich mit aller Macht an ihr verging.

Nur einer der Männer hielt sich zurück und beobachtete die Szene teilnahmslos. Albert Wrangel konnte Vergewaltigungen nichts abgewinnen. Eine Frau gegen ihren Willen zum Beischlaf zu zwingen, das hatte in seinen Augen etwas Barbarisches. Er stand in der Nähe des Eingangs, direkt neben der Leiche des Mannes, der eben noch versucht hatte, sein Haus und seine Familie zu verteidigen. Jetzt lag er mit starrem Blick und aufgeschlitztem Bauch in einer Blutlache auf dem Boden. Normalerweise hätte er sich geekelt, aber die letzten Jahre hatten ihn gelehrt, mit so einem Anblick fertigzuwerden.

Die anderen Männer seiner Gruppe waren länger dabei als er und kämpften bereits seit Jahren an der Seite seines Bruders, General Wrangel, obwohl man die Plünderungen, die sie zur Zeit durchführten, nicht als Kampf bezeichnen konnte. Seit dem Sieg in der Schlacht bei Zusmarshausen zogen sie durch

Städte und Dörfer und brachten den leidenden und armen Menschen, die ihr eigener Kaiser fast verhungern ließ, Tod und Verderben. Sein älterer Bruder, Carl Gustav Wrangel, war ihm völlig fremd geworden, denn sein Name war der Inbegriff für Grausamkeit. Doch hatte er den Heerführer jemals wirklich gekannt?

Leises Schluchzen drang plötzlich an sein Ohr. Er bückte sich und blickte unter den klobigen Esstisch. Unter der Ofenbank saßen zwei Kinder. Ein Bursche, nicht älter als zehn Jahre, hielt einem kleinen Mädchen, das höchstens vier oder fünf Jahre zählte, verzweifelt den Mund zu. Tränen rannen über die Wangen der Kleinen, die ihn mit weit aufgerissenen Augen, in denen die blanke Panik stand, anstarrte. Der Junge dagegen erwiderte Alberts Blick ohne Furcht und legte seinen Finger auf die Lippen. Das Mädchen schluchzte erneut, und er presste seine Hand noch fester auf ihren Mund. Er war überraschend ruhig für einen Zehnjährigen, der gerade gesehen hatte, wie sein Vater ermordet worden war. Tapfer verteidigte er seine Schwester. Dieser Mut imponierte Albert. Er lächelte, legte ebenfalls den Finger auf die Lippen und zeigte zu seinen Kumpanen hinüber. Erleichtert sank der Junge in sich zusammen.

Claude war inzwischen fertig, schob sein Wams zurecht und stellte sich grinsend neben Albert, während sich der nächste der Kameraden über die Frau hermachte.

»Nach Markus bist du an der Reihe. Sie ist schön feucht, warm und willig, hat dicke, feste Brüste. Du wirst es lieben.«

Albert machte eine abfällige Handbewegung.

»Ich mache mir nichts aus dicken Bauersfrauen.« Claude sah ihn irritiert an.

»Aber sie ist genau das Richtige für einen Kerl wie dich.«

»Nein, ich möchte nicht«, wiegelte Albert erneut ab. »Wir sollten auch langsam von hier verschwinden, immerhin müssen wir heute noch zum Berichterstatten ins Hauptlager reiten.« Claude blickte nach draußen, wo das laute Kreischen der Weiber und das Geschrei der Kinder nachgelassen hatten. Ab und an rannten Soldaten an der geöffneten Tür vorbei, und auf der Straße lagen erschlagene Menschen, deren Blut sich mit dem Regen vermischte.

»Du bist ein Spielverderber, Albert. Dein Bruder hätte die Alte gewiss genommen. Er lässt ungern etwas anbrennen, musst du wissen.«

Albert atmete tief durch. Er hasste es, mit einem Mann verglichen zu werden, den er kaum als Bruder wahrnahm.

»Ich bin aber nicht Carl.« In seiner Stimme lag ein drohender Unterton.

»Ist ja schon gut.« Claude, der eigentlich zu Turennes Truppen gehörte, sich aber lieber den Schweden angeschlossen hatte, hob beruhigend die Hände.

Albert sah den Franzosen, der es mit seinen großen leuchtend blauen Augen, seinem bräunlichen Teint und den zerzausten schwarzen Haaren bei den Frauen leicht hatte, lächelnd an.

»Hast du Geschwister, Claude?«

»Aber sicher doch«, antwortete der Franzose entrüstet, »derer sogar acht.«

»Und bist du allen ähnlich, denkt ihr alle gleich?« Claude klopfte Albert lachend auf die Schulter.

»Guter Gott, nein. Jetzt verstehe ich, was du meinst, mein Freund.«

Erneut drang leises Schluchzen an Alberts Ohr. Nervös wanderte sein Blick zu den Geschehnissen auf dem Fußboden, doch niemand schien etwas bemerkt zu haben. Sie mussten hier weg. Wer weiß, wie lange der Junge das Mädchen noch still-halten konnte. Eigentlich ging er nicht davon aus, dass seine Mitstreiter die Kinder töten würden. Aber im Krieg geschah manches, was man später bereute. Auf den Straßen lagen nicht nur tote Männer, auch Frauen und Kinder waren reihenweise ermordet worden.

»Wir brechen auf«, befahl Albert. Claude sah ihn überrascht an.

Albert hatte den höchsten Rang unter den Männern, war der Bruder des Generals, ließ sich das aber nur selten anmerken. Claude hatte den schlanken, drahtigen blonden Mann mit den verträumt blickenden grünen Augen vom ersten Augenblick an ins Herz geschlossen. Er war kein Schaumschläger, hatte seinen Mann auf den Schlachtfeldern gestanden, trauerte allerdings um die Toten, die seit Jahren ihre Wege pflasterten, und zeigte oft Mitleid mit den Armen. Er würde nie ein Anführer wie Carl Wrangel werden, aber er würde seine Menschlichkeit nicht ver-lieren.

»Ihr habt gehört, was Albert gesagt hat.« Claude klatschte in die Hände. »Es ist Zeit, zu gehen. Lasst die Frau jetzt in Ruhe.« Die Männer sahen den Franzosen verdutzt an. Der Nächste hatte eben die Hose geöffnet. Die Frau am Boden wirkte wie erstarrt. Zwischen ihren Beinen war der Boden feucht, und auf ihrem nackten weißen Körper glänzte der Schweiß.

Friedrich ließ widerwillig von ihr ab und trat ihr achtlos in die Seite.

»Sie wäre es sowieso nicht wert gewesen. Die Huren im Tross sind besser.«

Hastig kroch die Frau, die durch den Tritt aus ihrer Erstar-rung gerissen worden war, hinter den Ofen und versuchte, ihre Blöße zu bedecken.

»Wir gehen«, wiederholte Albert seinen Befehl. »In diesem Haus wird heute kein Blut mehr vergossen.«

Schwarzer Rauch zog durch die Straßen, als die Männer nach draußen traten. Um sie herum herrschte das blanke Chaos. Frauen, mit zerrissenen Kleidern und rußverschmierten Gesichtern, liefen, Kinder hinter sich herziehend, an ihnen vorüber. Tote lagen herum, Feuer loderte aus vielen Häusern. Soldaten rannten, Brot, Schmuck und Federvieh in den Händen, an ihnen vorbei, selbst Schuhwerk und Kleidung trugen sie fort.

Albert achtete darauf, wo er hintrat. In einer Pfütze vor ihm lag der Kopf eines älteren Mannes, der ihn mit weit aufgerissenen Augen anstarrte. Angewidert wandte er den Blick ab. Die Straßen, Plätze und Wege versanken im Zwielicht eines nahenden Unwetters.

Erleichtert darüber, den Gassen und Wegen der Stadt entfliehen zu können, gab Albert kurz darauf seinem Pferd die Sporen und ritt, gefolgt von Claude und seinen Männern, aufs freie Feld hinaus. Noch immer hingen Rauch und Brandgeruch in der Luft, aber hier draußen konnte man wieder durchatmen. Der andere Teil des Regiments – Infanterie, Musketiere, Stückknechte, Zeugmeister und das Fußvolk – würde ihnen morgen folgen. Sein Bruder lagerte mit dem Haupttross in der Nähe von Wasserburg, das seinem Namen, in einer Flussschleife gelegen, alle Ehre machte. Bereits seit einigen Wochen belagerten sie die uneinnehmbar scheinende Stadt. Der Inn, der durch den stetigen Regen immer weiter anschwoll, wurde für die schwedischen Truppen zu einem Gegner, der sich nicht bezwingen ließ. Die kaiserlichen Truppen waren bei Braunau über den Fluss geflohen und hatten in Salzburg Zuflucht gesucht. Alle Versuche, ihnen zu folgen, waren gescheitert.

Sie ritten an einem verlassenen Bauernhof vorbei. Das Haupthaus war zur Hälfte eingefallen, und von den Stallungen waren nur noch verkohlte Reste übrig. Hinter einem alten Holzzaun, der von einem Rosenbusch überwuchert wurde, lagen die zertrampelten Überreste eines Gemüsegartens.

Eine winzige Kapelle stand am Wegrand. Ihre weiß getünchten Wände waren von Blutspritzern übersät, die Tür fehlte, die Reste einer Kirchenbank lagen auf dem Boden. Und dort, wo einst das Kreuz gehangen hatte, waren nur noch dunkle Ränder an der Wand zu erkennen.

In dem Baum neben dem Gotteshaus baumelten die Überreste eines Menschen.

»Eine Schande ist das.« Claude deutete kopfschüttelnd auf die winzige Kapelle, die einst den Wanderer zum stillen Gebet eingeladen hatte. »Warum wird ein Gotteshaus derart entweiht? Wie unbarmherzig muss derjenige gewesen sein?«

Albert zuckte mit den Schultern und wandte sich nach rechts, zum Ufer eines Baches hin, der sich wie ein reißender Strom seinen Weg über die Felder bahnte.

»Das frage ich mich auch. Es ist eine kleine Kapelle, nichts Besonderes, für alle Christen ein heiliger Ort. Nicht einmal im Angesicht von Jesus Christus können wir die Waffen ruhen lassen!«

Friedrich lenkte sein Pferd neben die beiden anderen. Albert mochte den hochgewachsenen Mann aus Brandenburg nicht. Seine dunkelbraunen Haare, die eng beieinanderliegenden blauen Augen und schmalen Lippen verliehen ihm nichts Herzliches. Dazu kam eine mächtige Hakennase, die er meistens in Dinge steckte, die ihn nichts angingen.

Friedrich konnte den sensiblen Albert nicht leiden. In seinen Augen war er ein Drückeberger, schlechter Soldat und zu nachsichtig gegenüber dem Feind. Niemals würde er wie Carl Gustav Wrangel für seine Ziele über Leichen gehen.

»Ihr wart mal wieder zu weichherzig, mein Freund«, sagte er ohne Umschweife und grinste hämisch. »Ich habe Euch beobachtet. Ihr lasst viel zu viele laufen. Besonders die Kinder. Aus Knaben werden Männer, und aus Männern werden Soldaten. Wenn man sie gleich tötet, hat man sie später nicht zum Feind.« Albert sah Friedrich nicht an.

»Ich hoffe, dieser Krieg wird nicht mehr so lange dauern, dass ich mich vor einem dreijährigen Knaben fürchten muss.« Friedrich lachte laut auf.

»Wacht auf, mein Freund. Es wird immer Krieg geben. Seit dreißig Jahren ist das so. Unser Leben ist vorbei, wenn Frieden einzieht, denn dann gibt es keine Schlachten und keinen Ruhm mehr. Die meisten wissen gar nicht, wie ihr Leben ohne Krieg aussehen soll. Er wird noch sehr lange dauern und immer wieder neu aufleben. Das ist so sicher wie das Amen in der Kirche, ob katholisch oder protestantisch.«

Er gab seinem Pferd die Sporen. Claude blickte ihm angewidert nach.

»Er mag ein guter Soldat sein, aber ich kann ihn nicht leiden. Wenn es nach mir ginge, hätte ihn schon längst der Blitz getroffen.«

Albert und Claude ließen sich ans Ende der Gruppe fallen und hingen schweigend ihren Gedanken nach. Der Wind frischte auf und rauschte in den Büschen am Wegrand, vereinzelt streiften Regentropfen ihre Gesichter, und über den entfernten Bergen blitzte es noch.

»Immer nur Ruhm«, murmelte Albert. »Damals, als ich in

den Tross kam, dachte ich, Carl wäre etwas Besonderes. Vater hat immer nur von ihm gesprochen, von seinem Ruhm geschwärmt. Der General, der stolze Soldat, der für die Schweden siegreiche Schlachten führt. Doch spätestens nach der unstandesgemäßen Heirat mit Anna hat auch er verstanden, dass er Carl nicht beherrschen kann. Als ich ein kleiner Junge war, erschien mir Carl wie ein Held in goldener Rüstung, und ich wollte unbedingt an seiner Seite in die Schlacht ziehen, aber jetzt wünsche ich mir nur noch Frieden und bete jeden Tag dafür, bald nach Hause zurückkehren zu dürfen.«

Claude antwortete nicht auf die Worte seines Freundes. Verwundert sah Albert ihn an. So still kannte er ihn gar nicht.

»Stimmt etwas nicht, Claude?« Der Franzose seufzte.

»Diese Gegend erinnert mich an meine Heimat, denn so ähnlich sah es auch in unserem Tal aus. Lange Zeit habe ich nicht mehr an zu Hause gedacht, aber jetzt ist alles wieder da. Unser Hofgut, die endlosen Pferdeweiden und die Menschen, die ich versuche zu vergessen. Papa, Mama, die beerdigt wurden. Aber nicht von mir, denn ich muss ja Krieg führen, in einem fremden Land. Meine Schwestern, um die ich mich nicht kümmern konnte. Albertine war zart wie ein kleines Kätzchen. Sie war drei Jahre alt, als ich fortging, und ich weiß nicht einmal, ob sie noch am Leben ist. Ich weiß gar nichts mehr.«

Claude sah Albert fragend an. »Warum tun wir das? Warum verlassen wir unsere Familien, um in einem fremden Land für etwas zu kämpfen, was nicht unser ist?«

Während Albert nach einer Antwort suchte, sah er in Gedanken das kleine Schloss in Skoloster, das funkelnde Wasser des Mälarensees, die unendlichen Wälder und Wiesen vor sich. Auch er vermisste seine Heimat, doch im Gegensatz zu Claude hatte er wenigstens einen Teil seiner Familie bei sich. Sein Bruder und dessen Frau, Anna Margarethe, lebten mit ihrer Tochter im Tross. Sogar ihre Hochzeit hatten die beiden auf dem Schlachtfeld gefeiert. Albert besaß noch keine eigene Familie und fragte sich oft, ob er seine Kinder im Tross, ohne Heimat, zwischen Schlachtfeldern, aufwachsen sehen wollte. Irgendwann würde er wahrscheinlich ein gutsituiertes Mädchen aus dem Landadel heiraten und sich anpassen, wie es die meisten taten.

»Schreibst du keine Briefe nach Hause?« Noch während Albert die Frage stellte, fiel ihm die Naivität auf, die darin lag, denn wie sollte in dieser wirren Welt ein Brief von Claude sein Ziel in der Provence erreichen. Ein Ziel, das es vielleicht gar nicht mehr gab.


Die Sonne war bereits untergegangen, als sie den Tross erreichten. Sie durchquerten zuerst den Teil des Lagers, in dem die Bettler und Verletzten unter freiem Himmel oder in selbst gebauten Hütten schliefen. Hier waren diejenigen, denen der Krieg nur Unglück gebracht hatte. Das Fußvolk, das, krank und ausgezehrt, jeden Tag ums nackte Überleben kämpfte.

Einer der Verletzten erhob sich, humpelte stöhnend neben ihnen her und streckte seine Hände aus. Ihm fehlten ein Bein, die linke Hand und ein Auge. Kleine Fliegen krochen in der leeren Augenhöhle herum. »Bitte, edler Herr, eine Spende, nur eine Kleinigkeit für einen Kameraden.«

Albert kannte den Mann sogar mit Namen, ignorierte ihn aber. Heinrich Wehrtheimer hatte sich vom einfachen Infanteristen zum Leutnant hochgearbeitet und hätte eine glänzende Zukunft vor sich gehabt. Doch in der Schlacht bei Zusmarshausen war er schwer verwundet worden. Es grenzte an ein Wunder, dass er noch am Leben war. Aus dem Augenwinkel sah Albert, wie Heinrich das Gleichgewicht verlor und stürzte. Claude, der Heinrich ebenfalls gekannt hatte, sah Albert traurig an.

»Es wäre besser gewesen, sie hätten ihn sterben lassen. Dann wäre ihm viel Leid erspart geblieben.«

Erleichtert darüber, den Armenteil des Lagers hinter sich gelassen zu haben, erreichten die beiden wenig später die ersten Marketenderbuden und größeren Zelte der Händler und Handwerker. Eine Gruppe junger Mädchen, nicht älter als fünfzehn Jahre, kreuzte kichernd ihren Weg. Sie hatten ihre Röcke angehoben, und bei der ein oder anderen war ein Stück nacktes Bein zu erblicken. Claude sah ihnen sehnsüchtig hinterher. Albert bemerkte den Gesichtsausdruck seines Freundes und lachte laut auf.

»So ist das also. Na, dann hol dir doch eine von den Kleinen heute Nacht.«

»Nein.« Claude machte eine wegwerfende Handbewegung.

»Nicht mehr nur für eine Nacht. Ich werde diesen Herbst dreißig und brauche allmählich eine anständige Frau.«

Lachend schlug Albert ihm auf die Schulter.

»Eine Frau für einen Franzosen suchen wir also. Da muss es aber ein hübsches Mädchen sein.«

Claude reckte sein Kinn in die Höhe.

»Aber natürlich. Eine Hässliche kommt mir nicht ins Haus. Du kennst meine Vorlieben bei Frauen.«

»Soll das etwa bedeuten, ich soll dir bei der Wahl behilflich sein?« Albert blickte sich suchend um.

»Lieber nicht«, erwiderte Claude. »Wenn es um die Schönheit von Frauen geht, bist du blind wie ein Fisch.«

Leicht beleidigt verzog Albert das Gesicht.

»Wirfst du mir etwa Geschmacklosigkeit vor?«

Claude runzelte die Stirn. Er begleitete Albert bereits seit seiner Ankunft im Tross und konnte seine Frauengeschichten an einer Hand abzählen, sogar bei den Huren wurde er nur selten schwach. Und wenn doch, dann hatte er sich seine Auserwählte schön gesoffen, im wahrsten Sinne des Wortes.

Vor einem großen Wagen zügelte Albert sein Pferd. Davor stand eine korpulente Frau, die Hände in die Seiten gestemmt, und sah ihn vorwurfsvoll an, lächelte aber verschmitzt.

»Wo treibst du dich wieder herum, Albert Wrangel? Seit Tagen hast du dich nicht blicken lassen.«

Albert stieg von seinem Pferd und umarmte die Frau, hob sie hoch und drehte sich übermütig mit ihr im Kreis.

»Ach, Milli, wie habe ich dich vermisst. Ist das schön, dich wiederzusehen.«

Er stellte sie auf die Beine und drückte ihr einen Kuss auf die Wange. Beschämt schlug sie ihm auf die Schulter.

»Du übertreibst.« Ihr Blick wanderte zu Claude.

»Und unseren Franzosen hast du auch wieder mitgebracht. Na, wenigstens ist euch beiden nichts passiert.«

Sie hob drohend ihre Hand.

»Ich hätte deinem Bruder etwas erzählt, wenn er dich in ernsthafte Gefahr gebracht hätte. Er weiß gar nicht, was er an dir hat.«

Albert lächelte. Als ob sich General Wrangel von einer einfachen Marketenderin etwas sagen lassen würde.

Sie deutete zum Feuer hinüber.

»Wollt ihr euch nicht setzen? Ich kann euch Eier braten, und heute Morgen habe ich Fladenbrot gebacken.«

Albert blickte sehnsüchtig zu dem gemütlichen Lagerfeuer, um das einige Landsknechte, Pikeniere, Söldner, Kürassiere und Soldaten bei ihren allabendlichen Würfel- und Kartenspielen auf Bänken saßen. Man konnte sie an der Kleidung gut auseinanderhalten. Der Kürassier mit seinem federgeschmückten Helm, die Landsknechte mit ihren aufgeplusterten, bunten Hosen und die einfachen Männer, die Hemden und Kniehosen trugen. Doch beim Spiel und bei den Huren waren sie alle gleich.

»Wir werden nicht bleiben können, Milli. Wir müssen gleich zu meinem Bruder und ihm Bericht erstatten. Die Belagerung Aiblings ist beendet.«

Milli warf Albert einen fragenden Blick zu. Er nickte. Sie seufzte hörbar und bekreuzigte sich.

Claude musterte unterdessen ein junges blondes Mädchen, das ihm eindeutige Blicke zuwarf.

»Muss ich unbedingt dabei sein?«, fragte er und nickte zu der Kleinen hinüber.

Albert schlug ihm lachend auf die Schulter.

»Aber nein, mein Freund. Ich bin sicher, das kann ich auch allein.«

Einige Zeit später stand Albert am Eingang des großen Zeltes, in dem sich sein Bruder, seine Schwägerin, die Generäle und deren Gattinnen zum Abendessen versammelt hatten, und blickte in die Nacht hinaus.

Aus der Ferne drang Musik an sein Ohr, und der Geruch von Holzrauch hing in der schwülen Luft. Das kurze Unwetter hatte kaum für Abkühlung gesorgt.

Er hatte das alles hier so satt. Nicht nur die Kämpfe, die Plünderungen und das Leid der Menschen. Er wollte nicht mehr heimatlos sein. Skoloster, Schweden, all die Dinge, die er liebte und schätzte und die er so sehr vermisste, tauchten vor seinem inneren Auge auf und ließen ihn für einen Moment die weißen Zelte und Karren vergessen.

»Worüber denkst du nach, Bruder?« Albert drehte sich erschrocken um.

Die dunkle Stimme Carls hatte, auch wenn er nur eine einfache Frage stellte, etwas Bedrohliches an sich.

Nur sehr selten sah man dem Anführer der schwedischen Truppen die Erschöpfung an, doch heute wirkte Carl Wrangel müde, seine kräftigen Wangen waren fahl, und Schweiß stand auf seiner Stirn.

»Ich habe an Skoloster gedacht«, antwortete Albert wahrheitsgemäß.

Sofort erhellte sich Carls Miene.

»Ach ja, Skoloster, die Heimat. Wie schön es dort ist. Sollte dieser Krieg jemals enden, dann kehren wir heim, und ich baue ein Schloss direkt am Mälarensee, wie ich es mir schon immer erträumt habe.«

»Wenn dieser Krieg jemals vorbei ist.« Albert deutete nach draußen.

Carl musterte seinen Bruder nachdenklich.

»Friedrich hat mir von eurem heutigen Tag berichtet.«

»Na und?«

»Du hast dich nicht wirklich an den Aktionen beteiligt, sagte er. Du hättest viele Leute laufenlassen und wirktest häufig so, als wärst du nicht bei der Sache. Er hat mich darum gebeten, einem anderen Kommandeur unterstellt zu werden.«

Albert sah seinen Bruder fassungslos an.

»Wenn er unter Aktionen versteht, Frauen zu vergewaltigen und Kinder zu töten, dann stimmt sein Bericht. Ich habe mich nicht daran beteiligt. Ich habe aber auch niemanden daran gehindert, die Frauen zu schänden und kleine Mädchen zu erschlagen. In den meisten Häusern gab es nichts mehr zu holen. Die Speisekammern haben wir ausgeräumt, sämtliche Räume nach Wertsachen durchsucht und das eine oder andere Haus auch angezündet. Wenn du mich jetzt fragst, wie ich mich dabei gefühlt habe, dann antworte ich dir ehrlich, Bruder: Ich habe mich schrecklich gefühlt. Das hier ist in meinen Augen kein Krieg. Was wir im Moment machen, hat nichts mit Schlachtfeldern zu tun. Wir versetzen Menschen in Angst und Schrecken, töten Kinder und schänden Frauen. Ich schäme mich dafür jeden Tag aufs Neue. Alles, was ich mir wünsche, ist ein Ende. Mein ganzes Leben lang kenne ich nur Krieg. Ich bin jetzt fünfundzwanzig Jahre alt. Es muss doch noch etwas anderes geben.«

Seine Stimme war lauter geworden, als er es wollte. Warum hatte er das gesagt? Warum verteidigte er seine Gefühle vor einem Menschen, der keinen Funken Mitleid in sich trug und nur auf seinen eigenen Vorteil bedacht war? Carl sah ihn herablassend an. Sein Gesichtsausdruck war undurchschaubar wie immer.

»Du bist mein Bruder, Albert, deshalb sehe ich dir deine Schwächen nach. Wir üben Rache an diesem Land und an dem Volk, das meinte, sich gegen uns stellen zu müssen. Das ist nicht immer ein schönes Handwerk und hat auch nichts mit einer ruhmreichen Schlacht zu tun, das weiß ich nur zu gut. Du bist in meiner Armee und wirst tun, was ich dir befehle. Hast du mich verstanden, Albert?«

Albert nickte wortlos. Carl sah ihn herausfordernd an.

»Ich möchte eine klare Antwort hören.«

»Ja, ich habe verstanden.«

Am liebsten hätte Albert seinen Bruder angebrüllt und wäre davongelaufen, irgendwohin, wo er die Dinge, die er heute, gestern, vorgestern und all die Jahre gesehen hatte, vergessen konnte. Aber das war nicht möglich. Die Armee ging nicht zimperlich mit Fahnenflüchtigen um, und wenn er jemals mit heiler Haut aus dieser Sache herauskommen wollte, dann musste er sich fügen.

Carl wandte sich zum Gehen, drehte sich dann aber noch einmal um.

»Die nächste Stadt auf meiner Liste ist Rosenheim, eigentlich nur ein Markt, soll aber sehr reich sein, Salzhandel und solche Dinge. Da gibt es bestimmt einiges zu holen. Ich wollte eine kleinere Truppe als Vorhut schicken, die ein wenig Angst und Schrecken verbreitet. Da du mein Bruder bist, wirst du diese Aufgabe für mich übernehmen. Wie es aussieht, werden wir die Belagerung von Wasserburg bald aufheben und weiterziehen. Eines meiner Regimenter wird in den nächsten Tagen bereits Richtung Mühldorf aufbrechen, doch der Haupttross wird noch eine Weile hierbleiben. Du wirst also genügend Zeit für diese Aufgabe haben.«

Albert sah seinen Bruder fassungslos an.

»Das ist nicht dein Ernst.«

»Doch, mein Lieber, das ist es.« Carl klopfte ihm auf die Schulter.

»Friedrich wird dich begleiten, und glaube mir, er wird mir genauestens Bericht erstatten.«

# 3

Pater Jakobus kroch aus der alten Scheune heraus und blickte sich misstrauisch um. Die Vögel begrüßten ihn laut zwitschernd, und in dem kleinen Bach neben der Scheune funkelte die aufgehende Sonne. Strahlend blau leuchtete der Himmel über den nebelverhangenen, feuchten Wiesen der Filzen, wie die sumpfige Gegend genannt wurde. Fasziniert blickte der Mönch auf die in der Ferne liegenden Berge. Die Natur gab ihm, trotz des vielen Leides, das Gefühl, nicht von Gott verlassen worden zu sein, auch wenn er in der langen Zeit des Krieges oft an ihm zweifelte.

Eigentlich hatten er und sein Mitbruder Sebastian, der mit einer offenen Wunde am Bein schlafend in der Scheune lag, noch Glück gehabt. Sie waren zu der Zeit, als die Schweden Aibling heimsuchten, damit beschäftigt gewesen, die Zäune der Pferdekoppeln zu reparieren, und hatten über die Felder fliehen können. Doch ein Landsknecht hatte sie bemerkt, war ihnen ein ganzes Stück nachgelaufen, und eine seiner Kugeln hatte Sebastian am Bein getroffen. Den Moment, als sein Freund zu Boden gegangen war, würde Jakobus so schnell nicht vergessen. Die Wahl zu haben, zu helfen oder seine eigene Haut zu retten, war schrecklich. Doch er war zurückgelaufen, hatte Sebastian aufgeholfen, und gemeinsam waren sie in das sumpfige Gelände der Filzen geflohen. Er wusste nicht mehr, wie lange sie gelaufen oder wie oft sie im Morast stecken geblieben waren.

Sebastian hatte ihn angefleht, ohne ihn weiterzugehen und sein eigenes Leben zu retten.

Irgendwann hatten sie dann vor einem Gewitter in der Scheune Schutz gesucht.

Plötzlich tauchten auf dem Feld zwei Rehe auf. Anmutig liefen sie durchs hohe Gras, hoben ihre Köpfe und blickten sich wachsam um. Sie verschmolzen mit dem Morgennebel, den Bergen, Bäumen und Büschen. Vielleicht hat Gott uns doch noch nicht vergessen, überlegte Jakobus. Er hat uns das Leben geschenkt und mir diesen wundersamen Moment. Er sollte dankbar sein und nicht argwöhnen. Gott leitete die Menschen mit seinen Worten, was sie daraus machten, war nicht seine Aufgabe.

Lautes Stöhnen riss ihn aus seinen Gedanken. Er eilte zurück in die Scheune.

Bruder Sebastian setzte sich mit schmerzverzerrtem Gesicht auf. Die offene Schusswunde direkt unterhalb des Knies hatten sie gestern nur notdürftig ausgewaschen und mit einem Stück Stoff verbunden.

»Ich helfe dir, mein Freund.« Pater Jakobus griff dem Mönch unter die Arme und half ihm, sich aufzusetzen.

Doch als er den Verband lösen wollte, hielt ihn Sebastian zurück.

»Lass es. Ich bin dir nur eine Last, zieh allein weiter, es ist besser so.«

Jakobus sah seinen Mitbruder ernst an. Sebastian war blass, und Schweißperlen standen auf seiner Stirn, gewiss hatte er Fieber.

»Nirgendwo werde ich ohne dich hingehen. Ich drehe doch nicht um und hole dich von der Straße, um dich in dieser Scheune sterben zu lassen. Entweder wir gehen beide nach Rosenheim oder keiner. Pater Franz wird sich um uns kümmern. Mit Gottes Hilfe werden wir den Weg schon schaffen.«

Sebastian versuchte zu lächeln, verzog dann aber das Gesicht, als sein Freund den Stoffverband löste.

Missmutig besah sich Jakobus die Wunde.

Sie war offen und nässte, und gelber Eiter hatte sich an den dicken roten Rändern um die Einschussstelle gebildet. Damit es gut verheilen konnte, musste die Kugel herausgeholt werden, dachte Jakobus.

»Wenn es so aussieht, wie es sich anfühlt, dann deute ich deinen Gesichtsausdruck richtig«, sagte Sebastian.

»Ich werde die Wunde noch einmal auswaschen.« Jakobus griff nach dem Holzeimer, den er gestern in der Hütte gefunden hatte, und ging entschlossen nach draußen.

Der Nebel hatte sich aufgelöst, die Rehe waren fort, und erneut überkamen ihn Zweifel, ob sie es wirklich bis Rosenheim schaffen würden.

Marianne überquerte den menschenleeren Marktplatz, auf dem große Pfützen vom Unwetter der letzten Nacht zeugten. Die Sonne war noch nicht aufgegangen, doch der Himmel war bereits hell und klar, und nur das sanfte Plätschern des Nepomuk-Brunnens und das Zwitschern der Vögel durchbrachen die Stille des Morgens.

Ihre Nacht war kurz gewesen, denn das Gespräch der beiden Männer hatte sie noch lange beschäftigt. Es war unrecht, was sie planten, obwohl es ihr eigentlich recht sein konnte, wenn die Frau, die sie all die Zeit über gegängelt hatte, endlich fort war. Doch sie verspotteten auch Anderl und wollten sich sein Erbe erschleichen. Woher nahmen sie das Recht, über andere zu urteilen? Anderl würde Hilfe brauchen, wenn er die Brauerei führte, aber gemeinsam würden sie es schon schaffen.

Ihr Stiefbruder war kindlich, naiv und unreif, und ob sich das jemals ändern würde, wusste niemand. Hedwig Thaler mochte ihren Sohn hassen, aber er liebte seine Mutter, obwohl sie ihm so oft unrecht tat. Für ihn würde mit ihrem Tod eine Welt zu-sammenbrechen, also mussten die beiden Männer aufgehalten werden. Pater Franz würde bestimmt wissen, was zu tun war. Kurz nachdem sie das Münchener Tor hinter sich gelassen hatte, ging die Sonne auf und tauchte die Spitzen der Alpenkette in goldenes Licht. Marianne blieb stehen und atmete die nach Blumen und Erde duftende Luft tief ein. Hier draußen gab es keine Mauern, Gassen und Laubengänge, die die Sicht verbauten.

Wie immer, wenn sie die Stadt verließ, wurde es ihr leichter ums Herz. Eine fröhliche Melodie summend, schlug sie den Weg zum Kapuzinerkloster ein, das unweit der Stadt direkt neben dem Friedhof lag.

Zu dieser frühen Stunde war das Haupttor des Klosters noch geschlossen, und die meisten Mönche waren bei der Morgenandacht. Marianne ging an der Mauer entlang zum Hintereingang der Anlage, wo sie von gackernden Hühnern in Empfang genommen wurde. Von der Hühnerschar verfolgt, schob sie die Hintertür auf und trat in die Küche. Pater Johannes stand an dem schweren, gusseisernen Ofen, der mit seinen wuchtigen Ausmaßen die Mitte des Raumes ausfüllte, und rührte in einem großen Topf. Der Geruch von Haferbrei hing in der Luft und erinnerte Marianne daran, dass sie noch nicht gefrühstückt hatte.

»Guten Morgen, Johannes.« Sofort überzog ein Lächeln das runzlige Gesicht des alten Mönchs.

»Guten Morgen, Marianne. Was treibt dich denn zu so früher Stunde zu uns heraus?«

Marianne mochte den alten Mönch, der, solange sie denken konnte, in dieser Küche stand. Sein Haar war inzwischen grau geworden, er humpelte und schimpfte häufig über Schmerzen in der Hüfte, obwohl man ja nicht schimpfen sollte, wie er immer zu sagen pflegte. Aber wenn sie ihn an so manchen Tagen sehr plagten, dann musste er schimpfen, auch wenn Gott es nicht gern sah. Er war ein ganzes Stück größer als Marianne und hatte einen ausladenden Bauchumfang, der dem Umstand zu verdanken war, dass er gern und viel aß und auch ein gutes Bier nie ablehnte. Mönche, die ihr Dasein mit Fasten verbrachten, waren ihm ein Graus.

Marianne schaute sehnsuchtsvoll zu dem dampfenden Topf. Johannes grinste verschmitzt und nahm eine Schale vom Regal.

»Komm, Kindchen, setz dich, aber schließ die Tür, damit die Hühner nicht hereinkommen. Dieses verfressene Volk benimmt sich, als hätte es nichts zu essen bekommen, dabei habe ich sie schon vor einer Stunde gefüttert.«

Marianne schloss die Tür und setzte sich an den Tisch. Der alte Mönch schaufelte reichlich Haferbrei in die Schale und verfeinerte ihn mit einem großen Klecks Honig. Marianne lief das Wasser im Mund zusammen. Bei Hedwig gab es natürlich auch jeden Morgen Haferbrei, doch Hedwigs Haferbrei bestand mehr aus Milch, ohne Hafer, und den Luxus, Honig hineinzurühren, würde sich Marianne niemals gestatten. Pater Johannes stellte die Schale auf den Tisch und musterte das Mädchen skeptisch.

»Sie behandelt dich wieder nicht gut, oder?«

Marianne blickte beschämt zu Boden. Seit Monaten hatte sie nichts als dünne Graupensuppe, Haferbrei und Küchenreste gegessen. Der alte Mönch setzte sich ihr gegenüber hin und beobachtete sie lächelnd dabei, wie sie den süßen Brei aß.

Wie alt war das Mädchen jetzt? Vielleicht siebzehn oder achtzehn Jahre? Eigentlich im heiratsfähigen Alter. Aber wer würde sie heiraten? Er verabscheute das Gerede der Leute. Gott hatte sicher einen guten Grund dafür gehabt, Marianne auf Erden zu lassen, aber vielleicht hätte er sie doch besser zu sich nehmen sollen, denn ein Leben als Geächtete war in seinen Augen kein Leben. Was für eine Zukunft würde das Mädchen haben?

Früher, als er noch besser laufen konnte, war er oft nach Kieling gewandert, um auf dem Gutshof der Leitners nach dem Rechten zu sehen. Pater Korbinian war dort täglich anzutreffen gewesen, aber seit seinem Tod und dem Abriss der Innbrücke war keiner mehr in dem einstigen Zuhause des Mädchens gewesen.

»Woran denkst du?« Marianne sah den Mönch neugierig an.

»Ach, an so vieles und nichts.« Was sollte er vom Heiraten reden, wenn sowieso keiner sie haben wollte.

Marianne legte den Löffel auf den Tisch, gähnte und streckte sich. Der Mönch griff nach der Schale und sah das Mädchen fragend an.

»Möchtest du noch etwas?«

Marianne überlegte kurz. Eigentlich war ihr Magen voll, doch der süße Geschmack des Honigs lag noch auf ihrer Zunge.

Der alte Mönch erriet ihre Gedanken.

»Ist schon gut, du nimmst hier keinem etwas weg. Bist dünn geworden, Mädchen, iss dich ruhig satt.«

Er erhob sich und schlurfte zurück zum Ofen. Marianne lehnte sich entspannt an die Wand und schloss die Augen.

Dann ließ ein ungewohntes Geräusch sie aufhorchen. Das Geschrei eines Säuglings drang an ihr Ohr, und erst jetzt fiel ihr das Weidenkörbchen auf, das neben dem Herd in der Ecke stand.

»Was war das denn? Seit wann gibt es denn bei dir in der Küche Säuglinge, Johannes?«

Der Mönch sah mit trauriger Miene zu dem Körbchen.

»Es lag heute Morgen vor der Tür. Ist nicht das erste Kind, das wir finden.«

Marianne ging zu dem Körbchen. Das winzige Bündel Mensch fuchtelte nervös mit den Ärmchen. Sein Gesicht war gerötet, und Tränen rannen aus den zusammengekniffenen Äuglein.

Sanft strich sie dem Kleinen über die Wange, hob es heraus und wiegte es beruhigend.

»Na, na, wer wird denn weinen. Jetzt ist doch alles wieder gut. Es hat Hunger, Johannes.«

»Ich weiß«, antwortete er und rührte nervös im Haferbrei.

»Warum gibst du ihm nichts?« Marianne sah den Mönch vorwurfsvoll an. Das Kind begann, an Mariannes Daumen zu saugen, und hielt sich mit seinen kleinen Fingerchen krampfhaft daran fest.

»Ich hab nichts für das Kindchen. Es ist ein Neugeborenes. Wenn ich ihm die Milch unserer Kühe gebe, stirbt es, und die Ziege ist uns gestohlen worden.« Er zuckte mit den Schultern.

»Ich kann ihm nichts geben, genauso wenig wie den anderen.«

»Welchen anderen?« Marianne sah den Mönch erschrocken an. Sie konnte es nicht fassen. Die verzweifelte Mutter hatte ihr Kind in der Hoffnung auf Gott vor dem Kloster ausgesetzt, und jetzt lag es hier und verhungerte.

»In den letzten Wochen lagen oft Neugeborene vor der Tür. Eines war bereits tot, als ich es bemerkte. Die anderen sind irgendwann ruhig geworden und eingeschlafen.« Er sah das Kind mitleidig an. »Wir haben keine Frauen im Kloster, geschweige denn eine Amme. Die Leute sind froh, wenn sie sich selbst durchbringen.«

»Aber ihr könnt es nicht einfach sterben lassen. Es muss doch einen Weg geben, irgendeine Möglichkeit.«

Traurig sah der Mönch zu Marianne. »Zurzeit gibt es für niemanden irgendwelche Möglichkeiten, Marianne. Wir sind froh, selbst einigermaßen durchzukommen. Die Frauen, die hier ihre Kinder ablegen, sind allein, verzweifelt und arm. Die Bettler, die an meine Tür klopfen, schicke ich schon lange wieder fort, denn ich kann ihnen nichts geben. Das wenige, was wir haben, brauchen wir für uns.«

Marianne deutete auf ihre leere Schale. Pater Johannes seufzte.

»Das bisschen, was du isst, Kind, hab ich schon übrig. Du bist doch unser Mündel, fast wie ein Kind des Klosters. Ich weiß noch, wie du barfuß in meiner Küche gesessen hast und deine Beinchen kaum bis auf den Boden reichten, wie ich dir das Lesen und Schreiben beibrachte. Für dich werde ich immer etwas übrig haben.«

Marianne sank zurück auf die Bank und strich dem Kind, das wieder zu greinen begonnen hatte, beruhigend über den Rücken.

»Wie tief sind wir schon gefallen, Johannes, um so grausam zu sein?«

Der alte Mönch sah sie traurig an.

»Wenn es so weitergeht, dann werden wir noch viel grausamer sein müssen.«

Kopfschüttelnd griff der Mönch nach der Suppenkelle, Marianne hielt ihn zurück.

»Ich habe jetzt doch keinen Hunger mehr, Johannes. Darf ich das Kind eine Weile behalten?«

Verwundert sah Johannes Marianne an.

»Natürlich darfst du das.«

Schweigend verließ Marianne die Küche, lief durch das leere Dormitorium und den Kreuzgang bis in den Rosengarten, ihren Lieblingsplatz im Kloster.

Sie setzte sich auf eine Bank, und der berauschende Duft der Blumen hüllte sie ein. Der kleine Innenhof war von Mauern umgeben, an denen verschiedenfarbene Kletterrosen hinaufrankten. Unterschiedliche Rosensorten blühten in runden Beeten mit dem Lavendel um die Wette. Bienen summten, und Schmetterlinge tanzten durch die Luft. Hinter diesen Mauern fühlte sich Marianne sicher, und all die üblen Gedanken, die Müdigkeit und der Schmerz schienen zu verschwinden. Auf dieser Bank hatte sie Zuflucht gesucht, wenn Hedwig ungerecht zu ihr war oder sie sich einsam und verloren fühlte. Umgeben von den Blumen und der Stille war sie ruhig geworden – und wurde es auch jetzt wieder. Sie spürte, wie sich ihre Gedanken ordneten.

Traurig schaute sie auf das Kind in ihrem Arm, das sie mit seinen blauen Augen ansah. Sein Mund war geschlossen, und auf seinen Wangen schimmerten noch die letzten Tränen. Marianne hatte den Eindruck, als würde es lächeln.

»Ich weiß noch nicht einmal, ob du ein Junge oder ein Mädchen bist. Ich meine, das ist doch wichtig, wenn du einen Namen bekommen sollst.« Sie lächelte das Kind liebevoll an. »Pater Johannes war wohl zu beschäftigt, um nachzusehen.« Sie schüttelte seufzend den Kopf. Was sollte er auch nachsehen. In einigen Stunden war das Kind gewiss tot. Es würde einschlafen und ganz leise zum lieben Gott hinaufwandern, ein Engel werden wie ihr Bruder.

»Du wirst sicher ein hübscher Engel sein.« Sie strich dem Kind zärtlich über die Wange.

»Wer wird ein hübscher Engel?«

Marianne zuckte zusammen und wandte sich um. Pater Franz stand unter dem alten Rosenbogen, der den Eingang des Gartens überspannte, und lächelte Marianne an.

So lächelte er immer, sanft und liebevoll. Marianne schätzte die besondere Aura, die den Mönch umgab. Seinen Hinterkopf zierte ein Haarkranz, er war schmal gebaut und versank fast ein wenig in seiner braunen Mönchskutte, die er an der Taille mit einem beigefarbenen Strick zusammenhielt.

»Guten Morgen, Pater Franz.« Sie deutete auf das Kind in ihrem Arm.

»Es wird bald ein Engel sein. Ein hübscher Engel, ganz bestimmt.« Tränen stiegen ihr in die Augen, und ihre Stimme brach. Der Abt trat näher, setzte sich neben sie auf die Bank und blickte in das kleine Gesicht.

»Gottes Wege sind unergründlich, gewiss wird Franziska es gut bei ihm haben.«

Erstaunt sah Marianne ihn an.

»Aber …« Er lächelte.

»Wir haben sie, gleich nachdem wir sie gefunden haben, getauft. Ich finde, der Name Franziska passt zu ihr.«

Prüfend blickte Marianne in das Antlitz des Kindes. Ein Mädchen also.

»Ja, das finde ich auch. Franziska ist wunderbar.«

Schweigend saßen sie eine Weile nebeneinander. Langsam schlich sich die Morgensonne in den Innenhof, tauchte die ersten Rosen in ihr warmes Licht und ließ den einen oder anderen Tautropfen funkeln. Pater Franz durchbrach die Stille.

»Aibling ist von den Schweden geplündert und besetzt worden. Zwei Mönche aus einem Kloster in Baldham haben sich mit Müh und Not zu uns durchgeschlagen. Für einen von beiden sieht es schlecht aus. Er hat eine eitrige Wunde am Bein und hohes Fieber. Der andere berichtete von schrecklichen Greueltaten und unsagbarem Leid.«

Marianne begann trotz der wärmenden Sonnenstrahlen zu frieren.

»Was bedeutet das?«, fragte sie.

»Gewiss werden sie bald kommen. General Wrangel wird es sich nicht entgehen lassen, Rosenheim zu plündern.«

Marianne sah den Mönch entsetzt an. Pater Franz zuckte mit den Schultern.

»Wir können nichts tun. Eine ganze Stadt kann nicht fortlaufen.«

Hilflos blickte Marianne auf das Kind in ihrem Arm, und plötzlich überrollte sie die Furcht vor dem Unbekannten, den grausamen Geschichten, die so mancher Wanderer in der Gaststube erzählt hatte. Aibling war nicht weit und die Gefahr zum Greifen nah. Eben hatte sie sich noch Sorgen um die Brauerei, um Anderl und sogar um Hedwig gemacht, und jetzt …

Pater Franz verstand die Furcht in den Augen seines Mündels, das ihm sehr ans Herz gewachsen war. Marianne war trotz aller Widrigkeiten zu einer gottesfürchtigen, herzensguten jungen Frau herangewachsen, die er immer, soweit es in seiner Macht gestanden hatte, beschützte. Seit dem Tag, als er sie bei Pfarrer Angerer abgeholt hatte, war er bestrebt gewesen, ihr ein gutes, gerechtes Leben zu ermöglichen, doch ob er sie jetzt noch beschützen konnte, wusste er nicht, geschweige denn, ob er das Kloster und sich selbst retten konnte.

Beruhigend legte er seine Hand auf ihren Arm.

»Vielleicht wird es ja nicht so schlimm.«

Marianne sah den Mönch ungläubig an. Glaubte er, was er da sprach? Pater Franz seufzte.

»Das hoffe ich wenigstens.«

Er blickte auf das schlafende Kind in Mariannes Arm.

»Es wird gewiss nicht lange dauern.« Marianne nickte traurig.

»Ja, sie hat es bald geschafft.«

Am späten Nachmittag desselben Tages saß Marianne auf einem umgestürzten Baumstamm neben dem alten Ziehbrunnen in dem Hof ihrer Eltern in Kieling und ließ ihren Blick schweifen. Das Haupthaus war verfallen, durch die Fenster wuchsen wilde Rosen und Efeu, die Tür fehlte. Die Stallungen waren ebenfalls zerstört, Brombeergestrüpp wucherte über die Steine und Hölzer und verdeckte den Ort, der sich am stärksten in ihrer Erinnerung eingeprägt hatte. Der Verschlag im Stall war zugewuchert.

Sie schloss die Augen. Der Wind streichelte ihre Wangen, und plötzlich waren ihre Erinnerungen wieder da. Die Hühner liefen gackernd um sie herum, die Pferde wieherten auf den Weiden, das Grunzen der Schweine aus dem Stall war zu hören, ebenso Alma, die, ein Lied summend, am offenen Küchenfenster stand. Der Vater fuhr mit einem Fuhrwerk voller Heu auf den Hof und winkte ihr lachend zu. Die Knechte machten sich daran, die Ernte abzuladen und im Heuschober zu verstauen. Das warme Gefühl der Geborgenheit breitete sich in Marianne aus und entführte sie in eine Welt, die es schon lange nicht mehr gab, ließ sie teilhaben am Leben von Menschen, die tot waren. Sie öffnete die Augen. Hier gehörte sie her, nicht nach Rosenheim, in die Brauerei oder ins Kloster. Das hier war ihre Heimat, der Ort, an dem ihre Seele war. Doch was half das viele Grübeln, denn ihr Zuhause bestand nur noch aus Trümmern und Erinnerungen. Sie griff traurig in ihre Rocktasche und holte die kleine Goldkette mit dem Engelanhänger hervor. Der Engel schimmerte im Licht der Sonne. Er war so wunderschön und sollte ihr Glück bringen, sie beschützen, hatte Alma gesagt. Doch Glück suchte sie bis heute vergebens, stattdessen begleiteten Schimpf und Schande sie. Die Geächtete, das Pestkind wurde sie genannt, und nichts und niemand würde daran jemals etwas ändern.

Sie stand auf, ließ die Kette in ihre Rocktasche gleiten und schlug den Weg zur Kielinger Kirche ein.

Der Kielinger Friedhof lag im Schatten großer Eichen, in denen der heiße Sommerwind rauschte. Die kleine Dorfkirche wirkte heruntergekommen, der Putz bröckelte von den Wänden, und auf dem Dach fehlten einige Ziegel. Marianne liebte den stillen Ort, an dem die schmiedeeisernen Grabkreuze mit ihren vielen Namen Geschichten von Menschen erzählten, die einst hier gelebt hatten. Sie durchschritt die Gräberreihen und strich mit den Händen über das hohe Gras, das am Rand des Weges und auf so manchem Grab wucherte. Vor einem Grab im hinteren Teil des Friedhofs blieb sie stehen. Maria Leitner, geliebte Ehefrau und Mutter, stand auf dem Grabkreuz, an dem der Rost bereits seine Spuren hinterlassen hatte. Marianne fuhr liebevoll mit dem Finger über die geschwungenen Buchstaben. Auf dem Grab teilten sich Efeu und Brombeerranken den Platz mit Glockenblumen und Margeriten. Die Erinnerungen an die geliebte Mutter waren für Marianne wie ein undurchsichtiger Nebel, durch den die Melodie eines Kinderliedes drang, das sie ihr immer vorgesungen hatte. Alma hatte gesagt, sie wäre ein guter und gottesfürchtiger Mensch gewesen, doch selbst die Erinnerungen an die alte Küchenmagd verschwammen immer mehr.

»Ja, wen haben wir denn da. Marianne, Kind, was treibt dich denn an einem so heißen Sommertag zu uns heraus?« Marianne drehte sich um. Pfarrer Angerer stand, auf einen Stock gestützt, vor dem Eingang der Kirche und lächelte sie an.

»Grüß Gott, Herr Pfarrer, ich wollte der Hitze der Stadt entfliehen.«

Der Pfarrer trat zu Marianne.

»In der Stadt ist es gewiss noch unerträglicher.« Er deutete zum Pfarrhaus, das direkt neben der Kirche lag. »Leistest du einem alten Mann ein wenig Gesellschaft?«

»Gern«, erwiderte Marianne und verließ mit dem Priester den Kirchhof.

Der winzige Innenhof des Pfarrhauses lag im hellen Sonnenlicht. Der Priester bot Marianne einen Platz auf einer Bank an, die neben der Eingangstür im Schatten stand, und verschwand im Haus. Kurze Zeit später kam er mit einem Krug Wasser und zwei Bechern in den Händen zurück, stellte alles neben sich auf die Bank und setzte sich stöhnend. Ein Hustenanfall schüttelte ihn. Marianne wartete geduldig, schenkte von dem Wasser ein und reichte ihm, nachdem er sich wieder beruhigt hatte, den Becher. Dankbar nahm Pfarrer Angerer ihn entgegen, trank mit großen Schlucken und musterte dann neugierig seinen unerwarteten Gast. Richtig erwachsen war Marianne geworden. Er erinnerte sich an das kleine Mädchen, das er damals aus dem winzigen Verschlag im Stall gezogen hatte. Er seufzte. Der Makel des Pestkinds hatte sie bis heute verfolgt. Er konnte sich schon denken, warum sie wieder einmal hergekommen war. Marianne schien seine Gedanken zu erraten. Sie stellte ihren Becher ab und sah ihn traurig an.

»Niemals werden die Leute damit aufhören, mich zu beschimpfen. Könnt Ihr mir sagen, was ich Gott getan habe?

Warum hat er mich nicht zu sich geholt? Alle sind fort, nur ich bin noch hier.«

»Ich weiß es nicht«, antwortete der alte Pfarrer schulterzuckend. »Bist du deshalb gekommen, um eine Antwort auf diese Frage zu erhalten?«

»Vielleicht«, erwiderte Marianne. »Es gibt Tage, da ist es erträglich, dann beachtet mich niemand, und ich bin wie all die anderen. Doch dann beschimpfen sie mich wieder, oder Hedwig verprügelt mich.« In ihre Augen traten Tränen. Sie griff in ihre Rocktasche und zog die kleine goldene Kette mit dem Engelanhänger heraus. Liebevoll strich sie mit den Fingern darüber und zeigte ihn dem Priester.

»Alma hat mir den Engel geschenkt. Sie hat gesagt, er hätte einmal meiner Mutter gehört und würde mich beschützen, mir Glück bringen. Doch ich traue mich nicht, ihn zu tragen, denn Hedwig würde ihn mir gewiss wegnehmen.«

Pfarrer Angerer schaute auf den Anhänger und lächelte.

»Die gute Alma. Sie war etwas Besonderes. Möge Gott ihrer Seele gnädig sein.«

»Wird es irgendwann einmal erträglich oder anders werden?« Marianne sah den Priester fragend an.

Pfarrer Angerer zuckte mit den Schultern.

»Wenn ich das nur wüsste, mein Kind. Die Leute glauben das, was sie glauben wollen, und sind durch Neid und Missgunst blind geworden für die Wunder unserer Welt. Du bist eines dieser Wunder, und darauf solltest du stolz sein und dich nicht grämen.«

In Marianne stieg Wut auf, sie ließ den Engel los und sprang auf. »Ich will aber kein Wunder sein. Ich will einfach nur wie all die anderen sein und nicht das Pestkind, das alle hassen und verurteilen.«

Pfarrer Angerer sah sie überrascht an. So aufbrausend kannte er sie gar nicht, aber er konnte sie verstehen. Die Beschimpfungen und die ständige Ausgrenzung zehrten an ihren Nerven.

»Aber alle verurteilen dich doch nicht«, versuchte er sie zu beruhigen. »Pater Franz und die Mönche des Klosters halten zu dir, und Anderl doch auch. Er verteidigt dich, wo er nur kann.« Marianne lachte laut auf und schüttelte den Kopf.

»Damit ihn die Kinder mit Dreck bewerfen und ihn auslachen. Er ist doch nicht besser dran als ich.«

Der Priester erhob sich und legte Marianne die Hände auf die Schultern.

»Beruhige dich. Ich kann dich gut verstehen, aber einen Ausweg kann ich dir nicht zeigen, den kennt nur Gott allein.« Marianne atmete tief durch und ließ die Schultern sinken.

»Ein Gott, der mich vergessen hat.« Der Priester sah ihr ernst in die Augen.

»Nein, ein Gott, auf den du vertrauen solltest. Schließe deinen Frieden mit ihm. Du wirst sehen, er kennt den Weg.«

Anderl mochte es, wenn der alte Theo ihn in die Stadt begleitete, denn wenn Theo bei ihm war, pöbelte ihn niemand an, und sogar die frechen Buben, die ihn sonst gern mit Kieselsteinen bewarfen, ließen ihn in Ruhe. Theo war wie er ein Außenseiter, lebte in einer alten Hütte am Fluss, und es gab viele Geschichten um den sonderbaren, weißhaarigen Mann, der zu Rosenheim gehörte wie der Inn mit seinem grünen Wasser. Doch im Gegensatz zu Anderl wurde er respektiert und geachtet, obwohl er sich keine Mühe gab, sich anzupassen.

Anderl hatte Theo einmal gefragt, warum er sein Freund war. Der alte Mann hatte eine Weile gebraucht, bis er die richtige Antwort gefunden hatte, und ihm mit der Frage, warum er es denn nicht sein sollte, geantwortet.

Danach hatte Anderl sich nie wieder Gedanken über ihre Freundschaft gemacht. Vielleicht war es aber auch ihre Ähnlichkeit, die die beiden zueinandergeführt hatte. Beide waren ruhig, zurückhaltend und brauchten Zeit, um Antworten zu geben. Anderl kämpfte noch um Anerkennung. Theo hingegen hatte sich mit seiner Außenseiterrolle abgefunden.

Sie erreichten die Brauerei, und Anderl öffnete das Hoftor. Es war ein ruhiger Sommernachmittag. Erneut lag schwüle Luft über der Stadt, und ab und an wirbelte Staub auf den Straßen in die Höhe. Eifrig winkte er Theo in den Hof.

»Komm ruhig rein, Theo. Niemand ist hier. Du hast bestimmt Durst.«

Theo zögerte. Er scheute eine Begegnung mit Hedwig. Er konnte die herrische Wirtin des Stockhammer Bräus nicht leiden, und wie sie mit Anderl umging, tat ihm in der Seele weh. Seine trockene Kehle brachte ihn aber doch dazu, dem Jungen zu folgen.

Anderl verschwand in der Küche und tauchte kurze Zeit später mit zwei Krügen Bier wieder auf. Gierig trank Theo seinen Krug in einem Zug leer und genoss den malzigen Geschmack auf der Zunge.

»Das tut gut.« Er wischte sich den Schaum vom Mund. »Aber deine Mutter wird es nicht gern sehen, wenn du das Bier verschenkst.«

»Schmeckt es dir?« Der alte Mann nickte.

»Es schmeckt wunderbar.« Anderl hielt ihm seinen Krug hin.

»Dann kannst du meines auch noch trinken.«

Theo blickte nervös zur Küchentür, nahm den Krug, trank einen kräftigen Schluck und gab ihn zurück.

»Es ist genug. Bei der Hitze steigt mir das Bier in den Kopf. Ist eh besser, wenn ich mich jetzt fortmache, bevor Hedwig mich sieht und du Ärger bekommst.«

Anderl sah Theo nachdenklich an und ballte die Fäuste.

»Es ist mir egal, was sie sagt. Du bist mein Freund, ich lasse nicht zu, dass sie dich verscheucht.«

Theo strich Anderl beruhigend über die Schulter.

»Ist schon gut, mein Junge. Es ist eben, wie es ist. Ich mag keinen Streit.«

Anderls Anflug von Wut verrauchte so schnell, wie er gekommen war. Er nickte stumm.

»Kommst du mich morgen besuchen?«, fragte Theo.

»Ja, natürlich, Theo. Sehen wir dann auch wieder den Booten zu?«

Theo lächelte.

»Das tun wir doch immer. Und du bist der Schiffsmeister und ich dein Matrose.«

»Was werden wir geladen haben?«

»Was du dir wünschst.« Theo wandte sich dem Ausgang zu.

»Dann sollen es Salz, Getreide und viele Fässer Wein sein.«

»Abgemacht! Fässer mit Wein werden es sein.« Theo hob die Hand zum Gruß. »Bis morgen.«

Anderl winkte eifrig wie ein kleines Kind. »Ich freu mich schon.« Das Tor schloss sich hinter dem alten Mann, und Anderl fühlte wieder diese Trostlosigkeit, die er immer verspürte, wenn er sich von Theo trennen musste. Mit gesenktem Kopf ging er zur Küchentür, doch dann ließ ihn das erneute Knarren des Hoftors aufblicken.

Ein schlaksiger blonder Mann betrat den Hof und blickte

sich um. Er schien Anderl nicht zu bemerken, steckte seine Nase neugierig in den Pferdestall, öffnete die Tür des Hühnerverschlags und inspizierte die anliegenden Brauereigebäude. Anderl beobachtete den Mann neugierig, schloss leise die Küchentür und folgte ihm. Vor dem Braukessel, wo sich der blonde Unbekannte an einem der Bierfässer zu schaffen machte, holte er ihn ein.

»Was tust du da?«, fragte Anderl.

Der Mann zuckte erschrocken zusammen und drehte sich um.

»Nichts, nichts«, antwortete er und musterte sein Gegenüber.

»Du musst Anderl sein.«

Anderl riss verwundert die Augen auf. Woher kannte dieser Mann seinen Namen?

»Du fragst dich gewiss, woher ich dich kenne, oder?«

Anderl nickte. Doch weiter kam er nicht, denn Hedwigs laute Stimme unterbrach die beiden. Die Brauereibesitzerin hatte ihren Mittagsschlaf beendet und war zu ihrem täglichen Rundgang aufgebrochen. Die Arme in die Hüften gestemmt, stand sie in der Tür und funkelte den blonden Mann wütend an.

Anderl zog instinktiv den Kopf ein.

»Was willst du, Josef? Du solltest dich hier doch nicht mehr blicken lassen. Lass uns allein, Anderl.«

Das ließ sich der Junge nicht zweimal sagen.

Hedwig ging auf Josef zu, der beruhigend die Hände hob.

»Lass uns doch ruhig über alles reden. Ich will dir doch nur helfen, Hedwig, immerhin bin ich dein Vetter.«

Schwer atmend blieb sie vor ihm stehen.

»Du bist nicht meine Familie. Ein Taugenichts warst du dein ganzes Leben lang. Den Hof deines Vaters hast du in den Ruin gewirtschaftet, und jetzt versuchst du, dich an mich heranzumachen, aber das kannst du vergessen, denn die Brauerei habe ich allein geerbt und sonst niemand.«

Josef Miltstetter gab sich noch nicht geschlagen. Er kannte das Temperament seiner Base.

»Aber du bist doch eine Frau. Es schickt sich nicht, eine Witwe und Wirtin zu sein. Was sollen denn die Leute denken?«

Hedwig lachte laut auf.

»Was die Leute denken, ist mir gleichgültig. Und soweit ich mich erinnern kann, war es dir auch immer unwichtig.«

Es fiel Josef schwer, seine aufsteigende Wut unter Kontrolle zu halten. Was bildete sich dieses Weib überhaupt ein? Er war ein Mann, und sie hatte sich unterzuordnen und sollte froh darüber sein, Hilfe angeboten zu bekommen.

Hedwig baute sich mit verschränkten Armen und grimmiger Miene vor der Tür auf.

»Du solltest jetzt besser gehen.« Josef nahm einen letzten Anlauf.

»Irgendwann wirst du froh sein, mich zu haben, oder glaubst du wirklich, der dumme Junge kann einmal dein Erbe antreten?«

»Anderl geht dich nichts an. So wie dich hier gar nichts etwas angeht. Verschwinde endlich! Ich will dich hier nie wieder sehen.«

Josef grinste. Er wusste, jetzt hatte er ihren wunden Punkt getroffen.

»Was soll denn werden, wenn du nicht mehr bist? Er ist dein einziger Erbe, und zum Kinderkriegen bist du inzwischen zu alt. Der Bursche wird die Brauerei in Grund und Boden wirtschaften.«

Hedwig hatte sich wieder im Griff.

»Ich habe gesagt, du sollst mein Haus verlassen.«

»Ich gehe jetzt, meine liebe Base. Aber das letzte Wort zwischen uns ist noch nicht gesprochen.«

Hedwig folgte ihrem Vetter auf den Hof, wo Anderl die Hühner fütterte. Neugierig warf er den beiden einen Blick zu.

»Mach's gut, mein Junge«, rief Josef ihm zu und hob seine schäbige Kappe. »Wir sehen uns bald wieder.«

Lautstark schlug er das Hoftor hinter sich zu.

Hedwig stand mitten auf dem Hof, dann drehte sie sich zu Anderl um und gab ihm eine schallende Ohrfeige.

Erstaunt sah er sie an.

»Wie oft habe ich dir schon gesagt, keine Fremden hereinzulassen? Dem Teufel persönlich würdest du dummer Junge die Tür öffnen.«

Anderl hielt sich die schmerzende Wange, sah seiner Mutter hinterher, die wieder in der Küche verschwand, und fütterte weiter die Hühner.

August Stanzinger rollte die Augen und blickte über den Marktplatz, auf dem unaufhörlich Regen in große Pfützen prasselte. Bereits seit dem gestrigen Abend schüttete es wie aus Kübeln. Das Abhalten eines geregelten Marktes war heute kaum möglich, weshalb sich nur wenige Bauern und Händler eingefunden hatten, die ihre Waren an die wenigen Leute feilboten, die sich nicht in ihren Häusern verkrochen.

Doch obwohl die Schweden nicht mehr weit waren, gab es noch Weiber, die keine anderen Sorgen hatten, als sich gegenseitig anzukeifen. In diesen Momenten hasste er es, Büttel zu sein. Er stützte den Arm auf und versuchte, den beiden korpulenten Damen zu folgen, die aufgebracht und laut schimpfend vor seinem Schreibtisch standen.

Wahrscheinlich stritten sich Gabriele Obermeyer und Luise Hinterbauer schon ihr ganzes Leben lang, und es verging keine Woche, in der sie sich nicht laut zankend bei ihm einfanden. Mal ging es um einen niedergetrampelten Kräutergarten, dann um ein humpelndes Pferd. Einmal hatte Luise sogar behauptet, Gabriele wäre vom Teufel besessen, weil ihre arme Kuh keine Milch mehr geben würde. Die beiden trieben ihn irgendwann noch in den Wahnsinn.

»Ich hab es genau gesehen, dein verlauster Sohn hat heute früh meinen Hahn gestohlen«, keifte Gabriele Obermeyer und warf dem Büttel, der ihrer Meinung nach eindeutig zu wenig Interesse zeigte, einen vorwurfsvollen Blick zu.

»Gar nichts hat er. Der Ernst ist ein guter Junge, niemals würde er stehlen«, verteidigte sich Luise und setzte eine Bettelmiene auf, die August nur zu gut kannte.

Ungeduldig griff der Stadtbüttel zur Schreibfeder.

»Jetzt beruhigen Sie sich doch, meine Damen. Ich nehme ja deine Anzeige auf, Obermeyerin.«

Verdattert sahen die beiden den Büttel an. Gabriele Obermeyer fing sich als Erste wieder.

»Ihr werdet doch eh wieder nichts tun, um dieses Weib und ihre schreckliche Brut unschädlich zu machen. Eine Schande ist das.«

»Was soll das heißen, schreckliche Brut?« Luises eben noch flehende Augen verwandelten sich in wütende Schlitze, die zusammen mit dem rotwangigen Gesicht der Frau durchaus eine gewisse Wirkung erzielten.

»Ja, wenn es doch wahr ist«, konterte Gabriele und verzog beleidigt das Gesicht.

»Nur Ärger machen deine Bälger. Kein Wunder bei der Mutter, die ja auch nicht mehr ist als eine dumme Dirne.«

»Das nimmst du zurück! Wer von uns hat sich denn jedem dahergelaufenen Mannsbild an den Hals geworfen? Drei Männer hast du schon durchgebracht. Eine Hure bist du, jawohl!« August ließ die Feder sinken, erhob sich von seinem Stuhl und ging auf die beiden Frauen zu.

»So kommen wir doch nicht weiter. Es ist besser, ihr geht jetzt beide. Ich habe heute noch mehr zu tun, als euch beim Streiten zuzuhören.«

Energisch griff er die beiden Damen am Oberarm und zog sie zur Tür, aber Gabriele Obermeyer wehrte sich entrüstet.

»Das könnt Ihr nicht machen. Ich muss eine Anzeige erstatten, denn der Knabe ist ein Dieb und muss geholt werden.«

»Gar nichts ist er«, keifte Luise und versuchte erneut, den Büttel mit einem schmachtenden Blick auf ihre Seite zu ziehen.

»Ihr kennt den Buben doch. Niemals würde der Junge etwas stehlen. Ich bürge für ihn.«

»Er ist ein Dieb, ein lausiger kleiner Gauner, dem die Hand abgehackt werden sollte.«

August hatte sich bis zur Tür vorgekämpft, öffnete sie, schob die beiden zankenden Weiber unsanft auf den Marktplatz und drehte danach den Schlüssel im Schloss. Erschöpft schloss er die Augen und versuchte, das Klopfen an der Tür zu ignorieren. Ja, Ernst war ein lieber Junge, und er kannte ihn besser, als seiner Mutter lieb war. Seine Haut war weiß wie Schnee, seine Schenkel waren heiß, und sein Stöhnen erregte ihn. Er konnte wunderbare Dinge mit seinen Lippen vollbringen und war ihm gefügig, sooft er es wollte.

Das Hämmern an der Tür ließ nach, und er schaute vorsichtig zum Fenster hinaus. Die beiden Frauen entfernten sich. Erleichtert schloss er die Tür wieder auf und ging zurück zu seinem Schreibtisch. Als er sich setzte, bemerkte er vor dem

Fenster eine Bewegung. Anderl Thaler lief direkt daran vorbei. Sein Haar klebte ihm an der Stirn, und er war durchnässt vom Regen. Kurz sah er das ebenmäßige Gesicht und die hübschen, kindlichen Augen des Jungen, den alle nur den Dummen nannten, für den er aber mehr empfand und den er zu gern verführen würde, denn Anderls Naivität reizte ihn sehr. Hastig erhob er sich und trat ans Fenster, aber der Junge war fort. Nachdenklich blieb August für einen Moment stehen, sein Blick ging ins Leere. Besitzen, ihn festhalten und nie mehr loslassen. Den Jungen gefügig machen, nur für sich.

»Was ist los, Büttel?«

Erschrocken zuckte er zusammen und drehte sich um.

»Ach, Josef, Ihr seid es.«

Der blonde Mann musterte sein Gegenüber skeptisch.

»Warum seid Ihr denn so nervös?«

August strich sich würdevoll über seine Weste und setzte sich an seinen Schreibtisch.

»Sind wir nicht alle nervös in diesen Zeiten.« Er zeigte nach draußen. »Wrangel sitzt uns wie ein blutrünstiger Hund im Nacken, und keiner weiß, wie es weitergeht.«

Josef zuckte mit den Schultern, ließ sich dem Büttel gegenüber nieder und schlug die Beine übereinander. Er war nicht gekommen, um über die Schweden zu reden. Seine Furcht vor General Wrangel war begrenzt. Aibling hatte Fehler gemacht, die Rosenheim sicher nicht unterlaufen würden.

»Hört mir doch damit auf.« Er winkte ab. »Die Schweden wollen nur plündern und Beute machen, wenn die Stadt klug handelt und Wrangel entgegenkommt, dann könnte ein Überfall abgewendet werden.«

August sah Josef überrascht an. So viel Umsicht hatte er dem Mann, den er erst seit kurzem kannte, nicht zugetraut.

»Und wie soll ich das bitte anstellen? Klug handeln? Bisher ist doch nichts geschehen. Die Stadt liegt offen da. Wrangel muss nur kommen. Er wird sich doch so eine Stadt wie Rosenheim nicht entgehen lassen. Auch wenn wir Probleme haben wie viele andere Dörfer und Städte auch, durch die Schifffahrt und den Salzhandel geht es uns noch sehr gut.«

Sein Gegenüber zuckte mit den Schultern.

»Dann dürfte es keinen großen Aufwand darstellen, das Nötige aufzutreiben, um Wrangel abzufinden.«

»Wenn er sich abfinden lässt«, erwiderte der Büttel und wechselte das Thema.

»Was treibt Euch eigentlich zu mir, Josef? Ihr werdet mir doch nicht erzählen wollen, wegen den Schweden hergekommen zu sein.«

»Nein, natürlich nicht«, erwiderte Josef. »Ich bin wegen unserer kleinen Abmachung gekommen. Ihr erinnert Euch?« Stanzinger seufzte. Er hatte jetzt wirklich andere Sorgen, als sich um Hedwig Thaler und die Brauerei Gedanken zu machen.

»Können wir das nicht erledigen, wenn die Schweden wieder fort sind? Wir wissen doch noch nicht einmal genau, wie wir der Witwe habhaft werden wollen.«

»So lange kann ich nicht mehr warten. Ich wohne im Gasthaus in einer schäbigen Kammer, und selbst für die geht mir bereits das Geld aus. Ihr habt mir versprochen, Euch um die Sache zu kümmern, also haltet Euch daran.«

August Stanzinger wurde ungehalten.

»Ich habe es doch schon erklärt. Ein ganzes schwedisches Heer ist nicht weit weg von uns. Die Dinge ändern sich nun mal.« Wütend sprang Josef auf und schlug mit der Faust auf den Tisch.

»Ihr habt mir Eure Unterstützung zugesagt. Mir sind die

Schweden gleichgültig. Ich will diese Brauerei, und ich werde sie auch bekommen.«

August zuckte zusammen. Josef Miltstetter hatte recht, er war ihm ausgeliefert, wusste dieser doch von seinen ungewöhnlichen Gelüsten.

»Gut, ich überlege mir was, aber wir müssen vorsichtig sein, denn es darf keine Zeugen geben.«

Nieselregen legte sich wie ein sanfter Film auf die Haut und die Kleider. Die Schwüle der letzten Tage war ungewöhnlicher Kühle gewichen, und tiefhängende Wolken versperrten den Blick auf die Berge.

Marianne war auf der Suche nach Anderl und fröstelte in ihrem klammen Kleid. Hedwig war mal wieder äußerst schlecht aufgelegt, was keine Seltenheit war. Aber heute hatte ihre Stimmung einen Tiefpunkt erreicht, was gewiss mit den Gerüchten über die Schweden zu tun hatte, aber auch mit dem Umstand, dass es immer weniger zu essen gab. Gestern war Marianne unverrichteter Dinge von ihrem Einkauf auf dem Markt zurückgekommen, denn die Bauern waren nicht in die Stadt gezogen, um ihr Vieh zu verkaufen, und alle Metzgereigeschäfte waren geschlossen gewesen. Nur vereinzelt war Gemüse angeboten worden, ein wenig Stoff oder Getreide. Hedwig hatte Marianne nach ihrer Rückkehr mit dem Stock verprügelt. Anderl war bereits seit gestern verschwunden, was Marianne durchaus verstehen konnte. Eigentlich war es Hedwig gleichgültig, wo sich der Junge herumtrieb, denn eine wirkliche Hilfe war er nicht. Aber heute sollte ihn Marianne unbedingt suchen.

Auf dem Marktplatz standen die Menschen trotz des schlechten Wetters dicht beieinander, um dem Schauspiel einer Hinrichtung beizuwohnen. Zwei Urteile wurden heute vollstreckt. Einem jungen Burschen, der aus der Färbergasse stammte und als Knecht einem der Tuchmacher diente, sollte die rechte Hand abgehackt werden, denn er hatte bei seinem Herrn mehrfach in die Kasse gegriffen. Der zweite Angeklagte war allen in der Stadt wohlbekannt. Ludwig Zirnhammer war ein angesehener Metallwarenhändler gewesen, bis er neulich nachts im Rausch seine Frau und seine beiden Kinder erschlagen hatte.

Eben wurde der Bursche aufs Schafott gezerrt, denn er wehrte sich laut brüllend mit Händen und Füßen. Marianne versuchte, nicht hinzusehen. Sie verabscheute Hinrichtungen, was die Leute daran fanden, konnte sie nicht verstehen.

Die johlende Menge hatte bereits ungeduldig darauf gewartet, den ersten Angeklagten zu sehen. Verfaultes Gemüse wurde nach ihm geworfen, und alle riefen wild durcheinander. Marianne hatte ihre liebe Not voranzukommen. Sie wollte den Marktplatz überqueren, um durchs Mittertor auf den Äußeren Markt, aus der Stadt hinaus und zum Fluss zu gelangen, wo sie Anderl vermutete. Doch sie blieb im Getümmel stecken.

Das Kreischen des Jungen tat ihr in der Seele weh. Der Henker stand, eine schwarze Stoffhaube über dem Kopf, auf dem Schafott und wartete darauf, bis seine beiden Gehilfen es geschafft hatten, die rechte Hand des Diebes auf einem Holzstumpf festzubinden. Immer noch versuchte der Knabe, der kaum älter als vierzehn Jahre zu sein schien, sich zu wehren, aber es half alles nichts. Der Henker trat vor, holte aus und schlug zu. Ein Raunen ging durch die Menge. Der Junge schrie laut auf und brach ohnmächtig zusammen, kippte nach vorn in sein eigenes, aus dem Stumpf spritzendes Blut.

Marianne drehte sich angewidert um und schob sich hastig weiter durch die Menge. Kurz bevor sie das Mittertor erreichte, stolperte sie über einen Holzeimer, versuchte mit rudernden Armbewegungen, das Gleichgewicht zu halten, und traf dabei eine Frau mittleren Alters im Gesicht.

Grob stieß die korpulente Frau Marianne von sich, so dass sie stürzte. Sofort waren viele Augen auf sie gerichtet.

»Da sieh mal einer an, was sich hier herumtreibt. Das Balg der Thalerin. Dich hätte man auch gleich mit umbringen sollen, besser wäre es gewesen.« Die Frau sah Marianne hasserfüllt an. In Marianne stieg Panik auf. Wieso musste sie ausgerechnet Lydia Drechsler in die Arme laufen, der Frau, die sie von allen Menschen dieser Stadt am meisten verabscheute.

»Ich sage es immer wieder«, keifte die Alte weiter, »sie ist verhext und hat einen Pakt mit dem Teufel geschlossen. Wir sollten sie gleich hochbringen lassen, auf einen mehr oder weniger kommt es jetzt doch auch nicht mehr an.«

Die anderen begannen zu tuscheln und sahen Marianne, die sich aufrappelte und ihre feuchten Hände am Rock abwischte, skeptisch an.

Lydia Drechslers Augen funkelten boshaft.

»Am Ende trägt sie die Schuld daran, dass die Schweden uns bedrohen, nicht wahr? Das Unglück bringst du über die Stadt.« Um Marianne hatte sich ein Kreis Neugieriger gebildet, und sie wurde wie eine Marionette von einem zum anderen geschubst.

»So hört doch auf«, versuchte sie sich zu verteidigen. »Bitte, lasst mich in Ruhe. Ich habe nichts getan.«

Lydia kam jetzt richtig in Fahrt.

»Nichts getan? Schon lange steckst du mit dem Bösen unter einer Decke. Das Wunder von Kieling, ein Geschenk Gottes, dass ich nicht lache. Ich sage euch: Glaubt nicht, was uns die

Mönche weismachen wollen, denn ich sehe die Niedertracht und die Lüge in ihren Augen. Sie allein ist der Grund, warum wir alle bald sterben werden.«

Erneut fiel Marianne hin. Selbst die Tatsache, dass der Angeklagte auf dem Schafott nun gehängt wurde, hielt die Menschen nicht davon ab, sie lautstark zu beschimpfen. Einige hoben bereits die Fäuste. Rückwärtskriechend versuchte sie, dem Pöbel zu entkommen. Doch dann durchbrach eine laute dunkle Stimme das Treiben.

»Hört sofort auf damit! Was denkt ihr euch dabei?« Lydia blieb ihre nächste Beschimpfung im Hals stecken. Alois Greilinger stand vor dem keifenden Weib und sah sie wütend an.

»Was hat dir Marianne getan, Drechslerin, weshalb du sie derart beschimpfen musst? Bist du nicht ganz bei Trost?«

»Aber«, versuchte sie sich zu rechtfertigen, während sich der Rest des Pöbels eilig zerstreute. Vor dem großen, kräftigen Schiffsmeister hatten sie alle Respekt.

»Kein Aber«, erwiderte er barsch. »Verschwinde endlich, du Tratschweib.«

Lydia gab nach. Sie zog sich zurück und richtete ihre Aufmerksamkeit wieder auf das Schafott, wo der Angeklagte, nach Luft ringend und mit vorquellenden Augen, am Galgen hing. Sein Genick war nicht gebrochen. Alois half Marianne aufzustehen.

»Geht es dir gut?«

Marianne wischte sich nervös über ihr verdrecktes Kleid.

»Ja, ich denke schon. Danke.« Trotz der Erleichterung über die unverhoffte Hilfe standen ihr Tränen in den Augen.

Alois trat ein Stück näher an sie heran und hob ihr Kinn an.

»Nur weil manche nicht verstehen, dass es Dinge zwischen Himmel und Erde gibt, die anders sind, glauben sie immer gleich an das Böse. Der Fluss ist auch immer anders und sieht nie gleich aus, manchmal ist er unser Freund, aber oft auch unser Feind. Doch deshalb verurteilen wir ihn nicht.« Marianne schaute den Mann, den sie bisher nur aus der Ferne gesehen hatte, verwundert an.

»Pass auf dich auf, Kleines.« Sanft strich er über ihre Wange.

»Ich kann nicht immer zur Stelle sein, um dich zu beschützen.« Er ließ sie stehen und tauchte in der Menge unter.

Wenig später lief Marianne durchs Inntor, wandte sich zum Fluss und suchte das helle Grün der Büsche und Weiden ab. Wenn Anderl irgendwo zu finden war, dann hier draußen beim alten Theo.

Theos Hütte lag nicht weit vor der Stadt, versteckt zwischen Weidenbäumen, unweit vom Ufer. Im Winter, wenn die Bäume kahl waren, konnte man den armseligen Bretterverschlag bereits vom Inntor aus erkennen.

Marianne mochte den alten Mann mit den weißen Haaren, der hohen Stirn und den warmen braunen Augen. Er hatte Probleme mit dem Laufen und zog ein Bein nach, aber niemand kannte den Grund dafür. Theo war nicht sehr gesprächig, manchmal sogar beklemmend schweigsam. Vielleicht war das ja die Erklärung dafür, weshalb Anderl den Alten so gernhatte. Marianne hatte das Gefühl, als würden sich die beiden ohne Worte verstehen, und manchmal war es ihr fast unheimlich, wie sie sich nur mit Blicken verständigten.

Kurz vor dem Fluss verließ sie die Straße und betrat den winzigen Trampelpfad, der zu der kleinen Hütte führte, doch schnell wurde sie sich der Tatsache bewusst, dass es hier keinen Trampelpfad mehr gab. Überall zwischen den Weiden und Büschen stand grünliches Wasser, das ihr bis zu den Knien reichte und in die Schuhe lief. Missmutig hob sie ihr feuchtes Kleid an und ging weiter. Ihre Finger waren steif vor Kälte, und sie zitterte am ganzen Leib. Wenn sie nicht bald aus den nassen Sachen kam, würde sie sich den Tod holen, dachte sie, und dann brauchte sich auch niemand mehr Gedanken darüber zu machen, ob sie es mit dem Teufel hätte. Nach einer Weile blieb sie stehen und blickte sich um. Der Weg zur Hütte war ihr noch nie so lang vorgekommen. Eigentlich waren es nur wenige Minuten, aber jetzt, umgeben von grünem Wasser, wusste sie plötzlich nicht mehr, wohin. Normalerweise hätte sie die Hütte längst sehen müssen.

Plötzlich hörte sie hinter sich Anderls Stimme.

»Hier ist doch jemand, Theo!«

Erleichtert sah Marianne ihren Stiefbruder an. Anderl war vollkommen durchnässt, sein Haar klebte ihm an der Stirn, aber seine Wangen waren gerötet, und er zitterte nicht. Freudig rannte er auf Marianne zu und umarmte sie, als hätten sie sich seit Wochen nicht gesehen.

»Grüß Gott, Marianne«, begrüßte er sie, als er sich wieder von ihr gelöst hatte. Marianne lächelte ihn an und genoss seine kindlich strahlenden Augen und die Freude, die er empfand.

Theo kam hinter einem Weidenbaum hervor.

»Grüß Gott, Marianne. Mädchen, was treibt dich denn hier raus? Bist ja ganz nass, du wirst dir den Tod holen.«

Anderl musterte Marianne besorgt und begann, ihre Schultern zu reiben. Marianne hielt seine Hände fest und sah ihn ernst an.

»Wir müssen nach Hause, Anderl. Mutter hat mich geschickt. Du weißt doch, wie sie ist.«

Anderl sah seine Stiefschwester nachdenklich an. Nicht immer hatte Marianne die Geduld für ihn, die er brauchte, und jetzt, in der Kälte und Nässe, hatte sie keine Lust, sich zu wiederholen. Doch dann nickte Anderl, lief zu Theo und griff nach seiner Hand.

»Theo kommt auch mit.«

Entgeistert sah Marianne von einem zum andern.

»Aber, das geht doch nicht, Anderl …« Er unterbrach sie, redete einfach weiter:

»Sein Haus ist voller Wasser, er weiß nicht, wohin, und bei uns ist es trocken und warm.«

Marianne atmete tief durch.

»Ist schon gut, Mädchen.« Theo verstand, was Marianne sagen wollte.

»Ich will keinen Ärger machen.«

Er drehte sich um und ging. Anderl sah Marianne flehend an. Seufzend gab sie nach. Irgendetwas würde ihr schon einfallen.

»Warte, Theo«, sagte sie. Der alte Mann blieb stehen.

»Wir werden schon eine Lösung finden. Anderl hat recht: Hier kannst du unmöglich bleiben.«


Auf dem Rückweg schwiegen sie. Große Pfützen standen auf der Straße und würden diese bald unbenutzbar machen. Anderl lief strahlend neben Theo her und summte ein Lied, das sie in Kindertagen immer gesungen hatten. Bei seinem Anblick musste Marianne trotz der Widrigkeiten des Wetters lächeln. Er war so leicht zu begeistern. Es tat gut, ihm eine Freude zu machen. Ein großes Fuhrwerk fuhr an ihnen vorüber. Es wurde von vier mächtigen Pferden gezogen, die mit ihren triefend nassen Mähnen traurig aussahen. Zwei Männer saßen auf dem Kutschbock und musterten die kleine Gruppe grimmig. Von ihren breitkrempigen Hüten tropfte das Wasser, und ihre Jacken und Hemden waren durchnässt.

Einer der beiden trug eine Lederpeitsche in der Hand und fuchtelte drohend damit herum.

»Macht euch von der Straße fort, elende Bettler. Seht ihr nicht, dass wir es eilig haben?«

Hastig liefen die drei zur Seite. Anderl wurde von der Peitsche an der Wange getroffen und schrie laut auf, während Marianne das Gleichgewicht verlor und in eine der Pfützen fiel.

»Sieh sie dir an, Beppo, welch dumme Tölpel sie sind«, rief einer der beiden Männer abfällig. Marianne erhob sich wütend.

»Was haben wir Euch getan, dass Ihr so rüde mit uns umgehen müsst? Ihr solltet Euch schämen.«

Da blieb das Fuhrwerk stehen, und einer der Männer kletterte herunter, kam auf Marianne zu und baute sich vor ihr auf.

»Von einem Weibsbild muss ich mir so etwas nicht sagen lassen.« Er musterte Marianne genauer, und plötzlich blitzte es in seinen Augen.

»Dich kenne ich doch. Bist du nicht das Gör vom Stockhammer Bräu, das es mit dem Teufel hat. Das Pestkind?«

Marianne wollte etwas erwidern, doch Anderl war schneller und stellte sich schützend vor seine Schwester.

»Lasst sie in Ruhe. Sie hat es nicht mit dem Teufel.« Der Mann musterte Anderl abschätzend.

»Und wo die Teufelin ist, kann auch der Dumme nicht weit sein.« Er ließ seine Peitsche knallen.

»Für diese Frechheiten sollte ich euch eine Tracht Prügel verpassen. Ein für alle Mal hinauswerfen sollte man so ein Gesindel aus der Stadt, nicht wahr, Ludwig?«, rief er seinem Gefährten zu, der auf dem Bock sitzen geblieben war und ungeduldig zu winken begann.

»Jetzt komm schon, Beppo. Wir müssen uns beeilen und das Getreide abladen, sonst ist es bald nicht mehr zu gebrauchen.«

Theo, der rückwärts einen kleinen Abhang hinuntergerollt und unsanft in einem Brombeergestrüpp gelandet war, trat jetzt wieder auf die Straße und sprach Beppo an.

»Was soll das werden? Haben Euch die beiden irgendwie Schaden zugefügt? Oder warum seid Ihr so gemein zu ihnen?« Verwundert drehte sich Beppo um und starrte Theo an.

»Der Alte vom Fluss. Wer sonst könnte auf den Gedanken kommen, dieses Gesindel auch noch zu verteidigen.«

Theo trat auf den Mann zu, blieb direkt vor ihm stehen und blickte ihm ruhig in die Augen.

»Ihr hört lieber auf Euren Freund und fahrt weiter. Er hat recht, das Getreide wird bei diesem Wetter nicht besser. Wir haben Euch nichts getan, also lasst uns in Frieden weiterziehen.«

»Beim nächsten Mal werde ich euch nicht so glimpflich davonkommen lassen. Pack wie euch muss das Handwerk gelegt werden.«

Er kletterte auf den Bock, und das Fuhrwerk setzte sich in Bewegung.

Marianne entspannte sich wieder.

»Manchmal frage ich mich, wie lange ich so etwas noch ertragen kann.«

Theo strich ihr tröstend über den Rücken.

»Sie sind diejenigen, die dumm sind und sich versündigen. Glaube mir, es wird der Tag kommen, an dem das Schicksal sich rächen wird, denn keine Sünde bleibt ungesühnt.«

Marianne sah auf Anderls Wange, auf der ein großer roter Striemen prangte.

»Ich will doch gar nicht, dass sich das Schicksal oder Gott an ihnen rächt. Ich will einfach nur leben dürfen wie alle anderen auch.«

Wenig später öffnete Marianne die Tür zum Dachboden der Brauerei. Die schmale Kammer, die kein Fenster hatte und in der man nicht aufrecht stehen konnte, war düster und wenig einladend.

Marianne wischte eine Spinnwebe weg und betrat als Erste, eine Kerze in der Hand, den Raum. Anderl, der eine Wolldecke über dem Arm trug, folgte ihr. Theo blieb noch etwas unsicher im Türrahmen stehen, denn so viel Finsternis erschreckte ihn.

Bereits im Treppenhaus und dem engen düsteren Flur hatte er sich unwohl gefühlt, doch hier oben ergriff Angst von ihm Besitz. Hier gab es keine Luft, Freiheit oder Licht, und es roch modrig nach Holz und Malz. Er fror auch im Winter nicht, doch jetzt hatte er plötzlich eine Gänsehaut. Die Kinder meinten es gut mit ihm. Nachts konnte er sich sicherlich aus dem Haus schleichen, und das Wasser würde bald wieder abfließen, doch ob er die langen, endlosen Tage in dieser dunklen Kammer aushalten würde, bezweifelte er.

Einige alte Möbel standen herum. Schränke, ein kaputter Tisch mit drei Beinen und zwei Kommoden, einer davon fehlte eine Schublade. Marianne leuchtete in die Ecken und stellte erleichtert fest, dass die alten Strohmatratzen noch immer dort lagen. Ihr Anblick erinnerte sie schmerzlich an ihre Kindheit, an die Zeiten, als Hedwig sie stundenlang hier oben eingesperrt hatte und sie Sommer wie Winter ohne Decke, allein und von Angst erfüllt, in der Finsternis lag. Eigentlich hatte sie sich geschworen, diesen Dachboden niemals wieder zu betreten, aber für Theo war hier das beste Versteck im Haus. Niemals würde Hedwig darauf kommen, irgendjemanden hier oben zu vermuten. Anderl und sie würden ihn mit Kerzen und Essen versorgen, und abends, wenn die Brauerei geschlossen war, konnte er sich auf dem Hof die Beine vertreten und frische Luft schnappen.

Vorsichtig betrat Theo die Kammer. Anderl legte die Decke auf eine der Matratzen, und Marianne stellte die Kerze auf den Boden.

Eine aufgescheuchte Ratte huschte an ihr vorbei. Fürsorglich breitete sie die Decke auf dem Lager aus und versuchte, sich abzulenken.

»Tut mir leid, Theo, wir haben leider keine bessere Unterbringung für dich, denn wenn dich Hedwig findet, dann wird sie wütend. In der letzten Zeit ist es sowieso schwer mit der Brauerei, und sie ist sehr launisch.«

Beruhigend legte der alte Mann seine Hand auf ihre Schulter.

»Ist schon gut, Mädchen. Ihr macht euch genug Mühe mit einem alten Mann wie mir.«

»Ich bring dir nachher auch etwas zu essen«, mischte sich Anderl ein. »Und heute Abend, wenn alle schlafen, dann komme ich, und wir können nach draußen gehen.«

»Ich muss runter, bald kommen die ersten Gäste, und in der Küche gibt es noch einiges zu tun. Seit Irmgard tot ist, hängt alles an mir. Bestimmt wird Hedwig schon nach mir suchen. Du musst auch mitkommen, Anderl, denn der Fußboden in der Gaststube muss noch gescheuert werden.« Anderl schaute schweigend von Marianne zu Theo, der im Licht der Kerze blass und erschöpft aussah. Zum ersten Mal fiel Marianne auf, wie eingefallen seine Wangen waren, tiefe Falten lagen um seinen Mund, und seine Augen glänzten nicht wie sonst. Die Überschwemmung seiner Hütte setzte ihm anscheinend mehr zu, als sie angenommen hatte.

»Wenn Anderl mit dem Schrubben des Bodens fertig ist, schicke ich ihn gleich wieder zu dir, damit du dich nicht einsam fühlst.« Ihr Blick wanderte in die dunklen Ecken. »Denn das hier ist kein Ort, um allein zu sein.«

Einige Zeit später saß Marianne in der Küche und rupfte das letzte Huhn der Brauerei. Suppe sollte sie daraus machen, doch sie hatte keine Ahnung davon, denn Irmgard hatte sich bisher immer darum gekümmert. Die alte Magd hatte es verstanden, eine perfekte Hühnersuppe zu machen, die würzig und deftig schmeckte und von allen Gästen gelobt wurde.

Jetzt fiel auch diese Aufgabe Marianne zu. Über einen Ersatz für Irmgard hatte Hedwig nicht eine Minute nachgedacht. Brot backen, kochen, Wäsche waschen, Geschirr reinigen, die Hühner füttern, in der Gaststube für Ordnung sorgen und beim Bedienen aushelfen – ihre neue Aufgabenliste war lang und wurde jeden Tag länger. Zeit für sich hatte Marianne kaum noch.

Auf dem Herd stand bereits der große Suppentopf, in dem kochendes Wasser sprudelte. Fragend blickte sie einige Minuten auf den nackten Vogel und die Federn auf dem Boden. Musste man ein Huhn für die Suppe zerteilen, oder kam es ganz in den Topf? Sie entschied sich für die zweite Möglichkeit. Neben ihr auf dem Tisch wartete der Brotteig darauf, verarbeitet zu werden. Sollte es heute Abend frisch gebackenes Brot zur Suppe geben, dann musste sie sich jetzt beeilen. Schwungvoll warf sie das Huhn in den Topf und blickte sich suchend nach dem Besen um, der nicht an seinem üblichen Platz neben dem Ofen stand. In diesem Moment wurde die Küchentür aufgerissen, und Hedwig stampfte in den Raum. Sie trug ein dunkelblaues, weit ausgeschnittenes Leinenkleid und hatte sich in ein enges Korsett geschnürt.

Kritisch musterte Hedwig erst Marianne und dann die Küche.

»Guter Gott, was hast du angerichtet?«

Marianne blickte sich um. Die Hühnerfedern tanzten in der Zugluft der geöffneten Tür über den Boden, auf dem Tisch lag der halbfertige Brotteig, und in der Ecke neben dem Hofausgang stapelten sich die Gemüseabfälle des heutigen und gestrigen Tages, die sie noch nicht fortgebracht hatte.

Zischend kochte die Hühnersuppe über. Hedwig eilte zum Ofen, zog den Topf von der heißen Platte und starrte verdutzt hinein.

»Aber das Huhn ist ja gar nicht zerteilt, sogar der Kopf ist noch dran.«

Wütend wandte sie sich um. Marianne wich zurück und hielt sich schützend die Hand vor das Gesicht. Hedwigs Schläge trafen sie hart am Handgelenk, auf den Ohren und der Stirn.

»Nichts kann man dir anvertrauen, du Ausgeburt der Hölle«, brüllte die Witwe und prügelte weiter. Marianne sank in die Ecke neben die Gemüseabfälle. Tränen der Verzweiflung und Wut schossen ihr in die Augen.

Schimpfend drehte sich ihre Ziehmutter um.

»Die Gäste, was soll ich ihnen nur sagen? Es ist mein Ruin, das Ende. Hörst du mich? Es ist mein Ende! Du bist schuld daran, wenn wir bald auf der Straße stehen. Hätte ich dich doch niemals zu mir genommen. Ich hätte es besser wissen sollen, den Fluch des Teufels habe ich auf mich geladen.«

Marianne schlug das Herz bis zum Hals, ihre Wangen glühten. Morgen würde man sie erschlagen auf der Straße finden, das Mädchen, das es mit dem Teufel hatte.

Hedwig hatte sich eine der Bratpfannen gegriffen, doch genau in dem Moment, als sie zuschlagen wollte, hielt jemand sie am Handgelenk fest.

»Das würde ich an Ihrer Stelle lieber nicht tun, gnädige Frau.« Theos sanfte Stimme durchbrach die Anspannung. Hedwig sah den alten Mann verwundert an. Anderl betrat hinter ihm die Küche, lief sofort zu Marianne und stellte sich schützend vor sie.

»Was will der Alte hier, Anderl? Wo kommt er her?« Marianne sah Anderl tief in die Augen. Doch er verstand sie nicht.

Theo ließ Hedwigs Arm los. Jetzt, wo es um ihn ging, zog er sich zurück, denn er wollte keinen Ärger machen.

»Du sollst Marianne nicht schlagen.« Anderl funkelte seine Mutter wütend an.

»Ich habe dich gefragt, was der alte Theo hier will, Anderl?«, wiederholte sie ihre Frage.

»Er wohnt bei uns«, antwortete er prompt. Marianne schlug die Hände vor das Gesicht.

»Was tut er? Ja seid ihr beiden denn verrückt geworden? Sind wir jetzt schon ein Armenhaus für Bettler und Gesindel?«

»Er ist mein Freund«, verteidigte sich Anderl.

»Es ist mir egal, was er ist!« Hedwig schlug ihrem Sohn auf den Kopf.

»Was habe ich nur getan, dass mich Gott mit einem solchen Kind straft?«

Theo hatte sich gerade Gedanken darüber gemacht, ob es nicht besser wäre, einfach zu verschwinden. Aber diese Anschuldigungen gegen Anderl wollte er nicht hinnehmen, denn der Junge mochte anders sein, vielleicht ein wenig einfältig, aber er war herzensgut und auf seine Art durchaus klug.

»So lasst ihn doch in Ruhe. Er hat es nur gut gemeint. Ich gehe ja schon, draußen an der Luft ist es mir sowieso lieber.« Marianne war wieder aufgestanden. Sie kochte innerlich vor Wut. »Hör auf, Mutter!«, sagte sie und erschrak selbst vor ihrer festen Stimme. »Hör endlich auf, Anderl zu beleidigen! Er ist nicht dumm, hörst du! Siehst du nicht, wie sehr er dich liebt? Du bist seine Mutter, warum kannst du ihn nicht akzeptieren, wie er ist?«

Hedwig sah Marianne verwundert an. So hatte sie noch nie

mit ihr gesprochen. Anderl und Theo schwiegen. Marianne stand aufrecht in der Mitte des Raumes und wirkte plötzlich wie eine erwachsene Frau. Es sollte ein Ende haben, endlich musste Schluss sein mit Hedwigs Gewaltausbrüchen, auf welche Art auch immer.

Hedwig reagierte anders, als alle dachten. Sie musterte Marianne eine Weile stumm und zeigte dann zur Tür.

»Raus«, sagte sie leise, »verschwinde. Ich will dich hier nie wieder sehen, hörst du!«

Marianne wurde unsicher. Mit so einer Reaktion hatte sie nicht gerechnet.

»Ich habe gesagt, du sollst verschwinden!«, brüllte Hedwig mit bebender Stimme.

Marianne warf Anderl einen langen Blick zu, dann drehte sie sich um, öffnete die Tür und trat in den kalten Regen.

Das schmiedeeiserne Tor quietschte in den Angeln, als Marianne es öffnete. Im dämmrigen Licht des schwindenden Tages lag das freie Feld vor ihr. Sie kannte all die kleinen Tore, die aus der Stadt hinausführten, die Schleichwege derer, die etwas zu verbergen hatten und deshalb die Stadttore mieden. Ihr Kleid hing schwer an ihrem Körper, und der Regen rann ihren Nacken hinunter. Fröstelnd schlang sie die Arme um sich, blieb stehen, sank in die Hocke und begann bitterlich zu weinen. Niemand wollte oder liebte sie. Sie war das Pestkind und brachte Unglück über sich und andere, und auch Anderl hatte sie kein Glück gebracht. Vielleicht würde es ihm heute sogar bessergehen, wenn sie wie die kleine Franziska gestorben wäre, doch trotzdem war die Brauerei, die sie so abgrundtief verabscheute, ihr Zuhause. Wo sollte sie denn sonst hin? Plötzlich fiel ihr der kleine, goldene Engel ein, der in der Truhe lag. Wenn sie wenigstens ihn bei sich gehabt hätte, den Schutzengel, der auf sie aufpasste. Sollte sie doch hier draußen sterben, erfrieren im kalten Regen, dann wäre sie endlich tot und bei Gott. Doch dann drang plötzlich Theos Stimme an ihr Ohr.

»Mädchen, was machst du denn«, hörte sie ihn sagen und fühlte seine Hände auf ihren Schultern. »Du wirst dir hier draußen den Tod holen.«

Marianne versuchte, ihn abzuschütteln.

»Das ist mir egal. Alle wünschen sich, dass ich sterbe, also tue ich ihnen den Gefallen. Geh weg, Theo.«

Doch Theo blieb hartnäckig, ging vor ihr in die Hocke und beugte sich so nah zu ihr vor, dass sie seinen schlechten Atem riechen konnte.

»Das ist Unsinn, was du da redest. Gott hat dich gerettet und auf Erden gelassen. Du bist ein Wunder und etwas Besonderes. Sollen die Leute doch reden, ich weiß es besser und Anderl auch. Komm, Kindchen, ich helfe dir auf und bringe dich ins Kloster. Pater Franz wird sich um dich kümmern.« Er zog Marianne hoch. Sie wehrte sich nicht, denn Theo hatte recht. Anderl brauchte sie und würde verzweifeln, wenn sie nicht mehr da wäre. Behutsam führte der alte Mann Marianne über das matschige Feld. Kurz vor dem Kloster blieb Theo stehen. Marianne sah ihn verwundert an.

»Ab hier gehst du besser allein weiter, Mädchen.«

»Aber ...«

Er ließ Marianne nicht ausreden.

»Kein Aber. Ich komme schon zurecht, mach dir keine Sorgen. Das Kloster ist genauso wenig ein Platz für mich wie der Dachboden der Brauerei.«

»Ist dort draußen jemand?«

Ein Mönch trat aus der Tür. Theo schob Marianne auf die Straße. Der Mönch erkannte Marianne sofort.

»Guter Gott, aber das ist ja unsere Marianne. Mädchen, was führt dich denn an diesem grauen Tag hierher?« Eilig zog er sie durch die Tür ins Kloster, während Theo über die Felder verschwand.


Wenig später schob Pater Johannes die am ganzen Leib zitternde Marianne in eine der Gästekammern. Auf der Fensterbank stand eine Kerze und verbreitete warmes Licht. Ein einfach gezimmertes Bett aus Fichtenholz und ein kleiner Waschtisch waren die einzigen Einrichtungsgegenstände. Kahl und trostlos wirkten die weiß getünchten Wände, an denen ein schlichtes Holzkreuz hing. Marianne blickte sich um und zog die Nase hoch. Was sollte nur werden? Konnte Pater Franz ihr jetzt noch helfen? Er hatte ihr immer geholfen und oft den Streit aus der Welt geschafft, doch irgendetwas war heute anders gewesen.

Pater Johannes legte eine Mönchskutte aufs Bett und trockene Leinentücher auf den Waschtisch, danach strich er Marianne aufmunternd über die Wange.

»Jetzt ziehst du dich erst einmal um und beruhigst dich. Wenn du aus den nassen Kleidern draußen bist, sieht die Welt bestimmt gleich wieder besser aus. Es wird schon nicht so schlimm sein. Ich gehe und informiere Pater Franz über dein Kommen, gewiss wird er eine Lösung finden.«

Marianne nickte und versuchte, Johannes zuliebe zu lächeln.

»Na siehst du«, erwiderte der Mönch, »alles halb so schlimm.« Als er fort war, sank Marianne aufs Bett und atmete tief durch. Wie sollte sie Pater Franz erklären, was sie fühlte, ihm klarmachen, dass sie nicht wieder zu Hedwig zurückkonnte. Anderl hatte sie so erschrocken angesehen – anders als sonst. Als hätte er verstanden. Oder hatte sie sich das nur eingebildet? Wenn sie an ihn dachte, tat ihr alles weh. Sie konnte ihn dort nicht allein lassen, konnte ihn aber auch nicht in ein anderes Leben mitnehmen, von dem sie selbst nicht wusste, wie es aussehen würde. Mit zitternden Händen öffnete sie die Schnüre ihres Kleides, zog es aus und warf es auf den Boden. Pater Johannes würde es nachher in der Küche über den Ofen hängen, dann war es morgen wieder trocken und zum ersten Mal seit Tagen nicht klamm und kalt.

Sie schlüpfte in die Mönchskutte, versank regelrecht darin, und der rauhe Stoff kratzte auf ihrer Haut.

Erst jetzt bemerkte sie ihre Müdigkeit. Die tiefe Erschöpfung, die sie seit Tagen mit sich herumtrug, legte sich wie Blei auf ihre Augenlider. Nur eine Minute ausruhen, dachte sie, sank aufs Bett, kuschelte sich unter die wollene Decke und schlief auf der Stelle ein.

Nachdem Marianne fortgegangen war, war Anderl in seine Kammer geflohen und hatte sich eingeschlossen, denn niemand sollte seine Tränen sehen. Warum war Mutter immer so gemein zu ihnen? Keiner hatte etwas Schlimmes getan. Theo war sein Freund, dem Marianne und er doch nur helfen wollten. Marianne – er schloss die Augen. Der Schmerz über ihren Verlust überwältigte ihn. Selbst er hatte eben in der Küche gespürt, dass diesmal alles anders gewesen war. Mutter und Marianne hatten immer schon miteinander gestritten, und Marianne war oft verprügelt worden, doch Mutter hatte Marianne noch nie auf diese Art hinausgeworfen. Und der Blick von Marianne hatte etwas Endgültiges gehabt. Seine geliebte Schwester war gegangen und hatte ihn zurückgelassen. Sie tröstete ihn, wenn er traurig war, brachte ihn zum Lachen und versteckte sich mit ihm, wenn es Ärger gab. Nur sie verstand ihn wirklich, sogar noch besser als Theo.

Es hatte wieder zu regnen begonnen. Das sanfte Rauschen beruhigte ihn, und er sank in einen unruhigen Schlaf.

Er stand am Ufer des Inns und sah den Schifffahrern bei der Arbeit zu. Die Männer waren gerade mit dem Beladen der Kähne beschäftigt. Es war ein warmer, sonniger Tag, keine einzige Wolke zeigte sich am Himmel, und sanfte Wellen ließen die Boote schaukeln. Sehnsüchtig beobachtete Anderl die Männer. So gern wäre er einer von ihnen, doch auch heute getraute er sich nicht, hinüberzugehen und die Männer zu fragen, ob sie ihn mitnehmen würden. Er kannte die Antwort bereits. Wer wollte schon einen dummen Jungen, der nur im Weg herumstand.

Plötzlich tauchte Marianne mit dem Schiffsmeister Alois Greilinger neben ihm auf und lächelte ihn freudig an.

»Du darfst mitfahren, hat Alois gesagt. Ich habe gefragt, ob sie dich mitnehmen würden, denn das ist doch dein großer Traum.« Der kräftige Mann nickte.

»Einen guten Schiffsjungen, der anpacken kann, können wir immer gebrauchen.«

Er musterte Anderl von oben bis unten.

»Du kannst doch hart arbeiten, oder?« Anderl nickte eifrig. »Ja, ich tue alles.«

Alois Greilinger deutete auf die Boote.

»Dann mach dich an die Arbeit, denn wir legen bald ab.« Strahlend sah Anderl Marianne an.

»Ich darf mitfahren.« Übermütig hob er sie in die Höhe und drehte sich mit ihr im Kreis.

»Siehst du«, antwortete sie lachend, »jetzt ist es gar nicht mehr so schlimm, mich nicht mehr bei dir zu haben.«

Margits laute Rufe rissen Anderl wenig später aus dem Schlaf.

»Anderl! Hedwig sagt, du sollst sofort runterkommen. Anderl! Hörst du mich? Mach schnell, ehe sie noch wütender wird.« Anderl setzte sich auf und schaute zur Tür. Es war dunkel im Zimmer. Er musste eine ganze Weile geschlafen haben. Erneut erklang Margits Stimme.

»Anderl! Jetzt mach schon. Am Ende verprügelt sie mich noch.«

Missmutig kletterte er aus dem Bett. Noch immer sah er seinen Traum vor sich, und plötzlich wusste er, was er zu tun hatte. Marianne hatte ihm den Weg gezeigt. Er war nicht klug, aber hart arbeiten, das konnte er. Gleich morgen würde er zum Inn laufen und sehen, ob dort Schiffe am Ufer lagen.

Von der Idee beflügelt, riss er die Tür auf und rannte die Treppe hinunter. Endlich wusste er, was er im Leben tun wollte. Verdutzt sah Margit ihm hinterher. So hatte sie Anderl noch nie erlebt.

Hedwig stand im Hof und fütterte die drei neu erstandenen Hühner, die sie Bauer Mooslechner mit viel gutem Zureden und im Tausch gegen zwei Fässer Bier abgeschwatzt hatte. Sie sah ihren Sohn wütend an.

»Wo steckst du die ganze Zeit? Denkst wohl, die Arbeit macht sich von allein. Margit kommt kaum mit dem Bedienen nach, und du bummelst herum. Aber das sage ich dir, das hört jetzt auf.«

Sie hob drohend die Hand, hielt ihm dann aber den Eimer mit dem Futter hin.

»Füttere die Hühner, damit du heute überhaupt noch etwas Sinnvolles tust.«

Anderl nahm ihr den Eimer ab. Aber als sie an ihm vorbeigehen wollte, sagte er:

»Mutter, warte bitte.«

Verwundert blieb sie stehen, sie war es nicht gewohnt, von ihrem Sohn angesprochen zu werden.

»Ich werde morgen zu den Schifffahrern gehen.« Er blickte ihr ins Gesicht.

Hedwig riss die Augen auf. Zuerst wusste sie nicht, was sie erwidern sollte, doch dann begann sie schallend zu lachen.

»Zu den Schifffahrern, du, mein Junge. Und du glaubst ernsthaft, dass sie dich Tölpel mitnehmen?«

Anderl reckte stur das Kinn vor und nickte.

Hedwig hatte sich wieder beruhigt und sah ihn herablassend an.

»Lern es doch endlich, Junge. Niemand will dich haben, denn du bist nicht ganz richtig im Kopf. Ich bin schon gestraft genug mit dir.«

Anderl wurde wütend. »Ich werde gehen!« Er stampfte mit dem Fuß auf.

Hedwig hatte genug von ihrem aufmüpfigen Sohn. Sie ärgerte sich immer noch über den Vorfall mit Marianne und hatte keine Lust, weiter zu diskutieren.

»Und ich habe gesagt: Du bleibst hier!« Ihre Stimme wurde laut.

Anderl verschränkte die Arme vor der Brust.

»Nein, ich werde gehen. Und ich bin nicht dumm. Theo sagt ...«

»Was dein Theo sagt, ist mir vollkommen egal«, fuhr ihm Hedwig über den Mund. »Du bist mein Sohn, und auch wenn ich dich nie gewollt habe, gehörst du hierher, und du machst, was ich sage, verstanden!«

Anderl wollte etwas erwidern, doch genau in dem Moment traf ihn ein harter Schlag auf den Hinterkopf, und alles wurde schwarz um ihn herum.

Lautes Klopfen an der Tür riss Marianne aus dem Schlaf. Es war stockdunkel im Raum. Verwirrt blickte sie sich um. Erneut klopfte es an die Tür.

»Marianne, komm schnell! Marianne, bist du wach?«

Die Tür wurde geöffnet. Im Licht einer Kerze erkannte Marianne Pater Johannes.

»Du musst schnell kommen, Anderl ist da. Hedwig ist tot!« Sofort war Marianne hellwach, und die Worte des Büttels und des blonden Mannes schossen ihr durch den Kopf. Eilig sprang sie aus dem Bett und folgte dem Mönch in den Flur.

Anderl saß wie ein Häufchen Elend vor Pater Franz' Schreibtisch. Er hielt sich ein Tuch an den Kopf, Blut klebte an seiner Stirn und an seinem Hemd. Jetzt sah er nicht mehr wie ein heranwachsender junger Mann aus, sondern wirkte wie der kleine Junge, den Marianne so oft beschützt hatte.

Sie lief sofort zu ihm und nahm ihn in den Arm.

»Es ist ja gut. Ich bin jetzt da. Beruhige dich. Du bist nicht mehr allein. Ich bin wieder bei dir.«

Er zitterte am ganzen Körper und begann stotternd zu sprechen.

»Sie lag da auf dem Hof.«

Beruhigend strich Marianne ihm über den Kopf.

»Es ist vorbei. Du bist in Sicherheit, alles ist gut.«

»Gar nichts ist gut!«, schrie er plötzlich und sprang auf. Marianne wich zurück. Pater Franz und auch Johannes sahen Anderl verwundert an.

»Sie liegt dort. Blut, es war überall Blut!« Er griff sich an die Stirn, sank zurück auf den Stuhl, schlug die Hände vors Gesicht und begann zu schluchzen.

Pater Franz trat seufzend neben ihn.

»Es ist spät. Ich habe bereits einige Mönche in die Stadt geschickt. Sie sollen sich auf dem Hof umsehen und den Büttel informieren. Um die Tote muss sich jemand kümmern, sie kann ja nicht dort liegen bleiben.«

Er nickte Pater Johannes zu.

»Johannes wird Anderl mitnehmen. Wir können morgen weiterreden, der arme Junge muss sich erst einmal beruhigen.« Marianne sah Johannes dabei zu, wie er Anderl aus dem Zimmer führte, blieb aber stehen. Verwundert schaute Pater Franz sie an.

»Willst du die beiden nicht begleiten?« Marianne schüttelte den Kopf.

»Ich muss Euch noch etwas Wichtiges erzählen.« Pater Franz fiel erst jetzt auf, wie sehr Marianne zitterte. Fürsorglich legte er den Arm um sie.

»Du bist ja ganz blass, mein Kind.«

»Ich glaube, ich weiß, wer hinter dem Überfall auf die beiden steckt.«

Pater Franz sah sie erstaunt an.

Marianne erzählte ihm von dem Gespräch, das sie damals im Hof belauscht hatte.

»Ich wollte es Euch eigentlich schon viel früher sagen. Aber Ihr hattet so viel zu tun«, schloss sie ihren Bericht.

Pater Franz atmete tief durch. Diese Neuigkeiten musste er erst einmal verdauen. Er war davon ausgegangen, Hedwig und Anderl wären von gewöhnlichen Dieben überfallen worden, aber jetzt standen die Dinge ganz anders.

Stumm blickte er zum Fenster hinaus. Das Dunkel der Nacht verwandelte sich über den Feldern in das sanfte Grau des herannahenden Sommermorgens, und nicht eine Wolke verdeckte die Sterne, die langsam verblassten. Marianne folgte schweigend seinem Blick und genoss für einen Moment die Ruhe.

»Wir werden nichts tun können«, sagte er. Marianne nickte.

»Ich weiß, niemand wird mir glauben.«

Ihr Mentor griff sich an die Stirn. Sie hatten nichts in der Hand. Nur eine Vermutung, ein belauschtes Gespräch, damit würden sie nicht weit kommen. Und die Tatsache, dass der Büttel selbst der Übeltäter sein sollte, machte es nicht leichter.

»Aber vielleicht hat jemand etwas gesehen. War die Gaststätte gut gefüllt gestern Abend?«

Marianne zuckte mit den Schultern.

»Ich nehme es an, aber bezeugen kann ich es nicht, denn als ich gegangen bin, war es noch zu früh.«

Der Mönch seufzte.

»Ich werde mich mal umhören. Vielleicht hat jemand etwas bemerkt, und Anderl müssen wir auch noch genauer befragen. Er ist der wichtigste Zeuge.«

Marianne sah den Mönch skeptisch an.

»Ich weiß, ich weiß«, lenkte er ein. »Ihm werden die Leute genauso wenig glauben wie dir, aber besser als kein Zeuge ist er allemal.«

Mit diesen Worten erhob er sich.

»Ich muss in die Kapelle, es wird gleich zum Angelus-Gebet läuten.«

Marianne stand ebenfalls auf.

»Und ich gehe nach Anderl sehen. Pater Johannes wartet bestimmt schon auf mich.«

# 4

Josef Miltstetter blickte sich in der engen Dachkammer um, die er sein Zuhause nannte. Er saß auf dem Bett, das nur aus einem Strohsack und einer Decke bestand, und auf der winzigen Kommode neben der wenig einladenden Schlafstatt brannte eine Talgkerze. Im flackernden Licht konnte er die Ratten erkennen, wie sie unter den Dachbalken entlangliefen. Sein Hab und Gut lag unordentlich im Raum verstreut, ein abgetragener Mantel, zwei Hosen und ein weiteres unsauberes Hemd teilten sich den Fußboden mit einer schmutzigen Waschschüssel.

Müde rieb er sich die Augen. Was war nur aus ihm geworden? Wohin war der wohlhabende Mann verschwunden, der jeder misslichen Lage standgehalten hatte?

Er war mit ihr verschwunden. Mit der Frau, die er nie wirklich lieben gelernt hatte – obwohl er das hätte tun müssen, wie es seine Mutter an seinem Hochzeitstag zu ihm gesagt hatte. Du wirst lernen müssen, sie zu lieben, hatte sie ihn ermahnt.

Immer wieder sah er sie vor sich, mit ihrer blutigen Nase, ihrem verschwollenen Gesicht und den blonden Haaren. Sie hatte ihn zur Weißglut getrieben, wahnsinnig gemacht und am Ende sein Leben genommen, oder war dieses Leben in Armut, als Bettler und Tagelöhner, die Strafe Gottes dafür, dass er ihr das ihre geraubt hatte? Welche Strafe wurde einem Mörder gerecht? Er kannte die Antwort.

Er fuhr sich hektisch durchs Haar. Er war doch auch nur ein

Mensch, vielleicht etwas hitzköpfig und impulsiv, aber kein Mörder, jedenfalls nicht der wahre Mörder seiner Frau. Sie hatte ihn gereizt, hatte gekeift und geschimpft. Irgendwann wollte er nur noch, dass sie endlich still sein würde, und jetzt war sie still, genauso wie Hedwig Thaler. Ausgelacht hatte sie ihn und vom Hof gescheucht wie einen Bettler. Doch so respektlos ging niemand mit ihm um. Er hätte mit ihr zusammengearbeitet und sie unterstützt, das taten Verwandte, sie halfen einander. Wütend sprang er auf und trat mit dem Fuß gegen die Waschschüssel. Sie ging zu Bruch, und das Wasser breitete sich über dem staubigen Boden aus. Er warf sich seinen Mantel über die Schultern, verließ den Raum und polterte die Treppe hinunter.

Auf der Straße empfing ihn nächtliche Stille, und regenfeuchte Luft hüllte ihn ein. Wolkenfetzen trieben über den Himmel, und der volle Mond tauchte alles in fahles Licht. Er atmete tief durch, versuchte, sich wieder zu beruhigen, und schloss kurz die Augen. Es war doch alles gut, bald würde er die Brauerei übernehmen und ein neues Leben beginnen – ohne die alten Schatten. Langsam setzte er sich in Bewegung, lief den Äußeren Markt hinunter und schlug den Weg zum Büttel ein.

Bei dem Gedanken an August Stanzinger musste er lächeln, und seine Wut verschwand. Mit ihm hatte er einen starken Partner gefunden, jemanden, der, wie er selbst, seine Haut retten wollte. Was würden die Leute von einem Büttel halten, der kleine Buben in sein Bett holte? Den Moment, als er den ehrwürdigen Büttel mit einem Burschen im Gras erwischt hatte, verstand er als Wink des Schicksals, denn er hatte August Stanzinger damit in der Hand. Er würde ihm helfen, die Brauerei zu bekommen, sonst wäre er die längste Zeit Büttel von Rosenheim gewesen.

Direkt neben dem Wiesentor wohnte Stanzinger in einer großen Wohnung im ersten Obergeschoss. Verstohlen blickte sich Josef um. Besonders jetzt, wo die Schweden jederzeit in die Stadt einfallen konnten, waren alle auf der Hut, und zusätzliche Wachposten patrouillierten durch die Straßen oder standen vor den Stadttoren.

Durch ein kleines Seitentor gelangte er in den Hinterhof des Hauses. Hier war es noch dunkler als auf der Straße, und der beißende Geruch des Aborts stieg ihm in die Nase. Zwei aufgescheuchte Katzen, die in den herumliegenden Abfällen nach etwas Essbarem gewühlt hatten, suchten fauchend das Weite. Hinter der Fassade wurde ersichtlich, dass der größte Teil des Gebäudes aus Holz bestand und nur die Frontseite, wie bei vielen Häusern der Stadt, gemauert war. Eine Holztreppe führte nach oben.

August Stanzinger öffnete erst nach mehrmaligem Klopfen die Tür.

»Was wollt Ihr?«, flüsterte er und blickte nervös hinter sich. Miltstetter grinste und schielte neugierig in die Wohnung. Er ahnte den Grund für die Unruhe des Stadtbüttels.

»Das könnt Ihr Euch doch denken, oder?«

August Stanzinger machte Anstalten, die Tür wieder zu schließen, doch Josef war schneller und trat ein.

Der Stadtbüttel wich zurück und lief voraus, redete hektisch auf jemanden ein und schloss eine Tür. Josef betrat die vom Mond erhellte Wohnstube und bemerkte die für einen Stadtbüttel recht wohlhabende Einrichtung. Mit Stoff bezogene Stühle, ein schöner, massiver Esstisch und eine Anrichte teilten sich den Raum mit einer bequem gepolsterten Sitzgruppe. Silberne Kerzenleuchter auf den Fensterbrettern rundeten das Bild ab.

»Hübsch habt Ihr es hier.« Josef setzte sich in einen der Sessel.

»Der perfekte Platz, um kleine Buben zu verführen. Was bezahlt Ihr ihnen für ihre Dienste? Ganz umsonst wird es doch nicht sein, oder?«

August Stanzinger sah Josef wütend an.

»Ich frage Euch noch einmal: Was wollt Ihr von mir mitten in der Nacht?«

Josef beugte sich nach vorn.

»Ich dachte, es wäre ein guter Zeitpunkt, um noch einmal über die Brauerei zu sprechen.«

August deutete in den Flur. »Nicht so laut, der Junge könnte Euch hören.«

»Ich werde noch viel lauter werden, wenn nicht bald etwas geschieht.« Josef hatte Mühe, seine Wut zu unterdrücken. Er durfte jetzt nicht die Kontrolle verlieren, denn sein Ziel war zum Greifen nah.

Der Büttel wich zurück.

»Wir haben doch besprochen, dass wir die Beerdigung von Hedwig Thaler abwarten müssen, danach könnt Ihr Eure Ansprüche geltend machen.«

»Und was ist mit dem Jungen? Er ist der rechtmäßige Erbe der Brauerei.«

August Stanzinger seufzte. Anderl war wirklich ein Problem. Er hatte gedacht, der Junge wäre tot, als sie den Hof verlassen hatten.

Beschwichtigend hob er die Hände.

»Der Junge ist dumm und einfältig. Da wird sich gewiss etwas regeln lassen. Wahrscheinlich könnt Ihr die Brauerei übernehmen und ihn als Hilfe beschäftigen. Er wird Euch sicher nicht im Weg stehen.«

Josef war skeptisch.

»Und was ist, wenn er uns erkannt hat. Oder sich irgendwann daran erinnert?«

August Stanzinger sank auf einen Stuhl und griff sich an die Stirn. »Daran habe ich auch schon gedacht.«

»Und wenn wir …«

»Nein!«, unterbrach ihn der Stadtbüttel. »Schluss damit. Es muss einen anderen Weg geben.«

Er trat ans Fenster und blickte auf die leere Straße hinunter.

»Irgendetwas, was ihn halbwegs legal aus dem Weg räumt.«

Plötzlich blitzten seine Augen auf.

»Wir könnten ihn des Mordes an seiner Mutter anklagen.«

Er sah zu der verschlossenen Schlafzimmertür hinüber.

»Und ich habe auch schon einen Zeugen, der alles gesehen hat.« Josef folgte seinem Blick.

»Und Ihr denkt, das klappt?«

»Wieso denn nicht?«, erwiderte der Büttel. »Wenn nicht ich, wer sonst könnte so etwas machen?«

Josef Miltstetters Miene war immer noch skeptisch.

»Und der Junge wird auch dichthalten?«

Der Stadtbüttel nickte. »Er würde alles für mich tun.«

Marianne musterte sich nachdenklich in dem winzigen Spiegel, der über ihrem Waschtisch hing. Die Luft im Raum war zum Schneiden, und selbst das geöffnete Fenster sorgte nicht für Abkühlung. Auf ihrer Bluse zeichneten sich bereits Schweißflecken ab, und ihr Haar war im Nacken feucht. Sie atmete tief durch. Eigentlich müsste sie glücklich sein, Freudensprünge machen und jubeln, denn Hedwig war tot. In ihrer Erinnerung gab es nicht einen einzigen Moment, in dem ihre Stiefmutter nett zu ihr gewesen war, aber weshalb empfand sie trotzdem so etwas wie Trauer?

Die ganze Nacht hatte sie grübelnd Anderls Atemzügen gelauscht. Es war schön, wenn er da war. Dieser Tatsache war sie sich erst jetzt richtig bewusst geworden. Zum ersten Mal seit langem war es ihr egal, ob sie wenig Platz im Bett hatte oder es unschicklich war, denn er vertraute ihr und suchte bei ihr Trost und Nähe.

Seit Hedwigs Tod sprach Anderl nicht mehr und schlich wie ein Gespenst durch das Haus.

Vielleicht war er der Grund für ihre fehlende Freude. Ihr wurde bewusst, dass Anderl nun ganz allein auf der Welt war, denn der einzige Mensch, der sich um ihn gekümmert hatte, war tot. Auch wenn Hedwig Thaler keine fürsorgliche Mutter gewesen war, so war sie immerhin für ihn da gewesen. Und vielleicht wäre das auch heute noch so, hätte sie etwas unternommen. Doch hätte es wirklich einen Sinn gehabt, Pater Franz früher von dem belauschten Gespräch zu erzählen?

Seufzend begann sie, ihr schwarzes Haar zu bürsten. Pater Franz sagte immer, sie sei das Ebenbild ihrer Mutter. Einer Frau, von der ihr nur die Erinnerung an eine Stimme, einen Umriss im Sonnenlicht geblieben war.

»Marianne, kommst du?«

Margits Stimme riss sie aus ihren trübsinnigen Gedanken, über die sie die Zeit vergessen hatte. Hastig band sie ihre Haare zusammen und eilte zur Tür.

Auf dem unteren Treppenabsatz stand Margit und sah sie erstaunt an.

»So willst du in die Kirche gehen?«

Marianne blickte an sich hinunter. Sie trug eines ihrer Ar-

beitskleider, es war nicht besonders fein und eigentlich unge-
eignet für eine Beerdigung, aber es war sauber.

»Wieso? Ist doch alles gut. Wo ist Anderl?«

Margit zuckte mit den Schultern. Sie waren spät dran, und
wenn Marianne sich jetzt noch ordentlich die Haare flechten
würde, dann würden sie es nicht mehr rechtzeitig schaffen.

»Er ist auf dem Hof und wartet auf uns. Möchtest du nicht
doch lieber eine Haube aufsetzen?« Sie zeigte auf Mariannes
Haar.

Doch Marianne verschwand in der Küche.


Gleißendes Sonnenlicht lag über dem Marktplatz, und selbst im
Schatten des Laubenganges war es stickig. Marianne blickte sich
zweifelnd um. Warum musste Hedwig ausgerechnet am Markttag beerdigt werden. Unter normalen Umständen wäre der heutige Tag für Anderl und sie schon ein Spießrutenlauf gewesen,
aber durch die vielen Menschen, die neugierig ihre Hälse reck-
ten, sie anstarrten und hinter vorgehaltener Hand tuschelten,
wurde alles noch schlimmer. Margit zog missbilligend die Augenbrauen hoch und trieb Marianne und Anderl zur Eile an.

»Jetzt macht schon, bestimmt beginnt die Messe gleich.«

Sie verschwand in der Menschenmenge. Marianne griff nach
Anderls Hand, holte noch einmal tief Luft und zog den teilnahmslos dreinblickenden Jungen hinter sich her.

Der Platz war gut gefüllt, und Marktstände reihten sich dicht
an dicht. Nur bei genauerem Hinsehen erkannte man, wie
schlecht bestückt diese waren. Die Eisenwarenhändler waren
wie immer zahlreich vertreten, doch nur wenige Seifenmacher
und Tuchhändler waren gekommen. Vereinzelt wurden Eier
und Federvieh feilgeboten, die meisten Bauern aber waren zu
Hause geblieben.

Kein Musiker spielte fröhliche Weisen, keine Gaukler tanzten, dafür waren mehr Bettler zu sehen. Überall saßen sie zwischen den Ständen, zogen an Mariannes Rock oder sprachen sie an. Frauen mit eingefallenen Wangen, oft kleine Kinder an der Hand und Säuglinge im Arm, streckten ihr flehend die Hände entgegen. Männer mit fehlenden Gliedmaßen humpelten an Stöcken durch die Menge, und ab und an schnappte Marianne boshafte Bemerkungen auf. Von der Teufelsmagd, die das Unglück brachte, bis zur Hexendirne war alles dabei. Sie spürte die Blicke der Menschen im Nacken und umklammerte Anderls Hand, den sie immer wieder zur Eile antreiben musste. Sie war verschwitzt, staubig von oben bis unten, und sie hatte ihr Haarband verloren.

»Na, da sieh mal einer an, wer da in die Kirche möchte.«

Lydia Drechsler stand mit drei weiteren Frauen vor dem Eingang zum Gotteshaus und grinste Marianne boshaft an.

»Du glaubst doch nicht ernsthaft, dass wir dich Teufelsweib in die Kirche lassen.«

Marianne wich zurück, doch dann schäumte Wut in ihr auf. Was bildete sich diese Person ein. Das war die Beerdigung ihrer Stiefmutter.

»Nicht du, Lydia, hast zu entscheiden, wer eine Kirche betreten darf«, erwiderte sie scharf und war selbst ein wenig überrascht über ihren forschen Ton. »Gleich findet der Trauergottesdienst von Anderls Mutter und meiner Stiefmutter statt, und ich werde mir nicht von dir verbieten lassen, daran teilzunehmen. Geh aus dem Weg!«

Sie machte einige Schritte nach vorn und zog Anderl hinter sich her.

Lydia trat nun direkt vor Marianne und sah sie böse an.

»Ich habe gesagt, du sollst verschwinden. Und nimm den

dummen Jungen gleich mit.« Abfällig musterte sie Anderl. »Hedwig hat ihn immer gehasst. Gott hat sie mit einem einfältigen Kind gestraft. Es ist besser, wenn er sich fortmacht.«

Marianne schnappte nach Luft. Dass Lydia sie angriff und verurteilte, war eine Sache, aber Anderl zu verweigern, an der Beerdigung seiner eigenen Mutter teilzunehmen, war unfassbar. Eine ganze Reihe von Schaulustigen hatte sich bereits um die Frauen versammelt. Neugierig starrten sie Marianne und Anderl an, manche nickten zustimmend.

Fieberhaft suchte Marianne nach einer passenden Antwort, als plötzlich Pater Franz' Stimme zu hören war. Erleichtert drehte sie sich um.

»Was ist denn hier los? Was soll dieser Aufruhr?« Fragend sah er Lydia an. »Ich denke, ich habe Eure letzten Worte nicht gehört, meine Teuerste.« Der Mönch musterte die Frau missbilligend. Lydia senkte den Kopf und nickte stumm. Erleichtert trat Marianne neben Pater Franz, und die Leute wichen zurück.

»Da bin ich ja gerade rechtzeitig gekommen«, flüsterte er, während er das Kirchentor öffnete. In der Kirche empfing sie kühle, von Weihrauch geschwängerte Luft. Durch die bunten Glasfenster fiel Sonnenlicht auf den steinernen Boden. Noch immer standen hölzerne Baugerüste an den Wänden. Die Spuren des großen Brandes, der bereits sieben Jahre zurücklag, waren hier noch am deutlichsten zu erkennen, obwohl schon viel geschehen war. Kunstvoll gezimmerte Kirchenbänke luden die Gläubigen zur Andacht ein, der Altar war prunkvoller geworden, und das Chorgewölbe, das beim Brand eingestürzt war, erstrahlte in neuem Glanz. Prachtvolle Bilder hingen an den Wänden, und Kerzenleuchter mit gläsernen Kristallen funkelten im Licht.

Marianne griff nach Anderls Hand, folgte dem Pater und

versuchte, das Flüstern der Leute und ihre abfälligen Blicke zu ignorieren.

Höflichkeitshalber war die erste Reihe freigehalten worden. Dahinter saßen einige Mönche aus dem Kapuzinerkloster. Pater Johannes zwinkerte Marianne aufmunternd zu.

Vor dem Altar stand Hedwigs Sarg, mit Margeriten, Glockenblumen und Butterblumen geschmückt. Anderl hatte sie gepflückt und gestern Abend auf dem Sarg befestigt, doch die Blumen welkten bereits.

Pfarrer Heinrich betrat, gefolgt von vier Ministranten, den Altarraum, die Orgel begann zu spielen, und die Gläubigen erhoben sich. Aufmunternd drückte Marianne Anderls Hand, während sie tonlos die Lippen bewegte. Er starrte vor sich hin, wirkte teilnahmslos – weinte nicht. Die beiden standen ganz allein in der vordersten Reihe. Pater Franz hatte sich ganz bewusst zu den Mönchen gesetzt, denn nur Marianne und Anderl hatten heute das Recht, dort vorn zu sitzen.

Auf Pater Franz machte Marianne einen erstaunlich gefassten Eindruck. Was würde nun aus ihr werden? Er faltete die Hände zum Gebet. Ihre Ziehmutter war tot und Anderl allein. Wie sollte es mit der Brauerei weitergehen? Der Junge konnte sie unmöglich führen, und Marianne würde dort von keinem akzeptiert werden. Was hatte er nicht alles versucht, um den dummen Aberglauben aus den Köpfen der Leute zu vertreiben, aber all sein Zureden hatte nichts geholfen, das Misstrauen Marianne gegenüber war geblieben.

Das Knarren der Eingangstore unterbrach seine Gedanken. Laut rufend betraten Menschen die Kirche und rannten panisch durch die Reihen.

»Die Schweden, die Schweden sind da! Bringt euch in Sicherheit! Hört ihr, die Schweden, überall Schweden!«

Sofort drängten sich alle aus den Kirchenbänken und rannten erschrocken durcheinander, Kerzenständer wurden umgeworfen, ein Baugerüst im hinteren Teil der Kirche fiel laut krachend auf den Boden, und Pfarrer Heinrich verschwand mit wehendem Talar in der Sakristei, gefolgt von den Ministranten.

Der Einzige, der sich nicht bewegte, war Anderl. Er starrte teilnahmslos auf den Sarg seiner Mutter. Was um ihn herum geschah, schien er nicht wahrzunehmen.

Marianne zog ängstlich an seinem Arm.

»Anderl, komm bitte, steh auf! Wir müssen fort von hier! Hörst du nicht? Die Schweden sind in der Stadt. Sie werden kommen und uns töten!«

Verzweifelt sah sie ihn an. Er bewegte sich nicht, zuckte nicht einmal mit den Augenlidern. »Wir können nicht hierbleiben, versteh das doch.« Aber sein Blick blieb teilnahmslos. Panisch schaute Marianne sich um. Die letzten Flüchtenden erreichten die Ausgänge, und auch Pater Franz war in dem Trubel verschwunden.

Laut krachend fiel das Kirchentor ins Schloss, jetzt waren sie ganz allein. Lärm drang von draußen herein, doch hier drin war es nun seltsam still.

Anderl sah Marianne an und stand auf.

»So ist es gut, Anderl«, lobte sie ihn und griff zitternd nach seiner Hand. »Wir werden nun rausgehen und uns irgendwo verstecken. Vielleicht im Stall, ganz hinten in der Luke, die keiner kennt, dort wird uns niemand finden.«

Als sie aus der Kirchenbank traten, wandte sich Marianne Richtung Ausgang, doch Anderl riss sich los, trat vor den Sarg seiner Mutter und setzte sich auf die Stufen, die zum Altar hinaufführten.

Marianne sah ihn unglaubig an. »Steh auf, wir müssen hier

weg! Jeden Moment können die Schweden hereinkommen. Bitte! Anderl, so hör doch!« Sie versuchte, ruhig zu bleiben, und sank vor ihm in die Hocke. »Wir müssen gehen. Sie werden uns töten, wenn sie uns hier finden.«

Anderl schüttelte den Kopf und begann plötzlich wieder zu sprechen.

»Ich kann Mutter nicht allein lassen.« Er deutete auf den Sarg. Verwundert sah Marianne ihn an.

»Aber sie ist tot, die Schweden können ihr nichts mehr tun, bestimmt werden sie den Sarg nicht einmal ansehen.«

Der Junge schüttelte erneut den Kopf, diesmal etwas heftiger.

»Nein, ich gehe nicht. Ich werde meine Mutter nicht allein lassen.«

Nervös blickte Marianne zur Tür. Nicht eine Minute dachte sie daran fortzulaufen. Ohne Anderl würde sie diese Kirche nicht verlassen. Was sollten sie jetzt tun? Doch all ihre Überlegungen kamen zu spät. Lautstark wurde die Tür geöffnet, und vier bewaffnete Männer betraten den Raum.

Marianne wich zurück, ihr Herz schlug vor Aufregung bis zum Hals, und sie begann, am ganzen Körper zu zittern. Der Junge war noch näher an den Sarg herangerückt und saß jetzt direkt unterhalb der Blumen. Anstalten, aufzustehen und wegzulaufen, machte er noch immer nicht. Die Männer kamen näher. Marianne beobachtete sie voller Furcht, aber auch mit Neugier. Sie hatte so viele Dinge von den Schweden gehört, die Dörfer überfielen und niederbrannten, Frauen schändeten, Kinder erschlugen, raubten und plünderten. Seit sie denken konnte, stellte sie sich diese Männer immer groß, bullig und blutrünstig vor, doch diese vier Männer sahen überhaupt nicht so aus.

Albert Wrangel hatte eigentlich gar nicht in die Kirche gehen wollen. Gotteshäuser zu plündern war in seinen Augen eine Sünde, aber die anderen waren vorausgestürmt. Verwundert blickte er jetzt auf die junge Frau und den Burschen, die nicht vor ihnen flohen. Friedrich grinste die anderen an. »Seht nur, was für ein Leckerbissen hier auf uns wartet.« Er ging auf Marianne zu. Verängstigt trat sie nach hinten und stieß gegen den Sarg.

»Bitte«, rief sie laut, so dass ihre Worte in der leeren Kirche widerhallten, »tut uns nichts. Der Junge – es ist seine Mutter ...«

Sie verstummte. Friedrich ließ sich davon nicht aufhalten. Gier stand in seinen Augen, und lüstern musterte er Marianne von oben bis unten.

Marianne wurde es eiskalt. Er würde sie nehmen, ihr ihre Unschuld und am Ende noch ihr Leben rauben, mitten in einer Kirche, vor dem Sarg ihrer verhassten Stiefmutter.

»Er weiß es nicht besser. Seht ihn Euch doch an. Er ist einfältig und dumm. Er glaubt, er müsste sie beschützen. Bitte, tut uns nichts. Es ist seine Mutter, versteht es doch!«

Tränen der Verzweiflung rannen über ihre heißen Wangen, und sie spürte ihren Körper nicht mehr, fühlte sich davonfliegen, irgendwohin, wo dies alles nicht geschah. Vielleicht würde sie gleich aufwachen, und alles war nur ein böser Traum gewesen.

»Friedrich, warte.« Der blonde Mann legte dem dunkelhaarigen seine Hand auf die Schulter. Widerwillig blieb dieser stehen und drehte sich um.

»Was willst du, Albert?«, fragte Friedrich.

Albert sah Marianne durchdringend an. Sie beeindruckte ihn. Diese Frau war wunderschön und tapfer, ihr langes schwarzes Haar war etwas zerzaust, schimmerte aber im Sonnenlicht, das durch die Kirchenfenster hereinfiel. Es bildete einen ganz eigenen Kontrast zu ihren großen blauen Augen, die ihn voller Erwartung ansahen. Ihre Wangen waren gerötet, und ihr schäbiges Kleid war staubig, doch die Art, wie sie Haltung bewahrte, zeugte von Stolz. Diese junge Frau stand dort oben neben diesem dümmlichen Jungen und verteidigte ihn, wich nicht von seiner Seite, obwohl sie wusste, was geschehen könnte. Sie hätte den Buben seinem Schicksal überlassen können – aber sie tat es nicht.

»Wir gehen wieder, Friedrich«, sagte er. Marianne sah ihn erstaunt an. Der schwarzhaarige Mann drehte sich um, und auch die anderen blieben jetzt stehen.

»Warum denn, Albert? Du weißt, ich werde deinem Bruder alles berichten und …«

Claude, der Alberts Blick folgte, erkannte sofort, was los war. Auch er hatte die junge Frau fasziniert angesehen und hatte Respekt vor ihrer Tapferkeit, aber in Alberts Augen lag etwas anderes.

»Gar nichts wirst du dem General melden, Friedrich«, antwortete er für Albert, der immer noch fasziniert Marianne anstarrte. »Wir sind in einer Kirche, und nur weil wir Krieg haben, müssen wir nicht jeden Anstand über Bord werfen. Vor einem Altar werde ich keine Frau schänden oder töten.«

Albert nickte bei Claudes letzten Worten bestätigend.

»Claude hat recht. Die Frau ist uns tapfer entgegengetreten. Wir stören eine Totenwache, lasst uns gehen.«

Friedrich wollte etwas erwidern, doch nach einem scharfen Blick des dunkelhaarigen Franzosen hielt er sich zurück.

Marianne atmete innerlich auf, als die Männer zurückwichen. Ihr wurde schwindlig, und die Kirche begann sich zu

drehen. Der junge blonde Mann war der Letzte, der das Gottes-
haus verließ. Er ging rückwärts durch die Reihen und blickte
Marianne an. Am Ende der Kirchenbänke senkte er kurz seinen
Kopf, lächelte ein wenig und verließ dann die Kirche.

Mariannes zittrige Knie gaben nach, und sie sank neben Anderl auf den kalten Steinboden. Sie atmete tief durch und
schickte ein Dankgebet zum Himmel. Anderl sah seine Schwester nachdenklich an.

»Ich glaube, wir sollten doch zu der Luke gehen, Marianne.«
Sie wusste nicht, ob sie lachen oder weinen sollte, und begann,
laut zu schluchzen.


Die Nacht verbrachten die beiden im dunklen Keller des Gotteshauses. An ein Verlassen der Kirche wäre nicht zu denken
gewesen. Marianne kannte den Zugang zum Keller. Eine winzige, unscheinbare Holztür, die in einer Nische neben der Sakristei lag, verbarg die steile Holztreppe, die in die finstere und
wenig einladende Gerümpelkammer führte, in der Ratten und
Ungeziefer hausten.

Hinter einem halbverfallenen Beichtstuhl, aus dem sie die
zerschlissenen Vorhänge herausgerissen hatten, um sie als Decken zu benutzen, lagen sie eng beisammen.

Anderls Wärme und Nähe taten ihr gut. Der Junge atmete
ruhig und war eingeschlafen, während sie ängstlich den Ge-
räuschen lauschte, die von weit her zu kommen schienen. Früher hatte sie sich oft mit ihrer Mutter und Alma in dem engen
Verschlag hinten im Stall versteckt und dem Poltern und Rufen,
dem Kreischen und Schreien gelauscht. Sie hatte häufig geweint
und war traurig wegen der Angst der Erwachsenen, die sie
nicht verstand. Einmal hatte es sogar gebrannt. An diesem Tag
hatten alle Hühner erschlagen, gerupft und unsagbar zugerich

tet auf dem Hof gelegen. Seltsam, welche Erinnerungen man aus frühester Kindheit bei sich behielt, dachte Marianne. An das Gesicht ihrer Mutter oder die Stimme ihres Vaters konnte sie sich kaum noch erinnern, aber den Anblick der toten Hühner hatte sie bis heute nicht vergessen.

Später, bei Hedwig, hatten sie sich nur noch ab und an verbergen müssen. Eigentlich hatten sie sich immer nur vor Hedwig versteckt. Sie hatte Anderl dann oft mit Geschichten die Zeit vertrieben. Mit Märchen von Liebe, Rittern und Burgfräulein, die die Minnesänger auf dem Markt erzählt hatten. Sie mochte Minnesänger, und auch Zigeunern konnte sie etwas abgewinnen. Wenn sie am Markttag aufspielten und die fremdartigen Frauen auf ihre ganz eigene Art tanzten, dann klatschte Marianne fasziniert den Takt der ungewohnten Musik.

Jetzt fehlte ihr die Kraft, um Anderl eine Geschichte zu erzählen. Immer wieder sah sie den blonden Schweden vor sich, der sie so seltsam angeschaut und ihr höchstwahrscheinlich das Leben gerettet hatte. So war sie noch nie von jemandem angesehen worden, und auf einmal erschauderte sie, und ihr wurde ganz warm.

Anderl bewegte sich im Schlaf, murmelte etwas und kuschelte sich noch mehr in ihren Arm. Seufzend strich sie ihm über den Rücken und schloss die Augen, versuchte, das seltsame Gefühl fortzuschieben, und begann, leise ein Kinderlied zu summen, das Alma ihr damals immer vorgesungen hatte.

Am Abend nach dem Schwedenüberfall verwandelte Regen die Straßen in eine rot verfärbte Schlammwüste.

Pater Franz lief über den Inneren Markt und blickte sich um.

Auf großen Karren wurden die Überreste der Marktstände fortgebracht, und einige Frauen beschäftigten sich damit, Scherben aufzukehren und tote Hühner einzusammeln. Es war seltsam still.

Er war auf dem Rückweg vom Friedhof, wo er gemeinsam mit Pfarrer Heinrich Gebete für die vielen Toten gesprochen und den Angehörigen Trost gespendet hatte.

Eigentlich war er unendlich erschöpft und müde und hätte sich am liebsten in die Einsamkeit seiner Zelle zurückgezogen, damit er die schrecklichen Eindrücke, die vielen Trauernden und Toten verarbeiten konnte.

Er erreichte das Stockhammer Bräu und blieb davor stehen. Auch hier zeigte sich ein Bild der Zerstörung. Die Fenster waren eingeworfen, und die Gaststube war verwüstet. Heute Morgen hatte alles verlassen und ruhig dagelegen, und von Marianne oder Anderl war weit und breit nichts zu sehen gewesen. Jetzt hoffte er, Marianne anzutreffen.

Er atmete erleichtert auf, als er sie, auf einer Bank sitzend, im Hinterhof entdeckte. Marianne war blass, tiefe Schatten lagen unter ihren Augen, und ihr Kleid war mit Schlamm besudelt. Sie blickte nicht auf, auch nicht, als er näher trat.

Er setzte sich neben sie.

»Mein Kind, wie wunderbar, es geht dir gut. Ich habe mir solche Vorwürfe gemacht.«

Marianne sah den Abt teilnahmslos an.

»Uns ist nichts geschehen.«

Pater Franz wäre am liebsten bei ihr geblieben, aber auf dem Friedhof hatte ihn die Nachricht erreicht, er solle noch zu einer außerordentlichen Sitzung der Amtsräte am selben Abend im Rathaus erscheinen. Er war spät dran, gewiss hatte diese bereits begonnen.

Prüfend sah er sie an.

»Und ihr kommt wirklich allein zurecht? Wo ist denn Anderl?« Marianne deutete zur Tür.

»Oben.«

Der Abt, der ihre Einsilbigkeit nicht gewohnt war, sah sie besorgt an.

»Ich werde morgen ein paar Mönche vorbeischicken, die euch beim Aufräumen helfen. Ich muss leider wieder gehen, denn dringende Geschäfte warten.«

Marianne erwiderte nichts, ihr Blick ging weiterhin ins Leere. Er drückte zum Abschied ihre Hand.

»Ich weiß, es ist nicht leicht. Versuche, ein wenig zu schlafen.«


Eiligen Schrittes schlug er den Weg zum Rathaus ein. Nur noch wenige Leute waren unterwegs, wären nicht die Holztrümmer, eingeschlagenen Scheiben und der Brandgeruch gewesen, es hätte so ausgesehen wie immer.

Hastig betrat er den breiten Flur, den ein beeindruckendes Steingewölbe überspannte, und lief die weitläufige Holztreppe hinauf in den ersten Stock, in dem sich der Sitzungssaal befand.

In dem holzvertäfelten Saal saßen bereits alle Amtsräte, der Bürgermeister und der Büttel an einem großen Tisch beisammen, auf dem mehrere Bierkrüge und Becher standen. Der Bürgermeister hatte die Sitzung gerade eröffnet und schaute missbilligend zur Tür, als Pater Franz mit entschuldigender Miene eintrat und leise Platz nahm. Er warf dem Mönch einen strafenden Blick zu und setzte seine Rede fort.

»So, wie ich es sehe, war dies noch nicht alles, womit wir rechnen müssen. Ich habe bereits aus anderen Dörfern und Gemeinden gehört, dass die ersten Überfälle eine Warnung sein sollen, damit die Städte wissen, was ihnen blüht.«

Unruhe kam unter den Männern auf. Der Bürgermeister hob beschwichtigend die Hände.

»Meine Herren, lasst mich erklären. Unser geschätzter Büttel, August Stanzinger, hat mir heute Mittag davon berichtet, dass sich viele Städte nach dem ersten Überfall freigekauft hatten.« Er sah Stanzinger auffordernd an.

Der Büttel erhob sich räuspernd.

»Das ist richtig. Einige Dörfer konnten sich ihre Sicherheit bereits erkaufen. Warum sollte uns das nicht gelingen? Als Vermittler treten in der Regel Geistliche auf, die General Wrangel meistens akzeptiert. Ich denke, wir sollten die Mönche des Kapuzinerklosters mit dieser Aufgabe betrauen. Die Rosenheimer Bürger sind nicht arm und werden gewiss einen hohen Preis für ihre Sicherheit bezahlen.«

Einer der Amtmänner warf ein:

»Was ist, wenn Wrangel unser Angebot zu niedrig ist?« August Stanzinger warf dem Mann einen strafenden Blick zu.

»Dann können wir wahrscheinlich nur beten. Also sollten wir schleunigst alles Notwendige in die Wege leiten und einen Boten ins schwedische Lager nach Wasserburg senden. Am besten natürlich einen Eurer Mönche, lieber Pater Franz.«

Der Abt fühlte sich vor den Kopf gestoßen. Unsicher erhob er sich und ergriff das Wort.

»Wenn ich Euch richtig verstanden habe, soll sich das Kloster um die Angelegenheit kümmern.«

Der Bürgermeister nickte und wischte sich trotz der Kühle im Raum mit einem Tuch den Schweiß von der Stirn.

»Wir werden Euch natürlich, soweit es geht, unterstützen. Aber ich stimme Stanzinger zu. Es wird am besten sein, wenn wir die Angelegenheit vollständig in Eure Hände legen. Vor Euch haben die Rosenheimer Respekt, und gewiss ist es besser, wenn ein belesener und christlicher Mensch wie Ihr die Verhandlungen mit den Schweden übernimmt, allein schon, was den Briefverkehr betrifft.«

Pater Franz sah den Stadtbüttel zweifelnd an.

»Und Ihr denkt wirklich, die Sache könnte klappen?« August Stanzinger zuckte mit den Schultern.

»Wenn das nicht funktioniert, dann gnade uns Gott.«

# 5

Am nächsten Morgen saß Marianne allein in der vollkommen zerstörten Gaststube. Nur ein Stuhl war heil geblieben, alles andere war kurz und klein geschlagen worden. Um sie herum lagen unzählige Scherben in großen Pfützen, ein unbekannter, toter Mann lag hinter dem Ausschank, und der Geruch von Bier und Wein war allgegenwärtig. Die Tür stand weit offen, kühle Luft, Stimmen und das Rattern von Rädern drangen von draußen herein. Ab und an blieb jemand vor der Tür stehen und sah sich neugierig um. Marianne bemerkte es nicht. Sie wollte nicht nach draußen gehen, wollte den Anblick, der sich ihr vor der Kirche geboten hatte, vergessen, doch sie konnte es nicht. Sie war wie gelähmt. Überall lagen Leichen, Geschändete, aufgeschlitzte Mütter mit toten Kindern in den Armen. Die Frauen, die sie noch vor wenigen Stunden angebettelt hatten, lagen nun im Schlamm und starrten sie aus leblosen Augen vorwurfsvoll an. Ermordete Bauern, die sie kannte, bei denen sie noch vor kurzem Gemüse gekauft hatte, lagen zwischen den Trümmern ihrer Stände, die Fenster vieler Häuser waren eingeschlagen, und Holzrauch, der vom Äußeren Markt herüberzog, hing in der Luft.

Hand in Hand waren Anderl und sie nebeneinanderher gelaufen und hatten nichts und niemanden wahrgenommen, kein Jammern oder Stöhnen, keine Hand, die sich ihnen, um Hilfe flehend, entgegengestreckt hatte. Den Blick stur nach vorn gerichtet, waren sie nach Hause gelaufen, und Anderl war ohne ein Wort in seiner Dachkammer verschwunden.

Marianne war angezogen in ihr Bett gekrochen, hatte sich in ihre Decke gewickelt und an die Wand gestarrt. Wann genau sie heruntergekommen war und wie lange sie jetzt schon hier saß, wusste sie nicht mehr. Pater Franz war irgendwann hier gewesen, so glaubte sie jedenfalls. Alles verschwamm vor ihren Augen. Die Schweden hatten ihr das Leben gelassen, aber so vielen anderen hatten sie es genommen. Wie hatten sie nur glauben können, Rosenheim könnte verschont bleiben.

Plötzlich sah sie sich mit Alma und ihrer Mutter in dem engen Verschlag sitzen, hörte das laute Kreischen von Menschen und das Prasseln des Feuers und spürte die zitternde Hand ihrer Mutter. Fröstelnd rieb sie sich über ihre Arme und blickte sich um. Niemals würden dieser Krieg, die Grausamkeit und die Verzweiflung aufhören. Ihr ganzes Leben lang würden diese Bilder sie verfolgen. Doch plötzlich kamen ihr Almas Worte in den Sinn: *Jammern hilft uns auch nicht weiter*, hatte sie immer gesagt. Marianne holte tief Luft, schob sich eine Haarsträhne aus dem Gesicht und stand auf. Alma hatte recht. Niemandem war damit geholfen, wenn sie jetzt in Selbstmitleid zerfloss.

Sie war noch am Leben. Die Männer in der Kirche waren wieder gegangen und hatten ihr nichts getan. Erneut sah sie den jungen blonden Mann vor sich, und ein seltsames Kribbeln überkam sie. Wie er sie angesehen hatte, anders als alle anderen zuvor. Lautes Klirren auf der Straße ließ sie erschrocken zur Tür blicken, aber es folgte nur derbes Fluchen.

»Kannst du nicht aufpassen, du dummer Bengel. Sieh nur, was du angerichtet hast«, drang die Stimme der alten Meyerin an ihr Ohr.

Erleichtert atmete sie auf, ging in den hinteren Flur und öffnete die Küchentür. In der Küche war niemand gewesen, und der Raum sah seltsam unberührt und friedlich aus. Auf dem Tisch lagen Kohlköpfe und Karotten, der Topf mit dem Haferbrei stand wie immer an seinem Platz in der Ecke, Federn tanzten über den Fußboden, der Ofen war kalt, und im Spülstein stapelten sich die Teller. Marianne genoss für einen Moment die Illusion der Normalität, griff dann zu Besen und Kehrblech und begab sich zurück in die Gaststube.

Sie kehrte die Scherben zusammen und trug alles andere in eine Ecke neben der Eingangstür. Vor dem Toten blieb sie ratlos stehen. Er lag auf dem Bauch, sein Schädel war eingeschlagen, und ein Teil seines Gehirns war auf dem Boden verteilt. Sie hätte sich ekeln und fragen müssen, wer der arme Kerl war, der hier sein Leben gelassen hatte. Doch sie konnte sich nur Gedanken darüber machen, wie sie den schweren Körper fortschaffen sollte.

»Grüß Gott, Marianne.«

Erschrocken drehte sie sich um. Margit stand direkt hinter ihr. Sie hatte sie nicht kommen hören.

Erleichtert sah Marianne das Mädchen an.

»Geht es dir gut?«, fragte Margit. Marianne nickte schweigend. Im Moment wollte sie sich nur damit beschäftigen, aufzuräumen und den Mann fortzuschaffen.

»Soll ich dir helfen?« Margit deutete auf die Leiche.

»Das wäre nett«, antwortete Marianne leise. Die beiden begannen, an den Beinen des Mannes zu ziehen, doch er bewegte sich kaum. Erschöpft gaben sie irgendwann auf.

»So wird das nie was. Er ist viel zu schwer.« Margit griff sich stöhnend an den Rücken und sah Marianne, die keuchend neben ihr saß, besorgt an. »Du siehst ganz blass aus, Marianne. Geht es dir gut?«

»So gut, wie es möglich ist.« Marianne zeigte zur Tür. Margit seufzte.

»Ich bin so froh, dass du lebst. Ich habe Anderl und dich nicht mehr gesehen. In der Kirche, es war …«

»Wir haben uns im Keller der Sakristei versteckt«, unterbrach Marianne sie.

»Also geht es Anderl gut?«

»Er ist oben und schläft.« Marianne deutete zur Treppe. »Ich habe es noch nicht fertiggebracht, ihn zu wecken. Es war alles zu viel für ihn.«

»Für wen war es das nicht?« Tränen traten in Margits Augen. Marianne wusste, dass sie sich jetzt eigentlich danach erkundigen müsste, wie es Margits Familie ergangen war, aber noch eine schlimme Nachricht konnte sie im Moment nicht verkraften. Es gab sicher einen guten Grund dafür, weshalb Margit ausgerechnet jetzt hier aufgetaucht war.

»Wollen wir es noch einmal versuchen?«, fragte sie. Margit nickte.

Sie zogen erneut mit vereinten Kräften. Doch wieder schien sich der Mann kaum zu bewegen. In dem Moment, als sie aufgeben wollten, kam ihnen Anderl zu Hilfe. Dankbar sah Marianne ihren Stiefbruder an. Zu dritt schafften sie den schweren Körper in den Hof und legten ihn zwischen die aufgescheuchten Hühner, die gackernd im Schlamm nach etwas Essbarem suchten und es irgendwie geschafft hatten, am Leben zu bleiben.

Als sie danach in die Küche zurückkamen, fiel Mariannes Blick auf den Topf mit dem Haferbrei, und erst jetzt bemerkte sie, wie hungrig sie war.

»Was haltet ihr davon, wenn ich uns den Haferbrei warm mache und wir etwas essen?« Anderls Magen antwortete noch vor Margits mit einem lauten Knurren, und zum ersten Mal seit vielen Stunden mussten alle drei lachen.

Wenig später saßen sie gemeinsam am Küchentisch und aßen gierig den warmen Brei, den Marianne mit viel Honig verfeinert hatte. Die warme Mahlzeit tat gut. Die vertraute Umgebung und der Geruch des Holzrauchs belebten Mariannes Sinne. Margit legte als Erste ihren Löffel weg, lehnte sich mit einem tiefen Seufzer zurück und schloss die Augen. Marianne betrachtete sie nachdenklich. Margit trug noch immer dasselbe Kleid wie vor zwei Tagen. Es war schmutzig und voller Schlammspritzer. Ihr Haar war zu einem Zopf geflochten, aus dem sich einige Strähnen gelöst hatten, die ihr wirr ins Gesicht hingen, und ihre Wangen waren leicht gerötet. Sie sah heute nicht wie das fröhliche Wirtshausmädchen aus, das sich wie eine Dirne verhielt, sondern wirkte zerbrechlich und erschöpft.

»Sie sind alle tot«, flüsterte sie plötzlich, und Marianne zuckte zusammen.

»Wer ist tot?«, fragte Anderl, der gerade dabei war, seinen dritten Nachschlag aus dem Topf zu löffeln.

Margit öffnete die Augen.

»Alle.« Weiter kam sie nicht. Die Tür zur Küche wurde aufgerissen, und August Stanzinger betrat gemeinsam mit dem blonden Mann, mit dem Marianne ihn in der Gaststube gesehen hatte, und zwei weiteren Männern die Küche.

Er ließ seinen Blick durch den Raum schweifen und schaute dann Anderl an.

»Anderl Thaler. Ich nehme dich fest. Du stehst unter Verdacht, deine Mutter erschlagen zu haben.«

Marianne erstarrte. Ihr Blick wanderte von dem blonden Mann zum Büttel und wieder zurück. Die beiden anderen

Männer machten einige Schritte auf Anderl zu. Sofort sprang sie auf und stellte sich schützend vor ihren Stiefbruder.

»Wer behauptet, er hätte sie erschlagen?«, fragte sie selbstbewusst, verschränkte die Arme vor der Brust und musterte den blonden Mann.

»Geh aus dem Weg, Mädchen.« Der Büttel sah Marianne wütend an.

»Es gibt einen Zeugen, der alles beobachtet hat.«

Marianne wurde von einem der Männer zur Seite geschubst.

Doch so schnell wollte sie sich nicht geschlagen geben. Die beiden Männer griffen nach Anderls Armen und zogen ihn von der Bank hoch. Verzweifelt ging sie erneut dazwischen, doch einer der Männer schlug ihr ins Gesicht. Sie fiel zu Boden, schwarze Flecken tanzten vor ihren Augen, und ihre Wange glühte.

Wütend rappelte sie sich wieder auf. Sie durften ihr Anderl nicht wegnehmen, war er doch die einzige Familie, die sie noch hatte. Er hatte seine Mutter, obwohl sie ihn hasste, geliebt, niemals hätte er sie umgebracht. Verzweifelt sah sie die Männer an. Hilfesuchend blickte Anderl Marianne an. Er wusste gar nicht, wie ihm geschah, während ihm die Männer die Hände auf dem Rücken fesselten.

»Ihr habt sie getötet!« Marianne zeigte auf den blonden Mann. Erschrocken starrte Josef sie an und wich sofort einige Schritte zurück.

»Ich weiß es genau! Alles habe ich mit angehört, damals in der Nacht im Hof. Auf die Brauerei habt Ihr es abgesehen, nicht wahr? Hedwig hat Euch doch nur im Weg gestanden!«

Alle starrten Marianne entgeistert an.

»Was fällt dir ein!«, erwiderte der Büttel. »Das ist eine unerhörte Anschuldigung! An den Pranger sollte ich dich Teufelsbalg stellen! Du Ausgeburt der Hölle, kleine verkommene Hexe wagst es, einen ehrenwerten Herrn zu beschuldigen!«

Sie wich erschrocken zurück.

Anderl sah sie an und begann etwas zu faseln, was niemand verstand. Tränen traten in seine Augen, und er machte einige Schritte auf Marianne zu, doch die Männer zogen ihn rüde zur Seite.

»Führt den Burschen ab«, befahl der Stadtbüttel. Die beiden Männer gehorchten und stießen Anderl grob aus dem Raum. Verzweifelt begann sich der Junge zu wehren. »Marianne!«, rief er. »Marianne! Bitte, Marianne!«

Marianne wollte ihnen hinterherlaufen, doch Margit, die aus ihrer Erstarrung aufgewacht war, hielt sie zurück.

»Bleib hier, Marianne, es hat doch keinen Sinn.«

Grinsend blickte der Stadtbüttel von Margit zu Josef Miltstetter, der seine Selbstsicherheit wiedererlangt hatte und nickte.

»Und ihr beide verlasst jetzt ebenfalls auf der Stelle mein Haus.«


Wenig später stand Marianne allein auf dem Inneren Markt im kalten Regen, den sie kaum fühlte. Margit hatte sich mit knappen Worten von ihr verabschiedet und war irgendwohin verschwunden.

Das eben Geschehene war unfassbar. Anderls hilfloser Blick und die Art, wie er sie angesehen hatte, brachten sie um den Verstand. Erst allmählich begriff sie die Tragweite dessen, was geschehen war. Anderl war des Mordes angeklagt, was seinen Tod bedeutete. Ihre Erstarrung wich Verzweiflung, und sie begann, laut zu schluchzen. Sie konnte es nicht aufhalten, es brach einfach aus ihr heraus. Sie schlug die Hände vor das Gesicht und weinte.

Nach einer Weile blieben zwei kleine Mädchen neugierig vor ihr stehen. Eine der beiden stupste sie vorsichtig an.

»Warum weinst du denn?«, fragte es.

Marianne sah auf und blickte in zwei unschuldige blaue Augen, in einem Gesicht voller Sommersprossen und eingerahmt von blonden Zöpfen. Beschämt wischte sie sich die Tränen weg.

»Es ist nichts. Ist schon gut.«

Das Mädchen sah kurz zu seiner Freundin, die ein wenig größer war und rote Locken hatte.

»Gell, Bärbel, du hast gestern auch geweint.« Die Rothaarige nickte.

»Der Vater ist tot.« Sie deutete auf einen der Karren.

»Gestern haben sie ihn abgeholt.«

Marianne stand auf und wischte sich zitternd über den nassen Rock. Jetzt schämte sie sich fast ein wenig für ihre Tränen.

»Also, warum hast du denn geweint? Ist bei dir auch einer tot?« Die Kleine sah sie abwartend an.

Marianne wusste nicht, was sie antworten sollte. In den Augen des Mädchens lag auf einmal ein besonderer Glanz, als würde sie sich an dem Leid der anderen erfreuen.

»Nein, bei mir ...«

Weiter kam sie nicht, denn genau in diesem Moment lief eine dickliche alte Frau über den Marktplatz, legte beschützend ihre Arme um beide Mädchen und warf Marianne einen misstrauischen Blick zu.

»Lass die Kinder in Ruhe«, keifte sie. »Und lass uns endlich in Frieden, du elendes Pestkind, du hast schon genug Unglück über uns gebracht.«

Die beiden Mädchen rissen erschrocken die Augen auf, in Bärbels Augen traten Tränen. Doch die andere, deren Name

Marianne nicht wusste, starrte sie mit unverhohlenem Interesse an. Marianne überlegte kurz, ob sie etwas erwidern sollte, doch dann schwieg sie. Auch andere Leute auf dem Marktplatz blickten neugierig zu ihnen herüber. Sie wandte sich zum Gehen.

»Ja, geh endlich. Verschwinde! Niemand will dich hier haben!«, rief die Alte boshaft, während Marianne mit immer schneller werdenden Schritten auf das Münchener Tor zuhielt und aufs freie Feld hinauslief, wo ein unangenehmer Wind sie erzittern ließ. Sie schlang ihre Arme um den Körper und eilte weiter. Pater Franz war der Einzige, der ihr jetzt noch helfen konnte. Mit zitternder Hand öffnete sie wenig später die Hintertür des Klosters. Pater Johannes stand, in einem großen Topf rührend, hinter dem Ofen, und der Duft von gekochtem Kohl schlug ihr entgegen. Sofort eilte er zur Tür und zog Marianne herein.

»Marianne, Kind! Was ist geschehen? Du bist ja ganz nass und eiskalt. Was treibt dich denn bei diesem schrecklichen Wetter hierher?«

Marianne fiel dem Mönch schluchzend um den Hals.

»Anderl!«, murmelte sie in seine Kutte. »Sie haben ihn geholt.« Pater Johannes schob Marianne behutsam von sich.

»Wer hat Anderl geholt?«

Sie zog schniefend die Nase hoch.

»Der Büttel. Er behauptet, Anderl hätte Hedwig erschlagen.« Pater Johannes wurde blass.

»Aber das ist doch unmöglich. Wir werden gleich zu Franz gehen und es ihm sagen. Gewiss ist alles nur ein Irrtum.« Tröstend strich er über ihre Schulter. »Jetzt hole ich dir erst einmal eine Decke, und du trinkst etwas Warmes.« Er versuchte, aufmunternd zu klingen, obwohl sich in seinem Hals ein dicker Kloß bildete.

»Du wirst schon sehen, bestimmt ist Anderl bald wieder frei. Der Junge kann doch keiner Fliege was zuleide tun.«

Wenige Minuten später saß Marianne weinend in Pater Franz' Büro. Der Abt hatte die Hände auf dem Rücken verschränkt und lief kopfschüttelnd auf und ab.

»Das ist eine harte Anschuldigung«, murmelte er. »Eine wirklich schlimme Sache.«

Pater Johannes stand neben der Tür und runzelte besorgt die Stirn. Der Abt blieb vor ihm stehen und sah ihn fragend an.

»Was hältst du davon, mein Freund?« Pater Johannes schaute Franz schweigend in die Augen. Er bedachte seine Antwort gut, wollte er doch Marianne nicht beunruhigen.

»Wenn es einen Zeugen gibt, wird es schwer werden. Wie wollen wir das Gegenteil beweisen? Anderl ist an dem Abend mit einer Wunde am Kopf hier aufgetaucht. Was tatsächlich geschehen ist, weiß niemand.«

Marianne sprang auf.

»Er war es nicht! Niemals! Das ist doch alles ein Hirnge-spinst. Eine List, damit sie an die Brauerei kommen. Ich habe es Euch doch erzählt. Der Büttel und der andere, sie haben es geplant!« Pater Franz hob beruhigend die Hände.

»Wir sagen ja nicht, Anderl wäre schuldig. Wir müssen nur überlegen, ob wir das Gegenteil beweisen können. Der Büttel ist ein mächtiger Mann in Rosenheim. Weiß Gott, ich habe auch meine Dispute mit ihm und bin nicht immer seiner Mei-nung, aber gegen ihn zu arbeiten, das wird gerade jetzt, wo ich auf seine Hilfe und Mitarbeit angewiesen bin, schwer werden.« Marianne setzte sich verzweifelt auf ihren Stuhl.

»Und ich kann sowieso nichts tun, denn mir wird niemand glauben.«

Sie schloss die Augen und sank in sich zusammen. Erschöpfung und Kälte forderten ihren Tribut.

Pater Johannes nickte seinem Freund zu.

»Ich denke, wir haben jetzt erst einmal genug gehört. Du frierst, Kind. Ich werde dich jetzt in eine der Gästekammern bringen und dir trockene Sachen bereitlegen. Morgen früh sieht die Welt bestimmt wieder ganz anders aus.«

Behutsam griff der alte Mönch nach ihren Händen, zog sie vom Stuhl hoch und führte sie aus dem Raum.

Später am Abend saß Pater Franz in seiner kargen Zelle und blickte auf die flackernde Kerze auf seinem Nachttisch. Langsam wuchsen ihm die Sorgen und Probleme über den Kopf. Die Schweden, die immer noch vor der Stadt lauerten, wollten ihm nicht aus den Gedanken weichen. Er sollte mit einem Mann verhandeln, der den Ruf hatte, grausam und eiskalt zu sein. Ihn schauderte. Inzwischen hatte auch er davon gehört, wie sich andere Städte bei Wrangel freigekauft hatten. Doch ob sich eine Heimsuchung der Stadt wirklich durch die Übergabe von Gold und Wertgegenständen verhindern ließ, bezweifelte er, denn Rosenheim war wohlhabend, der Salz- und Getreidehandel florierte trotz des Krieges, und die vielen Boote trugen zu den guten Einnahmen bei. Wrangel könnte zu gierig werden und trotz ihres Angebotes über sie herfallen. Aber versuchen würde er es auf jeden Fall, auch wenn ihm jetzt schon davor graute, dem Schweden gegenüberzutreten. Das hatten sich die Herren Amtsräte und der Büttel fein zurechtgelegt, die Verantwortung ihm zuzuschieben.

Er stand auf, verschränkte die Hände auf dem Rücken, blieb seufzend vor dem Fenster stehen und blickte zu den im Dunkeln liegenden Gästekammern hinüber.

Marianne war wie seine Tochter. Ein Kind, das Gott ihm geschenkt hatte – und heute auch eine Bürde. Eigentlich, wenn er es genau nahm, war sie ihm schon lange eine Last. Eine liebe Last, die er gern trug. Doch allmählich wurde sie ihm zu schwer. Er wusste nicht, was er jetzt tun sollte. Es ging in diesem Fall nicht nur um Anderl. Dass der Junge zu Unrecht im Gefängnis saß, musste man ihm nicht erklären. Aber wie er ihm helfen sollte, wusste er nicht, denn er konnte sich nicht gegen den Büttel stellen.

Marianne war es, die ihm am meisten Kummer machte. Sie war jetzt heimatlos. Eine Waise in einer Stadt, in der sie alle hassten und mieden wie der Teufel das Weihwasser. Wie hatte es nur so weit kommen können? Warum verabscheuten die Menschen das Mädchen? Ihr Überleben war doch ein Wunder Gottes gewesen. Er würde sie fortschicken müssen. Wohin, das wusste er selbst noch nicht so genau, doch hier konnte sie unmöglich bleiben. Diese Erkenntnis traf ihn wie ein Schlag. Er würde sie verlieren, musste sie ziehen lassen, irgendwohin, wo er sie nicht mehr beschützen konnte.

Er trat vom Fenster weg und setzte sich aufs Bett. Es regnete stärker. Fröstelnd legte er sich hin, schlüpfte unter seine Decke und blies die Kerze aus.

Marianne lief neben Pater Franz über den Salzstadel und versuchte, alles um sich herum auszublenden. Die Geschäftigkeit war hier trotz des Überfalls der Schweden bereits wieder zurückgekehrt, denn der Salzstadel war der Pulsschlag der Stadt. Fuhrwerke fuhren an ihnen vorbei, Schifffahrtsburschen riefen durcheinander, Salzscheiben wurden hin und her getragen und in die großen Lagerhäuser gebracht, in denen laut die Preise berechnet wurden. Huren, die sich unweit des Stadels angesiedelt hatten, hielten zwischen den Männern nach Kundschaft Ausschau. Selbst sie rümpften ihre nicht allzu feinen Nasen, als Marianne an ihnen vorbeilief. Manch eine spuckte sogar hinter ihr auf den Boden.

Pater Franz versuchte, die Frauen zu ignorieren, legte schützend den Arm um Marianne und beobachtete das Geschehen um sich herum wohlwollend. Stadt und Bürger waren stolz darauf, den Scheibenpfennig erheben zu können und das Abschüttrecht innezuhaben. Allerdings mussten von diesen Einnahmen das Marktpflaster, die Salzstadel und Brücken unterhalten werden, weshalb wegen der vielfachen Überschwemmungen, Brände und Heimsuchungen der letzten Jahre die Gewinne geschrumpft waren.

»Glaubt Ihr, dass wir überhaupt zu ihm dürfen?«, fragte Marianne und riss den Abt aus seinen Gedanken.

»Warum sollten sie uns denn nicht vorlassen? Immerhin bist du seine Schwester.«

»Er ist aber nicht mein richtiger Bruder.«

Pater Franz winkte ab.

»Keiner wird es wagen, einem Mönch den Zutritt zu verweigern.«

Er lächelte Marianne aufmunternd zu.

»Wir schaffen das schon.«

Er munterte sie um seiner selbst willen auf, denn nichts würde mehr gut werden. All sein Grübeln hatte ihn immer wieder zu demselben niederschmetternden Ergebnis geführt. Er würde Anderl nicht helfen können, und Marianne musste fort aus Rosenheim, irgendwohin, wo sie vielleicht noch eine Zukunft hatte, denn im Kloster konnte sie auf Dauer nicht bleiben. Noch heute würde er einen Brief an ein Kloster der Zisterzienserinnen in der Nähe von Salzburg schreiben. Vielleicht war es ja möglich, das Mädchen dort unterzubringen.

Sie erreichten das Ende des Salzstadels, wo in einem unscheinbaren und wenig ansehnlichen Gebäude das Stadtgefängnis untergebracht war. Der Putz bröckelte von den Wänden, und die vergitterten Fenster hatten keine Scheiben. Marianne betrat hinter Pater Franz die enge Wachstube. Es roch nach Bier, Schweiß und gebratenem Fleisch, und nur wenig Licht drang durch das einzige, winzige Fenster in den Raum.

Pater Franz begrüßte Karl Gansbichler, den Wachmann. Der gedrungene rotwangige Mann, der dem Anschein nach nicht mehr ganz nüchtern war, saß an einem klapprigen Schreibpult. Mit hochgezogenen Augenbrauen musterte er Marianne, während der Mönch ihr Anliegen vortrug.

»Aber die Teufelin soll ich nicht zu ihm lassen, das hat der Büttel befohlen.«

Marianne sah den Wachmann erschrocken an, wich einige Schritte zurück und trat in den Flur.

Pater Franz sog hörbar die Luft ein.

»Mein Sohn, zügele deine Worte. Du solltest noch heute Abend in die Kirche gehen und deine Sünden beichten. Marianne Leitner ist keine Teufelin. Schäme dich, solchen Gerüchten und dem Geschwätz der Leute Glauben zu schenken. Sie ist die einzige Familie, die der Knabe noch hat.«

Karl kratzte sich am Kopf und musterte Marianne nochmals von der Seite. Er kannte sie nur vom Sehen, und weshalb die Leute in ihr den Teufel oder das Böse sahen, hatte er nie ganz verstanden. Das Mädel hatte die Pest überlebt. Damit war sie nicht allein, denn es gab immer wieder Menschen, die der Seuche entkamen, aber in jedem Geschwätz steckte bekanntlich auch ein Fünkchen Wahrheit. Pater Franz sah ihn abwartend an, und Marianne blickte, den Tränen nahe, zu Boden. Anderl war unschuldig, niemals hatte er seine Mutter erschlagen. Er war gar nicht fähig dazu, anderen Gewalt anzutun. Warum verstand das niemand? August Stanzinger war es. Er und dieser andere, von dem sie den Namen nicht kannte, hatten Hedwig auf dem Gewissen. Nicht der gutmütige Mensch, der gewiss voller Angst irgendwo in diesem Haus saß und nicht wusste, wie ihm geschah.

Pater Franz sah den Wachmann abwartend an.

»Also gut«, lenkte Karl ein, »aber nicht lange. Wenn das der Büttel herausfindet, dann bekomme ich Ärger.«

Marianne atmete erleichtert auf.

Der dickliche Mann kam hinter seinem Pult hervor, löste einen Schlüsselbund von seinem Gürtel und bedeutete ihnen, ihm zu folgen. Es ging durch eine Hintertür und eine steile Stiege nach unten. Karl hielt eine kleine Laterne in der Hand.

»Mörder landen bei uns immer hier unten im Verlies. Das ist sicherer. Einmal ist uns einer entlaufen und hat noch drei andere umgebracht. Seitdem sind wir vorsichtig.«

Marianne fröstelte. Es war eiskalt hier unten. Modriger, feuchter Gestank nach Exkrementen drang ihr entgegen und verschlug ihr den Atem. Am Ende des finsteren Flurs öffnete der Wachmann eine Tür und zeigte in den Raum.

»Ihr habt zehn Minuten.«

Pater Franz griff wortlos nach der Laterne, die ihm Karl hinhielt, und bedeutete Marianne, ihm zu folgen.

Die Kammer war eng und ohne Fenster. Der Gestank, der im Flur noch auszuhalten gewesen war, wurde hier unerträglich. Marianne versuchte, ihre aufsteigende Übelkeit zu unterdrücken, und trat ein. Anderl lag zusammengekauert auf einem Strohlager.

»Marianne«, flüsterte er, als er seine Stiefschwester im Licht der Laterne erkannte. Tränen der Erleichterung traten in seine Augen, und er streckte wie ein kleines Kind seine Arme nach ihr aus. Marianne sank vor ihm auf den Boden und drückte ihn fest an sich. Laut schluchzend klammerte er sich wie ein Ertrinkender an sie.

Sie streichelte ihm beruhigend über den Rücken, während Pater Franz taktvoll auf den Flur hinaustrat und den Wärter davon abhielt, die beiden zu stören.

»Jetzt wird doch alles gut«, sagte sie und schämte sich für diese Lüge. Nichts war gut und würde es auch niemals wieder werden. Sie würde ihn enttäuschen müssen. Wut darüber, ihn in diesem Zustand sehen zu müssen, stieg in ihr auf, und sie war auch wütend auf sich selbst. Wenn sie damals Pater Franz von dem Gespräch erzählt hätte, dann wäre es vielleicht niemals so weit gekommen.

»Ich bin ja jetzt bei dir.« Sie strich ihm über den Kopf und fühlte seine weichen Haare zwischen ihren Fingern, seine Tränen auf ihrer Haut.

»Ich habe Mutter nicht erschlagen«, sagte Anderl plötzlich und richtete sich auf. Marianne schaute ihn überrascht an. Im Licht der Laterne sah er so anders aus – nicht mehr wie der kleine einfältige Junge, sondern wie ein richtiger junger Mann.

»Ich weiß.« Sie blickte zur Tür. Pater Franz trat wieder näher. Verzweifelt sah Anderl sie an und wich ängstlich vor dem Mönch zurück, als hätte ein Fremder den Raum betreten. »Er wird dich wieder mitnehmen, oder? Du wirst wieder gehen und mich hierlassen, in der Dunkelheit.« Er griff nach Mariannes Hand.

»Ich habe Angst, die Geräusche, die Stille, alles erschreckt mich. Bitte, nimm mich mit, Marianne! Du kannst mich nicht allein lassen! Das darfst du nicht!«

Sein Griff wurde fester. Tief gruben sich seine Fingernägel in Mariannes Haut. Hilflos sah sie ihn an.

»Es tut mir leid«, flüsterte sie, Tränen in den Augen. »Aber ich helfe dir. Ich verspreche es. Bald wirst du wieder frei sein. Wir werden dafür sorgen. Ich komme zurück, und dann nehme ich dich mit, versprochen.«

Sie sah ihm in die Augen. »Hörst du, Anderl. Ich verspreche es dir. Wenn ich wiederkomme, ist alles gut.«

Karl, der nun endgültig genug von dieser Gefühlsduselei hatte, betrat den Raum und zog Marianne mit Gewalt von Anderl weg. Der Griff des Jungen löste sich, und er sank in sich zusammen.

»Lasst mich los! Bitte, nur noch einen Moment, nur noch ein wenig! Er muss es doch verstehen. Ich will doch nur wissen, ob er es auch verstanden hat. Ich komme wieder, Anderl. Ich verspreche es dir! Ich lasse dich nicht allein! Das nächste Mal nehme ich dich mit.«

Karl zog Marianne auf den Flur und schloss hinter ihr die Tür. Anderl verschwand in der Dunkelheit. Sein Weinen verstummte. Pater Franz, der die ganze Zeit über schweigend gewartet hatte, hob beschwichtigend die Hände.

»Es ist gut, mein Kind. Beruhige dich.«

»Das sagt Ihr doch nur so.« Wütend deutete Marianne auf die Tür. »Er liegt dort in völliger Finsternis in seinem eigenen Dreck, auf einem alten Strohhaufen voller Flöhe, für etwas, was er nicht getan hat.«

Seufzend sah Pater Franz den Wärter an, der die beiden neugierig musterte. Dass eine Frau, noch dazu ein Mädchen mit einem solchen Ruf, so mit einem Mönch sprach, war ihm noch nie untergekommen.

Der Blick des Paters wanderte von Marianne zu Karl und zur verschlossenen Zellentür.

»Vielleicht wäre es ja möglich, den Gefangenen besser unterzubringen, und ich würde in meiner Funktion als Pater und Vertreter des Klosters dafür bürgen, dass er nicht fortläuft.« Der Wärter sah den Mönch ungläubig an und schüttelte den Kopf.

»Aber Mörder sitzen immer im Verlies.«

»Er ist kein Mörder.« Marianne verschränkte die Arme vor der Brust.

»Ich glaube, wir sollten besser oben weiterreden«, antwortete der Mönch und rieb sich fröstelnd die Hände. Er musste raus aus diesem engen, finsteren Gang, zurück ans Tageslicht. Marianne blickte zur Zellentür und folgte den beiden schweren Herzens.

Alle drei atmeten erleichtert auf, als sie wieder ins Wachbüro traten. Der Wärter setzte sich hinter sein Schreibpult und sah den Abt fragend an.

»Ihr verlangt also wirklich von mir, dass ich einen Mörder aus dem Verlies hole?«

»Es wäre mir auch einen kleinen Obolus wert, wenn Ihr den Jungen in eine normale, saubere Zelle mit Fenster sperrt und ihm regelmäßig zu essen gebt.«

Die Augen des Wärters funkelten. Der Abt war erleichtert. Wie einfach es doch war, die Menschen mit Geld zu locken. Gott möge ihm verzeihen, wenn er in ihnen ab und an die Gier erweckte.

»An was hattet ihr denn gedacht«, fragte der Wärter.

Pater Franz zog eine Börse unter seiner Kutte hervor und warf Karl mehrere Taler auf den Tisch. Mit offenem Mund starrte dieser auf den unverhofften Geldsegen. Mit einer so hohen Summe hatte er nicht gerechnet.

Marianne sah ihren Mentor verwundert an. Viele Arbeiter verdienten diese Summe nicht einmal in einem Jahr.

»Dafür möchte ich aber auch, dass der Junge sofort herausgeholt, gewaschen und verköstigt wird und Ihr ihn anständig und gut behandelt.«

Karl nickte eifrig.

»Natürlich, alles, was Ihr wünscht. Der Junge bekommt meine beste Zelle. Abgemacht.« Er hielt Pater Franz die Hand hin, die dieser halbherzig ergriff.

»Und am Sonntag sehe ich Euch in der Kirche zur Beichte.« Erneut nickte der Wachmann.

»Aber gewiss doch. In der Kirche, zur Beichte.«


Pater Franz atmete erleichtert auf, als sie wenig später den Salzstadel hinunterliefen und auf den Inneren Markt zusteuerten. Er wusste, er würde lange Zwiesprache mit Gott halten müssen, denn er hatte sich seinen Seelenfrieden erkauft. Die Münzen waren nicht nur für den Jungen gedacht, sondern beruhigten auch sein schlechtes Gewissen Marianne gegenüber.

Marianne würdigte Pater Franz keines Blickes. Eigentlich sollte sie dankbar sein, aber ihre Enttäuschung darüber, Anderl dort zurücklassen zu müssen, war zu groß.

Der Wind frischte auf, als sie am Stockhammer Bräu vorbeikamen, verschwand die Sonne. Die Tür stand offen, und Margit fegte die Gasse. Marianne sah sie verwundert an. Margit trug ein enges, tief ausgeschnittenes Kleid, und ihr lockiges Haar hatte sie mit einem Band gebändigt. Nichts war von der Margit geblieben, die nach dem Überfall wie ein Häufchen Elend in der Küche gesessen hatte.

Marianne blieb stehen und fragte sich, ob sie die Freundin begrüßen sollte. Plötzlich trat der blonde Mann hinter Margit, legte seinen Arm um ihre Taille, drückte ihr einen Kuss auf die Wange und schlenderte pfeifend durch den Laubengang davon.

Marianne war fassungslos, und selbst Pater Franz, der jetzt ebenfalls auf Margit aufmerksam geworden war, schüttelte bei so viel zur Schau gestellter Unzucht den Kopf.

Als Margit Marianne bemerkte, warf sie ihr einen kurzen Blick zu, zuckte entschuldigend mit den Schultern und fegte dann weiter. Marianne wandte sich ab.

»Und der Mörder hat gewonnen«, sagte plötzlich jemand hinter den beiden. Erschrocken drehten sich Marianne und Franz um. Der alte Theo stand vor ihnen.

Marianne war irritiert.

»Woher weißt du, wer der Mörder ist?«

»Na, weil ich ihn gesehen habe.« Der alte Mann senkte seine Stimme.

»Ich bin in jener Nacht noch einmal zur Brauerei zurückgekommen, weil ich meine Jacke vergessen hatte. Da habe ich gesehen, wie der blonde Mann und der Büttel zuerst Anderl niederschlugen und dann Hedwig.«

Verblüfft sah auch Pater Franz den Alten an.

»Ich wusste es«, rief Marianne erleichtert. »Er hat es nicht getan. Anderl ist kein Mörder.«

Pater Franz war weniger euphorisch. Er blickte stirnrunzelnd von Theo zu Marianne. Niemand würde dem alten Mann glauben.

Josef Miltstetter lief nervös im Büro des Büttels auf und ab. Das Fenster war geöffnet, und stickige Luft drang in den Raum.

»Was werden wir jetzt tun?« Er sah den Büttel an. »Der Alte hat uns gesehen, ich habe alles genau gehört. Er hat es der schwarzhaarigen Hexe und dem alten Mönch erzählt.«

August Stanzinger zuckte mit den Schultern.

»Nichts werden wir tun. Dem alten Theo glaubt ohnehin niemand ein Wort. Wie ein Einsiedler lebt er dort draußen am Flussufer in seiner Hütte. Er ist als Zeuge nicht zu gebrauchen.« Josef war nicht überzeugt. Nervös trat er ans Fenster und blickte über den Marktplatz.

»Aber unser Zeuge ist doch nur ein Knabe, sein Wort gilt bestimmt nicht mehr als das eines alten Mannes. Der Mönch ist der Abt des Klosters, ein angesehener Mann in Rosenheim. Wenn der Bursche freikommt, dann gehört ihm die Brauerei, auch wenn er dumm ist.«

August Stanzinger wischte sich mit einem Tuch den Schweiß von der Stirn. Das war heute nicht sein Tag, denn Übelkeit und Bauchkrämpfe hatten ihn die ganze Nacht geplagt, so dass er nicht schlafen konnte. Er hatte im Hinblick auf Anderl Thaler andere Pläne als sein Gegenüber, der den Knaben am liebsten noch heute am Galgen sehen würde. Er wollte Anderl nicht töten, sondern er wollte ihn besitzen, ganz für sich allein.

»Also gut«, lenkte er ein. »Was schlagt Ihr vor?«

Josef Miltstetter blieb vor dem Tisch stehen und stützte die Hände auf.

»Wir töten den Alten. Noch heute Nacht.«

Der Stadtbüttel riss die Augen auf.

»Noch ein Mord? Nicht mit mir. Ich habe mit Theo nichts zu schaffen. Die Menschen betrachten ihn als Sonderling, viele glauben, er sei nicht ganz richtig im Kopf, aber er gehört zu Rosenheim wie das Salz. Nein, das kann ich nicht tun.« Miltstetter sah Stanzinger, der sich erneut den Schweiß von der Stirn wischte und sogar für einen Moment die Augen schloss, herausfordernd an.

»Es ist mir egal, wer der Alte ist und was er für die Stadt darstellt. Er wird mir in die Quere kommen, und Ihr habt versprochen, mir zu helfen.«

August Stanzinger war aufgebracht. Was bildete sich dieser aufgeblasene Taugenichts eigentlich ein? Nur weil Josef wusste, welche Neigungen er hatte, musste er sich noch lange nicht von ihm erpressen lassen.

»Ich habe nein gesagt, und ich bleibe dabei. Von mir aus könnt Ihr tun, was Ihr wollt, aber ich werde nicht Hand an diesen Mann legen!«

Wütend sah Josef den Büttel an. Mit einer solchen Antwort hatte er nicht gerechnet.

»Dann mache ich es eben allein. Ich werde nicht zulassen, dass mir jemand mein neues Leben wegnimmt!«

# 6

Albert Wrangel saß an diesem Morgen neben Claude am Lagerfeuer und beobachtete verschlafen zwei kleine Mädchen, die
kichernd Fangen spielten. Atemberaubend erhoben sich hinter
den Wiesen und Feldern in der Ferne die Alpen in den blauen
Himmel, an dem noch ein letzter Hauch von Morgenrot zu
sehen war.

Noch immer lagerten sie in der Nähe von Wasserburg, doch
die Stadt wehrte sich weiterhin erfolgreich gegen eine Erstür-
mung.

Albert schnürte seine Weste zu, blickte Richtung Rosenheim
und erinnerte sich an den Moment in der Kirche, als er dem
schwarzhaarigen Mädchen begegnet war, das ihn bis in seine
Träume verfolgte. Diese Frau hatte ihn sehr beeindruckt, und
schon der Gedanke, er würde sie niemals wiedersehen, schmerzte
ihn.

Aber immerhin würden sie Rosenheim nicht mehr heim-
suchen, denn die Stadt wollte sich ihre Sicherheit erkaufen.
Noch heute würde er mit seinem Bruder und einem kleineren
Gefolge zu den Gesprächen in ein Kloster am Stadtrand aufbrechen. Der Gedanke, die junge Frau könnte dadurch in Sicherheit leben, beruhigte ihn.

Neben Albert und Claude saß der alte Otto und erzählte –
was er ständig tat, wenn er nicht gerade schlief. Niemand
hörte dem dicklichen Mann, dem nur noch wenige weiße

Haare auf dem Kopf geblieben waren, wirklich zu. Aber Albert und auch Claude hatten ihn gern um sich und luden ihn häufig ein, die Nacht an ihrem Feuer zu verbringen. Otto hatte gutmütige braune Kulleraugen, die unter den dicken Augenbrauen hervor alle Menschen anstrahlten, und er erzählte gern Geschichten und lustige Begebenheiten, die er in den Heeren erlebt hatte.

Heute war wieder einmal eine traurige Geschichte an der Reihe, wie so oft.

»Wenn ich es euch doch sage. Eleonore war so wunderschön, dass alles andere neben ihr verblasste. Vor ihr neigten selbst die hübschesten Rosen ihre Häupter. Eine blonde Schönheit mit vollen runden Brüsten und ausladenden Hüften. Sie war aus dem Nichts gekommen und hatte die traurigsten Augen, die ich jemals bei einem Mädchen gesehen hatte. Wir waren damals im Heer von Tilly unterwegs, irgendwo in Westfalen. Sie stammte aus einem der Dörfer und suchte bereits seit Wochen nach ihrem Liebsten.«

Zwei weibliche Zuhörerinnen waren stehen geblieben. Die beiden Mädchen, kaum älter als fünfzehn Jahre, stellten ihre Wäschekörbe ab und hingen regelrecht an Ottos Lippen.

Claude, der neben Otto gerade die Sauberkeit seines Hemdes beurteilte, musterte die beiden eher aus anderen Gründen. Er hatte endgültig beschlossen, auf Brautschau zu gehen. Er brauchte eine anständige Frau an seiner Seite, die hübsch und nicht allzu prüde sein sollte. Schließlich war er Franzose und kein Mönch.

Otto wollte sein Publikum nicht enttäuschen und erzählte voller Dramatik weiter.

»Sie war schön, lächelte aber nie. Bald hieß sie nur noch die traurige Eleonore. Viele Freier kamen, und selbst ein General machte ihr den Hof. Doch sie fragte jeden Tag nur nach dem einen. Bei jedem Neuankömmling im Lager erkundigte sie sich nach ihm, und in jedem Dorf sprach sie die Menschen an, beschrieb ihren Liebsten, aber sie blieb traurig und allein.

Doch eines Tages, ich weiß es noch wie gestern, da kam an einem bitterkalten Winterabend im Dezember ein Reiter. Er führte sein Pferd durch die Reihen der Zelte und blieb seltsamerweise direkt vor dem meinigen stehen. Warum er das getan hat, kann ich nicht sagen. Er war groß und stattlich, hatte lockiges braunes Haar und eine hohe Stirn. Und er fragte mich doch tatsächlich nach einem blonden Mädchen namens Eleonore.« Otto machte eine Pause. Ungeduldig sahen ihn die beiden Mädchen an.

»Und? Was ist dann passiert?«, fragten sie wie aus einem Mund. Der alte Mann zuckte mit den Schultern.

»Das ist das Traurige daran. Eleonore war zwei Tage zuvor gestorben. Offiziell an einem Fieber. Aber ich sage euch, das arme Ding ist an gebrochenem Herzen gestorben.«

Die beiden Mädchen seufzten. Claude fand an einer Gefallen. Sie war schmal gebaut, hatte große Brüste, und auch um die Hüften waren an den richtigen Stellen Rundungen. Albert folgte dem Blick seines Freundes und grinste, wandte sich dann aber an Otto.

»Otto, mein lieber Otto. Was erzählst du nur wieder für traurige Geschichten. Nicht wahr, Claude?«

Er schlug dem Franzosen auf die Schulter und zwinkerte ihm vielsagend zu. Die beiden Mädchen erröteten unter den Blicken der Männer, hoben ihre Körbe auf und suchten kichernd das Weite.

»Die Rechte wäre nicht schlecht«, meinte Claude, als sie außer Sicht waren. Albert warf ihm einen strafenden Blick zu.

»Sie war kaum fünfzehn Jahre alt. Ein halbes Kind. Für dich zu unerfahren.«

Claude sah Albert, der aufstand und seinen Gürtel umlegte, empört an.

»Was soll das heißen, zu unerfahren? Ich kann es ihr doch beibringen. Eine Hure werde ich nicht heiraten. Anständig soll sie sein.« Er streckte die Nase in die Höhe.

Albert lachte laut auf und lenkte ein.

»Es muss ja nicht gleich eine Hure sein, aber zwei, drei Jährchen älter kann gewiss nichts schaden.«

Otto erhob sich ebenfalls. Er wollte zur alten Milli hinüber. Bereits seit Jahren war er mit der Marketenderin, die den Tross zu ihrem Leben gemacht hatte, befreundet. Die beiden hatten schon mehrere Heereszüge gemeinsam durchgestanden. Bei Milli bekam er immer ein Frühstück, und gewiss fanden sich vor ihrem Zelt neue Zuhörer für eine weitere Geschichte.

»Vielen Dank für die Gastfreundschaft, Albert.« Er salutierte. Albert winkte ab.

»Für dich immer, Otto. Das weißt du doch.« Der Alte humpelte davon. Die Gicht plagte ihn bereits seit Jahren so arg, dass er kaum noch laufen konnte. Die Zeit der großen Schlachten war für ihn schon lange vorüber.

Albert schaute ihm hinterher.

»Bald wird er gar nicht mehr laufen können, der arme Kerl.«

Pater Johannes und Pater Franz gingen durch den sonnendurchfluteten Kreuzgang. Rosen und Efeu rankten an den Säulen hinauf, die den Innenhof umgaben, auf dem ein großer Ziehbrunnen stand. Südliche Fallwinde rüttelten an den Blät-

tern der Büsche und ließen die Berge zum Greifen nah erscheinen. Pater Franz schwieg, sein Blick war nach vorn gerichtet.
Er hatte keine Augen für den sonnigen Morgen. In wenigen
Stunden würden die Schweden kommen und hoffentlich auf
ihr Angebot eingehen. Die Bürger der Stadt hatten gegeben,
was sie konnten. Es war eine hohe Summe an Talern zusammen-
gekommen, dazu Schmuck und Silbergeschirr, sogar Federvieh,
Stoffe, Getreide und Gemüse hatten die Leute gebracht. Er war
zuversichtlich, es würde ausreichen, um Wrangel davon zu
überzeugen, Rosenheim zu verschonen.

Pater Johannes sah seinen Freund nachdenklich an. Tiefe
Sorgenfalten hatten sich in die Stirn des Abtes gegraben. Falten,
die noch vor kurzem nicht da gewesen waren. Die lähmende
Anspannung, die in den letzten Tagen im Kloster herrschte,
hinterließ ihre Spuren.

Marianne trat vor ihnen in den Kreuzgang. Am Angelus-
Gebet durfte sie nicht teilnehmen, aber Johannes hatte bemerkt, dass sie danach jeden Morgen in die Kapelle ging, um
zu beten. Sie sah blass und müde aus, und unter ihren Augen
lagen dunkle Schatten. Wahrscheinlich hatte sie wieder die
ganze Nacht geweint. Er hörte sie oft schluchzen, wenn er bei
seiner abendlichen Runde an ihrer Kammer vorbeikam.

»Guten Morgen«, grüßte sie höflich und sah ihren Mentor
hoffnungsvoll an. Pater Franz lächelte kurz, erwiderte den Gruß,
ging dann aber ohne ein weiteres Wort weiter. Pater Johannes,
der Marianne ebenfalls gegrüßt hatte und ein paar Worte mit
ihr wechseln wollte, folgte ihm irritiert.

»Warum warst du so abweisend zu ihr?« Pater Franz seufzte.

»Weil ich nicht weiß, was ich tun soll. Ich kann ihr nicht in
die Augen sehen, in denen immer dieselbe Frage steht.«

Pater Johannes wusste, wie Franz mit sich kämpfte.

»Du kannst nicht anders handeln«, versuchte er den Abt zu unterstützen. »August Stanzinger ist ein mächtiger Mann in Rosenheim und hat einen großen Teil dazu beigetragen, dass wir heute mit so einer hohen Ausbeute vor die Schweden treten können.«

Sie betraten das karg eingerichtete Arbeitszimmer des Abtes. Pater Franz sank hinter seinen Schreibtisch und rieb sich über die Stirn.

»Und deshalb richten wir einen Unschuldigen hin? Stanzinger mag mächtig sein, aber er ist ein Mörder. Ich glaube dem alten Theo – und Marianne tut das auch. Ich kann es einfach nicht ertragen, sie enttäuschen zu müssen. Habe ich mir doch geschworen, immer für sie da zu sein und sie zu beschützen.«

Pater Johannes setzte sich ihm gegenüber und blickte eine Weile nachdenklich auf den alten Dielenboden, der bereits einige schadhafte Stellen aufwies, die dringend ausgebessert werden müssten.

»Und wenn wir beides tun?«

»Wie beides?«

»Na, wenn wir heute den Büttel seine Arbeit machen lassen und ihn dann anklagen, sobald die Schweden abgezogen sind?« Pater Franz schüttelte den Kopf.

»Das können wir nicht tun. Erst bedienen wir uns seiner Hilfe, und danach treten wir ihn mit Füßen.«

»Aber er könnte einen Unschuldigen hinrichten.« Johannes sah Franz ins Gesicht. »Er hat gegen die Gebote Gottes verstoßen, das können wir nicht einfach hinnehmen, auch wenn er uns jetzt aus der Klemme hilft. Wir dürfen auch seinen Mittäter nicht vergessen. Josef Miltstetter hat sich die Brauerei unrechtmäßig unter den Nagel gerissen, denn Anderl ist der wahre Erbe.«

Pater Franz blickte auf.

»Du hast recht, Johannes. Wir müssen etwas unternehmen. Die beiden Männer sind Mörder. Wenn die Sache mit den Schweden erledigt ist und Wrangel weiterzieht, dann werden wir die Anschuldigungen dem Bürgermeister mitteilen. Der alte Theo mag zwar etwas wunderlich sein, aber ich bin mir sicher, ihm wird mehr Glauben geschenkt als einem halbwüchsigen Knaben.«

Pater Johannes erhob sich lächelnd.

»Das wollte ich hören. Ich hatte schon fast Sorge, du hättest deinen Kampfgeist verloren.«

»Nein, verloren habe ich ihn nicht, aber ich gebe zu, er ist ein wenig ins Wanken geraten. Am besten, wir schicken gleich einige Mönche zu Theos Hütte und holen ihn in den Schutz des Klosters. Er ist ein wichtiger Zeuge, auf den wir achten sollten.« Pater Johannes ging zur Tür.

»Ich werde mich sofort darum kümmern.«

Marianne saß einige Stunden später im Rosengarten im Schatten einer Mauer und las in einem Buch.

Sie war müde und traurig, gleichzeitig aber auch unruhig. Sie wusste, wie wichtig dieser Tag für ihren Mentor, für die ganze Stadt war. Pater Johannes hatte sich heute Morgen, als sie bei ihm in der Küche gefrühstückt hatte, besonders viel Mühe gegeben, gute Laune zu verbreiten, obwohl auch ihm die Anspannung anzumerken gewesen war. Noch immer hatte sie wenig Appetit, zwang sich aber dazu, etwas zu essen. Wenn sie verhungerte, würde das Anderl auch nicht weiterhelfen. Sie aß stets in der Küche, oft auch allein. Mit den anderen Mönchen im Refektorium durfte sie nicht speisen. Das würde gegen die guten Sitten des Klosters verstoßen, hatte ihr Pater Johannes erklärt. Grundsätzlich konnte sie sich, seitdem sie in eine der Gästekammern gezogen war, nur noch sehr eingeschränkt bewegen. Sie durfte ihre Kammer nur zu gewissen Uhrzeiten verlassen und dann auch nur in den Rosengarten oder in die Küche gehen. Auf keinen Fall durfte sie mit einem der Mönche sprechen oder sie in ihrem Gebet stören, lediglich Pater Johannes und Pater Franz waren ihre Ansprechpartner, sonst niemand. In die Kapelle konnte sie erst gehen, wenn kein anderer Mönch anwesend war. Die Teilnahme an gemeinsamen Gottesdiensten war ihr verwehrt.

Langsam fühlte sie sich wie in einem Gefängnis. So hatte sie sich ihr Leben ohne Hedwig nicht vorgestellt. Immer wieder hatte sie davon geträumt, die Alte los zu sein. Und jetzt, wo es so war, wünschte sie sich, es wäre alles wieder wie früher.

Sie hatte Anderl nicht wieder besucht, da Pater Franz keine Zeit hatte. Sie vermisste ihren Stiefbruder, und manchmal, wenn sie allein in ihrem Bett lag und nicht schlafen konnte, dann stellte sie sich vor, er würde neben ihr liegen, seine braunen Haare würden sie an der Wange kitzeln, und sein regelmäßiger Atem und seine Wärme und Nähe würden ihr Sicherheit geben. Sie würde ihn ansehen, wie er im Schlaf lächelte, ihm zuhören, wenn er, wie so oft, etwas murmelte, und sich freuen, wenn er den Arm um sie legte.

Lautes Maunzen riss sie aus ihren Gedanken. Paulchen, der grau getigerte Kater des Klosters, sprang elegant neben sie auf die Bank und rieb schnurrend seinen breiten Kopf an Mariannes Arm. Lächelnd begann sie ihn zu streicheln.

»Na, Paulchen, kommst du mich besuchen.« Das Tier genoss die Aufmerksamkeit und kletterte auf ihren Schoß, stupste ihr ans Kinn und sah sie auffordernd an.

»Du hast schon wieder Hunger, nicht wahr? Aber ich bin mir sicher, dass Johannes dir deine Milch bereits gegeben hat.«

»Das hat er auch«, sagte Pater Franz.

Überrascht blickte Marianne auf. Er setzte sich zu ihr und strich dem Kater übers Fell.

»Ich habe es genau gesehen. Eine große Schale mit Milch, und unser Paulchen hat sie komplett leer geschleckt.«

Marianne hob schmunzelnd den Zeigefinger.

»Siehst du, Paulchen, Völlerei ist eine Sünde. Du solltest dich schämen.«

Der Kater ließ sich von den rügenden Worten nicht beeindrucken. Er sprang von Mariannes Schoß herunter und folgte neugierig zwei Schmetterlingen, die hinter der Bank über die Rosenblüten flatterten.

»Jetzt wird General Wrangel bald eintreffen, oder?« Der Pater nickte.

»Lange kann es nicht mehr dauern. Aber ich bin nicht deshalb zu dir gekommen. Ich wollte etwas anderes mit dir besprechen.«

Marianne sah Pater Franz überrascht an.

»Pater Johannes hat heute Morgen einige Männer losgeschickt, um den alten Theo zu suchen. Wir wollen den Büttel und seinen Komplizen anklagen, sobald die Sache mit Wrangel ausgestanden ist.«

Marianne stand vor Verblüffung der Mund offen.

»Aber, ich dachte …«

»Ich weiß, ich habe gesagt, niemand wird Theo glauben, aber ich habe meine Meinung geändert. Mord ist eine Todsünde, keiner darf damit durchkommen. Das können wir nicht zulassen. Anderl ist unschuldig, und wir werden für ihn kämpfen.« Freudig sprang Marianne von der Bank auf und fiel ihrem Mentor um den Hals.

»Aber, das ist ja wunderbar, dann wird alles wieder wie früher. Anderl kommt zurück nach Hause, und ich werde ihm helfen.« Pater Franz löste sich leicht beschämt aus Mariannes Umarmung.

»Ganz so einfach wird es nicht. Wir müssen abwarten, was wir erreichen können. Immerhin beschuldigen wir ja nicht irgendjemanden, sondern den ehrenwerten Büttel, der nach dem Abzug Wrangels gewiss sehr beliebt sein wird.«

Marianne sank zurück auf die Bank.

Der Mönch legte ihr beruhigend die Hand auf den Arm.

»Wir werden alles, was in unserer Macht steht, tun, damit Anderl freikommt, das verspreche ich dir.«

Pater Johannes trat in den Garten und unterbrach die beiden.

»Franz, kommst du? Der Bürgermeister, die Amtsräte und der Büttel sind eingetroffen.«

Der Abt erhob sich seufzend, doch Marianne hielt ihn zurück.

»Ich werde die ganze Zeit hierbleiben und für einen guten Ausgang beten.«

»Tu das, mein Kind. Gottes Kraft und Beistand haben wir heute nötiger als jemals zuvor.«

Das Refektorium des Klosters war der geeignete Raum für die Verhandlungen mit dem Schwedengeneral. Die Mönche waren dort bereits versammelt und die Wertgegenstände und die Truhe mit den Münzen in der Mitte des Raumes aufgebaut. Es war ein seltsames Bild, das Pater Franz erwartete. Die obersten Würdenträger der Stadt standen in der einen Ecke und unterhielten sich sichtlich nervös, und in der Nähe der Tür waren die

Mönche versammelt und schwiegen, während die Hühner, Gänse und Enten in ihren Käfigen nervös schnatterten und gackerten. Federn und Flaum flogen durch den Raum, in dem die Gerüche der Tiere, Schweiß und Blumenduft gleichermaßen hingen. Auf einem Tisch vor einem geöffneten Fenster standen mit Bier gefüllte Krüge neben feuchten Tüchern und Schmalzbroten zur Erfrischung der Gäste bereit.

Es machte ein wenig den Eindruck, als würden sie auf einen Freund warten und nicht auf ihren größten Feind.

Pater Franz atmete tief durch und ging auf den Büttel zu, der sich dem Anlass entsprechend herausgeputzt hatte. Er trug ein weißes Hemd mit einer samtenen, schwarzen Weste darüber. Goldene Knöpfe schimmerten frisch poliert an beiden Kleidungsstücken, und seine lederne, ebenfalls schwarze Kniehose war sauber und frisch gebürstet. Besonders beeindruckend waren allerdings die schwarzen Absatzschuhe mit silbernen Schnallen, die August Stanzinger sofort um einige Zentimeter größer und erhabener erscheinen ließen. Pater Franz begann sich in seiner Gegenwart fast ein wenig für seine braune Kutte zu schämen, die am Saum einige Flecken aufwies.

»Grüß Gott, Büttel.« Er reichte die Hand dem Mann, den er bald als Mörder überführen wollte. Der Reihe nach begrüßte er auch die anderen Würdenträger und begutachtete noch einmal die aufgebauten Wertgegenstände.

»Ich hoffe, es wird ausreichen«, sagte August Stanzinger, nahm eine wertvolle, mit Initialen geprägte goldene Uhr in die Hand und klappte sie auf.

»Nicht, dass es zu wenig ist. Dann machen sie uns alle gleich hier einen Kopf kürzer. Es gab da einen Vorfall irgendwo im Allgäu. Dort war es Wrangel nicht genug gewesen. Daraufhin hat er alle Anwesenden sofort erschlagen und köpfen lassen, und danach war die ganze Stadt niedergebrannt worden.« Pater Franz schluckte.

»Dann wollen wir hoffen, unsere Gaben stimmen ihn heute milde. Die Schweden mögen grausam sein, aber sie sind auch nur Menschen. In fast allen Städten, die Wrangel in der letzten Zeit einen Handel vorgeschlagen haben, hat es funktioniert. Seine Soldaten sind müde, rauben und plündern nur noch. Es geht ihm zurzeit nicht darum, eine Schlacht zu gewinnen. Mit Gottes Beistand wird gewiss alles gutgehen.«

Ein unscheinbarer, kleiner Mönch betrat abgehetzt den Raum und unterbrach das Gespräch der beiden.

»General Wrangel und sein Gefolge sind soeben eingetroffen, Herr.« Alle Anwesenden traten neugierig an die Fenster.

Pater Franz atmete tief durch und folgte seinem Glaubensbruder in den Innenhof.


Es war eine Abordnung von etwa fünfzehn Männern, die mit einigen Karren, vor die Pferde gespannt waren, im Hof stand. Der Abt war erstaunt darüber, wie wenige gekommen waren. Der General selbst war unschwer zu erkennen. Er stieg als Erster elegant von seinem Pferd, klopfte sich den Staub der Straße von seinem Wams und blickte sich mit ernster, leicht arrogant wirkender Miene um.

Pater Franz hatte keine Vorstellung davon gehabt, wie Wrangel aussah. Soldaten hatte er in seinem Leben schon viele gesehen, in welchen Uniformen auch immer. Aber einen so feinen Herrn, der edelste, samtene Hosen, einen eleganten Federhut und glänzende Lederstiefel trug, hatte er nicht erwartet.

Drei andere Männer stellten sich hinter den General. Sie schienen um einiges jünger zu sein. Ihre Kleidung war nicht so prunkvoll. Einfachere Hemden, weniger üppig bestickte Westen und nicht ganz so prachtvolle Stulpenstiefel zeugten von ihrem niederen Rang.

Pater Johannes, der im Hof auf die Ankömmlinge gewartet hatte, bedeutete einigen Mönchen, sich um die Pferde der Herrschaften zu kümmern, während Pater Franz vortrat, um den Schweden zu begrüßen.

»Grüß Gott, Euer Gnaden.« Er neigte kurz seinen Kopf. Carl Gustav Wrangel musterte den alten Mönch nur flüchtig.

»Ich bin nicht hier, um Höflichkeiten auszutauschen«, erwiderte er ruppig. »Zeigt uns lieber, was Ihr zu bieten habt.«

Pater Franz zuckte innerlich zusammen. Trotz der schmucken Fassade und des durchaus sympathisch erscheinenden Gesichts klang die Stimme schneidend kalt, was ihn für einen Moment erstarren ließ. General Wrangel stellte hier die Regeln auf, sonst niemand. Pater Franz wies mit zittriger Hand auf die Tür hinter sich.

»Die sehr geehrten Stadträte warten bereits im Refektorium auf Euch.«

Der General und die drei anderen Männer folgten ihm.

Im Refektorium würdigte Wrangel die anwesenden Würdenträger Rosenheims keines Blickes. Mit strenger Miene begutachtete er die Wertgegenstände. Absolute Stille herrschte im Raum. Pater Franz' Herz schlug vor Aufregung bis zum Hals. Zitternd rieb er sich seine feuchten Hände.

General Wrangel bedeutete einem seiner Begleiter, näher zu treten.

»Was meint Ihr, Friedrich. Reicht die Menge an Gold und Silber?«

Friedrich begutachtete die angebotene Ware mit strenger Miene. Claude und Albert standen unterdessen am Fenster. Claude schenkte sich von dem Bier ein, um den Staub der

157

Straße, der ihn im Hals kitzelte, hinunterzuspülen. Bewundernd blickte er in den Becher.

»Du musst von dem Bier kosten, Albert. Es schmeckt ausgezeichnet. Davon sollten wir unbedingt einige Fässer mitnehmen.«

Doch Albert antwortete ihm nicht. Er starrte wie gebannt zum Fenster hinaus. Claude folgte neugierig seinem Blick.

»Was gibt es denn …«

Er verstummte. Da war sie. Das Mädchen aus der Kirche. Sie saß dort unten, umgeben von Rosen, im Licht der Sonne.

»Aber das ist doch die Kleine aus der Kirche. Wie kommt die denn hierher? Ich dachte, das wäre ein reines Männerkloster.« Albert antwortete nicht. Er wusste nicht, wie ihm geschah.

Claude stieß ihm lachend in die Seite.

»Du bist ja ganz verzaubert. Die Kleine hat es dir aber angetan.« Albert antwortete, ohne den Blick von ihr abzuwenden:

»Sieh sie dir doch an, Claude. Sie wirkt wie eine Elfe, zerbrechlich und fein, und doch trägt sie so viel Stärke in sich.« Claude blickte von Albert zu Marianne.

»Was sie hier wohl tut?«

»Wer tut hier was?« General Wrangel war hinter die beiden getreten und blickte neugierig aus dem Fenster.

»Das Mädchen. Wir fragen uns, was sie hier tut.«

Pater Franz, der sich bisher im Hintergrund gehalten hatte, trat näher.

»Sie ist mein Mündel, ein Waisenkind. Ihre Eltern, einfacher Landadel aus der Gegend, sind an der Pest verstorben. Seitdem steht sie in der Obhut des Klosters.«

General Wrangel sah seinen Bruder neugierig an. Selbst er hatte die Veränderung an Albert bemerkt.

»Die Kleine gefällt dir wohl?«

»Ich finde sie ganz bezaubernd, mein Bruder.« Albert blickte beschämt zu Boden.

»Erbt das Kind irgendwelche größeren Besitztümer?«, fragte General Wrangel.

Eifrig antwortete der Mönch:

»Aber natürlich. Das Landgut ihrer Eltern wird von uns verwaltet. Es gehören einige Hektar Wald und Felder sowie eine eigene Imkerei dazu. Nur leider konnten wir nicht verhindern, dass viele Möbel und Wertgegenstände gestohlen wurden. Einiges davon haben wir hier im Kloster eingelagert. Tafelsilber, feine Tischtücher und Porzellan. Marianne, wie das Mädchen heißt, sollte diese Dinge erhalten, wenn sie volljährig wird oder heiratet.« Wrangels Blick wanderte noch einmal in den Rosengarten. »Hübsch ist sie. Du hast einen guten Geschmack, Albert.«

Er wandte sich an den Abt.

»Das Gold und die anderen Sachen sind ausreichend. Wir werden Rosenheim verschonen.«

Pater Franz ließ erleichtert die Schultern sinken. General Wrangel deutete zum Fenster. »Aber nur, wenn uns das Mädchen begleitet. Sagen wir: Ich mache sie meinem Bruder zum Geschenk.«

Verblüfft sah Albert seinen Bruder an. Pater Franz wurde bleich.

»Aber, sie ist mein Mündel. Ich kann doch nicht einfach …«

General Wrangel warf ihm einen drohenden Blick zu.

»Entweder ihr gebt uns das Mädchen und all ihren Besitz zusätzlich zu dem anderen Krempel, oder wir brennen Rosenheim nieder.«

Albert war nun ebenfalls entsetzt.

»Aber Carl«, setzte er an. Doch sein Bruder fuhr ihm über den Mund.

»Das ist mein letztes Wort, und das gilt auch für dich, Albert.« Pater Franz sank in sich zusammen und nickte. Pater Johannes und die anderen Mönche sahen ihn ungläubig an, und auch die Amtsräte waren über so viel Willkür entsetzt, obwohl sie Marianne keine Träne nachweinten, denn die Sache mit dem Pestkind hatte sich damit ein für alle Mal erledigt.

August Stanzinger atmete erleichtert auf. Was für wunderbare Überraschungen das Leben immer wieder mit sich brachte. Marianne, die zu viel wusste, war ihm bereits seit langem ein Dorn im Auge. Jetzt würde sich das Problem von ganz allein lösen.

»Packt dann alles ein und lasst uns von hier verschwinden«, ordnete der General an, schenkte sich einen Becher Bier ein und würdigte seine Umgebung keines Blickes mehr.

Pater Franz stand kurze Zeit später am Eingang zum Rosengarten und beobachtete, wie Marianne mit Kater Paul spielte.

Ihm wurde bewusst, wie sehr er sie liebte. Er wusste nicht, was Vaterliebe war. Aber so ähnlich musste es sich anfühlen. Er hätte sie so gern vor der Welt und vor allem, was böse war, bewahrt. Die Zisterzienserinnen hätten ihr gewiss ein gutes Zuhause geboten, und er hätte sie dort auch besuchen können. Doch nun hatte er sie verloren, würde sie weggeben und wie eine Ware eintauschen müssen gegen den Frieden der Stadt. Aber welche Wahl hatte er? Ihr Schicksal stand gegen das Leben von Tausenden.

Was da genau im Refektorium vorgefallen war, hatte er noch immer nicht verstanden. Warum war Marianne derart in den Mittelpunkt der Aufmerksamkeit gerückt? Sie hatte doch nur im Rosengarten gesessen und gelesen. Der junge blonde Mann hatte sie anscheinend gekannt. Nur woher?

Mit einem Räuspern machte er auf sich aufmerksam. Marianne schaute hoch und lief ihm entgegen.

»Und, wie ist es ausgegangen?« Pater Franz straffte die Schultern.

»Gut. Sie werden Rosenheim in Frieden lassen.«

Marianne sah ihren Mentor, der einen eher traurigen Eindruck machte, verwundert an.

»Aber, das sind doch gute Neuigkeiten. Warum freut Ihr Euch denn nicht?«

Pater Franz legte den Arm um Marianne und deutete auf die Bank.

»Ich muss etwas mit dir besprechen, Kind. Setzen wir uns doch.« Marianne wurde unruhig, denn so kannte sie ihn nicht. Ihr Mentor wirkte zittrig und nervös und blickte zu Boden, als er zu sprechen begann.

»Du wirst mit ihnen gehen müssen«, sagte er leise und biss sich auf die Lippen.

»Mit wem gehen müssen?«

»Mit den Schweden. Ich weiß nicht genau, warum, aber sie machen es zur Bedingung. Wenn du sie nicht begleitest, dann brennen sie die Stadt nieder.«

Verwirrt sah sie den Mönch an.

»Aber warum? Sie kennen mich doch gar nicht.«

Pater Franz sah in ihre großen blauen Augen, in die Tränen traten.

»Das ist es ja, was ich nicht begreife. Sie glauben, dich zu kennen. Jedenfalls einer von ihnen. Ein junger blonder Mann, der Bruder des Generals, scheint dich gernzuhaben.«

Marianne atmete tief durch.

»In der Kirche hat mir ein blonder junger Mann geholfen, denn Anderl wollte nicht vom Altar weggehen.«

Pater Franz nickte.

»Dort hat er dich also gesehen.«

»Aber ich kann nicht mit ihnen gehen.« Marianne schüttelte den Kopf. »Sie sind böse und grausam. Was werden sie mit mir tun? Das könnt Ihr nicht zulassen. Und ich muss für Anderl da sein. Wir wollten ihm doch helfen. Ich habe versprochen, ihn zu beschützen, wiederzukommen und ihn dort herauszuholen.«

Marianne sprang von der Bank auf und verschränkte die Arme vor der Brust.

»Ich gehe nicht mit. Niemals!« Pater Franz trat hinter sie.

»Du wirst keine Wahl haben. Der Handel ist bereits beschlossene Sache.«

Marianne drehte sich um. Ihre Augen funkelten wütend.

»Ihr habt mich verkauft wie eine Ware. Das bin ich Euch also wert.«

Pater Franz packte Marianne an den Schultern und schüttelte sie.

»Niemals hätte ich das getan. Aber mir sind die Hände gebunden, versteh das doch. Ich bin machtlos.«

In seinen Augen schimmerten Tränen. Marianne hielt verwundert inne. Ihre Wut verrauchte, und die Verzweiflung gewann die Oberhand. Noch nie hatte sie ihren Mentor weinen sehen.

Schluchzend schloss er sie in die Arme und drückte sie ganz fest an sich.

»Du musst mir glauben, ich liebe dich wie eine Tochter und will dich nicht verlieren, aber jetzt kann selbst ich dir nicht mehr helfen.«

Pater Johannes, der seinem alten Freund gefolgt war, erschien am Eingang des Gartens. Er musste zum Aufbruch rufen. Die Schweden hatten alle Waren verstaut, nur Marianne fehlte noch.

Er beobachtete die beiden, von Schmerz erfüllt. Wie sehr würde auch er Marianne vermissen. Niemals wieder würde sie in seiner Küche auf der Bank sitzen und mit leuchtenden Augen Haferbrei essen.

»Es wird Zeit«, sagte er. »Der General möchte aufbrechen.« Marianne löste sich aus der Umarmung und wischte sich die Tränen aus dem Gesicht.

»Dann lass uns gehen, Johannes. Mir bleibt ja keine Wahl.« Doch Pater Franz hielt sie noch einmal zurück und sah sie mit ernster Miene an.

»Ich verspreche dir, alles für Anderl zu tun, was in meiner Macht steht. Wir werden für ihn kämpfen. Er ist nicht allein.« Marianne nickte. »Der alte Theo wird uns bestimmt helfen. Ihn müsst Ihr finden.«

»Das machen wir«, erwiderte der Abt. »Wir werden ihn hierherbringen, und dann wird alles gut.«

Marianne verließ den Rosengarten und trat zitternd auf den Innenhof des Klosters.

»Da haben wir die Kleine ja endlich«, rief General Wrangel ungeduldig. »Es wird aber auch Zeit.«

Marianne zuckte erschrocken zusammen. Albert ging ihr entgegen, reichte ihr schüchtern die Hand und bot ihr einen Platz auf einem der Karren an.

»Im Augenblick geht es leider nicht anders. Aber ich verspreche dir: Es wird dir an nichts fehlen.«

Marianne kletterte schweigend auf den Karren und setzte sich zwischen die Hühner- und Entenkäfige.

Ruckelnd fuhr das Gefährt an.

Pater Franz und Pater Johannes folgten der kleinen Gruppe auf die Straße und winkten so lange, bis der Wagen außer Sicht war. Betrübt gingen sie nach einer Weile zurück.

Pater Johannes seufzte.

»Das arme Mädel. Und dein Versprechen mit Anderl wirst du leider auch nicht halten können.«

Pater Franz sah ihn erstaunt an.

»Warum denn nicht?«

»Vorhin kamen die Mönche zurück, die nach dem alten Theo suchen sollten. Sie fanden ihn tot in seiner Hütte.«

# Teil II

## Ein schwedischer Tross

Leise schluchzend saß Marianne auf dem Karren. Die Welt um sie herum versank hinter einem Tränenschleier, und ihr war trotz der schwülen Hitze kalt. Pater Franz, Pater Johannes, das Kloster und die Häuser der Stadt wurden immer kleiner. Noch nie hatte sie Rosenheim verlassen. Diese Häuser, die Mauern, Plätze und Gassen waren ihr Zuhause, die Welt, in der sie sich auskannte, auch wenn sie gegängelt und beleidigt wurde und die Menschen sie hassten.

Flache Wolkenfelder verdeckten die Sonne und tauchten den Inn, dem sie jetzt ganz nah waren, in diffuses Licht. Einige Boote fuhren auf dem grünen Wasser flussabwärts, ihr Anblick ließ Marianne traurig an Anderl denken, dem sie jetzt nicht mehr helfen konnte. Verzweifelt schlang sie die Arme um den Körper. Sie würde ihn niemals wiedersehen, aber er brauchte sie doch, niemand verstand ihn so gut wie sie. Vor ihrem inneren Auge tauchte plötzlich sein Gesicht mit den warmen Augen und dem verschmitzten Grinsen auf, und sie blickte wehmütig den Booten hinterher, die hinter einer Biegung verschwanden. Hoffentlich würde Pater Franz sein Versprechen halten und ihn retten.

Sie verließen das Flussufer und fuhren durch ein kleines Waldgebiet, in dem sich Weiden und Birken abwechselten, kleine Tümpel lagen zwischen Bäumen und hohem Gras, und Fliegen schwirrten in der Luft über den brackigen Gewässern, auf denen kleine Wasserläufer geschäftig umherliefen.

Marianne beruhigte sich. Rosenheim war jetzt außer Sichtweite. Noch immer wehte kein Lüftchen. Ihr Kleid klebte an ihrem Leib, und obwohl ihre Hände kalt waren, rann ihr der Schweiß den Nacken hinunter.

Nach einer Weile erreichten sie ein kleines Dorf.

Schockiert blickte sich Marianne um. Die meisten Höfe waren verfallen, nur wenige schienen noch bewohnt zu sein, auf den Feldern stand kaum Getreide, zumeist waren die kargen Äcker von Pfützen übersät, in denen sich der Himmel spiegelte, der sich im Westen bereits rot verfärbte. Bettelnde Kinder und Frauen liefen neben ihrem Wagen und den Reitern her.

Eine Frau streckte Marianne bittend die Hand entgegen. Sie wirkte ausgemergelt, ihre Augen lagen in tiefen Höhlen, und die Wangenknochen traten hervor. Ihr Kleid war zerschlissen und schmutzig.

»Bitte! Habt Mitleid, nur ein wenig Brot für die Kinder.« Marianne wusste nicht, wie sie reagieren sollte. Sie hatte kein Brot, um sie herum saßen nur Hühner und Enten in Käfigen.

»Tut mir leid«, antwortete sie. »Ich kann dir nichts geben, selbst wenn ich wollte.«

Die Frau wurde langsamer, blieb stehen und legte ihren Arm um ein etwa achtjähriges Mädchen. Genau in diesem Augenblick ritt der schwarzhaarige Mann, der den Namen Friedrich trug, an ihnen vorüber und trat der Frau ohne irgendeinen Grund ins Gesicht. Wimmernd brach sie zusammen.

»Elendes Pack, macht, dass ihr fortkommt!« Er gab seinem Pferd die Sporen und ritt grinsend an Marianne vorbei.

Marianne beobachtete voller Mitleid, wie sich das achtjährige Mädchen tröstend über seine Mutter beugte, um ihr aufzuhelfen.

Die Erinnerung an die gruligen Geschichten, die sie in der Gaststube über die Schweden aufgeschnappt hatte, kehrte zurück.

Es war bereits dunkel, als sie den Tross erreichten. Marianne griff müde nach Alberts Hand, der ihr vom Wagen half. Ihr Kopf dröhnte, und ihr war kalt, denn ein kühler Wind, entferntes Donnergrollen und Wetterleuchten kündigten ein Gewitter an. Albert führte sie durchs Lager, redete ununterbrochen auf sie ein und deutete erklärend nach allen Seiten. Immer wieder wurde er laut gegrüßt, und manch einer rief dem seltsam wirkenden Paar anzügliche Bemerkungen hinterher.

Überall brannten kleine Feuer, Rauch und der Geruch von Gebratenem hingen in der Luft, fröhliche Musik und lautes Lachen waren zu hören, doch Marianne war wie betäubt.

Wenig später setzte Albert Marianne auf eine einfache Holzbank, die vor einem großen Lagerfeuer stand, und begrüßte jemanden, den Marianne nur schemenhaft im Licht der Flammen wahrnahm. Fröstelnd rieb sie sich die Arme, während der Wind das Feuer aufpeitschte und Funken durch die Luft flogen. Neben ihr saß ein alter Mann, der irgendeine Geschichte erzählte, in der es Winter und bitterkalt war, doch sie hörte ihm nicht zu, sondern starrte in die Flammen und beobachtete den Tanz der hellen Punkte, die, vom Wind getrieben, immer weiter aufflogen. Albert setzte sich neben sie und reichte ihr eine Schale mit verführerisch duftender Hühnersuppe.

»Hast du Hunger? Die Suppe schmeckt hervorragend.« Marianne wollte nicht reden und antwortete nicht. Dieser blonde Mann war der Grund dafür, dass sie hier war. Nicht eines Blickes würde sie ihn würdigen.

Jemand trat hinter die beiden.

»Lass das Mädel erst mal ankommen«, sagte eine weibliche Stimme. »Sie weiß doch noch gar nicht, wie ihr geschieht.« Albert nickte und warf Marianne einen fürsorglichen Blick zu.

»Du hast recht, Milli. Wir haben ihr einen gehörigen Schrecken eingejagt. Morgen früh sieht die Welt bestimmt ganz anders aus.« Er erhob sich und verschwand. Stumm blickte Marianne in die Flammen und bemerkte nicht, dass die Frau ihr eine Decke über die Schultern legte.

»Aber Durst wirst du doch haben«, sprach sie der Geschichtenerzähler an, der noch immer neben ihr saß.

Marianne reagierte zum ersten Mal, wandte den Kopf und blickte in gutmütige Augen, die in einem faltigen Gesicht lagen. Ihre Kehle war ausgetrocknet und rauh.

Dankbar griff sie nach dem Becher, den ihr der Alte reichte. Was auch immer darin war, es tat ihr gut. Brennend rann die Flüssigkeit ihren Hals hinunter und wärmte ihren Magen. Sie sog hörbar die Luft ein und begann zu husten. Der Alte schlug ihr lachend auf den Rücken.

»Siehst du, Mädchen, was so ein ordentlicher Branntwein nicht alles geraderücken kann, schon hast du wieder Farbe im Gesicht.«

Der Alte war dann auch der Letzte, den Marianne sah, denn Müdigkeit und Erschöpfung gewannen die Oberhand, und sie schlief ein.

Als sie langsam die Augen öffnete, blickte sie auf eine weiße Zeltdecke über sich. Es regnete, was sich auf dem Zeltdach wesentlich lauter anhörte als in ihrer alten Dachkammer. Es herrschte dämmriges Licht, anscheinend war es noch früh am

Morgen. Irgendwo in der Ferne weinte ein Kleinkind, und vor dem Zelt liefen leise kichernd einige Frauen vorbei, dann war es wieder still. Ihr Kopf dröhnte, und ihr war kalt. Plötzlich vermisste sie Anderl, seine Wärme und Nähe fehlten ihr, und sie fühlte sich unsagbar einsam. Leise begann sie zu schluchzen und schloss die Augen. Sie wollte das alles nicht sehen, wollte in ihren Träumen versinken, in denen die Welt so war, wie sie sie kannte.

Es hatte zu regnen aufgehört, als sie einige Zeit später erneut erwachte. Die Sonne war aufgegangen, und Blätterschatten tanzten über das Zeltdach. Sie rieb sich die Augen, richtete sich auf und musterte ihre Umgebung. Das Zelt war nicht besonders groß. Mehrere bunte Decken, meist aus Stoffresten zusammengenäht, lagen wild durcheinander, und eine große, mit Schnitzereien verzierte Holztruhe stand an der gegenüberliegenden Wand. Der Eingang wurde von einem beigefarbenen Leinentuch verschlossen, und es duftete verführerisch nach gebratenen Eiern. Ihr Magen begann zu knurren. Sie atmete tief durch, stand auf und schob vorsichtig das Tuch zur Seite. Kühle Morgenluft empfing sie. Unweit vom Zelt brannte ein Lagerfeuer, auf dem eine ältere Frau die Eier briet. Grinsend winkte sie Marianne zu sich.

»Guten Morgen, Kindchen. Da bist du ja endlich. Verschläfst uns noch den ganzen Tag. Hast du Hunger?«

Vorsichtig trat Marianne näher.

»Nun zier dich doch nicht so«, rief die korpulente Frau, die in einem seltsam fremd klingenden Dialekt sprach. Sie schaufelte die Eier auf einen Holzteller und hielt ihn Marianne hin.

»Ich sehe dir doch an der Nasenspitze an, dass du hungrig bist. Also iss, solange es noch warm ist!«

Marianne nahm ihr Frühstück entgegen, setzte sich auf einen umgestürzten Baumstamm und musterte ihre Gastgeberin näher.

Die Frau trug ein weites braunes Leinenkleid und eine beigefarbene Schürze, die bereits einige Flecken aufwies. Ihr graues Haar hatte sie zusammengebunden und unter ein ebenfalls braunes Tuch geschoben. Ihr Gesicht hatte etwas von einem runzligen Apfel, in dem große braune Augen lagen, die Wärme und Geborgenheit ausstrahlten.

»Wer seid Ihr?«, fragte Marianne und fing zu essen an.

»Mildred ist mein Taufname«, antwortete die Alte. »Aber eigentlich nennen mich alle nur Milli. Ich bin eine Marketenderin.«

Marianne sah die Frau mit großen Augen an. Milli lachte laut auf.

»Du weißt nicht, was eine Marketenderin ist, oder?« Marianne schüttelte den Kopf.

Die Frau setzte sich neben sie.

»Ich werde es dir erklären. Bist ein richtiges Stadtkind!« Marianne wusste nicht genau, was ein Stadtkind war und woran man es erkennen konnte, aber sie nahm an, dass sie ein solches war, immerhin war sie ja nie aus Rosenheim herausgekommen, und die wenigen ersten Jahre ihres Lebens, die sie auf dem Gutshof verbracht hatte, zählten in Millis Augen gewiss nicht.

»Ich kümmere mich um das leibliche Wohl des Trosses. Zu mir kommen sie alle irgendwann einmal. Wenn sie sich die Zeit bei einem Becher Wein vertreiben wollen oder Ansprache brauchen, Frauen wie Männer. Ich versorge ihre Wunden und schicke nach der Hebamme, wenn ein Kind unterwegs ist. Manchmal schafft diese es nicht rechtzeitig, also hole eben ich das Würmchen auf die Welt. Ich besorge die unmöglichsten Dinge. Stoffe für die Zelte, Messer, Töpfe, Pfannen und Geschirr, auch Lebensmittel und Wein und sogar feinsten Tabak kann ich organisieren. Und wenn ein Kerl eine Hure sucht, dann bringe ich ihm eine. Für solche Dinge bin ich nämlich schon zu alt. Vor allem gesund müssen die Mädchen sein. Früher hatten es die jungen Dinger noch leicht, aber heute, seitdem die gefürchtete Franzosenkrankheit umgeht ...«

Milli winkte ab, musterte Marianne von oben bis unten und strich bewundernd über ihr schwarzes Haar.

»So hübsch wie du müssen die Mädchen sein.«

Marianne blickte errötend zu Boden. Die Alte schlug ihr lachend auf die Schulter.

»Bist noch grün hinter den Ohren, was! Na, da hat sich unser lieber Albert immerhin ein ordentliches Mädchen ausgesucht. Für Huren hatte er sowieso nie etwas übrig. Bei ihm wirst du es gut haben.«

»Guten Morgen, Milli«, unterbrach eine Frau die beiden. Marianne sah sie verwundert an. So eine Frisur hatte sie noch nie gesehen. Das rotblonde Haar der Frau war aufgesteckt, und Löckchen ringelten sich um ihr weißes Gesicht, aus dem große graue Augen sie freundlich, aber auch neugierig ansahen. Ihr Kleid war sonnengelb und schimmerte im Sonnenlicht. Aus welchem Stoff es auch immer gefertigt war, es sah bezaubernd aus und unterstrich die zarte Figur der Frau, die nicht viel älter als sie selbst sein konnte.

Milli stand auf.

»Guten Morgen, Helene«, begrüßte Milli die junge Frau eher kühl.

»Ich soll die Neue zu Anna Margarethe bringen. Sie möchte sich Alberts Mitbringsel näher betrachten.«

Milli blickte von Helene zu Marianne.

»Als Mitbringsel wird sie also schon bezeichnet, wie ein Ding, das unser gnädiger Anführer gestohlen hat.«

»So hat sie es gewiss nicht gemeint«, versuchte Helene Milli zu beruhigen.

Die Marketenderin lachte laut auf.

»Oh, doch, so hat sie es gemeint, da kannst du dir sicher sein.« Marianne sah die beiden Frauen verwundert an. Wer war Anna Margarethe? Milli konnte die Unbekannte anscheinend nicht leiden. Misstrauisch stellte sie ihren leeren Teller ins Gras. Helene wandte sich nun an sie.

»Komm, wir gehen, die Herrin erwartet dich.«

Marianne sah Milli, zu der sie ein klein wenig Vertrauen gefasst hatte, fragend an.

Die alte Frau nickte und winkte sie fort.

»Geh ruhig mit ihr mit, Mädchen. Es wird dir schon keiner den Kopf abreißen.«

Auf dem Weg durchs Lager sah sich Marianne neugierig um. Sie hatte keine Vorstellung davon gehabt, wie ein Armeetross aussah. Irgendwie wirkte er gar nicht so erschreckend, wie in Rosenheim immer erzählt wurde.

An einem Bachlauf in der Nähe saßen einige Frauen tratschend beim Wäschewaschen, neben ihnen übte eine Gruppe Gaukler ein Kunststück, und überall standen große und kleine Zelte, Planwagen, Karren, Kanonen, Pferde und Maultiere. Kichernde Kinder spielten Fangen, eine Schar Gänse kreuzte ihren Weg, und vor den Zelten saßen Männer mit den unterschiedlichsten Kleidern in Gruppen beisammen, tranken und aßen, unterhielten sich oder putzten ihre Waffen. Manchen von ihnen fehlten Gliedmaßen. Einige Bettler sprachen sie an, doch Helene scheuchte sie jedes Mal ruppig fort.

Sie liefen eine ganze Weile. Die Größe des Lagers war bemerkenswert. Irgendwann erreichten sie einen durch Wachen abgeschotteten Bereich. Hier waren die Zelte größer, sahen alle gleich aus und waren im Halbkreis um ein Lagerfeuer aufgestellt, über dem ein großer Topf hing. Eine Magd rührte eifrig darin herum, während weitere Frauen zwischen den Zelten Wäsche zum Trocknen aufhängten oder Hühner rupften.

Die Frauen trugen alle einfache beigefarbene Leinenkleider und weiße Kopftücher. Hier hatte das Lager fast etwas Gespenstisches an sich. Das bunte Leben von eben hatte Marianne besser gefallen.

Helene führte sie in eines der Zelte. Erstaunt blickte sich Marianne um. Hier hingen Bilder und sogar Wandteppiche an den Zeltwänden. Aus dunklem, schimmerndem Holz gearbeitete Stühle und Tische standen in der Mitte des Raumes, und in einer Ecke war hinter einem Baldachin aus feinsten Tüchern ein pompös wirkendes Lager aus glänzenden Decken, vielen Laken und verschwenderisch bestickten Kissen errichtet worden.

Mehrere Frauen standen bei einer braunhaarigen Frau, die ein weit geschnittenes, weinrotes Damastkleid trug, und musterten gemeinsam mit ihr einen klobigen, glänzenden Schrank, der mitten im Raum stand. Ein solches Möbelstück hatte Marianne noch nie gesehen. Es hatte viele kleine Fächer und Schubladen, an denen messingfarbene verschnörkelte Griffe angebracht waren.

Auf Helene und Marianne, die langsam näher traten, achtete niemand.

»Carl hat ihn geschenkt bekommen«, sagte die brünette Frau, die anscheinend in anderen Umständen war, denn sie bewegte sich wie eine Ente, als sie um das Möbelstück herumlief. »Angeblich stand der Schrank bei seinem Besitzer bereits länger im Laden, könnte das nicht bedeuten, dass er nicht mehr der neuesten Mode entspricht?«

Eine andere Dame strich bewundernd über das blank polierte Holz.

»Also, ich finde ihn ganz bezaubernd, diese vielen kleinen Fächer und Schubladen, wie gemacht für eine Frau wie Euch, meine Teuerste.«

Helene machte mit einem Räuspern auf sich aufmerksam. Die Damen blickten auf, sofort verstummten alle Gespräche, und Marianne wurde neugierig gemustert.

»Guten Morgen, Herrin. Hier bringe ich Euch Marianne Leitner, wie Ihr befohlen habt.« Helene neigte den Kopf.

Anna Margarethe winkte Marianne näher. Die kühle Ausstrahlung der Frau erschreckte Marianne, und sie fühlte sich vorgeführt wie eine Kuh, die auf dem Marktplatz an den Meistbietenden versteigert wird. Die Frauen um sie herum musterten sie und tuschelten hinter vorgehaltener Hand.

»Also, du bist das Mädchen, das unseren Albert so beeindruckt hat«, sprach die Frau sie schroff an.

Schüchtern nickte Marianne.

»Mir wurde zugetragen, du seist die Tochter eines Gutsherrn.« Die Damen kicherten. Anna Margarethe machte eine Handbewegung, und sofort kehrte Ruhe ein.

Marianne nickte erneut zaghaft.

»Aussehen und riechen tust du wie ein Bauernmädchen.« Anna Margarethe musterte missbilligend Mariannes Kleid.

»Und eine Stimme hast du anscheinend auch nicht.«

»Doch, die habe ich«, antwortete Marianne schüchtern.

Anna Margarethe zog die Augenbrauen hoch und sah leicht belustigt ihre Nachbarin an.

»Und dieser Dialekt. Welch seltsame Sprache du doch sprichst. Was hat uns Albert nur angetan.«

Marianne antwortete nicht. Wut stieg in ihr auf, und sie ballte die Fäuste.

Diese Frau war arrogant und hochnäsig. Keiner fragte, was Albert ihr angetan hatte. Er hatte ihr ihre Heimat und ihren geliebten Bruder weggenommen, sie herausgerissen aus ihrem Leben.

Die Frau watschelte um Marianne herum.

»Nun gut«, sagte sie und blieb direkt vor Marianne stehen. »Albert hat mich darum gebeten, dass ich dich unter meine Fittiche nehme. Und diesen Wunsch werde ich meinem Schwager natürlich erfüllen. Helene wird dich jetzt mitnehmen und dir anständige Kleidung besorgen, denn so kann die zukünftige Frau Albert Wrangels unmöglich herumlaufen. Auch ist dir der weitere Kontakt zu den Trossleuten außerhalb unseres Lagers nicht mehr gestattet. Wir bleiben hier lieber unter unseresgleichen, wenn du verstehst.«

Mariannes Herz begann wild zu schlagen. Die zukünftige Frau hatte sie gesagt. Sie sollte diesen Albert also tatsächlich heiraten, den Mann, der ihr das Zuhause weggenommen hatte. Dazu war sie auch noch gefangen in dieser weißen Zeltstadt, inmitten einer bunten Trosswelt, die sie eben erst kennengelernt hatte und die ihr bei weitem besser gefiel als dieses pompöse Zelt mit all seinem Luxus. Milli war nett und herzlich, diese Frauen wirkten alle kühl und abweisend.

Anna Margarethe wandte sich an Helene.

»Ihr werdet Euch um sie kümmern, meine Liebe. Seht zu, dass sie aus diesem schrecklichen Kleid herauskommt, und macht um Gottes willen irgendetwas mit ihrem Haar.«

»Sehr wohl, Herrin.« Helene neigte den Kopf.

Anna Margarethe drehte sich um und musterte noch einmal den Schrank.

»Ich denke, ich werde ihn behalten, oder was meint ihr?« Sie blickte in die Runde. Das Gespräch war beendet.

Draußen steuerte Helene ein Zelt an, das etwas abseits von den anderen lag und gut um die Hälfte kleiner war.

»Redet sie immer so mit dir?«, fragte Marianne neugierig.

»Ja, meistens. Das ist aber auch ihr gutes Recht, immerhin bin ich ihre Zofe, jedenfalls eine von ihnen.«

Im Inneren des Zeltes forderte Helene Marianne auf, sich auszuziehen, steuerte zielstrebig auf eine von drei großen Eichentruhen zu und öffnete sie.

Innerhalb kürzester Zeit war der komplette Boden des Zeltes von Schleiern, Überkleidern, Röcken und Miedern übersät, und Strümpfe und bunte Haarbänder flogen, genauso wie hübsch bestickte Hauben unterschiedlichster Formen und Farben, durch die Luft. Marianne blickte sich staunend um, während sie an den Fäden ihres Mieders nestelte. So viele verschiedene Stoffe und Muster hatte sie noch nie im Leben gesehen.

Helene musterte sie prüfend.

»Bist sehr schmal gebaut, kaum Brüste.« Marianne errötete. So offen hatte sich noch nie jemand über ihren Körper geäußert. Helene zauberte ein Korsett aus der Truhe und hielt es Marianne an den Körper.

»Das könnte passen, wenn wir dich ordentlich einschnüren, dann könnten sogar halbwegs weibliche Rundungen zustande kommen.«

Marianne wollte keine Rundungen haben und musterte das Korsett skeptisch.

»Ich weiß nicht. Kann ich nicht lieber mein Hemd anlassen?« Helene lachte laut auf.

»Gott bewahre, Kind. Diesen schrecklichen Fetzen geben wir den Armen. Du wirst die Frau von Albert Wrangel, das ist nicht irgendjemand.«

»Und wenn ich gar nicht seine Frau werden will?«, erwiderte Marianne, während Helene ihr energisch das Hemd über den Kopf zog.

Helene sah sie verwundert an.

»Guter Gott, Mädchen, du weißt nicht, was du da redest. Er ist die beste Partie im Tross. Alle Frauen wollen ihn heiraten. Du hast unglaubliches Glück.« Sie hielt kurz inne und musterte Mariannes Gesicht. »Bist ja auch ganz hübsch, wenn wir die Dreckschicht erst einmal abgewaschen haben.«

Wie aufs Stichwort betrat eine Magd mit einem Eimer Wasser in der Hand das Zelt. Erschrocken bedeckte Marianne ihre Blöße. Die Magd zauberte ein Stück Seife aus ihrer Schürze, wusch Marianne die Haare und schrubbte sie mit einem rauhen Lappen so lange, bis sich Mariannes Haut rötete.

Helene war unterdessen immer noch auf der Suche nach dem passenden Kleid, und während sie in den Truhen herumwühlte, redete sie ununterbrochen.

»Albert gilt als sanftmütig und zärtlich. Er ist einer der wenigen Männer, die den Krieg hassen. Keiner würde das natürlich offen sagen, besonders weil sein Bruder der General ist, aber Albert möchte lieber Frieden haben. Claude, sein französischer Anhang, der zu keinem schönen Mädchen nein sagen kann, ist auch sehr nett, und sein Akzent ist sehr charmant. In seiner Nähe beginnen die Damen, albern zu kichern und mit den Augen zu klimpern. Angeblich sucht er jetzt auch nach einer Frau fürs Leben.«

Sie blickte kurz auf, musterte Marianne von der Seite und warf ein himmelblaues Damastkleid zurück in die Kiste.

»Albert und er sind auch anders als die feinen Herren. Sie vergnügen sich lieber mit den Soldaten und dem einfachen Volk im Tross, und nur selten sieht man die beiden auf den Feierlichkeiten der Generäle und Damen. Häufig trifft man ihn bei der Marketenderin Milli, die du ja bereits kennengelernt hast. Milli kennt im Tross jeder, denn sie ist die gute Seele unserer Stadt.« Marianne sah sie verwundert an.

»Wieso Stadt?«

»So sagen wir das immer«, erklärte Helene. »Wir nennen den Tross auch oft den Wurm, weil wir uns durch die Lande schlängeln. Obwohl ich Stadt besser finde. Es gibt bei uns Regeln wie in einer richtigen Stadt. Der Trosswaibl kümmert sich um das Lager, und der Profos ist für Recht und Gesetz zuständig. Es ist genau organisiert, wer wo sein Lager aufschlagen darf, und es wird auch Gericht abgehalten, sogar einen Hexenprozess hat es hier schon einmal gegeben.«

Marianne wurde neugierig. Minnesänger hatten oft auf dem Marktplatz von solchen Dingen erzählt, von Frauen, die es angeblich mit dem Teufel trieben und auf dem Scheiterhaufen verbrannt wurden. Schaudernd hatte sie damals zugehört. In Rosenheim hatte es solch einen Prozess, seit sie denken konnte, nicht gegeben, und was eine Hexe genau war, wusste sie auch nicht. Selbst Pater Franz, den sie während der Beichte ins Vertrauen gezogen hatte, wusste nicht wirklich, ob es Hexen gab. Von den Verbrennungen und Verfolgungen hielt er nur wenig. Gott selbst würde über die Frauen richten, hatte er gesagt.

Monatelang hatten sie nach der Geschichte des Minnesängers Alpträume geplagt, in denen die Menschen sie anstarrten, mit dem Finger auf sie zeigten und Flammen sie verschlangen.

»War die Frau tatsächlich eine Hexe?«, fragte sie. Helene zuckte mit den Schultern.

»Ich kannte sie kaum. Es hieß, sie hätte die Milch der Kühe vergiftet. Nachdem sie diese gemolken hatte, sind viele Leute krank geworden, und einige Kinder sind sogar gestorben. Einen Mann soll sie lahm gezaubert haben, und ihr ganzer Rücken soll von Hexenmalen übersät gewesen sein, was ja ein eindeutiges Merkmal für eine Hexe sein soll.«

Die Magd rubbelte Mariannes Haare trocken. Sie hatte die ganze Zeit über schweigend zugehört. Marianne kam sich seltsam vor und schämte sich sogar ein wenig, denn noch nie war sie bedient worden. Das Mädchen legte das Leinentuch zur Seite und griff nach einer Bürste. Marianne legte ihr lächelnd die Hand auf den Arm. »Du hast genug getan, den Rest schaffe ich allein.«

Irritiert schaute die Magd zu Helene.

»Nicht doch«, sagte diese. »Es gehört sich nicht für eine feine Dame, sich selbst zu frisieren. Dafür ist Julia doch da. Sie ist dir zugeteilt worden und wird sich ab heute um dich kümmern.« Marianne blickte unsicher von Julia zu Helene.

»Aber …«

»Kein Aber«, fiel Helene ihr ins Wort und bedeutete Julia weiterzumachen. »Ich bin jetzt für dich zuständig, und du wirst noch eine ganze Menge lernen müssen. Ab heute gehörst du zur Oberschicht und bist die Verlobte eines Wrangel.«

Marianne fügte sich und ließ den Rest der Prozedur schweigend über sich ergehen. Julia und Helene schnürten sie in das Korsett. Sie zog den Bauch ein, jammerte aber nicht. Wie sie sich mit dem Ding mehr als drei Meter bewegen sollte, war ihr allerdings unklar, denn bereits im Stehen wurde ihr schwindlig, und schwarze Flecken begannen vor ihren Augen zu tanzen. Helene hatte sich für ein dunkelgrünes Damastkleid entschieden, das am Kragen mit weißer Spitze besetzt war. Der Stoff war weich und glänzend, kein Vergleich zu dem grob gewebten rauhen Stoff des Kleides, das Marianne getragen hatte.

Ihr Haar wurde von Julia kunstvoll aufgesteckt und mit einem grünen Samtband verziert. Zufrieden musterte Helene ihr Werk, nachdem die Magd gegangen war.

»Du bist wirklich hübsch, sogar noch schöner, als ich gedacht habe.«

Marianne schaute skeptisch an sich hinunter.

»Du glaubst mir nicht, oder?« Helene zog Marianne in den hinteren Teil des Zeltes. Neben der Schlafstatt stand ein großer Spiegel, vor dem Marianne staunend stehen blieb, denn so einen prachtvollen Spiegel hatte sie noch nie gesehen. Er war fast so groß wie sie selbst, und der mit Blättern verzierte Rahmen schien aus purem Gold zu sein. Unsicher blickte sie hinein.

Noch nie hatte sich Marianne so gesehen. Langsam drehte sie sich im Kreis, trat näher, musterte ihr Gesicht und blickte sich selbst in die Augen. Vorsichtig betastete sie das samtene Band in ihrem Haar und fuhr sich über die sanften Locken.

Sie erkannte sich nicht wieder. Wo war das blasse und müde Mädchen, das sie noch vor kurzem aus dem winzigen Spiegel in der Dachkammer angesehen hatte? Es war verschwunden, jedenfalls im Spiegel war es fort.

Später am Abend saß Marianne in einem der großen Zelte und drehte nervös ihre Serviette in den Händen hin und her. Die Tische standen in einem großen Kreis und waren mit edelstem Porzellan und feinstem Silberbesteck eingedeckt worden. Solches Besteck kannte Marianne nicht. Es glänzte im Licht der

Kerzen, die in prachtvollen Kerzenhaltern steckten und den Raum in warmes Licht tauchten. Auch hier hingen Bilder und Teppiche an den Wänden, und sogar eine Orgel, die Carl Gustav Wrangel bei dem dänischen Orgelbauer Peter Karstens in Viborg bestellt hatte, stand in einer Ecke. Ein Mann spielte darauf eine hübsche Melodie.

Diener und Mägde trugen Platten und Schüsseln auf, und es duftete verführerisch. Um den Tisch saßen die Generäle und Offiziere mit ihren Damen und unterhielten sich. Am oberen Ende der Tafel saßen General Wrangel und seine Frau. Anna Margarethe war blass und wirkte müde und abgespannt, was die dunkelblaue Farbe ihres Kleides, das an den Ärmeln mit Silberfäden durchwirkt war, noch unterstrich. Carl Gustav Wrangel selbst sah wie ein geschmückter Pfau aus. Er trug einen breitkrempigen lila Hut, der mit bunten Federn verziert war, dazu ein passendes Wams aus Seide. Goldene und silberne Ringe zierten seine Finger.

Albert saß neben seinem Bruder, warf ihr ab und an Blicke zu und winkte sogar.

»Er sieht die ganze Zeit zu uns herüber«, sagte Helene, die neben ihr saß.

Marianne zuckte mit den Schultern und versuchte, teilnahmslos zu wirken, was ihr aber nicht gelang.

»Ist mir egal.«

»Das glaube ich dir nicht. Ich sehe doch, wie du ihn anschaust. Er sieht aber auch zu gut aus. Jedes Mädchen im Lager würde Freudensprünge machen, wenn er sie zur Frau nehmen würde, und du willst ihn nicht haben.« Helene bekam einen sehnsüchtigen Gesichtsausdruck.

In dieser Hinsicht musste Marianne Helene recht geben, denn Albert war mit seinen grünen Augen, dem blonden Haar und den winzigen Grübchen an den Mundwinkeln, wenn er lachte, durchaus gutaussehend.

Doch er hatte sie, ohne zu fragen, aus ihrer Heimat mitgenommen, weil er es so haben wollte. Was war das für ein Mensch, der so etwas tat?

Nein, sie würde sich nicht von Äußerlichkeiten blenden lassen. Er war ein Schwede, und auch wenn er gut aussah, war er doch nur wie ein Wolf im Schafspelz, der Böses im Sinn hatte.

»Hast du keinen Hunger?«, fragte Helene und deutete auf Mariannes leeren Teller. »Der Hasenbraten schmeckt köstlich.« Sie griff nach ihrem Becher und prostete elegant einem Herrn gegenüber zu, der ihr wohlwollende Blicke zuwarf.

Mariannes Magen war wie zugeschnürt. Erst jetzt wurde ihr bewusst, dass sie seit dem Frühstück bei Milli nichts mehr gegessen hatte. So etwas Köstliches wie Hasenbraten war bei Hedwig auch in der Gaststube nicht serviert worden, und wenn es bei der Thalerin Fleisch für die Dienstboten gegeben hatte, dann waren es nur Innereien und Schlachtabfälle gewesen – und diese nur vom Huhn oder Schwein.

Der Braten duftete vorzüglich. Er war auf großen Platten angerichtet. Dazu gab es Möhrengemüse und eine braune Soße, in die die anwesenden Gäste frisch gebackenes Brot tunkten.

Vorsichtig hob Marianne ein Stück Fleisch auf ihren Teller, übergoss es mit Soße, kostete davon und musterte dann ihre Umgebung. Sie verstand nicht viel von den Dingen, die gesprochen wurden. Irgendwo wurde von Weiterfahrt geredet, eine Frau lachte meckernd wie eine Ziege, und eine Gruppe Geiger hatte damit begonnen, den Mann an der Orgel zu begleiten. Helene unterhielt sich mit ihrer Tischnachbarin auf der anderen Seite über deren Hochzeitspläne. Immer mehr verschwamm alles vor Mariannes Augen, und das fettige Fleisch und der

Wein taten ihrem Magen nicht gut. Sie schloss die Augen und versuchte, ihre Übelkeit zu unterdrücken, aber es gelang ihr nicht. Die Lichter, die Musik, die Stimmen, alles wurde ihr zu viel. Schweißgebadet sprang sie auf, lief aus dem Zelt und übergab sich gleich neben dem Eingang. Ihr Hals brannte, und Tränen rannen über ihre Wangen. Verzweifelt schlug sie die Hände vors Gesicht. Weshalb strafte Gott sie nur so? Was hatte sie ihm denn getan?

»Ein Engel«, schluchzte sie. »Warum hast du mich denn nicht zu einem Engel gemacht wie all die anderen auch?«

»Was ist denn los?«, drang plötzlich eine Stimme an Mariannes Ohr. »Warum willst du denn ein Engel sein?« Sanft legte sich eine Hand auf ihre Schulter.

Marianne wischte sich hastig übers Gesicht und drehte sich um. Albert stand vor ihr und sah sie besorgt an.

Sie wollte noch immer nicht mit ihm reden. Sollte er doch denken, was er wollte. Vielleicht würde er es sich noch einmal anders überlegen, wenn sie ihn abwies.

Er blickte kurz ins Zelt und legte dann den Kopf schräg.

»Ich mag solche Anlässe nicht besonders, aber mein Bruder wünscht meine Anwesenheit.«

Marianne schwieg weiterhin. Ihr Herz schlug ihr vor Aufregung bis in den Hals, und die Übelkeit wich einem nervösen Kribbeln in ihrem Bauch. Verstockt blickte sie zu Boden.

»Du willst nicht zu mir gehören, oder?« Marianne sah ihn verwundert an.

Er lächelte.

»Das würde ich an deiner Stelle auch nicht wollen, immerhin habe ich dich entführt und dir dein Zuhause weggenommen.« Mariannes Augen wurden immer größer.

Albert blickte sich um.

»Wir sollten hier weggehen. Irgendwohin, wo es schöner und gemütlicher ist.«

Er griff nach ihrer Hand und zog sie vom Zelteingang fort. Marianne wehrte sich nicht.

Gemeinsam liefen sie durch den Feldherrenhof und ließen schnell diesen Bereich mit den weißen Zelten hinter sich, tauchten ein in das bunte Leben des Trosses und standen irgendwann vor Millis Zelt.

Hier war auf einmal alles gut. Marianne saß, in eine bunte Flickendecke gehüllt, am Feuer, denn die Schwüle der letzten Tage war kühlerer Luft gewichen. Einige Burschen sangen oder spielten Geige, und junge Pärchen hopsten zu den Klängen durch das Gras. Tanzen konnte man es nicht nennen. Um das Feuer saßen einige Männer beim Karten- oder Würfelspiel, und Kinder liefen kreischend herum.

Albert sprach auf der anderen Seite des Feuers mit Milli. Sie lachten laut, und Millis Augen strahlten. Sie schien ihn wirklich zu mögen. Marianne wollte es sich nicht eingestehen, aber auch sie fand ihn nett, denn er wirkte nicht so überheblich wie die anderen in dem Zelt, obwohl er der Bruder des Anführers war.

»Er ist ein feiner Kerl«, sagte plötzlich eine Stimme.

Marianne blickte auf. Der alte Mann mit den freundlichen Augen setzte sich neben sie.

Er deutete auf Albert.

»Albert Wrangel ist der beste Soldat, den ich kenne. Und das will was heißen, denn ich kenne und kannte viele. Von Westfalen bis Pommern, von Schwaben bis Preußen. Ich habe sie alle gesehen, aber nirgendwo war einer wie Albert.«

»Warum nicht?«, fragte Marianne neugierig.

»Er kämpft mit Herz, manchmal mit zu viel Herz. Er ist nicht für den Krieg geschaffen.« Der Alte machte eine wegwerfende Handbewegung. »Wir alle sind es nicht, auch wenn wir es manchmal denken. Ich kann dir da eine Geschichte erzählen, damals, irgendwo in Westfalen unter Tilly, sind wir eines Tages in ein kleines Dorf gekommen. Wenn man diese Ansammlung verwüsteter Häuser noch Dorf nennen konnte. Jedenfalls traf ich dort auf zwei junge Burschen, kaum älter als zwölf Jahre. Ich kann mich noch genau an ihre Gesichter erinnern, die sich beide bis ins Kleinste glichen. Die Nasenspitzen voller Sommersprossen, die Wangen gerötet und die Augen voller Tatendrang. Mein Gott, was waren sie jung gewesen. Sie boten mir etwas zu trinken an, und ihre Mutter, die wie ein eingefallenes altes Mütterchen wirkte, obwohl sie nicht älter als dreißig Jahre sein konnte, lud mich sogar zum Abendessen ein.«

Er schüttelte den Kopf. »Diese Frau war so großzügig und teilte das wenige, was ihnen noch geblieben war, mit mir.«

Er nahm einen Schluck Bier. Marianne hing an seinen Lippen.

»Und was geschah mit den beiden«, fragte sie und bemerkte es nicht, als sich Albert neben sie setzte.

»Die Buben konnten gar nicht genug von den Geschichten bekommen und wollten alles ganz genau wissen. Stundenlang musste ich von den Schlachten und dem Trossleben berichten, und sie bewunderten meine Waffen und betasteten mit leuchtenden Augen meine Uniform, die damals mehr als schäbig war. Am nächsten Tag begleiteten sie mich, obwohl sie eigentlich noch zu jung waren, aber hätte ich sie nicht mitgenommen, wären sie am Ende allein losgezogen. Und das wäre nicht gut gewesen. Westfalen war damals kein Pflaster, in dem zwei halbe Kinder lange überleben würden.« Er seufzte. »Ich habe mich ein wenig ihrer angenommen. Den einen habe ich sogar als

Knappen bei einem der Offiziere untergebracht, für den anderen, den kleinen Tony, lief es nicht so gut. Er war zarter als sein Bruder, deshalb wollte ihn niemand haben. Irgendwann wurde er dann Wasserträger für einen der Söldner. Sie kamen noch oft zu mir. Es war seltsam, ich fühlte mich für sie verantwortlich, obwohl sie ihre Aufgaben im Tross gefunden hatten. Wisst ihr, ich hatte niemals Kinder.« Er nahm einen weiteren Schluck Bier. »Aber das ist eine andere Geschichte, und die wollt ihr bestimmt nicht hören. Jedenfalls sind die beiden Burschen drei Jahre später in der Schlacht bei Lutter am Barenberg gefallen. Bei dem einen habe ich gesehen, wie ihn das Schwert eines Landsknechts durchbohrt hat. Diesen Anblick werde ich niemals vergessen. Den anderen habe ich später auf einem Karren liegen sehen, mit einem großen Loch im Schädel.«

Marianne wurde blass. Albert sah seinen Freund missbilligend an.

»Musst du immer solche Schauergeschichten erzählen. Du machst den Damen Angst«, rügte er ihn.

Erst jetzt bemerkte Marianne Albert. Sie hatte so gespannt an den Lippen des alten Mannes gehangen, dass sie alles rundherum vergessen hatte.

»Aber wenn es doch die Wahrheit ist.« Otto verzog das Gesicht.

»Die meisten hier wollen den Krieg. Kaum einer kennt es anders. Wo sollen sie hingehen, wenn er vorüber ist? Der Wurm ist ihr Zuhause geworden, ein anderes kennen sie nicht. Gibt es den Wurm nicht mehr, gibt es sie nicht mehr.«

»Ach, Otto«, mischte sich die alte Milli in das Gespräch ein, »du mit deinen Geschichten und deiner Schwarzmalerei. Es geht immer irgendwie weiter, und die Leute kommen schon irgendwo unter. Ich finde es gut, wie Albert denkt. Langsam bin selbst ich es müde umherzuziehen. Jeden Tag wird es schwerer, das Notwendigste zu besorgen, und die Knochen tun mir weh. Ich habe so viel Leid gesehen, dass es für vier Leben reicht. Ich würde gern nach Hause gehen.«

Marianne seufzte. Ja, nach Hause gehen würde sie auch gern. Aber sie hatte kein Zuhause mehr, denn das bisschen, was sie einmal Zuhause genannt hatte, war ihr jetzt auch noch genommen worden. Wenn sie es genau betrachtete, war sie heimatlos. Erst jetzt wurde sie sich dieser Tatsache bewusst. Sie war wieder die Waise von einst. Plötzlich kam sie sich unendlich verletzbar vor und vermisste Anderl. Was hätte sie nur dafür gegeben, ihn jetzt bei sich zu haben.

Albert legte seine Hand auf die von Marianne und riss sie aus ihren Gedanken.

»Du bist ja ganz blass, meine Liebe.«

Marianne nickte wortlos. Auch Milli wurde auf sie aufmerksam.

»Bist wirklich etwas käsig, Mädchen.«

Marianne versuchte zu lächeln und antwortete, ohne jemanden anzublicken:

»Nein, nein. Es geht schon. Ich bekomme nur etwas schlecht Luft.« Sie fasste sich an den Bauch.

Milli lachte laut auf. »Du bist kein Korsett gewohnt.«

Sie musterte Mariannes Bauchumfang genauer. »Helene hat dich aber auch arg eingeschnürt, deine Taille war doch vorher schon ein Hauch von nichts.«

Otto zog eine Flasche Branntwein aus seiner Jackentasche und hielt sie Marianne hin.

»Trink mal einen ordentlichen Schluck, das hat schon ein Mal geholfen, und dann kommt auch die Luft wieder.«

Milli griff vor Marianne nach der Flasche und roch daran.

»Das kannst du ihr doch nicht geben, Otto. Das scharfe Zeug.« Empört gab sie dem alten Soldaten die Flasche zurück.

»Ich besorge dir jetzt ein Bier und ein Stück Brot.« Die Marketenderin verschwand hinter ihrem Zelt.

Albert schaute schmunzelnd von Marianne zu Otto, der sich einen großzügigen Schluck Branntwein aus der Pulle genehmigte.

»Trink aber nicht die ganze Flasche auf einmal aus, mein Freund.« Er hob mahnend den Zeigefinger.

Danach wandte er sich wieder an Marianne.

»Bist du müde? Soll ich dich zu Helene bringen?«

Marianne schüttelte den Kopf, obwohl sie müde war, wollte sie nicht zurück. Hier war es schön und gemütlich. Die vielen Leute, die Musik und das Feuer gefielen ihr. So einen wunderbaren Abend voller neuer Eindrücke hatte sie noch nie erlebt, und auch wenn sie es sich jetzt noch nicht eingestehen wollte, sie genoss sogar ein wenig Alberts Nähe.

Anderl saß auf seinem Bett und versuchte, aus zwei Strohhalmen Tierfiguren zu flechten, die er aus der Matratze gezogen hatte. Auf dem Fußboden lagen noch mehrere Halme verteilt, nach denen er griff. Einige fertige Werke standen bereits auf dem einzigen Tisch der winzigen Kammer. Die Nachmittagssonne erfüllte den Raum mit stickiger Wärme. Das vergitterte Fenster hatte keine Scheibe, und die Luft war zum Schneiden, doch Anderl schien es kaum zu bemerken. Obwohl ihm sein schmutziges Hemd am Leib klebte und der Schweiß in die Augen rann, war sein Blick auf die beiden Halme in seiner Hand gerichtet.

Nachdem Marianne und Pater Franz gegangen waren, hatte Karl ihn hierhergebracht, und sogar Essen und Getränke hatten auf dem Tisch gestanden. Gierig hatte er das frische Brot und das gebratene Fleisch hinuntergeschlungen und von dem kühlen Wasser getrunken, danach hatte er geschlafen und von einer weiten Reise mit den Booten geträumt. Alois hatte ihn mitgenommen, und sogar Marianne war auf einem der Schiffe gewesen. Sie waren einfach fortgefahren, den Geruch des Flusses in der Nase und den Wind in den Haaren, irgendwohin, wo es keine Mutter, keinen Büttel und keine Mauern gab.

Schritte auf dem Flur ließen ihn aufblicken. Vielleicht kam jetzt endlich Marianne, denn sie hatte versprochen zurückzukommen, um ihn zu holen. Doch inzwischen waren schon so viele Tage und Nächte vergangen.

Die Schritte verstummten, und der Schlüssel wurde ins Schloss gesteckt. Hoffnungsvoll schaute er zur Tür, aber es war wieder nur Karl.

»Du hast Besuch, Junge.« Er öffnete die Tür ein Stück. Hoffnung blitzte in Anderls Augen auf, die jedoch verschwand, als der Büttel aus der Düsternis des Flurs ins Licht trat.

»Grüß Gott, Anderl«, begrüßte er ihn und nickte Karl zu. Der Wachmann schloss die Tür und entfernte sich.

August Stanzinger blickte sich naserümpfend um. Es stank erbärmlich nach Schweiß, Urin und Kot, in der Ecke stand ein voller Nachttopf. Auf dem Tisch sah er einen Tonkrug und einen Becher, einige Brotstücke lagen am Boden. Der Büttel setzte sich auf den einzigen Stuhl im Raum und schlug die Beine übereinander.

Anderl blickte nicht auf. Er flocht weiter an seinem nächsten Strohtier. Ein Hund sollte es diesmal werden, den er genauso wie die anderen Tiere Marianne schenken wollte.

Interesse heuchelnd, nahm der Büttel eines der Strohtiere in die Hand und drehte es hin und her.

»Hübsch, ein Hase, nicht wahr?«

Anderl antwortete nicht und griff nach einem Halm.

Der Büttel stellte das Tier zurück und legte den Kopf schräg.

»Für einen Mörder eine sehr filigrane Arbeit, findest du nicht auch?«

Anderl erwiderte nichts.

»Du weißt, dass du am Galgen baumeln wirst?«

Anderls Hände begannen zu zittern. Doch er schwieg beharrlich.

Der Büttel seufzte.

»Ich habe mit Marianne gesprochen.« Anderl blickte auf.

»Sie vermisst dich. Ich würde sie zu dir lassen, aber du weißt ja, die Gesetze.«

Der Ausdruck in Anderls Augen veränderte sich. Auf einmal lag Interesse in ihnen. August Stanzinger jubilierte innerlich, denn sein Plan schien aufzugehen. Nicht mehr lange, und er hatte den Jungen dort, wo er ihn haben wollte. Seine unschuldigen Augen, die rosige Haut. Er wollte mit seinen Händen darüberstreichen und spüren, wie es sich anfühlte, wenn Anderl sich unter ihm wand.

Er setzte sich neben ihn. Sofort rückte der Junge ein Stück von ihm ab.

»Aber ich könnte da schon eine Ausnahme machen.«

Augusts Hand wanderte auf Anderls Oberschenkel. Langsam begann er, über die warme Haut zu streichen, und die Lust stieg in ihm hoch.

Anderl schaute schweigend auf die Hand, bewegte sich aber nicht.

»Wenn du ein bisschen nett zu mir bist, werde ich sie zu dir bringen.«

Seine Hand wanderte weiter nach oben, und er rückte noch näher an den Jungen heran. Anderl wandte den Kopf angewidert ab, ließ August aber gewähren. Sein Herz schlug ihm vor Aufregung bis zum Hals. Marianne! Er konnte sie wiedersehen. Wenn er tat, was der Büttel von ihm wollte, dann käme sie zu ihm. Sein Blick fiel auf den halbfertigen Hund in seiner Hand, den er ihr dann schenken könnte. Er schloss die Augen und versuchte zu ignorieren, dass der Stadtbüttel damit begonnen hatte, seinen Hals zu küssen, und dass seine Hände seinen Schritt erreichten, in dem sich sein Glied versteifte. Aufstöhnend zog der Büttel ihn an sich, und das Strohtierchen fiel zu

Boden. Wenn er fort war, würde er es wieder aufheben, dachte Anderl und schloss die Augen.

Pater Franz nahm sein Frühstück bei Johannes in der Küche ein. Es war ein kühler Morgen. Auf dem Innenhof standen große Pfützen, in die unaufhörlich der Regen prasselte. Zwei Kerzen brannten auf dem Tisch und malten Schatten auf die weiß getünchten Wände.

Johannes schälte Möhren. Sie schwiegen, wie sie es in der letzten Zeit öfter taten. Seitdem Marianne fort war, hatte sich alles verändert. Franz schlich wie ein geprügelter Hund durch die Klostergänge und verbrachte Stunden im Rosengarten, wo er die Blumen anstarrte. Johannes ließ ihn gewähren, denn auch er trug den Schmerz des Verlustes in sich. Jedes Mal, wenn die Hintertür sich öffnete, glaubte er, Marianne würde kommen. Sie hatten sie weggeschickt und wie eine Ware behandelt, doch hätten sie eine andere Wahl gehabt? Wrangel hatte an diesem Nachmittag den Ton angegeben, sie waren nur Statisten in einem grausamen Spiel gewesen.

Seufzend legte er das Messer zur Seite, setzte sich zu seinem Freund und schenkte sich einen Becher Dünnbier ein. Seine Beine schmerzten, die Feuchtigkeit zog in seine alten Knochen.

»Es wird nicht besser, wenn du die Wände anstarrst«, sagte er.

»Ich weiß«, erwiderte Pater Franz. »Sie fehlt mir so sehr, alles tut mir weh.«

Pater Johannes trank von seinem Bier und lächelte.

»Ich weiß noch, wie sie als kleines Mädchen immer hier gesessen hat.« Er blickte auf den leeren Platz neben Franz.

»Ihre Füße haben nicht auf den Boden gereicht. Ihre leuchtenden Augen, die roten Wangen und kleinen Händchen, die Art, wie sie mit mir gesprochen hat. Sie war so ein liebes Mädchen.« Pater Franz legte seinen Löffel weg.

»Selbst der alte Kater scheint sie zu vermissen, denn seit sie fort ist, sitzt er wie verloren auf der Bank im Rosengarten.« Johannes sah seinen Freund nachdenklich an. Sie hatten viele schlimme Dinge miteinander durchgestanden. Marodeure waren mehrmals über das Kloster hergefallen, sie hatten es wieder aufgebaut. Die Pest hatte in der Umgebung gewütet, sie hatten sich um die Kranken gekümmert. Überschwemmungen, Missernten und Seuchen suchten sie seit Jahren heim, doch sie hatten sich gegenseitig gestützt und waren füreinander eingestanden. Für alle Probleme hatte es eine Lösung gegeben, aber nun saßen sie sich gegenüber und fanden keine Worte, denn auf diese Art von Kummer gab es keine Antwort.

»Du hättest nichts für sie tun können.« Pater Franz schüttelte den Kopf.

»Vielleicht habe ich zu schnell nachgegeben. Trage ich doch die Sünde in mir, weil ich davor schon darüber nachgedacht habe, was aus ihr wird.«

Johannes atmete tief durch.

»Das ist keine Sünde, wenn du dir um dein Mündel Gedanken und Sorgen machst. Wir wussten stets, dass sie nicht für immer bei Hedwig bleiben kann. Deine Idee mit den Zisterzienserinnen war doch sehr gut, die Schwestern hätten sie gewiss zu sich genommen, und dort hättest du sie sogar besuchen können.« Pater Franz seufzte.

»Du hast ja recht. Die ganze Stadt hat sie verurteilt. Sie sind alle so dumm und engstirnig. So viele haben die Pest überlebt. Wir haben es auch durchgestanden und sind nicht erkrankt. Warum wurde sie so gehasst?«

Johannes zuckte mit den Schultern.

»Wenn ich darauf eine Antwort wüsste. Aber immerhin hatte sie Anderl und uns, die ihr Kraft und Halt gaben.«

Pater Franz zog die Augenbrauen hoch.

»An den Jungen will ich lieber gar nicht denken. Ich bitte jeden Abend den Herrgott darum, mir die Absolution zu erteilen, aber auch das wird mich nicht von meiner Schuld reinwaschen. Irgendwie müssen wir diese schreckliche Hinrichtung verhindern, aber mir fällt nichts ein. Der alte Theo liegt dort hinten auf dem Klosterfriedhof und hat sein Wissen mit ins Grab genommen, ohne ihn ist es aussichtslos.«

»Ich weiß«, antwortete Johannes seufzend. »Wir haben Marianne versprochen, Anderl zu helfen, und jetzt sind uns die Hände gebunden. Es ist gut, dass sie nicht mit ansehen muss, wie ihr geliebter Bruder auf dem Schafott stirbt. Das hätte sie niemals verkraftet.«

Pater Franz erhob sich, und plötzlich trat wieder ein Ausdruck der Entschlossenheit in seine Augen.

»Noch hängt er nicht, mein Freund.« Er schlug Johannes auf die Schulter. »Vielleicht findet sich ja doch noch eine Lösung, denn Gottes Wege sind unergründlich.«

Johannes räumte den Tisch ab. Pater Franz öffnete die Hintertür.

»Ich breche jetzt nach Rosenheim auf. Du weißt doch, Pfarrer Heinrich liegt krank darnieder, und ich muss für ihn die Messe leiten und den Gläubigen die Beichte abnehmen.«

Johannes wandte sich wieder seinem Gemüse zu.

»Dann hebe ich dir etwas von der Suppe auf.«

Er deutete nach draußen.

»Bei dem Wetter wirst du eine warme Mahlzeit gewiss nötig haben.«

Über Pater Franz' Gesicht huschte ein Lächeln.

»Was würde ich nur ohne dich tun, mein Freund.«

In Rosenheim stand das Wasser bereits auf dem Inneren Markt. Die Wolkendecke riss genau in dem Moment ein wenig auf, als der Mönch durchs Münchener Tor trat, und helle Sonnenstrahlen funkelten in den Pfützen.

Pater Franz wandte sich nach rechts und schritt durch die Laubengänge, um den vorbeifahrenden Fuhrwerken und dem aufspritzenden Wasser zu entgehen. Vor den Eingängen lagen Sandsäcke und Bretter, so manche Tür war geöffnet. Er wurde von allen freundlich gegrüßt, und manch einer winkte ihm sogar fröhlich zu.

»Grüß Gott, Pater Franz«, grüßte Constanze Lechner, die Frau des Apothekers, als er an der Apotheke vorbeikam. »Was für ein Wetter heute, aber wir sind es ja inzwischen gewohnt. Soll ich Euch wieder von dem guten Franzbranntwein für Pater Johannes mitgeben?«

Pater Franz blieb lächelnd stehen. Er mochte die korpulente Frau mit den dunkelbraunen Haaren, die bereits von ersten grauen Strähnen durchzogen waren. Sie war immer offen, herzlich und nett. Rührend kümmerten sie und ihr Mann sich um die medizinischen Belange des Klosters und berechneten oft nicht mal einen Kreuzer für eine Salbe oder ihren hervorragenden Franzbranntwein.

»Grüß Gott, Constanze. Vielen Dank für Euer freundliches Angebot, aber heute bin ich auf dem Weg zur Kirche. Ein Fieber plagt Pfarrer Heinrich, und er hat mich gebeten, die Messe zu halten.«

Constanze stellte ihren Schrubber zur Seite.

»Das ist aber schön, denn ich wollte jetzt sowieso hinübergehen, dann kann ich Euch begleiten. Johann hat die ganze Nacht in unserer Kräuterkammer verbracht und ruht sich aus. Gott verzeiht es ihm gewiss, wenn er heute auf den Kirchgang verzichtet. Stunden bringt er damit zu, eine neue Medizin für die vielen Durchfallerkrankungen zu finden, aber nichts hat bis jetzt Wirkung gezeigt.«

Sie machte eine weit ausholende Geste, während sie die Tür schloss.

»Bei dem vielen Wasser ist es kein Wunder, dass die Leute krank werden. Auch der Brunnen ist verseucht. Was alles in den Bächen außerhalb der Stadtmauern schwimmt, will ich gar nicht wissen. Wenn das so weitergeht, dann werden wir alle elendig zugrunde gehen. Damals, als die Brücke noch stand und wir das Wasser vom Berg bekommen haben, da hatten wir keine solchen Sorgen.«

Pater Franz lief schweigend neben der lamentierenden Frau her. Eigentlich mochte er ihre geschwätzige Art sehr gern, denn sie wusste die neuesten Neuigkeiten und jeden Klatsch und Tratsch. Gott möge es ihm verzeihen, dass er ihr mit Freude zuhörte. Es war so belanglos, was sie erzählte, und in der holzvertäfelten Apotheke, mit den vielen Schubladen an den Wänden und dem wunderbaren Duft der verschiedensten Kräuter, der dort immer allgegenwärtig war, fühlte er sich mehr als wohl. Doch heute schwirrte ihm der Kopf, und er war froh, als sie die Kirche erreichten und er in die Stille der Sakristei entfliehen konnte.

Eigentlich mied er seit dem Einfall der Schweden die Nikolauskirche. Früher war er häufiger gekommen, besonders gern zu den Sprachgottesdiensten, die Pfarrer Heinrich immer abends abhielt. Er mochte die Größe und Weite des Gotteshauses und liebte es, wenn das Sonnenlicht durch die bunten Glasfenster auf den Marmorboden fiel, genoss aber auch die anheimelnde Atmosphäre im Winter, wenn das Licht der Kerzen das Einzige war, das den großen Raum erhellte.

Doch seit die Schweden hier gewesen waren, erinnerte ihn dieser Ort stets an die schrecklichen Morde und Schändungen, die er bei seiner Flucht aus der Stadt mit ansehen musste.

Sein Blick fiel auf die winzige Holztür, die sich, verdeckt von Kerzenständern, hinter dem Tisch befand.

Dort unten hatten sich die beiden an jenem Tag versteckt.

Er machte sich Vorwürfe, sie in dem Durcheinander allein gelassen zu haben. Voller Panik war er fortgelaufen, nur sein eigenes Leben im Blick. Gott würde ihn dafür strafen, denn er war für sie verantwortlich gewesen.

Als er den Altarraum kurze Zeit später gemeinsam mit zwei Ministranten betrat, war die Kirche gut gefüllt. Die Menschen trieb es zahlreicher denn je in den Gottesdienst, denn die Überschwemmungen machten ihnen das Leben schwer, und sie beteten und hofften, dass Gott ein Einsehen haben würde und sich das Wetter änderte.

Für einen kurzen Moment ließ Franz seinen Blick über die Kirchenbänke schweifen. In einer der vorderen Reihen saß August Stanzinger direkt neben dem Bürgermeister und tuschelte mit ihm. Wie sehr er diesen Menschen doch verachtete. Der Büttel hatte eine aufgesetzte Freundlichkeit an sich, die er längst durchschaut hatte. Dieser Mann nutzte alles und jeden zu seinem eigenen Vorteil aus, und was er für den Mord an Hedwig Thaler und die Anklage von Anderl erhalten hatte, konnte er nur erahnen. Er senkte seinen Blick. Es stand ihm nicht zu, über den Mann zu urteilen, denn Gott würde über ihn richten, dessen war er sich sicher.

Er begann mit dem Gottesdienst und versuchte, seine Gedanken auszublenden, hielt sich an dem immer gleichen Ablauf und an den Worten der Gebete fest. Seine Predigt war sachlich. Er ermahnte die Menschen, Buße zu tun und dafür zu beten, dass kein schlimmes Unheil über die Stadt hereinbrach. Dann rief er ihnen das furchtbare Schicksal von Aibling in Erinnerung. Dankbar sollten sie sein, dass Gott es so gut mit ihnen gemeint hatte, denn Wrangel war fort und hatte Rosenheim verschont. In den Fürbitten, die er später mit lauter Stimme vortrug, bat er um besseres Wetter und darum, dass Gott den Bauern und deren Ernte wohlgesinnt war. Während die Gemeinde laut »Christus, erhöre uns« intonierte, war ihm klar, dass eine Missernte kaum noch abzuwenden war, denn das Getreide verfaulte vor ihren Augen. An den nächsten Winter wollte er lieber gar nicht denken.

Mit Inbrunst feierte er danach mit den Gläubigen das Abendmahl, den Teil des Gottesdienstes, den er am liebsten mochte. Seine Lippen formten die immergleichen Worte, und voller Stolz hielt er den Kelch und die Schale mit dem Brot in die Höhe, das er danach symbolisch brach. Heute war es ihm irgendwie besonders wichtig, das geliebte Ritual durchzuführen. Es gab ihm ein wenig seiner Sicherheit zurück. Gott war bei ihm, an seinen Regeln konnte er sich festhalten. Er würde ihm beistehen und die Kälte und das Grauen vertreiben.

Später, als alle Gläubigen nach Händeschütteln und so manchem Wort gegangen waren, saß er im Beichtstuhl. Zur Messe waren alle gekommen, sogar die Sitzplätze hatten heute nicht ausgereicht, aber für die Beichte schien niemand Zeit zu haben. Dem Glockenschlag lauschend, hatte er den Kopf nach hinten gelehnt und döste vor sich hin. Nachdem die Kirchturmuhr mehrfach geschlagen und sich noch immer kein reuiger Sünder bei ihm eingefunden hatte, streckte er sich und griff nach seiner Bibel. Doch dann näherten sich Schritte, und die Tür zum Beichtstuhl wurde geöffnet. Er sank zurück auf seinen Platz.

»Vergib mir, Vater, denn ich habe gesündigt«, drang es an sein Ohr. Pater Franz öffnete die Klappe und blickte erstaunt in die Augen des Bürgermeisters Xaver Breitner.

Abwartend sah der Mönch den Stadtobersten an. Was konnte er schon groß verbrochen haben? Der Ruf des Bürgermeisters war tadellos.

»Ich habe ein Menschenleben auf dem Gewissen.« Xaver Breitner sah den Mönch ernst an.

Pater Franz zuckte zusammen.

Der Bürgermeister fuhr sich hektisch durchs Haar.

»Und wenn ich es genau nehme, dann sogar bald zwei.« Franz zog die Augenbrauen hoch.

»Das müsst Ihr mir jetzt aber näher erklären.« Er beugte sich nach vorn.

»Aber Ihr müsst mir versprechen, es für Euch zu behalten. Es ist mir peinlich«, flüsterte der Bürgermeister.

»Das Beichtgeheimnis verbietet mir, darüber zu sprechen«, erwiderte der Abt.

»Nun gut.« Der Bürgermeister atmete noch einmal tief durch.

»Damals, als die Hedwig Thaler angeblich von dem Buben erschlagen worden ist, da war ich auch im Hof. Hinter dem Hühnerstall« – er machte eine Pause – »war ich mit der Margit zugange. Sie ist ein hübsches Ding, wenn Ihr versteht, was ich meine.«

»Ja und weiter?« Der Abt war völlig fassungslos. Er hatte einen Zeugen, den besten Zeugen, den man nur haben konnte. Er konnte es gar nicht glauben.

»Es ging alles blitzschnell. Mir hingen die Hosen in den Knien, und ich war gerade …« Er verstummte.

Pater Franz wurde ungeduldig.

»Ich weiß, Ihr habt eine Sünde begangen und eines von Gottes Geboten verletzt. Ihr wisst selbst, dass man die Ehe nicht brechen soll, aber das ist jetzt Nebensache. Was genau habt Ihr gesehen?«

»Zwei Männer kamen in den Hof gerannt. Hedwig und Anderl standen vor dem Hintereingang und stritten sich. Zuerst haben sie Anderl niedergeschlagen und danach Hedwig. Es war dunkel im Hof, genau habe ich die beiden nicht gesehen, aber den einen habe ich an der Stimme erkannt, und ich würde Haus und Hof darauf verwetten, dass es der Büttel war.«

Erleichtert sank Pater Franz in sich zusammen. Wenigstens sein Versprechen gegenüber Marianne konnte er jetzt halten, denn Xaver Breitner würde in Rosenheim jeder glauben.

Doch dann fielen dem Mönch die ersten Worte des Bürgermeisters wieder ein. Am Ende wollte er gar nicht, dass der Junge mit dem Leben davonkam, sondern wollte, dass er ihm die Absolution erteilte, damit er weiterhin in Frieden leben konnte.

»Ich hätte ihr helfen müssen, oder?«, fragte der Bürgermeister zerknirscht. Pater Franz zuckte mit den Schultern.

»Ob Ihr Hedwig hättet helfen können, wage ich zu bezweifeln. Am Ende hättet Ihr noch Euer eigenes Leben aufs Spiel gesetzt. Aber dem Jungen könnt Ihr helfen, denn er sitzt wegen eines Mordes im Gefängnis, den er nicht begangen hat. Ihr könntet dafür sorgen, dass er freikommt.«

»Aber das geht doch nicht. Dann erfährt jeder, dass ich die Ehe gebrochen habe, und am Ende beschimpft man mich noch als Feigling, weil ich Hedwig nicht zu Hilfe geeilt bin.«

Pater Franz seufzte. Wie hatte er auch nur einen Moment annehmen können, dass dieser Mann für Anderl einstehen würde. Natürlich hatte Xaver Breitner nur seine eigenen Interessen im Kopf. Enttäuscht richtete er sich auf und verschränkte die Arme.

»Ich kann Euch dafür nicht die Absolution erteilen. Sünden, die Ihr noch begehen wollt, kann Gott nicht vergeben. Ihr solltet noch einmal in Euch gehen, denn der Junge wird schon bald am Galgen baumeln. Wollt Ihr das tatsächlich?«

Der Bürgermeister wurde ungehalten.

»Ich hätte es besser wissen sollen.« Er öffnete die Beichtstuhltür. »Was ist von einem Mönch auch zu erwarten. Warum bin ich überhaupt hergekommen, frage ich mich.«

Er durchquerte eiligen Schrittes das Kirchenschiff und schlug die Tür des Hauptportals laut hinter sich zu.

Eine ganze Weile später trat auch Pater Franz aus dem Beichtstuhl. Diese Neuigkeiten hatte er erst einmal verdauen müssen. Es gab einen Zeugen, den besten, den er finden konnte, doch ihm waren die Hände gebunden, denn er musste sich an das Beichtgeheimnis halten. Kopfschüttelnd verließ er durch einen Seiteneingang das Gotteshaus. Leichter Nieselregen empfing ihn. Resigniert zog er seine Kapuze über den Kopf und eilte über den Marktplatz in den Schutz der Laubengänge.

Margit stand summend in der Küche der Brauerei und rupfte ein Huhn. Josef hatte sie vor einigen Tagen gefragt, ob sie ihn heiraten würde. Sie hatte begeistert ja gesagt und war ihm um den Hals gefallen. Das Aufgebot hatte er zwar noch immer nicht bestellt, aber das würde schon noch kommen. Eigentlich fühlte sie sich in seiner Gegenwart nie besonders wohl. Nicht, dass er nicht nett zu ihr wäre. Er war sehr höflich und zuvorkommend und versank jeden Abend zwischen ihren großen Brüsten, trotzdem lag etwas in seinen Augen, was ihr Unbehagen bereitete. Andererseits hätte ihr etwas Besseres als seine Zuneigung gar nicht passieren können. Nach dem Überfall der Schweden war ihre kleine Welt wie ein Kartenhaus in sich zusammengefallen. Ihre Eltern waren umgekommen, man hatte ihnen die Kehlen durchgeschnitten. Ihre großen Brüder hatten sich bereits vor vielen Jahren einem der kaiserlichen Heere angeschlossen und waren begeistert in den Krieg gezogen.

Sie war eine Waise, eine Frau ohne Bleibe und ohne Habe, die nehmen musste, was kam. Was waren schon Liebe und Zuneigung gegen das Ansehen der Wirtin vom Stockhammer Bräu und einen Platz, an dem man sich wenigstens ein bisschen heimisch fühlte.

Das, was sie heute Nachmittag getan hatte, würde sie dann natürlich unterlassen müssen. Doch was hätte sie anderes tun sollen, um an das letzte Federvieh zu kommen, als die Waffen einer Frau einzusetzen. Alfred Berger, der die Schlachterei neben dem Inntor leitete, war ein roher, beleibter Mann mit großen plumpen Händen und einem etwas dümmlichen Gesichtsausdruck. Aber mit Fleisch kannte er sich aus, und mit Frauenkörpern auch. Schwungvoll hatte er sie auf die Schlachtbank gehoben, ihre Röcke nach oben geschoben und war in sie eingedrungen. Sie hatte ab und an lustvoll aufgestöhnt, obwohl sie es eher abstoßend fand, zwischen zerlegten Schweinehaxen und halb geronnenem Blut genommen zu werden. Aber was tat man nicht alles dafür, dass in der Wirtschaft heute Abend frisches Huhn aufgetischt werden konnte. Alfred hatte ihr sogar noch ein paar Rinderknochen extra eingepackt, die bereits seit längerer Zeit auf dem Ofen standen und gemeinsam mit Karotten und Lauch vor sich hin kochten.

Die Hintertür wurde geöffnet. Ein kühler Luftzug wehte in den Raum und ließ die Kerze auf dem Tisch flackern, der Bürgermeister trat ein.

»Xaver«, begrüßte Margit ihn verwundert. »Was tust du denn hier? Du bist ja ganz blass. Ist etwas geschehen?«

Der Bürgermeister rieb sich nervös die Hände.

»Ich war in der Kirche, wegen der Sache von damals.« Margit trat näher. Ihre Stimme wurde leiser.

»Aber warum denn? Wir hatten doch abgemacht, dass keiner von uns ein Wort darüber verlieren wird.«

Der Bürgermeister sank auf einen Stuhl und fuhr sich durch sein nasses Haar.

»Aber ich kann das nicht. Der Junge wird zu Unrecht hingerichtet. Du weißt genauso gut wie ich, dass der Büttel und Josef« – er nickte zur Flurtür – »dahinterstecken. Gott wird uns bestrafen für unsere Sünden, Margit. Ich war heute bei der Beichte, doch der Mönch will mir keine Absolution erteilen.« Margit sah Xaver erschrocken an.

»Du hast es dem Mönch erzählt? Ja, bist du denn von Sinnen! Er wird doch sofort versuchen, den Jungen zu retten.«

Das Stadtoberhaupt winkte ab.

»Gar nichts wird er, denn ob er will oder nicht, er muss sich an sein Beichtgeheimnis halten.«

Margit wurde misstrauisch.

»Du hast meinen Namen aber nicht erwähnt, oder?« Xaver blickte betreten zu Boden.

Margit sah ihn fassungslos an.

»Also kann ich davon ausgehen, dass der Mönch bald hier auftauchen wird, und ich bin an kein Beichtgeheimnis gebunden.« Sie wurde wütend. Was dachte sich dieser Mann dabei. Er ruinierte ihr vielleicht gerade ihre Zukunft. Wie sollte sie dem Mönch erklären, dass sie nichts gesehen hatte, wenn er schon alles wusste.

Josef schob den letzten Betrunkenen auf die Straße, schloss die Tür hinter sich und drehte den Schlüssel im Schloss. Dann blickte er sich in der Gaststube um. Er liebte diesen Moment. Auf den Tischen standen noch die letzten Gläser, die Ausdünstungen der Männer und der Geruch von Essen hingen in der Luft, und im Licht der heruntergebrannten Kerzen verflüchtigte sich der letzte Zigarrenrauch. So hatte er sich sein Leben hier vorgestellt. Er war der Herr über die Brauerei und bald auch ein angesehener Bürger. Im Moment begegnete ihm so mancher noch mit Misstrauen, doch bald würde er den letzten Argwohn ihm gegenüber zerstreut haben. Er versuchte, immer freundlich und nett zu sein. Er liebte es, Gläser polierend hinter der Theke zu stehen, und mochte den frischen Geruch des Bieres, wenn es aus dem Fass kam. Die ganze Zeit über hatte er sich gefragt, wie es war, ein Wirt zu sein, doch dass es ihm so viel Freude bereiten würde, hatte er nicht vermutet. Endlich hatte er seinen Platz im Leben gefunden. Er ließ seinen Blick Richtung Küche wandern, in der Margit laut mit dem Geschirr klapperte. Er seufzte. Eigentlich hatte er angenommen, es gut mit ihr getroffen zu haben, denn sie war nicht sonderlich klug, aber fleißig, und die Kundschaft mochte sie. Ihre weiblichen Qualitäten kamen ihm ebenfalls sehr entgegen. Sie war nicht unerfahren und gut gebaut. Allzu gern hätte er sie zu seiner Gattin gemacht, aber nicht aus Liebe. Zu solchen Träumereien hatte er sich noch nie hinreißen lassen, denn Gefühle waren nicht seine Welt. Margit war für ihn ein praktisches Zubrot zur Brauerei gewesen, dessen er sich jetzt leider entledigen musste. Er hatte durch Zufall das Gespräch zwischen ihr und dem Bürgermeister belauscht. Eiskalt war ihm geworden, und es hatte ihn eine Menge Kraft gekostet, die altbekannte Wut zu unterdrücken, die in ihm aufgestiegen war. Allerdings galt es nun, eine ungeliebte Zeugin verschwinden zu lassen. Margit hatte das schon richtig erkannt. Der Mönch musste sich beim Bürgermeister an sein Beichtgeheimnis halten, aber sie war an nichts gebunden und würde ihn am Ende verraten.

Er durchschritt die Gaststube und betrat die Küche.

Der Geruch von verbranntem Fett schlug ihm entgegen, und auf dem Herd standen einige Pfannen und Töpfe, die noch gereinigt werden mussten. Margit trocknete Teller ab. Sie sah ihren Verlobten überrascht an und wich instinktiv ein Stück vor ihm zurück. Sie war es nicht gewohnt, dass er in die Küche kam.

Josef schlenderte, die Hände in den Taschen, langsam in den Raum und blickte sich neugierig um. Er versuchte, arglos zu wirken, obwohl es bereits in ihm brodelte.

Margit schien seine Erregung zu spüren. Mit zittrigen Händen legte sie den trockenen Teller auf einen bereits sauberen Stapel in ein Regal an der Wand.

»Was kann ich für dich tun?«, fragte sie und versuchte, ihrer Stimme einen beiläufigen Klang zu geben.

Er lehnte sich an die gegenüberliegende Wand, verschränkte die Arme und beobachtete Margit grinsend.

Sie griff nach dem nächsten Teller. Ihr Herz schlug ihr vor Aufregung bis zum Hals. Irgendetwas stimmte nicht.

»Du hattest heute Besuch vom Bürgermeister, nicht wahr?« Klirrend fiel der Teller zu Boden.

»Hast du wirklich gedacht, ich würde nicht herausfinden, dass du mich belügst?«

Margits Gesicht verlor alle Farbe, und sie wich zurück. Er grinste und betrachtete wie beiläufig seine Fingernägel.

»Du weißt, dass ich dich jetzt nicht gehen lassen kann, oder? Du bist eine Zeugin, die am Ende allen erzählt, was wirklich passiert ist.«

Margit schüttelte den Kopf.

»Nein, ich werde nichts sagen. Versprochen! Ich bin deine Verlobte, du liebst mich. Du kannst mir vertrauen.«

Er löste sich von der Wand und machte einige Schritte auf sie zu. Sie stand an der Tür zum Hof.

Josef lachte laut auf, und seine Augen bekamen einen eiskalten Glanz.

»Du hast doch nicht wirklich angenommen, dass ich dich liebe? Du bist ein dahergelaufenes Flittchen, das mir gerade recht kam. Du quietschst im Bett wie ein Eichhörnchen, aber deine Brüste sind groß und voll, und die Leute in der Gaststube mögen dich, deshalb wollte ich dich zur Wirtin machen.« Margit umklammerte die Türklinke. Er kam näher.

»Bringen wir es lieber schnell hinter uns, meine Liebe.« Plötzlich hatte er ein Messer in der Hand.

Panisch öffnete sie die Tür und floh in den dunklen Hof.

Josef folgte ihr. Damit hatte er bereits gerechnet und das hintere Tor verriegelt. Wie ein Tier in der Falle rüttelte Margit an dem schweren Balken, der sich keinen Millimeter bewegen wollte. Josef trat langsam auf sie zu.

»Komm schon. Du machst es doch nur schlimmer, als es ist. Du entkommst mir nicht, sieh das doch ein.«

Margit drehte sich um und rannte über den Hof in Richtung Stall davon. Doch auch hier konnte sie das Tor nicht öffnen.

Verzweifelt schlug sie dagegen, und Tränen traten in ihre Augen, während seine Schritte sich näherten.

Es gibt kein Entkommen, dachte sie und überlegte fieberhaft, was sie jetzt tun sollte.

»Bitte«, begann sie zu betteln, »ich gehe fort und werde niemandem etwas sagen. Ich schwöre es bei allem, was mir heilig ist.« Sie hob zitternd ihre Hand.

»Das reicht mir nicht.« Josef ging seelenruhig auf sie zu. Langsam begann ihm das makabre Spiel sogar Freude zu bereiten. Er kostete ihre Angst aus. Eine Weile würde er sie noch zappeln lassen.

»Ich verspreche es. Du wirst mich hier nie wieder sehen.«

Sie trat von der Stalltür weg und blickte hinter sich. Die Küchentür stand noch offen, und ein schwacher Lichtstrahl fiel auf den Boden, der Rest des Hofes und auch der Zugang zu den Wirtschaftsgebäuden lagen im Dunkeln. Vielleicht konnte sie sich ja dort irgendwo verstecken. Sie ging rückwärts und hob beruhigend ihre Hände.

Josef Miltstetter folgte ihr grinsend.

»Eigentlich ist es ja ein Jammer. Bist hübsch anzusehen, aber hübsche Frauen gibt es genug, und bald werden sich die heiratsfähigen Mädchen der Stadt darum prügeln, die Wirtin vom Stockhammer Bräu zu werden, also ist es nicht allzu schade um dich.« Margit stolperte über ihre eigenen Füße, verlor das Gleichgewicht und stürzte.

Josef Miltstetter hatte nun genug von seinem Spiel, machte einige schnelle Schritte auf sie zu und stand direkt über ihr. Doch genau in dem Moment, als er nach ihr greifen wollte, rollte sie sich zur Seite und kroch davon.

»Das hilft doch nichts«, rief er und hatte sie mit wenigen Schritten wieder eingeholt. Margit rappelte sich auf, aber fort kam sie nicht mehr. Er hielt sie am Arm fest und zog sie zu sich heran. Ihr Herz schlug wie wild, und sie spürte seinen Atem auf ihrer Haut, der nach Bier und Zigarrenrauch roch.

»Wäre nett zwischen uns geworden, Süße. Aber es hat nicht sollen sein.«

Er zückte das Messer. Doch so schnell gab sich Margit nicht geschlagen. Sie stieß ihm ihr Knie mit voller Wucht zwischen seine Beine. Stöhnend sank er zusammen und ließ sie los.

Sie floh in Richtung Wirtschaftsgebäude, in die Finsternis. Von Todesangst getrieben, vergaß sie jede Vorsicht und stolperte über einige kleinere Fässer, die jemand achtlos dort liegen lassen hatte, fiel der Länge nach hin und schlug hart mit dem Kinn auf. Sterne tanzten vor ihren Augen, als sie sich wieder aufrappelte. Erneut hörte sie Schritte hinter sich. Josef! Immer noch benommen, stolperte sie weiter und achtete nicht auf den alten ausgetrockneten Brunnenschacht. Mit einem lauten Aufschrei stürzte sie in die Dunkelheit und schlug hart auf dem Boden auf.

9

Marianne trat aus ihrem Zelt und blickte sich um. Heute zog der Feldherrenhof weiter flussabwärts Richtung Mühldorf. Wrangel gab die Belagerung Wasserburgs endgültig auf und plante, in Mühldorf den Inn zu überqueren. Um sie herum herrschte reges Treiben: Mägde packten Wäsche in große Kleidertruhen und verstauten Geschirr und Töpfe in Kisten, die Männer auf breite Karren luden; die Orgel aus dem großen Zelt, in dem sie immer zu Abend gegessen hatten, wurde von einer zehn Mann starken Gruppe nach draußen geschafft und über eine Bohle auf einen Planwagen geladen; Knechte trugen Teppiche und Holzbretter durch die Gegend und rollten Weinfässer auf bereitstehende Karren. Der ganze Platz war voller Maultiere, Pferde, Planwagen, Karren und Kutschen.

Hinter Marianne trat Helene aus dem Zelt, die bereits seit den frühen Morgenstunden mit Packen beschäftigt war. Julia, die Magd, die Marianne das Haar aufgesteckt hatte, und noch ein weiteres der vielen namenlosen Mädchen halfen ihr dabei.

Helene warf ihrem Schützling einen prüfenden Blick zu und schob eine Haarsträhne nach hinten, die Marianne ins Gesicht gefallen war, danach stemmte sie die Hände in die Hüften und ließ ihren Blick über das Treiben schweifen.

»Ich mag es nicht, wenn wir weiterziehen. Das ständige Auf- und Abbauen macht mich verrückt. Nichts ist an seinem Platz, alles wird nur notdürftig aufgestellt. Ich hoffe, dass Mühldorf nicht so weit ist und wir uns dort länger aufhalten. Wenn wir Glück haben, können wir vielleicht sogar ein Haus beziehen. Ich sehne mich danach, endlich in ordentlichen vier Wänden zu schlafen.«

Sie stampfte ungeduldig auf den Boden und reckte den Hals. »Hoffentlich kommen unsere Kutschen bald.«

Marianne zog ihr wollenes Schultertuch enger um sich. Der Morgen war noch kühl, und ein unangenehmer Wind ließ sie frösteln.

Hektisch winkend, schob sich eine blonde Frau zwischen den Wagen hindurch und steuerte auf sie zu. Marianne musste bei ihrem Anblick grinsen.

»Guten Morgen, Mademoiselles, ist heute eine Unruhe, fürchterlich.«

Sie griff sich theatralisch an die Stirn. Eugenie war Französin und stammte aus Turennes Lager. Sie sprach nur gebrochen Deutsch und brachte viele Wörter durcheinander.

Sie war mit dem leitenden Unteroffizier Wrangels verlobt und reiste seitdem mit den schwedischen Damen oder denen, die sich dafür hielten, denn wirklich schwedisch war kaum eine von ihnen. Eugenie gehörte erst seit einigen Monaten zum engeren Kreis von Anna Margarethe Wrangel und versuchte verzweifelt, die deutsche Sprache zu erlernen.

Marianne hatte die Französin auf den ersten Blick gemocht. Eugenie hatte große graue Augen, einen breiten Mund, viele Sommersprossen auf der Nase, und ihre komische Art zu sprechen brachte sie zum Lachen. Mit bayerischem Dialekt konnte die Französin allerdings noch weniger anfangen als Helene, die aus dem Badischen stammte, deshalb sprachen die beiden nur wenig miteinander, und wenn, dann wild gestikulierend.

Helene begrüßte Eugenie lächelnd.

»Guten Morgen, Eugenie. Ich habe gehört, du reist heute mit uns.«

Marianne sah Helene überrascht an. Davon hatte ihr noch keiner erzählt. Sofort stieg ihre Stimmung, denn mit der lustigen Französin zu reisen würde bestimmt Spaß machen.

Eugenie fächerte sich mit der Hand Luft zu.

»Ich habe eben erfahren. Wunderbar finde ich das.« Sie sah Marianne an.

»Dann wir können uns besser lernenkennen, ma petite«, flötete sie und kicherte wie ein kleines Mädchen.

Marianne wusste nicht, was eine »petite« war, aber es schien etwas Gutes zu sein, also nickte sie lächelnd.

Genau in diesem Moment hielt eine Kutsche vor den drei Damen, und ein Uniformierter öffnete ihnen galant den Schlag.

Helene bedankte sich höflich bei ihm und stieg ein. Marianne und Eugenie folgten ihr. Ungläubig blickte sich Marianne um, während sie sich setzte.

Noch nie war sie in einem so eleganten Wagen gefahren. Die Sitze waren gepolstert und mit feinstem Samt bezogen. An den Fenstern waren mit weißen Spitzen verzierte Vorhänge angebracht worden, und auf dem Boden lag ein flauschiger Teppich. Andere Frauen im Lager waren krank oder schwanger, trugen kleine Kinder und zogen schwere Karren hinter sich her. Diese Frauen hätten die Fahrt in dem noblen Wagen viel mehr verdient.

Der Kutscher trieb die Pferde an, und ruckelnd setzte sich das Gefährt in Bewegung. Geschickt fädelte sich der Mann in die lange Reihe der Karren und Kutschen ein, und bald erreichten sie eine breite Straße, die linker Hand am Fluss entlangführte. Eugenie und Helene unterhielten sich über die neueste Pariser Mode, während Marianne aus dem Fenster blickte. Am

Horizont war die Silhouette der Berge zu sehen. Sie hatte gar nicht gewusst, wie wichtig ihr deren Anblick tatsächlich war. Erst jetzt stellte sie fest, dass die Berge ein Teil von ihr und ihrer Seele waren, genauso wie die Giebel und Dächer Rosenheims und der Inn mit seinem grünen Wasser.

Sie musste sich zusammenreißen, denn was sollten die anderen von ihr denken, wenn sie weinte. Verstohlen wischte sie sich eine Träne aus dem Augenwinkel.

Doch Eugenie war nicht nur lustig, sondern auch sehr sensibel.

»Geht es dir gut, ma chère? Du siehst traurig aus.« Marianne versuchte zu lächeln und nickte.

»Ist alles gut.«

Eugenie beäugte sie skeptisch, und auch Helene wurde jetzt auf Marianne aufmerksam.

»Lüge nie eine Französin an.« Eugenie hob mahnend ihren Zeigefinger. »Ich sehen dir an die Nasenspitze an, dass etwas stimmen nicht.«

Helene wirkte besorgt, doch im Gegensatz zu Eugenie ahnte sie bereits, was mit Marianne los war.

»Du hast Heimweh, oder?« Helene deutete nach draußen. Marianne nickte und blickte betreten zu Boden.

Eugenie neigte den Kopf zur Seite.

»Heimweh? Was ist das?« Sie sah die beiden mit so einem verwunderten Gesichtsausdruck an, dass sogar Marianne lachen musste.

Sie lachten alle drei so laut, dass sich ein Reiter, der an ihrer Kutsche vorbeikam, verwundert umdrehte.

Helene wischte sich die Tränen aus den Augen.

»Marianne vermisst ihr Zuhause«, erklärte sie und zwinkerte Marianne zu. »Sie war noch nie so weit fort.«

Eugenie nickte, jetzt hatte sie verstanden.

»Das ist aber eigentlich nicht komisch.« Sie zog die Augenbrauen hoch.

Erneut lachte Marianne laut auf. Bei dem Gesichtsausdruck der Französin konnte sie einfach nicht ernst bleiben, und auf einmal fühlte sie sich wohl und geborgen. Sie lehnte sich zurück und genoss den weichen Stoff der Kissen, der ihre Wange sanft streichelte. Zum ersten Mal seit langem hatte sie das Gefühl, irgendwo dazuzugehören, und das war so schön, dass sie es selbst kaum glauben konnte.

Später machte sich bei allen das frühe Aufstehen bemerkbar, und sie dösten ein, auch Marianne fiel in einen unruhigen Schlaf, aus dem sie hin und wieder unsanft gerissen wurde, wenn die Straße gar zu schlecht war und sie durch Schlaglöcher oder über große Wurzeln fuhren. Die Luft in der Kutsche war stickig. Irgendwann begann es in ihrem Kopf zu hämmern. Sie hatte ihre Sitzbank für sich allein und legte sich seitlich auf die Bank, schob eines der weichen Kissen unter den Kopf und hoffte, die Fahrt irgendwie zu überstehen.

Eugenie und Helene schienen die unsanften Stöße und die schlechte Luft nichts auszumachen. Irgendwann gewöhnt man sich wahrscheinlich an das Ruckeln, dachte Marianne, starrte auf den Boden und versuchte zu ignorieren, dass das Muster des Teppichs vor ihren Augen zu tanzen begann.


»Marianne, ma chère. Du musst stehen auf. Wir sind angekommen.« Eugenies Stimme schien von weit her zu kommen. Marianne öffnete die Augen, blickte auf den Teppichboden der Kutsche und fühlte eine Hand, die an ihrer Schulter rüttelte.

»Du hast so hübsch geschlafen.« Die Französin lächelte sie an. Marianne rieb sich die Augen und blickte sich um.

»Wo sind wir denn?« Eugenie winkte ab.

»Irgendwo in die Nirgendwo. Wir schlagen hier auf die Nachtlager.«

Marianne streckte sich. Zu ihren Kopfschmerzen waren jetzt auch noch Rückenschmerzen gekommen.

Sie stiegen aus.

Verblüfft blickte sich Marianne auf der weitläufigen Wiese um. Kutschen und Wagen standen kreuz und quer durcheinander.

Zeltstangen wurden aufgestellt, Planen ausgerollt und Kleidertruhen von den Wagen gehoben, und die Zofen wiesen die Knechte an, wo sie die jeweiligen Habseligkeiten hinbringen sollten. Eine Gruppe Kürassiere, die an den federgeschmückten Helmen und blinkenden Panzern zu erkennen waren, stand lachend beieinander. Musketiere liefen mit ihren schweren Musketen, gefolgt von den Stückknechten, an ihr vorbei, und die Damen der Offiziere erteilten Befehle. Mit ihren feinen Kleidern und den hübsch frisierten Haaren kamen sie Marianne wie Fremdkörper zwischen dem einfachen Fußvolk vor.

Alles wirkte wie ein großes Durcheinander und schien doch geordnet zu sein.

In dem Getümmel entdeckte sie Helene, die Julia zeigte, welches der im Aufbau befindlichen Zelte das ihrige war.

Eugenie lief geschäftig, einen Burschen und eine Zofe im Schlepptau, an ihr vorüber und plauderte auf Französisch fröhlich mit ihnen. Marianne musste trotz ihrer Kopfschmerzen lächeln. Eugenie war eine hübsche Frau, doch sie schaffte es, ihre Gesichtszüge so zu verziehen, dass es komisch aussah.

Seufzend ging sie zu Helene, um ihr ihre Hilfe anzubieten.

Einige Stunden später starrte Marianne ihr Spiegelbild an, das vor ihren Augen verschwamm. Ihr Kopf dröhnte, und sie hatte Mühe, das Gleichgewicht zu halten.

Helene trat hinter Marianne, musterte sich selbst im Spiegel und zupfte an ihren aufgetürmten Haaren herum, die sie mit einem Seidenband zusammengehalten hatte.

»Wir müssen uns beeilen.« Sie drehte sich um und besah sich noch einmal prüfend Mariannes Kleider.

»Anna Margarethe hat es nicht gern, wenn wir zu spät kommen.«

Marianne seufzte und warf ihrem Nachtlager einen sehnsüchtigen Blick zu.

»Am liebsten würde ich hierbleiben.« Helene zog die Augenbrauen hoch.

»Hierbleiben! Das ist unmöglich. Anna Margarethe würde wütend werden. Sie besteht darauf, dass wir zum Abendessen erscheinen. Auch Albert, die anderen Generäle und Offiziere werden anwesend sein. Du hast deinen Verlobten den ganzen Tag nicht gesehen, er wird beleidigt sein, wenn du nicht kommst.« Marianne fügte sich. Vielleicht ergab sich ja irgendwann, wenn alle dem Wein erlegen waren, die Gelegenheit, zu verschwinden.


In dem großen Zelt räumten die Knechte geschäftig Fleischplatten, Teller, Gläser und Kelche ab. Ein älterer Mann, dessen Namen Marianne nicht kannte, hatte sich an die Orgel gesetzt und zu spielen begonnen, und die Damen standen plaudernd in Gruppen beisammen. In der Luft hing Zigarrenrauch, der aus einer Ecke des Zeltes kam, in der die Generäle und Offiziere Platz genommen hatten, um miteinander zu beratschlagen. Albert war ebenfalls darunter. Er hatte ihr heute kaum Aufmerksamkeit geschenkt, doch in ihrem Zustand war sie sowieso keine gute Gesellschaft. Sie war sich noch immer nicht darüber im Klaren, ob sie ihn mochte oder nicht. Neulich war er sehr nett und aufmerksam gewesen, das musste sie zugeben, aber sie war nicht dazu bereit, ihm nach einem Abend bereits Freundschaft entgegenzubringen, obwohl ihr das warme Gefühl, das sich jedes Mal in ihr ausbreitete, wenn sie seiner ansichtig wurde, etwas anderes sagte. Gelangweilt ließ Marianne ihren Blick durch den Raum schweifen. Helene und Eugenie waren nirgendwo zu sehen. Ihre Kopfschmerzen waren noch immer nicht abgeklungen, und selbst das leise Orgelspiel tat ihr in den Ohren weh.

Zwei Damen, die die besten Jahre bereits hinter sich hatten, liefen an ihr vorbei, musterten sie beiläufig und rümpften die Nasen.

»Warum das Bauernmädchen hier sein muss, versteht auch niemand«, sagte die eine, die, soweit Marianne wusste, mit einem Offizier verheiratet war und aus Westfalen stammte.

»Jemand sollte Albert die Augen öffnen. So eine Dirne kann doch unmöglich seine Braut werden. Weiß der Himmel, ob das auch alles so stimmt, was sie uns weismachen will«, antwortete die andere leicht lispelnd und mit piepsiger Stimme. Ihre Augenlider waren schlaff, und tiefe Falten hatten sich um ihren Mund eingegraben.

»Na, Mädchen, was sitzt du denn so trübsinnig in der Ecke? Lass dir von den alten Weibern nicht den Spaß verderben.« Ein Mann mittleren Alters setzte sich neben sie und legte ihr vertrauensvoll seine Hand auf den Oberschenkel. Sofort rückte sie ein Stück von ihm ab und blickte in Alberts Richtung. »Ich lasse mir von niemandem etwas verderben«, antwortete sie schnippisch.

Der Mann lachte laut auf.

»So mag ich die Mädchen. Bist nicht auf den Mund gefallen, Kleines.«

Er versuchte, den Arm um sie zu legen. Marianne wich erneut zurück, konnte es aber nicht verhindern, dass er sie näher zu sich heranzog.

Der Mann lachte. Ihm fehlten bereits einige Zähne, und die restlichen waren schwarz und halb verfault. Übler Geruch kam aus seinem Mund, und in seinen Augen stand Gier. Wollüstig ließ er seinen Blick über ihr Dekolleté schweifen.

»Jetzt zier dich doch nicht so, mein Mädchen. Es muss ja keiner wissen.«

Marianne sprang entrüstet auf. »Was fällt Euch ein. Wisst Ihr eigentlich, mit wem Ihr es zu tun habt? Ich bin die Verlobte von Albert Wrangel!«, zischte sie und blickte sich um. Niemand schien seinen Annäherungsversuch bemerkt zu haben. Der Alte riss die Augen auf, als er erfuhr, wen er da zu einem Techtelmechtel überreden wollte. Beschwichtigend hob er die Hände.

»Verzeiht einem Mann, der zu viel Wein getrunken hat.« Er senkte den Kopf. »Es soll nie wieder vorkommen.«

Marianne nickte kurz und wandte sich ab. Ihr Blick wanderte in die Ecke zu den anderen Männern. Albert wandte ihr den Rücken zu. Plötzlich fiel ihr auf, dass sie sich als die Verlobte dieses Mannes bezeichnet hatte. Eines Mannes, mit dem sie doch eigentlich nichts zu tun haben wollte. Sie ging zu einer der Damengruppen hinüber. Dort war sie zwar nicht sonderlich willkommen, aber immerhin schien sie bei ihnen vor etwaigen Annäherungsversuchen Betrunkener sicher zu sein. Eine Weile blieb sie teilnahmslos neben den Frauen stehen und lauschte deren Gesprächen, in denen es nur ums Heiraten, den richtigen Hausstand, die neueste Pariser Mode und Kinderkriegen ging.

Irgendwann hielt sie es nicht mehr aus. Die von Zigarrenrauch und den Ausdünstungen der Menschen geschwängerte Luft raubte ihr den Atem, und alles um sie herum schien zu verschwimmen. Langsam entfernte sie sich von der Gruppe, die ihre Anwesenheit nicht einmal bemerkt zu haben schien, und schlich zum Ausgang.

Draußen empfingen sie milde Sommerluft und das Zirpen der Grillen. Es war noch hell, und der Himmel schimmerte in Orange- und Rottönen. In ihrem Zelt angekommen, entledigte sie sich ihrer Kleider und schlüpfte, nur mit ihrem Hemd bekleidet, unter ihre Decke.

Doch trotz ihrer Müdigkeit konnte sie nicht einschlafen. Die Hände hinter dem Kopf verschränkt, starrte sie die weiße Decke an und hörte nachdenklich den Grillen zu. Entfernte Musik durchbrach deren Gesang, und ab und an liefen Menschen am Zelt vorüber, die sich lachend unterhielten.

Es war seltsam, dachte sie und zog die Decke enger um sich. Heute Morgen in der Kutsche hatte sie sich noch wohl gefühlt, und nur wenige Stunden später waren die Leere und Traurigkeit mit voller Wucht zurückgekehrt, und sie fühlte sich zwischen all den Menschen einsam und allein. Ihr fehlte Anderl. Früher hatte sie sich oft gewünscht, er würde verschwinden, und jetzt sehnte sie sich nach ihm.

Seufzend drehte sie sich zur Seite. Wahrscheinlich würde er bald sterben, weil sie ihn alleingelassen hatte. Sie umklammerte ihre Decke und kniff die Augen zusammen. Doch sie begann trotzdem zu weinen. Das Gefühl von Heimweh kam mit einem Schlag zurück. Sie zogen immer weiter von Rosenheim weg, und bald würden die Berge und der Fluss verschwunden sein. Niemals wieder würde sie in ihrem geliebten Rosengarten sitzen oder bei Pater Johannes in der Küche, doch was am allermeisten weh tat, das war die Tatsache, dass sie ihr Versprechen Anderl gegenüber nicht halten konnte.

Sie wusste, dass Pater Franz für ihn kämpfen und alles dafür tun würde, dass er freikam und ein normales Leben führen konnte. Aber sie selbst konnte nicht für ihn da sein und ihm keinen Trost spenden. Sie hatte ihn alleingelassen. In ihrer Erinnerung sah sie ihn vor sich, auf dem schmutzigen Strohlager, in dem dunklen Kellerloch. Sein flehender Blick würde sie auf ewig verfolgen.

Abrupt setzte sie sich auf und wischte sich die Tränen aus dem Gesicht. Sie musste zurück, sofort. Niemals würde sie es sich verzeihen können, dass sie ihn allein zurückgelassen hatte. Wenn sie jetzt aufbrach, dann würden sie erst am nächsten Morgen bemerken, dass sie fort war.

Hastig schlüpfte sie in ihr Kleid und band sich die Haare im Nacken zusammen. Irgendwie würde sie sich schon bis Rosenheim durchschlagen, so weit waren sie ja noch nicht gekommen. Gewiss würde Pater Franz sie wieder im Kloster aufnehmen. Albert würde sich vielleicht ein wenig grämen, aber in den Augen fast aller hier war sie sowieso nicht die richtige Frau für ihn. Gewiss würden sie ihm bald eine standesgemäße Braut an die Seite stellen, ein Mädchen, das besser zu ihm passte als ein einfaches bayerisches Waisenkind.

Sie legte ein Tuch über ihre Schultern und trat aus dem Zelt. Langsam schritt sie durch den Feldherrenhof, schlich geduckt hinter einigen Büschen an den Wachen vorbei, die sich die Zeit mit Kartenspielen vertrieben, und rannte dann zwischen den wahllos aufgestellten Zelten und provisorischen Verschlägen des bunten Trosses hindurch. Musiker spielten auf ihren Geigen, ein Mädchen mit glockenklarer Stimme sang dazu, und einige Jungen liefen laut lachend, Holzschwerter in den Händen, an ihr vorbei. Als sie den oberen Rand des Lagers erreicht hatte, wurde sie langsamer. Hier war es ruhiger, und nur noch vereinzelt waren Nachtlager zwischen den Bäumen und Büschen zu erkennen. Langsam versank der Tag in Dunkelheit, und schon bald würde man hier draußen nicht mal mehr die Hand vor Augen erkennen.

Sie ging eine Anhöhe hinauf und durchquerte ein kleines Wäldchen. Irgendwie hatte sie die Orientierung verloren. Plötzlich fielen ihr die Geschichten von Wanderern ein, die oft im Gasthaus Unterschlupf gesucht hatten, dass Wölfe in den Wäldern ihr Unwesen trieben. Marianne wusste nicht einmal, wie ein Wolf aussah. Wie große graue Hunde wurden sie beschrieben, und ihre Zähne waren angeblich so riesig, dass sie einen Menschen mit einem Biss zerfleischen konnten. Unsicher blieb sie stehen und blickte zurück. Um sie herum knackte es im Unterholz. Doch dann straffte sie die Schultern und ging weiter. Sie war losgegangen, also würde sie auch weiterlaufen, denn Anderl brauchte sie. Es gab kein Zurück mehr.

Kurz darauf öffnete sich der Wald, und der Fluss lag vor ihr. Abrupt blieb sie stehen. Der Inn war auch hier breiter als normal. Im Dämmerlicht wirkte er eher grau und hatte seinen grünen Glanz verloren. Einige Enten schwammen in Ufernähe. Marianne schritt auf das Ufer zu, blieb stehen und atmete den Geruch des Wassers ein. Boote waren nicht zu sehen, und am anderen Ufer landeten zwei Schwäne sacht im Wasser und ließen sich mit der Strömung treiben. Die Worte von Alois, dem Schiffsmeister, kamen ihr in den Sinn. Der Fluss war oft anders, doch sie mussten ihn nehmen, wie er war.

Anders – daran hatte sie noch gar nicht gedacht. Niemand kannte hier ihre Geschichte und wusste, dass sie die Pest überlebt hatte. Sie konnte neu beginnen, ohne Häme und Vorurteile, endlich sie selbst sein.

»Marianne.«

Marianne zuckte zusammen und drehte sich um. Albert stand ein Stück von ihr entfernt und sah sie ruhig an. Sofort schlug ihr Herz höher.

»Was tust du denn allein hier draußen?«, fragte er und neigte den Kopf zur Seite.

Sie antwortete nicht. Was sollte sie ihm sagen? Ich wollte fortlaufen, irgendwohin, wo mich die Wölfe fressen oder irgendwelche Wegelagerer töten? Erst jetzt wurde ihr bewusst, wie dumm sie gewesen war.

Er trat näher. Sein Blick wanderte von ihr zum Fluss. »Dieser Fluss beeindruckt mich. Er hat so etwas Geheimnisvolles. Ich habe schon viele Flüsse, Seen und Bachläufe gesehen, aber keiner von ihnen hatte so grünes Wasser wie dieser.«

Marianne deutete ein Nicken an.

Er setzte sich auf einen umgefallenen Baumstamm ans Ufer und begann damit, Kieselsteine ins Wasser zu werfen.

Sie blieb stehen und nestelte unsicher an ihrem Schultertuch. Eine ganze Weile sagte keiner etwas.

»Ich habe dir deine Heimat genommen, deswegen bist du fortgelaufen, nicht wahr?«

Marianne sah ihn verwundert an. Mit so einer Frage hatte sie nicht gerechnet.

»Du musst nichts sagen. Deine Augen erklären genug. In ihnen liegen so viel Trauer und Verzweiflung – und doch sind sie wunderschön. Ich könnte tagelang hineinblicken und darin versinken. Ich wollte das nicht, das musst du mir glauben.« Er sah Marianne an. Sie wirkte so zerbrechlich, unsagbar verletzt. Ihr Gesicht war in der Dunkelheit kaum noch zu erkennen. Er schüttelte den Kopf.

»Was bin ich nur für ein Idiot. Vom ersten Moment an, als

ich dich gesehen habe, wollte ich dich besitzen, dich beschützen und retten – mit mir nehmen und nie wieder loslassen. Du warst so bezaubernd damals in der Kirche und hast so unendlich viel Mut bewiesen und den Knaben verteidigt.«

Marianne stiegen Tränen in die Augen. Verzweifelt wischte sie sie ab.

»Und geholfen hat es ihm nichts«, flüsterte sie und ließ ihren Blick über den Inn schweifen.

»Er wollte Innschifffahrer werden, frei sein wie die Männer auf den Booten, nur den Wind im Haar und den Fluss zum Gegner und Freund, aber er konnte es nicht, und jetzt wird er vielleicht bald sterben – und ich werde nicht bei ihm sein.«

Ihre Stimme brach. Verzweifelt schluchzte sie auf.

»Ich habe ihm versprochen, dass ich zurückkomme, und jetzt bin ich weit fort und werde ihn nie wiedersehen. Er hat doch nur noch mich.«

Albert stand auf und trat hinter Marianne. Ganz vorsichtig legte er seine Arme um sie. Sie zuckte nicht zurück, ließ es geschehen. Er wusste nicht, was er sagen sollte, war er doch der Auslöser für ihren Schmerz. Er hätte damals durchaus seinem Bruder die Stirn bieten können, doch er hatte es nicht getan, denn er liebte diese Frau. Vom ersten Augenblick an hatte er es gewusst. Er wollte und konnte nicht mehr ohne sie sein, koste es, was es wolle.

Sie entspannte sich ein wenig.

Leise begann er, ein altes schwedisches Volkslied zu singen. Marianne spürte seinen Atem an ihrem Hals, hörte die fremd klingenden Worte, die sie nicht verstand, und ließ ihre Arme sinken.

Der Fluss verschwand immer mehr in der Dunkelheit, und sie begann, seine Nähe zu genießen, schloss die Augen und hörte ihm zu. Zum ersten Mal in ihrem Leben war sie nicht die Geächtete. Er akzeptierte sie, wie sie war, und es war schön, beschützt zu werden.

Die Fahrt am nächsten Tag in der Kutsche war mehr als unbequem. Es ging über eine holprige Straße, die diese Bezeichnung nicht verdient hatte. Nichts war geblieben von dem wunderschönen Sommerabend des Vortages. Grau war der Morgen heraufgezogen, und es nieselte bereits seit Stunden. Als die Abbauarbeiten beendet waren, war Mariannes Kleid klamm. In eine Wolldecke gehüllt, blickte sie nach draußen und beobachtete, wie eine Schar Gänse auf einem nahen Weiher landete.

Helene und Eugenie, die sich ebenfalls in Wolldecken gewickelt hatten, waren – im Gegensatz zu ihr – bester Stimmung.

Die Französin lächelte Marianne aufmunternd an.

»Schau nicht so missmutig, Marianne. In die Normandie ist die halbe Sommer so eine Wetter.«

Der Begriff Normandie war inzwischen schon mehrfach gefallen. Es musste wunderbar dort sein, jedenfalls wenn man den Worten der Französin Glauben schenkte.

»Die feuchte Nebel zieht immer über die Meer.«

Marianne seufzte innerlich. Bereits mehrfach hatte Eugenie versucht, das Meer zu beschreiben: Unmengen von Wasser und viele große Schiffe, die weitaus größer waren als die auf dem Inn, fuhren darauf in ferne, fremde Länder.

Unter fernen, fremden Ländern konnte sich Marianne allerdings genauso wenig vorstellen wie unter dem Meer oder der Normandie. Und dass man mehrere Tage auf einem Boot zubringen konnte, ohne Land zu erblicken, konnte sie kaum glauben. Jeder See, jeder Fluss und Bachlauf hatte ein Ufer, das man sehen konnte.

Helene mischte sich in das Gespräch ein.

»Also bei uns zu Hause in Offenburg waren die Sommer bei weitem nicht so kalt und feucht, aber Nebel hatten wir auch oft.« Marianne blickte auf. Sie mochte es, wenn Helene, die sie inzwischen ins Herz geschlossen hatte, von ihrer Heimat, die im Badischen lag, erzählte.

»Der Nebel zog immer vom Fluss herauf. Es gab Tage, da schien draußen bei uns auf dem Hof die Sonne, und in den verwinkelten Gassen am Hafen war alles grau und düster.«

»Erzähl mir noch einmal, wie die Häuser aussehen«, bat Marianne, deren schlechte Stimmung verflogen war.

Helene lächelte.

»Die Städte sind anders als Rosenheim. Wir haben Fachwerkhäuser, die dicht an dicht stehen. Die Häuser sehen sehr hübsch aus mit ihren roten Balken und den schiefen Giebeln. Doch in der Dunkelheit kann es in den verwinkelten Gassen gefährlich werden. Huren, Diebe, Gauner und Halsabschneider treiben sich dann dort herum.«

Marianne hing an ihren Lippen, denn jedes Mal, wenn Helene von zu Hause erzählte, hörte sich die Geschichte anders an.

Am Abend saß Marianne bei Milli vor dem Wagen. Eigentlich sollte sie nicht hier sein, Helene würde sie bestimmt schon suchen und bald hier auftauchen.

Im Laufe des Tages hatte es sich aufgehellt, und jetzt schien die Sonne. Allerdings wurden die Schatten bereits länger, und das Licht auf den Wiesen und Feldern nahm die rotgoldene Färbung eines frühen Sommerabends an.

Milli lief geschäftig um Marianne herum, rückte Tische und Bänke zurecht, räumte Becher und Krüge aus ihrem Wagen und baute diese auf ihrer improvisierten Ausschanktheke auf, die aus zwei breiten Holzstämmen und einem stabilen Brett bestand. Irgendwann blieb sie, nach Luft ringend, vor Marianne stehen und wischte sich mit der Hand über die Stirn.

»Sitzt auch nur dumm herum, Mädchen. Eigentlich kannst du mir ein wenig zur Hand gehen. Ich brauche noch Reisig fürs Feuer. Willst du nicht schnell welches sammeln?«

Marianne erhob sich sofort. Sie hasste es sowieso, unnütz herumzusitzen, was einer der Gründe dafür war, dass sie immer wieder aus dem Feldherrenhof davonlief, um bei den einfachen Leuten, die stets etwas zu tun hatten, Zuflucht zu suchen. Die Frauen flickten ihre Kleider, wuschen die Wäsche und kümmerten sich um die Kinder, während die Männer die Waffen polierten, die Pferde versorgten oder Karten spielten. Milli und die anderen Marketender verkauften ihre Waren, und so mancher Handwerker streifte umher und bot seine Dienste an. Es gab keine dicken Sitzpolster und Teppiche, keine Gemälde an Zeltwänden und keine einheitlich gekleideten Mägde, die wie Schatten umherhuschten. Es gab das Leben, das Marianne kannte und das ihr vertraut war.

Summend machte sie sich auf die Suche nach Reisig, was durchaus keine einfache Aufgabe war, denn sie war nicht die Einzige, die danach Ausschau hielt. Sie streunte, die Augen auf den Boden gerichtet, durch das Lager und hob mal hier, mal dort einen Zweig auf.

»Was suchst du denn hier?« Marianne schaute hoch.

Eine Frau mittleren Alters stand vor ihr und funkelte sie wütend an.

»Reisig«, antwortete Marianne und trat einen Schritt zurück. Die Frau trug ein weit ausgeschnittenes blaues Leinenkleid, und ein Tuch hielt ihr langes dunkelbraunes Haar aus dem Gesicht.

»Bist du nicht die Kleine, die unserem Albert den Kopf verdreht hat?«

Eine weitere Frau trat neugierig näher. Sie war bedeutend jünger als die andere. Ihre Taille war schmal, ihre blasse Haut ebenmäßig, und ihr Haar zierte ein schmaler Reif, der aus bunten Bändern geflochten war.

»Ja, das ist sie. Würde ich überall wiedererkennen. Und sieh dir nur das Kleid an.« Sie deutete auf Mariannes grünen Rock, der im Sonnenlicht leicht schimmerte. »Hübsch zurechtgemacht wurde sie. Angekleidet, wahrscheinlich von einer Magd, derweil ist sie gewiss selbst nichts Besseres.«

Eine weitere Frau mischte sich in das Gespräch ein.

»Oder eine Hure wie wir.« Sie musterte Marianne. »Sie denkt, sie kommt groß raus.«

Die Frau trat näher. Sie roch nach Schweiß, und unter ihren Achseln zeichneten sich große dunkle Flecken ab. Marianne wandte angewidert den Kopf ab.

»Nicht wahr, mein Kind. Unserem Albert die Unschuldige vorspielen, und am Ende bist du nur eine gewöhnliche Dirne.« Marianne wich noch ein Stück zurück und stolperte über ein halb aufgebautes Zelt. Ihr Reisigbündel fiel zu Boden.

Die Frauen lachten sie aus.

»Seht sie euch an«, rief die Frau, die als letzte gekommen war.

»Sogar zum Reisigsammeln ist sie zu dumm. Albert wird seine liebe Not mit ihr haben.«

»Was ist hier los?«

Eine schneidend scharfe Stimme beendete das Gelächter der Frauen. Der Trosswaibl trat gemeinsam mit dem Hurenwaibl hinter einer Reihe von Büschen hervor und blickte von Marianne, die sich gerade wieder aufgerappelt hatte, zu den Frauen.

Marianne starrte zu Boden.

»Ist das nicht das Mädchen, das Albert heiraten möchte?«, fragte der Hurenwaibl und deutete auf sie. Der Trosswaibl ging auf Marianne zu und musterte sie genauer.

»Was tut Ihr hier, mein Kind?«

»Ich wollte nur etwas Reisig sammeln«, antwortete Marianne. Der Trosswaibl blickte auf den Boden.

»Aber das tun doch die Dienstmägde für Euch.« Marianne errötete. Sie fühlte sich ertappt.

»Ich bin nur …«

Eine der Huren unterbrach sie.

»Genau, was will sie überhaupt hier. Soll doch zu ihresgleichen gehen. Wir gehen ja auch nicht zu den feinen Damen.«

Sie hob ihre Hand und bemühte sich um einen überheblichen Gesichtsausdruck.

Die anderen Frauen begannen zu kichern.

»Macht, dass ihr wegkommt«, schimpfte der Hurenwaibl und wedelte mit den Armen. »Elendes Weibsvolk, wenn ihr euch nicht sofort fortmacht, dann wird die Sache ein böses Nachspiel haben.«

Die Frauen gehorchten und zogen sich zurück, denn mit dem Waibl wollte sich keine von ihnen anlegen.

»Soll ich Euch zum Feldherrenhof bringen?«, fragte der Trosswaibl Marianne. Sie schüttelte den Kopf.

»Nein, nein. Ich komme schon allein zurecht. Habt Dank für Eure Hilfe.«

Der Hurenwaibl trat näher.

»Haltet Euch lieber fern vom Hurenlager.« Er nickte Marianne aufmunternd zu. »Diese Frauen sind ein wenig wie Katzen, die sich gern gegenseitig die Augen auskratzen, wenn es um ihre Beute geht. Ihr habt ihnen einen dicken Fisch gestohlen, den jede von ihnen gern geangelt hätte. Gebt auf Euch acht.«

Die beiden Männer wandten sich ab, und die Huren waren wieder hinter ihren Karren und Zelten verschwunden. Hastig sammelte Marianne ihr Reisig zusammen und rannte zurück zu Millis Wagen.

Als sie ihn kurz darauf erreichte, atmete sie erleichtert auf. Doch dann drang Millis Stimme an ihr Ohr, die sich nicht so herzlich wie sonst anhörte.

»Ich habe es Euch doch gesagt, Friedrich. Ich besorge Euch kein Mädchen mehr. Josefine hat mir von dem roten Fleck an Eurem Gemächt erzählt. Ihr wisst, was das bedeutet. Ihr seid krank. Die Mädchen wissen, wie die Seuche aussieht, keine wird Euch mehr anfassen.«

Marianne duckte sich hinter den Wagen. Eigentlich war es eine Sünde zu lauschen, aber das hier interessierte sie doch. Friedrich war bei den feinen Damen beliebt, obwohl er angeblich ein grober Liebhaber war.

Er versuchte, Milli vom Gegenteil zu überzeugen.

»Unsinn erzählt das Mädchen, nichts ist dort unten. Mich hat ein Tier gestochen.«

Milli winkte ab.

»Dann zeigt mir die Stelle doch, oder seid Ihr dafür zu feige?«

Marianne musste bei der Vorstellung, dass Friedrich vor Milli die Hosen herunterließ, schmunzeln.

Friedrich sah Milli wütend an.

»Wenn Ihr mir nicht glaubt, dann werde ich mir eben woanders ein Mädchen suchen.«

Einige Männer, die bereits auf den Bänken vor der Theke

Platz genommen hatten, schauten auf. Er senkte seine Stimme.

»Das Lager ist voller Dirnen und Huren.«

Er stapfte davon.

»Leider ist es das«, murmelte Milli.

Mühldorf erinnerte Marianne an zu Hause. Es war etwas kleiner als Rosenheim, aber es gab die gleichen Laubengänge, und die Häuser auf dem Marktplatz standen ähnlich dicht an dicht. Hinter ihnen lag der Inn, der auch hier über die Ufer getreten war und wie ein reißender, gefährlicher Strom wirkte, der alles gnadenlos mit sich riss. Auf der anderen Seite des Flusses sah man in der Nacht die Lagerfeuer glimmen. Die Salzburger saßen dort in Stellung, um das Ufer zu sichern. Ein Ufer, das immer mehr im Wasser versank und zu einem schlammigen, unwegsamen Morast wurde. Auch hier in Mühldorf war die Brücke zerstört, und wie in Rosenheim zeugten schwere Steine am Ufer von ihrer ehemaligen Existenz.

Sie waren jetzt bereits seit über einer Woche hier. Gemeinsam mit Helene, Eugenie und zwei weiteren Mädchen namens Eleonore und Friederike, die aus Ostpreußen stammten und beide mit Offizieren verlobt waren, bewohnte Marianne ein Zimmer in einem herrschaftlich anmutenden Gebäude.

So ein Haus hatte Marianne bisher noch nie betreten. Das Treppenhaus war groß und weitläufig, roter Teppich lag auf den Stufen, und geschwungene Geländer mit hölzernen Schnitzereien geleiteten einen ins obere Stockwerk. Im Erdgeschoss lagen die Küche und mehrere große Räume, sogar ein Zimmer mit einem offenen Kamin mit einem richtigen Sims, auf dem Porzellanfiguren und winzige Gemälde standen, gab es.

Es war ein heißer Nachmittag, als Marianne durch die kühle Halle lief und sich in das Kaminzimmer schlich. Besonders der Kaminsims hatte es ihr angetan. Stundenlang hätte sie hier stehen können, um die einzigartigen Kunstwerke zu bewundern.

Die meisten Bilder waren mit schwarzem Kohlestift gezeichnet. Bilder von kleinen Kindern wechselten sich mit Frauengemälden ab. Auf einem der winzigen Kunstwerke saßen zwei kleine Mädchen vor einem hübschen Schaukelpferd, auf einem anderen Bild nuckelte ein Säugling im Schlaf am Daumen. Eine junge Frau, nicht älter als sie selbst, lächelte sanft, und ihre Locken umspielten ihr ebenmäßiges Gesicht. Auf einem weiteren Bild waren Vater und Sohn in Uniform zu sehen. Der Junge trug einen federgeschmückten Helm auf dem Kopf und hatte stolz das Kinn vorgereckt.

Die Bilder waren allesamt gerahmt. Einfache Holzrahmen wechselten sich mit kunstvollen Silberrahmen ab. Wer auch immer hier gelebt hatte, war ein großartiger Künstler gewesen, mit einem Auge fürs Wesentliche, dachte Marianne und fuhr mit den Fingern die Konturen eines Silberrahmens nach.

Pater Johannes hatte das immer gesagt, wenn er ihr die Gemälde in der winzigen Kapelle des Klosters erklärt hatte: wie sehr die Maler auf Kleinigkeiten achten würden, auf die Grübchen beim Lächeln oder die Farbe der Wangen. Genauso war es hier auch. Doch diese Bilder hatten noch etwas anderes an sich. Im Gegensatz zu den Gemälden in der Kirche, die bedeutend prunkvoller und aufwendiger gestaltet worden waren, lebten diese und hatten eine Seele. Was auch immer aus den Menschen, den Kindern geworden war, sie hatten gewiss hier in diesem Haus gelebt, bis die Schweden kamen und ihr Leben zerstörten. Was genau geschehen war, wollte sie lieber nicht wissen.

»Sie sind zauberhaft, nicht wahr?«

Erschrocken drehte sich Marianne um. Albert stand in der Tür und lächelte sie an.

Wie ertappt blickte sie zu Boden. Er trat näher und ließ seinen Blick über die Bilder schweifen.

»Eine der Mägde wollte sie fortschaffen, aber ich habe sie zurückgehalten. Die Bilder sind mehr als gut.«

Marianne nickte schweigend.

Albert neigte den Kopf zur Seite und musterte sie. Seine Zukünftige sah etwas mitgenommen aus. Ihr Haar wirkte zerzaust, und einige Strähnen, die sich aus ihrem Zopf gelöst hatten, fielen ihr ins Gesicht. Auf ihrer Stirn glänzten Schweißperlen, und ihre Wangen waren gerötet. Trotzdem war sie hübsch. Er fand sie jetzt sogar noch schöner, als wenn sie zurechtgemacht war. Er mochte es nicht, wenn sich die Mädchen Farbe ins Gesicht malten und zu viel Schmuck trugen.

Er trat neben sie und nahm eines der Bilder in die Hand. Wehmütig blickte er darauf.

»Jeden Tag frage ich mich, was aus ihnen geworden ist.« Verwundert sah sie ihn an.

»Du denkst, sie sind alle tot, oder?«, fragte er. Marianne deutete ein Nicken an.

Er sah ihr in die Augen und stand so dicht bei ihr, dass sie seinen Atem auf der Haut spüren konnte. Sie wich zurück.

»Glaube mir, wenn ich es entscheiden könnte, dann würde es diesen Krieg nicht geben. Zu viele sind gestorben, zu viel Leid ist geschehen – geschieht immer noch. Aber ich kann es genauso wenig ändern wie du. Wir sind nur ein Teil des Ganzen und schwimmen mit.«

Er strich sanft über ihren Handrücken, nur ganz kurz, aber es reichte aus, damit sich das Kribbeln in Mariannes Bauch verstärkte.

»Ich hoffe trotzdem, dass du ein Teil von mir werden möchtest.«

Marianne riss die Augen auf.

»Wieso möchte?« Wut stieg in ihr auf. Diese Frage klang für sie wie blanker Hohn. Als würde es hier irgendjemanden kümmern, was sie wollte. »Ich werde doch nicht gefragt. Geraubt habt Ihr mich und mir meine Heimat entrissen.«

Tränen stiegen in ihre Augen, und sie rannte aus dem Raum. Er folgte ihr nicht. Traurig blieb er am Kamin stehen und blickte auf das Bild in seinen Händen. Es zeigte ein Mädchen, kaum älter als acht Jahre. Die Kleine trug ein feines Kleid und zwei Zöpfe, eine Schleife im Haar. Sie sah ihn streng an. Seufzend stellte er das Bild auf den Kaminsims zurück.

»Und ich dachte, sie könnte mich irgendwann gernhaben. Ich habe mich wohl geirrt.«


Wenige Stunden später saß Marianne neben Helene in ihrer kleinen Dachkammer und steckte ihr Haar hoch, denn bald würde es Abendessen geben. Der kleine Raum besaß nur zwei winzige Fenster, und da er direkt unter dem Dach lag, war es heiß und stickig. Überall zwischen den einzelnen Strohmatratzen und Betten standen Kleidertruhen. Schranktüren waren geöffnet, doch selten räumte jemand etwas hinein. Kleider, Hemden, Strümpfe, Decken und Kissen bedeckten den Fußboden. Die Einzige, die hier ein wenig Sinn für Ordnung hatte, war Marianne selbst, die jeden Abend ihre Sachen ordentlich zusammengelegt am Ende ihres Lagers aufschichtete oder auf der Wäscheleine am Fenster zum Trocknen aufhängte. Der Juli begann genauso, wie der Juni geendet hatte. Feuchte und kühle Phasen wechselten sich mit schwülwarmem und gewittrigem Wetter ab. Im Haupttross, der vor der Stadt lagerte, waren

Durchfallerkrankungen bereits an der Tagesordnung. Marianne wünschte sich trotzdem in die weitläufige bunte Zeltstadt außerhalb der Stadtmauern zurück. Milli fehlte ihr. Sie mochte die praktisch veranlagte und herzliche Frau, die für jeden ein offenes Ohr hatte. Sie verstand nicht immer alles, was Milli sagte, besonders, wenn sie in ihren Dialekt verfiel, aber inzwischen hatte sich Marianne an die vielen unterschiedlichen Sprachen und Ausdrucksweisen der Menschen gewöhnt, wusste damit umzugehen und hatte ihre Schüchternheit abgelegt. Ob Hessisch, Böhmisch, Schwäbisch, Sächsisch, Französisch oder Schwedisch – jeder gab sich Mühe, dass sie ihn verstand. Oft unterhielten sich die Leute heftig gestikulierend, und beim Würfeln oder dem Kartenspiel brauchte es sowieso keine Worte. Diese Regeln kannten alle, woher sie auch immer kamen.

Helene stand vor dem winzigen Spiegel und bürstete ihr offenes Haar.

Auf ihrer Stirn funkelten Schweißperlen.

»Diese Hitze«, jammerte sie. »Es ist kaum auszuhalten. Wir werden heute Nacht wieder kein Auge zutun.«

Marianne antwortete nicht darauf. Sie war in Gedanken noch immer bei Albert im Kaminzimmer. Helene drehte sich zu ihr um.

»Stimmt etwas nicht, meine Liebe?« Sie musterte Marianne genauer.

»Du siehst so blass aus. Geht es dir gut?« Marianne wich Helenes Blick aus.

»Gewiss ist es das Wetter.«

Helene trat näher an sie heran und begutachtete ihr Gesicht genauer, legte sogar ihre Hand auf Mariannes Stirn.

»Nein, Fieber hast du nicht.« Marianne musste lachen.

»Mir geht es gut, wirklich.« Sie schob die Freundin zur Seite.

»Nur das Korsett stört mich mal wieder. Ich wünsche mir, ohne dieses Ding zu sein. Bei dieser Hitze ist es noch unerträglicher als sonst.«

Helene drehte ihre Haare am Hinterkopf auf, griff nach einer Haarnadel und steckte die Rolle fest.

Entrüstet zog sie die Augenbrauen hoch.

»Ohne Korsett gehen schickt sich nicht. Jede feine Dame trägt eines, ob es ihr gefällt oder nicht.«

Sie steckte sich eine weitere Haarnadel in ihre Frisur, begutachtete zufrieden ihr Werk und rundete es mit einer silbernen Spange, die die Form einer Blüte hatte, ab.

»Und wenn ich gar keine feine Dame sein möchte?«, fragte Marianne.

Helene drehte sich um.

»Du musst froh sein, wenn du eine wirst.«


Beim Abendessen war Marianne noch immer aufgewühlt und versuchte, nicht in Alberts Richtung zu blicken. Die stickige Luft setzte ihr mehr als sonst zu, und sie bekam keinen Bissen herunter.

Obwohl die Fenster geöffnet waren, kam kaum Luft in den Raum. Marianne trug ein dünnes hellblaues Leinenkleid, das an den Ärmeln mit Spitzenbordüren besetzt war. Der Stoff war luftig, und doch rann ihr der Schweiß die Beine hinunter, und das Korsett drückte ihr die Luft ab. Heute hatte es Helene besonders gut gemeint und die Schnüre so fest zugezogen, dass ihr sämtliche Rippen schmerzten.

Bernhard, ein dicker Mann, der bereits in die Jahre gekommen war, spielte die Laute und sang dazu ein trauriges Lied in sächsischem Dialekt. Marianne hörte ihm gern zu. Sie mochte den wundersamen Mann, der stets bunte Pluderhosen und Absatzschuhe trug. Jeden Abend erzählte er in dem großen Saal, in dem das Abendessen eingenommen wurde, mit seiner warmen Stimme lustige Geschichten aus seiner Heimat, Begebenheiten aus dem Krieg und sonstige Dinge, die ihm gerade so in den Sinn kamen. Er war ein wenig wie Otto, der Geschichtenerzähler, nur musikalischer.

Die meisten Anwesenden lauschten der Musik. Man unterhielt sich leise murmelnd.

Anna Margarethe Wrangel war blass und wedelte sich mit einem Fächer Luft zu. Sie hatte Marianne seit dem Tag ihrer Ankunft keines Blickes mehr gewürdigt, was Marianne nicht unrecht war. Die Generalsgattin war in ihren Augen eine überhebliche, selbstgefällige Frau, die in einer Scheinwelt aus Luxus lebte, die ihr Mann ihr durch Plünderungen, Raub und Brandschatzung geschaffen hatte. Albert saß direkt neben seinem Bruder und unterhielt sich mit Claude, den Marianne inzwischen näher kennengelernt hatte und als sehr angenehm und höflich empfand. Hin und wieder zwinkerte Albert ihr lächelnd zu. Marianne freute sich jedes Mal darüber, und auch wenn sie es sich selbst noch immer nicht eingestehen wollte, begann sie, ihren Zukünftigen mehr und mehr zu mögen.

Als die Mahlzeit kurze Zeit später beendet war, zogen sich die meisten Damen in ihre Zimmer zurück. Auch Marianne folgte Helene in ihre stickige Dachkammer, in der bereits Eugenie und die anderen beiden Mädchen für Chaos sorgten.

Helene setzte sich auf ihr Strohlager und nestelte an den Fäden ihres Kleides herum.

»Diese Schwüle. Ich halte es bald nicht mehr aus. Sogar das Öffnen der Fenster hilft nicht.«

Marianne zog ihr Kleid aus und machte sich sofort daran,

die Schnürung ihres Korsetts zu lösen. Erleichtert ließ sie das störrische Ding zu Boden gleiten und entledigte sich danach ihrer feuchten Strümpfe.

Eugenie bürstete am offenen Fenster ihr Haar.

»Und das Mücken sind überall.«

»Die Mücken«, verbesserte Helene. Eugenie zuckte mit den Schultern.

»Dann eben die Mücken. Seht nur. Ich bin« – sie stockte – »wie sagt man?«

»Ganz zerstochen«, sagte Marianne.

»Genau, zerstochen. Überall an die ganze Körper.«

Friederike hatte sich bereits in ihre Decke gewickelt. Sie war kaum älter als sechzehn Jahre. Ein farbloses Mädchen, mit glatten braunen Haaren und schmalen Lippen. Sie sprach nur wenig, und nachts hörte Marianne sie oft weinen. Friederike war von ihrem Vater an den Offizier Liebknecht regelrecht verkauft worden. Er war gut dreißig Jahre älter als sie und hatte den Ruf, ein grober Liebhaber und prügelnder Ehemann zu sein. Es ging sogar das Gerücht um, er habe seine letzte Gattin erschlagen.

»Das Wetter hat der Teufel heraufbeschworen«, sagte sie. »Beten sollten wir alle. Beten für ein Ende des Regens. In den Höllenschlund werden wir hinabfahren, ihr werdet schon sehen, Gott straft uns für unsere Sünden.«

Helene setzte sich auf ihr Strohlager.

»Was du nur wieder redest, Friederike. Es ist die Jahreszeit. Dort, wo ich herkomme, war es oft schwül. Ich kann mich an Sommer erinnern, da hatten wir jede Nacht Gewitter. Da tobte der Sturm ums Haus, und helle Blitze erleuchteten den Nachthimmel. In den Höllenschlund ist aber niemand gekommen.« Marianne blies die Kerze aus.

»Bei uns in die Normandie hat immer gerochen nach die Meer. Die Wind kam und trug die Salz mit«, sagte Eugenie sehnsuchtsvoll.

Marianne verstand nicht, wie der Wind das Salz tragen konnte. Salz kam doch aus dem Berg.

»Ich vermisse das Meer auch«, antwortete Friederike, und zum ersten Mal klang ihre Stimme nicht traurig. »Das Geschrei der Möwen und das Rauschen der Wellen. Nur sehr selten war es schwül oder stickig. Und ich weiß genau, was du meinst, Eugenie. Die Luft schmeckte anders.«

Leise wurde die Tür geöffnet, und Eleonore huschte in die Kammer. Sie kam wie so oft zu spät, was, wie alle bereits wussten, nur einen einzigen Grund hatte. Dafür, dass sie mit Wilhelm erst verlobt war, waren die beiden schon sehr umtriebig.

»Na, wie war er denn diesmal? Wenn das nur nicht der Pfarrer mitbekommt«, begrüßte Helene das Mädchen.

»Wird er schon nicht«, antwortete Eleonore schnippisch. Es war kein Geheimnis, dass Eleonore und Helene sich nicht sonderlich mochten.

»Da sei dir mal nicht so sicher«, erwiderte Helene. »Er taucht meistens dort auf, wo er nicht vermutet wird. Mit Schimpf und Schande wird er dich fortjagen, wenn er erfährt, was für eine Dirne du bist.«

Eleonore schnaubte abfällig.

»Von dir lasse ich mir nicht ins Gewissen reden, Helene. Du bist doch selbst voller Laster – aber im Gegensatz zu mir treibst du dich nicht mit deinem Verlobten herum.« Sie machte eine Pause und lachte. »Ach, ich vergaß. Du hast ja gar keinen.«

»Das nimmst du zurück.« Helene machte Anstalten aufzustehen. Doch Marianne hielt sie zurück.

»Lass es gut sein, Helene, und du auch, Eleonore. Hört doch

auf zu streiten. Es ist spät geworden. Die Schwüle macht uns alle noch verrückt. Nächste Woche wird Eleonore Wilhelm ja sowieso heiraten.«

Helene entspannte sich.

»Du hast recht, Marianne. Gott im Himmel sei Dank, sie dürfen es in ein paar Tagen ehelich tun.«

Auch Eleonore lenkte nun ein. Sie grinste.

»Ehrlich gesagt freue ich mich schon darauf. Es tut mir leid, Helene, ich wollte dich nicht kränken.« Sie setzte sich auf ihr Bett. »Ich weiß manchmal selbst nicht, was in mich gefahren ist. Ich versündige mich bereits, wenn ich ihn ansehe, und sobald er mich anfasst, setzt mein Verstand vollkommen aus.«

Eugenie lachte.

»Dann sei glücklich, denn du bekommst die Mann, die du lieben.«

Später am Abend wälzte sich Marianne schlaflos hin und her. Da Eugenie schnarchte, verflog ihre letzte Hoffnung, einschlafen zu können. Irgendwann stand sie auf, griff nach ihrem Kleid, zog sich an, schlüpfte barfuß in ihre Schuhe und verließ das Zimmer. Dämmriges Licht empfing sie im Flur. Leise schlich sie die Treppe nach unten und trat in die weitläufige Eingangshalle. Im Kaminzimmer brannte noch Licht, und laute Stimmen drangen nach draußen. Marianne schlich näher heran und lugte neugierig durch einen Türspalt in den Raum. Carl Gustav Wrangel saß mit einer Gruppe Männer um einen runden Tisch, auch Albert und Claude waren darunter. Soweit Marianne erkennen konnte, waren Pläne vor den Männern ausgebreitet.

»Die Salzburger sitzen dort drüben in ihren Löchern und warten nur auf uns«, sagte gerade jemand. Ihm wurde lautstark zugestimmt.

»Der Wasserstand des Flusses ist auch hier zu hoch, und am Ufer ist alles morastig. Wir können es nicht wagen, den Inn zu überqueren.«

Wrangel schlug mit der Faust auf den Tisch und erhob sich.

»Und der Kurfürst sitzt in Salzburg und lacht mich aus. Das kann ich nicht zulassen, nur weil der Fluss Hochwasser führt. Es kann doch nicht so schwierig sein, über den Inn zu kommen. Wir können uns nicht von ein bisschen Wasser aufhalten lassen.«

Ein kleiner, alter Mann mit weißem Haar, den Marianne noch nie gesehen hatte, ergriff das Wort.

»Die Salzburger lauern überall am anderen Ufer. Es sind nicht viele, meist nur versprengte Gruppen, aber wir dürfen sie nicht unterschätzen. Der Inn ist voller Tücken und Gefahren, und sie kennen ihn besser als wir.«

Ein leichtes Hüsteln hinter Marianne ließ sie zusammenzucken. Sie wandte sich um.

Jemand lief die Treppe herunter und huschte durch den Flur. Im Lichtkegel, der aus dem Kaminzimmer auf den roten Teppich fiel, erkannte sie Helene. Neugierig eilte sie ihr in den Hof nach und sah, wie sie nach draußen schlüpfte.

Was wollte Helene um diese Zeit allein in den dunklen Gassen der Stadt? Es war gefährlich hier draußen.

Sie folgte ihr. In einer Seitengasse verließ Helene durch ein winziges Eisentor die Stadt. Marianne hatte Mühe, mit ihr mitzuhalten. Außer Atem trat sie auf das Feld und erblickte Helene in den Armen eines Mannes. Sofort wich sie in den Schatten der Mauer zurück.

»Schön, dass du gekommen bist«, sagte der Mann. Die beiden küssten sich. Eng schlang er seine Arme um Helene und schob sie in den Schutz eines kleinen Wäldchens.

Marianne erstarrte. Friedrich! Helene traf sich mit dem

Mann, dem Milli keine Hure mehr geben wollte, weil er angeblich krank war. Was das genau für eine Krankheit war, wusste sie nicht, aber so, wie es sich angehört hatte, war es eine todbringende Seuche, die Friedrich befallen hatte.

Das durfte sie nicht zulassen. Helene war ihre Freundin, sie wollte sie nicht verlieren. Fieberhaft begann sie nachzudenken, was sie jetzt tun konnte. Milli fiel ihr ein. Sie musste sofort zu ihr, bestimmt würde die Marketenderin wissen, was zu tun war.

Langsam schlich Marianne an der Stadtmauer entlang und schlug den Weg zum Tross ein.

Die Nacht war finster, kein Mondlicht erhellte den Weg. Am Anfang war Marianne noch gerannt, doch nun ging sie langsamer und blickte sich unbehaglich um. Eben hatte sie sich Sorgen um Helene gemacht, doch jetzt stieg in ihr die Angst um sich selbst auf. Es knackte im Gebüsch, und irgendwo durchbrach der Ruf eines Käuzchens die Stille. Gleich würde sie das Haupttor erreichen, und kurz dahinter lag das Lager, dann hätte sie es geschafft. Ängstlich schaute sie sich immer wieder um und atmete erleichtert auf, als das Tor vor ihr auftauchte. Jetzt war es nicht mehr weit.

»Na, wen haben wir denn da Hübsches?«

Marianne zuckte zusammen. Zwei Landsknechte standen plötzlich wie aus dem Nichts vor ihr und grinsten sie hämisch an. Sie wich zurück und lief einem weiteren Mann in die Arme, der sie umklammerte. Voller Angst begann sie, um sich zu schlagen. Der Geruch von Bier und Schweiß stieg ihr in die Nase. Der Mann verstärkte seinen Griff und lachte laut.

»Sie wehrt sich wie eine Katze.«

»Ein hübsches Mädchen wie du sollte nachts nicht allein herumstreunen«, sagte einer der Männer und trat näher an sie heran, griff ihr ans Kinn und blickte ihr in die Augen.

»Hat dir das denn niemand beigebracht?«

Der erste Mann drückte sie zu Boden, während die anderen ihre Hosen öffneten. Marianne begann laut zu schreien.

»Hilfe! Hört mich denn niemand! Bitte, das könnt ihr doch nicht machen. Hilfe! Ich bin die Verlobte von Albert Wrangel.«

»Das kannst du deiner Großmutter erzählen, Kindchen«, erwiderte ein anderer. Mit aller Macht versuchte sie, ihre Hände freizubekommen. Aber der Mann umklammere ihre Handgelenke mit eisernem Griff. Langsam schwanden ihre Kräfte, während er ihre Beine auseinanderschob und sich auf sie legte.

Marianne spürte sein steifes Glied zwischen ihren Beinen und seinen nach Bier stinkenden Atem am Hals. Heiße Tränen rannen über ihre Wangen. Sie presste die Augen fest zusammen.

Doch als er gerade in sie eindringen wollte, ertönte eine laute Stimme.

»Lasst sie sofort los.«

Die drei Männer blickten auf. Marianne nutzte den Moment, riss sich los, kroch davon und zog rasch ihre Röcke nach unten.

»Was fällt euch ein, über die arme wehrlose Frau herzufallen?«, sagte der Mann. Jetzt erst erkannte sie ihn. Es war Albert.

Die drei Männer wollten ihre Beute nicht so schnell hergeben.

»Was geht Euch das an, Albert Wrangel? Mischt Euch nicht in die Angelegenheiten anderer Leute.«

»Wie redet Ihr denn mit dem Bruder Eures Kommandeurs?«, fragte Claude. »Seid Ihr nicht ganz bei Trost?« Er machte einige Schritte auf die Männer zu und zückte sein Schwert.

»Seht zu, dass Ihr fortkommt. Sonst vergesse ich mich.«

Die Männer sahen sich kurz an. Einer von ihnen griff ebenfalls an sein Schwert, doch der andere, der Marianne festgehalten hatte, legte ihm die Hand auf den Arm.

»Lass es gut sein, Paul, das ist die Dirne nicht wert.« Der Mann ließ seine Hand sinken und seufzte.

»Du hast recht«, erwiderte er und spuckte vor Marianne auf den Boden. »Huren finden wir woanders auch. Und die zieren sich nicht so.«

Mit diesen Worten trollten sie sich. Erleichtert sank Marianne in sich zusammen.

Albert nahm sie zärtlich in den Arm.

»Marianne! Geht es dir gut?«

Sie nickte und wischte sich die Tränen von den Wangen. Ihre Handgelenke schmerzten, aber mehr war zum Glück nicht geschehen.

Claude kam ebenfalls näher.

»Was tust du denn hier draußen so allein?«

Albert half Marianne auf. Beschämt blickte sie ihn an.

»Ich konnte nicht schlafen, da wollte ich zu Milli.«

»Um diese Zeit? Allein! Was wolltest du denn von ihr?« Marianne seufzte. Das konnte sie Albert auf keinen Fall erzählen. Sie wusste ja selbst nicht so genau, wie gefährlich die Krankheit war, und Helene in Verruf bringen wollte sie nicht.

»Es ist so eine Frauensache«, wich sie aus. Ungläubig sahen die beiden Männer sie an.

»Und das hatte nicht bis morgen Zeit?«

Marianne wurde ungeduldig und blickte sich besorgt um.

»Nein, hat es nicht. Gehen wir jetzt zu Milli? Am Ende kommen hier noch mehr finstere Gestalten.«

Albert nickte.

»Gut, dann komm.« Er legte den Arm um sie, und die kleine Gruppe tauchte kurz darauf in das bunte Leben des Trosses ein.

Vor Millis Wagen war bereits Ruhe eingekehrt, als sie dort ankamen. Erst jetzt fiel die Anspannung von Marianne ab, und sie sank auf eine der Bänke, schlug die Hände vors Gesicht und begann zu schluchzen. Verwundert schaute Milli von ihr zu den beiden Männern, die hilflos danebenstanden und mit dem plötzlichen Gefühlsausbruch nicht umgehen konnten.

»Was ist geschehen?«, fragte sie.

»Sie ist überfallen worden, kurz vor dem Lager sind Landsknechte über sie hergefallen.«

Milli riss die Augen auf.

»Haben sie …«

Albert schüttelte den Kopf.

»Wir sind rechtzeitig gekommen.« Sie atmete erleichtert auf.

»Gott im Himmel sei Dank. Das arme Ding, so etwas braucht keine Frau.«

Albert und Claude antworteten nicht darauf. Peinlich berührt blickten sie zu Boden, während Marianne immer noch schluchzte. Selbst Albert brachte es jetzt nicht über sich, sie zu trösten. Milli scheuchte die beiden weg.

»Es ist besser, ihr kommt später wieder, wenn sie sich beruhigt hat. Für Männer ist das nichts.«

Albert und Claude gehorchten wie zwei kleine Jungen und gingen über die Wiese davon.

Milli legte Marianne eine Decke über die Schultern und setzte sich neben sie.

»War schlimm, oder?« Sie sah das Mädchen mitleidig an. Marianne nickte.

Die Marketenderin rückte näher an sie heran und legte die Arme um sie. Jetzt verlor Marianne endgültig die Fassung und sank laut schluchzend in Millis Arme. Ganz fest zog Milli das Mädchen an sich und strich ihr beruhigend über den Rücken, sagte aber nichts. Keine geschändete Frau brauchte Worte. Das Grauen ließ sich nicht mit Sätzen vertreiben. Nur Wärme und Nähe, Geborgenheit und Schutz halfen irgendwann über diese Demütigung hinweg.

Einige Zeit später hatte sich Marianne wieder beruhigt, hielt einen Becher heißen Würzwein in den Händen und genoss den Geschmack der Gewürze auf der Zunge. Um sie herum war es ruhig geworden, denn die meisten hatten sich in ihre Zelte, Holzverschläge oder Karren zurückgezogen, und nur hin und wieder sprach jemand, oder ein Kind weinte irgendwo.

Das Feuer war bereits weit heruntergebrannt, verbreitete aber noch immer wohlige Wärme.

Albert saß schweigend an ihrer Seite. Schon vor einer Weile hatte er sich neben sie gesetzt und starrte ins Feuer.

»Sind wir jetzt eigentlich Freunde«, fragte er vorsichtig. Marianne sah ihn überrascht an.

»Sind wir das?«

Er neigte den Kopf.

»Es war schön, neulich am Fluss.« Marianne lächelte.

Er griff vorsichtig nach ihrer Hand.

»Danke«, flüsterte sie.

»Für was bedankst du dich?«

»Dafür, dass du mich gerettet hast. Wärst du nicht gewesen …« Er unterbrach sie und legte ihr seinen Finger auf die Lippen.

»Ist schon gut. Es ist ja nichts passiert. Wir sind rechtzeitig gekommen. Claude hat mir versprochen, dass keiner davon erfahren wird.«

Marianne nickte und trank von ihrem Wein.

»Erzählst du mir von deinem Freund aus der Kirche?«, fragte Albert irgendwann.

»Warum?«, fragte Marianne erstaunt.

»Weil er dir wichtig ist, und was dir am Herzen liegt, soll es mir doch auch. Ich will dich verstehen lernen, immerhin will ich dich heiraten.«

Marianne sah ihn nachdenklich an. Er machte es einem wirklich schwer, ihn zu hassen. Von Anfang an hatte er sie beeindruckt, und sogar damals in der Kirche hatte sie gespürt, dass von ihm keine Gefahr ausgehen würde, obwohl er ein Schwede war.

Liebevoll begann er, mit seinen Fingern über ihr Handgelenk zu streicheln, während Marianne von Rosenheim, von ihrem Bruder und den Mönchen erzählte. Sie ließ nichts aus, auch nicht, dass sie das Pestkind war.

Als sie geendet hatte, blickte sie wehmütig ins Feuer.

»Anderl wird es nicht verstehen.«

»Was wird er nicht verstehen?«

»Dass ich nicht mehr komme, am Ende bringt ihn der Büttel um, und ich bin nicht für ihn da gewesen.«

»Warum sollte er ihn denn umbringen?«

Sie berichtete von dem Abend im Hof, von dem Streit und dem Fund der Leiche und davon, dass Anderl unschuldig im Gefängnis saß. Sie erzählte ihm auch, dass Pater Franz ihr beim Abschied versprochen hatte, Anderl zu helfen.

Albert hörte die ganze Zeit interessiert zu, und mit jedem Wort, das sie sagte, begann er, sich mehr in sie zu verlieben. Wie sie ihre Hände bewegte und ihre Augen sehnsuchtsvoll ins Feuer blickten, faszinierte ihn.

»Ich hätte ihn nicht alleinlassen dürfen.« Marianne schlug die Hände vor das Gesicht und schluchzte.

»Er wird es nicht verstehen – wird glauben, ich komme zurück. Wir hatten doch nur noch uns.«

Zärtlich zog Albert sie an sich. Diesen Schmerz konnte er ihr nicht nehmen, denn er konnte ihrem Stiefbruder nicht helfen, aber für sie da sein, das konnte er.

Marianne ließ sich in seine Arme sinken. Irgendwann hob er vorsichtig ihr Kinn an und wischte ihr die Tränen von den Wangen. Ganz leicht berührten seine Lippen die ihren. Zuerst zuckte sie zurück, doch er folgte ihr und schob langsam seine Zunge in ihren Mund. Sie fühlte sich warm und weich an und schmeckte nach Wein und Zigarrenrauch. Marianne schloss die Augen, ließ es zu und vergaß für diesen Moment alles um sich herum.

Am nächsten Morgen stand Milli, die Hände in die Hüften gestemmt, vor ihrem Karren und schüttelte den Kopf.

»Ich hätte wetten können, dass ich gestern noch drei Fässer Wein hatte, als ich zu Bett gegangen bin«, zeterte sie. »Strauchdiebe und Nichtsnutze sind sie alle! Wehe, wenn ich die erwische. Das ganze Geschäft machen sie mir kaputt.«

Marianne öffnete die Augen und blickte in den blauen Himmel. Einige Mücken tanzten über ihr, und die Sonne schien ihr ins Gesicht. Sie drehte sich grummelnd auf die Seite. Ihr Kopf dröhnte vom Wein, und ihre Lider waren schwer. Eine herumstreunende Katze kam näher. Sie schnurrte lautstark, tapste über Mariannes Körper und kitzelte sie mit ihren langen Barthaaren im Gesicht. Marianne sah in das pelzige Gesicht des Streuners. Erschrocken setzte sie sich auf, und die Katze suchte fluchtartig das Weite. Marianne erinnerte sich an den Vorabend. Albert hatte sich irgendwann von ihr verabschiedet, Milli eine Decke um sie gelegt. Mehr wusste sie nicht mehr. Der Wein war ihr in den Kopf gestiegen.

Milli schimpfte noch immer. Nur ihr Tonfall war etwas leiser geworden, während sie aus ihrem unglaublichen Fundus an Krimskrams eine große Eisenpfanne zog und zur Feuerstelle ging.

»Das ganze Geschäft ist ruiniert, denn wer wird heute Abend zu mir kommen, wenn ich keinen Wein habe.« Sie schien Marianne nicht zu bemerken. Verwundert sah diese der Marketenderin dabei zu, wie sie das Feuer wieder entfachte.

»Was ist denn passiert?«, fragte sie.

Milli hob erstaunt den Kopf und schaute Marianne ungläubig an.

»Ach, du bist ja auch noch da. Was soll schon passiert sein?« Sie deutete zum Wagen. »Drei Fässer Wein sind mir gestohlen worden. Ich habe praktisch darauf geschlafen, und trotzdem sind sie weg. Ohne Wein keine Kundschaft, ohne Kundschaft kein Geld, so einfach ist das.«

Marianne versuchte, eine betretene Miene aufzusetzen. Sie wusste nicht, was sie antworten sollte, denn sie hatte keine Ahnung vom Leben einer Marketenderin und deren Sorgen.

Milli musterte ihren Gast und kicherte.

»Jetzt guck mal nicht so traurig, Mädchen. Irgendwie bekomme ich das schon wieder hin. Ist ja nicht das erste Mal, dass mir so etwas passiert. Ich muss eben zum alten Peter hinübergehen und mir was leihen. Ich habe noch was gut bei ihm, denn vor ein paar Wochen haben ihm die Diebe sogar fünf Fässer gestohlen.« Marianne atmete auf.

Milli fächelte dem Feuer Luft zu und sah Marianne aufmunternd an.

»Siehst noch müde aus, Kleines. War eine ereignisreiche Nacht gestern. Ich hole uns ein bisschen Trockenfleisch und

Brot. Und gewiss lassen sich noch einige Kräuter für einen starken Tee auftreiben.«

Sie wandte sich ihrem Karren zu.

Marianne blieb am Feuer sitzen und kuschelte sich in die Decke. Um sie herum erwachte das Lager zum Leben. Kinder rannten kreischend an ihr vorbei, und Gruppen von Frauen liefen mit Körben voller Wäsche zum Bach hinunter, irgendwo bellten Hunde. Hinter den Feldern waren weit entfernt die Berge zu erkennen.

Marianne kniff die Augen zusammen, um sie besser sehen zu können. Bei ihrem Anblick musste sie sofort wieder an Anderl denken. Er würde sie gut erkennen können, ganz nah und nicht winzig klein, wenn er sie überhaupt von seiner Gefängniszelle aus sehen konnte, aber vielleicht hatte Pater Franz es ja inzwischen geschafft, und Anderl hatte seine Freiheit wieder. Wenigstens frei sollte er sein, wenn sie schon nicht mehr bei ihm sein konnte.

»Jetzt guckst du schon wieder so traurig, Kindchen.« Milli, die sich neben sie kniete und eine Blechkanne in die Flammen stellte, riss sie aus ihren Gedanken.

»Dabei hast du gar keinen Grund, so trübsinnig dreinzublicken, wenn ich da an gestern Abend denke.«

Marianne errötete.

Millis Gesichtsausdruck veränderte sich. Ihr Blick wurde ernst.

»Albert liebt und vergöttert dich regelrecht. Ich habe ihn beobachtet. So hat er noch nie ein Mädchen angesehen. Ihr seid ein hübsches Paar.« Sie reichte ihr ein Stück Trockenfleisch.

»Wenn er dich nicht heiraten würde, dann könntest du auch bei mir bleiben.« Sie nickte Marianne zu, setzte sich auf einen Baumstumpf neben sie und streckte seufzend ihre Beine aus.

»Eine Hilfe könnte ich gut gebrauchen, und ich mag dich, denn du bist anders als die anderen.« Sie deutete auf Mariannes Hände. »Und wie man anpacken kann, weißt du auch.«

Marianne sah Milli erstaunt an. Die Marketenderin lächelte.

»Deine Hände sind nicht die einer feinen Dame, Kindchen, die haben schon mehr gesehen als feine Handschuhe und Stickarbeit.«

Sie schob sich ein Stückchen Brot in den Mund.

»Sicher sucht Helene schon nach dir und wird gleich hier sein.« Marianne richtete sich auf. Helene! Davon hatte sie Milli gestern ja gar nichts mehr erzählt.

Milli erhob sich, zog die Blechkanne aus dem Feuer und füllte zwei Holzbecher mit der dampfenden, nach Pfefferminz duftenden Flüssigkeit. Marianne wusste nicht, wie sie anfangen sollte, immerhin hatte sie Milli neulich belauscht, und das machte man nicht.

»Sag mal, Milli«, begann sie, »warum wolltest du neulich Friedrich eigentlich keine Hure mehr besorgen?«

Milli fiel vor Schreck fast die Kanne aus der Hand.

»Woher weißt du davon?«, fragte sie erstaunt.

»Ich habe doch Reisig gesammelt und kam gerade zurück, als du ihn fortgejagt hast. Bitte, ich muss es wissen, es ist wichtig.«

Milli sah Marianne forschend ins Gesicht.

»Du heckst doch irgendwas aus, Mädchen. Was ist es?« Marianne stellte ihren Becher zu Boden.

»Es geht um Helene. Sie war der Grund dafür, warum ich gestern Abend noch unterwegs war. Ich bin ihr gefolgt, denn sie hatte sich aus dem Haus geschlichen und ist unweit der Stadtmauer mit Friedrich in einer Scheune verschwunden.« Milli riss die Augen auf.

»Und da du ihn weggejagt hast, mache ich mir jetzt Sorgen um sie.«

Milli reichte Marianne ihren Teebecher und setzte sich wieder auf den Baumstumpf.

»Die kannst du dir auch machen. Ich hege den Verdacht, dass Friedrich sich mit der Franzosenkrankheit angesteckt hat. Eines meiner Mädchen hat sich ihm verweigert und ist davongelaufen, weil sie einen großen roten Fleck auf seiner Männlichkeit gesehen hat. Damit fängt es immer an, kurze Zeit später bekommen die Kranken Fieber und Ausschlag.«

Marianne atmete tief ein und fragte:

»Stirbt man daran?«

Milli nickte.

»Nicht sofort, es dauert lange und ist kein schöner Tod, das kann ich dir sagen. Es zieht sich, und man hat höllische Schmerzen. Die Opfer dieser Seuche werden irgendwann wirr im Kopf, es raubt ihnen den Verstand.«

Marianne schauderte.

»Wenn Helene …« Milli nickte.

»Wenn ich was?«

Erschrocken drehten sich die beiden um. Helene stand hinter ihnen und sah sie neugierig an.

Marianne fing sich als Erste wieder und antwortete:

»Wenn du mit Friedrich geschlafen hast, dann bist du jetzt wahrscheinlich todkrank.«

Helene erstarrte.

Milli warf Marianne einen bösen Blick zu, sprang auf, führte Helene ans Feuer und setzte sie auf den Baumstumpf.

»Das muss nicht sein. Es kann sein, dass er sie nicht ange-steckt hat. Manchmal passiert auch nichts.«

»Mit was angesteckt?«, fragte Helene, der alle Farbe aus dem Gesicht gewichen war.

»Mit der Franzosenkrankheit«, antwortete Milli leise.

Auf dem Rückweg in die Stadt herrschte betretenes Schwei-gen. Marianne schämte sich, dass sie so freiheraus gewesen war. Sie hatte Helene keine Angst machen wollen. Aber an-dererseits musste diese doch wissen, dass sie krank sein könnte. Milli hatte ihr genau erklärt, worauf sie achten sollte. Das Lager wirkte heute wie ausgestorben, vereinzelt liefen Kinder an ihnen vorüber, und vor dem einen oder anderen Zelt saßen ein paar Frauen bei einem Plausch beieinander, aber Männer waren kaum zu sehen. Verwundert blickte sich Mari-anne um.

»Das ist aber heute still hier. Wo sind sie denn alle?«

Helene, die über den Themenwechsel sehr froh zu sein schien, deutete Richtung Fluss.

»In den frühen Morgenstunden wurde damit begonnen, den Inn zu überqueren. Ich habe auch erst heute Morgen davon erfahren. Seit Stunden werden Brückenboote aneinanderge-reiht. Bisher scheint auf dem anderen Ufer noch alles ruhig zu sein.« Marianne wurde neugierig.

»Wollen wir zusehen?« Sie deutete auf einen schmalen Weg, der seitlich an der Stadt vorbei auf eine kleine Anhöhe führte, von der aus man einen wunderbaren Blick auf den Inn hatte. Sie hatte den winzigen Pfad erst vor einigen Tagen entdeckt und war inzwischen schon öfter dorthin gelaufen, um die Stille zu genießen, die sie an dem zauberhaften Platz oberhalb des Flusses umgab.

»Dort oben gibt es eine kleine Lichtung, von der man einen guten Blick hat.«

Helene zog die Brauen hoch.

»Ich weiß nicht. Was ist, wenn uns jemand entdeckt? Anna Margarethe wird uns bestimmt schon vermissen.«

Marianne sah ihre Freundin bittend an. Sie konnte sich nicht erklären, weshalb sie plötzlich so neugierig war, aber sie wollte unbedingt sehen, was die Männer dort taten und ob alles gutging. Es war verrückt, schoss es ihr durch den Kopf. Vor wenigen Wochen hatte sie alles, was mit den Schweden zu tun hatte, verteufelt, und jetzt wünschte sie sich, dass genau dieselben Männer mit heiler Haut über den Fluss kamen.

»Es muss ja nicht für lang sein. Nur eine kleine Weile. Ich würde so gern sehen, wie das vonstattengeht.«

Helene gab nach. Der Reiz des Verbotenen lockte auch sie.

Sie verließen die Hauptstraße und folgten dem Pfad den Hügel hinauf. Die milde Morgensonne fiel sanft auf die satten Wiesen und ließ die Tautropfen der Nacht funkeln. Hinter der Wiese erhob sich ein kleines Wäldchen aus Birken und Weiden. Ein Eichhörnchen sprang aufgeregt über den Weg und floh in das Geäst der Bäume. Lächelnd sah Marianne dem Tier hinterher.

»Hast du das Eichhörnchen gesehen?«, fragte sie Helene, die freudig nickte. Die Anspannung schien aus ihrem Gesicht gewichen zu sein, und ihre Wangen hatten wieder ein wenig Farbe bekommen. Plötzlich blieb sie stehen und hielt Marianne an der Schulter zurück.

»Marianne, ich wollte dir noch etwas sagen.« Marianne drehte sich um.

»Es ist wunderbar, dich hier zu haben, denn du tust mir gut. So ehrlich und liebevoll war noch nie jemand zu mir.«

Marianne sah Helene gerührt an und griff nach ihrer Hand. Helene sprach weiter: »Am Anfang empfand ich dich als Last, denn Anna Margarethe hatte einfach bestimmt, dass ich mich um dich kümmern sollte. Aber inzwischen freue ich mich richtig, dass du bei mir bist. Mit dir ist in den Feldherrenhof endlich ein Mensch eingezogen, der zuhören kann und nicht nur auf seinen eigenen Vorteil aus ist. Die meisten Frauen hier wollen nur möglichst gut heiraten, sind rücksichtslos und hochnäsig. Du bist ganz anders.«

Marianne musste schmunzeln.

»Stimmt, ich wollte niemanden heiraten und bin entführt worden.«

Helene lachte auf.

»Siehst du, das meine ich. So würden die anderen niemals reden. Ich glaube, das ist auch einer der Gründe dafür, warum sie dich nicht mögen, wenn man mal außer Acht lässt, dass du ihnen die beste Partie des Lagers vor der Nase weggeschnappt hast. Du strengst dich gar nicht an, um irgendwen zu beeindrucken, du bist einfach so, wie du bist.«

»Wolltest du denn jemanden beeindrucken«, fragte Marianne. Helenes Züge wurden schlagartig wieder ernst.

»Ja, am Anfang schon. Aber es hat nicht funktioniert.« Marianne merkte, dass sie einen wunden Punkt getroffen hatte, und wechselte das Thema.

»Wir sollten weitergehen, sonst gibt es am Ende nichts mehr zu sehen.« Sie deutete nach vorn.

Helene wischte sich verstohlen die Tränen aus den Augen, während sie Marianne in das kleine Wäldchen folgte.

Ja, sie hatte jemanden beeindrucken wollen, denjenigen, dem

sie gefolgt war, damals, vor einer halben Ewigkeit, in einem anderen Leben, aber es hatte nicht sein sollen, und heute war er tot und nur noch eine schmerzliche Erinnerung, die mehr und mehr verblasste. Der Tag, an dem er starb, war so ähnlich wie der heutige gewesen, warm und sonnig, doch er endete mit einem Gewitter und der Erkenntnis, wie vergänglich das Leben und die Liebe waren.

Der Blick über den Fluss war atemberaubend. Marianne hatte nicht übertrieben damit, dass dieser Platz wunderschön war. Sie konnten über die ganze Stadt blicken und über die sanften Hügel und Wälder, durch die sich das grüne Wasser schlängelte. Sie standen auf einer winzigen, kaum einsehbaren Lichtung unter halbhohen Birken, die umgeben waren von vielen Glockenblumen. Der Ort hatte etwas Magisches an sich, sofort wurde man ruhig und seltsam schwermütig. Kein Wunder, dass Marianne gern hierherkam, dachte Helene und ließ ihren Blick über die Landschaft schweifen.

Marianne deutete zum Flussufer hinunter, das direkt an die Stadt grenzte. Oberhalb der ehemaligen Brücke hatten die Männer bereits einen fast fertigen Übergang mit den flachen Holzflößen geschaffen, die mit Brettern verbunden waren, auf die nun langsam Karren und Pferde gebracht wurden. Es gab drei unterschiedliche Brückenstränge, die parallel zueinander verliefen.

»Die Ersten haben es gleich geschafft.« Helene deutete auf den vordersten Strang, wo die Männer die nächsten Planken zu einem weiteren Floß legten.

Marianne nickte. Es war spannend, die Arbeiten zu verfolgen. Überall auf den Flößen wimmelte es von Männern, es mussten Hunderte sein. Waffen und Karren standen auf dem einen oder anderen Floß, und sogar schwere Kanonen wurden auf diese Weise transportiert. Es war unglaublich und sah so einfach aus, was es in Wirklichkeit gewiss nicht war.

»Was wollen die Truppen eigentlich auf der anderen Seite machen«, fragte Marianne, der im selben Moment die Antwort einfiel.

»Sie werden die Kaiserlichen weiterverfolgen, so ist jedenfalls der Plan. Allerdings weiß ich nicht, wie Wrangel und Turenne das machen wollen, denn mit dem ganzen Tross können wir niemals den Fluss überqueren. Vielleicht schickt er nur einige Regimenter und lässt uns hier, das wäre am sinnvollsten.« Staunend sah Marianne Helene an. Ihre Freundin schien sich mit Kriegsführung auszukennen, was gewiss nicht jede der Damen im Feldherrenhof von sich behaupten konnte.

»Du weißt aber eine ganze Menge darüber.« Gespannt beobachtete Marianne, wie ein Planwagen behutsam auf eines der Flöße geschoben wurde. Vor ihn waren zwei große Pferde gespannt, die unruhig tänzelten. Die Männer schienen größte Mühe damit zu haben, die Tiere zu beruhigen.

Helene zuckte mit den Schultern.

»Man kriegt eben so manches mit, wenn man eine Weile hier ist, und ich interessiere mich nicht immer für die Gespräche der Damen.«

Marianne grinste.

»Also belauschst du die Männer.«

Ein lauter Donnerschlag unterbrach ihr Gespräch. Erschrocken blickten die beiden auf den Fluss. Ein weiterer Schlag ertönte und noch einer. Zwei Flöße zerbarsten, von schweren Kanonenkugeln getroffen. Eine Gruppe Männer stürzte ins Wasser. Erschrocken schauten die beiden Frauen zum anderen Ufer, an dem zahlreiche uniformierte Männer mit Musketen auftauchten und das Feuer eröffneten. Sofort gingen die Männer auf den verbliebenen Flößen, soweit es ihnen möglich war, in Deckung. Viele Männer, die meistens zur einfachen Infanterie gehörten, waren aber schutzlos auf den Flößen dem Feind ausgeliefert. Sie duckten sich, legten sich auf den Bauch oder versuchten, im Kugelhagel zu fliehen, was die meisten von ihnen mit dem Leben bezahlten. Reihenweise stürzten sie in den Fluss. Erneut ertönten laute Donnerschläge. Ein Floß zerbarst. Ein Tier war direkt getroffen worden, und seine Körperteile flogen durch die Luft. Marianne und Helene starrten fassungslos auf das Chaos. Wieder und wieder hallten laute Donnerschläge wider, und die Schüsse der Musketen knallten bis zu ihnen nach oben. Sämtliche Brücken waren inzwischen zerstört. Teile von Wagen, Menschen und Tiere trieben im Wasser und wurden von der Strömung mitgerissen.

Marianne fiel das von ihr belauschte Gespräch wieder ein. Sie hätten es niemals wagen sollen, den Fluss hier zu überqueren. Die Salzburgischen kannten den Inn besser und hatten gewiss seit Tagen ausgeharrt, um im richtigen Augenblick zuzuschlagen. Einige Pferde hatten es wie durch ein Wunder ans Ufer geschafft. Noch immer ertönten vereinzelt Schüsse, aber das Schlimmste schien vorbei zu sein. Die provisorischen Brücken waren zerstört, und Wrangel war aufgehalten worden, mehr schienen die Truppen auf der anderen Seite nicht erreichen zu wollen. Der Angriff war kurz, aber heftig gewesen.

Helene starrte fassungslos auf die davontreibenden Holzreste und zerstörten Flöße. »Es waren so viele, bestimmt Hunderte. So ein Ende haben sie nicht verdient.«

Mariannes Blick wanderte zum Ufer der Schweden, an das bereits die ersten Leichen gespült wurden.

Mitleidig beobachtete sie die Männer dabei, wie sie ihre Kameraden aus dem Wasser zogen und nebeneinanderlegten. Sie wusste nicht, wie sie reagieren sollte. Der Schock über das eben Gesehene saß tief.

Am anderen Ufer war es wieder still geworden, die uniformierten Männer waren verschwunden, als hätte es sie nie gegeben. Eine ganze Weile blieben die zwei Frauen schweigend nebeneinanderstehen und hingen ihren Gedanken nach, dann deutete Helene plötzlich aufgeregt nach unten.

»Sieh nur, da sind Wrangel und Turenne, Albert ist auch dabei.« Marianne folgte ihrem Blick, und erst jetzt wurde sie sich der Tatsache bewusst, dass auch Albert hätte sterben können. Helene erriet ihre Gedanken und strich ihr beruhigend über den Arm.

»Das hätte ich dir gleich sagen können. Die Offiziere und wichtigen Männer kommen erst am Schluss, denn die Drecksarbeit erledigt auch hier immer der kleine Mann.«

Marianne und Helene hatten sich aus dem Feldherrenhof fortgestohlen und saßen bei Milli am Lagerfeuer. Nur wenige Männer hatten sich an diesem Abend zum Kartenspielen bei Milli eingefunden, denn viele waren noch in irgendwelchen Dörfern unterwegs oder kamen erst nach und nach zurück. Nach Fröhlichkeit war den wenigsten zumute, nachdem so viele von ihnen den Tod in den Fluten des Inns gefunden hatten. Selbst Milli war ruhiger als sonst. Der alte Otto saß den Mädchen gegenüber und erzählte wie immer eine Geschichte, obwohl ihm niemand zuhörte. Nicht einmal Marianne folgte seinem Bericht. Der Tross war nach dem schrecklichen Unglück am Fluss weitergezogen und bewegte sich jetzt Richtung Landshut. Helene saß stumm neben Marianne und starrte ins Feuer. Sie trug ihr Haar mit vielen kleinen Spangen hochgesteckt, und sanfte Locken umrahmten ihr Gesicht, doch ihr eher schlichtes braunes Kleid ließ sie blass erscheinen, und ihre Wangen wirkten im Schein der Flammen eingefallen. Seitdem sie wusste, was für eine Krankheit Friedrich in sich trug, war sie stiller geworden, in sich gekehrt, fast wie ein anderer Mensch. Marianne hatte immer wieder versucht, ihr klarzumachen, dass sie sich nicht angesteckt haben musste, aber sie schien nicht zu Helene durchzudringen.

Auch heute verunsicherte das Schweigen der Freundin sie, doch irgendwann hielt sie es nicht mehr aus und begann ein Gespräch.

»Weißt du, wohin Albert und die anderen heute Morgen geritten sind?«

»Zu irgendeinem Dorf hier in der Nähe. Von dort aus wollten sie mit einigen Leuten das Hinterland erkunden«, antwortete Helene.

Marianne wollte es sich nicht eingestehen, aber sie vermisste Albert. Seit dem Unfall am Fluss war sie ihm nur noch ein Mal kurz begegnet, und es war keine Zeit geblieben, vertrauliche Worte zu wechseln.

Helene deutete Mariannes sehnsuchtsvollen Blick richtig.

»Du vermisst Albert sehr, nicht wahr?«

Marianne zuckte zusammen.

»Ist es so offensichtlich?«

»Mehr als das«, mischte sich jetzt auch Milli in das Gespräch ein und trat hinter die beiden.

»Uns kannst du nichts vormachen, Mädchen. Du hast ihn gern, das sieht man dir an der Nasenspitze an.«

Marianne wusste nicht, was sie darauf erwidern sollte. Immer noch war sie hin- und hergerissen. Sie mochte das kribbelnde Gefühl im Bauch, wenn sie an ihn dachte, und wenn er sie in den Arm nahm, schienen über ihre Haut tausend Ameisen zu laufen. Langsam musste sie sich eingestehen, dass Milli und auch Helene recht hatten. Sie hatte ihn tatsächlich gern und genoss es, wenn er in ihrer Nähe war.

Marianne errötete.

Helene legte den Arm um ihre Freundin.

»Genieße es. Wer weiß, wie lange das Glück anhält, man muss die guten Zeiten festhalten.« Ihre Miene wurde wieder ernst.

»Das Leben kann oft grausamer sein, als man denkt.« Milli warf Helene einen strafenden Blick zu.

»Es ist noch gar nicht erwiesen, dass du dich bei Friedrich angesteckt hast. Ich kann ja nicht einmal sagen, ob er es hat. Josefine hat die ersten Anzeichen zwar gesehen, aber womöglich hat sie sich geirrt. Also, male es nicht schwärzer, als es ist. Wir warten erst einmal ab.«

»Milli, wo steckst du denn?«, rief jemand über die Wiese. Alle drei Frauen blickten auf.

Der alte Peter kam angelaufen und fuchtelte mit den Armen. Keuchend blieb der Marketender, dem nur noch wenige graue Haare auf dem Kopf geblieben waren, vor Milli stehen und wackelte aufgeregt mit seinen buschigen Augenbrauen, die irgendwie nicht zu seinem schmalen Gesicht und dem spitzen Kinn passen wollten.

»Guten Abend, Peter.« Milli warf ihrem Freund und Konkurrenten einen abschätzenden Blick zu. Sie wusste genau, was er wollte.

»Ja, ich habe noch genügend Bier, aber wir verrechnen das gegen eines der Fässer Wein von neulich.«

Der alte Mann seufzte erleichtert.

»Abgemacht.«

Milli ging zu ihrem Wagen, und Peter folgte ihr. Amüsiert blickten Marianne und Helene den beiden hinterher.

»Sie sind wie ein altes Ehepaar«, sagte Marianne lachend.

»Ja«, erwiderte Helene, »nur heiraten werden sie nie.« Plötzlich schoss Marianne wieder die Frage durch den Kopf, die ihr schon lange auf der Zunge lag.

»Warum willst du eigentlich nicht heiraten?«, fragte sie Helene. Die Freundin zuckte zurück. Sofort schämte sich Marianne für ihre Frage.

»Entschuldige, ich wollte dich nicht …«

»Ist schon gut«, unterbrach Helene sie. »Es ist sowieso schon lange überfällig, dass ich dir erzähle, wie es mich hierher verschlagen hat.«

Marianne spitzte die Ohren. Sie saßen inzwischen allein am Feuer, wenn man von dem alten Otto absah, der im Sitzen schlief und laut schnarchte.

»Wie du ja weißt, bin ich auf einem großen Landgut etwas außerhalb von Offenburg aufgewachsen«, begann Helene zu berichten.

»Meine Kindheit dort war wundervoll. Meine Eltern gehörten zwar nur dem einfachen Landadel an, doch wir besaßen ein großes Stück Land mit vielen Pferdeweiden, und ich hatte fünf jüngere Geschwister.« Plötzlich klang Helenes Stimme wehmütig.

»Du musst nicht weitersprechen, wenn du nicht möchtest«, unterbrach Marianne sie.

Doch Helene schüttelte den Kopf.

»Es geht schon.« Helene atmete tief durch.

»Irgendwann fielen die Schweden über unser Gut her und

zerstörten alles. Ich war mit unserer Magd auf einer Pferde-
weide, die etwas abseits der anderen Weiden lag, das hat uns
wahrscheinlich das Leben gerettet. Tagelang haben wir uns in
den umliegenden Wäldern versteckt, bis es wieder ruhiger
wurde. Als wir auf den Hof zurückkamen, war nicht mehr viel
übrig. Alberta, unsere Magd, hatte sich danach von mir verabschiedet. Sie hatte Verwandte in Basel und wollte dorthin.
Ich war plötzlich ganz allein.«

Marianne nickte. Solche Geschichten gab es viele. Menschen,
die gestrandet waren und nicht wussten, wie es weitergehen
sollte, waren auch in Rosenheim und im Kloster immer wieder
aufgetaucht.

»Irgendwann bin ich dann durch Zufall im Wald auf einen
jungen Soldaten gestoßen. Wir standen uns an einem Bachlauf
gegenüber, und er musterte mich erstaunt. Erst wollte ich fortlaufen, doch er hielt mich zurück. Wir begannen zu reden, einfach so.« Sie zuckte mit den Schultern und sah Marianne kurz
an.

»Ich bin mit ihm gegangen. Erst später hat sich herausge-
stellt, dass er Leutnant unter Turenne war und bald zum Offizier befördert werden sollte.«

»Und was passierte dann?« Marianne hing gebannt an Helenes Lippen. Diese Geschichte hörte sich so ähnlich an wie die
der Minnesänger auf dem Marktplatz, die sie früher immer so
gern gehört hatte.

»Wir verlobten uns und waren glücklich. Ich lernte Anna
Margarethe kennen, die mich sofort in ihren Kreis aufnahm
und mit mir Hochzeitspläne schmiedete. Doch dann fand die
Schlacht in Zusmarshausen statt, aus der mein Geliebter nicht
mehr zurückkam.«

Helene schwieg.

»Es tut mir leid.« Marianne strich behutsam über Helenes Hand, mit der diese sich unbewusst an der Bank festklammerte.

»Ist schon gut«, wiegelte sie ab. »Es ist vorbei. So ist eben das Leben.«

»Was ist mit dem Leben?«, fragte Milli, die näher trat und sich die Hände an ihrer Schürze abwischte.

»Ach, nichts«, erwiderte Marianne. Milli sah die beiden verwundert an.

»Ihr macht ja Gesichter wie sieben Tage Regenwetter. So schlimm ist es auch wieder nicht. So wie es kommt, kommt es eben, ändern können wir sowieso nichts daran. Wir liegen alle in Gottes Hand. Und jetzt hört auf damit, Trübsal zu blasen, und macht euch fort, denn für heute ist Schluss.«


Später saß Marianne vor dem Eingang ihres Zeltes und blickte in die Nacht hinaus. Seit sie Mühldorf verlassen hatten, hatte es nicht mehr geregnet, und die Sonne brannte jeden Tag gnadenlos vom Himmel.

In der Ferne verfärbte sich der Himmel feuerrot. Schüsse hallten durch die Nacht, und weit entfernt hörte man das Geschrei von Menschen. Marianne rieb sich fröstelnd die Arme. Hier zirpten die Grillen, und die Sterne versprachen einen trügerischen Frieden, während nicht weit entfernt ihr Licht im Schein der Flammen verblasste.

Helene trat aus dem Zelt, setzte sich neben sie und blickte ebenfalls auf den roten Himmel.

»Ich kann das Geschrei der Leute bald nicht mehr hören«, sagte Marianne. »Warum müssen sie nur so grausam sein? Die Menschen haben ihnen doch nichts getan.«

Helene zuckte mit den Schultern.

»An irgendwem muss Wrangel doch seine Wut auslassen.«

Irgendwie war es seltsam, dachte Marianne. Helene fand immer die passenden Worte, um ihr die Dinge zu erklären.

Helene zupfte einen Grashalm ab und begann, ihn um ihren Finger zu wickeln.

»Ich frage mich, ab wann man weiß, ob man die Franzosenkrankheit hat.«

Marianne sah sie erstaunt an. Zum ersten Mal sprach Helene offen darüber.

»Milli kann dir diese Frage bestimmt beantworten.«

Mitleidig sah sie ihre Freundin an. Die Ungewissheit musste schrecklich sein.

»Ich brauche kein Mitleid.« Helene erriet Mariannes Gedanken. »Ich bin selbst schuld, niemals hätte ich mich auf Friedrich einlassen dürfen.« Sie warf den Grashalm fort und sah Marianne ernst an.

»So wie du müsste ich sein. Du weißt irgendwie alles. Vom ersten Moment an hast du dich immer richtig verhalten. Du hast es geschafft, den beliebtesten Junggesellen des Lagers nur mit deinem Liebreiz für dich zu gewinnen, obwohl du das doch eigentlich gar nicht wolltest. Du hattest bis vor ein paar Wochen nicht einmal eine Ahnung davon, was ein Tross ist und was einen Offizier oder einen General ausmacht. Für dich gab es nur dich und deine kleine Welt in Rosenheim.«

Marianne wollte etwas erwidern, doch Helene sprach weiter.

»Ich weiß, du hast deinen Stiefbruder verloren. Aber wie viele Menschen in diesem Krieg haben jemanden verloren?

So wie du hätte ich es auch machen sollen, doch ich habe stattdessen meine Tugend verschenkt. Keiner der jungen Offiziere hat mir nach dem Tod meines Verlobten wirklich den Hof gemacht. Sie alle kamen nur dann, wenn es um das eine ging, und ich war so dumm und habe es ihnen gegeben. Ich habe immer gedacht, irgendwann würde einer von ihnen bleiben, aber so war es nie.«

Marianne hörte ihr schweigend zu. Ihre Worte taten weh. Lange hatte sie nicht mehr an zu Hause gedacht. Plötzlich sah sie Anderls Augen, Pater Franz und ihren geliebten Rosengarten vor sich und schien Haferbrei mit Honig auf der Zunge zu schmecken.

Helene riss erneut einen Grashalm ab. Marianne tat es ihr nach.

»Man kann auf ihnen pfeifen«, sagte sie und hielt den Grashalm an die Lippen. Es funktionierte. Ein schriller Pfiff erklang. Helene sah sie verwundert an.

»Woher kannst du das denn?«

»Anderl und ich haben uns oft an den Fluss geschlichen, wenn Hedwig geschlafen hat oder sonst irgendwie beschäftigt gewesen war. Wir lagen dann im Gras und haben die Wolken beobachtet. Anderl hat es mir beigebracht.«

Helene riss erneut einen Grashalm ab und hielt ihn an die Lippen, aber mehr als Prusten brachte sie nicht zustande. Verdutzt sah sie den Grashalm an.

»Es ist schwierig, obwohl es so einfach aussieht.«

»Du musst einen breiteren Halm nehmen«, erklärte Marianne.

»Siehst du, so wie diesen.« Sie hielt sich erneut einen Grashalm an die Lippen, und wieder erklang ein schriller Pfiff.

Helene sah sie begeistert an und versuchte es ebenfalls noch einmal. Voller Ehrgeiz riss sie Halm um Halm ab, und irgendwann schaffte sie es tatsächlich und zauberte einen Ton hervor. Sie strahlte über das ganze Gesicht, plötzlich war aller Kummer verschwunden.

»Siehst du«, sagte Marianne, »es ist gar nicht schwierig.« He-

lene nickte und blickte erneut auf den rot erleuchteten Nachthimmel. Allmählich zog der Brandgeruch zu ihnen herüber,
und die Grillen verstummten.

Lange Zeit sagte keine von beiden ein Wort, doch dann
durchbrach Helene die Stille.

»Danke.« Sie legte Marianne die Hand auf den Arm.

»Wofür?«

»Dafür, dass du da bist.«

Marianne legte ihre Hand auf die der Freundin.

»Ich muss mich bedanken. Immerhin hat man mich dir auf-
gehalst, und du hast mir nie das Gefühl gegeben, eine Last zu
sein.« Helene lächelte.

»Ich stehe bei Anna Margarethe in der Schuld. Immerhin
muss ich mich jetzt nicht mehr ständig mit den feinen Damen
abgeben.«

Marianne sah Helene erstaunt an.

»Ich dachte, deren Gesellschaft würde dir gefallen?«

»Die Einzige, die wirklich nett ist, ist Anna Margarethe
Wrangel selbst, die anderen sind eher schwierig«, antwortete
Helene. Marianne riss die Augen auf.

»Anna Wrangel ist nett?«

»Zu mir war sie es immer. Vom ersten Tag an hat sie mich
herzlich aufgenommen.«

Marianne lachte leise.

»Na, da hast du es aber besser als ich. Mich würdigt sie noch
immer keines Blickes.«

Helene zuckte mit den Schultern.

»Woran das liegt, weiß ich auch nicht, aber sie spricht nie
schlecht von dir. Das kannst du mir glauben.«

»Das wird ihr nicht sonderlich schwerfallen«, erwiderte
Marianne. »Gewiss wird sie von mir gar nicht sprechen.«

»Erraten.« Helene grinste verschmitzt.

Marianne kroch vom Eingang weg. Sie konnte den Anblick des roten Himmels nicht mehr ertragen und schlüpfte unter ihre Decke. Sie schloss die Augen und versuchte, den Feuergeruch zu ignorieren. Irgendwann, als sie bereits in einen leichten Schlaf gefallen war, rüttelte Helene sie wieder wach.

»Kann ich heute Nacht bei dir schlafen?«, fragte die Freundin schluchzend.

»Aber natürlich.«

Marianne hob ihre Decke an, und Helene kroch darunter.

»Ich habe Angst«, flüsterte sie nach einer Weile. Marianne schloss die Augen und murmelte:

»Das hätte ich an deiner Stelle auch.«

Das Schloss lag in Schutt und Asche, an einigen Stellen stieg schwarzer Rauch in die Höhe, und überall lagen Leichen herum. Albert blickte in den wolkenlosen Himmel. Im Osten kündigte helles Morgenrot den Tag an, bereits jetzt war es warm. Es würde wieder einer dieser heißen Tage werden, an denen die Sonne unerbittlich von einem wolkenlosen Himmel brannte. Langsam kam es ihm so vor, als würde Gott sie für ihre Taten bestrafen. Er war müde, und der metallene Geschmack von Blut lag ihm auf der Zunge, seine Kleidung war schmutzig, er war nass geschwitzt, aber unverletzt.

Gestern noch hatten hier feste Mauern gestanden, und große Stallungen hatten trotz der schlechten Zeiten einige Tiere beherbergt. Das Gemäuer war schlicht und einfach gewesen – wenig feudal für ein Landgut, das den Beinamen Schloss trug. Jetzt waren sämtliche Mauern eingerissen, die Stallungen niedergebrannt und alles Vieh abgeschlachtet. Die wenigen, die mit heiler Haut davongekommen waren, saßen irgendwo in den Wäldern, die das Schloss und die Weiden umgaben, und hielten zitternd nach dem Feind Ausschau.

Sein Bruder war unerbittlich, denn bereits seit einer Weile beschäftigten sich einige Soldaten damit, die Wälder zu durchsuchen. Grauenvolle Schreie drangen von fern an sein Ohr.

Claude stand neben ihm und blickte sich um.

»Viel haben wir nicht gefunden.«

Wie aufs Stichwort rannte eine Gruppe Soldaten laut grölend an ihnen vorbei, in den Händen einige Silberbecher.

Albert schaute seufzend auf die Leiche eines niedergemetzelten Mannes, der mit halb abgetrenntem Kopf und aufgeschlitztem Leib vor ihnen lag und sie mit verzerrtem Gesicht anstarrte. Seine Gedärme hingen heraus, und sein Blut verteilte sich über den lehmigen Boden.

»Das habe ich mir fast gedacht.« Er wandte den Blick von dem Toten ab.

Der Franzose zuckte mit den Schultern.

»Außer dem Geschirr und den Viechern war kaum etwas da. In meinen Satteltaschen habe ich noch zwei Hühner für Milli. Bestimmt wird sie sich freuen.«

Albert nickte.

»Sie wird es trotzdem nicht lassen können, noch einmal herzukommen. Du kennst sie doch. Sie entdeckt immer noch irgendetwas, das sie gebrauchen kann, auch wenn wir dachten, wir hätten alles gefunden.«

Claude grinste. Milli besaß wirklich ein Gespür dafür, Dinge zu finden.

»Ja, weißt du noch, wie sie in dem alten Landgut irgendwo im Spessart das Versteck mit der Goldtruhe entdeckte? Wir hatten dort stundenlang alles durchwühlt und haben nicht mehr als einige Zinnteller und etwas Stoff gefunden. Tagelang hat sie uns damit aufgezogen.«

Albert lächelte.

»Unsere gute alte Milli, die beste Marketenderin weit und breit.«

Sie verließen den Innenhof des Schlosses und schwangen sich auf ihre Pferde.

Doch als sie losreiten wollten, knackte es hinter ihnen. Alarmiert drehten sie sich um, und Claude zog seine Waffe.

Aber es war nur Friedrich, der hinter ihnen auf die Straße trat. Verwundert musterten ihn die beiden.

Er wirkte angeschlagen, war blass, atmete schwer, rote Pusteln überzogen seine Haut, und auf seiner Stirn standen Schweißperlen. Besorgt stieg Albert, der es als seine Pflicht ansah, sich um die Männer seines Bruders zu kümmern, vom Pferd.

»Du siehst mitgenommen aus, Friedrich.« Er machte einige Schritte auf den ungeliebten Kameraden zu.

Friedrich winkte ab.

»Mir geht es gut. War nur bisschen viel letzte Nacht.« Suchend blickte er sich um. »Wo ist mein verdammter Gaul geblieben?« Er griff sich an die Stirn und sank torkelnd in die Knie.

Sofort war Albert bei ihm, und auch Claude stieg von seinem Pferd.

Gemeinsam halfen sie dem offensichtlich Kranken auf die Beine und setzten ihn auf einen umgefallenen Baumstamm. Albert musterte ihn genauer.

Friedrichs Augen glänzten vom Fieber, seine Kleidung war zerschlissen, an seinem rechten Bein klaffte eine große Fleischwunde, und von seinem roten Ausschlag ging ein unangenehmer Geruch aus.

Claude nahm seinen Kameraden ebenfalls in Augenschein. Er erkannte allerdings im Gegensatz zu Albert sehr schnell, was mit ihm los war. Diese Art von Ausschlag hatte er schon Hunderte Male gesehen. Er bedeutete Albert, ihm zu den Pferden zu folgen.

Dieser sah ihn voller Unverständnis an.

»Geh allein, Claude. In meiner Satteltasche ist eine Stoffbinde und auch etwas Branntwein, die Wunde muss versorgt werden.«

Doch Claude blieb hartnäckig.

»Ich weiß nicht, wo ich nachsehen muss.« Er bedeutete Albert erneut, ihm zu folgen. Jetzt begriff Albert endlich und folgte ihm.

»Er hat die Syphilis. Der Ausschlag, das Fieber«, flüsterte Claude, während Albert seine Weinflasche suchte. »Ich habe es schon so oft gesehen. Er ist todkrank, niemand kann ihm mehr helfen.«

Albert blickte skeptisch von Claude zu Friedrich, der die beiden misstrauisch beobachtete.

»Denkst du wirklich? Ich weiß nicht. Vielleicht war ihm tatsächlich die Schlacht zu viel. Eine große Wunde hat er auch.« Friedrich trat jetzt näher.

Seine Miene hatte sich verfinstert.

»Was tuschelt ihr so lange?« Er sah Claude herausfordernd an.

»Ich weiß, was du denkst. Ja, recht hast du. Ich habe die Franzosenkrankheit. Zuerst wollte ich es nicht wahrhaben, aber jetzt lässt es sich nicht mehr leugnen.«

Seine Stimme wurde lauter.

Claude sah betreten zu Boden, und auch Albert bemühte sich, Friedrichs Blick auszuweichen.

»Ihr denkt jetzt, dass ich mich nicht beherrschen kann, nicht wahr?«

Seine Augen begannen gefährlich zu funkeln.

Wieder erwiderten die beiden nichts. Was hätten sie auch sagen sollen. Claude wusste, wie einfach es war, sich mit dieser Krankheit anzustecken, denn eine Nacht mit der falschen Frau genügte. Niemand war in diesen Zeiten davor gefeit. Er selbst besorgte sich seine Huren nur bei Milli, denn sie achtete stets darauf, dass ihre Mädchen gesund waren.

Der Franzose zuckte mit den Schultern und sah Friedrich teilnahmslos an.

»Dann war es eben ein Mal die falsche Frau, am Ende irgendeine, die du geschändet hast.«

Albert schwieg weiterhin. Er wusste schon, warum er es vermied, über Frauen herzufallen, und warum sein Interesse an Huren sehr gering war. Schon so manchen hatte er beobachtet, wie er im Laufe der Zeit dahinsiechte, verrückt vor Schmerzen irgendwann durchdrehte und einen grausamen Tod erlitt. Auch Friedrich würde es nun so ergehen, aber Mitleid empfand er nicht für ihn. Jeder hier war seines eigenen Glückes Schmied. Friedrich schien seine Gedanken erraten zu haben.

»Du denkst, dass ich selbst Schuld daran habe!«, brüllte er. Albert und Claude wichen zurück.

»Aber das habe ich nicht, denn ich kenne die Schuldige. Es kann nur sie gewesen sein, denn ich habe in der letzten Zeit nur bei ihr gelegen. Und ich Idiot habe sogar überlegt, ihr einen Antrag zu machen. Wie dumm ich doch gewesen war, aber das soll sie mir büßen!«

Er ballte seine Fäuste, lief zu den beiden Pferden, schwang sich auf eines von ihnen, gab ihm die Sporen und ritt davon.

Völlig verdutzt blickten Albert und Claude ihm hinterher. Der Franzose war der Erste, der die Fassung wiedererlangte.

»Er ist verrückt, durchgedreht. Schnell! Wir müssen ihm folgen. Welches Mädchen es auch immer ist, sie schwebt in großer Gefahr.«

Marianne erwachte von dem lauten Zwitschern der Vögel und blinzelte verschlafen zu dem Zeltdach hinauf, auf das die Sonne helle Kreise malte. Sie schlug die Decke zurück, streckte sich gähnend, schlich leise zu einer der Kleidertruhen und griff nach ihrem Korsett. Inzwischen hatte sie sich an das ungeliebte Kleidungsstück gewöhnt, obwohl sie es bei der Hitze für vollkommen überflüssig hielt. Doch sie hatte eingesehen, dass das Korsett zu ihrer Kleidung dazugehörte, denn nur die armen Bauernmädchen und Huren trugen keines. Noch vor kurzem war sie auch so ein Mädchen gewesen, dachte sie und zog umständlich an den Bändern im Rücken. Wenn sie genauer darüber nachdachte, war sie eigentlich sogar weniger wert gewesen als die Huren oder Bauernmädchen.

Helene riss sie aus ihren Gedanken. Sie stand plötzlich hinter ihr und half ihr beim Schnüren des Korsetts.

»Guten Morgen, Marianne. Wo willst du denn zu so früher Stunde schon hin?«

Marianne sah Helene überrascht an.

»Ich dachte, du schläfst noch?« Helene zuckte mit den Schultern.

»Ich bin schon eine ganze Weile wach.« Sie deutete nach draußen. »Ich habe vor dem Zelt gesessen und der Sonne beim Aufgehen zugesehen. Es ist schön, wenn der Morgen erwacht und der Tau auf den Feldern glitzert.«

Helene band die letzte Schleife und begutachtete ihr Werk.

»Ist es gut so? Nicht zu eng?« Marianne nickte und drehte sich um.

»Ja, so wird es gehen.«

Erst jetzt fiel ihr auf, dass Helene bereits komplett angekleidet war. Sie trug ein rosafarbenes Kleid aus dünnem Leinen, das sie mit einem breiten gelben Samtband in der Taille zusammengebunden hatte. Sie sah sehr hübsch aus. Der Ton des Kleides unterstrich ihre Zartheit und passte zu ihren blonden Haaren.

Marianne griff nach dem hellblauen Kleid, in dem sie in den letzten Tagen ständig herumlief. Inzwischen hatte sie sich an die hübschen Kleider gewöhnt und freute sich jeden Morgen darauf, eines dieser Kunstwerke anzuziehen.

»Also, wo wolltest du hin?«, fragte Helene erneut, während sie Marianne einen Zopf flocht und diesen nach oben steckte.

»Frühstücken«, erwiderte Marianne, und wie bestellt begann ihr Magen deutlich hörbar zu knurren.

Die beiden lachten.

»Milli ist bestimmt schon wach. Sie zaubert wundervolle Spiegeleier, und sicher hat sie frisch gebackenes Fladenbrot.« Helene sah ihre Freundin skeptisch an.

»Du weißt, dass wir mit Anna Margarethe und den Damen zu Tisch gehen sollten? Ich wurde auf dein häufiges Fehlen bereits angesprochen.«

Marianne sah Helene flehend an. Sie verabscheute das Frühstück mit den Damen. Es wurde stets schweigend eingenommen, nur ab und an leistete ihnen der Pfarrer Gesellschaft, der dann Passagen aus der Bibel vortrug, was dem Ganzen einen noch steiferen Charakter verlieh.

Helene gab nach. Sie selbst konnte dem Frühstück mit den

Damen ebenfalls nichts abgewinnen, und Marianne hatte recht. Millis Eier schmeckten hervorragend.

»Aber dafür erzählst du mir nachher wieder eine deiner Geschichten.« Helene hob mit gespielt ernster Miene den Zeigefinger.

Marianne lächelte. Helene hatte eine Vorliebe für Liebesgeschichten. Marianne hatte ihr zuerst all diejenigen erzählt, die sie sich von den Gauklern und Minnesängern gemerkt hatte. Später war sie dann dazu übergegangen, sich selbst welche auszudenken. Stattliche Innschifffahrer verliebten sich darin zumeist in hübsche, sittsame Mädchen und nahmen sie mit auf ihre Reisen.

Sie traten aus dem Zelt, und Marianne hob schützend die Hand gegen die blendende Sonne über die Augen.

Geschäftig liefen einige Mägde mit Wäschekörben, Eimern und toten Hühnern an ihnen vorüber. Vor Wrangels Zelt waren Wachleute postiert, genauso wie am Eingang zum Feldherrenhof. Die Männer nahmen es heute Morgen allerdings nicht allzu genau mit ihrer Arbeit und spielten Karten.

Marianne und Helene schlichen hinter ihr Zelt und schlugen einen kleinen Feldweg ein, der zwischen einigen Haselnusssträuchern direkt zu dem bunten Leben des eigentlichen Trosses führte.

Fröhlich traten die beiden Hand in Hand zwischen den Büschen hervor, doch dann blieb Helene abrupt stehen und ließ die Hand der Freundin los. Marianne blickte sich verwundert um.

Helenes Augen waren weit aufgerissen, und aus ihrem Gesicht war alle Farbe gewichen. Marianne folgte ihrem Blick und erstarrte ebenfalls. Am Ende des Weges, keine zehn Meter von ihnen entfernt, stand Friedrich, ein Pferd am Zügel, und starrte Helene an.

Er ließ die Zügel des Pferdes los und lief auf die beiden zu. Helene wich zurück und zog hektisch an Mariannes Ärmel.

»Schnell, weg hier.« Ihre Stimme zitterte.

Marianne ließ sich das nicht zweimal sagen. Der Anblick Friedrichs, der wie ein Racheengel mit finsterer Miene auf die beiden Frauen zukam, erschreckte sie zutiefst. Er sah schrecklich aus, seine Kleidung war schmutzig, und sein schwarzes Haar stand wirr von seinem Kopf ab. Schweißperlen glänzten auf seiner Stirn, seine Hose war zerrissen, und eine große Fleischwunde klaffte an seinem Schienbein, doch dies alles wäre noch irgendwie zu verstehen gewesen, dachte Marianne, während sie durch das Wäldchen davonrannten, aber seine Gesichtsfarbe, die fahlen Wangen, überzogen von roten Flecken, und der Wahnsinn, der in seinen Augen stand, ließen sie bis ins Mark erzittern.

Helene rannte immer schneller, so dass Marianne kaum mit ihr mithalten konnte. Sie stolperte über herumliegende Äste und wäre beinahe in den kleinen Bach gefallen, der sich hier seinen Weg bahnte.

»Helene, so warte doch!«, rief sie und hielt sich, völlig außer Atem, an einem Baum fest. »Ich kann nicht so schnell.« Nach Luft japsend, verfluchte sie das Korsett. Helene blieb nur widerwillig stehen.

»Er kommt. Ganz sicher. Er ist wegen mir gekommen, bestimmt will er mich töten.«

Marianne ging auf Helene zu und hob beruhigend die Hände. Die Freundin war vollkommen aufgelöst.

»Wieso sollte er das tun? Auch wenn er krank ist, du hast ihn doch nicht angesteckt. Wer weiß, wo er sich die Krankheit geholt hat? Das kann doch überall gewesen sein.«

»Das sehe ich anders«, antwortete Friedrich direkt hinter ihnen. Erschrocken drehten sich die beiden um.

Friedrich trat näher. Er schwankte leicht und hielt sich an einem Birkenstamm fest.

»Und sie weiß es auch. Sieh sie dir genau an, deine sogenannte Freundin.« Er deutete auf Helene, die erstarrte und ihn mit aufgerissenen Augen anblickte.

»Eine Sünderin ist sie, ein leichtes Mädchen, wenn du es sittsam ausdrücken möchtest, oder eine billige Hure, wenn wir die Dinge beim Namen nennen wollen.«

Er machte einen weiteren Schritt auf beide zu. Helene versteckte sich schutzsuchend hinter Marianne, der das Herz vor Aufregung bis zum Hals schlug.

»Sieh mich an, Mädchen, mich, den getreuen Soldaten Wrangels, den Helden auf dem Schlachtfeld. Weißt du, wie es ist, an der Syphilis zu sterben? Grausam soll es sein, viel schlimmer als jeder Tod im Kampf.«

Marianne schob Helene noch ein Stück nach hinten. Friedrich fixierte sie wie eine Beute. Er war krank, geschwächt und müde. Aber irgendetwas hatte er an sich, was ihr jeden Mut raubte. Wie eine Marionette starrte sie in sein fahles Gesicht und die vom Fieber glänzenden Augen.

»Lass sie in Ruhe, Friedrich«, ertönte plötzlich Alberts Stimme. Friedrich zuckte zusammen und blickte sich um. Albert und Claude kamen auf sie zu. Marianne seufzte erleichtert, doch Friedrich nutzte den Moment der Ablenkung, machte einige Schritte auf die beiden zu und gab Marianne einen Stoß. Unsanft landete sie im Bach. Er riss Helene an sich und legte den Arm um sie. Panisch schrie sie auf. Ein Messer blitzte plötzlich in Friedrichs Hand. Claude und Albert traten, zusammen mit weiteren Männern, näher, und Albert half Marianne dabei aufzustehen.

»Geht es dir gut?« Er sah Marianne prüfend an. Friedrich

machte mit Helene im Arm einige Schritte rückwärts, das Messer an ihrer Kehle.

Albert versuchte, ihn zu besänftigen, während Marianne hinter Claude Schutz suchte, der die Hand auf seine Pistole legte.

Friedrich rann der Schweiß über die Wangen, nervös blickte er sich um.

»Sie hat alles zerstört! Mein ganzes Leben! Krank hat sie mich gemacht, diese gottverdammte Dirne! Das soll sie mir büßen!« Helene sah Albert flehend an.

»Friedrich, bitte«, versuchte Albert ihn zu beruhigen. »Das hat doch keinen Sinn. Du kannst nicht wissen, ob sie es war. Es spielt keine Rolle mehr, bei wem du dich angesteckt hast, außerdem muss die Krankheit gar nicht so schlimm werden. Es gibt auch mildere Verläufe. Ich habe von Leuten gehört, die damit alt geworden sind.«

»Das glaubst du ja wohl selbst nicht«, erwiderte der Kranke. Auch von der anderen Seite kamen jetzt Männer auf ihn zu. Es hatte sich schnell herumgesprochen, was in dem Wäldchen los war. Hektisch schaute sich Friedrich um. Wie ein eingekreistes Tier fühlte er sich in der Falle.

Albert erkannte, was los war, und bedeutete den anderen zurückzuweichen, aber es war bereits zu spät. Friedrich kniff die Augen zusammen.

»Gott wird mich verstehen. Er wird mich nicht fortschicken, da bin ich mir sicher, tötete ich doch nur eine Hure.«

Das Messer blitzte auf. Mit einem Schnitt durchtrennte er Helenes Kehle. Blut spritzte. Marianne begann, laut zu kreischen. Ein Schuss erklang. Friedrich ließ das Messer sinken, sein Opfer fiel zu Boden. Verwundert blickte er auf seinen Oberkörper, sank in die Knie und brach tot zusammen.

Marianne rannte sofort zu Helene, kniete sich neben sie und hob ihren Kopf in den Schoß. Sie war noch bei Bewusstsein, versuchte sogar, etwas zu sagen, doch nur noch glucksende Geräusche kamen aus ihrem mit Blut gefüllten Mund. Beruhigend strich Marianne ihr die Haare aus dem Gesicht.

»Nicht reden, hörst du. Du musst jetzt nichts mehr sagen.« Helenes Kopf sank leblos zur Seite, und ihr Blick erstarrte. Marianne begann laut zu schreien.

»Nein, bitte nicht! Nein, das darf einfach nicht sein! Bitte, nicht sie! Bitte, bitte nicht!«

Um sie herum verschwamm alles. Wie ein Kreisel begann sich das Blätterdach über ihr zu drehen.

Albert, Claude und die anderen Männer standen wie versteinert da. Vieles hatten sie erlebt und die schrecklichsten Dinge gesehen, doch jetzt fehlten selbst ihnen die Worte.

# 10

Dunkelheit hüllte Margit ein, und ihr Kopf dröhnte. Stöhnend versuchte sie, sich aufzurappeln, doch ein stechender Schmerz in ihrem rechten Bein ließ sie sofort wieder in sich zusammensinken. Ihre Brust tat beim Atmen weh, und sie bekam keinen Laut heraus. An sprechen oder um Hilfe rufen war nicht zu denken. Ihr Mund war trocken, ihre Lippen waren aufgesprungen. Um sie herum war es kalt und feucht, und der Boden fühlte sich schmierig an.

Was war nur geschehen? Wie war sie hierhergekommen? Sie wusste es nicht mehr. Verzweifelt begann sie zu weinen, doch ihr Schluchzen, das wusste sie, würde niemand hören.

Unruhig lief Josef Miltstetter im Büro des Büttels auf und ab. Die Fenster und Türen waren geschlossen, die Luft im Raum war stickig. Drückende Hitze lag seit Tagen über der Stadt, und Mücken fielen wie eine Plage über alles und jeden her. August Stanzinger saß an seinem Schreibtisch und versuchte, ruhig zu bleiben, doch langsam ging ihm Josef auf die Nerven. Inzwischen wünschte er sich nichts sehnlicher, als den selbst ernannten Brauereiwirt endgültig loszuwerden, denn er hatte es satt, erpresst zu werden.

Josef blieb vor dem Schreibtisch stehen, stützte seine Hände auf die Tischplatte und sah den Stadtbüttel mit ernstem Blick an.

»Wir werden noch in Teufels Küche kommen. Der Bürgermeister hat uns gesehen. Was ist, wenn er doch redet? Dann sind wir dran. Ich werde das nicht aufgeben, was ich mir so hart erarbeitet habe. Die Brauerei gehört mir.«

August blickte seufzend zur Zimmerdecke und legte seine Schreibfeder beiseite.

»Der Bürgermeister wird einen Teufel tun und zugeben, dass er es im Hof mit einer Dirne getrieben hat, denn er hat Frau und Kind zu Hause und ist ein angesehener Mann in der Stadt. Niemals würde er seinen guten Ruf aufs Spiel setzen, um einen verrückten Knaben zu retten.«

»Weil Ihr eben von dem Knaben sprecht. Was ist eigentlich mit ihm? Seit Wochen sitzt er im Gefängnis, und nichts geschieht. Ich will ihn endlich hängen sehen, immerhin ist er der rechtmäßige Erbe der Brauerei, und wenn er tot ist, dann ist auch der Bürgermeister kein Problem mehr.«

Schweiß tropfte von seiner Stirn auf den Tisch. Der Stadtbüttel sah sein Gegenüber angewidert an, stand auf und trat ans Fenster.

»Was mit dem Knaben passiert, entscheide nicht nur ich. Die Gerichtsbarkeit muss zusammentreten. In der letzten Zeit war dies kaum möglich. Wie Ihr wisst, liegt der ehrenwerte Richter Bichler seit Wochen krank darnieder. Sobald er sich wieder erholt hat, werden wir den Prozess ansetzen, vorher nicht.«

Verdutzt sah Josef ihn an.

»Aber andere Urteile werden doch auch vollstreckt.« Er deutete auf den Marktplatz.

August Stanzinger drehte sich um.

»Ich habe Euch nicht die Rosenheimer Gerichtsbarkeit zu erklären, und Anton Bichler ist ein alter Freund von mir, bei ihm kann ich mich darauf verlassen, dass der Prozess zu meinen Gunsten ausgeht. Ihr wisst genauso gut wie ich, auf welch wackligen Beinen unser Zeuge steht. Nicht jeder Richter glaubt einem dahergelaufenen Knaben, der noch grün hinter den Ohren ist. Und wir dürfen auch nicht vergessen, welchen Fürsprecher Anderl hat, denn Pater Franz ist nicht zu unterschätzen.«

Josef seufzte. Vor dem Mönch hatte er Respekt. Der unscheinbare Mann in der braunen Kutte entwickelte sich immer mehr zu einem gefährlichen Gegner, den er oft dabei beobachtete, wie er um die Brauerei schlich. Er wusste, nach wem er Ausschau hielt. Gewiss hatte er Margit nicht gern beseitigt, aber Opfer gab es immer wieder. In dem alten Brunnen würde niemals jemand Margits Leiche vermuten. Mit Grausen dachte er an den Moment zurück, als ihr Körper dort unten aufgeschlagen war und ihr Schrei verstummte.

»Und Ihr denkt, dieser Anton Bichler wird ihn auf jeden Fall verurteilen, egal, was der Mönch sagt?«

August nickte.

»Er vertraut mir voll und ganz. Wenn ich sage, der Junge ist schuldig, dann wird er ihn auch verurteilen, und da können zehn Mönche kommen und für ihn Fürsprache halten.«

Josef seufzte erleichtert.

»Und was ist mit dem Bürgermeister? Immerhin ist er ein unangenehmer Zeuge.«

August Stanzinger verdrehte die Augen.

»Das habe ich Euch doch bereits gesagt. Der Bürgermeister wird niemals reden, denn er hat seinen Ruf zu verlieren.«

Josef Miltstetter blickte den Büttel abschätzend an.

»Das will ich doch hoffen. Denn sonst …« Er machte eine eindeutige Handbewegung. August Stanzinger schüttelte den Kopf.

»Ich war schon beim alten Theo dagegen, und auch bei Hedwig hätte ich es lassen sollen. Das war ein großer Fehler.«

Josef grinste verächtlich.

»Ihr werdet schon noch sehen, was Ihr alles tun oder lassen werdet.« Er öffnete die Tür und ballte seine Faust.

»Denn ich habe Euch in der Hand, vergesst das nicht.«

Pater Franz stand auf der winzigen Innfähre und blickte auf die andere Seite des Ufers. Der Inn führte noch immer viel Wasser, wanderte aber langsam in sein Flussbett zurück. Die Sonne schien von einem wolkenlosen Himmel, es war heiß, und Mückenschwärme summten über das leuchtend grüne Wasser. Der Fährmann, Willi Gruber, war ein alter Freund von ihm. Die beiden verständigten sich meist nur mit knappen Worten, doch heute sprach Willi ihn an.

»Ihr wirkt müde, mein Freund. So kenne ich Euch gar nicht. Wo ist der Mann geblieben, der stets Herr der Lage ist? Ganz Rosenheim sieht in Euch einen Helden, und Ihr seht traurig und niedergeschlagen aus. So oft wie in der letzten Zeit seid Ihr noch nie über den Fluss gefahren. Und jedes Mal erscheint es mir, als würden Eure Schultern eine noch größere Last tragen.« Pater Franz versuchte zu lächeln und setzte sich auf eine der schmalen Holzbänke, die am Rand der Fähre angebracht waren.

»Ich weiß auch nicht«, sagte er und wischte sich den Schweiß von der Stirn. »Ich werde als Held gefeiert. Alles winkt mir fröhlich zu, und ich fühle mich, als hätte ich meine Seele dem Teufel verkauft.«

Der Fährmann sah ihn verwundert an.

»Aber Ihr habt doch getan, was getan werden musste. Wrangel hätte Rosenheim niedergebrannt, hätte geraubt und getötet. Ihr wisst, was in anderen Dörfern passiert ist, was noch immer passiert. Nicht weit von hier ist Wrangels Tross, der alles um sich herum verschlingt und Tod und Verderben bringt. Ihr habt Rosenheim gerettet, darauf solltet Ihr stolz sein, anstatt Euch zu grämen.«

Pater Franz nickte. Das andere Ufer kam in Reichweite. Was wusste der alte Willi schon, dachte er, während der Fährmann das Seil am Steg festmachte. Der Wurm, wie der Tross der Schweden hier überall genannt wurde, war inzwischen weit fort. Irgendwo kurz vor Landshut, das wusste er, denn Briefe von Klöstern aus dem Norden hatten ihn erreicht. Grauenvoll musste dort gewütet worden sein, und sogar die Salzburger Enklave Mühldorf war besetzt worden.

Er kletterte auf den Steg und gab dem Fährmann eine Münze.

»Hast ja recht, Willi. Eigentlich müsste es mir gutgehen, aber vielleicht war es etwas zu viel in der letzten Zeit.« Der Fährmann warf dem Abt einen kritischen Blick zu.

»In den letzten Jahren meint Ihr wohl, mein Freund.«

Pater Franz musterte Willi genauer. Auch er hatte sich verändert und war nicht mehr der braungebrannte, vor Kraft strotzende Mann von früher. Von Falten umgeben, lagen seine Augen tief in den Höhlen, seine Lippen waren schmal geworden, sein Haar war grau, und an einigen Stellen war sein Kopf bereits kahl. Das Einzige, was noch an den Mann erinnerte, den er vor vielen Jahren kennen- und schätzen gelernt hatte, waren die wachen blauen Augen.

Der Abt schlug ihm kameradschaftlich auf die Schulter.

»Wird schon weitergehen. Für uns alle.« Er versuchte, aufmunternd zu klingen, wusste er doch, dass Willi in den letzten Jahren seine ganze Familie verloren hatte. Der Letzte, der ihn verlassen hatte, war sein Sohn Quirin gewesen, der sich vor Monaten dem Heer des Kurfürsten angeschlossen hatte.

Auf der anderen Seite des Ufers läutete die Glocke. Erneut wartete Kundschaft auf den Fährmann.

Willi sprang zurück in sein Boot und löste das Seil.

»Das war mein Zeichen«, sagte er und hob die Hand zum Gruß.


Wenig später blieb Pater Franz seufzend auf der ehemaligen Pferdekoppel stehen und blickte auf die alten knorrigen Apfel- und Pflaumenbäume, die auf der von Gänseblümchen übersäten Wiese standen. Dahinter erhob sich das Haupthaus des Leitnerhofes oder das, was davon noch übrig war. Die Stallungen waren bis auf die Grundmauern abgebrannt, und Efeu und Brombeergestrüpp überwucherten die verkohlten Überreste. Er drehte sich um und blickte zu dem kleinen Fischweiher, der unweit des Hauses lag. Tatsächlich stand dort noch das bunte Bienenhaus, um das sich einst Pater Korbinian mit so viel Liebe gekümmert hatte. Jahrelang hatte das Kloster von hier seinen Honig bezogen, doch als die Brücke abgerissen worden und Pater Korbinian gestorben war, kam niemand mehr hierher, denn Räuberbanden trieben ihr Unwesen in den Wäldern Kielings, und Geschichten kursierten in der Stadt von unheimlichen Schreckgespenstern und grausamen Männern, die jeden erschlugen, der sich ihnen in den Weg stellte. An die vielen Wölfe, die hier oben durch die Wälder streiften, wollte er lieber gar nicht erst denken.

Er ging zum Fischweiher hinunter und blickte in das trübe, leergefischte Wasser. Dicke Karpfen suchte man hier vergebens. Um das hölzerne Bienenhaus schwirrten die Bienen. Es grenzte an ein Wunder, dass es noch stand.

Er öffnete mit ruhiger Hand den Deckel und schaute hinein. Viele Waben gab es nicht mehr, die meisten Bretter waren gestohlen worden, aber die Tiere hatten sich zwischen den Balken neue Nester angelegt, die wie dicke Polster in den Ecken und an den noch vorhandenen Platten hingen. Vorsichtig zog er eine Wabe heraus, schüttelte die Bienen ab, schloss den Deckel und setzte sich mit seiner Beute im Schatten einer großen Linde ins Gras. Eigentlich war Genusssucht eine Sünde, aber auch er war dünner geworden und hatte gelernt, was es bedeutete zu hungern.

»Ihr stehlt meinen Honig«, sagte plötzlich eine Stimme hinter ihm. Erschrocken drehte sich Pater Franz um.

Lächelnd stand Pfarrer Angerer vor ihm. Der Abt atmete erleichtert auf.

Der alte Pfarrer trat näher. Die Zeit hatte auch bei ihm ihre Spuren hinterlassen. Er ging inzwischen am Stock, sein Haar war weiß wie Schnee, und sein Gesicht war von tiefen Falten durchzogen. Stöhnend setzte er sich neben seinen Glaubensbruder auf einen umgefallenen Baumstamm und deutete zum Bienenstock hinüber.

»Ich habe ihn wieder aufgebaut. Halb zerschlagen war er, und viele Platten sind verschwunden, aber die Bienen waren noch da.«

Pater Franz lächelte.

»Und ich dachte, er wäre nicht zerstört worden.«

Pfarrer Angerer lachte, doch sein Lachen endete in einem heftigen Hustenanfall. Erst nach einigen Schlucken Wasser aus der Trinkflasche des Mönchs erholte er sich wieder.

»Lang geht es nicht mehr gut.« Der Pfarrer klopfte auf seine Brust und nahm einen weiteren Schluck. »Jeder Atemzug brennt mir in der Brust. Die Lungen wollen nicht mehr.«

Er sah den Abt müde an. »Aber wer will es der Lunge verübeln. Ich gewiss nicht. Ist ein Wunder, dass es so lang gutging.« Pater Franz nickte. Er selbst zählte bereits über fünfzig Jahre. Viele erreichten mit Glück die vierzig. Pfarrer Angerer musste bereits über siebzig Jahre alt sein.

Der Pfarrer musterte seinen alten Freund und Weggefährten etwas genauer. Ihm blieb nicht verborgen, dass sich der Abt verändert hatte. Sein Gesichtsausdruck wirkte verbittert, und seine Augen hatten diesen besonderen Ausdruck, der einem das Gefühl gab, dass es immer irgendwie weitergehen würde, verloren.

»Was treibt Euch zu uns nach Kieling«, fragte er neugierig.

»Wenn ich das so genau wüsste.« Pater Franz zuckte mit den Schultern.

Pfarrer Angerer blickte über den Weiher zum Haupthaus.

»Es sind doch nicht etwa die alten Gespenster, die Euch eingeholt haben?«

»Vielleicht ein wenig.« Pater Franz begann, Grashalme auszureißen.

Der Pfarrer sah ihm eine Weile schweigend zu.

»Sie ist fort«, flüsterte Franz irgendwann leise. Zum ersten Mal, seit Marianne gegangen war, stiegen ihm Tränen in die Augen. Wie ein dicker Kloß saß der Kummer plötzlich in seinem Hals und bahnte sich seinen Weg nach oben.

Angerer sah seinen Freund verwundert an. So emotional kannte er ihn gar nicht. Schwäche hatte Pater Franz niemals offen gezeigt.

»Warum ist sie fort?« Pfarrer Angerer musste sich nicht erkundigen, um wen es ging. Es gab nur einen Menschen, der dem Abt so viel bedeutete.

In seiner Erinnerung sah er die Kleine vor sich sitzen, in dem Verschlag, hinten im Stall. Sie war so zerbrechlich gewesen, voller Angst und doch tapfer. Oft hatte er Marianne danach im Kloster gesehen und sich daran erfreut, wie sie größer wurde. Sie hatte ihm einmal sogar aus der Bibel vorgelesen, was ihn fast ein wenig stolz gemacht hatte.

In den letzten Jahren war er nicht mehr ins Kloster gegangen. Die Gicht in den Beinen plagte ihn zu arg, und seitdem ihm das Atmen so schwerfiel, verließ er nur noch selten sein Haus. Die Bienen waren der einzige Grund, warum er manchmal noch hierherkam. Er hatte Freude daran, sich um das Insektenvolk zu kümmern, und genoss es, sich tagtäglich den kleinen Luxus von gesüßtem Tee und Haferbrei zu gönnen.

Pater Franz fuhr sich verzweifelt durchs Haar und sah seinen Freund ernst an.

»Weil ich nicht genug auf sie geachtet habe. Allein habe ich sie gelassen und habe mich nicht ordentlich um sie gekümmert. Jetzt ist sie fort, irgendwo im Tross der Schweden, und ich bin schuld daran.«

Pfarrer Angerer sah den Abt verwundert an.

»Im Tross der Schweden? Aber warum denn?«

Pater Franz erzählte die ganze Geschichte, und die Augen des Pfarrers wurden immer größer.

»Ein Schwede, der sich in ein bayerisches Mädchen verguckt.« Pfarrer Angerer schüttelte den Kopf, und plötzlich huschte ein Lächeln über sein Gesicht. »Und dabei war sie noch vor wenigen Wochen so verzweifelt gewesen und hatte nicht gewusst, wohin.« Pater Franz sah ihn verwundert an.

»Das ist eigentlich eine Geschichte für Minnesänger. Niemand kann sich so etwas ausdenken, oder? Sie muss ihn sehr beeindruckt haben.«

Von dieser Seite hatte Pater Franz es noch gar nicht betrachtet. Wenn er es genau nahm, hatte er Marianne niemals wirklich als Frau gesehen. In seinen Augen war sie immer noch ein Kind.

»Aber ich hätte das nicht tun dürfen«, sagte er verzweifelt. »Ich habe sie wie eine Ware eingetauscht.«

Pfarrer Angerer zuckte mit den Schultern. »Vielleicht war es ihr Schicksal.« Er legte Franz väterlich die Hand auf die Schulter.

»In Rosenheim hat sie es nie leicht gehabt. Wer hätte sie denn hier jemals geheiratet? Am Ende findet sie dort ihr Glück. Wir mögen den Wurm als grausam empfinden, aber im Grunde sind es auch nur Menschen, die in diesen Zeiten ums Überleben kämpfen. Vielleicht findet sie dort die Anerkennung, die ihr zusteht. Sie ist erwachsen geworden. Ihr könnt sie nicht immer vor allem bewahren, denn jeder von uns hat seine Bestimmung.«

Pater Franz blickte nachdenklich über den Weiher, auf dem ein Blesshuhn zwischen den Seerosen schwamm.

»Von dieser Seite habe ich die Dinge noch gar nicht betrachtet. Ich dachte immer, ich hätte sie in ihr Unglück ziehen lassen.«

»Manchmal kann es nicht schaden, über seinen Kummer zu sprechen.« Pfarrer Angerer erhob sich. Ein erneuter Hustenanfall erschütterte seinen hageren Körper. Franz stützte ihn und gab ihm seine Wasserflasche. Nach Luft japsend, trank der Priester einen Schluck.

»Ich begleite Euch lieber noch ein Stück.« Der Abt lächelte

seinen alten Freund aufmunternd an. »Und es gibt da noch etwas, was ich Euch erzählen muss. Vielleicht könnt Ihr mir auch in dieser Angelegenheit einen Rat geben.«

Der alte Priester griff nach seinem Stock.

»Ich bin aber nicht mehr der Schnellste.« Pater Franz lächelte nachsichtig.

»Das macht nichts. Ich habe Zeit.«

Einige Zeit danach stand Pater Franz vor dem Haus des Bürgermeisters, das direkt am Marktplatz lag. Das Gebäude war prunkvoll mit Stuck verziert, und über den Laubengängen schmückten kunstvoll aufgemalte, geschwungene Bogen die Fassade. Die Familie des Bürgermeisters war nie arm gewesen, und selbst in den grausamsten Zeiten des Krieges hatte in diesem Haus niemand Hunger leiden müssen.

Er trat in den Schatten des Laubenganges. Die Haustür stand offen, und ein junges Mädchen, vermutlich die Tochter des Stadtobersten, musterte ihn neugierig. Das Mädchen war vielleicht sieben oder acht Jahre alt. Sie sah sehr hübsch aus, ihre blonden Haare waren ordentlich geflochten, und ihr Kleid und ihre Schürze waren sauber.

Freundlich lächelte der Priester das Mädchen an.

»Grüß dich Gott, mein Kind. Ist dein Vater zu Hause?« Die Kleine nickte eifrig und deutete hinter sich in den Flur.

»Er ist zu Tisch. Was willst du denn von ihm«, fragte sie neugierig und zog die Augenbrauen hoch.

Pater Franz musste innerlich lächeln.

»Etwas Geschäftliches«, erwiderte er schmunzelnd. Die Kleine seufzte.

»Immer ist es etwas Geschäftliches. Keiner will mir sagen, warum er kommt. Und ich würde es doch so gern wissen.«

Sie verschränkte die Arme, zog einen Schmollmund, drehte sich um und ging die Treppe hinauf.

Der Abt blickte ihr verwundert hinterher. Aus der Küche trat eine Magd und sah den Pater fragend an.

»Wie kann ich Euch helfen?«

»Ich würde gern mit dem Bürgermeister sprechen«, antwortete er höflich.

Die Magd deutete in den hinteren Teil des Flurs.

»Dritte Tür links. Er ist gerade beim Essen. Aber gegen Euren Besuch wird er gewiss nichts haben.« Sie verschwand wieder in der Küche.

Pater Franz atmete tief durch, ging den Flur entlang und klopfte an die besagte Tür. Nach einem lauten »Herein« betrat er den Raum.

Der Bürgermeister ließ den Löffel sinken und erstarrte. Seine Gattin, die ebenfalls mit am Tisch saß und anscheinend ein Kind erwartete, drehte sich neugierig um. Pater Franz verneigte sich kurz.

Es duftete verführerisch nach Hühnersuppe und frischem Brot. Der kleine Raum selbst war schlicht eingerichtet. Ein ovaler Eichentisch stand in einer Fensternische, in der aus demselben Holz eine Sitzbank eingebaut worden war. Ein großer Kachelofen und eine Anrichte, vor der ein bunter Flickenteppich lag, rundeten das Bild ab.

Der Bürgermeister erhob sich. »Grüß Gott, Pater Franz«, sagte er, sichtlich um Haltung bemüht, und wandte sich an seine Frau. »Liebes, lass uns doch bitte allein.«

Seine Gattin nickte. Die junge Frau war Anfang zwanzig. Erst vor zwei Jahren hatten die beiden geheiratet. Sie hatte eine gute

Partie mit dem Bürgermeister gemacht, der bereits zum zweiten Mal Witwer war. Seine erste Frau war an der Pest gestorben, die zweite im Kindbett.

»Was wollt Ihr«, fragte Xaver Breitner, nachdem seine Gattin die Tür hinter sich geschlossen hatte.

Pater Franz trat langsam näher.

»Mit Euch reden.« Er sah den Bürgermeister offen an.

»Ich will aber nicht mit Euch reden. Ich habe Euch unter dem Beichtgeheimnis etwas anvertraut, dabei solltet Ihr es belassen.«

Pater Franz wollte so schnell nicht aufgeben. Jetzt war er hier, also musste er wenigstens versuchen, dem Mann ins Gewissen zu reden.

»Der Junge wird unschuldig hängen. Gott wird Euch das niemals verzeihen. Ihr liefert ihn der Schlachtbank aus, nur wegen einer kleinen Liebschaft, die man Euch gewiss schnell verzeihen wird. So mancher Mann ist bereits anderweitig schwach geworden, da seid Ihr nicht der Einzige.«

Der Bürgermeister warf dem Mönch einen wütenden Blick zu.

»Nichts versteht Ihr. Ich habe sehr wohl einen Ruf zu verlieren. Wie Ihr wisst, ist die Kirche sehr streng, wenn man ihre Gebote bricht. Wer weiß, was mit mir geschieht, wenn das herauskommt. Ich kann es mir nicht leisten, lächerlich gemacht zu werden. Den Posten des Bürgermeisters habe ich mir schwer erarbeitet. Ich lasse mir das von so einer unwichtigen Sache nicht ruinieren.«

»Also ist es unwichtig, wenn ein Unschuldiger am Galgen baumelt?«

Breitner sah den Pater kalt an und zuckte mit den Schultern.

»Er ist doch nur ein dummer Junge und ganz allein auf der

Welt. Niemand wird ihn vermissen, und am Ende ist es sogar besser, wenn er stirbt.«

»Das ist nicht Euer Ernst.«

»Das ist es durchaus.« Xaver Breitner setzte sich wieder und griff nach seinem Suppenlöffel.

»Und jetzt möchte ich Euch bitten zu gehen. Ich denke, wir haben uns nichts mehr zu sagen.«

Verzweifelt stand Pater Franz auf dem Marktplatz und schüttelte den Kopf. Die Sonne verschwand langsam hinter den Häusern, und die länger werdenden Schatten kündigten den Abend an. Um ihn herum war ein geschäftiges Treiben. Fuhrwerke kreuzten seinen Weg, und Händler mit Bauchläden und Blumenmädchen musterten ihn im Vorbeigehen neugierig.

Enttäuscht blickte er zum Stockhammer Bräu hinüber, das ruhig in der Nachmittagssonne vor ihm lag. Wie gern hätte er dem Jungen geholfen, doch langsam schwand jede Hoffnung. Margit war wie vom Erdboden verschluckt, und der Bürgermeister, das wusste er jetzt, würde niemals freiwillig als Zeuge gegen den Büttel aussagen. Er erinnerte sich an den Nachmittag im Rosengarten, an Mariannes Blick. Sie vertraute ihm und dachte bestimmt, dass Anderl bereits frei war. Vielleicht konnte er ja damit leben, dass sie nun irgendwo eine andere, hoffentlich bessere Zukunft fand, aber dieses letzte Versprechen nicht halten zu können, das brach ihm fast das Herz.

Als er sich gerade wieder abwenden wollte, sah er aus dem Augenwinkel, wie der blonde Wirt der Brauerei auf die Straße trat und in der Menge verschwand.

Ein Hoffnungsschimmer keimte in ihm auf. Vielleicht war Margit heute endlich anzutreffen. Eilig lief er über den Platz und verschwand im Hinterhof des Anwesens. Malzgeruch empfing ihn, und eine Schar neugieriger Hühner kam ihm entgegen. Die Tür zur Küche war nur angelehnt. Langsam ging er darauf zu, doch dann ließ ihn ein sonderbares Geräusch plötzlich innehalten. Er drehte sich um und lauschte. Es klang wie leises Weinen. Stück für Stück suchte er den Hof ab.

»Ist da jemand?«, rief er in die seltsame Stille. Plötzlich glaubte er, ein Klopfen zu hören, dem ersticktes Rufen folgte.

Das Geräusch schien aus dem Brunnen zu kommen. Eilig rannte er darauf zu und blickte hinein.

Und da lag sie, Margit. Er hatte sie gefunden.

# 11

Fassungslos blickte sich Marianne in ihrem Zelt um, aus dem gerade zwei Knechte die letzte Kleidertruhe hinaustrugen. Die Freundin war noch nicht beerdigt, doch hier schien sie bereits ausgelöscht zu sein. Ihr Leben wurde fortgewischt wie ein Staubkorn. Weinend sank Marianne auf den Boden und schlug die Hände vor das Gesicht. Noch immer sah sie Helenes Blick und hörte die letzten Laute, die sie von sich gegeben hatte. Er hatte sie umgebracht, einfach so getötet. Sie konnte es nicht fassen. Eben noch hatten sie hier nebeneinandergelegen, hatten gelacht und sich Geschichten erzählt, und jetzt war die geliebte Freundin für immer fort. Endlich hatte es in ihrem Leben einen Menschen gegeben, der sie gernhatte, dem sie vertrauen konnte. Sie hatten sich doch erst gefunden, es konnte nicht zu Ende sein.

»Da bist du ja.« Eugenies Stimme riss sie aus ihrer Verzweiflung. Die Französin kam auf sie zu.

»Es tut mir so leid, ma chère. Wir sind alle …« Sie suchte nach dem passenden Wort und fand es nicht. Marianne erhob sich und wischte sich die Tränen von den Wangen.

»Entsetzt«, beendete sie Eugenies Satz.

»Richtig, entsetzt. Die arme Helene, Gott sei ihrer Seele gütig.«

»Gnädig«, verbesserte Marianne erneut. Eugenie zog eine Grimasse.

»Ich bin eine Tölpel. Nicht einmal trösten kann ich gut.« Marianne versuchte zu lächeln.

»Doch, doch, du machst das sehr gut.« Eugenie neigte den Kopf.

»Anna Margarethe ist untröstlich. Sie wollen dich sehen, sofort.«

Marianne seufzte.

»Das auch noch.«

Eugenie riss verwundert die Augen auf.

»Mon amie, sie ist nicht böse, wird nicht schimpfen. Alles gut. Wir sind froh, dass es dir bessergehen.«

»Gutgeht«, erwiderte Marianne.

Eugenie schürzte die Lippen. »Ich werde niemals richtig lernen, diese Sprache.«

»Doch, das wirst du«, erwiderte Marianne. Die Französin hatte es mit ihrer drolligen Art zu sprechen tatsächlich geschafft, dass der eisige Griff der Verzweiflung gewichen war und sie endlich wieder freier atmen konnte.

»Na, dann lass uns zu Anna Margarethe hinübergehen, damit wir es schnell hinter uns haben«, sagte sie.


Anna Margarethe saß auf einem gepolsterten Sofa und beschäftigte sich damit, ein Deckchen zu besticken. Vor ihr auf dem Tisch lagen jede Menge bunte Garnrollen. Als Eugenie und Marianne näher traten, legte sie ihre Arbeit zur Seite. Mitleidig sah sie Marianne an und griff sogar nach ihrer Hand.

»Es tut mir so leid, mein Kind. Wir waren alle entsetzt. Die arme Helene, das hat sie nicht verdient. Niemand konnte so etwas Schreckliches vorhersehen.«

Marianne sah Anna Margarethe irritiert an. Diese Art von Freundlichkeit ihr gegenüber war sie nicht gewohnt. Sie wusste nicht so recht, was sie antworten sollte, also nickte sie stumm. Anna Margarethe schien nichts anderes erwartet zu haben. Sie sprach einfach weiter und verfiel jetzt wieder in den üblichen Befehlston, der Marianne stets zuwider war.

»Du wirst zu Eugenie und Eleonore ziehen. Die beiden werden sich ab jetzt um dich kümmern. Auf den Fahrten kannst du gern mir Gesellschaft leisten.« Ihr Blick wanderte zu Eugenie.

»Und auch du darfst zu uns stoßen, meine Liebe.«

»Sehr gern«, antwortete Eugenie stolz, während Marianne vor dem Gedanken, mit der ungeliebten Generalsfrau die Tage in einer engen Kutsche verbringen zu müssen, zurückschreckte.

»Es ist mir ein große Freude.« Eugenie strahlte.

»Eher ein Vergnügen«, verbesserte Anna Margarethe und lächelte nachsichtig. Dann musterte sie Marianne näher.

»Du bist noch nicht umgezogen. Dein Kleid können wir wahrscheinlich wegwerfen, Blutflecken sind schwer zu entfernen. Eugenie soll sich darum kümmern, dass du neu eingekleidet wirst, und wir sehen uns dann später zur Abendandacht, die der Pfarrer extra für die Tote anberaumt hat.«

Marianne blickte an sich hinunter. Erst jetzt bemerkte sie die bereits getrockneten Blutflecken auf ihrem Kleid.

Für Anna Margarethe war damit das Gespräch beendet, und sie wandte sich wieder ihrer Stickarbeit zu. Marianne und Eugenie verließen unter den mitleidigen Blicken der anderen Damen das Zelt.

Eugenie geriet auf dem Weg zu ihrer neuen Unterkunft ins Schwärmen.

»Ist es nicht wunderbar? Wir dürfen reisen mit die Madame Anna Margarethe. Ich bin entzückt.«

Marianne folgte ihr. In ihrem Kopf hatte es zu hämmern begonnen, und der dicke Kloß im Hals kehrte zurück. Traurig berührte sie mit den Fingerspitzen die braunen Flecken auf ihrem Kleid und begann erneut zu frieren.

Einige Tage später tobte ein schreckliches Gewitter über dem Lager, und Blitze zuckten über den dunkelgrauen Himmel, denen laute Donnerschläge folgten, die den Boden erzittern ließen. Eine Sturmböe nach der anderen suchte die wenig stabilen Hütten und Zelte der Trossmitglieder heim. Planen und Stoffe flogen durch die Luft oder schwammen in den riesigen Pfützen, in die unaufhörlich der Regen prasselte.

Marianne saß bei Milli im Karren und blickte missmutig nach draußen. Eben noch war es ein sonniger Spätnachmittag gewesen, doch die brütende Hitze des Tages hatte das Gewitter bereits angekündigt.

Jeden Tag, wenn sie ihr Lager für die Nacht aufschlugen, floh Marianne zu Milli. Hier fühlte sie sich sicher. Milli akzeptierte ihr Schweigen. Die Marketenderin war schockiert, aber wirklich mitgenommen hatte sie Helenes Tod nicht. Das blonde Mädchen war ihr immer schon suspekt gewesen, und auch ihre Ausflüge in die Betten der Männer waren ihr nicht verborgen geblieben.

Milli beschäftigte sich heute damit, bunte Holzperlen, die sie in den Überresten eines Klosters gefunden hatte, auf Fäden aufzuziehen. Für die feinen Damen der Generäle war dieser banale Schmuck nichts, aber die einfacheren Frauen im Lager mochten solche Zierart.

Irgendwann blickte sie von ihrer Arbeit auf und musterte Marianne kopfschüttelnd.

»Willst du mir nicht ein wenig helfen? Du kannst doch nicht

den ganzen Tag Trübsal blasen, das Leben geht weiter.« Marianne blickte auf die Perlen.

Aufmunternd hielt Milli ihr einen Faden hin.

»Es ist gut, etwas zu tun zu haben«, sagte sie leise, »auch wenn es nichts Besonderes ist.«

Marianne griff nach dem Faden. Die alte Frau atmete auf.

Das Gewitter zog langsam weiter, und die Donnerschläge ließen nach, nur der Regen prasselte auf das Dach des Karrens. Milli deutete nach draußen.

»Wenn das so weitergeht, dann kann ich mein Geschäft für heute Abend vergessen.«

Marianne reagierte nicht auf ihre Worte. Das Auffädeln der Perlen machte ihr Spaß. Sie kombinierte die unterschiedlichsten Farben und Größen und versuchte, verschiedene Muster zu kreieren.

Milli hob eine ihrer fertigen Ketten bewundernd in die Höhe.

»Und da frage ich mich, warum ich alte Frau mir so viel Arbeit mache, wenn mir so eine großartige Künstlerin zur Hand geht.«

»Künstlerin?«

Die beiden Frauen drehten sich um. Albert kletterte in den Schutz des Wagens. Er war völlig durchnässt und außer Atem, was ihn aber nicht daran hinderte, Marianne einen Kuss auf die Wange zu geben. Danach strahlte er wie ein kleiner Lausejunge, der etwas ausgefressen hatte.

Marianne errötete und blickte zu Boden. Milli lachte laut auf.

»Ja, eine Künstlerin ist sie. Sieh nur, welch hübsche Ketten sie für mich gemacht hat.«

Anerkennend musterte Albert, der eigentlich anderen Schmuck gewohnt war, die einfache Arbeit und wischte sich mit dem Ärmel den Regen aus dem Gesicht.

»Ich habe Neuigkeiten zu berichten.« Auf Alberts Gesicht breitete sich ein Lächeln aus. »Mein Bruder hat beschlossen, nur noch wenige Tage weiterzuziehen. In der Nähe von Landshut werden wir für längere Zeit unser Lager aufschlagen. Er hat es satt, Raubzüge durchzuführen, und möchte sich dort eine Weile zur Ruhe setzen. Auch Anna Margarethe zuliebe, für die die Reise so kurz vor der Niederkunft immer beschwerlicher wird, denn er hofft auf einen gesunden Sohn und Erben.«

Er sah Marianne von der Seite an.

»Und vielleicht bleibt dann sogar die Zeit, um den Bund fürs Leben zu schließen.« Schüchtern griff er nach ihrer Hand.

Marianne sah ihn verwundert an. Heiraten? Hier draußen, im Nirgendwo und ohne Kirche!

Er erriet ihre Gedanken.

»Es ist nicht ungewöhnlich, im Tross zu heiraten. Mein Bruder und Anna Margarethe sind ebenfalls auf diese Art und Weise getraut worden.« Er nickte ihr aufmunternd zu.

»Du wirst schon sehen, bestimmt wird es ein wunderbares Fest.«

Marianne versuchte zu lächeln, obwohl ihr nicht danach zumute war. Immer noch war sie wegen Helene traurig, und durch das schreckliche Ereignis hatte sich auch Anderl wieder in ihre Gedanken geschlichen.

Niemals hatte sie zu hoffen gewagt, jemals zu heiraten. Sie wusste, dass sie großes Glück hatte, und mochte Albert inzwischen sehr. Es kribbelte immer so schön in ihrem Bauch, wenn er auftauchte, und seine Lippen waren warm und weich. Allerdings war er nur sehr selten bei ihr. Meistens war er mit dem Regiment und seinem Bruder unterwegs und verwüstete und plünderte Dörfer, während sie im Tross hinter ihm herzog.

Die Vorstellung, dass Albert unschuldige Menschen erschlug, vielleicht sogar Kinder tötete, hatte sie weit von sich geschoben. Milli richtete sich auf.

»Das sind aber gute Neuigkeiten, die wir begießen sollten.« Sie begann im hinteren Teil des Wagens herumzuwühlen und zauberte drei Becher und eine Flasche Wein hervor.

Die Augen der Marketenderin leuchteten vor Aufregung und Freude.

»Wenn wir länger irgendwo bleiben, dann ist das gut fürs Geschäft.«

Sie lächelte Marianne übermütig an und hob ihren Becher.

»Und du, mein Kind, wirst die schönste Braut, die das Lager jemals gesehen hat.«

Einige Stunden später lag Marianne auf ihrem Strohlager und lauschte den Atemzügen der Mädchen. Eleonore schnarchte und schmatzte im Schlaf. Es regnete nicht mehr, und die Grillen hatten mit ihrem allabendlichen Konzert begonnen. Inzwischen war es Mitte August, der Sommer neigte sich bereits dem Ende zu, und abends wurde es wieder früher dunkel. Marianne konnte es allmählich genießen, aus Rosenheim fort zu sein. Sie hatte Freunde gefunden, würde heiraten und wurde nicht als Pestkind verspottet, gegängelt und gemieden. Ihr Glück wäre vollkommen, wenn nicht der Verlust von Anderl wäre. Wie immer, wenn sie an ihn dachte, legte sie ihren Arm neben sich, dorthin, wo er immer gelegen hatte. Sie schloss die Augen und stellte sich seine warme Haut vor. Diese Vorstellung half ihr eigentlich immer beim Einschlafen, doch heute funktionierte es nicht. Irgendwann stand sie auf, ging zum Zeltausgang und trat in die milde Sommernacht hinaus. Leise schlich sie, nur mit ihrem Hemd bekleidet, durch die Zeltreihen. Sie wusste nicht genau, wohin sie wollte. Noch vor kurzem wäre sie an den

Fluss gelaufen, doch der war jetzt zu weit entfernt. Irgendwann erreichte sie das Ufer eines kleinen Bachlaufs. Es war Vollmond, das fahle Licht schimmerte im fließenden Wasser, das sich seinen Weg durch ein steiniges Kiesbett bahnte. Sie setzte sich ans Ufer, zog das Hemd über ihre nackten Füße, schloss die Augen und genoss es, allein zu sein.

»Was machst du hier draußen«, fragte jemand hinter ihr. Marianne zuckte zusammen und drehte sich um.

Albert stand vor ihr und sah sie fragend an.

»Ich konnte nicht schlafen.« Beschämt blickte sie an sich hinab.

Er trat näher und setzte sich neben sie.

»Du sollst doch nicht nachts allein durchs Lager laufen. Ich werde nicht immer hier sein können, um auf dich aufzupassen.«

»Du hast recht. Es war dumm von mir. Ich habe nicht nachgedacht. Es ist nur …«

»Was ist nur?«, unterbrach er sie.

»Nachts holt mich alles wieder ein. Helenes Tod und Anderl, wie er in diesem schrecklichen Verlies gelegen hat. Besonders beim Einschlafen fehlt er mir so unendlich, denn er hat oft bei mir geschlafen. Früher habe ich mich manchmal darüber geärgert, kaum Platz in meinem schmalen Bett zu haben, und heute …« Sie verstummte.

Albert legte seinen Arm um sie.

»Heute würdest du dir wünschen, er wäre hier«, beendete er den Satz.

In Mariannes Augen traten Tränen. Der Schmerz überrollte sie, und vor ihrem inneren Auge tauchte erneut Helene auf. Sie hatte sie nicht beschützen können, genauso wenig wie Anderl. Albert schien ihre Gedanken zu erraten.

»Du hättest Helene nicht helfen können. Wir haben es doch versucht. Friedrich ist wahnsinnig geworden. Es war nicht dein Fehler.«

Er strich ihr beruhigend über die Haare. »So vielen Menschen bin ich schon begegnet, die mir genommen worden sind. Sie kamen und gingen – und ich konnte nichts dagegen tun. Wir können nur weitergehen und unser Bestes geben, damit Gott uns gnädig ist.«

Marianne schloss die Augen. Eigentlich war es ihr egal, was er sagte. Sie fühlte seine Wärme und spürte seinen Herzschlag. Sein Dreitagebart kitzelte sie an der Wange.

Er zog sie enger an sich. Gemeinsam saßen sie eine Weile ganz still und blickten über das im Mondschein funkelnde Wasser. Marianne war aufgeregt und doch ganz ruhig. Es war eine seltsame Mischung von Gefühlen, die sie nicht verstand. Langsam wanderten seine Hände von ihrem Haar über ihren Hals. Sacht hob er ihr Kinn und begann, sie zu küssen. Anders als sonst, leidenschaftlich, fast schon gierig, zog er sie an sich. Seine Arme umschlangen ihren Körper. Sie ließ es zu, wehrte sich nicht und öffnete ihm ihre Lippen, genoss seine ungestüme und fordernde Art. Sanft drückte er sie ins weiche Gras und öffnete die Knöpfe ihres Hemdes. Sie wusste, dass das, was sie taten, eine Sünde war, doch sie ließ trotzdem zu, dass er sie auszog. Vorsichtig strich er über ihre festen Brüste. Er zog sein Hemd über den Kopf und öffnete seine Hose. Marianne schloss die Augen und genoss die Berührung seiner Hände, die plötzlich überall zu sein schienen. Er küsste ihren Hals und ließ sie erschauern. Langsam wanderte er weiter nach unten. Ihre Haut kribbelte, und das warme Gefühl in ihrem Bauch ließ sie fast zerspringen. Leidenschaftlich stöhnte sie auf, als er ihre Beine auseinanderdrückte und damit begann, die Innenseite ihrer

Oberschenkel zu küssen, um danach in ihrem Schoß zu verschwinden. Sie wand sich, warf den Kopf hin und her und genoss die lustvollen Wellen, die durch ihren Körper wanderten. Dann hob er ihre Beine an, legte sich auf sie, blickte ihr in die Augen und drang behutsam in sie ein. Ein stechender Schmerz ließ sie leise aufschreien. Er hielt inne, drückte seine Lippen auf ihren Mund und beruhigte sie mit einem Kuss. Vorsichtig begann er, sich in ihr zu bewegen. Sie folgte seinem Rhythmus und war wie berauscht von dem, was geschah. Seine Stöße wurden immer härter, immer leidenschaftlicher drang er in sie. Marianne hatte Mühe, nicht laut zu werden. Sie krallte ihre Finger in seinen Rücken, während er sich stöhnend in sie ergoss. Wärme breitete sich in ihr aus. Schwer atmend sank er auf ihr zusammen. Sie schloss die Augen und fühlte seinen Atem an ihrem Hals, der nur langsam ruhiger wurde. Sie hatte so viele Vorstellungen davon gehabt, wie es war, wenn Mann und Frau zusammen waren, aber das hier überwältigte sie.

Albert hob den Kopf, sah sie an und strich ihr liebevoll die feuchten Haare aus der Stirn.

»Es tut mir leid«, entschuldigte er sich. »Ich wollte nicht ...«

Marianne fiel ihm ins Wort. »Es war wunderbar.«

Er küsste sie lächelnd auf die Nase.

»Beim nächsten Mal tut es auch nicht mehr weh, das verspreche ich dir.«

Leise schlichen sie danach zurück zu ihrem Zelt, wo er sie zum Abschied fest in den Arm nahm und küsste.

»Bald schon müssen wir es nicht mehr heimlich am Bach tun, dann liegst du in meinem Bett, und ich werde dich niemals wieder hergeben«, flüsterte er ihr ins Ohr.

Wenig später lag sie wieder auf ihrem Lager. Sie fühlte noch immer seine Nähe, und sein Geruch war allgegenwärtig. Sie kuschelte sich unter ihre Decke und schlief mit einem Lächeln auf den Lippen ein.

Am nächsten Morgen herrschte überall im Tross heilloses Durcheinander. An allen Ecken wurde gepackt, Frauen und Männer rannten durcheinander, Kinder kreischten. Kleidertruhen wurden von Knechten auf große Karren geladen, die hinter den Kutschen der Damen herfuhren. Marianne zog ihr Schultertuch enger. Der Morgen war frisch, keine Sonne war zu sehen, dicker Nebel hing über dem Lager, und die Wiesen waren feucht vom Tau. Auf leisen Füßen schlich der Herbst immer näher. Eugenie trat fröstelnd neben Marianne.

»Was heute ist mit dir?«, fragte sie neugierig. Ihr war das Lächeln ihrer Freundin nicht entgangen. So fröhlich hatte sie Marianne, die heute Morgen vergnügt summend durch das Zelt gehuscht war, noch nie erlebt.

Marianne wandte den Kopf. »Was soll sein?« Sie versuchte, eine gleichgültige Miene aufzusetzen.

»Ich sehen an die Nasenspitze, etwas nicht ist in Ordnung.« Die Französin musterte Marianne kritisch.

»Habe ich verpasst etwas?«

»Nein, du hast nichts verpasst. Es ist alles wie immer«, erwiderte Marianne.

Eugenie sah sie skeptisch an.

»Das kannst du erzählen deine Großmutter.«

»Na gut«, gab Marianne nach, während sie sich ihren Weg zwischen Truhen, Bündeln und Zeltplanen zu Anna Margarethe Wrangels Kutsche bahnten. »Ich werde es dir erzählen, aber du musst es für dich behalten.«

Eugenie sah sie neugierig an.

»Albert hat gestern gesagt, dass wir nur noch wenige Tage reisen werden. Sein Bruder will eine längere Pause machen, da Anna kurz vor der Niederkunft steht.«

Eugenie winkte ab.

»Das ist doch nicht Neuigkeit.« Marianne berichtete weiter:

»Albert plant in dieser Zeit unsere Hochzeit.« Eugenie blieb stehen.

»Wirklich, aber das ist ja ...« Sie suchte nach Worten. »Fantastique!« Sie klatschte in die Hände. »Es wird geben große Fest.« Mit strahlenden Augen sah sie Marianne an. »Ich lieben Feste, Musik und Tanz.« Ihr Blick wurde sehnsüchtig. »Früher, zu Hause, in die Normandie. Wir hatten oft Feste. Mit Tanz und viele Gäste.«

Anna Margarethe trat aus ihrem Zelt. Inzwischen konnten selbst die weiten Kleider ihren Zustand nicht mehr verbergen. Schwerfällig kletterte sie mit der Hilfe eines Dieners in die Kutsche und sank in die Polster.

Marianne und Eugenie folgten ihr.

Anna Margarethe breitete stöhnend ihre Röcke aus.

»Es ist unerträglich«, begann sie zu jammern. »Alles tut mir weh. Carl hat mir versprochen, dass es heute der letzte Tag sein wird. Ich halte es nicht mehr aus. Jeden Stein kann ich spüren.« Eugenie sah Anna Margarethe mitleidig an.

»Die Pause wird tun Euch gut.«

Ruckelnd setzte sich das Gefährt in Bewegung. Anna Margarethe nickte seufzend. Ihr Blick wanderte zu Marianne.

Trotz ihres Zustandes entging ihr deren Veränderung nicht. Mariannes Augen leuchteten, und ein leichtes Lächeln umspielte ihren Mund.

»Carl hat mir gestern Abend von Alberts Plänen berichtet.«

Sie nickte Marianne aufmunternd zu. »Ich kann deine Vorfreude verstehen, mein Kind.«

Marianne blickte beschämt zu Boden.

Immer noch war ihr ganz warm ums Herz, und auch das sonderbare Kribbeln war noch nicht verschwunden. Sie vermisste Albert mit jeder Faser ihres Körpers.

»Und meine zukünftige Gatte ist tot.« Eugenie zuckte seufzend mit den Schultern. Anna Wrangel warf ihr einen strafenden Blick zu. Eugenie war nie mit der Wahl ihrer Eltern zufrieden gewesen. Heinrich, ein Graf de Barby, hatte die fünfzig bereits überschritten, als Eugenies Eltern die Ehe arrangierten. Sie wäre seine vierte Frau gewesen. Heinrich war vom Unglück verfolgt: Seine erste Gattin war im Kindbett gestorben, die zweite erlag der Pest, und die dritte war bei einer Fehlgeburt verblutet. Er hatte keine Nachkommen, und sein einziger Bruder war irgendwo in Brandenburg verschollen. Die Verbindung mit Eugenie hatte ihm neuen Lebensmut gegeben, auch wenn die Französin nicht sonderlich begeistert gewesen war und sich gegenüber ihrem Gatten stets sehr kühl verhalten hatte.

Vor einigen Tagen war er bei dem Versuch, den Inn zu überqueren, ertrunken.

»Wir alle sind sehr bestürzt über Heinrichs Tod. Er war ein zuverlässiger Offizier und ein guter Kommandeur. Zügle deine Worte, meine Liebe.«

Eugenie senkte den Kopf. Marianne bedauerte sie. Sicher war es nicht einfach, den Tod eines Menschen zu betrauern, wenn man eigentlich froh darüber war.

Anna Margarethe veränderte ihre Sitzposition und legte eine Decke über ihre Beine.

»Langsam wird es wieder kühler. In einigen Wochen wird es eine Qual sein, durch die Gegend zu ziehen. Hoffentlich hat

Carl bis dahin ein ordentliches Winterquartier gefunden, denn mit dem Kleinen kann ich unmöglich reisen.«

Marianne sah Anna Margarethe erstaunt an.

»Ein Winterquartier!«

Anna Wrangel lächelte nachsichtig.

»In der kalten Jahreszeit bleibt der Haupttross oft längere Zeit an einem Ort. Meist findet sich sogar ein Landgut oder ein Kloster, in dem wir wohnen können. Die Regimenter ziehen dann natürlich weiter.« Seufzend griff sie sich an den Bauch.

»Leider funktionierte das in all den Jahren nicht immer, und oft sind wir sogar bei Schnee gewandert. Aber ich glaube, wir werden jetzt für längere Zeit irgendwo bleiben. Alle sind müde. Der Kurfürst ist fort, und die Soldaten plündern nur noch. Langsam hege ich sogar die Hoffnung, dieser Krieg könnte bald ein Ende haben, obwohl Carl das nicht hören will. Für ihn existiert das Wort Frieden nicht.«

Marianne blickte eine Weile schweigend nach draußen. Sie fuhren durch ein hügeliges Waldgebiet. Frieden, dachte sie. Was war das eigentlich? Seitdem sie denken konnte, hatte sie sich immer vor irgendetwas in Acht nehmen müssen. Nur einige wenige Jahre waren ruhiger verlaufen. Krankheiten, Brände oder fremde Soldaten hatten ihr Leben bestimmt, etwas anderes kannte sie nicht.

Reiter trabten an der Kutsche vorbei, manch einer winkte ihr sogar zu. Die Sonne stieg immer höher und tauchte die Wiesen und Felder in das warme Licht eines Spätsommertages. Doch plötzlich ruckelte es, und die Kutsche bekam Schräglage. Fluchend zog der Kutscher an den Zügeln, die Pferde wieherten laut. Sie hielten an. Verwundert hob Anna Margarethe, die in einen leichten Schlaf gefallen war, den Kopf.

»Was ist passiert? Warum halten wir?«

Der Kutscher sprang vom Bock und öffnete die Tür.

»Es tut mir leid, die Damen. Das Rad ist gebrochen. Es wird eine Weile dauern, bis ich den Schaden behoben habe.«

Anna Margarethe stöhnte auf.

»Auch das noch.«

Eugenie tätschelte der Generalsgattin aufmunternd die Hand.

»Wird schon werden, nicht wahr?« Fragend sah sie den Kutscher an, der sich sofort darum bemühte, die Gemüter zu beruhigen.

»Es ist kein großer Schaden. Bald wird der Wagen wieder fahren können.«

Anna Margarethe sagte erleichtert: »Das will ich hoffen, guter Mann. Am Ende kommt noch das Kind irgendwo in der Einöde und ohne Hebamme zur Welt.« Erschrocken riss der Mann die Augen auf.

»Ich werde mich beeilen, versprochen.«

Die Damen blieben in der Kutsche sitzen, während sich der Kutscher ans Werk machte. Neugierig beobachtete Marianne ihn bei der Arbeit. Er zauberte einen Beutel mit Werkzeug unter der Kutsche hervor, montierte das beschädigte Rad ab und besah sich den Schaden näher. Es war an einer Stelle gebrochen.

Mit Nieten und Nägeln machte er sich an die Arbeit, die schadhafte Stelle notdürftig zu flicken. Unterdessen zog der Tross an ihnen vorüber. Karren, auf denen sich Weinfässer stapelten; eine Frau, die einen Esel am Strick hinter sich herführte, auf dem ein altes Mütterchen saß; mächtige Fuhrwerke, die mit Planen und Zeltstangen beladen waren. Eine Frau, die zwei Kinder an der Hand hatte, ihr ganzes Eigentum auf dem Rücken, starrte Marianne mit hohlen Augen an, während sie an der Kutsche vorbeilief, barfuß und mit zerschlissenem Rock. Ihr folgte wenig später eine Gruppe singender Landsknechte, die mit ihren bunten Pluderhosen aus dem restlichen Fußvolk herausstachen. Irgendwann zog auch Milli an ihnen vorüber und blieb verwundert stehen.

»Was ist los, guter Mann«, sprach sie den Kutscher an. Der Mann hob den Kopf. Schweißperlen standen auf seiner Stirn.

»Das Rad ist gebrochen. Ich versuche, es zu flicken, aber es will mir nicht so recht gelingen.«

Milli schaute auf das Rad. »Das wird nichts mehr. Der Schaden ist zu groß.« Ihr Blick wanderte zu Marianne, und sie zwinkerte ihr aufmunternd zu. »Einige Karren hinter mir ist der alte Peter. Er hat sicher noch ein Ersatzrad im Karren.« Der Kutscher atmete auf. »Vielen Dank, Milli. Dann werde ich ihn gleich anhalten.«

Milli zog an den Zügeln ihres Pferdes. »Tut das. Wir sehen uns dann später, am Feuer.«

Der Kutscher hob den Hut zum Gruß. »Habt Dank, gute Milli.« Kurze Zeit später tauchte der alte Peter auf, der tatsächlich ein passendes Ersatzrad in seinem Karren hatte. »Bei Milli mag es Wein, Töpfe, Pfannen und allerlei Schnickschnack geben«, murmelte er, während er dem Kutscher dabei zur Hand ging, das Rad anzubringen, »aber von Männerarbeit hat sie keine Ahnung.« Als das Rad endlich saß, atmete Marianne erleichtert auf. Peter verabschiedete sich und einigte sich mit dem Kutscher wegen der Bezahlung. Anna Margarethe und Eugenie hatten die ganze Zeit über dösend im Wagen gesessen. Als sich die Kutsche ruckelnd in Bewegung setzte, öffnete die Generalsgattin die Augen und schaute nach draußen. Die Sonne stand bereits tief über den Feldern, dicke Quellwolken türmten sich in den Himmel, die bedrohlich dunkel waren.

»Hat wohl doch länger gedauert«, sagte sie. »Hoffentlich holen wir die anderen noch ein.« Sie sah Marianne an. »Sag dem Kutscher, er soll sich beeilen. Ich möchte ungern die Nacht allein im Wald verbringen.«

Eugenie, die jetzt ebenfalls die Augen geöffnet hatte, nickte.

»Im Wald ist nicht gut allein für eine Frau.« Marianne steckte seufzend den Kopf aus dem Fenster. »Frau Wrangel möchte, dass Ihr Euch beeilt, damit wir den Anschluss nicht verlieren.« Der Kutscher nickte und schwang die Peitsche, trieb die Pferde zur Eile an. Der Großteil des Trosses war mittlerweile an ihnen vorbeigezogen. Ruckelnd ging es über Stock und Stein. Marianne schloss irgendwann die Augen und nickte ein. Doch einige Zeit später riss sie ein heftiger Schlag aus dem Schlaf. Die Pferde wieherten laut, und die Kutsche blieb abrupt stehen. Ein weiterer Donnerschlag ertönte. Eugenie und Anna Margarethe, die ebenfalls geschlafen hatten, öffneten die Augen. Marianne schaute aus dem Fenster. Die Pferde scheuten vor einem brennenden Baum am Wegrand, und dem Kutscher gelang es nicht, sie zu beruhigen. Es ging bergab, die Kutsche wurde immer schneller und holperte über freies Feld. Marianne hörte den Kutscher laut rufen, verstand aber seine Worte nicht. Sie stieß unsanft mit dem Kopf an das Kutschendach und fiel auf den Boden. Die Kutschentür sprang auf. Eugenie rappelte sich neben ihr auf, klammerte sich an der Tür fest und blickte nach draußen.

»Der Kutscher ist fort«, rief sie.

Anna Margarethe kreischte. Die Kutsche fuhr weiter über das freie Feld und steuerte auf den Waldrand zu. Es ging eine Böschung hinunter, und Eugenie ließ die Kutschentür los. Sie wollte etwas zu den anderen beiden sagen, verlor den Halt und fiel nach draußen. Marianne schrie auf, versuchte, die Tür zu erreichen, wurde aber zurückgeschleudert. Sie erreichten den Waldrand, holpernd ging es noch ein Stück durchs Unterholz, dann kippte die Kutsche um, und Marianne schlug hart mit dem Hinterkopf auf. Alles um sie herum versank in Dunkelheit.

Verwundert blickte sich Marianne um. Sie saß im Rosengarten des Klosters, die Sonne schien von einem wolkenlosen Himmel, und ein sanfter Wind wehte. Die Blumen blühten, und ihr betörender Duft hüllte sie ein. Sie konnte es nicht fassen, sie war zu Hause. Sie stand auf und schritt den Kiesweg entlang. Unter dem Rosenbogen stand Pater Franz. Seine Miene war ernst, er lächelte nicht. Verwirrt schaute sie ihn an. Er sah müde aus, wirkte um Jahre gealtert, seine Wangen waren blass und eingefallen, und um seinen Mund hatten sich tiefe Falten in die Haut gegraben. Sie blieb vor ihm stehen. Er sagte kein Wort zur Begrüßung, nichts. Er sah sie einfach nur an, wirkte wie eine Wachsfigur, unecht und kalt.

»Was ist passiert?«, fragte sie ängstlich.

Dunkle Wolken zogen über die Klostermauern, und die Sonne verschwand.

Pater Franz kam näher, Tränen in den Augen. Er griff nach ihrem Arm, als wollte er sich daran festhalten.

»Ich konnte es nicht, hörst du? Ich wollte ihn retten. Aber es ging nicht.« Seine Stimme wurde lauter, verzweifelter.

»Du musst ihm jetzt helfen. Hilf ihm bitte. Du musst ihm helfen, bitte!«

Marianne schlug die Augen auf und schaute in das dunkle Geäst einer großen Tanne. Ihr Kopf dröhnte. Sie blinzelte und versuchte, sich zu orientieren. Eben war sie doch noch im Rosengarten gewesen. Auch hier zog jemand an ihrem Arm, und eine flehende Stimme drang an ihr Ohr.

»Bitte. Du musst aufwachen! Du musst mir helfen. Ich schaffe das nicht allein.«

Anna Wrangel saß neben ihr. Sie blutete aus einer Wunde an der Stirn, und Tränen rannen über ihre Wangen.

»Gott sei Dank, du bist wach«, presste sie zwischen den Zähnen hervor und griff sich stöhnend an ihren Leib. »Ich dachte schon, du wärst tot. Du musst mir helfen. Das Kind kommt.« Marianne erhob sich ruckartig. Ein stechender Schmerz bohrte sich in ihren Kopf, aber das war ihr jetzt egal. Ungläubig sah sie ihre zukünftige Schwägerin an.

»Aber ich habe doch gar keine Ahnung vom Kinderkriegen.«

»Dann wirst du jetzt eben lernen, wie es geht. Jedenfalls, wie man sie auf die Welt holt. Ich schaffe das nämlich nicht allein.« Verzweifelt blickte sich Marianne um. Die Sonne stand tief im Westen, bald würde die Dämmerung hereinbrechen. Hinter ihnen lag die umgekippte Kutsche. Eines der Räder war abgebrochen, die Pferde hatten sich losgerissen und waren fortgelaufen. Weit und breit war niemand zu sehen. Marianne stand auf und blickte sich um. Wo war Eugenie? Sie lief über die kleine Lichtung und trat auf das freie Feld hinaus, ignorierte die Rufe von Anna Margarethe. Sie taumelte über das Feld und kletterte eine Böschung hinauf. Oben angekommen, entdeckte sie Eugenie, die im hohen Gras lag. Eilig hastete sie zu ihr und sank neben ihr ins Gras. Leblose Augen starrten Marianne an. Sie schlug die Hand vor das Gesicht. Eugenie war tot. Schockiert stolperte sie die Böschung hinunter und landete unsanft in dem Bett eines ausgetrockneten Bachlaufs. Von fern drang Anna Margarethes Stimme an ihr Ohr. Sie sollte still sein.

Eugenie war tot. War das nicht viel schlimmer, als allein im Wald zu sein. Doch dann fielen Marianne Annas Worte wieder ein. Das Kind, es würde kommen. Sie rappelte sich auf und ignorierte ihr schmerzendes Handgelenk, während sie zurück in den Wald hastete.

Anna Margarethe atmete schwer und stöhnte, als Marianne sie erreichte. Vollkommen überfordert blieb Marianne vor der Generalsgattin, die sich vor Schmerzen wand, stehen.

Was würde Milli jetzt tun, überlegte sie.

Die Sonne versank hinter einem der Baumwipfel, und sofort wurde es kühl.

Feuer. Sie brauchten Wärme. Ein Neugeborenes konnte unmöglich in der Kälte liegen. Wie man das machte, wusste sie, denn Pater Johannes hatte es ihr gezeigt.

Anna Margarethe hatte sich unterdessen beruhigt. Sie lehnte mit angewinkelten Beinen an einem dicken Baum und hatte ihre Augen geschlossen. Marianne musterte sie voller Mitleid. Sie musste schreckliche Angst haben. Unter normalen Umständen war es schon schlimm, ein Kind zur Welt zu bringen, aber hier, mitten in der Wildnis und ohne jede Hilfe, war es unvorstellbar.

»Ich mache jetzt erst einmal Feuer, das hält uns die Wölfe vom Leib.« Anna Margarethe riss erschrocken die Augen auf.

Marianne seufzte. Das mit den Wölfen hätte sie wohl lieber nicht sagen sollen.

»Wenn es die in diesem Wald überhaupt gibt.« Beschwichtigend hob sie die Hände.

Anna Margarethe entspannte sich und deutete zur Kutsche.

»Dort sind Decken und Kissen. Sie werden uns warm halten.« Marianne nickte, holte sie und deckte Anna Margarethe fürsorglich zu. Dann lief sie über die winzige Lichtung und sammelte Reisig und trockenes Stroh.

Nach einer Weile hatte sie es tatsächlich geschafft, ein Feuer zu entzünden, und auf der Suche nach noch mehr Reisig zum Nachlegen entdeckte sie sogar einen Bach, aus dem sie mit einer der leeren Trinkflaschen Wasser holte.

Als sie fertig war, saßen die beiden Frauen schweigend nebeneinander am Feuer. Die Abstände, in denen Anna Margarethe zu stöhnen und zu jammern begann, wurden immer kürzer. Irgendwann legte sich Anna Margarethe auf die Seite und kauerte sich wie ein kleines Kind unter ihre Decke. Marianne massierte ihr hilflos den Rücken und legte immer wieder Holz nach. Sie hatte überlegt, Anna von Eugenie zu berichten, hatte den Gedanken aber wieder verworfen. Anna Margarethe würde noch früh genug von dem Tod ihrer Zofe erfahren, jetzt zählte nur die Geburt ihres Kindes.

»Erzähl mir was«, bat Anna Margarethe sie. »Irgendetwas, damit es nicht so schlimm ist.«

Marianne sah sie verwundert an. Anna Margarethe schrie laut auf.

»Bitte. Du wirst doch etwas zu erzählen haben. Von dir, von deiner Familie.«

Marianne begann also zu erzählen. Von ihrer Mutter, von Alma und dem Gutshof. Von der Pest und Pfarrer Angerer. Davon, wie sie zu Hedwig gekommen war, und von Anderl. Sie erzählte von Pater Johannes und seinem Gemüsegarten. In allen Einzelheiten beschrieb sie den Rosengarten des Klosters und wie schön es dort war. Auch von Anderl erzählte sie. Sie beschrieb ihn, sogar seine Grübchen, die sich immer nur dann zeigten, wenn er lachte, erwähnte sie.

»Die Leute glauben, er wäre dumm«, sagte sie. »Aber das ist er nicht. Er ist ein kluger Junge, der nur etwas länger braucht, bis er versteht.«

Plötzlich richtete sich Anna Wrangel auf.

»Jetzt kommt es. Ich fühle es. Schnell, du musst es rausholen.« Entsetzt sah Marianne sie an. Anna Margarethe raffte ihre Röcke, öffnete ihre Beine und entblößte ihre Scham. Und tatsächlich erkannte Marianne den Ansatz eines kleinen Kopfes mit schwarzem Haar. Anna Wrangel schrie herzzerreißend und begann, fest zu pressen. Panisch griff sie nach Mariannes Hand, drückte zu und sah sie aus weit aufgerissenen Augen an.

»Hol es raus! Bitte! Du musst es rausziehen! Ich halte das nicht aus!«

Sie hob ihre Beine an und presste. Der winzige Schopf schob sich ein wenig nach vorn. Marianne befürchtete, dass, wenn Anna Margarethe so weiterdrückte, sie ihr bestimmt alle Finger brechen würde. Die Wehe ebbte ab, und Anna entspannte sich. Marianne ließ ihre Hand los. Sie versuchte, logisch zu denken. Wieder fiel ihr Milli ein. Was würde die Marketenderin jetzt tun? Sie hatte schon so manches Kindchen auf die Welt geholt. Doch das hier sah nicht wirklich nach Holen aus, es hatte eher etwas mit Pressen und Drücken zu tun. Aber vielleicht konnte sie Anna ja dabei helfen. Marianne kroch hinter Anna Margarethe, schob ihre Hände unter ihren Achseln hindurch und griff unter ihre Knie.

»Beim nächsten Mal drücken wir gemeinsam.« Die beiden mussten nicht lange auf die nächste Wehe warten. Mit aller Kraft drückte Marianne Anna Margarethe nach vorn. Anna Margarethe schrie ohrenbetäubend. Als die Wehe wieder abebbte, blickte Marianne zwischen Annas Beine. Und tatsächlich, der kleine Kopf war zur Hälfte zu erkennen, und sogar die winzige Nase war bereits zu sehen. Bestimmt war es jetzt gleich geschafft.

»Ich kann schon die Nase sehen«, versuchte sie die Gebärende zu ermutigen.

Kurz darauf wurde Anna Margarethe erneut unruhig und atmete tief ein. Wieder stieß sie einen markerschütternden Schrei aus, und Marianne drückte sie mit aller Macht nach vorn. Und da geschah es: Der Kopf rutschte hinaus, und das Kind landete zwischen Annas Beinen. Erleichtert sanken die beiden Frauen zurück, blickten dann aber sofort auf das kleine Wesen.

»Ein Junge! Es ist ein Knabe!« Anna Wrangel lächelte erschöpft, aber glücklich. »Oh, er ist wunderschön.«

Marianne griff nach einer der Decken neben sich, wickelte den kleinen Kerl, der erstaunlich sauber war, darin ein und legte ihn in Annas Arm. Marianne lächelte erschöpft, und Tränen der Erleichterung rannen über ihre Wangen.

»Wir haben es geschafft. O mein Gott, er ist wunderschön!« Anna Margarethe atmete tief durch.

»Ganz ist es aber noch nicht vorbei«, sagte sie. Ihr Leib begann sich noch einmal zusammenzukrampfen. Sie verzog das Gesicht. »Kommt da etwa noch ein Kind«, fragte Marianne.

Anna Margarethe musste trotz der Wehe lachen.

»Nein, der Mutterkuchen.« Sie zog an der Nabelschnur, und tatsächlich, zwischen ihren Beinen kam ein fleischiger roter Hautklumpen heraus.

»Das kommt immer«, erklärte Anna Margarethe. »Die Hebammen warten sogar darauf. Es ist wichtig, dass er rauskommt. Er wird ja nicht mehr benötigt.«

Marianne zuckte mit den Schultern und deutete auf die blaue Nabelschnur, die neben der Decke hing.

»Und was machen wir damit?« Anna seufzte.

»Es wird mit einem Messer durchtrennt, aber ich habe keines bei mir.«

»Tut das nicht weh?« Marianne riss verwundert die Augen auf. Anna Wrangel schüttelte den Kopf.

»Nein, weder mir noch dem Kleinen.«

Der Säugling hatte inzwischen laut zu schmatzen begonnen. Anna schob ihm ihren kleinen Finger in den Mund, und er begann sofort daran zu saugen.

»Er hat schon Hunger«, sagte sie lachend.

Marianne war noch immer mit der Nabelschnur beschäftigt. Sie suchte in ihrer Rocktasche und zauberte ein winziges Messer hervor.

Anna Margarethe sah sie erstaunt an.

»Milli hat es mir gegeben. Sie meinte, ich könnte es bestimmt irgendwann einmal gebrauchen.«

Anna Margarethe schmunzelte, während Marianne die blaue Schnur durchtrennte. Marianne war seltsam. Sie selbst würde niemals auf die Idee kommen, ein Messer mit sich herumzutragen.

Wenig später saßen die beiden erschöpft am Feuer, und Mariannes Kopf begann zu schmerzen, doch sie war glücklich, denn sie hatten es geschafft. Das Kind war auf der Welt.

Anna hatte den Kleinen an die Brust gelegt. Das Feuer knisterte, kleine Funken stoben in die Höhe, und die große Tanne breitete ihre mächtigen Äste schützend über sie aus. Anna Margarethe änderte irgendwann stöhnend ihre Sitzposition.

»Vielleicht ist es besser, wenn du dich wieder hinlegst«, schlug Marianne vor und warf einen Ast ins Feuer.

Anna winkte ab.

»Es geht schon.« Sie schaute auf das Kind in ihrem Arm, das fest schlief.

»Er ist so zauberhaft.«

Marianne nickte.

»Und ganz der Papa.«

»Ja, er ist ihm wie aus dem Gesicht geschnitten. Carl wird sich sehr freuen. Er hat sich so sehr einen Jungen gewünscht, nachdem …« Anna verstummte.

Marianne fragte nicht weiter. Im Lager starben die Kinder wie die Fliegen, besonders den Winter überlebte nicht einmal die Hälfte von ihnen.

Anna Margarethe legte Marianne die Hand auf den Arm.

»Danke. Ohne dich hätte ich das nicht geschafft. Es tut mir leid, dass ich anfangs so herzlos zu dir war.«

Marianne sah die Generalsgattin verblüfft an. Damit hatte sie nicht gerechnet.

Anna Margarethe sprach weiter:

»Wir sind uns gar nicht so unähnlich, weißt du. Ich bin auch ein Waisenkind. Mein Vater zog in den Krieg und kam nicht zurück. Als ich acht Jahre alt war, wurde unser Gut überfallen. Meine Mutter und meine Geschwister kamen dabei ums Leben.«

Marianne sah Anna Margarethe mitleidig an. Selbst jetzt, nach so langer Zeit, fühlte sie den Schmerz, der in den wenigen Worten lag.

Anna Margarethe Wrangel atmete tief durch.

»Ich wurde danach in ein Zisterzienserinnenkloster gebracht. Doch als ich elf Jahre alt war, kam ich in die Obhut meiner geliebten Pflegemutter, Gräfin Löwenstein. Damit mich die Katholischen nicht verführen, hat sie gesagt. Sie hat sich um meine Erziehung gekümmert, und ich bin gemeinsam mit ihrer Tochter im Feldherrenhof von Johan Banér aufgewachsen und genauso wie sie erzogen und unterrichtet worden.«

Marianne hörte aufmerksam zu. Auch sie erkannte Parallelen zu ihrem eigenen Leben, doch es war sicher ein Unterschied, ob man bei einer Gräfin aufwuchs oder in einer Brauerei. Auch wenn das Leben in einem Feldherrenhof gewiss um einiges härter war als in einer Stadt wie Rosenheim. Warum allerdings die Katholischen jemanden verführen sollten, verstand sie nicht, aber sie sagte lieber nichts dazu.

»Nach dem Tod seiner Frau heiratete Johan Banèr meine Ziehmutter, und ich wurde zu seinem Mündel.«

Sie lächelte.

»Bei einem der vielen Bankette bin ich dann Carl begegnet. Wir waren uns auf den ersten Blick zugetan. Er hat mich sogar gegen den Willen seines Vaters zur Frau genommen, der für seinen Sohn eine Partie im schwedischen Hochadel vorgezogen hätte.«

Sie legte das Kind vorsichtig in den anderen Arm. Der Kleine bewegte die Lippen im Schlaf, seine Händchen waren gefaltet. Marianne warf etwas Reisig ins Feuer und schaute sich misstrauisch um. Ab und an knackte es im Unterholz, aber ansonsten war es ruhig. Ein Käuzchen rief irgendwo in der Dunkelheit, und der Mond hing wie eine silberne Sichel am Himmel. Anna folgte ihrem Blick.

»Du hast vorhin von Wölfen gesprochen. Denkst du, sie kommen tatsächlich?«

Marianne zuckte mit den Schultern, trank einen Schluck Wasser und reichte die Flasche Anna.

»Ich weiß es nicht. Normalerweise sind sie im Winter hungriger, sagt jedenfalls Pater Johannes. Aber man kann es nie wissen.«

Sie wickelte sich in eine Decke.

»Solange das Feuer brennt, denke ich, haben wir nichts zu befürchten. Bestimmt suchen die anderen schon nach uns.« Marianne legte sich hin und schob sich ein Kissen unter ihren schmerzenden Kopf.

»Vielleicht kommen sie ja schon bald.« Annas Stimme klang hoffnungsvoll.

»Bestimmt«, murmelte Marianne und schlief ein.

Einige Stunden später wurde Marianne von einem seltsamen Geräusch geweckt und setzte sich abrupt auf. Der Morgen dämmerte, und die Büsche und Bäume lagen im Zwielicht des herannahenden Spätsommertages.

Suchend schaute sie sich um, und ihr Herz schlug ihr vor Aufregung bis in den Hals. Wieder vernahm sie das Geräusch. Äste knackten hinter ihr, und sie drehte sich nervös um. Es raschelte im Unterholz. Vorsichtig stand sie auf und griff nach einem dicken Ast. Erneut raschelte es, und auch Anna Margarethe schreckte auf.

»Was gibt es denn«, fragte sie unruhig. Marianne legte den Finger auf den Mund und blickte in die Richtung, aus der die Geräusche kamen. Doch dann trat General Wrangel plötzlich aus dem Schatten der Bäume, und sie atmete erleichtert auf. Freudig erhob sich Anna Margarethe und lief ihm entgegen.

»Ihr habt uns gefunden, ich wusste, ihr würdet kommen«, rief sie erleichtert.

Überglücklich schloss der General seine Gattin in die Arme.

»Meine Liebe, wir waren so in Sorge.«

Marianne würdigte er keines Blickes. Hinter Carl tauchten jetzt auch Albert, Claude und weitere Männer auf.

Albert stürzte sofort auf Marianne zu und drückte sie fest an sich.

»Gott im Himmel sei Dank, du lebst.« Marianne sank in seine Arme.

Marianne saß am Eingang von Anna Margarethes Zelt und blickte nach draußen. Der September hatte mit reichlich Regen und Kälte begonnen und den sanften Spätsommer der letzten Tage vertrieben. Überall war es unangenehm feucht. Die Nässe kroch durch die Zeltwände und verwandelte den hölzernen Boden in einen rutschigen Untergrund. Das Wetter machte ihnen allen zu schaffen, aber ganz besonders den einfacheren Leuten im Tross. Viele litten unter Durchfallerkrankungen, und seit einigen Tagen war das Gerücht im Umlauf, in der Gegend sei die Pest ausgebrochen. Anna Margarethe hatte sich von den Strapazen der Geburt ungewöhnlich rasch erholt. Sie beschäftigte sich damit, eine neu eingetroffene Truhe mit Kunstschätzen auszupacken, und kicherte albern mit den anwesenden Damen. Der kleine Junge, der bereits einen Tag nach seiner Geburt auf den Namen Carl Philipp getauft worden war, schlief in einer bezaubernden, mit Blattgold verzierten Holzwiege.

Marianne hatte sich von der Nacht im Wald nicht so schnell erholt wie die Generalsgattin. Anna Margarethe war hart im Nehmen. Sie war die Strapazen des Lagerlebens gewohnt und hatte früh gelernt, mit schwierigen Situationen umzugehen. Marianne war dünnhäutiger. Sie träumte jede Nacht von der Irrfahrt der Kutsche und glaubte, die Finsternis des Waldes zu fühlen.

Auch den seltsamen Traum mit dem Rosengarten hatte sie nicht vergessen. Immer wieder versuchte sie, sich einzureden, dass alles Hirngespinste waren und es Anderl gutging. Wahrscheinlich leitete ihr Stiefbruder mit Hilfe der Mönche inzwischen die Brauerei und war glücklich. Sie schloss die Augen und stellte sich vor, wie er hinter der Theke stand und stolz das frisch gebraute Bier ausschenkte. Plötzlich hatte sie das Gefühl, den Duft von Malz wahrzunehmen, diesen einzigartigen Geruch, den sie früher verabscheut hatte und der ihr jetzt unsagbar fehlte. Seufzend stützte sie ihr Kinn auf die Hand und ließ ihren Blick über den Platz wandern.

Einige Pferde standen, vor Karren gespannt, im Regen. Wieder waren Vermittler eingetroffen. Priester, Boten und Würdenträger, die mit Münzen gefüllte Truhen und Antiquitäten brachten. Wrangel häufte immer mehr Schätze an. Viele Wagen voller Kunstwerke standen in einem Teil des Lagers und wurden streng bewacht. Seit Tagen ging das jetzt schon so, und trotzdem zogen die Männer jeden Tag los, um Dörfer niederzubrennen, Vieh und Getreide zu stehlen. Kirchen und Klöster in der Umgebung wurden geplündert. Albert zog stets mit ihnen. Auch wenn er es nicht wollte, konnte er nicht anders, denn er war seinem Bruder verpflichtet und verdankte ihm viel.

Marianne seufzte. Er fehlte ihr, und das warme Gefühl ihrer Liebesnacht war verflogen. Manchmal schloss sie die Augen und hoffte, es in sich wiederzufinden – doch vergeblich.

Die Schatten der letzten Wochen lagen wie Blei auf ihren Schultern. Sie hatte Anderl und ihr Zuhause verloren, und Helene und Eugenie, zu denen sie Vertrauen gefasst hatte, waren tot. Sehnsüchtig blickte Marianne zu den Wachmännern, die unter einem provisorischen Unterstand im Regen ausharrten und den Feldherrenhof bewachten. Wie gern wäre sie zu Milli gegangen, denn sie war schon seit längerem nicht mehr dort gewesen. Die Durchfallerkrankungen hinderten sie daran, einfach durchs Lager zu streifen. Anna Margarethe hatte große Angst davor, dass der kleine Carl Philipp krank werden würde, und hatte jedem Mitglied des Feldherrenhofes verboten, in den bunten Tross zu gehen. Vor ihrem Zelt war eine Schale mit geweihtem Wasser aufgestellt, jeder, der es betrat, musste sich darin die Hände waschen.

»Möchtest du dich nicht zu uns gesellen?«

Marianne drehte sich um. Anna Margarethe stand hinter ihr und sah sie auffordernd an.

»Du musst nicht so abseits sitzen und in den Regen starren.« Sie deutete hinter sich.

»Es sind wunderbare Schätze in der Kiste. Du wirst begeistert sein, sogar kleine vergoldete Bilderrahmen sind darunter.« Anna Margarethe bemühte sich seit der verhängnisvollen Nacht sehr um Marianne, die diese Freundlichkeit allerdings nicht einschätzen konnte. Immer noch sah sie die überheblich wirkende Frau mit dem kühlen Blick vor sich, die über sie gelacht hatte. Auch Milli mochte die Frau des Generals nicht. Aber die Marketenderin hielt grundsätzlich nichts von den feinen Damen, die in edlen Kutschen fuhren, von goldenen Tellern speisten und in Zelten lebten, in denen Bilder an den Wänden hingen und abends Musik zum Tanz einlud. Marianne konnte Milli gut verstehen. Die Verschwendungssucht und Gier von Anna Wrangel waren unübersehbar. Sie raffte, genau wie ihr Gatte, alles zusammen, was sie kriegen konnte, und brachte Stunden damit zu, die verschiedenen Stücke zu sichten, sich neue Kleider schneidern zu lassen oder für den Maler Merian zu posieren, der extra zum Porträtieren der Generäle, Offiziere, Marschälle und ihrer Familien anwesend war.

Marianne versuchte, interessiert zu wirken, und musterte die polierten Gläser mit Goldrändern, Zinnteller, Spitzendeckchen, Stoffbahnen, Porzellanfiguren und Perlenketten, die aufgereiht neben der Truhe auf einem Tisch lagen.

Anna Wrangel wühlte währenddessen in der Kiste und zog triumphierend einen der Bilderrahmen heraus.

Mariannes Blick veränderte sich. Der Rahmen sah genauso aus wie die winzigen Kunstwerke, die in dem Kaminzimmer in

Mühldorf auf dem Sims gestanden hatten. Fasziniert griff sie danach und drehte ihn hin und her. Er war aus Holz gefertigt und nur mit goldener Farbe bestrichen, aber für sie war er vollkommen.

Anna Margarethe beobachtete Marianne von der Seite. Sie hatte es tatsächlich geschafft, dem Mädchen ein Lächeln ins Gesicht zu zaubern. Seit Tagen hatte sie versucht, ihre zukünftige Schwägerin aufzuheitern, doch nichts hatte Marianne aus ihrer Trübsal gerissen. Was das bayerische Mädchen anging, hatte sie sich geirrt, das wusste sie jetzt. Hinter der einfachen und schüchternen Fassade, die hübsch anzusehen war, verbarg sich eine starke junge Frau, die es verdient hatte, ein besseres Leben an der Seite ihres Schwagers zu führen. Albert hatte eine gute Wahl getroffen. Sie musste schmunzeln. In diesem einen Punkt waren sich die beiden Brüder, die so wenig gemeinsam hatten, doch ähnlich. Wenn es um die Liebe ging, setzten sie ihren Kopf durch, koste es, was es wolle.

Marianne legte den Bilderrahmen zurück in die Kiste.

»Er ist zauberhaft. Gewiss wird ein Gemälde von Carl Philipp hübsch darin aussehen.«

Anna Margarethe schüttelte den Kopf und gab ihn Marianne zurück.

»Ich schenke ihn dir.«

Marianne sah sie verwundert an. Anna griff nach ihrer Hand.

»Du hast mein Leben und das meines Sohnes gerettet. Ohne dich wäre ich in jener Nacht im Wald gewiss gestorben. Dafür kann es nie genug Geschenke geben. Ich stehe auf ewig in deiner Schuld. Was du dir auch immer wünschst – wenn es in meiner Macht steht, diesen Wunsch zu erfüllen, dann werde ich es tun.«

»Jeder andere hätte dasselbe getan«, erwiderte Marianne gerührt.

»Gnädige Frau?« Eine Dienerin unterbrach die beiden.

»Der Künstler Merian ist eingetroffen. Ihr wolltet doch ein Gemälde von Euch und dem kleinen Carl Philipp anfertigen lassen.«

Anna Margarethe drehte sich erfreut um. Matthäus Merian, der als Maler und Kupferstecher einen äußerst guten Ruf besaß und in die Fußstapfen seines Vaters getreten war, führte in Frankfurt gemeinsam mit seinem Bruder ein Verlagshaus. Carl Wrangel bezahlte den Mann fürstlich dafür, dass er Porträts, Zeichnungen und Kupferstiche für ihn anfertigte. Sogar ein richtiges Buch war inzwischen in Planung, das die ruhmreichen Schlachten der Schweden darstellen sollte.

Marianne hatte den Maler mit dem leicht welligen blonden Haar schon öfter gesehen. Er hatte keinen sonderlich herzlichen Eindruck auf sie gemacht, und auch heute war seine Miene eher säuerlich, als er den Kopf zur Begrüßung senkte.

»Euer Gnaden«, sagte er und versuchte zu lächeln. »Es wird mir eine Freude sein, Euch zu porträtieren.« Anna Wrangel nickte und deutete dann auf Marianne.

»Gewiss findet Ihr danach noch die Zeit, ein weiteres Bild anzufertigen. Diese hübsche junge Frau wird, wie Euch sicher bereits zu Ohren gekommen ist, bald meine Schwägerin.«

Der Künstler nickte und verneigte sich vor Marianne, die beschämt zu Boden blickte. Noch nie hatte sich jemand vor ihr verbeugt.

»Ich habe von Eurer Tapferkeit gehört, meine Teuerste. Das ganze Lager spricht davon. Ihr seid eine Heldin.«

Marianne errötete. Anna Wrangel zeigte auf den kleinen Bilderrahmen in Mariannes Hand.

»Könnt Ihr ein Gemälde anfertigen, das so klein ist, dass es dort hineinpasst?«

Merian verneigte sich erneut.

»Aber selbstverständlich.«

Anna Margarethe nickte zufrieden.

»Gut.« Sie wandte sich an Marianne. »Dein Antlitz wird in dem Rahmen bezaubernd aussehen. Wenn du möchtest, kannst du das Bild Albert zur Hochzeit schenken.«

Marianne sah sie erstaunt an. Sie hatte gar nicht gewusst, dass sie ihrem zukünftigen Gatten etwas schenken musste.

Anna Wrangel führte den Künstler in den hinteren Teil des Zeltes, und während Margaretha, die siebenjährige Tochter von Anna Margarethe, von ihrem Kindermädchen ins Zelt geführt wurde, sank Marianne in einer Ecke auf die Kissen und fuhr bewundernd mit den Händen über den filigranen Rahmen. Ein Gemälde, ein richtiges Bild von ihr. Niemals im Leben hatte sie zu hoffen gewagt, dass es so etwas einmal geben würde.

Als Marianne am nächsten Morgen ihre Augen aufschlug, war irgendetwas anders. Sie überlegte, dann fiel es ihr auf. Es war still, es hatte endlich aufgehört zu regnen. Sie setzte sich auf und griff nach dem winzigen Gemälde, das neben ihr auf dem Kopfkissen lag, und strich bewundernd mit den Fingern darüber. Sie sah darauf so wunderschön und lebendig aus, als würde sie gleich aus dem Rahmen springen. Ihr schwarzes Haar umrahmte ihr Gesicht, ihre Haut war glatt, die Wangen waren leicht gerötet, und ihre Augen schimmerten leuchtend blau.

Marianne hielt das Bild in die Höhe, drehte es hin und her und erfreute sich daran, wie die Farben im Sonnenlicht schimmerten. Sie sollte es Milli zeigen, bestimmt würde sie sich mit ihr freuen. Die Marketenderin würde verstehen, warum Marianne stolz darauf war.

Kurze Zeit später trat sie aus dem Zelt und atmete die kühle, nach Erde und Gras duftende Luft ein. Nebel hing über den Feldern. Es war noch ruhig. Einige Mägde liefen schwatzend an ihr vorüber, und zwei Knechte verschwanden, einen großen Spiegel tragend, in einem der größeren Zelte.

Marianne wandte sich nach rechts und schlich zwischen Büschen und wilden Rosen auf einen kleinen Feldweg, der direkt an den Wachen vorbei ins Lager führte.

Erleichtert tauchte sie kurz darauf in das bunte Durcheinander von Planen, Karren, Zelten und provisorischen Hütten ein. Es duftete nach Holzrauch und gebratenen Eiern. Kinder kreischten, Frauen liefen schwatzend an ihr vorüber, der ein oder andere Lagerbewohner nickte ihr zu oder grüßte freundlich, und sogar die Huren, die sie bisher immer gemieden hatten, winkten ihr zu, als sie an deren Zelten vorbeikam.

Wenig später blieb sie erstaunt vor Millis Lagerplatz stehen. Irgendetwas störte sie. Die Bänke standen wie immer an ihren Plätzen, aber es brannte kein Feuer.

Milli wühlte geschäftig in ihrem Karren herum. Marianne trat neugierig näher.

»Was tust du da?«, fragte sie.

Milli drehte sich um und griff sich erleichtert an die Brust.

»Ach, du bist es, Kindchen. Hast mich ganz schön erschreckt.« Sie musterte Marianne skeptisch. »Warst lange nicht mehr hier. Bist jetzt was Besseres geworden, seitdem du Anna Wrangel gerettet hast.«

Marianne wich ein Stück zurück. So harsche Worte war sie von Milli nicht gewohnt.

»Ich durfte den Feldherrenhof nicht verlassen. Anna Marga-rethe hat Angst um den Kleinen, er darf nicht krank werden.« Milli hängte sich einen Korb an den Arm und griff nach einem weiteren, der neben ihr auf dem Boden stand.

»Früher hast du dich auch fortgeschlichen.« Sie ging an Marianne vorbei.

Marianne schob ihr kleines Gemälde wieder in die Rock-tasche und blickte der Marketenderin verwundert hinterher.

Doch dann raffte sie ihre Röcke und folgte ihr. So konnten sie doch nicht auseinandergehen. Milli verstand das falsch.

»Ich habe es doch schon gesagt«, rechtfertigte sie sich er-neut.

»Sie hat niemanden fortgelassen, hat uns regelrecht einge-sperrt.«

Milli lief einfach weiter.

»Das ist doch Unsinn. Andere Kinder kommen auch hier zur Welt. Denkst du, für die ist es leichter? Keine Mutter will ihr Kind sterben sehen. Und Durchfallerkrankungen gibt es, seit ich denken kann, die machen nicht halt vor Wachen und Ab-sperrungen.«

Milli legte ein ordentliches Tempo vor, und Marianne hatte Mühe mitzuhalten. Irgendwann erreichten sie das Ende des Trosses. Verwundert bemerkte Marianne, dass die Marketen-derin noch immer nicht stehen blieb.

»Wo willst du eigentlich hin?«, fragte sie, als sie nach einer Biegung einen breiten Feldweg erreichten.

»Die Männer haben gestern eines der Dörfer hier in der Ge-gend heimgesucht. Ich wollte sehen, ob es noch was zu holen gibt. Ich benötige Nachschub, denn mein Karren ist fast leer.« Marianne sah Milli verwundert an.

»Aber die Menschen haben doch alles verloren. Sie sind tot

und geschändet. Warum denkst du, dass es dort noch etwas zu holen gibt?«

Milli blieb stehen. »Mir werden die Sachen nicht gebracht, die ich verkaufe.« Sie deutete auf ihre Körbe. »Ich muss sie mir zusammensuchen. Alle Marketender tun das. Es sichert unser Überleben. Oft übersehen die Soldaten etwas in den Gebäuden, sogar Goldmünzen habe ich schon gefunden. Davon kann ich dann Wein und Bier kaufen.«

Marianne schaute auf die Körbe. Das hatte sie nicht gewusst. Natürlich hatte sie sich manchmal gefragt, woher Milli die Sachen bekam, aber dass sie die Häuser der Geschändeten durchsuchte, erschreckte sie.

Sie war erleichtert, dass Milli wieder normal mit ihr redete, und fand es plötzlich aufregend, etwas anderes zu sehen als das tägliche Einerlei im Lager.

»Ich komme mit dir«, sagte sie und griff nach einem der Körbe.

»Ich kann dir helfen.«

Milli warf Marianne einen abschätzenden Blick zu. »Es ist aber keine leichte Arbeit.«

Marianne zuckte mit den Schultern. »Was ist in diesen Zeiten schon leicht.«

Die Marketenderin lächelte. »Das stimmt.« Die beiden gingen weiter. »Und eine Frau, die sich allein im Wald so mutig verhält, lässt sich bestimmt nicht so schnell erschrecken.« Milli legte liebevoll den Arm um Marianne und drückte sie fest an sich.

»Du musst mir genau erzählen, was im Wald passiert ist. Im Lager wird überall davon gesprochen, und sie feiern dich als Heldin.«

Marianne verdrehte die Augen. »Als Heldin würde ich mich

nicht bezeichnen. Vor lauter Angst habe ich mir fast ins Hemd gemacht.«

Die Marketenderin grinste. »Das hätte ich mir gewiss auch.«

Nach einer Weile erreichten sie ein Dorf. Jedenfalls das, was davon übrig war. Die Stille war grausam. Marianne blickte sich fröstelnd um. Die Höfe und Häuser waren teilweise niedergebrannt, die Fenster eingeschlagen. Rosenblätter lagen vor einem Haus auf dem Boden. Irgendjemand hatte auf einen blühenden Busch vor dem Gebäude eingeschlagen. Die Tür hing lose in den Angeln, im Eingang lag eine Frau, den Kopf halb abgetrennt. Die Pfützen auf den Straßen waren rot gefärbt und schimmerten unwirklich im Sonnenlicht. Es stank erbärmlich. Ein Hund humpelte winselnd an ihnen vorbei, ihm fehlte ein Bein, und eine große Wunde klaffte an seinem Hinterteil. Mitfühlend schaute Marianne dem Tier nach. Milli sah sich ebenfalls um. Doch Mitleid lag nicht in ihren Augen. Sie musterte die einzelnen Häuser und dachte darüber nach, wo es noch etwas zu holen geben könnte. Irgendwann entschied sie sich für einen relativ großen Bauernhof, der am Ende der Straße lag. Marianne folgte ihr.

Immer wieder zeigten Leichen die Grausamkeit, mit der hier vorgegangen worden war. Zwei Buben, kaum älter als zwölf Jahre, baumelten an einer großen Linde. Darunter lag anscheinend ihre Mutter vollkommen nackt in einer großen Blutlache, und zwei große Löcher prangten an der Stelle, wo noch gestern ihre Brüste gewesen waren.

Marianne wandte den Blick ab. Übelkeit stieg in ihr auf, sie übergab sich am Straßenrand. Milli beobachtete sie teilnahmslos und meinte ungeduldig:

»Ich habe dir doch gesagt, dass es nicht einfach ist.«

»Es geht gleich wieder«, antwortete Marianne, wischte sich den Mund ab und atmete tief durch.

Die Marketenderin blickte kopfschüttelnd auf die geschändete Frau. »Armes Ding. Wahrscheinlich sind das dort oben ihre Kinder. Vielleicht wollten sie ihr zu Hilfe eilen. Hätten sie mal lieber bleibenlassen sollen.«

Marianne hob den Kopf. Tränen standen in ihren Augen, und ihr Hals brannte. Milli trat neben sie, reichte ihr einen Wasserschlauch und klopfte ihr auf den Rücken.

»Das wird schon wieder. Am Anfang mussten alle spucken, doch irgendwann gewöhnt man sich an den Anblick.«

»Daran möchte ich mich nicht gewöhnen«, erwiderte Marianne und reichte Milli den Schlauch zurück, nachdem sie getrunken hatte.

Die beiden gingen weiter und betraten wenig später den Innenhof des großen Bauernhofes. Die Stallungen und Scheunen waren komplett niedergebrannt. Schwarze Überreste von Holzbalken lagen zwischen verkohlten Steinen. Das Haupthaus stand noch, doch die Scheiben waren eingeschlagen, die Tür fehlte, und an einer Stelle klaffte ein großes Loch in der Mauer. Ein geschlachteter Esel, dem sämtliche Innereien fehlten, starrte Marianne aus traurigen Augen an. Angewidert wandte sie den Kopf ab und unterdrückte eine weitere Übelkeitsattacke. Hastig folgte sie Milli, die bereits im Haus verschwunden war. Im Flur schlug ihr abgestandene, nach Urin und Kot stinkende Luft entgegen. Sie betraten die Wohnstube. Auch hier hatten die Männer gewütet. Stühle und Tische waren zerschlagen und die Schränke durchwühlt worden. Aber Tote gab es nicht. Marianne atmete auf. Milli begutachtete die Schränke und blickte unter die Eckbank, doch alles war leer. Sie verschwand durch eine Seitentür. Marianne folgte ihr und fand sich in der weitläufigen Wohnküche des Hofes wieder. Alles war zerstört, doch Tote gab es auch hier nicht. Milli hob triumphierend zwei Zinnbecher in die Höhe, die unter dem Spülstein gelegen hatten.

»Siehst du. Irgendetwas vergessen sie immer. Für die beiden bekomme ich bestimmt einen guten Preis. Ich kann sie gegen Getreide oder Wein eintauschen. Der alte Peter ist ganz verrückt nach Zinngeschirr.«

Sie legte die Becher in die Tasche und durchwühlte weiter die herumliegenden Trümmer. Ein Putzlappen, zwei kleinere Metalltöpfe und eine Suppenkelle wanderten ebenfalls in ihren Korb. Danach traten sie wieder auf den Flur und liefen die schmale Treppe nach oben.

Marianne empfand es als Diebstahl, was sie hier taten, und sie begann sich zu fragen, wie viele Vaterunser man beten musste, bis man von dieser Sünde erlöst war.

Im Obergeschoss empfing sie ein seltsam süßlicher Geruch. Marianne zog ein Stofftaschentuch aus ihrer Rocktasche und drückte es sich angewidert vor die Nase. Vorsichtig folgte sie Milli durch den dämmrigen Flur. Sie war auf alles gefasst, denn dieser Geruch verhieß nichts Gutes.

Milli betrat eine der Kammern, Marianne blieb im Türrahmen stehen. Der Raum war ein Schlafzimmer. Vor ihnen stand ein hölzernes Doppelbett, dem ein großer, anscheinend vollkommen erhaltener Bauernschrank gegenüberstand.

Im Bett lagen zwei Leichen. Grauenvolle Gewalttaten waren nicht an ihnen zu erkennen. Die Laken waren zerwühlt, und eingetrocknetes Blut, Eiterflecken und Erbrochenes waren darauf zu erkennen. Milli musterte die beiden misstrauisch. Ein Tuch vor Nase und Mund, trat sie näher heran.

»Geh lieber wieder in den Flur hinaus, mein Kind«, sagte sie zu Marianne. »Hier stimmt etwas nicht.«

Sie ging zum Bett und besah sich die Toten genauer, fasste die eine Frau an der Schulter und drehte sie um. Sofort floh sie zu Marianne in den Flur.

»Wir müssen hier weg. Schnell!«

Sie packte Marianne am Arm und zog sie zur Treppe.

»Aber warum denn? Was ist mit den beiden?« Milli rannte die Treppe nach unten, und Marianne musste achtgeben, dass sie nicht über die Stufen stolperte. Auch sie bekam Angst. Woran die beiden dort oben auch immer gestorben waren, es musste etwas Schreckliches sein, wenn Milli so reagierte.

Erst als sie ein ganzes Stück von dem Hof weg waren, blieb Milli schwer atmend stehen. Marianne hielt sich, nach Luft japsend, die Seite.

»Aber jetzt musst du mir endlich sagen, was dort gewesen ist. Woran sind denn die beiden gestorben?«

»Wenn ich mich nicht irre«, antwortete Milli, »dann war es die Pest.«

Albert hatte die Augen geschlossen. Marianne musterte ihn verstohlen von der Seite. Er sah so friedlich aus, wenn er schlief. Sie lag in seinem Arm und beobachtete seine Brust, wie sie sich hob und senkte. Kleine blonde Härchen ringelten sich darauf. Ihr Blick wanderte nach oben. Er hatte sich seit einigen Tagen nicht mehr rasiert. Blonde Bartstoppel, die sie vorhin rauh auf ihrer Haut gespürt hatte, zierten sein Kinn und seine Wangen. Er hatte eine relativ schmale, lange Nase, mit einem winzigen Höcker, und seine rechte Wange zierten zwei Muttermale. Sie lächelte. Früher hatte sie oft Anderl im Schlaf beobachtet und genau gesehen, wenn sich etwas an ihm verändert hatte. Sie liebte es, die Details eines Menschen zu erkennen und jede noch so kleine Besonderheit in einem Gesicht zu finden.

Sie lagen in seinem Zelt. Das Abendmahl war im kleinen Kreis eingenommen worden, denn Anna Margarethe hatte sich nicht wohl gefühlt. Das übliche allabendliche Unterhaltungsprogramm war gestrichen worden, was Albert sofort dazu genutzt hatte, mit Marianne zu verschwinden.

Claude hatte sich breitschlagen lassen, ihnen das Domizil zu überlassen, und versprochen, Stillschweigen zu wahren. Er war Franzose, und von der Sitte, bis nach der Ehe zu warten, hielt er nicht viel. Er vertrat die Einstellung, dass man in jeder Hinsicht wissen sollte, wen man heiratete, denn immerhin war es ein Versprechen fürs Leben. Was in diesen Zeiten nicht viel heißen musste, aber genau wissen konnte man es nie.

Es war schön gewesen, sich zwischen Laken und Decken zu lieben. Hier war es warm und weich, nicht hart und kühl wie neulich draußen am Bach. Es hatte auch nicht mehr weh getan und sich gut angefühlt. Irgendwann war sie wie berauscht gewesen, und dieses besondere Gefühl, das sie beim letzten Mal weniger intensiv gespürt hatte, war nun stärker und irgendwann so wunderbar und einzigartig geworden, dass sie sich stöhnend aufgebäumt hatte. Diese Wärme war noch immer da, füllte ihren Bauch aus und zauberte ihr ein Lächeln auf die Lippen. Schläfrig schloss Marianne die Augen. Es war so schön, wieder jemanden neben sich zu haben. Endlich griff ihre Hand nicht mehr ins Leere. Ihre Gedanken wanderten zu Anderl. Vielleicht würde er ja auch bald jemanden finden. Eine Frau an seiner Seite, mit der er Kinder bekommen könnte. Obwohl sie sich fragte, ob er überhaupt in der Lage dazu war, auf diese Art und Weise zu lieben. Sie seufzte. Immer wenn sie an Anderl dachte, wurde sie traurig. Wie gern hätte sie ihn jetzt bei sich. Ihm würde es im Tross bestimmt gefallen. Aber wo wäre hier sein Platz? Er konnte nicht kämpfen, verstand nichts von Waffen, war langsam und verträumt. Sie würden ihn verspotten oder schlagen. Die Männer hier waren nicht zimperlich, und wer sich nicht durchbeißen konnte, würde als Wasserträger oder Bettler enden, den keiner haben wollte.

Doch würde es Anderl tatsächlich so ergehen? Immerhin würden Albert und sie auf ihn aufpassen. Sie seufzte. Niemals würde Anderl dieses Lager betreten. Er war jetzt weit weg und lebte in einer anderen Welt, die nicht mehr ihr Zuhause war.

Albert bewegte sich, drehte sich auf die Seite, legte seinen Arm um sie und zog sie noch enger an sich. Marianne schob ihre Gedanken fort. Sie wollte kein Heimweh haben und nicht an Rosenheim und die Berge denken, denn ihre Heimat war jetzt hier.

Am nächsten Morgen riss lautes Geschrei Marianne aus dem Schlaf. Die Plane vor dem Eingang wurde aufgerissen, und Claude betrat das Zelt. Beschämt zog Marianne die Decke hoch. Albert sah seinen Freund wütend an.

»Was soll das? Ich hatte dich doch gebeten …«

»Nicht jetzt«, unterbrach der Franzose ihn.

»Die Pest ist im Lager. Dein Bruder will sofort mit uns allen sprechen.«

Albert sah ihn verwirrt an.

»Aber davon war doch bisher auch nicht die Rede. Nicht einen einzigen Fall hatten wir in den letzten Monaten.«

Er stand hastig auf und zog seine Hosen an.

»Gestern muss eine Hure daran gestorben sein. Die Frauen wussten anscheinend nicht, welche Krankheit sie hatte. Erst Milli, die sie zu Hilfe geholt hatten, hat es erkannt und es gestern Abend sofort dem Trosswaibl gemeldet. Er ist bereits bei deinem Bruder.«

Albert wandte sich an Marianne, die kreidebleich geworden war.

Besorgnis trat in seine Augen.

»Geht es dir gut?«, fragte er und verfluchte sich dafür, Claude nicht erst draußen gefragt zu haben, was geschehen war. Diese Neuigkeiten waren nichts für Marianne, die schon ihr ganzes Leben lang von der Pest verfolgt wurde.

»Es ist schon gut«, beruhigte Marianne ihn. »Geh du ruhig. Ich komme zurecht.«

Auch Claude musterte das Mädchen besorgt. Er wollte niemandem Angst machen.

»Das wird schon werden, Mademoiselle.« Er versuchte, ein charmantes Lächeln aufzusetzen, was ihm allerdings misslang.

»Sicher wird es nicht so schlimm kommen. Es ist nicht das erste Mal, dass es solche Probleme gibt. Nicht wahr, Albert?«

Albert nickte und drückte Marianne einen Kuss auf die Stirn.

»Claude hat recht. Du wirst schon sehen, bald wird im Lager niemand mehr davon sprechen. Bisher war es ja auch nur der eine Fall, und wir wissen damit umzugehen. In ein paar Tagen wird es kein Thema mehr sein.«


Am selben Abend saß Marianne bei Anna Margarethe im Zelt und wiegte den kleinen Carl Philipp liebevoll im Arm. Er war eingeschlafen. Wie viel Vertrauen so ein kleines Wesen hatte, dachte Marianne. Sie können nicht anders als darauf hoffen, dass derjenige, der sich ihrer annimmt, nichts Böses im Sinn hatte. Sie strich ihm sanft über die Wange. Er war ein hübsches Kind. Sein schwarzer Schopf war am Hinterkopf ein wenig dünner geworden, seine Wangen voller. Anscheinend vertrug er die Milch seiner Amme hervorragend. Immer deutlicher war die Ähnlichkeit zu seinem Vater zu erkennen.

Anna Wrangel betrat das Zelt und kam auf die beiden zu. Sie trug ein dunkelblaues Samtkleid, in das an den Ärmeln mit rotem Garn Sterne eingearbeitet waren. Ihre Miene war ernst, und eine tiefe Falte lag zwischen ihren Augen.

Marianne sah sie fragend an.

»Und, was sagen die Männer?«

Anna Wrangel sah auf ihren kleinen Jungen hinab und lächelte.

»Er sieht so unschuldig aus. Alle sahen sie so aus.« Sie strich vorsichtig über seine winzigen Finger. »Die kleinen Hände und Füße, sie sind so vollkommen und wissen noch nicht, was für schreckliche Gefahren das Leben in sich birgt.«

»Was haben die Männer gesagt?«, fragte Marianne erneut. Sie ahnte, dass es keine guten Neuigkeiten gab.

»Es gibt zwei weitere Tote«, antwortete Anna.

»Wo?«

»Wieder im Hurenlager, aber auch bei der Infanterie liegen zwei Männer darnieder. Carl wird langsam nervös. Gestern ist eine Gruppe aus einem der Dörfer zurückgekommen. Auch dort hat der Schwarze Tod gewütet.«

Marianne fielen die beiden Toten in dem Bauernhaus wieder ein. Sie und Milli hatten natürlich abgesprochen, Stillschweigen darüber zu bewahren. Gott bewahre, wenn irgendjemand im Lager erfahren würde, dass sie auf einem Pesthof gewesen waren. Dann würden sie ihres Lebens nicht mehr froh werden. Marianne lebte seitdem ständig mit der Angst, krank zu werden. Aber bisher war noch nichts passiert. Keine Kopfschmerzen, kein Fieber oder sonstige Dinge, die irgendwie anders waren. Milli hatte sie seitdem nicht mehr gesehen.

Die Wachen waren verstärkt worden, und Albert hatte sie gebeten, nicht ins Lager zu gehen, doch sie vermisste die Marketenderin und die normale Welt, wie sie den bunten Teil des Trosses nannte. Hoffentlich würde dieser Alptraum, der sie alle lähmte und ihnen die Luft zum Atmen raubte, bald ein Ende haben.

Anna Wrangel nahm ihr den Kleinen ab, und Marianne griff zu einer Stickarbeit, die neben ihr lag. Vor einigen Tagen hatte sie damit begonnen, doch sie stach sich ständig in die Finger und hatte Schwierigkeiten, die richtigen Stiche zu machen. Aber immerhin war die Stickerei ein kleiner Zeitvertreib, der das Warten auf Neuigkeiten von dem Schwarzen Tod erträglicher machte.

Zwei Tage später hielt es Marianne nicht mehr aus. Sie musste unbedingt zu Milli, ob es Anna Margarethe nun passte oder nicht. Der Morgen war gerade angebrochen, als sie aus dem Zelt spähte. Die Wachen patrouillierten wie immer am Eingang zum Feldherrenhof, doch ansonsten war es still. Einige wenige Mägde waren bereits auf den Beinen und schürten das Feuer oder hängten zwischen den Zelten Wäsche zum Trocknen auf.

Marianne schlüpfte rasch in ihre Kleider, hüllte sich in ein wollenes Schultertuch und verschwand ungesehen hinter ihrem Zelt.

Als sie kurze Zeit später durchs Lager ging, atmete sie auf.

Es war ein kühler Morgen. Der Herbst hatte endgültig Einzug gehalten, und die ersten Blätter an den Bäumen begannen, sich zu verfärben. Grauer Nebel hing über dem Lager mit seinen Karren, den Zelten, heruntergebrannten Lagerfeuern, Holzbänken und Wäscheleinen. Einige Kinder liefen kichernd an Marianne vorbei, doch auch hier hatte sich etwas verändert.

Alles schien ruhiger zu sein, und es herrschte nicht die fröhliche Stimmung, die Marianne so liebte.

Sie erreichte Millis Lagerplatz. Das Feuer war bereits angefacht, und die Marketenderin hängte gerade einen vom Ruß geschwärzten Kupferkessel darüber.

Marianne trat näher.

»Guten Morgen, Milli«, begrüßte sie die Freundin strahlend. Milli blickte auf. Ein Lächeln umspielte ihre Lippen.

»Guten Morgen, Marianne. Das ist aber schön, dass du mich besuchen kommst.« Sie hob ermahnend den Zeigefinger.

»Hast dich wieder fortgeschlichen, nicht wahr?«

»Ich konnte nicht anders. Es ist wie in einem Gefängnis.« Marianne setzte eine unschuldige Miene auf und zeigte ihre zerstochenen Finger. »Und für die Stickarbeit bin ich nicht geschaffen.«

»Na, dann setz dich mal ans Feuer, Kindchen. Ich mache uns Tee und Fladenbrot.«

Marianne setzte sich auf eine der Holzbänke und hielt ihre kalten Hände ans Feuer. Erst jetzt musterte sie Milli genauer. Die Marketenderin sah heute irgendwie anders aus. Sie war blass, und ihre Augen glänzten fiebrig.

»Du siehst müde aus, Milli.«

Milli winkte ab und trat neben ihren Karren.

»Ja, ja, ich habe schlecht geschlafen.« Sie wühlte in ihren Sachen herum und zog zwei Tonbecher heraus. Plötzlich schwankte sie, einer der Becher fiel zu Boden und zerbrach. Marianne sprang erschrocken auf, trat neben ihre Freundin und stützte sie. Milli war glühend heiß.

»Guter Gott, Milli!«, rief sie erschrocken. »Du hast Fieber, komm, setz dich.«

»Es geht schon. So schlimm ist es nicht«, wiegelte Milli ab.

Marianne führte die Marketenderin zu einer der Bänke, musterte sie besorgt und blickte sich dann um.

»Ich koche den Tee, und du bleibst sitzen und ruhst dich aus.« Milli versuchte zu protestieren.

»Aber …«

»Kein Aber. Sieh dich doch an. Keine drei Schritte kannst du laufen.« Marianne stemmte die Hände in die Hüften, drehte sich um und begann damit, die Scherben aufzuheben. Danach suchte sie in Millis Sachen einen neuen Becher. Als sie sich wieder umdrehte, saß Milli nicht mehr auf der Bank. Sie war auf den Boden gerutscht und lag zusammengekauert und zitternd im Gras.

Sofort war Marianne bei ihr.

Angst befiel sie. Das hier war keine einfache Erkältung, das war klar. Nervös schaute sie sich um. So durfte niemand Milli sehen. Die Leute würden bestimmt gleich das Schlimmste annehmen. Sie sank neben der Marketenderin auf die Knie. Milli musste sofort ins Zelt.

»Komm, Milli.« Sie half der Freundin behutsam auf die Beine.

»Du musst dich ausruhen. Ich kümmere mich heute um alles.« Milli wehrte sich nicht mehr. Wie ein nasser Sack sank sie auf ihr Lager und schloss die Augen. Marianne deckte sie mit allem zu, was sie finden konnte, und redete auf sie ein.

»Es ist bestimmt nur eine Erkältung, ein bisschen Fieber. Du wirst sehen: Heute Abend geht es dir bestimmt wieder gut.« Tränen der Verzweiflung traten ihr in die Augen. Sie spürte, dass sie sich eher selbst beruhigen wollte. Milli würde heute Abend nicht gesund sein, und ob sie es jemals wieder werden würde, wagte Marianne zu bezweifeln.

Milli suchte ihre Hand und hielt sie fest, sah Marianne bittend an.

»Es ist besser, wenn du gehst, mein Kind. Wir wissen beide, was die Stunde geschlagen hat. Du darfst nicht hierbleiben.« Marianne wusste, dass Milli recht hatte. Es war der reinste Selbstmord, länger als nötig in diesem Zelt zu bleiben, doch sie würde nicht gehen. Sollte er sie doch endlich holen kommen, der Schwarze Tod. Sie hatte keine Angst. Niemals hatte er sie losgelassen, also konnte er sie jetzt auch mitnehmen, ihr den Frieden schenken und sie zu ihrer Familie bringen, die er ihr genommen hatte – genauso wie ihr Leben.

Verstockt schüttelte sie den Kopf.

»Ich gehe nirgendwohin. Mich schreckt er nicht ab. Soll er nur kommen.«

»Es ist so heiß«, flüsterte Milli, schloss die Augen und griff sich an den Kopf. »Und der Kopf fühlt sich an, als würde er zerspringen.«

Marianne stand auf.

»Ich gehe und hole Wasser. Eine Erfrischung wird dir bestimmt guttun.«

Sie wischte sich die Tränen ab und trat aus dem Zelt. Vor dem Feuer stand der alte Otto und sah sie überrascht an.

»Marianne! Was tust du denn hier? Und wo ist Milli?«

»Ich habe nach Milli gesucht«, antwortete Marianne, innerlich fluchend. Warum musste der alte Mann ausgerechnet jetzt auftauchen. »Aber sie ist nicht da.« Sie biss sich auf die Zunge.

»Aber das Feuer brennt doch.« Otto sah sich misstrauisch um.

»Das habe ich angezündet. Ich wollte ihr eine Freude machen«, sagte Marianne schnell.

»So kenne ich Milli gar nicht. Sonst ist sie um diese Zeit doch immer da.« Otto wandte sich zum Gehen.

»Ich werde ihr ausrichten, dass du hier gewesen bist, Otto«, rief Marianne dem alten Mann erleichtert hinterher. Als er außer Sichtweite war, ging sie zum Karren, zog einen Eimer heraus und lief eilig zum nahen Bach.

Wenig später saß sie wieder bei Milli am Krankenlager, legte ihr feuchte Tücher auf die Stirn, gab ihr zu trinken und las ihr aus der Bibel vor, die sie neben dem Bett gefunden hatte. Milli redete kaum noch. Ihre Augenlider flatterten unruhig, manchmal stöhnte sie ein wenig. Immer wieder holte Marianne frisches Wasser, doch ansonsten verließ sie ihren Platz neben dem Lager der Kranken nicht.

Die Stunden vergingen. Marianne hatte jedes Zeitgefühl verloren, und irgendwann am Nachmittag schlief sie erschöpft über ihrer Lektüre ein.


Sie war zu Hause in Kieling. Ihre Mutter war da. Sie konnte sie singen hören. Dieses eine Lied, das sie immer für sie gesungen hatte. Die Sonne schien von einem wolkenlosen Himmel, und sie saß auf einer großen Wiese zwischen langen Wäscheleinen, an denen riesige weiße Laken hingen. Ihre Mutter und Alma blieben ab und an vor ihr stehen und kitzelten sie. Sie hatte eine kleine Puppe mit einem Strohkopf in der Hand, die ein rotes Kleid trug, das bereits einige Löcher aufwies.

Schmetterlinge tanzten durch die Luft, und es duftete nach Seife und Blumen. Margeriten und Butterblumen wuchsen um sie herum, und Bienen flogen summend über den Klee auf der Wiese. Doch dann plötzlich hörte die Mutter auf zu singen.

Panisch wurde Marianne hochgehoben, und ihre Puppe fiel zu Boden. Sie begann zu schreien, wie wild zu strampeln. Sie konnte sie doch nicht dort liegen lassen. Die beiden Frauen hasteten über die Wiese zurück zum Hof. Weinend streckte sie die Ärmchen aus, doch es half nichts.

»Marianne, bist du hier?« Alberts Stimme ließ Marianne in die Höhe schnellen, der Traum verflog. Verwirrt blickte sie sich um. Die Bibel war auf den Boden gefallen. Es herrschte dämmriges Licht. Milli lag schlafend vor ihr. Das Tuch auf ihrer Stirn war verrutscht.

»Marianne!«, erklang erneut Alberts Stimme.

Plötzlich tauchte sein Kopf im Zelteingang auf. Erleichtert sah er sie an.

»Da bist du ja. Ich suche dich schon überall.«

Er ließ seinen Blick durchs Zelt schweifen. Seine Augen weiteten sich. »Was ist hier los, Marianne?«

Sie antwortete nicht. Was hätte sie auch sagen sollen?

Albert betrat vorsichtig das Zelt und musterte Milli. Sofort griff er nach Mariannes Hand und zog sie an sich.

»Sie hat es. Guter Gott, Marianne. Was tust du denn hier?« Er zerrte sie aus dem Zelt, doch Marianne wollte nicht gehen.

»Lass mich. Ich kann sie nicht allein lassen. Ich muss hierbleiben. Jemand muss sich doch um sie kümmern.«

Doch Albert ließ sie nicht los, zog sie vom Zelt fort und an der erloschenen Feuerstelle vorbei.

Marianne begann, wild um sich zu schlagen, und er hatte alle Mühe, sie festzuhalten.

»Das kannst du nicht tun! Sie wird sterben! Er kommt sie holen! Der Schwarze Tod, er wird sie mir wegnehmen. Alles nimmt er mir weg! Er darf sie nicht haben! Nicht Milli! Nicht sie auch noch. Bitte!«

Albert hatte seine Arme um sie geschlungen, und Tränen der Wut und Verzweiflung traten in seine Augen. Mariannes Gegenwehr ließ nach. Sie krallte sich in seine Arme, sank in die Knie und begann laut zu schluchzen.

»Ich kann sie doch nicht gehen lassen.«

»Ich weiß«, antwortete er und strich ihr beruhigend übers Haar.

»Ich weiß es.«

Er half ihr auf und führte sie vom Karren fort.

Marianne blickte nicht zurück. Der Schwarze Tod war in ihr. Niemals würde er sie loslassen. Immer wieder würde er sich anschleichen und ihr weh tun, doch holen würde er sie nicht, das wusste sie.

# 12

Die weißen Pobacken des Jungen bewegten sich vor ihm auf und ab. Er fuhr mit der Hand über die straffe, glatte Haut und drang immer wieder in ihn ein. Anderl stand, die Hosen heruntergelassen, über den Tisch gebeugt vor ihm und stöhnte jedes Mal laut auf, wenn er zustieß. Er liebte dieses Geräusch, denn es entfachte seine Lust. Immer leidenschaftlicher glitten seine Hände über den Oberkörper des Jungen, bis er es irgendwann nicht mehr aushielt und sich laut stöhnend in ihn ergoss. Schwer atmend ließ er sich auf Anderl sinken, sein Körper entspannte sich.

Anderl hatte die Augen geschlossen. Es war vorbei, er hatte es endlich überstanden. Er fühlte Augusts Atem an seinem Hals und konnte seinen Schweiß riechen. Alles tat ihm weh. Wieder würde er tagelang nicht sitzen können, blutig sein Geschäft verrichten.

Er versuchte verzweifelt, die aufsteigenden Tränen zu unterdrücken. Schon lange blickte er nicht mehr auf, wenn sich die Tür zu seinem winzigen Gefängnis öffnete. Seine Strohtiere saßen auf der Fensterbank und dem Tisch. Wahrscheinlich würde Marianne sie niemals zu Gesicht bekommen, denn daran, dass sie wirklich zurückkam, glaubte er schon lange nicht mehr.

August richtete sich auf, zog seine Hose hoch und begann sie zuzuschnüren. Sein Blick schweifte noch einmal über Anderls Gesäß, und er klopfte auf die rechte Pobacke.

»Das hast du gut gemacht, mein Junge. Ich werde dafür sorgen, dass du belohnt wirst.«

Anderl wusste, wie diese Belohnung aussehen würde. Karl würde ihm heute etwas mehr zum Abendessen bringen, wenn er Glück hatte, ein Stück Fleisch und einen Becher Wein. Wenn der gierige Wärter es nicht wieder für sich behielt und dem Jungen den üblichen Haferschleim brachte.

»Ich habe nächste Woche ein Gespräch mit dem Bürgermeister«, wiederholte August den immergleichen Satz. »Ich werde sehen, was ich für dich tun kann. Vielleicht kann ich deine Strafe abmildern. Immerhin bin ich dein Freund.«

Er zog den Schlüssel aus seiner Westentasche, öffnete die Tür und verließ den Raum. Krachend fiel die schwere Tür hinter ihm ins Schloss, und Anderl war allein.

Langsam richtete er sich auf, zog die Hosen hoch und warf sich bäuchlings aufs Bett. Nachdenklich blickte er zum Fenster. Es war bereits später Nachmittag, graue Regenwolken hingen seit heute Morgen am Himmel und raubten ihm das Zeitgefühl. Irgendwann würde der Tag in Finsternis versinken wie all die anderen Tage, die er nicht gezählt hatte, an denen er Marianne sehnsüchtig vermisste und ihm vor Kummer alles weh tat.

Zufrieden lächelnd trat Stanzinger aus dem Gefängnis, doch seine Miene verfinsterte sich, denn Josef Miltstetter lehnte an der Mauer neben dem Eingang und wartete auf ihn.

»Da seid Ihr ja, Büttel. Na, hat es Spaß gemacht?« August Stanzinger ging an ihm vorbei.

»Was wollt Ihr?«

»Das wisst Ihr genau«, erwiderte Josef. »Der Junge soll endlich hingerichtet werden, denn die Sache wird zu heiß.«

Er hielt den Büttel an der Schulter fest.

»Für uns beide.« Stanzinger riss sich los.

»Es ist meine Sache, wann der Junge hingerichtet wird. Ich spiele inzwischen sogar mit dem Gedanken, es nicht zu tun.« Josef riss die Augen auf.

»Das könnt Ihr nicht machen. Er wird mir die Brauerei wegnehmen, denn er ist der rechtmäßige Erbe. Was ist, wenn das Mädel aufwacht und doch noch redet? Dann sitzen wir beide in einem Boot.«

August Stanzinger sah Josef böse an.

»Das ist Euer Problem. Ihr habt es nicht richtig aus der Welt geschafft. Also seht zu, wie Ihr es jetzt löst.«

Er beschleunigte seine Schritte.

Josef blieb stehen. Wut schäumte in ihm auf.

»Damit Ihr Euch nur nicht die Finger schmutzig machen müsst, nicht wahr!«

Stanzinger lief weiter.

Fluchend sprang Josef zur Seite, als ein Karren direkt vor ihm durch eine große Pfütze fuhr.

Er blieb noch eine Weile auf der Straße stehen und blickte nachdenklich in die Richtung, in die der Büttel verschwunden war. Langsam wurde er sich der Tatsache bewusst, dass es dieser Mann durchaus fertigbringen könnte, ihm allein den Mord an Hedwig Thaler anzuhängen. Vielleicht war die Idee, den Büttel zu erpressen, doch nicht so gut gewesen. Irgendwie musste er die Sache in Ordnung bringen. Er wusste nur noch nicht, wie.

Die Worte des Angelus-Gebetes kamen Pater Franz heute nur schwer über die Lippen. Immer wieder versprach er sich und musste neu beginnen. Es war ein kühler Septembermorgen, und in der Kirche des Klosters lag eine unangenehme Nässe in der Luft. Dankbar seufzte er innerlich, als auch die letzten Gebete gesprochen waren, die Mönche sich erhoben und schweigend die Kapelle verließen. Nur Pater Johannes blieb bei ihm.

»Noch immer liegt sie in tiefem Schlaf. Langsam verliere ich die Hoffnung, dass das Mädel überhaupt noch aufwacht«, sagte er leise und runzelte sorgenvoll die Stirn.

Pater Franz blies die Kerzen am Altar aus und blickte nachdenklich zum Christuskreuz hinauf.

»Was haben wir unserem Herrn nur angetan, dass er uns so straft. Krieg und Seuchen schickt er uns, lässt uns keine Ruhe finden. Und jetzt sieht es immer mehr danach aus, als würden wir sogar diesen Kampf verlieren.«

Verzweifelt schlug er mit der Faust auf den Altar und senkte sein Haupt.

»Das kann es doch nicht sein. Er darf nicht gewinnen. Ich habe es Marianne versprochen. All unsere Hoffnung liegt in der jungen Frau. Sie muss einfach wieder aufwachen.«

Pater Johannes trat hinter seinen Freund.

»Gottes Wege sind unergründlich. Vielleicht ist dies seine Art, uns in unserem Glauben zu prüfen.«

Pater Franz schaute sich um, Tränen schimmerten in seinen Augen. »Du hast recht, Johannes. Ich habe es an Demut mangeln lassen.«

Gemeinsam verließen sie die Kirche und gingen den Kreuzgang hinunter. Auf dem Innenhof lagen bunte Rosenblätter auf dem feuchten Rasen. Leichter Nieselregen fiel aus tiefhängenden Wolken, die den Blick auf die Alpen verwehrten.

»Langsam hält der Herbst Einzug«, sagte Pater Johannes, während sie in die warme Klosterküche traten. Keiner von beiden hatte das Bedürfnis, das Morgenmahl mit den anderen Mönchen einzunehmen.

Pater Johannes löffelte Haferbrei in eine Schale, stellte sie vor den Abt und sah ihn mitleidig an.

Wie glücklich war sein Freund gewesen, als er Margit in dem Brunnen gefunden hatte. Tagelang war er nicht von ihrem Krankenlager gewichen und hatte hoffnungsvoll auf ihre geschlossenen Augen geblickt, aber das Mädchen wollte einfach nicht erwachen. Sie atmete, sah aus, als würde sie schlafen, doch sie kam nicht zu sich.

Er schenkte sich einen Becher warmes Dünnbier ein, setzte sich und wechselte das Thema.

»Wollte heute nicht Maurus Friesenegger bei uns eintreffen?« Pater Franz nickte.

»Ja, heute oder morgen. Auf ihn freue ich mich schon. Er ist auf dem Rückweg nach Hause und wird bei uns Rast machen, bis die Straßen rund um München sicherer geworden sind. Er wollte nicht mehr länger in Salzburg weilen.«

Pater Johannes bemerkte sofort die Veränderung in Franz' Gesicht. Maurus war ein langjähriger Freund, seine Anwesenheit würde ihm guttun. Gewiss würden die beiden wieder stundenlang in Gespräche vertieft sein. Und auch er freute sich auf die Neuigkeiten, die der Abt von Kloster Heiligen Berg zu berichten hatte.

Später am Tag saß Pater Franz erneut an Margits Krankenbett und blickte nachdenklich auf das Gesicht der jungen Frau. Ihr lockiges Haar lag zu einem Zopf geflochten neben ihr auf dem Kissen. Im Raum duftete es nach Kamillenseife, eine Waschschüssel stand auf der winzigen Kommode neben dem Bett, darüber hing Christus am Kreuz und wachte über die Kranke.

Sie war wach gewesen, als sie sie aus dem Brunnen gezogen hatten. Sie hatte unverständliche Dinge gefaselt, während ihr Speichel und Blut aus dem Mund liefen. Sofort hatten sie sie hierhergebracht und nach dem Medikus gerufen. Doktor Bachmaier war ein erfahrener Mann und hatte einen guten Ruf, aber mehr als zur Ader lassen war ihm nicht eingefallen. Von inneren Blutungen hatte er gesprochen, vielleicht einem harten Schlag auf den Kopf.

Dafür hätten sie keinen Medikus benötigt, der für die Behandlung eine so hohe Summe in Rechnung stellte, die an Wucher grenzte. Margit war es danach eher schlechter gegangen, und irgendwann war sie in diesen undefinierbaren Zustand gefallen. Wenn sie nicht bald aufwachte, dann würde sie sterben, das wusste Franz. Regelrecht verdursten würde sie vor ihren Augen, und sie konnten nichts dagegen tun.

Er hatte sich Gedanken darüber gemacht, wie Margit in den Brunnen gefallen war. Josef Miltstetter behauptete steif und fest, nichts davon gewusst zu haben. Seit Tagen hatte er sie bereits gesucht und vermutet, dass sie fortgelaufen sei. Pater Franz hatte den blonden Mann mit den eng beieinanderstehenden Augen misstrauisch gemustert. Er wusste, dass dieser seine Finger auch beim Mord an Hedwig im Spiel gehabt hatte. Um die Brauerei war es ihm gegangen, ihm und wohl auch dem Büttel. Doch er konnte den beiden nichts beweisen. Gewiss hatte er das Mädchen in den Brunnen geworfen, um sie zum Schweigen zu bringen.

Warum Gott solche Menschen nicht strafte, verstand er nicht. So viele gottesfürchtige Menschen waren in den letzten Jahren ums Leben gekommen, doch Sünder wie Josef Miltstetter hatten das Quentchen Glück, das den anderen fehlte. Sie hatten dem Teufel ihre Seele verkauft. Es musste so sein, eine andere Erklärung konnte es nicht geben.

Traurig erhob er sich und strich dem Mädchen zum Abschied über den Arm.

»Lass mich nicht im Stich. Wir brauchen dich, hörst du. Du musst kämpfen. Bitte gib nicht auf.«

Kurze Zeit später verließ er das Kloster und machte sich auf den Weg nach Rosenheim. Auf der Straße herrschte reger Betrieb. Es war Markttag, und viele Bauern und Händler der Umgebung hatten sich auf den Weg gemacht. Schreiner und Metallwarenhändler, Bürstenmacher, Bauern, Kerzenzieher, Gerber und Tuchhändler zogen in die Stadt. Zusätzlich waren noch viele Fuhrwerke mit Salz und Getreide unterwegs. Schnaubende Pferde trabten an ihm vorbei. Er hielt sich möglichst weit am Wegrand, damit er nicht unter die Räder geriet. Frauen mit großen Körben, Kinder an der Hand, die hofften, auf dem Markt etwas Günstiges zu ergattern, liefen hastig an ihm vorbei. Eine Gruppe Zigeuner zog tanzend und lachend an ihm vorüber. Die Frauen hatten sich bunte Bänder ins Haar geflochten. Sie wirkten befremdlich auf ihn, doch sie winkten so fröhlich, dass er lächeln musste. Es duftete nach frischem Getreide, Pferdemist und feuchtem Gras. Er atmete tief durch. Er tauchte gern in diese Art von Leben ein. Seitdem die Schweden abgezogen waren, war es wieder lebendiger geworden. Immer mehr Leute trauten sich in die Stadt, um ihre Waren feilzubieten. Der Salz- und Getreidehandel hatte wieder zugenommen, und auch auf dem Inn waren die Boote zahlreicher geworden. Es war sogar die Rede davon, dass der Krieg bald enden könnte. Doch daran wollte er nicht glauben. So oft hatten die Menschen bereits gehofft, dass es endlich vorbei sein würde – und dann wurde die zarte Pflanze der Hoffnung wieder mit harter Hand zerstört.

Am Münchener Tor kam der bunte Zug ins Stocken. Der Torwächter kontrollierte genau, wer in die Stadt wollte. Langsam schob sich der Geistliche an den vielen Fuhrwerken vorbei, nickte dem Tormann kurz zu und betrat den Inneren Markt. Gackernd rannte eine Schar Gänse an ihm vorbei, gefolgt von zwei verzweifelten Kindern, die aufgeregt versuchten, ihre Ware wieder einzufangen. Lachend blickte ihnen der Mönch nach und ließ sich von den Menschen zwischen die Stände schieben. Am Ende des Platzes bog er in eine schmale Seitengasse ab und erreichte kurz darauf den Salzstadel, auf dem in den weitläufigen Lagerhallen eifrig gewogen und verhandelt wurde. Sogar die Anzahl der Huren schien gestiegen zu sein. Mehr oder weniger hergerichtet, standen sie zwischen den Wagen und machten den Männern schöne Augen oder riefen ihnen anzügliche Bemerkungen hinterher.

Vor ihm tauchte das Stadtgefängnis auf. Seufzend ging er darauf zu.

Einmal in der Woche besuchte er Anderl. Er tat es nicht gern, aber Marianne zuliebe musste er sich um den Jungen kümmern. Wenn er ihn schon nicht freibekam, dann musste er ihm wenigstens Gesellschaft leisten, ihm zuhören und ihn trösten.

Karl saß, wie immer die Füße auf dem Tisch, in seiner winzigen Wachstube, als der Mönch eintrat. Sofort sprang er auf.

»Grüß Gott, Hochwürden«, begrüßte er den Mönch und griff nach seinem Schlüssel. »Na, ist wieder eine Woche rum?«

Pater Franz erwiderte den Gruß und folgte dem Mann schweigend die Treppe hinauf. Wieder einmal versuchte er, den üblen Geruch, den Karl verströmte, zu ignorieren. Im ersten Stock ging es den langen, engen Flur hinunter, an dessen Ende Anderls Zelle lag. Dieser lange düstere Gang weckte in Pater Franz bereits die Beklemmung, die ihn in Anderls winziger Zelle jedes Mal fast um den Verstand brachte.

Wie immer verabschiedete sich der Wärter mit den Worten, dass er in einer halben Stunde zurückkommen würde. Pater Franz nickte und betrat den winzigen Raum.

Anderl saß auf seinem Bett, blickte teilnahmslos vor sich hin, und auf der Fensterbank und dem Tisch standen die Strohtiere. Pater Franz setzte sich neben ihn und bemühte sich, aufmunternd zu lächeln.

»Grüß Gott, Anderl. Da bin ich. Ich habe doch versprochen wiederzukommen. Weißt du noch?«

So begrüßte er ihn in der letzten Zeit immer, doch Anderl reagierte kaum. Meistens sagte er gar nichts. Am Anfang hatte er noch Tiere geflochten, doch das tat er jetzt auch nicht mehr. Betreten schaute der Abt sich um. Es war kühl. Das Fenster hatte keine Scheibe, und natürlich gab es keine Möglichkeit zu heizen. Im Winter musste es hier unerträglich sein. Wieder einmal versuchte er, über die Strohtiere ein Gespräch zu beginnen.

»Deine Tiere sind sehr hübsch geworden«, sagte er und wusste eigentlich schon, dass er keine Antwort bekommen würde. Anderl starrte weiter vor sich hin.

»Marianne hätten sie bestimmt gefallen.«

Er hoffte, ihn mit dem Namen seiner Stiefschwester aus der Reserve zu locken. Als auch das nicht funktionierte, begann er einfach irgendetwas zu erzählen. Dinge, die ihm gerade einfielen. Er berichtete vom Markt, beschrieb ihm die vielen Stände und erzählte von den Kindern, die ihre Gänse jagten. Er erzählte von den Schiffen auf dem Inn und davon, dass sie wieder zahlreicher geworden waren. Er wusste, dass Anderl die Schifffahrt liebte, oft stundenlang am Flussufer gestanden hatte und am liebsten mitgefahren wäre. Doch auf dem Gesicht des

Jungen zeigte sich keine Regung. Der Abt gab auf. Schweigend saßen sie nebeneinander. Franz war die Veränderung an Anderl nicht entgangen. Der Junge war abgemagert und blass geworden. Jedes Mal, wenn er den Raum betrat, flackerte in seinen Augen eine seltsame Art von Furcht auf. Wovor fürchtete er sich? Was machte ihm hier so schreckliche Angst?

»Du willst nicht mit mir reden, oder?«, fragte der Mönch und ging damit zum ersten Mal in die Offensive. Anderl reagierte nicht.

»Aber ich will dir doch nichts tun.« Er rückte näher an den Jungen heran. Sofort wich Anderl zurück.

Pater Franz musterte ihn nachdenklich.

»Ich weiß, dass du Marianne vermisst. Das tun wir alle. Mir tut es genauso weh, aber ich kann sie nicht zurückbringen. Niemand kann das. Ich habe ihr versprochen, dass ich für dich da sein werde. Und dieses Versprechen werde ich halten, verstehst du das?«

Anderl reagierte nicht.

»Ich werde dafür kämpfen, dass du bald frei sein wirst.«

Er streckte seine Hand nach der des Jungen aus, doch Anderl zog seine sofort weg. Der Mönch schloss die Augen. Hier waren Fingerspitzengefühl und Geduld gefordert.

Der Schlüssel wurde ins Schloss gesteckt, und Karl betrat den Raum.

»Die halbe Stunde ist um, Mönch.«

Pater Franz stand auf und sah Anderl traurig an. »Ich komme nächste Woche wieder«, verabschiedete er sich.

Anderl reagierte noch immer nicht. Doch als sich die Tür hinter dem Geistlichen schloss, begannen plötzlich Tränen über seine Wangen zu laufen.

Was konnte der Mönch schon tun, der davon sprach, ihm zu

helfen. Marianne musste wiederkommen. Er brauchte sie, ohne sie konnte er nicht sein.

Wenig später betrat Pater Franz den inneren Hof des Klosters und schlug den Weg zu seiner Zelle ein, um sich dort zu sammeln und zu beten. Gott strafte ihn mit immer neuen Prüfungen, denen er sich allmählich nicht mehr gewachsen fühlte.

Doch dann ließ ihn lautes Rufen innehalten. Pater Johannes kam aufgeregt winkend über den Hof gelaufen und blieb schwer atmend vor ihm stehen.

»Maurus Friesenegger ist vor einer Stunde eingetroffen. Er erwartet dich im Refektorium.«

Pater Franz blickte gen Himmel.

Anscheinend hatte Gott ihn doch noch nicht ganz vergessen. Er hatte seinen geliebten Freund und Kollegen stets in seine Gebete eingeschlossen, damit ihm kein Unrecht oder Leid geschehe und er ohne Schwierigkeiten den Weg zu ihnen finden würde. Wenigstens diesen Wunsch schien ihm der Herr erfüllt zu haben. »Endlich einmal gute Nachrichten«, erwiderte er erleichtert und klopfte Pater Johannes auf die Schulter.

Als Pater Franz die Tür zum Refektorium öffnete, kam Maurus Friesenegger mit ausgebreiteten Armen auf ihn zu und drückte ihn herzlich an sich.

»Mein lieber Pater Franz, es ist so schön, Euch wiederzusehen. Nach all dieser Zeit voller Schrecken und Angst.«

»Seid gegrüßt, Maurus«, erwiderte Pater Franz. »Ja, es ist wunderbar, Euch wohlbehalten und gesund zu sehen. Ich freue mich unendlich über Euren Besuch.« Er führte Maurus aus dem Raum. »Ihr müsst mir unbedingt erzählen, wie es Euch ergangen ist.«

Pater Johannes folgte ihnen wie ein Schatten und schloss lächelnd die Tür hinter sich. Seit Tagen hatte er Pater Franz nicht mehr so glücklich gesehen. Es war ein Segen, dass Maurus Friesenegger gerade heute eingetroffen war. Jetzt musste nur noch das Mädchen aufwachen, und dann würde sich alles fügen.

Später am Abend saßen die beiden Äbte beieinander und redeten. Die Kerzen waren bereits weit heruntergebrannt, doch die beiden schienen es nicht zu bemerken. Maurus Friesenegger schilderte seit Stunden, was ihm widerfahren war und wie es im Kloster am Heiligen Berg zuging. Er berichtete davon, wie die Stadt München mit den Flüchtlingsströmen zurechtgekommen war, und von seiner Zeit am Tegernsee. In allen Einzelheiten schilderte er den Aufbau der Universität in Salzburg und erzählte von der Gastfreundschaft des Bischofs Paris Graf Lodron, der ihn mit offenen Armen empfangen und ihm die Hochschule gezeigt hatte, die er in den letzten Jahren aufgebaut hatte.

Pater Franz hörte ihm fasziniert zu und erzählte zwischendurch, wie es dem Kloster und Rosenheim ergangen war. Er berichtete von dem Überfall der Schweden und von deren Ausbezahlung, doch Marianne erwähnte er mit keinem Wort.

Maurus Friesenegger wusste, dass sein Freund ein Mündel hatte, denn es war durchaus üblich, dass Menschen in den Schutz eines Klosters flüchteten, eine Weile dort lebten und dann in ihr Leben zurückkehrten. Wie genau die Beziehung zu dem Kind gewesen war, das sein Freund vor vielen Jahren kurz auf dem Klosterhof gesehen hatte, konnte er nicht wissen. Es war besser, ihm diese Episode zu verschweigen.

Maurus Friesenegger hatte seinen Freund den ganzen Abend über beobachtet, und ihm waren die Veränderungen an Pater

Franz nicht verborgen geblieben. Der Abt des Rosenheimer Klosters war ihm stets wie ein Fels in der Brandung erschienen. Ein Mensch, der jeder Aufgabe trotzte – und mochte sie auch noch so schwer sein. Doch jetzt sah er müde und mitgenommen aus. Seine Augen hatten jeden Glanz verloren, lagen tief in den Höhlen, und er wirkte blass und abgemagert.

Behutsam legte er seine Hand auf Franz' Arm und sah ihn ernst an.

»Ihr habt Euch sehr verändert, mein Freund, wirkt müde und abgespannt, als würde ein großer Kummer auf Euren Schultern lasten. Wollt Ihr es mir nicht erzählen? Vielleicht kann ich Euch einen Rat geben oder anders helfen.«

Pater Franz seufzte. Wie hatte er auch nur einen Moment annehmen können, dass er seinem alten Freund Maurus etwas vorspielen konnte.

»Das ist aber eine längere Geschichte«, antwortete er. Der Abt von Heiligen Berg lehnte sich zurück.

»Ich habe Zeit.«


Am nächsten Morgen machten sich die beiden Äbte nach Rosenheim auf. Es war ein sonniger und ruhiger Tag. Kaum jemand war auf den Straßen unterwegs. Nur ab und an fuhr ein Fuhrwerk an ihnen vorbei, und einige Frauen wuschen an dem kleinen Flüsschen unterhalb des Münchener Tors ihre Wäsche. Am Himmel zeigte sich keine Wolke, manche Gipfel der Berge, die in der Ferne thronten, waren bereits weiß gezuckert und kündeten den nahenden Winter an.

»Hübsch ist es hier«, sagte Maurus und schaute sich freudig um, als sie den Inneren Markt betraten, auf dem es heute eher ruhig war. Die Marktstände von gestern waren abgebaut worden. Die beiden statteten dem Stadtpfarrer einen Besuch ab und aßen mit ihm zu Mittag. Pater Franz genoss die Abwechslung, die der Besuch seines Freundes mit sich brachte. Durch das vertrauensvolle Gespräch fühlte er sich gestärkt. Maurus hatte Verständnis gezeigt, hatte einige Vorschläge gemacht und vor allem zugehört. Spät in der Nacht waren sie sogar noch einmal zu der armen Kranken gegangen, die unverändert mit geschlossenen Augen dalag, und hatten an ihrem Bett gebetet.

Nach dem Mittagsmahl wanderten die beiden zum Flussufer. Der Inn war in sein altes Bett zurückgekehrt und schimmerte wie immer grün im Sonnenlicht. Einige Schifffahrer waren am anderen Ufer mit ihren Booten unterwegs und winkten den beiden Mönchen freundlich zu.

»Es wirkt alles so friedlich, als hätte es den Krieg niemals gegeben«, sagte Maurus auf dem Rückweg.

Pater Franz seufzte.

»Ich weiß manchmal gar nicht mehr, wie das Leben ohne Krieg aussieht.«

Maurus machte eine weit ausholende Geste.

»Vielleicht ein wenig wie der heutige Tag.« Pater Franz nickte lächelnd.

»Ja, vielleicht ein wenig.« Sie betraten den Innenhof des Klosters.

»Und wir wollen hoffen, dass jetzt wieder viele solcher Tage folgen werden und auch auf dem Heiligen Berg Frieden und Ruhe Einzug halten.« Maurus Friesenegger seufzte.

»Dafür bete ich jeden Tag. Allzu schrecklich wäre es für mich, mein geliebtes Zuhause zu verlieren.«

Nach der Vesper zog sich Maurus in seine Zelle zurück, während sich Pater Franz in die Küche zu Pater Johannes setzte, um mit ihm einen Becher Bier zu trinken und über den Tag zu sprechen. Häufig saßen die beiden in den Abendstunden noch beisammen. Franz liebte die Gerüche, die diesem Raum seinen Charakter gaben. Frisch gebackenes Brot lag zum Abkühlen auf einem Regal hinter dem Ofen, und getrocknete Kräuter hingen von der Decke herab.

Der heutige Tag war schön gewesen, hatte ihn aber auch erschöpft. Nur noch mit einem Ohr hörte er zu, als Johannes ihm davon berichtete, dass er heute bei der Apfelernte beinahe von der Leiter gefallen wäre und danach stundenlang Kompott eingekocht hatte, das gewiss den ganzen Winter reichen würde.

Irgendwann fielen Pater Franz die Augen zu, und er nickte ein. Plötzlich wurde die Tür zur Küche aufgerissen, und zwei Mönche betraten laut polternd den Raum.

»Maurus ist niedergeschlagen worden«, riefen sie aufgeregt. Sofort eilten die beiden hinter den Mönchen her und betraten Maurus Frieseneggers Kammer. Der Abt saß am Tisch und drückte sich einen Lappen an die Stirn. Er war etwas blass, wirkte aber wohlauf. Erleichtert lief Pater Franz zu ihm.

»Maurus, mein Freund. Was ist denn passiert?«

Pater Johannes bedeutete den anderen, den Raum zu verlassen.

»Ich bin von einem polternden Geräusch aufgewacht und habe mich aufgesetzt«, berichtete er. »In dem wenigen Licht, das durchs Fenster fiel, konnte ich den Umriss einer Gestalt erkennen. Dann traf mich auch schon der erste Schlag. Ich begann natürlich, mich zu wehren und laut um Hilfe zu rufen. Der Angreifer ließ dann gleich von mir ab und flüchtete durchs Fenster. Keine Minute später standen zwei Eurer Mönche in der Kammer.«

Pater Franz blickte zu Johannes, dieser nickte. Es gab nur

einen Mann, der einen Grund hatte, ins Kloster einzudringen. Wahrscheinlich hatte sich derjenige nur im Zimmer geirrt.

Maurus war der Blickkontakt der beiden nicht entgangen.

»Ihr wisst, wer der Mann ist, nicht wahr?«

Pater Franz seufzte. Doch genau in dem Moment, als er Maurus aufklären wollte, wurde erneut die Tür geöffnet.

»Das Mädchen ist aufgewacht, Euer Gnaden«, unterbrach ein junger Mönch sie, der erst seit kurzem im Kloster lebte. Pater Franz blickte zu Johannes und dann zu Maurus, der seinem Freund sofort kameradschaftlich die Hand auf die Schulter legte. »Seht Ihr, Gott hat Eure Gebete doch erhört.«

Fluchend humpelte Josef über den Marktplatz. Er hatte sich beim Sprung aus dem Fenster den Knöchel verdreht. Ein Wunder, dass ihn die Mönche nicht erwischt hatten. Über drei Stunden hatte er in dem winzigen Verschlag hinter dem stinkenden Schweinestall ausgehalten, bis endlich wieder Ruhe eingekehrt war. Danach war er leise über den Innenhof geschlichen und durch ein kleines schmiedeeisernes Tor im Rosengarten entkommen. Wahrscheinlich würde er einige Tage nicht richtig laufen können. Alles war schiefgegangen. Und dabei hatte er den Überfall auf das Kloster bis in alle Einzelheiten geplant. Er wusste genau, wo in dem weitläufigen Anwesen die Gäste untergebracht wurden. Dass er sich dann doch in der Kammer irren würde, wäre ihm nicht im Traum eingefallen. Der unbekannte Kerl, der dort zu Gast war, hatte ihn am Oberarm gekratzt, und auch eine schmerzende Beule am Hinterkopf hatte er davongetragen. Er wurde nervös. Vor einer Weile noch hatte er geglaubt, alles fest im Griff zu haben. Aber jetzt schwammen ihm durch das Auffinden von Margit die Felle weg. Allerdings war das bereits einige Tage her, und langsam wunderte er sich, warum noch nichts geschehen war.

»Was treibt Euch denn zu dieser Zeit auf die Straßen«, fragte plötzlich eine Stimme hinter ihm.

Josef drehte sich um und blickte in das Gesicht des Büttels, der leicht schwankend auf ihn zukam.

»Das könnte ich Euch auch fragen«, antwortete Josef. Stanzinger grinste.

»Woher ich komme, ist offensichtlich, aber weshalb treibt Ihr Euch mitten in der Nacht hier draußen herum und seid nicht in Eurer Brauerei hinter der Theke, wo Ihr hingehört.«

Er musterte Josef von oben bis unten.

»Ihr seht mitgenommen aus. Eure Hosen sind schmutzig, und Euer Wams hat einen Riss. Wenn ich es nicht besser wüsste, würde ich sagen, Ihr seid wie ein Dieb geflohen und nur knapp entkommen.«

Josef ballte die Fäuste.

»Ich habe recht, nicht wahr?« Der Büttel lachte. »Ihr seid tatsächlich irgendwo eingestiegen.«

Er legte seinen Finger auf die Lippen und lächelte kokett.

»Lasst mich raten. Ihr wart im Kloster und wolltet das Mädchen töten. Allerdings, wenn ich Euch so betrachte und Eure Miene richtig beurteile, ist der Plan fehlgeschlagen.«

Josef schäumte.

»Ihr habt leicht reden, mein lieber August. Aber sie sitzen auch Euch im Nacken. Sollte Margit wirklich in der Lage sein zu sprechen, dann seid Ihr ebenfalls davon betroffen. Sie hat uns beide damals im Hof gesehen. Ihr solltet Euch gut überlegen, was Ihr dann tut. Es wäre besser, mit mir zusammenzuarbeiten.«

Der Büttel winkte ab.

»Die kleine Margit ist eine stadtbekannte Dirne. Ihr Wort wird gegen das meinige sehr wenig gelten. Was sie auch immer den Mönchen erzählen wird, meine Aussage wird schwerer wiegen.« Josef starrte den Büttel an.

»Und was ist mit dem Bürgermeister«, stammelte er. So viel Ignoranz und Selbstherrlichkeit brachten ihn aus der Fassung.

»Was soll mit ihm sein?«, antwortete August. »Bei ihm war ich vor einigen Tagen zu Tisch, und wir haben ein nettes Gespräch unter vier Augen geführt. Über seine Lippen wird garantiert kein Wort kommen. Allerdings hätte er wegen der Sache auch ohne mein Zutun Ruhe bewahrt, immerhin steht sein guter Ruf auf dem Spiel.«

Josef starrte den Büttel mit offenem Mund an. So viel Berechnung hatte er August nicht zugetraut. Doch dann zog er plötzlich wieder seinen größten Trumpf gegen den Mann, der anscheinend so sicher alle Fäden in den Händen hielt, aus dem Ärmel.

»Und welcher Knabe ist es heute, der auf Euch wartet?« August wurde blass. Josef grinste.

»Glaubt nur nicht, dass Ihr mich in der Hand habt. Ich fände es sehr interessant zu erleben, was in dieser Stadt passieren würde, wenn alle erfahren, was Ihr hinter verschlossenen Türen tut.«

August Stanzinger sah Josef abschätzend an.

»Das würdet Ihr niemals tun.«

»Dann kümmert Euch endlich darum, dass der Junge hingerichtet wird, damit ich sicher sein kann, dass die Brauerei mir gehört. Und sollte Margit doch erwachen und irgendetwas erzählen, dann kann ich mich darauf verlassen, dass Ihr mir einen passenden Unschuldsbeweis verschaffen werdet.«

Aufgebracht verfluchte sich August Stanzinger mal wieder dafür, den Jungen im Feld verführt zu haben.

Grinsend wandte sich Josef Miltstetter zum Gehen.

»Einen schönen Abend noch und denkt immer daran: Nicht Ihr habt mich in der Hand, sondern ich Euch.«

# 13

Brandgeruch lag in der Luft, schwarzer Rauch hüllte alles ein und verdeckte die Sonne. Marianne stand vor ihrem halb abgebauten Zelt und blickte in die Richtung, aus der der dunkle Qualm kam.

Bestimmt brannte jetzt auch Millis Karren, und ihre ganze Habe wurde Opfer der Flammen. Die bunten Tücher und Stoffe, ihre Becher, Teller, Tonkrüge und die vielen wunderschönen Holzperlen und Ketten. Ihr Wirrwarr aus Schnürsenkeln, Schnupftabaksdosen, Bändern und Knöpfen aller Art, den sie in Beuteln und Dosen aufbewahrt hatte. Nichts würde übrig bleiben von den Schätzen, wie sie ihren Fundus immer liebevoll bezeichnet hatte.

Pesttote und ihre Habe wurden im Lager immer verbrannt und danach irgendwo weit ab von den Zelten verscharrt.

Albert war, seitdem er sie von Milli fortgeholt hatte, nicht mehr von Mariannes Seite gewichen, hatte sie aber nur selten berührt. Sie sehnte sich so sehr nach seinen schützenden Armen, seiner Wärme und Nähe, doch sie konnte seine Ängste auch gut verstehen. Sie hatte sich nach ihrer Rückkehr gründlich im Bach gewaschen, und ihre Kleider hatte Albert ins Feuer geworfen. Über zwei Wochen war das jetzt her, doch weder Albert noch Marianne waren krank geworden. Dafür hatte es viele weitere Opfer gegeben, und besonders im Hurenlager, wo die Seuche ausgebrochen war, waren mehr als ein Dutzend

Frauen vom Schwarzen Tod geholt worden. Im Feldherrenhof selbst war noch niemand erkrankt. Trotzdem setzte Anna Margarethe seit Tagen keinen Fuß vor ihr Zelt. Marianne hatte sich nach ihrer Rückkehr eine Weile von ihr ferngehalten, was nicht einfach gewesen war, denn die Generalsgattin wollte sie gern um sich haben. Irgendwann hatte Marianne es dann aufgegeben, sich in ihrem Zelt zu verkriechen oder einsame Ecken zu suchen, in denen sie sich mit der wenig geliebten Stickarbeit langweilte.

Anna Margarethe war es die ganze Zeit über nicht aufgefallen, dass mit ihrer zukünftigen Schwägerin etwas nicht stimmte, so sehr war sie mit sich selbst und dem Wohlbefinden ihrer Kinder beschäftigt.

Heute zogen sie weiter, irgendwohin, wo die Pest sie nicht einholen würde, das hofften sie jedenfalls.

»Woran denkst du?«, fragte plötzlich eine Stimme. Marianne sah sich um.

Albert stand neben ihr.

»An Milli.« Marianne deutete auf die Flammen.

Er trat hinter sie, legte die Arme um ihre Taille und zog sie sanft an sich. Dankbar ließ sie ihren Kopf an seine Schulter sinken.

»Vielleicht bin ja doch ich an allem schuld. Die Frau, die das Unglück bringt. Ich glaube manchmal tatsächlich, dass etwas mit mir nicht stimmt. So viele Menschen um mich herum sind tot – und ich konnte ihnen nicht helfen.«

In ihre Augen traten Tränen.

»Es ist, als wollte mich Gott für etwas strafen. Ich weiß nur nicht, für was.«

Er drehte sie zu sich um, blickte ihr in die Augen und hielt sie an den Schultern fest.

»Du hörst mir jetzt mal genau zu. Du trägst keine Schuld an all diesen Dingen. Helene hat ihr Schicksal selbst herausgefordert, und auch dafür, dass Milli krank geworden ist, konntest du nichts. Es ist ein Geschenk Gottes, dass du noch am Leben bist, hörst du! Er will dich nicht strafen oder dir weh tun. Du bist der liebste und selbstloseste Mensch, der mir jemals im Leben begegnet ist. Ich danke dem Herrgott jeden Tag dafür, dass er uns zueinandergeführt hat, denn ich liebe dich.«

Leidenschaftlich zog er sie an sich und küsste sie, als ein lautes Räuspern sie unterbrach.

Carl Wrangel stand grinsend vor dem jungen Paar, die Hände in die Seiten gestemmt.

»Das verbitte ich mir aber vor der Hochzeit«, sagte er lachend.

»Ich denke, es wird Zeit, dass wir euch beide endlich vermählen, bevor ihr euch noch versündigt.«

Marianne errötete.

Carl Wrangel wandte sich an seinen Bruder.

»In zwei Stunden brechen wir auf. Der Hurenwaibl wird hierbleiben und sich um die verbliebenen Frauen und ihre Kinder kümmern. Sollte die Pest abklingen, können sie sich wieder dem Haupttross anschließen. Auch die Marketender bleiben vorerst hier, denn es hat noch zwei weitere Fälle in ihren Reihen gegeben. Vorsorglich haben meine Männer sämtliche Karren, Zelte und Waren verbrannt.«

Marianne sog scharf die Luft ein.

Milli war ausgelöscht, einfach so verschwunden, und das Einzige, was von ihr geblieben war, waren einige schöne Erinnerungen.

Carl Wrangel fuhr fort:

»Wir ziehen, wie gestern besprochen, Richtung München

weiter. In der Gegend liegen viele Klöster und reiche Gemeinden, bestimmt gibt es dort noch eine Menge zu holen.«

Albert nickte stumm. Marianne hielt den Blick gesenkt.

»Auch soll es rund um Dachau hervorragende Wildbestände geben.« Der General klopfte seinem Bruder auf die Schulter.

»Du gehst doch so gern auf die Jagd, gewiss werden wir dazu bald Gelegenheit finden. Und mit Sicherheit werden wir dort auch einen Priester auftreiben, der euch zwei trauen wird.« Er zwinkerte Marianne aufmunternd zu.

Albert sah seinen Bruder irritiert an.

Carl zuckte mit den Schultern.

»Pater Jakobus ist gestern Abend von uns gegangen.« Albert zog die Augenbrauen hoch.

»Nein, er ist nicht an der Pest gestorben«, beschwichtigte der General sofort. »Es muss das Herz gewesen sein, damit hatte er ja bereits seit längerem zu tun.«


Es wurde später Nachmittag, bis sie endgültig aufbrachen. Marianne saß mit Anna Margarethe und Elisabeth, der Amme des kleinen Carl, in einer Kutsche. Elisabeth stammte aus Sachsen und sprach einen breiten Dialekt. Marianne hatte stets Mühe, die dickliche Frau mit dem blonden, leicht strähnigen Haar zu verstehen, doch für die Trauer, die seit dem Tod ihres eigenen Kindes in ihren Augen stand, brauchte es keine Worte. Marianne fand es herzlos, Elisabeth ein Kind zum Stillen zu geben. Aber Anna Wrangel war da weniger zimperlich. Sie hatte für all ihre Kinder eine Amme, und ob deren Kind lebte oder tot war, das spielte für sie keine Rolle.

Die Kutsche setzte sich in Bewegung, und Marianne schaute zum Fenster hinaus. Irgendwo dort draußen war Milli in einem namenlosen Grab beerdigt worden. Ein dicker Kloß bildete sich

in ihrem Hals, doch sie durfte jetzt nicht weinen. Anna Margarethe würde es nicht verstehen. Was sollte sie ihr auch erzählen?
Dass sie eine Pestkranke gesund pflegen wollte?

Der kleine Carl Philipp, der bisher friedlich im Arm der
Amme gelegen hatte, begann zu weinen. Ohne ein Wort knöpfte
Elisabeth ihr Kleid auf und legte das Kind an ihre Brust.

Anna Wrangel musterte Marianne.

»Du siehst sehr blass aus, meine Liebe. Geht es dir gut?«

»Es war wohl alles etwas viel in den letzten Tagen.« Marianne
versuchte zu lächeln.

Anna Wrangel atmete tief durch und begann, sich mit ihrem
Fächer Luft zuzuwedeln, obwohl es in der Kutsche nicht heiß
war.

»Du sagst es, meine Liebe. Diese schreckliche Seuche hat uns
alle in Atem gehalten. Was bin ich froh, dass wir endlich ab-
reisen. Carl hat mir erzählt, dass es in der Nähe von München
sehr hübsch sein soll, gewiss werden wir dort zur Ruhe kommen.« Marianne antwortete nicht. Ihrer Meinung nach war
Anna Wrangel äußerst wenig in Atem gehalten worden. Sie
hatte wohlbehütet und abgeschottet in ihrem Zelt gesessen,
während draußen im Lager die Toten verbrannt worden
waren – während Milli starb.

»Auch könnten Albert und du dann endlich heiraten.«

Marianne riss die Augen auf. Anna Margarethe zwinkerte ihr
lächelnd zu. »Carl hat mir davon erzählt, dass er dich und
Albert beim Austausch von Zärtlichkeiten beobachtet hat. Da
sollten wir wohl besser dafür sorgen, dass ihr schnell in den
Hafen der Ehe einfahrt, bevor noch etwas Unschickliches passiert.«

Marianne musste innerlich lachen. Wenn Anna Wrangel
wüsste.

»Wir haben sowieso schon so lange kein richtiges Fest mehr gefeiert«, fuhr Anna Wrangel fort. »In der letzten Zeit war es so trostlos und ohne jede Freude. Nicht wahr, Elisabeth?«

Die Sächsin zuckte zusammen, nickte dann aber eifrig.

»Immerhin hat Euer Gemahl die Kaiserlichen vertrieben. Das muss gefeiert werden – und wenn dann auch noch eine Hochzeit ansteht.«

Anna Margarethes Augen begannen zu leuchten.

»Ich sehe es schon vor mir. Ein warmer Oktobertag, goldene Blätter und dich, meine liebe Marianne, in einem himmelblauen Traum aus Taft und Seide. Es wird wunderbar.«

Sie tätschelte Mariannes Oberschenkel. »Und natürlich kümmert sich meine Schneiderin persönlich um das Kleid. Gleich wenn wir unser Lager aufgeschlagen haben, soll sie mit der Arbeit beginnen.«

Sie klatschte vor Freude in die Hände.

»Ach, du wirst so bezaubernd aussehen. Und dann haben wir die schreckliche Zeit hier in Dingolfing schnell wieder vergessen, das verspreche ich euch.«

Marianne blickte gedankenverloren zum Fenster hinaus.

Marianne stand auf einem Stuhl, überall um sie herum lagen Stoffbahnen von unterschiedlicher Qualität und Farbe, und sie selbst steckte in einem wahren Wust aus hellblauer Seide, durchsichtigem Tüll und feinster Spitze. Annas Schneiderin, die Dorothea hieß und aus dem Böhmischen stammte, begutachtete sie immer wieder. Die kleine, zierliche Frau hatte überall an ihrem Körper Stecknadeln verteilt. Sie trug sie zwischen den Zähnen, in ihrem Haar, selbst an ihrem Gürtel hingen welche, neben großen und kleinen Scheren, Bändern und Schleifen. Ihre Stimmung wechselte im Sekundentakt. Von freudig lächelnd, bis skeptisch prüfend oder kopfschüttelnd irritiert war alles dabei. Marianne hatte noch nie einen Menschen gesehen, der seinen Gesichtsausdruck in so kurzer Zeit so oft ändern konnte.

Marianne kam sich seltsam dabei vor, denn Anna Margarethe und drei weitere Damen standen um sie herum.

Sie wurde begutachtet, drehte sich im Kreis, hob die Arme oder stand still, je nachdem, was gerade gefragt war.

»Ich denke, die Schleppe kann ruhig ein wenig länger sein.« Anna Margarethe ging um Marianne herum.

»Immerhin heiratet sie ja nicht irgendjemanden, sondern den Bruder des Generals.«

Die Schneiderin nickte.

»Wir könnten an den Rändern auch noch belgische Spitze anbringen.«

Sie hielt eine Rolle feinste Spitze in die Höhe.

»Ja, das würde passen. Dann muss die Spitze aber auch noch in ihren Schleier«, wies Anna Margarethe die Schneiderin an.

»Aber gern. Soll dieser in derselben Farbe wie das Kleid gehalten sein?«

»Aber natürlich«, erwiderte Anna Margarethe entrüstet. »Das helle Blau wird wunderbar zu ihrem schwarzen Haar aussehen und ihre hübschen Augen betonen.«

Alle Damen im Raum beeilten sich, bestätigend zu nicken. Marianne fühlte sich immer unwohler. Irgendwie war ihr das alles zu viel, und sie fragte sich, ob sie in dem aufgerüschten Kleid, das hier entstand, überhaupt noch laufen konnte. Sie versuchte, ihre Bedenken anzubringen.

»Ist das alles nicht ein wenig zu viel? Ich meine, etwas schlichter wäre doch auch sehr hübsch.«

Die Damen starrten sie entrüstet an.

»Schlichter!« Anna Wrangel war entsetzt. »Meine Güte, Kind, wo denkst du hin. Du sollst doch vollkommen aussehen, an deinem großen Tag. Schlicht waren wir in Dingolfing lange genug. Wir alle werden uns fein herausputzen, da musst du als Braut natürlich am meisten strahlen. Albert wird entzückt sein, wenn er dich so sieht.«

Die anderen Damen nickten. Marianne fügte sich seufzend. Hier hatte sie tatsächlich nichts zu sagen.

Mehrere Diener mit Gläsern und Weinkaraffen betraten den Raum.

»Ach, die Herren kommen ja gerade richtig«, rief Anna Margarethe, erfreut über deren Anblick, und bedeutete den Dienern, die Getränke auf einem der Tische abzustellen.

»Auf dieses traumhafte Kleid müssen wir unbedingt anstoßen.« Sie wandte sich an Dorothea.

»Ihr trinkt doch ein Gläschen mit uns, meine Teuerste.« Die Schneiderin nickte freudig. Normalerweise wurde ihrer Arbeit nicht so viel Aufmerksamkeit zuteil.

Marianne wurde endlich aus ihrer misslichen Lage befreit. Dorothea half ihr aus dem halbfertigen Kleid und entfernte die vielen Tüllschleier.

Anna Margarethe reichte ihrer zukünftigen Schwägerin freudestrahlend ein Glas.

»Auf unsere wunderschöne Braut«, rief sie.

»Auf die Braut«, riefen auch die anderen.

Marianne blickte leicht beschämt zu Boden. Mittlerweile fürchtete sie sich sogar ein wenig vor ihrem Hochzeitstag, obwohl sie ihn auch herbeisehnte. Sie wollte Alberts Frau werden. All ihre Gedanken kreisten immer mehr um ihn. Wenn er in ihre Nähe kam, dann wurden ihre Knie weich, und seine Küsse ließen sie alles um sich herum vergessen. Er war in diesem Tross der Einzige, dem sie vertraute.

Sie nippte an ihrem Glas und genoss das prickelnde Gefühl im Mund.

Und wenn sie an ihrem Hochzeitstag wie eine hellblaue Sahnetorte aussehen sollte, dann tat sie das eben. Sie prostete Anna Margarethe lächelnd zu und fuhr danach mit der Hand über die blass schimmernde Seide, die sich wunderbar weich anfühlte. Albert würde es bestimmt gefallen.

Einige Zeit später saß Marianne am Ufer eines kleinen Weihers, der unweit der Zelte lag, und genoss die letzten Strahlen der untergehenden Oktobersonne. Um sie herum erstrahlte der Wald in kräftigen Gelb- und Rottönen.

Hier war es trotz der Nähe zum Lager bemerkenswert still.

Marianne hatte die versteckte Stelle am Ufer vor einiger Zeit entdeckt und kam seitdem häufig um diese Zeit hierher. Sie mochte die Moorlandschaft mit ihren Auen und Kiefernwäldern. In dieser Gegend herrschte ein ganz anderes Licht als in Dingolfing. Bezaubernder, weicher schien alles zu sein, und zwischen den vielen Tümpeln und feuchten Wiesen standen nur selten einige Höfe oder Scheunen. Ackerbau und Viehzucht schien es kaum zu geben.

Die Männer zogen auch jetzt täglich aus, um Höfe, Klöster oder Schlösser zu plündern, aber ihre Streifzüge waren seltener geworden. Immer öfter blieben sie im Lager und feierten lange und ausschweifende Feste, da die Pest seit ihrer Abreise aus Dingolfing nicht wieder aufgetreten war. Bis tief in die Nacht wurde gesungen, getanzt und gelacht. Carl Wrangel hatte Fröhlichkeit regelrecht angeordnet. Feiern sollten seine Männer den Sieg über die verhassten Bayern, die sich anscheinend endgültig zurückgezogen hatten. Sogar eine größere Jagdveranstaltung mit mehreren hundert Mann war für den morgigen Tag geplant. Marianne beobachtete zwei Wasserläufer dabei, wie sie am Ufer zwischen den Schilfrohren hin und her liefen. Sie erweckten den Eindruck, als wären sie zwei Verliebte, die miteinander kokettierten.

»Hier hast du dich also versteckt.«

Sie blickte auf. Albert setzte sich neben sie, legte den Arm um ihre Schultern und zog sie an sich.

»Ich habe dich bereits überall gesucht, doch niemand konnte mir sagen, wo meine hübsche Braut geblieben ist. Nur dass sie an unserem Hochzeitstag ein wunderschönes Kleid tragen würde, das habe ich erfahren.« Er grinste verschmitzt.

»Ich frage mich allerdings, ob ich mich darin überhaupt bewegen kann«, erwiderte Marianne seufzend.

Albert lächelte.

»Dann trage ich dich eben zum Traualtar.«

Er zog sie an sich und küsste sie zärtlich. Marianne ließ sich zurück ins Gras sinken. Seine Hände wanderten unter ihren Rock, und sanft begann er, die Innenseite ihrer Oberschenkel zu streicheln. Er ließ seine Lippen über ihren Hals gleiten und versank dann in ihrem Dekolleté. Sie stöhnte auf, während er die Bänder ihres Kleides öffnete und eine ihrer Brüste vorsichtig knetete. Dann schob er ihre Röcke nach oben, ließ von ihren Brüsten ab und küsste sanft ihre Schenkel. Verzückt hob sie sich ihm entgegen. Sie konnte und wollte nicht mehr länger warten.

Er streifte seine Hose ab und drang leidenschaftlich in sie ein. Sie passte sich seinem Rhythmus an und genoss die Leidenschaft, die immer heftiger wurde, sie fast verschlang und sie beide zum Höhepunkt trieb. Schwer atmend sank Albert danach neben ihr ins Gras.

Marianne richtete ihre Kleider und kuschelte sich in seinen Arm. Eine Weile lagen sie schweigend nebeneinander und genossen den Augenblick. Marianne liebte es, das Gefühl, das sie nach dem Liebesakt erfüllte, noch für eine Weile zu genießen und Albert ganz nah bei sich zu spüren. Ihr Kopf lag auf seiner Brust, sie lauschte seinem gleichmäßigen Herzschlag. Langsam verschwand die Sonne hinter den hohen Kiefern, und ihr kleines Versteck versank im kühlen Schatten eines Oktoberabends. Albert streichelte Marianne sanft über den Arm.

»Wir sollten zurückgehen. Es wird langsam kühl.«

»Ich weiß«, antwortete sie wehmütig.

Er stupste ihr auf die Nase und grinste spitzbübisch.

»Es wird wirklich Zeit, dass wir heiraten.« Marianne richtete ihr Korsett.

»Ja, das glaube ich auch. Sonst fällt der neue Pfarrer bei meiner nächsten Beichte in Ohnmacht.«

Auflachend zog Albert sie noch einmal an sich und küsste sie.

Am nächsten Morgen hing dichter Nebel über den Bäumen, Wiesen und Tümpeln. Feuchte Blätter lagen auf den Wiesen, und der allgegenwärtige Geruch von Holzrauch hing in der Luft und vermischte sich mit dem Duft von feuchter Erde, der in dieser verzaubert wirkenden Moorlandschaft Marianne sehr intensiv vorkam.

Bereits seit der Morgendämmerung herrschte Aufbruchstimmung. Die Jagd sollte ein buntes fröhliches Treiben werden und mit einem großen Fest am Abend ausklingen.

Carl Wrangel hatte sich dem Anlass entsprechend herausgeputzt. Er trug weite grüne Samthosen, ein edles, aus Leder gefertigtes Wams und einen roten Umhang. An seinem breiten Gürtel glänzte ein goldener Degen, den er als eine Art Glücksbringer stets bei sich trug. Er sieht gar nicht aus wie jemand, der zur Jagd geht, dachte Marianne. Doch inzwischen hatte sie sich an den seltsamen Kleidungsstil ihres zukünftigen Schwagers gewöhnt. Selbst der französische General erschien gegen den Schweden fast ärmlich gekleidet, mit seinen grauen Strumpfhosen, den dunkelbraunen Stulpenstiefeln und der graublau gefärbten Weste aus grober Wolle.

Vor Marianne stand Albert, auch er trug eher schlichte Kleidung, die in Hellbraun gehalten war. Er hatte sich für ein Wams aus dickem Filz entschieden und für ein hellbeiges Hemd mit weit geschnittenen Ärmeln.

Marianne legte seufzend die Arme um seinen Hals.

»Ich werde dich vermissen, ohne dich sind die Tage immer so unendlich lang.«

»Du wirst gar nicht bemerken, dass ich weg bin. Gewiss bist du mit den Vorbereitungen für das Fest beschäftigt. Ehe du dichs versiehst, bin ich wieder hier.« Albert nickte ihr aufmunternd zu.

Mariannes Blick wanderte zu Anna Margarethe hinüber, die mit ihrem Sohn auf dem Arm vor ihrem Zelt stand und sich von ihrem Gatten verabschiedete.

»Anna wird gewiss dafür sorgen, dass ich nichts zu tun habe. Sie ist sehr gut darin, Arbeit zu verteilen.«

»Darin wirst du auch bald gut sein. Das verspreche ich dir.« Marianne verschränkte die Arme vor der Brust und setzte eine gespielt beleidigte Miene auf.

»Darin möchte ich gar nicht gut sein. Ich mag es nicht, den ganzen Tag herumzusitzen, und Stickarbeiten oder das ständige Getratsche langweilen mich.«

Albert grinste.

»Du wirst bald einen Haushalt leiten. Wenn wir erst einmal

in Schweden sind, werden eine ganze Menge neue Aufgaben auf dich zukommen – und wenn wir dann zehn Kinder haben …«

»Zehn?«

Marianne riss die Augen auf.

Er grinste und wandte sich zum Gehen.

»Mindestens.«

Marianne blickte ihm erschrocken hinterher, musste dann aber doch lachen.

Ihr wurde bewusst, was genau er gesagt hatte:

*Wenn wir erst einmal in Schweden sind.*

Gedankenverloren verfolgte sie die letzten Vorbereitungen und hörte den Klang des Jagdhorns, das zum Aufbruch rief.

Schweden. Daran hatte sie noch gar nicht gedacht. Und bisher war ihr auch nicht in den Sinn gekommen, dass sie ja irgendwann mit Albert in einem richtigen Haus leben würde, in dem sie die Herrin wäre – und nicht die Dienstmagd.


Marianne saß, umgeben von anderen Damen, in dem größten Zelt des Feldherrenhofs und beschäftigte sich damit, bunte Girlanden aus Bändern zu flechten, die am Abend den Raum schmücken sollten. Überall herrschte Betriebsamkeit. Diener liefen mit silbernen Kerzenständern und stapelweise Tellern durch die Gegend. Zusätzliche Bänke und Tische wurden aufgestellt, auf denen weiße, mit Rosen bestickte Tischtücher ausgebreitet wurden. Eine Heerschar von Dienerinnen beschäftigte sich damit, unzählige Gläser zu polieren und Servietten zu falten. Ein Musiker stimmte die Orgel und probte bereits das ein oder andere Lied. Marianne hatte sich von der guten Laune der anderen anstecken lassen, summte die Melodien mit und genoss es, ein Teil des Ganzen zu sein.

»Ich habe gehört, Euer Kleid soll ganz wunderbar werden«, sprach Johanna, die Frau eines Oberfeldwebels, sie an.

Marianne nickte.

»Die Schneiderin leistet großartige Arbeit.« Eine weitere Dame mischte sich ein.

»Das muss sie ja auch. Schließlich ist sie die Schneiderin von Anna Margarethe.« Ihr Tonfall war leicht schnippisch.

»Nur kein Neid«, erwiderte Johanna und strich Marianne, die nicht so recht wusste, was sie erwidern sollte, liebevoll über die Schulter.

»Sie hat es sich verdient. Immerhin hat sie Anna Wrangel gerettet. Und sie heiratet ja auch nicht irgendjemanden, sondern den Bruder des Generals. Ich freue mich schon jetzt auf das Fest. Es wird gewiss noch um einiges prunkvoller werden als das heute.«

Marianne blickte sich um.

Noch mehr Aufwand? Sie empfand das hier schon als prunkvoll.

»Ach, jetzt gehen uns die Bänder aus«, sagte eine weitere Dame, die den hübschen Namen Elise trug und Marianne sehr sympathisch war. Elise war in ihrem Alter und stammte aus der Nähe von Heidelberg. Sie war etwas stiller, hatte große grüne Augen und viele Sommersprossen im Gesicht. Ihr Haar war so weißblond, wie man es oft bei kleinen Kindern sah.

Sie war mit Wilhelm von Theiss verlobt, einfacher Landadel, wie Anna ihr erklärt hatte, aber finanziell sehr gut gestellt. Die Familie war bereits seit Generationen im Weinhandel tätig.

»Ich kann neue Bänder holen«, bot sich Marianne an. »Ich brauche sowieso etwas frische Luft. Möchtest du mich begleiten, Elise?«

Das Mädchen stimmte erfreut zu und erhob sich.

Die beiden verließen das Zelt. Draußen standen überall Wagen und Karren herum. Körbe mit Äpfeln und Kürbissen wurden an ihnen vorbeigetragen. Über dem einen oder anderen Lagerfeuer steckten bereits ganze Schweine am Spieß. Knechte liefen mit geschlachteten Fasanen an ihnen vorüber, und auf einer Bank vor dem Küchenzelt saß eine Gruppe von Frauen beieinander, die Gemüse putzten und Hühner rupften.

Auch Elise atmete tief durch.

»Wie das duftet«, sagte Elise. »Ich freue mich auf heute Abend. Das Fest wird bestimmt großartig.«

Marianne nickte abwesend. Sie war auf eine Szene am Rande des Feldherrenlagers aufmerksam geworden. Zwei Wachen führten einen Mönch in ihrer Mitte und schlugen den Weg zu Anna Margarethes Zelt ein.

»Sieh nur« – Marianne deutete in deren Richtung –, »was ist denn dort los?«

Elise zuckte mit den Schultern.

»Keine Ahnung. Aber das geht uns nichts an.« Sie wies nach rechts. »Wollten wir nicht Bänder holen. Die anderen warten darauf.«

Doch Marianne hörte sie schon nicht mehr. Neugierig ging sie über die Wiese und folgte der kleinen Gruppe. Der Mönch kam ihr bekannt vor.

Sie betrat Anna Margarethes Zelt. Die Männer standen mit dem Mönch vor der Frau, die diesen interessiert musterte.

Marianne trat näher heran.

Die Wachen verbeugten sich, und einer der beiden begann zu erklären, was vorgefallen war.

»Wir haben unweit vom Lager diesen Mönch aufgegriffen. Er hat versucht zu flüchten. Vielleicht ist er ein Spion des Feindes.« Marianne betrachtete sich den Mönch genauer.

Der Mann trug eine dunkelbraune Kutte mit Kapuze, und ein einfaches Holzkreuz hing an seiner Brust. Sein Haar war bereits ergraut, und tiefe Falten lagen um seine warmen braunen Augen. Er war kein Kapuzinermönch, das erkannte Marianne, doch sie kannte ihn, dessen war sie sich sicher.

Anna Margarethe musterte den Mönch skeptisch. Er kam ihr nicht wirklich gefährlich vor. Allerdings konnte man bei den Katholischen nie wissen, was sie im Schilde führten.

»Sprich, Mönch«, forderte sie ihn auf, »was wolltet Ihr in der Nähe des Lagers?«

Der Mann sah Anne Margarethe offen an.

»Ich bin nur durch Zufall in Eure Nähe gekommen«, versuchte er zu erklären. »Ich bin auf dem Nachhauseweg zum Kloster am Heiligenberg, welches nicht mehr weit von hier liegt.«

Die Augen des Mannes wanderten von Anna Margarethe zu Marianne und blieben an ihr hängen.

Und da fiel es ihr plötzlich wieder ein. Der Mönch war ihr im Kloster begegnet. Er war ein Freund von Pater Franz.

»Wie ist Euer Name?«, fragte Anna Margarethe.

»Maurus Friesenegger.«

Marianne atmete erleichtert auf. Jetzt war sie sich sicher. Sie kannte ihn. Sie berührte sanft den Arm der Frau und zog sie zur Seite.

»Der Mann spricht die Wahrheit. Ich kenne ihn. Er war oft zu Gast bei uns im Kloster. Er ist der Abt von dem genannten Kloster. Bitte tu ihm nichts.«

»Und da bist du dir ganz sicher?«, fragte Anna Margarethe überrascht.

»Ganz sicher. Ich bürge für ihn.«

Anna Margarethe nickte und wandte sich wieder dem Mönch zu.

»Meine Dame« – sie deutete auf Marianne – »bürgt für Euch. Sie sagt, sie kennt Euch. Seid also heute für eine Weile unser Gast.« Der Mönch verneigte sich dankbar vor ihr.

Anna Wrangel wandte sich ab. Ihre Amme war näher getreten und flüsterte ihr etwas ins Ohr. Sofort verließ sie das Zelt, und auch die Wachen zogen murmelnd von dannen. Marianne blieb zurück.

Maurus Friesenegger trat näher.

»Grüß Gott, Marianne. Welch eine Freude, Euch wohlbehalten hier zu treffen. Habt Dank für Euer Wort.«

»Grüß Gott, Hochwürden«, erwiderte sie den Gruß.

»Ihr habt mich also erkannt. Lange ist es her, dass wir uns in Rosenheim gesehen haben.«

Der Mönch lächelte.

»Ihr wart damals noch ein Kind. Ich sehe, Ihr seid zu einer selbstbewussten jungen Frau herangereift. Pater Franz hat nicht untertrieben.«

»Pater Franz?«, fragte Marianne verblüfft. Der Mönch nickte lächelnd.

»Ich war einige Tage sein Gast. Er hat mir alles erzählt. Große Sorgen hat er sich wegen Euch gemacht. Wie ich sehe, völlig umsonst.«

Marianne wurde nervös.

Maurus Friesenegger war zu Hause gewesen. Er konnte ihr berichten, wie es allen ergangen war – wie es um Anderl stand.

»Könnt Ihr mir erzählen, wie es ihm geht? Und habt Ihr vielleicht auch etwas von meinem Stiefbruder gehört?«

Maurus Friesenegger musterte Marianne aufmerksam. Sie schien aufgeregt zu sein, denn ihre Hände zitterten, und sie war blass geworden.

»Gern«, erwiderte er. »Aber ich möchte nicht unhöflich erscheinen, wenn ich um ein Glas Wasser oder Wein bitte. Ich habe, seitdem ich aufgegriffen wurde, nichts mehr zu mir genommen.«

»Aber natürlich, wie unaufmerksam von mir«, antwortete Marianne und bedeutete dem Mönch, ihr zu folgen.

»Das hier ist sowieso nicht der richtige Ort für ein ruhiges Gespräch.«

Kurze Zeit später saßen die beiden etwas abseits auf einer Bank. Marianne hatte dem Abt einen Krug Wein und etwas zu essen besorgt und sah ihm ungeduldig dabei zu, wie er sich ein Stück Brot abbrach und es mit einem großen Schluck Wein hinunterspülte.

»Ich habe länger mit Pater Franz gesprochen«, begann er zu erzählen.

Marianne sah ihn hoffnungsvoll an.

Doch was der Mönch ihr berichtete, brachte sie völlig aus der Fassung. Anderl war noch immer nicht frei und würde wahrscheinlich bald am Galgen baumeln. Verzweifelt schlug sie die Hände vor das Gesicht und schüttelte den Kopf. Das durfte einfach nicht sein.

Warum unternahm Pater Franz nichts? Er hatte es ihr doch versprochen.

Sie versuchte, sich wieder zu beruhigen, und wischte sich die Tränen von den Wangen.

»Aber der alte Theo hat doch alles gesehen. Er wollte die Wahrheit sagen.«

Maurus Friesenegger schüttelte den Kopf.

»Er ist nach Eurer Abreise tot in seiner Hütte aufgefunden worden.«

»Dann haben sie ihn also auch getötet. Wie hatte ich nur eine Sekunde annehmen können, dass wir ihnen zuvorkommen könnten.« Marianne ließ die Schultern hängen.

Der Mönch hob beschwichtigend die Hände. Wenn er gewusst hätte, wie sehr die Neuigkeiten das Mädchen aufregen würden, hätte er ihr nichts erzählt.

»Aber es gibt eine weitere Zeugin. Sie kann sich zwar noch immer nicht an die Vorfälle erinnern, doch vielleicht fällt es ihr wieder ein.«

Marianne sah ihn verwundert an. Er lächelte aufmunternd.

»Margit heißt das Mädchen. Angeblich hat sie alles gesehen. Pater Franz hat sie aus einem Brunnen im Hof der Brauerei gezogen. Der Besitzer beteuert, dass es ein Unfall gewesen ist, aber Franz sieht das anders.«

Marianne nickte.

»Josef Miltstetter hat sie dort hineingeworfen, ganz sicher. Tote sind keine Zeugen.«

»Pater Franz tut alles, was in seiner Macht steht, um die Hinrichtung des Jungen zu verhindern, das musst du mir glauben.« Maurus Friesenegger griff nach Mariannes Hand.

Sie sah ihn traurig an. »Ich hätte Anderl niemals allein lassen dürfen. Ich habe es versprochen.«

Die Jagdgesellschaft war unterdessen in der Gegend um Kemnaten eingetroffen, die Carl Wrangel für die Jagd ausgewählt hatte. In der Nähe des kleinen Ortes lag ein weitläufiges und sehr wildreiches Waldstück, das den Namen Kapuzinerhölzl trug. Kemnaten selbst hatte nicht viel zu bieten. Einige Bauernhäuser und eine Kirche, an die ein großer Friedhof grenzte, umgaben die Überreste des ehemaligen Herrensitzes Neuhausen, der, halb verfallen, zugewuchert und von dicken Eichenbäumen gesäumt, den Mittelpunkt der Ansiedlung bildete. Hier schien zu Beginn des Krieges noch Wohlstand geherrscht zu haben, doch den Menschen war es nicht viel besser ergangen als anderswo. Verfallene Ställe, eingestürzte Mauern und von Unkraut überwucherte Felder erzählten von den Greueltaten, die an diesem Ort stattgefunden hatten.

Einige der Höfe schienen noch bewohnt zu sein. Ein paar wenige Hühner liefen gackernd vor so manchem Haus herum, und vor einem wiederaufgebauten Stall standen zwei Pferde und glotzten die Vorbeireitenden teilnahmslos an.

Am Ende des Dorfes lagen weitläufige Streuobstwiesen, hinter denen der Wald begann. Der Nebel hatte sich noch immer nicht gelichtet, doch Albert konnte der Landschaft trotzdem etwas abgewinnen. Er mochte den erdigen Geruch, der in der Luft hing, und die schiefen Obstbäume gaben den Feldern ein ganz eigenes Gesicht. Im Frühling, wenn sie blühten, musste es hier wunderbar sein.

Die Jagdgesellschaft sollte sich in zwei Gruppen aufteilen. Einige hatten Hunde mitgebracht und wollten zu Pferd der Fuchsjagd frönen. Die andere Gruppe, in die sich auch Carl Wrangel, Turenne, Albert und Claude einreihten, plante, Rehe und Hirsche zu erlegen. Das Jagdhorn ertönte, und die Männer schwärmten aus.

Wenig später durchstreiften Albert, Claude und eine Gruppe anderer Männer, gemeinsam mit den beiden Generälen Turenne und Wrangel, das Unterholz. Zwischen den Kiefern und Büschen lagen morastige Tümpel oder sogar größere Weiher.

Claude war direkt neben Albert. Eifrig deutete er nach vorn und legte seinen Zeigefinger auf die Lippen.

Albert nickte. Vor ihnen waren zwei Rehe auf eine Lichtung getreten und grasten. Ab und an hob eines der scheuen Tiere den Kopf und blickte sich misstrauisch um, fraß dann aber weiter. Vorsichtig schlichen die beiden Männer näher heran. Albert legte sein Gewehr an und nahm das größere der beiden Tiere ins Visier. Doch dann schreckte ein Schuss die Rehe auf, und sie ergriffen die Flucht.

»Schade, ich wollte gerade abdrücken.« Claude ließ enttäuscht die Waffe sinken.

»Ich auch«, sagte Albert. »Na komm, lass uns weitergehen. Ich kann die anderen nicht mehr sehen.«

Sie schlugen sich durchs Unterholz. Hier war der Wald besonders dicht. Efeu rankte über umgestürzte Bäume, zwischen denen Farn und Brombeeren wucherten.

In der Ferne wurde es ungewöhnlich laut. Claude sah Albert verwundert an. »Mit dem Krach vertreiben sie noch das ganze Wild. Was ist denn da los?«

Sie erreichten den Rest der Gruppe, die an einem der größeren Weiher stand.

Doch irgendetwas war plötzlich anders. Carl Wrangel hatte alarmiert seinen Degen gezogen und blickte sich misstrauisch um. Auch die anderen Männer hatten zu ihren Waffen gegriffen. Claude und Albert sahen sich verwirrt an.

»Was ist los?«, fragte Albert seinen Bruder. »Willst du die Tiere jetzt mit deinem Degen erlegen?«

Carl Wrangel zog seinen Bruder näher zu sich heran.

»Hier stimmt etwas nicht. Hörst du nicht die vielen Schüsse?« Laute Donnerschläge ließen die Erde erzittern, und unweit von ihnen schlug eine Kanonenkugel ein. Erschrocken stoben die Männer auseinander. Carl Wrangel, Turenne und eine Gruppe weiterer Männer wichen seitlich aus, umrundeten geduckt das Gewässer und verschwanden im Unterholz.

Albert und Claude folgten den beiden Generälen. Inzwischen waren die ersten feindlichen Truppen zu erkennen. Sie traten am anderen Ufer aus dem Schutz der Bäume und rannten laut brüllend auf sie zu.

Die ersten Schüsse fielen. Neben Albert ging ein Mann aufschreiend zu Boden. Carl Wrangel blieb stehen und blickte sich hektisch um.

»Hier entlang«, rief er und deutete ins Unterholz. Inzwischen hatten die kaiserlichen Truppen sie fast erreicht. Die ersten Männer begannen bereits zu kämpfen. Auch Albert und Claude hatten ihre Degen gezogen und fochten mit dem Gegner. Sein Bruder und Turenne waren nicht mehr zu sehen. Den ersten Ansturm konnten die Männer noch erfolgreich abwehren, doch am anderen Ufer tauchten bereits neue Kaiserliche auf.

Claude klopfte Albert, der gerade einem Mann seinen Degen aus dem Leib zog, auf die Schulter und deutete auf die herannahenden Soldaten.

»Das werden zu viele. Schnell, lass uns verschwinden.«

Albert nickte. Gemeinsam schlugen sie sich in die Büsche und blieben irgendwann am Ufer eines anderen Tümpels stehen. Hier schien es etwas ruhiger zu sein, jedenfalls war niemand zu sehen.

»Ich glaube, sie sind uns nicht gefolgt«, japste Claude und hielt sich die Seite.

Albert nickte.

»Ein Hinterhalt. Wir waren so dumm zu glauben, dass wir die Bayerischen besiegt hätten. Das hier ist ihr Land. Wir hätten uns niemals so sicher fühlen dürfen.«

»Und was machen wir jetzt?« Claude deutete hinter sich. »Es wird nicht lange dauern, bis sie hier sind. Zu zweit haben wir kaum eine Chance.«

»Wir müssen zusehen, dass wir von hier wegkommen.«

Albert blickte sich um. »Vielleicht finden wir ja eine Höhle oder ein anderes Versteck. Kämpfen macht keinen Sinn.« Er entdeckte die Spur eines Hirsches an einer zugewucherten Stelle im Unterholz.

»Lass uns der Hirschspur ins Dickicht folgen. Wir könnten Glück haben, dass die Kaiserlichen vor dem Gestrüpp zurückschrecken und uns nicht folgen.«

Die beiden liefen über die Lichtung, doch kurz bevor sie das Gestrüpp erreichten, hielt der Franzose inne und griff neben sich ins Gras. Verblüfft starrte Albert auf den Gegenstand, den er aufhob. Es war der goldene Degen seines Bruders. Carl würde niemals ohne diesen Degen irgendwohin gehen. Außer es war ihm etwas zugestoßen.

In diesem Moment knallte ein Schuss. Eine Kugel flog haarscharf an Alberts Kopf vorbei und traf einen Baum. Erschrocken schauten sich die beiden Männer um. Eine weitere Gruppe Kaiserlicher stand ihnen gegenüber.

Claude ließ den Degen fallen, und sie begannen, um ihr Leben zu laufen.

Marianne hatte sich an ihren geheimen Platz am Ufer des kleinen Tümpels zurückgezogen und schaute nachdenklich über das dunkle Wasser. Hier war es seltsam still, als hätten die wenigen Büsche und Bäume, die zwischen dem Ufer und dem Rest des Lagers standen, eine dicke Mauer errichtet, die alle Geräusche fernhielt.

Maurus Friesenegger war kurz nach ihrem Gespräch wieder aufgebrochen. Marianne hätte ihn am liebsten noch länger hier behalten. Es war so wunderbar, mit ihm zu sprechen. Er war ein Teil ihrer Vergangenheit, eines Lebens, das sie mehr und mehr hinter sich gelassen hatte, das sie jetzt aber wieder einholte.

Sie beruhigte sich nur langsam. Friseneggers Worte gingen ihr nicht aus dem Kopf. Der alte Theo war tot und Anderl noch immer im Gefängnis.

Sie schloss die Augen. Sie war wütend auf sich selbst, auf das Leben und alles, was sie umgab. Niemals hätte sie gehen dürfen. Noch nie hatte sie ein Versprechen gebrochen. Wahrscheinlich würde er dort sitzen, allein und voller Hoffnung, dass sie zurückkommen würde. Und was tat sie? Sie lachte und tanzte, feierte bald Hochzeit und führte ein Leben in Luxus, während er auf seinen Tod wartete.

Ein Geräusch ließ sie aufblicken. Elise kam aus dem kleinen Kiefernhain und musterte sie besorgt.

»Ich habe dich gesucht. Du bist nicht zurückgekommen.« Marianne wischte ihre Tränen ab und versuchte zu lächeln.

»Was ist denn passiert?« Elise trat schüchtern näher. »Hat es etwas mit dem Mönch zu tun? Ich habe dich vorhin mit ihm sprechen sehen.«

Marianne missfiel es, dass man hier nur selten unbeobachtet sein konnte. Sie wollte jetzt nichts erklären müssen.

Elise neigte den Kopf zur Seite.

»Du musst es mir nicht erzählen. Es geht mich ja nichts an. Ich kann auch wieder gehen, wenn du allein sein möchtest.« Marianne gab nach. Elise konnte ja nichts dafür.

»Willst du dich zu mir setzen?« Sie deutete neben sich.

Elise sah sie verwundert an, setzte sich dann aber neben Marianne ins Gras.

Eine ganze Weile schwiegen die beiden, doch dann begann Elise zu erzählen.

»In der Nähe unseres Landguts gab es auch so einen kleinen

Tümpel. Wir sind als Kinder viel dort gewesen, besonders im Sommer. Wir haben dann immer Steine übers Wasser springen lassen und Kaulquappen gefangen. Ich hatte noch drei ältere Brüder und zwei jüngere Schwestern. Die eine der beiden war wie ein kleiner Engel. Sie hatte das gleiche hellblonde Haar wie ich, das sich in tausend Löckchen über ihre Schultern ringelte. Charlotte war fünf Jahre jünger als ich und wie ein anschmieg- sames Kätzchen. Ständig war sie um mich herum und kroch nachts oft in mein Bett. Meistens versuchte ich, sie fortzuschi- cken, aber sie ging nicht oder kam sehr schnell wieder. Sie war ein schrecklicher Sturkopf.«

Elise lächelte wehmütig. »Eines Nachts kam sie wieder zu mir und kroch unter meine Decke. Sie zitterte am ganzen Kör- per und war glühend heiß. Sofort habe ich meine Mutter ge- weckt, und diese hat auch gleich nach dem Medikus geschickt. Doch ihr Zustand verbesserte sich nicht. Sie hustete schrecklich und wurde jeden Tag schwächer. Ich bin in der ganzen Zeit nicht ein Mal von ihrer Seite gewichen, saß stundenlang an ihrem Krankenbett, las ihr Geschichten vor oder hielt ihre Hand, wenn sie schlief. Irgendwann an einem kalten Nachmit- tag, es schneite zum ersten Mal in diesem Jahr, tat sie ihren letzten Atemzug. Danach war ich tagelang nicht ansprechbar, und in meinem Bett war es eiskalt. Ständig hatte ich mich dar- über geärgert, dass sie zu mir kam, und plötzlich fehlte sie mir unendlich.« Sie warf einen Stein ins Wasser. »Sie fehlt mir bis heute. Manchmal wache ich nachts auf und denke, sie wäre da. Mein Kätzchen, das ich verloren habe und das nie wieder zu- rückkommen wird.« Marianne sah Elise fragend an.

»Warum erzählst du mir davon?«

»Weil ich den Schmerz in deinen Augen erkennen kann. Seit ich dich zum ersten Mal gesehen habe, steht er darin geschrieben. Du kannst noch so sehr versuchen, glücklich auszusehen. Diese Art von Kummer wird sich nie vertreiben lassen, aber er wird irgendwann erträglich.«

Einige Stunden später stand Marianne allein vor dem Spiegel in ihrem Zelt. Sie trug ein weinrotes, tief dekolletiertes Kleid, das an den Ärmeln und am Saum mit rosafarbener Spitze besetzt war. Ihr Haar war kunstvoll aufgesteckt, und kleine Glasperlen funkelten darin. So ein wunderschönes Kleid hatte sie noch nie getragen. Anna Wrangel hatte es ihr geschenkt. In ihren Kleidertruhen gab es eine Menge solcher Kleider. Wahrscheinlich würde sie selbst auch bald ein gutes Dutzend davon besitzen. Sie atmete tief durch und kniff sich in die Wangen, damit diese etwas Farbe bekamen. Ihre Augenbrauen waren mit einem Stück Kohle nachgezogen worden, was sie noch blasser erscheinen ließ. Es war bereits später Nachmittag, draußen brach langsam die Dämmerung herein.

Die Männer mussten bald zurückkommen. Marianne sehnte sich mit jeder Faser ihres Körpers nach Albert. Er würde ihr zuhören und sie verstehen. Doch bis sie ihm von dem Besuch des Mönchs und den Vorgängen in Rosenheim in Ruhe erzählen konnte, würde es gewiss später Abend werden. Sie seufzte. Elise betrat das Zelt. Sie trug ebenfalls bereits ihre Abendrobe. Das zartrosafarbene Kleid betonte ihre Zierlichkeit und stand ihr hervorragend.

»Carl Wrangel und Turenne sind eben zurückgekommen.« Marianne drehte sich erfreut zu ihr um.

»Na endlich, dann kann das Fest ja beginnen.«

Elise schüttelte den Kopf.

»Sie sind im Wald in einen Hinterhalt geraten, von den Bayerischen.«

Marianne riss erschrocken die Augen auf und stürmte nach draußen.

Die beiden Generäle standen in der Mitte des Platzes. Anna Margarethe eilte ebenfalls aus ihrem Zelt und stürzte auf ihren Mann zu. Suchend blickte sich Marianne um. Doch weder Albert noch Claude, noch sonst irgendwelche Soldaten waren zu sehen. Wrangel und Turenne schienen allein zurückgekommen zu sein.

Ohne auf die Etikette Rücksicht zu nehmen, stürzte sie, von Angst erfüllt, auf die beiden Generäle zu.

»Wo ist Albert?«, rief sie.

Carl Wrangel sah sie irritiert an. Doch dann senkte er den Blick und antwortete schulterzuckend:

»Das weiß ich leider nicht.«

# 14

Die Kerze auf dem Nachttisch war bereits weit heruntergebrannt. Schatten tanzten über die weiß getünchten Wände der kleinen Kammer. Margit schlief unruhig, warf den Kopf hin und her und redete unverständliches, wirres Zeug.

Pater Franz saß an ihrem Bett und blickte nachdenklich auf das Gesicht des Mädchens. So sehr hatte er gebetet, dass sie aufwachen würde. Gott hatte ihn erhört, sie war tatsächlich zu sich gekommen, aber das Schicksal meinte es wieder nicht gut mit ihm, denn sie konnte sich an nichts erinnern. Nicht einmal ihren eigenen Namen wusste sie. Der Medikus meinte, dass die Erinnerungslücke nur vorübergehend wäre, aber langsam gab Pater Franz es auf, darauf zu hoffen, dass ihr alles wieder einfiele.

Leise betrat Pater Johannes den Raum. Er hatte seinen Freund hier vermutet. Pater Franz saß oft stundenlang an Margits Krankenbett, erzählte Geschichten, las aus der Bibel vor oder versuchte, ihre Erinnerungen durch Beschreibungen der Umgebung zurückzuholen.

Johannes blieb neben seinem Freund stehen und legte ihm die Hand auf die Schulter.

»Zwei reisende Mönche sind soeben eingetroffen. Sie berichten davon, dass Wrangel inzwischen in der Nähe von München lagert und auf der Jagd von dem kaiserlichen Reitoberst Johann von Werth überrascht worden ist. Die Kaiserlichen haben die

Schlacht gewonnen. Hunderte Gefangene sind in einem großen Festzug in München vorgeführt worden. Nur Wrangel muss ihm entkommen sein.«

Pater Franz schüttelte den Kopf.

»Hoffentlich geht es Marianne gut. Es ist so schrecklich, nichts zu wissen. Wenn ich ihr doch wenigstens schreiben könnte.«

Pater Johannes setzte sich neben ihn auf die Bettkante.

»Was würdest du ihr denn berichten? Davon, dass es für Anderl nur noch wenig Hoffnung gibt? Sie würde krank werden vor Sorge. Es ist besser, wenn sie es nicht erfährt. Vielleicht ist sie inzwischen glücklich, das wissen wir doch nicht.«

»Du denkst, sie kann im Lager des Feindes glücklich werden?« Der Abt sah seinen Freund durchdringend an.

Pater Johannes zuckte mit den Schultern.

»Ich weiß, die Schweden sind grausam, plündern und morden. Aber unsere Truppen sind auch nicht besser gewesen. Sie haben uns alles genommen, damit Wrangel nichts mehr findet. Vor einigen Jahren war es egal, welche Truppen kamen und welchen Rock sie trugen, wir hatten ständig Angst. Ich denke, die Zeit hat die Menschen so grausam und hart gemacht. Wir alle leben seit dreißig Jahren mit diesem Krieg, der hoffentlich bald ein Ende findet. Ich habe gesehen, wie der junge Mann Marianne angeschaut hat. Er liebt sie, dessen bin ich mir ganz sicher. Gewiss geht es ihr dort besser. Vielleicht hat dieser Albert sie inzwischen geheiratet. Für sie ist es gut, ein anderes Leben unter Menschen zu haben, die sie nicht als Pestkind sehen. Dort lernen die Leute Marianne kennen und nicht die Geächtete, auf die alle mit den Fingern zeigten.«

»Du hast ja recht«, erwiderte Pater Franz. »Sie fehlt mir eben so schrecklich. Seit sie fort ist, bin ich nur noch ein halber

Mensch. Oft gehe ich in den Rosengarten und wünsche mir, sie würde auf ihrer Bank sitzen und mich anlächeln.«

Pater Johannes nickte. Sein Blick wurde wehmütig.

»Ja, das war ihr Lieblingsplatz, stundenlang konnte sie dort verweilen und die Blumen bewundern.«

Margit stammelte erneut irgendetwas und warf den Kopf hin und her. Beruhigend strich ihr Pater Franz über den Arm.

»Ist schon gut, Mädchen. Es ist nur ein böser Traum.« Sie wurde wieder ruhiger.

Schweigend hingen die beiden Männer ihren Gedanken nach. Als die Kerze heruntergebrannt war, erhob sich Pater Franz.

»Es bricht mir das Herz, dass ich mein Versprechen nicht werde halten können.«

Pater Johannes öffnete die Tür.

»Noch ist der Junge am Leben. Und vielleicht findet sich doch noch ein Weg, seine Hinrichtung zu verhindern. Wir sollten die Hoffnung nicht aufgeben – und beten.«

Pater Franz beeilte sich, in den Schutz des Hauseingangs zu kommen. Ein starker Graupelschauer ging über der Stadt nieder und verwandelte die Wege, Straßen und Plätze in schmierige Pfade. Es war ungewöhnlich kalt für Ende Oktober, doch die Menschen waren trotz des schlechten Wetters guter Dinge. Das Gerücht vom Kriegsende hatte sich herumgesprochen. Die Schweden waren inzwischen irgendwo im Schwäbischen verschwunden, und fahrende Händler erzählten von einem Friedensvertrag, der im fernen Westfalen ausgehandelt wurde. Die Erleichterung war überall zu spüren. Die Leute grüßten freundlich und winkten ihm zu. Manch einer war sogar für ein kleines Schwätzchen länger stehen geblieben, bis die schwarze Wolkenwand mit stürmischem Wind über die Häuser gezogen war und alles in Dunkelheit versank.

Schwer atmend klopfte er sich im Flur des Gefängnisses die Feuchtigkeit von seinem Mantel und betrat die muffige Stube des Wärters. Karl hatte in dem winzigen Ofen, der neben dem Fenster in der Ecke stand, Feuer gemacht und nagte an einem Hühnerbein.

»Und, schon wieder Freitag?«

»Wie immer«, erwiderte der Abt.

Karl wischte sich seine Finger an einem schmutzigen Tuch ab und griff nach seinen Schlüsseln, die neben ihm auf dem Tisch lagen.

»Ihr habt ein Talent dazu, die Leute beim Essen zu stören«, murmelte er mürrisch, schlurfte an Pater Franz vorbei und ging die Treppe nach oben.

Anderls Kammer war natürlich nicht geheizt. Feuchte Kälte empfing den Mönch. Hinter ihm fiel krachend die Tür ins Schloss. Missmutig schaute er sich um. Anderl lag bäuchlings, eine wollene Decke über sich gebreitet, auf dem Bett. Wie immer saßen die Strohtierchen auf der Fensterbank und dem Tisch und blickten Pater Franz an. Ein Teller Suppe stand neben ihnen, anscheinend unberührt.

Der Abt atmete tief durch, straffte die Schultern und setzte sich neben Anderl.

»Grüß Gott, Anderl.« Er fuhr seinem Schützling über die Schulter. Anderl zuckte zurück. Pater Franz sah ihn verwundert an.

»Aber was ist denn? Ich bin es, Pater Franz.«

Anderl richtete sich auf, doch als er sich setzen wollte, verzog er sein Gesicht, legte sich wieder hin, krümmte sich seitlich zusammen und zog die Decke bis zum Kinn. Der Abt sah den Jungen besorgt an.

»Was ist denn los? Hat Karl dich etwa geschlagen. Soll ich mit ihm sprechen?«

Anderl reagierte nicht auf seine Worte. Pater Franz sah ihn schweigend an und versuchte, sich in Geduld zu üben. Irgendwann schüttelte der Junge den Kopf.

»Aber du hast doch Schmerzen. Was ist denn geschehen? Irgendetwas muss vorgefallen sein.«

Anderl antwortete wieder nicht. Der Abt war schon daran gewöhnt. In der Regel schwiegen sie sich die halbe Stunde, die er hier war, nur an. Einige Minuten blieb alles wie gewohnt, doch dann begann Anderl auf einmal zu sprechen. Verwundert sah der Mönch ihn an.

»Er ist es gewesen.«

»Wer ist was gewesen?«

Anderl sah den Mönch direkt an.

»Er kommt immer zu mir und fasst mich an.« Tränen traten in Anderls Augen. »Er stöhnt und keucht dabei und tut mir weh. Ich will das nicht mehr, er soll aufhören.«

Pater Franz lief es eiskalt den Rücken hinunter. Vorsichtig streckte er die Hand nach dem Jungen aus, doch dieser wich erneut zurück.

»Wer soll damit aufhören?«, fragte er leise.

»Er hat mir versprochen, Marianne würde wiederkommen, wenn ich nett zu ihm bin. Doch sie kommt nicht. Ich weiß es. Ihr habt es doch gesagt. Sie hat mich alleingelassen.«

Pater Franz atmete tief durch. Er ahnte bereits, von wem hier die Rede war. Schon seit Längerem ging in der Stadt das Gerücht um, dass August Stanzinger Knaben und jungen Männern gegenüber nicht abgeneigt war. Doch bisher hatte man ihm nie etwas nachweisen können. Und auch jetzt würde es schwer werden, denn immerhin stand sein Wort gegen das eines Eingesperrten, der bald hingerichtet würde.

»Aber« – der Junge sah den Mönch hoffnungsvoll an – »vielleicht kommt sie ja doch wieder. Sie hat noch nie ein Versprechen gebrochen. Ich vermisse sie so sehr.« Er zeigte auf seine Strohtiere. »Die wollte ich ihr schenken.«

Pater Franz wusste nicht, was er antworten sollte. Er war zutiefst bestürzt. August Stanzinger nutzte den Jungen schamlos aus und zwang ihn mit Lügen, ihm gefügig zu sein.

Er versuchte erneut, nach Anderls Hand zu greifen. Diesmal ließ der Junge es zu.

»Ich vermisse sie auch. Aber sie wird nicht wiederkommen. Er hat dich belogen, die ganze Zeit. Ich werde mich darum kümmern, das verspreche ich dir. Er wird dir nicht mehr weh tun. Und vielleicht schaffe ich es auch bald, dich hier herauszuholen. Es gibt noch Hoffnung.«

Anderls Ausdruck in den Augen veränderte sich wieder, sein Blick wurde abwesend.

»Früher haben wir uns immer vor der Mutter versteckt, wenn sie mal wieder böse war. Hinten im Stall, in der Luke. Da hat sie uns niemals gefunden.«

Die Tür zur Zelle wurde geöffnet.

»Die Zeit ist um, Mönch«, brummelte Karl. Auffordernd sah er den Abt an.

Pater Franz erhob sich.

»Ich verspreche dir: Gleich heute werde ich mich darum kümmern. Er wird dir nicht mehr weh tun.«

Ungeduldig wiederholte Karl:

»Ich habe gesagt, Eure Zeit ist um.«

Traurig folgte der Mönch dem Wärter nach draußen und zuckte zusammen, als die Tür laut hinter ihm ins Schloss fiel.

Und während er Karl durch den Flur folgte, dachte er über die letzten Worte des Jungen nach. Versteckt hatten sich die beiden, an einem Ort, der sicher war. Doch das konnte Anderl heute nicht mehr. Wie ein Tier saß er in der Falle und wartete jeden Tag auf seinen Peiniger – und es gab keine Luke, in die er fliehen konnte.

Pater Franz trat auf die Straße. Der Graupelschauer hatte sich verzogen, blauer Himmel lugte zwischen zerrissenen Wolkenfetzen hervor, und ein böiger Wind wehte seinen Umhang in die Höhe.

Aufgebracht ballte er seine Fäuste. Sofort musste er mit dem Büttel reden, denn solch eine Sünde konnte er nicht hinnehmen. Gerüchte waren das eine, aber das hier waren echte Anschuldigungen. Einen hilflosen Burschen dazu zu zwingen, ihm gefügig zu sein, kam einer Todsünde gleich.

Eilig lief er über den Salzstadel, auf dem es heute ungewöhnlich ruhig war, denn wegen des schlechten Wetters waren weniger Fuhrwerke unterwegs.

Auf dem Inneren Markt angekommen, stellte Pater Franz fest, dass das Büro des Büttels bereits verschlossen war, also schlug er den Weg zu dessen Wohnung ein.

Unterwegs kreuzte eine Trauergesellschaft seinen Weg. Schweigend folgte die Gruppe einem Sarg, der auf einem mit Tüchern geschmückten Karren ruhte, der von zwei großen Pferden gezogen wurde. Pater Franz blieb stehen, bekreuzigte sich und wartete, bis die Menschen an ihm vorübergezogen waren, danach eilte er weiter. Erneut schoben sich schwarze Wolken über die Dächer der Häuser und ließen die Straße im

Dämmerlicht versinken. Als der Mönch den Hausflur des Stadthauses betrat, in dem der Büttel wohnte, öffnete der Himmel schon wieder seine Schleusen.

Nervös klopfte er an die Tür des Büttels. Der Büttel öffnete diese schwungvoll.

»Was denn noch?«, rief er. Anscheinend erwartete er jemand anderen. Überrascht sah er den Mönch an.

»Was wollt Ihr denn hier?«, fragte er verblüfft und bedeutete dem Abt einzutreten.

Stanzinger geleitete seinen Überraschungsgast in die Wohnstube, in der wohlige Wärme herrschte. Der Abt ließ seinen Blick durch den luxuriös eingerichteten Raum schweifen, in dem gepolsterte Sitzmöbel neben einem großen Kachelofen zum Verweilen einluden.

»Möchtet Ihr Euch nicht setzen.«

»Ich stehe lieber«, erwiderte Pater Franz und wusste nicht so recht, wie er beginnen sollte.

Stanzinger setzte sich auf die Armlehne eines Stuhles, verschränkte die Arme und sah den Abt auffordernd an.

»Also, was verschafft mir die Ehre Eures Besuches.« Pater Franz gab sich einen Ruck.

»Ich war heute bei Anderl.«

Der Büttel zeigte keine Reaktion, abwartend sah er sein Gegenüber an.

»Der Junge hat mir von Euren Besuchen erzählt.« Der Büttel wurde blass.

»Was hat er erzählt?«

Pater Franz trat näher an den Büttel heran.

»Davon, was Ihr mit ihm macht, hat er erzählt. Ihr habt ihm sogar versprochen, dass Marianne wiederkommt, wenn er Euch gefügig ist.«

Der Büttel wich zurück, seine Hände begannen zu zittern. Pater Franz' Stimme wurde lauter.

»Ist das der Grund, warum er seit Monaten in dieser Zelle sitzt? Weil Ihr ihn besitzen wollt? Ihr beschmutzt ihn, tut ihm weh und nutzt ihn aus. Begeht eine Todsünde!«

Er hatte die Hand gehoben und deutete auf den Büttel.

»Und ein Mörder seid Ihr auch. Ihr habt Hedwig gemeinsam mit Josef Miltstetter an jenem Abend umgebracht. Wie lauten doch die Gebote unseres Herrn: Du sollst nicht töten. Du sollst nicht falsch gegen deinen Nächsten aussagen. Ich sage Euch, auch wenn Ihr hier auf Erden nicht gerichtet werdet, so werdet Ihr für all Eure Sünden in der Hölle schmoren!«

Er atmete tief durch. Der Büttel starrte den Mönch aus weit aufgerissenen Augen an. Doch dann erlangte er seine Fassung wieder und deutete in den Flur.

»Verlasst sofort mein Haus. Was bildet Ihr Euch ein, so über mich zu sprechen und mich zu verurteilen für Dinge, die ich niemals getan habe. Was dieser Knabe auch immer spricht, es ist erlogen. Niemals habe ich mich an ihm vergriffen – weder an ihm noch an irgendeinem anderen Jungen.«

Pater Franz verlor die Fassung.

»Ihr werdet schon sehen. Ich werde alles dafür tun, diese Hinrichtung zu verhindern. Es gibt Zeugen, die Euch gesehen haben.«

Der Büttel sah den Mönch herablassend an.

»Welche denn? Etwa den alten verwirrten Theo? Der ist doch erschlagen worden, soweit ich gehört habe. Oder das treulose und sündige Weibsbild? Wie hieß sie gleich? Margit, nicht wahr? Mir ist zugetragen worden, sie habe ihr Gedächtnis verloren und kennt nicht einmal ihren Namen. Vor diesen Zeugen habe ich keine Angst, und jetzt verlasst mein Haus!«

Pater Franz war geschlagen. Woher der Büttel von Margits Gedächtnisverlust wusste, war ihm unklar. Auch dass der alte Theo ein Zeuge war, hatte außerhalb des Klosters niemand gewusst.

Er musste erkennen, welch mächtigen Gegner er vor sich hatte. So leicht würde sich August Stanzinger nicht einschüchtern lassen.

Auf der Straße empfing ihn kühle Luft. Er hatte verloren, hatte sich nicht im Griff gehabt und Schwäche vor seinem ärgsten Feind gezeigt. Er zog seine Kapuze schützend über den Kopf und flüchtete vor dem Regen in den Schutz der Laubengänge.

August Stanzinger war hinter der Tür stehen geblieben. Nur ganz langsam beruhigte sich sein Puls. Er war so dumm gewesen. Wie hatte er nur glauben können, dass Anderl tatsächlich Stillschweigen bewahren würde. Der Junge war einfach zu naiv – und jetzt eine gefährliche Last. Was war, wenn er noch anderen Leuten davon erzählte oder sich Margit wieder an alles erinnerte und gegen ihn aussagen würde? Er würde seine einflussreiche Stellung und sein Ansehen verlieren – am Ende noch sein Leben. Immer mehr begann er Josef Miltstetter zu hassen. Dieser Mann hatte ihn mit seiner Habgier in diesen Strudel aus Lügen gezogen. Er musste etwas unternehmen. Lange hatte er den Prozessbeginn gegen den Burschen hinausgezögert, aus Egoismus und weil er sich nicht beherrschen konnte. Anderls glatte weiße Haut, seine ebenmäßigen Züge und die Art, wie er sprach, erregten ihn. Und obwohl er den Jungen inzwischen sogar liebgewonnen hatte, konnte er nicht anders, denn nun galt es zu retten, was zu retten war, und deshalb musste Anderl möglichst schnell der Prozess gemacht werden. Am besten würde es sein, wenn er gleich jetzt zu Richter Bichler gehen würde, um alles Weitere zu besprechen. Er griff nach seinem Umhang und verließ das Haus.

Draußen empfing ihn kalte, nach Schnee riechende Herbstluft. Ungewöhnlich war dieser Kälteeinbruch für die Jahreszeit aber nicht, denn häufig wurde es im Oktober zum ersten Mal winterlich. Es hatte sogar Jahre gegeben, da lagen vor Allerheiligen schon zwanzig Zentimeter Schnee oder mehr. Er schlug seinen Kragen hoch, um sich gegen den Wind zu schützen. Es war still auf dem Äußeren Markt, die feuchte Kälte trieb die Leute in ihre Häuser. Nur der Nachtwächter drehte wie immer seine Runde.

August Stanzinger eilte durch das Mittertor, das eigentlich gar kein richtiges Stadttor mehr darstellte, sondern nur noch als Verbindung zwischen den beiden Marktplätzen fungierte.

Außer Atem blieb er vor dem Haus des Richters stehen und klopfte an die Tür.

Der ehrenwerte Amtsrichter Rosenheims bewohnte mit seiner Frau ein ganzes Stockwerk in einem der größten und schönsten Stadthäuser des Inneren Marktes. Aufgemalte, verschlungene Muster zierten es unterhalb der Fenster, und seit dem großen Brand vor acht Jahren war es mit den modernsten Errungenschaften ausgestattet. In jedem Raum gab es einen Ofen, sogar in den Schlafräumen. Auch das Treppenhaus war nicht, wie sonst üblich, aus Holz und an der Rückseite des Hauses, sondern es führte mitten durch das Gebäude, war hell und freundlich, mit Bildern ausgestattet, und hatte sogar Fenster.

Es dauerte eine Weile, bis das Klappern von Schlüsseln zu hören war und eine Magd vorsichtig nach draußen lugte.

»Wer da?«, fragte sie mit leiser Stimme.

»August Stanzinger. Ich weiß, es ist spät, aber ich müsste den ehrenwerten Herrn Richter in einer wichtigen Angelegenheit sprechen.«

Die Magd musterte ihn von oben bis unten und winkte ihn in den Flur.

»Ich weiß nicht, ob er in der Lage ist, mit Euch zu reden. Er liegt krank darnieder, schon seit einer Weile. Aber ich werde Euch melden.«

Sie schlurfte die Treppen nach oben und nahm die einzige Lichtquelle mit sich.

Nervös blieb August Stanzinger in der Dunkelheit des Flurs zurück und rieb sich seine kalten Hände. Für einen so hoch-gestellten Mann hatte der Richter sehr unhöfliche Bedienstete. Immerhin hätte ihn die Magd in eine warme Stube mit Licht geleiten können. Doch er war jetzt nicht in der Situation, den Richter wegen seines Personals zu maßregeln. Schließlich wollte er etwas von ihm, also versuchte er, sich in Geduld zu üben. Oben wurde eine Tür geöffnet, und leise Stimmen waren zu hören, Licht erleuchtete die Treppe, und eine weibliche Person war zu sehen. Als die Frau näher trat, erkannte er die Her-rin des Hauses. Irmgard Bichler hatte ihr langes, bereits er-grautes Haar zu zwei dicken Zöpfen geflochten und war in ein wollenes Tuch gewickelt. Ihre Züge wirkten hart, und in ihren Augen stand Müdigkeit.

»Guten Abend, Büttel.« Sie reichte August Stanzinger die Hand. Ungeduldig griff er danach.

»Grüß Gott, Bichlerin. Es tut mir leid, wenn ich zu so später Stunde noch störe, aber ich müsste dringend mit Eurem Gatten sprechen.«

Die Frau atmete tief durch.

»Leider wird das heute Abend nicht mehr möglich sein, denn es geht ihm nicht gut. Er hat hohes Fieber und schläft jetzt.« Erschrocken riss der Büttel die Augen auf. Das hörte sich nicht nach einer kleineren Unpässlichkeit an.

»Oh, das tut mir leid.« Er versuchte, seine Enttäuschung zu verbergen. »Wie lange ist er denn bereits in diesem Zustand?« Irmgard seufzte.

»Seit zwei Tagen geht es ihm so schlecht. Der Medikus sagte, es sei die Lunge. Es rasselt gar schrecklich in seiner Brust, und es plagt ihn ein heftiger Husten. Wenn das Fieber nicht bald besser wird, dann müssen wir mit dem Schlimmsten rechnen.« Stanzinger sog scharf die Luft ein. Das konnte er jetzt wirklich nicht gebrauchen. Wenn der Richter sterben würde, dann konnte es Wochen dauern, bis ein Nachfolger sein Amt antrat.

»Entschuldigt, dass ich Euch nichts anderes mitteilen kann«, fuhr die Gattin des Richters fort. »Meine Magd sagte mir, dass ihr ein wichtiges Anliegen hättet.«

Der Büttel winkte ab.

»Unter diesen Umständen kann das noch eine Weile warten. Ich komme schon zurecht. Bitte haltet mich auf dem Laufenden, wie es ihm geht, und richtet meine besten Grüße und Genesungswünsche aus.«

»Vielen Dank, das werde ich. Es tut mir leid, dass Ihr Euch an diesem kalten Abend umsonst auf den Weg gemacht habt.« Der Büttel öffnete die Tür.

»Macht Euch deshalb keine Sorgen. Ich mag die kühle Herbstluft sowieso viel lieber als die Schwüle des Sommers. Eine gute Nacht wünsche ich Euch. Ich werde Euren Gatten in meine Gebete einschließen.«

»Habt Dank«, erwiderte Irmgard und schloss, nachdem er

in den Laubengang getreten war, die schwere Eichentür. Klappernd drehte sich der Schlüssel im Schloss, und der Riegel wurde vorgeschoben.

August Stanzinger blieb noch einen Moment in dem Laubengang stehen und blickte über den Marktplatz zum Stockhammer Bräu hinüber. Niemals hätte er sich darauf einlassen sollen, dachte er und ballte die Fäuste. Wie dumm er doch gewesen war. Er, der ehrenwerte Büttel, der in dieser Stadt hohes Ansehen genoss, hatte sich unter Druck setzen lassen von einem Habenichts und Tunichtgut. Er hätte es besser wissen sollen, denn was wäre das Wort eines Fremden schon gegen seines gewesen.

Pater Franz betrat den kahlen Rosengarten und schlenderte den schmalen Kiesweg hinunter. Die Beete waren mit Tannenzweigen abgedeckt, und auch die letzten Blütenblätter waren inzwischen zu Boden gefallen und wirkten wie verwelkende Farbtupfer. Einige Bäume trugen noch etwas Laub, das in den verschiedensten Farben leuchtete.

Das Wetter war in der Nacht umgeschlagen. Milder Südwind wehte über die Alpen und hatte alle Wolken fortgetrieben. Wie gemalt standen die Berge direkt vor ihm und wirkten zum Greifen nah. Auch heute plagten ihn wieder Kopfschmerzen, die er bei dieser Wetterlage häufig bekam.

Margit saß, in Decken gehüllt, auf der Bank, die einst Mariannes Lieblingsplatz gewesen war, und streichelte abwesend den alten Kater, der es sich schnurrend auf ihrem Schoß gemütlich gemacht hatte.

»Guten Morgen, Margit.« Der Abt setzte sich neben sie. Margit wandte den Kopf und sah ihn nachdenklich an.

»Guten Morgen, Pater«, erwiderte sie seinen Gruß mit monotoner Stimme.

Mehr konnte Pater Franz nicht erwarten. Margit hatte sich erholt. Ihre Wangen waren voller geworden und hatten wieder Farbe bekommen, und sie konnte sogar selbständig einige Schritte laufen. Das waren aber auch die einzigen Fortschritte. An alles, was vor dem Sturz in den Brunnen passiert war, konnte sie sich noch immer nicht erinnern.

Der Medikus sprach von Geduld, aber wie sollte er Geduld aufbringen, wenn er doch wusste, dass mit jedem Tag, der verging, Anderls Tod näher rückte.

Er schob die dunklen Gedanken beiseite, griff in seine Manteltasche und zog einen Brief hervor. Lächelnd zeigte er das Papier Margit.

»Das ist ein Brief von Maurus Friesenegger, einem alten Freund von mir. Vielleicht erinnerst du dich an ihn?«

Margit schüttelte den Kopf.

Pater Franz faltete die Seiten auseinander und überflog die Zeilen, die in ihm unsagbares Glück hervorriefen.

»Maurus hat Marianne getroffen«, berichtete er. »Kannst du dich noch an sie erinnern? Ihr habt zusammen in der Brauerei gearbeitet.«

Wieder schüttelte Margit den Kopf.

Der Mönch schien es nicht zu bemerken und sprach weiter:

»Sie ist wohlauf und scheint es im Lager gut zu haben. Sie wird den jungen Mann sogar bald heiraten.«

Margit antwortete nicht. Der Kater streckte sich, sprang von der Bank herab und stolzierte mit hocherhobenem Schwanz den Kiesweg entlang.

Pater Franz blickte dem Tier wehmütig hinterher.

»Sie hat nach dem Kloster gefragt und nach Anderl.«

Plötzlich verflog seine gute Laune, und das Hämmern in seinem Kopf wurde wieder stärker. »Maurus hat ihr von Anderl berichtet. Sie war sehr traurig. Anscheinend hat sie fest damit gerechnet, dass sich alles zum Guten wendet. Jetzt schäme ich mich noch mehr, ihm nicht helfen zu können.«

Margit hatte die Augen geschlossen, ihr Kopf war nach vorn gesunken, und sie schnarchte leicht. Traurig sah der Mönch das Mädchen an. Wahrscheinlich würde sie nie wieder richtig gesund werden oder sich an irgendetwas erinnern. Sie war der letzte Strohhalm gewesen, an dem er sich noch festgehalten hatte, und es war schwer zu begreifen, dass er ihn loslassen musste.

Später am Tag saß er in der Klosterkapelle und betete.

Er genoss es, in dem kühlen und stillen Gotteshaus zu sitzen, und atmete den geliebten Duft des Weihrauchs tief ein. Eigentlich hätte er glücklich sein müssen, erleichtert und zufrieden. Die Gerüchte hatten sich bewahrheitet. Der Westfälische Frieden war ausgerufen worden, und der Krieg war endlich vorbei. Doch die Ereignisse der letzten Wochen ließen ihn einfach nicht los.

Gestern Abend hatte er in der Wohnung des Büttels die Kontrolle verloren und sich von seiner Wut leiten lassen, was ein Mann Gottes nicht tun sollte.

Pater Johannes betrat die Kirche, verneigte und bekreuzigte sich und setzte sich schweigend neben seinen Freund.

Dankbar sah Pater Franz ihn an. Johannes schien immer genau zu wissen, wann er Hilfe und Rat brauchte.

»Wie geht es Margit?«, erkundigte er sich.

»Sie schläft. Der Ausflug in den Garten hat sie erschöpft.« Pater Franz sah seinen Freund traurig an.

»Sie wird sich nie wieder erholen.« Er schüttelte traurig den Kopf.

»Aber ihr Zustand hat sich doch bereits gebessert.« Pater Johannes versuchte, seinen Freund aufzuheitern, obwohl auch er wusste, wie hoffnungslos es war, sich der Illusion hinzugeben, dass dem Mädchen alles wieder einfallen würde.

Der Abt warf ihm einen skeptischen Blick zu. Pater Johannes schlug die Augen nieder.

»Ich weiß«, erwiderte er, »wir sollten uns Gedanken darüber machen, was aus ihr wird. Hier kann sie nicht bleiben, und ein Zuhause hat sie auch nicht mehr. Ich habe Erkundigungen eingeholt. All ihre Angehörigen sind bei dem Überfall der Schweden umgekommen.«

Pater Franz nickte.

»Ich werde noch heute an die Zisterzienserinnen schreiben. Sie waren damals auch bereit, Marianne aufzunehmen, gewiss werden sie sich des Mädchens annehmen.«

»Ja, die Mutter Oberin ist eine mildtätige Frau«, bestätigte Pater Johannes. »Bestimmt wird sie sich gut um Margit kümmern.«

»Was würde ich nur ohne dich tun, Johannes«, erwiderte Pater Franz. »Wir beide haben dies alles gemeinsam durchgestanden.

Du hast immer ein offenes Ohr für all meine Sorgen und Nöte. Hab Dank dafür.«

Der alte Mönch lächelte gerührt.

»Das ist doch selbstverständlich. Deine Sorgen sind auch die meinen.«

Doch dann schlug er sich plötzlich an die Stirn.

»Das habe ich ja völlig vergessen. Ich habe noch weitere Neuigkeiten. Der ehrenwerte Richter Bichler ist letzte Nacht von uns gegangen. Gerade eben hat uns ein Botenjunge die Nachricht überbracht. Er hatte eine Lungenentzündung.«

»Die Lungen waren schon immer sein schwacher Punkt.« Pater Franz seufzte. »Ihn plagte häufig starker Husten. Er war ein guter und gerechter Mann. Gott möge seiner Seele gnädig sein. Wir sollten ihn heute Abend in unsere Gebete einschließen.« Pater Johannes nickte, dann veränderte sich seine Miene. Der Abt kannte diesen Gesichtsausdruck bei seinem Freund. Neugierig sah er ihn an.

»Wenn der ehrenwerte Herr Richter tot ist, dann werden in der nächsten Zeit keine größeren Prozesse stattfinden, und es wird eine Weile dauern, bis ein Nachfolger aus München eingetroffen ist. Wir haben also Zeit gewonnen.«

Pater Franz sah seinen Freund überrascht an. Daran hatte er gar nicht gedacht, doch dann zuckte er mit den Schultern.

»Dem Büttel kommt es sicher gelegen, wenn der Prozess nicht so bald beginnt und Anderl weiterhin in der Zelle sitzt. Ich habe mich sowieso bereits gefragt, weshalb er noch nicht verurteilt worden ist. Jetzt weiß ich, warum.«

Verwundert schaute Pater Johannes seinen Freund an.

Der Abt blickte zu seinem Herrn Jesus Christus, der stumm am Kreuz hing und ihn aus seinen hölzernen blauen Augen ansah. Dann begann er, von dem vorangegangenen Abend zu berichten, und Pater Johannes' Augen wurden immer größer.

# 15

Es war einer dieser Nachmittage, an denen man den Herbst festhalten und nie wieder loslassen wollte. Milder Wind wehte durch die bunten Bäume, und der Himmel wirkte wie abgewaschen. Doch Marianne hatte keinen Sinn für die Schönheit der Natur. Sie stand neben den Wachen am Eingang zum Feldherrenlager.

Bereits seit Tagen kam sie jeden Morgen hierher, um nach Albert Ausschau zu halten. Inzwischen waren viele Männer an ihr vorbeigezogen, aber ihr Geliebter war nicht darunter. Langsam schwand ihre Hoffnung.

»Na, Mädchen«, sagte einer der Wachmänner mitleidig, »bist auch wieder hier.« Marianne nickte.

Der Wachmann schüttelte den Kopf.

»Ich glaub ja nicht, dass er noch kommt. Schon lange ist keiner mehr aufgetaucht. Angeblich sind sie alle nach München gebracht worden, um dort hingerichtet zu werden.«

Marianne riss die Augen auf.

Der andere Wachmann warf seinem Kumpan einen strafenden Blick zu.

»Erschreck sie doch nicht so, Ludwig.« Er hielt Marianne seinen Becher hin.

»Magst einen Schluck Branntwein, Mädchen? Wird dir bestimmt guttun, der vertreibt den Kummer.«

Marianne überlegte, ob sie das Angebot annehmen sollte.

Doch dann lehnte sie ab, denn der Schluck aus Ottos Flasche war ihr in keiner guten Erinnerung geblieben.

Sie wandte sich an Ludwig.

»Und Ihr habt wirklich gehört, dass die Männer nach München gebracht wurden?«

»Wenn ich es doch sage, Kindchen. Natürlich die, die es überlebt haben, denn viele sollen ja im Moor ersoffen sein.« Marianne zuckte erneut zurück. Vor ihrem inneren Auge tauchte Albert auf, wie er in einem dunklen Weiher ums Überleben kämpfte und versank.

Der andere Wachmann schlug Ludwig auf den Kopf.

»Was habe ich gesagt: Du sollst dem Mädchen nicht solche Schauergeschichten erzählen. Sieh nur, jetzt ist sie ganz blass geworden.«

Doch Ludwig reagierte nicht. Sein Blick war plötzlich starr nach vorn gerichtet. Zwei Männer kamen des Weges. Der eine hing am Arm des anderen, sein Bein ragte unnatürlich zur Seite, und Blut klebte an ihren Gesichtern.

»Hilfe, so helft uns doch«, hörten sie einen der Männer mit erstickter Stimme rufen.

Sofort sprangen die beiden Wachmänner auf und rannten zu ihnen. Mariannes Herz schlug vor Aufregung schneller. Es kamen doch noch welche, also gab es noch Hoffnung.

Sie lief aufgeregt neben den Verwundeten her.

»Habt Ihr irgendwo Albert Wrangel, den Bruder des Generals, gesehen?«, fragte sie hoffnungsvoll.

Der eine der beiden Männer warf Marianne einen mitleidigen Blick zu und schüttelte den Kopf.

»Nein, tut mir leid. Wir haben niemanden mehr gesehen.« Marianne blieb stehen. Die aufkeimende Hoffnung verschwand so schnell, wie sie gekommen war, und Tränen der Verzweiflung traten in ihre Augen. Er musste wiederkommen. Das konnte doch nicht sein. Er konnte sie nicht alleinlassen, das durfte er nicht.

»Sind wieder neue Verwundete eingetroffen?«, fragte plötzlich eine Stimme hinter ihr.

Marianne drehte sich um. Elise stand vor ihr. Sie trug ein schlichtes beigefarbenes Leinenkleid und eine graue Schürze, die von Blutspritzern übersät war. Ihr Haar war zu einem einfachen Zopf gebunden, und sie sah erschöpft aus.

Marianne nickte.

»Ja, aber Albert war nicht dabei. Langsam werde ich mich wohl an den Gedanken gewöhnen müssen, ihn verloren zu haben.« Elise trat näher und legte Marianne tröstend die Hand auf den Arm.

»Ich weiß, es ist nicht leicht, wenn man die Hoffnung aufgeben muss, aber du kannst doch nicht den ganzen Tag hier herumstehen und grübeln. In den Zelten sind so viele Verwundete, die Zuspruch und Pflege brauchen. Es wird dir bestimmt helfen, wenn du ihnen Mut machst.«

Marianne wusste, dass Elise recht hatte. Sie konnte nicht ständig hier stehen und nach Albert Ausschau halten. Viele der Damen halfen und pflegten die Verwundeten. Sie hatte die Zelte bisher immer gemieden. Die Schreie der Männer, die es vor Schmerzen nicht mehr aushielten, waren ihr durch Mark und Bein gegangen.

»Ich weiß nicht, ob ich der Sache gewachsen bin.«

Elise legte den Arm um sie und zog sie vom Eingang des Feldherrenhofes weg.

»Dann machst du eben nur die Dinge, die dir leichtfallen. Auch wenn du nur da bist, hilfst du dem einen oder anderen schon.« Marianne nickte unsicher.

»Also gut, wenn du meinst. Aber wenn ich es nicht mehr aushalte …«

Elise fiel ihr ins Wort.

»Dann kannst du natürlich gehen. Niemand zwingt dich dazu, das Leid der Männer mit anzusehen.«

Sie erreichten eines der Zelte, und Elise schob das Tuch am Eingang zur Seite.

Fürchterlicher Gestank schlug Marianne entgegen. Überall auf dem Boden lagen auf provisorischen Lagern die Verwundeten. Manche schliefen, andere unterhielten sich, und wieder andere jammerten und stöhnten. Elise nickte ihr aufmunternd zu und ging dann zielstrebig zu einem der Männer.

Marianne straffte die Schultern und folgte ihr.

Der Tross hatte sich nach dem Überfall der Kaiserlichen Richtung Westen weiterbewegt und dabei gnadenlos jedes Dorf zerstört, das im Weg war. Carl Gustav Wrangel ließ seine Wut jeden spüren, der ihm in die Quere kam.

Missmutig beobachtete Marianne nach einem langen Tag in der Kutsche die Knechte dabei, wie sie die Zelte aufbauten. Sie schlugen ihr Lager irgendwo auf einer Lichtung auf. Obwohl den ganzen Tag die Sonne geschienen hatte, war es bitterkalt, und ein kühler Wind trieb weiße Wolkenfetzen über den Himmel. Die Felder und Wiesen waren morgens bereits von Rauhreif überzogen, und in die Zelte kroch eine unangenehme Feuchtigkeit.

Die Männer bauten gerade die hölzerne Unterkonstruktion auf, während Elise, die neuerdings mit ihr das Zelt teilte, einen Knecht anwies, ihre Kleidertruhen von einem der Karren zu wuchten.

Marianne beobachtete alles teilnahmslos. Grauer Nebel war aufgezogen. Sie aß seit Tagen nichts mehr und tat nachts kein Auge zu. Frierend warf sie sich hin und her, und wenn sie kurz eindöste, rissen schreckliche Träume sie wieder in die Wirklichkeit zurück. Dann lag sie meist stundenlang wach und grübelte. Das Unglück hatte sie erneut eingeholt, klebte wie Pech an ihr und ließ sie nicht los. Anderl, Helene, Milli und jetzt auch noch Albert. Alle Menschen, die ihr im Leben etwas bedeuteten, ließen sie allein. Sie durfte anscheinend nicht glücklich werden. Ein Pestkind brachte das Unglück, und nichts würde daran etwas ändern.

Die Männer waren mit dem Aufbau des Zeltes fertig und richteten die beiden Schlaflager der Frauen.

Doch plötzlich ließ lautes Fluchen im Zelt der Wrangels alle aufhorchen. Verwundert sahen sich Marianne und Elise an. Gemeinsam mit einigen anderen, die ebenfalls neugierig waren, schlichen sie näher heran und blickten in das große Zelt, in dem bereits die ersten Bilder an den Wänden hingen und ein edler Teppich den Holzboden bedeckte.

»Das kann es doch nicht geben«, schimpfte Wrangel. Er hielt ein Schreiben in der Hand, sein Gesicht war gerötet. Ein junger Bote, kaum älter als Marianne, zog den Kopf ein.

»Es kann nicht zu Ende sein. Ich brauche diesen Krieg. Niemand will den Frieden.«

Wütend begann er, den Burschen zu schütteln.

»Hörst du, mein Junge! Er kann und darf einfach kein Ende haben, dieser Krieg ist mein Leben!«

Der Junge ließ sich wie eine Marionette durchrütteln. Anna Margarethe, die die ganze Zeit über schweigend zugesehen hatte, trat hinter ihren Gatten und legte beruhigend die Hand auf seine Schulter.

»Lass den Boten in Ruhe. Er kann nichts dafür. Wir werden an den Neuigkeiten sowieso nichts ändern können.«

Carl Wrangel hielt inne und sah seine Frau durchdringend an.

»Aber verstehst du nicht? Es ist vorbei. Wir haben keinen Krieg mehr. Was wird denn jetzt werden?«

Er ließ den Boten los, der sofort die Flucht ergriff.

»Was soll schon werden?«, erwiderte Anna Margarethe. »Wir können endlich nach Hause gehen und uns ein wenig zur Ruhe setzen, wenigstens für eine Weile. Ich habe das Feldherrenlager so satt. Besonders jetzt, wo der Winter vor der Tür steht, sehne ich mich nach einem warmen Heim für uns und unsere Kinder.«

Carl Wrangel sah seine Frau überrascht an, doch dann lächelte er, zog sie an sich und küsste sie.

»Was würde ich nur ohne dich tun, meine Liebste. Du weist mir immer den richtigen Weg. Du hast recht, der Winter steht vor der Tür. Jetzt suchen wir uns erst einmal eine Bleibe für die nächsten Monate. Und ich verspreche dir: Du wirst nicht frieren müssen.«

Wehmütig beobachtete Marianne die beiden. Sie hätte auch bald einen solchen Mann an ihrer Seite gehabt, doch Albert war vermutlich tot und würde niemals wiederkommen.

Wie ihr Leben in der Welt der Schweden jetzt aussehen würde, wusste sie nicht. Der Mann, den sie liebte, war fort. Erneut keimte in ihr Heimweh auf. Sie wünschte sich zurück ins Kloster, in ihren Rosengarten, in dem sie sich am liebsten für immer verkriechen würde. Vielleicht war Anderl ja noch am Leben. Maurus Friesenegger hatte gesagt, dass Pater Franz alles für ihn tun würde. Am Ende würde Anderl nicht sterben, das Schicksal könnte es ein Mal gut mit ihr meinen und ihr den geliebten Bruder nicht entreißen. Jede Faser ihres Körpers sehnte sich nach ihm, nach seiner Wärme und Nähe.

Anna Margarethe löste sich aus der Umarmung ihres Mannes und lächelte ihn sanft an. So entspannt hatte Marianne sie nur selten gesehen.

»Wir sollten die Neuigkeiten gleich offiziell verkünden und danach ein wenig feiern. Auch wenn es in deinen Augen keine besonders guten Nachrichten sind, mein Liebster. Ich danke Gott für den Frieden.«

Carl Wrangel seufzte. Widerwillig stimmte er seiner Frau zu.

»Aber nur im kleinen Rahmen. Ich denke nicht, dass es nach den Vorfällen bei der Jagd angebracht wäre, groß zu feiern. Leider ist auch Albert noch immer verschwunden. Sein Verlust hat mich tief getroffen.«

Anna Margarethe winkte ihre Damen näher heran.

»Ich verspreche dir, es wird ganz zwanglos.«


Anna Wrangel hatte Wort gehalten und auf ein größeres Abendessen oder Fest verzichtet. Es versammelten sich nur die Generäle und deren Damen an Tischen, die um ein großes Kohlebecken aufgestellt worden waren. Duftende Reh- und Wildschweinbraten lagen auf großen Platten zwischen silbernen Kerzenständern. Marianne saß neben Elise am oberen Ende des Tisches. Sie fröstelte. Die Kohlenschale stand zu weit von ihr entfernt, und hinter ihr lag der Zelteingang, durch den kühle Luft hereinwehte, wenn die Diener ein und aus gingen.

Elises Verlobter, Wilhelm von Theiss, war ebenfalls nicht von der Jagd zurückgekehrt. Sie trug den Verlust allerdings mit Fassung, denn die Ehe mit dem zwanzig Jahre älteren Mann war arrangiert gewesen, und sie hatte sich stets vor dem pickeligen Gesicht des Mannes geekelt.

Vergnügt saß sie neben Marianne und lauschte aufmerksam ihrem Tischnachbarn, einem Grafen von Wenz, der eine Begebenheit aus der Schlacht von Magdeburg von sich gab und sich köstlich zu amüsieren schien, während er von Mord und Totschlag erzählte.

Marianne saß wie eine blasse Marionette am Tisch. Ihr Teller war leer, denn bereits der Geruch des Essens löste Übelkeit in ihr aus. Überall lachten die Leute, und auf der Orgel wurde fröhliche Musik gespielt. Anna Wrangel unterhielt sich angeregt mit dem evangelischen Pfarrer, einem Claus von Hebenstein, der sich neuerdings um das Seelenheil des Trosses kümmerte.

Marianne konnte den kleinen dunkelhaarigen Mann mit den schmalen Lippen nicht leiden. In den letzten Tagen war er um sie herumgeschlichen und hatte versucht, sie zu trösten. Ständig hatte er von der Güte Gottes und anderen Dingen gesprochen, die Marianne bereits wieder vergessen hatte. Am liebsten hätte sie ihn angeschrien und fortgejagt – und das nicht nur, weil er ein Evangelischer war, sondern weil sie allmählich den Glauben an einen Gott verlor. Was war das für ein gütiger Gott, der ihr ein Unglück nach dem anderen brachte und sie immer wieder ihrem Schicksal überließ? Er war grausam, schickte ihnen Krankheiten und Krieg, anstatt sein Volk zu beschützen. Doch das konnte sie dem Priester natürlich nicht sagen.

Anna Wrangel schien den Mann zu mögen. Sie lachte mit ihm und legte ihm vertrauensvoll die Hand auf die Schulter.

»Komm schon, Marianne.« Elise riss sie aus ihren trüben Gedanken. »Du siehst schon wieder so traurig aus – und dabei bist du so hübsch. Lach doch ein wenig. Heute ist ein guter Tag. Immerhin ist dieser Krieg endlich zu Ende, und die Menschen können zurück nach Hause gehen.«

Marianne warf ihr einen unfreundlichen Blick zu. Elise biss sich auf die Lippen.

»Falls sie noch ein Zuhause haben. Entschuldige, Marianne.« Marianne nickte müde.

»Du musst dich nicht entschuldigen, Elise. Ich habe noch ein Zuhause. Es mag ein wenig anders sein als deine Heimat, aber es gibt dort durchaus Menschen, die sich freuen würden, wenn ich wiederkäme.«

Und die mich sogar dringend brauchen, fügte sie in Gedanken hinzu. Und da fiel es ihr plötzlich wie Schuppen von den Augen.

Menschen, die sie brauchten – Anderl brauchte sie. Er wartete darauf, dass sie nach Hause kam. Hier gab es jetzt nichts mehr, was sie hielt. Der Mann, wegen dem sie in den Tross gekommen war, war verschwunden und wahrscheinlich tot. Der Krieg war zu Ende. Sie konnte wieder heimgehen, zurück zu Pater Franz und Anderl. Doch dann fiel ihr Blick auf Anna Margarethe. Würde sie sie gehen lassen? Wahrscheinlich nicht. Aber einen Versuch war es wert, sie zu überreden. Rosenheim war nicht weit weg. Wenn sie nach Osten gehen würde, dann würde sie gewiss den Inn erreichen, und dann wäre es ein Kinderspiel, sich zurechtzufinden.

In der darauffolgenden Nacht lauschte Marianne dem Regen. Sie hatte die Arme hinter ihrem Kopf verschränkt und versuchte, die Kälte zu ignorieren. Sie wusste, warum sie nicht schlafen konnte. Es gab niemanden, an dem sie sich wärmen konnte. Sie schloss die Augen. Jetzt, in der Dunkelheit, wenn sie allein war, vermisste sie Albert am meisten. Seine warme

Haut und seinen Atem an ihrem Hals, ja selbst sein Schnarchen fehlten ihr. Wehmütig dachte sie an den Nachmittag am Weiher zurück, als sie sich geliebt hatten. An seine wunderschönen grünen Augen, die sie stets voll Liebe und Respekt betrachtet hatten. Niemals würde sie ihn wiedersehen. Wahrscheinlich lag er irgendwo tot im Wald oder wartete in einer dunklen Zelle auf seine Hinrichtung.

Irgendwann einmal, vor nicht allzu langer Zeit, hatte sie gedacht, dass alle Schweden Teufel waren, die wie grausame Tiere über alles herfielen und es in Stücke rissen, doch er hatte sie etwas anderes gelehrt. Inzwischen hatte sie so viele Schweden kennengelernt, die freundlich und nett zu ihr waren, dass sie über die Ammenmärchen lächeln musste, die erzählt worden waren. Aber waren es tatsächlich Märchen? Waren es nicht die schrecklichen Greueltaten, die den Ruf der Schweden ausmachten?

Leises Weinen riss sie aus ihren Gedanken. Verwundert horchte Marianne auf. Elise schluchzte in ihre Kissen. Marianne kroch zu der blonden Frau hinüber und strich ihr übers Haar.

»Du musst dich deiner Tränen nicht schämen«, beruhigte Marianne die Freundin.

»Ich wollte dich nicht wecken.«

»Ich habe sowieso nicht geschlafen.«

Elise griff in der Dunkelheit nach Mariannes Hand.

»Du zitterst ja.« Sie hob ihre Decke. »Komm, bei mir ist es warm.«

Marianne zögerte nicht einen Moment und kroch unter die Decke.

»Warum hast du geweint?«, fragte Marianne.

»Weil ich jetzt nicht weiß, was aus mir werden soll. Mein

zukünftiger Gatte ist tot, und ich bin weit weg von zu Hause. Ich vermisse die Weinberge, unser Landgut mit den vielen Pferden. Früher sind wir oft stundenlang ausgeritten. Besonders im Herbst, wenn die Blätter bunt waren und die Reben an den Weinstöcken hingen, war es wunderbar, durch die Gegend zu streunen. Bei uns ist das Klima bedeutend milder, die Kälte hier macht mich verrückt.«

»Ich habe auch Heimweh«, sagte Marianne. »Obwohl mich keine Familie auf einem Landgut erwartet, vermisse ich Rosenheim, und besonders meinen Bruder würde ich so gern wiedersehen.«

Elise drehte sich auf die Seite.

»Wahrscheinlich werden sie uns jetzt andere Männer aussuchen.«

»Ich weiß nicht«, erwiderte Marianne. »Inzwischen mache ich mir tatsächlich Gedanken darüber, nach Hause zu gehen. Hier hält mich nichts mehr. Alle Menschen, die mir etwas bedeutet haben, sind tot oder fort.« Tränen traten in ihre Augen.

Elise hob den Kopf.

»Du willst fortgehen? Aber wie willst du das denn anstellen, als Frau und allein? Umbringen werden dich die Räuberbanden und Marodeure, die überall lauern. Die Straßen sind nicht sicher, auch wenn der Krieg zu Ende ist. Und hier hast du immerhin noch mich. Ich dachte, du magst mich.«

Elise suchte in der Dunkelheit nach Mariannes Hand.

»Ich schaffe das hier nicht allein. Du kannst mich doch jetzt nicht im Stich lassen.«

»Ich hab dich gern, Elise, aber ich muss gehen. Gleich morgen werde ich mit Anna Margarethe sprechen. Sie hat mir versprochen, mir jeden Wunsch zu erfüllen. Sie muss mich einfach gehen lassen.«

»Dann komme ich mit dir.« Elise richtete sich auf. »Mich hält hier auch nichts mehr.«

Marianne war gerührt. Aber sie wusste, dass das unmöglich war. Es würde schon schwierig genug werden, Anna davon zu überzeugen, sie gehen zu lassen. Elise konnte sie ihr nicht auch noch wegnehmen. Doch sie wollte das Mädchen nicht kränken.

»Wir werden sehen.«

Anna Wrangel stand vor dem Spiegel eines wunderbar gearbeiteten Toilettentisches aus glänzendem Mahagoniholz. Ihre Kammerzofe bürstete ihr gerade die Haare, als Marianne das Zelt betrat. Lange hatte sie an diesem Morgen mit sich gehadert, doch dann hatte sie all ihren Mut zusammengenommen und war hierhergekommen.

Anna Margarethe sah Marianne im Spiegel und drehte sich erstaunt zu ihr um.

»Guten Morgen, meine Liebe.« Sie musterte Marianne neugierig. Auch ihr waren Mariannes tiefe Augenringe und die eingefallenen Wangen nicht entgangen. Was sie aber in Anbetracht der Tatsache, dass Mariannes Verlobter verschollen und vermutlich tot war, für normal hielt.

Doch heute lag in Mariannes Augen eine seltsame Art von Entschlossenheit, die sie noch nie bei ihr gesehen hatte.

»Was führt dich denn zu so früher Stunde zu mir?«

»Ich wollte dich um etwas bitten.« Marianne rieb sich nervös die Hände. Irgendwie gestaltete sich die Sache schwieriger, als sie angenommen hatte. Anna Wrangel hielt ihren Arm geduldig ihrer Zofe hin, die ein filigran gearbeitetes, goldenes Armband darum legte. »Ich würde gern nach Hause gehen.«

Marianne atmete tief durch. Irritiert sah Anna Margarethe sie an, trat vom Waschtisch weg und bedeutete der Zofe, ihr ein Glas Wasser einzuschenken.

»Was möchtest du?«

»Ich möchte wieder zurück nach Rosenheim. Jetzt kann ich die Stadt noch erreichen. Du weißt doch, mein Bruder …«

Anna Margarethe hob die Hand, und Marianne verstummte.

»Ich habe dich gerade falsch verstanden. Du hast mir nicht erzählt, zurück nach Hause zu wollen, oder?«

»Doch, das habe ich«, erwiderte Marianne.

»Das kommt überhaupt nicht in Frage.« Anna wurde laut.

»Deine Heimat ist jetzt bei uns. Nur weil Albert leider von uns gegangen ist, wirst du uns nicht verlassen. Gewiss wird sich ein anderer Gatte für dich finden. Du bist mein Schutzengel. Das Schicksal hat dich zu uns gebracht.«

Marianne trat näher an Anna Margarethe heran und sah sie bittend an.

»Du hast mir einmal versprochen, mir jeden Wunsch zu erfüllen, egal, was es wäre. Ich habe jetzt nur diesen einen Wunsch. Ich möchte nach Hause gehen. Mein Bruder braucht mich.« Das Mädchen hatte recht. Sie hatte ihr versprochen, ihr jeden Wunsch zu erfüllen. Wer hätte das an ihrer Stelle nicht getan? Immerhin hatte sie ihr und ihrem Sohn das Leben gerettet. Dass Marianne sie jetzt mit diesem Versprechen unter Druck setzen würde, damit hatte sie nicht gerechnet. Sie hatte sie unterschätzt. Aber sie hatte Marianne liebgewonnen und wollte sie nicht verlieren.

»Aber du hast in Rosenheim doch niemanden außer deinem Bruder. Hassen dich die Menschen dort nicht? Du hast mir erzählt, dass sie mit dem Finger auf dich zeigen. Hier bist du unter Freunden. Niemand behandelt dich wie eine Geächtete.

Im Gegenteil, alle bringen dir Respekt entgegen und halten dich für eine Heldin.«

In Mariannes Augen traten Tränen.

»Bitte«, flehte sie, »ich muss wissen, ob es meinem Bruder gutgeht. Das ist mir wichtiger als alles andere auf der Welt. Der Mann, den ich liebte, ist tot. Bitte erlaube mir wenigstens, heimzukehren und für Anderl da zu sein. Er braucht mich.«

Anna Wrangel atmete tief durch. Sie wusste, wie schwer die Last der Vergangenheit sein konnte. Wenn nicht sie, wer sonst konnte verstehen, was in Marianne vorging. Auch sie hatte hilflos mit ansehen müssen, wie ihre Familie getötet worden war. Wenn nur einer von ihnen noch am Leben wäre und ihre Hilfe brauchte, dann würde sie wahrscheinlich auch zu ihm eilen, koste es, was es wolle.

Seufzend gab sie nach.

»Nun gut. Wenn das dein größter Wunsch ist, dann sei er dir gewährt. Ich werde mit Carl sprechen, denn er muss natürlich zustimmen.«

Marianne sah sie strahlend an.

»Aber«, sagte sie und hob mahnend den Zeigefinger, »du wirst nicht allein gehen. Die Straßen sind nicht sicher. Zwei meiner treuesten Männer werden dich begleiten.«

Marianne nickte eifrig.

Anna Margarethe sah Marianne durchdringend an.

»Angenommen, du findest deinen Bruder und es geht ihm gut. Könntest du dir dann vorstellen, wieder zu uns zurückzukehren? Du kannst ihn auch gern mitbringen, gewiss wird sich für ihn ein Platz in unserem Gefolge finden.«

Marianne sah Anna Margarethe überrascht an. Der Frau, die sie einst so arrogant und ohne jede Herzlichkeit empfangen hatte, schien tatsächlich etwas an ihr zu liegen. Anna Wrangel spielte ihr nichts vor.

»Vielleicht. Anderl könnte es hier gefallen.« Erleichtert seufzte Anna Margarethe.

»Gut, dann werde ich gleich beim Morgenmahl mit meinem Gatten sprechen. Wenn er zustimmt, kannst du noch heute aufbrechen.«

Marianne fiel ihr um den Hals.

»Danke! Oh, vielen Dank! Du weißt gar nicht, was für eine große Freude du mir damit machst!«

# Teil III

## Die Rückkehr

# 16

Albert starrte die Decke an. Durch eine winzige vergitterte Luke über ihnen drang kaum Licht in die dunkle Zelle, einen Unterschied zwischen Tag und Nacht gab es nicht, und nur ab und an drangen Stimmen von draußen herein. Er blickte auf Claude, der neben ihm schlafend auf dem feuchten Stroh lag. Er selbst kam trotz seiner Erschöpfung nicht zur Ruhe. Nagender Kummer hielt ihn wach. Immer wieder sah er Marianne vor sich. Er hatte sie mit sich genommen und ihr ein besseres Leben versprochen, war für sie verantwortlich und liebte sie, doch jetzt war sie allein und schutzlos.

Lautes Stöhnen ließ ihn zusammenzucken, und auch Claude hob den Kopf. Ihnen gegenüber lag ein weiterer Soldat, der eine offene, eitrige und übel riechende Wunde am Bein hatte. Die meiste Zeit verbrachte er in einer Art Dämmerzustand, aber wenn er zu sich kam, dann schrie und stöhnte er vor Schmerzen.

Albert kroch zu seinem Kameraden hinüber und hielt ihm den Kopf, während Claude einen Becher mit Wasser füllte.

»Schon gut«, versuchte Albert den Mann zu beruhigen. »Wir sind ja da. Du bist nicht allein.«

Claude reichte ihm das Wasser, und Albert flößte es dem Verletzten ein. Der Soldat ließ seinen Kopf zurücksinken und stöhnte, den fiebrigen Blick flehend auf Albert gerichtet. Claude sah den Mann mitleidig an.

»Lange wird es nicht mehr dauern«, flüsterte er und strich dem Verletzten behutsam über das gesunde Bein.

Albert stellte den Becher auf den Boden.

»Für uns alle wird es nicht mehr lange dauern.«

Claude setzte sich wieder auf den Strohhaufen und schlug hart mit dem Hinterkopf gegen die Wand.

»Und ich wollte zurück in die Normandie, nach Hause. Wie dumm ich doch gewesen war, zu glauben, diesen Krieg heil zu überstehen. Einen Krieg, der kein Ende kennt und alles tötet, was sich ihm in den Weg stellt.«

Albert setzte sich neben ihn. Er wusste nicht, was er auf die Worte seines Freundes antworten sollte. Lange Zeit sagte niemand etwas, nur das Jammern ihres verletzten Kameraden erfüllte den Raum, bis es immer leiser wurde und irgendwann ganz verstummte.

Claude kroch zu ihm hinüber und legte seine Hand auf die Brust des Kranken.

»Er atmet nur noch flach, bald hat er es hinter sich.«

Albert schaute entmutigt zu der vergitterten Luke hinauf.

»Dann wird er wenigstens nicht mehr aufs Schafott geschleift und muss diese Erniedrigung nicht erleben.«

»Die wir erleben müssen«, vervollständigte Claude den Satz und suchte den Puls des Mannes am Hals.

»Er ist tot.«

»Möge Gott seiner Seele gnädig sein.« Albert schloss die Augen des Toten.

Ein Geräusch an der Zellentür ließ die beiden aufhorchen. Klappernd wurden Schlüssel ins Schloss gesteckt, und ein kleiner Junge schob seinen Kopf durch die Tür.

Albert sah den Knaben verwundert an. Er kannte ihn, konnte aber nicht sagen, woher. Der Junge ließ seinen Blick durch die Zelle schweifen und sah Albert durchdringend an. Da fiel es dem Schweden schlagartig wieder ein. Diese blauen Augen, die so viel Mut und Selbstvertrauen ausstrahlten, gehörten zu dem mutigen Knaben in Aibling, der seine Schwester beschützt hatte.

Ein breites Grinsen zeigte sich auf dem Gesicht des Jungen.

»Ihr wisst also, wer vor Euch steht?«

»Wie könnte ich das jemals vergessen«, erwiderte Albert. »Aber wie kommst du hierher, Junge?«

»Nachdem ihr fort wart, habe ich mich den Kaiserlichen angeschlossen, um den Tod an meinem Vater zu rächen. Ich bin fleißig und bereits Stückknecht.«

Albert nickte.

»Damals hast du bereits Mut bewiesen. Viele andere hätten ihre Schwester im Stich gelassen. Aber sag, was führt dich zu uns in die Zelle?«

Der Junge blickte von Albert zu Claude und dann auf den Mann am Boden.

»Ich vergesse nichts. Ich habe Euch gesehen, wie Ihr durch die Straßen geführt und gedemütigt worden seid. Ich bin Euch gefolgt und habe genau aufgepasst, wo Ihr eingeschlossen wurdet.« Triumphierend hielt er die Schlüssel hoch. »Die habe ich eben dem alten Bernhard gestohlen. Er wird nie lernen, die Finger vom Wein zu lassen.«

Albert sah den Jungen überrascht an.

»Du willst uns zur Flucht verhelfen?« Der Junge grinste verschmitzt.

»Eine Hand wäscht die andere, hat mein Vater immer gesagt. Meine Schwester und ich wären heute nicht mehr am Leben, wenn Ihr uns verraten hättet.« Er blickte sich um. »Lasst uns

jetzt verschwinden, denn Bernhard wird nicht ewig schlafen.«
Sie verließen die Zelle und schlichen den engen, von Fackeln
erleuchteten Flur entlang und an dem alten Bernhard vorbei,
der schnarchend auf seinem Stuhl saß.

Dann ging es eine Wendeltreppe nach oben. An deren Ende
bedeutete der Junge ihnen zurückzubleiben. Vorsichtig blickte
er nach draußen und winkte danach Claude und Albert näher
heran. Sie schlichen im Schatten der Hauswand über den vom
Mondlicht erhellten Hof. Wachen waren keine zu sehen. Der
Junge führte sie in eine enge Kammer, in der auf einem Bett
zwei einfache Hemden und Kniehosen lagen. Albert sah ihn
verwundert an.

»Du hast unsere Flucht aber sehr gut geplant.« Der Junge
grinste.

»Wenn Ihr in Euren zerschlissenen, auffälligen Kleidern hier
herausspaziert, dann kommt Ihr gewiss nicht weit. Aber jetzt
macht schnell, denn bald ist Wachablösung, und bis dahin muss
ich Bernhard die Schlüssel zurückgebracht haben.«

Eilig schlüpften Albert und Claude in die Kleider und folgten
dem Jungen auf den Hof, an der Mauer entlang und dann in
einen kleineren Hof. Der Knabe führte sie zu einer schmiedeeisernen Tür, die in die Mauer eingelassen war, und suchte hektisch den richtigen Schlüssel. Als er ihn gefunden hatte, öffnete
er das quietschende Tor.

»So, von jetzt an müsst Ihr allein klarkommen.« Er deutete
nach draußen.

Albert trat neben den Jungen und sah ihn gerührt an. Er
konnte noch immer nicht fassen, dass der Knabe ihnen zur
Flucht verhalf. Als er sich bedanken wollte, fiel ihm auf, dass er
nicht einmal den Namen seines Retters kannte.

»Sag mal, Junge, wie heißt du eigentlich.«

»Johannes.« Der Junge blickte ungeduldig über den Hof. »Aber Ihr müsst jetzt wirklich gehen.«

Albert nickte und trat neben Claude, der bereits durch das Tor getreten war.

»Das werde ich dir niemals vergessen, Johannes.«

»Wie gesagt, eine Hand wäscht die andere.«

»Ja, so ist es«, murmelte Albert, während Johannes wieder in der Dunkelheit des Hofes verschwand.

»Ich denke, wir sollten uns beeilen fortzukommen«, flüsterte Claude und klopfte ihm auf die Schulter. »Und warum hier eine Hand die andere wäscht, kannst du mir gewiss unterwegs erklären.«

Albert drehte sich um und legte dem Franzosen freudig den Arm über die Schultern.

»Das mache ich. Ich sage dir, mein Freund, Gott ist näher, als wir denken.«

Gemeinsam gingen sie die dunkle Gasse hinunter, und während Albert zu erzählen begann, löste sich seine Anspannung, und eine wunderbare Freude breitete sich in ihm aus, denn bald würde er Marianne wiedersehen.

Marianne verließ ohne großen Abschied den Feldherrenhof. Sie hatte sich, während Anna mit Carl sprach, umgezogen und trug jetzt ein schlichtes graues Wollkleid. Ihr Haar hatte sie geflochten, hochgesteckt und unter eine dicke, ebenfalls graue Mütze geschoben. Dazu trug sie einen wollenen dunkelblauen Umhang mit Kapuze. Jetzt ging es nicht darum, besonders hübsch zu sein. Sie sollte wie eine normale Bürgerliche, bei der es nichts zu holen gab, aussehen.

Ihre beiden Begleiter kannte sie nur vom Sehen. Caspar Johannsen und Justus Steiner überragten Marianne um gut einen Kopf und waren breitschultrig und kräftig. Sie trugen ebenfalls schlichte Kleidung, hatten aber ihre Waffen bei sich. Schweigend durchquerten die drei den bunten Bereich des Trosses. Marianne blickte sich wehmütig um. Sie war schon lange nicht mehr hier draußen zwischen den bunten Karren und einfachen Zelten, den Marketendern, Soldaten und Huren gewesen.

Viele Zelte standen im Matsch, und Kinder mit Rotznasen und blassen Gesichtern starrten sie an. Nur noch wenig war übrig von dem leichten Leben, den Festen und langen Abenden am Feuer. Mit dem Sommer war die Leichtigkeit verschwunden, die Marianne in diesem Bereich des Lagers immer so geschätzt hatte. Wehmütig dachte sie beim Anblick des alten Peter, an dem sie vorübergingen, an Milli. Der Marketender grüßte winkend.

»Guten Morgen, Marianne, lange nicht gesehen.« Marianne winkte lächelnd zurück und blinzelte die Tränen weg, die sich in ihre Augen schlichen.

Wahrscheinlich war das auch der Grund dafür, warum sie den Feldherrenhof nach Millis Tod nicht mehr verlassen hatte. Sie konnte den Anblick des normalen Trosslebens nicht mehr ertragen. Es tat zu weh, an Milli und die glücklichen Tage erinnert zu werden.

Am Ende des Lagers blieb Caspar Johannsen stehen und sah Marianne mürrisch an. Der blonde, aus Lübeck stammende Mann war nicht sonderlich begeistert darüber, dass er Kindermädchen für eine junge Frau spielen musste. Seit einiger Zeit hatte er sich Hoffnungen auf den Posten des Oberfeldwebels gemacht, doch diese waren durch das Kriegsende endgültig zerschlagen worden, was seine Laune nicht gerade hob. Wann irgendwo der nächste Krieg ausbrechen würde, in dem man sich beweisen konnte, wusste er nicht. Auch er hatte geflucht, als er vom Westfälischen Frieden erfahren hatte, denn ein Leben ohne Krieg konnte er sich nicht vorstellen. Er war eines der vielen Kinder gewesen, die ihre Heimat und ihre Familien verloren hatten und im Tross ums Überleben kämpften, und er hatte sich vom Wasserträger zum Feldwebel hochgearbeitet. Was nun aus ihm werden sollte, wusste er nicht.

»Wohin willst du denn jetzt?«, brummelte er. Marianne wich ein Stück zurück. Doch nicht sie, sondern Justus Steiner antwortete ihm. Justus war ein braunhaariger Bursche mit warmen Augen und einem leicht bräunlichen Teint. Er hatte immer etwas leicht Spitzbübisches im Blick und stammte aus Köln. Ihm kam die Sache mit Marianne gelegen. Er war einst Zimmermann gewesen und hatte sich auf seinem Weg durch die Lande der Armee angeschlossen. Wieso er irgendwann Feldwebel geworden war, konnte er selbst nicht begreifen, denn er hielt sich nicht für einen besonders guten Soldaten, und so viel Ehrgeiz wie manch anderer legte er auch nicht an den Tag. Er war froh über das Kriegsende, und die Aufgabe, Marianne zu begleiten, war für ihn keine Last. Im Gegenteil, er freute sich auf die Reise, denn er hatte die Gegend rund um Rosenheim sehr gemocht, und vielleicht würde er dort Arbeit als Zimmermann finden.

»Sie möchte nach Osten, bis wir den grünen Fluss erreichen. Wie hieß er noch gleich?« Er zwinkerte Marianne aufmunternd zu.

Marianne atmete erleichtert auf. Wenigstens einer ihrer beiden Begleiter schien etwas geduldiger und freundlich zu sein.

»Der Fluss heißt Inn«, antwortete sie.

Caspar warf Justus einen missbilligenden Blick. »Na, dann wollen wir uns mal beeilen, damit wir bald wieder zurückkommen.« Die Gruppe wandte sich nach Osten, und Caspar legte ein flottes Tempo vor. Nach einer Weile erreichten sie ein kleines Waldstück. Erschöpft blieb Marianne stehen und hielt sich an einem Baum fest. Caspar sah sie ungeduldig an, während Justus zu ihr zurückging und ihr seine Trinkflasche reichte. Vereinzelt fielen Schneeflocken vom Himmel. Marianne nahm dankbar einen großen Schluck aus der Flasche und blickte sich um. Seit einigen Tagen hatte bereits Schnee in der Luft gelegen, aber dass es jetzt tatsächlich zu schneien begann, erschreckte sie ein wenig. Mit Grausen dachte sie an die bevorstehende Nacht. Es würde sicher nicht besonders angenehm werden, irgendwo im Wald an einem Lagerfeuer zu schlafen.

Dankbar gab Marianne Justus die Trinkflasche zurück. Laute Rufe ließen die Gruppe aufblicken.

»Bitte, so wartet doch.«

Elise kam hinter ihnen her. Sie atmete schwer und trug ein Bündel über der Schulter. Verwundert starrten die drei das Mädchen an. Marianne hatte sich die ganze Zeit über schon gefragt, wohin ihre Freundin verschwunden war, denn zu ihrem Abschied war das blonde Mädchen nicht erschienen.

Außer Atem blieb Elise vor ihnen stehen und stellte ihr Bündel auf den Boden. Auch sie trug ein schlichtes braunes Wollkleid und einen warmen Umhang.

»Ich komme mit euch«, sagte sie. Entsetzt sah Caspar das Mädchen an und begann lautstark loszupoltern.

»Noch ein Gör, das seinen Kopf durchsetzen will. Ja sind denn hier alle verrückt geworden. Eine Tracht Prügel ist das Richtige für euch beide.«

Marianne und Elise zogen die Köpfe ein. Inzwischen schneite

es stark, und ein unangenehm kalter Wind zerrte an den Umhängen.

Marianne sagte zu Elise:

»Aber, das geht doch nicht. Anna Margarethe wird wütend werden. Bitte geh zurück.«

Doch Elise schüttelte stur den Kopf.

»Nein, das werde ich nicht tun. Ich komme mit euch. Nichts hält mich in diesem Lager, und ich werde dich nicht allein lassen, Marianne.« Sie warf Caspar einen abfälligen Blick zu.

»Du brauchst eine Freundin an deiner Seite. Was sollen denn die Leute denken, du allein mit zwei Männern auf Reisen.« Marianne musste innerlich schmunzeln. Was die Leute dachten, war ihr schon lange egal. So schnell konnte sie nichts schrecken. Sie musste aber zugeben, erleichtert darüber zu sein, dass Elise ihnen gefolgt war, denn es war wirklich besser, eine Freundin bei sich zu haben.

Justus versuchte unterdessen, Caspar zu beruhigen, und hob beschwichtigend die Hände.

»Eigentlich ist es doch gleichgültig, ob wir eine Frau oder zwei dabeihaben. Wahrscheinlich ist es so wirklich besser. Dann soll sie eben mitkommen.«

Caspar seufzte und warf Elise einen finsteren Blick zu.

»Meinetwegen. Aber sie sollen aufhören zu jammern. Ich gebe das Tempo vor, und es wird getan, was ich sage, verstanden?« Caspar setzte sich fluchend in Bewegung.

»Weibsvolk, nichts als Ärger hat man damit.«

Die anderen folgten ihm amüsiert grinsend, und Justus zwinkerte den Frauen aufmunternd zu. Marianne hakte sich nach einer Weile bei Elise unter, und als sie kurz darauf einen Feldrand erreichten, hörte es auf zu schneien, und die Sonne kam zwischen den Wolken hervor.

Schweigend liefen die beiden Frauen nebeneinanderher. Marianne blickte über die kahlen Wiesen. Am Horizont türmten sich graue Wolken auf, die im Licht der Sonne gelblich schimmerten, und am Wegrand taute der frische Schnee bereits wieder. Immer noch wehte ein kühler Wind. Marianne zog ihre Kapuze über den Kopf.

»Warum bist du mir wirklich gefolgt?« Marianne sah Elise von der Seite an.

»Weil ich um jeden Preis fortgehen wollte.« Elise erwiderte Mariannes Blick. »Ich habe es dir nicht erzählt. Gestern wurde mir ein neuer Ehemann erwählt, und niemanden hat interessiert, was ich möchte. Einfach so bin ich vor vollendete Tatsachen gestellt worden.«

Marianne sah Elise erstaunt an.

»Ja, ist er denn so schrecklich? Immerhin war sein Vorgänger auch nichts Besonderes.«

»Es ist ein Unterschied, ob man sich vor einem Mann ekelt oder ihn fürchtet.«

Marianne riss erschrocken die Augen auf, doch dann fragte sie neugierig:

»Wer war denn der Auserwählte?«

»Graf Benedikt von Schlierstein, der Anführer der Kürassiere.« Marianne schauderte. Sie war dem Grafen nie vorgestellt worden und hatte ihn stets nur aus der Ferne gesehen. Graf Benedikt von Schlierstein war ein großer dunkelhaariger Mann mit einem spitzen Kinn, das er mit einem langen Bart gekonnt betonte. Er hatte stechende blaue Augen, die unter dicken schwarzen Augenbrauen lagen. Seine schmale Statur, die eingefallenen Wangen und die Art, wie er sich bewegte, ließen ihn wie eine gefährliche Raubkatze erscheinen. Marianne machte bereits sein Blick Angst, daran, mit ihm das Bett teilen zu müssen, wollte sie gar nicht erst denken.

»Ich verstehe.« Marianne sah Elise mitleidig an. »Deshalb hast du letzte Nacht geweint und nicht, weil du Heimweh hattest.« Elise nickte.

»Die ganze Zeit habe ich überlegt, was ich tun könnte. Und dann hast du plötzlich gesagt, dass du fortgehen wirst, da musste ich dir einfach folgen.«

Mariannes Blick wanderte zu den beiden Männern, die ein Stück vorausliefen und sich ebenfalls unterhielten.

Sie legte ihren Zeigefinger auf die Lippen.

»Nicht so laut. Die beiden müssen davon nichts wissen. Wir bleiben einfach dabei, dass du mich als Freundin begleitest.« Elise seufzte.

»Aber sie werden dich und deinen Bruder wieder zurückbringen. Ich habe Anna Margarethe belauscht, als sie mit den beiden gesprochen hat. Sie hat es ihnen regelrecht befohlen.« Marianne sah Elise erschrocken an. Damit hatte sie nicht gerechnet. Sie hatte gedacht, dass Anna Wrangel ihr vertrauen würde, obwohl sie sich eingestehen musste, tatsächlich nicht an eine Rückkehr gedacht zu haben. Und der Bericht von Elises ungewollter Eheschließung bestärkte sie jetzt zusätzlich in ihrem Beschluss. Sie konnte und wollte nicht zur Marionette der Generalsgattin werden. Die Liebe zwischen ihr und Albert war etwas Einzigartiges gewesen, damit hatte Anna Margarethe nichts zu tun. Albert hatte sie erwählt, sonst niemand. Bei dem Gedanken an ihn wurde sie wehmütig. Nicht einmal richtig verabschieden hatte sie sich können, und es gab kein Grab, an dem sie um ihn trauern konnte.

Als die Dämmerung hereinbrach, erreichte die Gruppe einen dichten Fichtenhain. Die beiden Männer blieben auf der uneinsehbaren Lichtung stehen, und Caspar blickte sich prüfend um.

»Hier schlagen wir unser Nachtlager auf. Die Bäume schützen uns vor dem Wind.«

Marianne sah sich betrübt um und rieb sich fröstelnd die Arme. Die Erinnerung an die Nacht, die sie gemeinsam mit Anna Wrangel im Wald verbracht hatte, stieg in ihr auf. So etwas wollte sie niemals wieder erleben.

»Können wir nicht noch ein Stück weiterlaufen und uns vielleicht eine Scheune suchen? Ich schlafe nicht gern draußen.« Caspar warf ihr einen scharfen Blick zu.

»Soll es für die Dame vielleicht noch etwas mehr sein? In einer halben Stunde ist es dunkel. Und dann möchte ich nicht irgendwo auf dem freien Feld herumstehen. Du wirst dich damit abfinden müssen, hier zu nächtigen.«

Justus sah Marianne mitleidig an. Er erkannte die Angst in ihren Augen. Er wusste davon, dass Marianne mit Anna Margarethe eine Nacht allein im Wald verbracht hatte, und versuchte, sie in Schutz zu nehmen.

»Sie hat eben Angst. Immerhin hat sie bereits eine unangenehme Nacht im Wald verbracht und dabei Anna Wrangel beschützt und den Sohn des Generals auf die Welt geholt.« Caspar verzog das Gesicht. Doch dann veränderte sich seine Miene, und Respekt trat in seine Augen. An die Episode mit der Kutsche hatte er nicht mehr gedacht.

»Heute können wir es leider nicht ändern«, lenkte er ein. »Aber morgen werden wir versuchen, eine andere Unterbringung für die Nacht zu finden. Vielleicht liegt irgendwo auf dem Weg ein Gasthaus. Wir können bestimmt jemanden fragen.«

Marianne atmete erleichtert auf. Caspars Einlenken bewahrte sie zwar nicht vor einer kalten Nacht im Wald, aber immerhin hatte er Verständnis gezeigt, und das rechnete sie ihm hoch an. Kurze Zeit später saßen sie, in ihre Umhänge und Decken gewickelt und im Schutz einer Fichte, vor einem prasselnden Lagerfeuer und aßen den mitgebrachten Proviant, der aus geräuchertem Speck, Käse und Brot bestand.

Caspar deutete irgendwann auf Elise, die er bisher noch keines Blickes gewürdigt hatte.

»Wegen dem Mädel hier müssen wir jetzt sowieso anders planen, denn unsere Vorräte werden früher aufgebraucht sein. Ich kann nur hoffen, dass der eine oder andere Gasthof auf dem Weg liegt, da es bei den Bauern nicht viel zu holen geben wird.« Justus zwinkerte Elise, die betreten zu Boden blickte, aufmunternd zu.

»Es wird schon irgendwie gehen«, versuchte er, sie aufzuheitern. »Auch ohne Elise wäre es nicht einfach geworden.«

Später in der Nacht saß Marianne neben Justus am Feuer und starrte in die Flammen. Elise und Caspar lagen zusammengerollt nebeneinander und schliefen fest. Marianne konnte nicht schlafen. Zum Zeitvertreib stocherte sie mit einem Ast in der Glut herum und sah den Funken dabei zu, wie sie in die Höhe stiegen und in dem dunklen Dach der Fichte verschwanden. Fröstelnd zog sie ihren Umhang enger um sich. Sie hatte Angst. Die Geräusche des Waldes erschreckten sie. Überall um sie herum knackte es im Unterholz, und in der Ferne rief ab und an ein Kauz. Allein hätte sie es hier nicht ausgehalten, zu groß war die Furcht vor der unergründlichen Dunkelheit.

Justus gähnte herzhaft und zog seine Trinkflasche aus dem Beutel. Höflichkeitshalber hielt er sie zuerst Marianne hin.

»Möchtest du?«

Marianne lehnte dankend ab.

Als er einen Schluck genommen hatte, stellte er ihr endlich die Frage, die ihm schon seit ihrem Aufbruch auf der Zunge lag.

»Warum willst du eigentlich unbedingt zurück nach Rosenheim?«

Sie sah ihn verwundert an.

Er blickte ihr ins Gesicht. Seine Augen schimmerten im Licht des Feuers, Bartstoppel zierten sein Kinn. Er war ein attraktiver Mann, dachte Marianne.

»Ich meine«, versuchte er, seine Neugierde zu erklären, »du hattest doch im Lager alles, und auch wenn Albert tot ist, geht es dir dort gut. Anna Wrangel hat einen Narren an dir gefressen, du bist eine Heldin und zudem sehr hübsch. Du hättest dir die Männer bestimmt aussuchen können.«

Marianne blickte verlegen zur Seite. Er lächelte vielsagend.

»Was ist also der Grund für diesen überstürzten Aufbruch? Immerhin ist es gefährlich, über Land zu reisen. Der Krieg ist zwar vorbei, aber die Marodeure und Räuberbanden ziehen noch immer durch die Gegend. Wir können froh sein, wenn wir heil unser Ziel erreichen.«

Marianne wusste im ersten Moment nicht, was sie darauf antworten sollte. An die vielen Gefahren hatte sie nicht gedacht. Ihr war es immer nur darum gegangen, nach Hause zu kommen und ihr Versprechen einzulösen.

»Es tut mir leid. Ich wollte euch beide nicht in Gefahr bringen.« Sie deutete auf Caspar.

»So habe ich es nicht gemeint«, beschwichtigte Justus sofort.

»Ich bin gern fortgegangen, und wenn ich ehrlich sein soll, plane ich nicht zurückzugehen. Ich war kein guter Soldat und bin froh, mit heiler Haut davongekommen zu sein.«

Er deutete auf Caspar.

»Er ist durch und durch Soldat. Caspar ist im Tross groß geworden und hat sich vom Betteljungen zum Feldwebel hochgearbeitet. Ohne die Armee kann er nicht leben.«

Marianne sah Justus neugierig an.

»Was möchtest du denn stattdessen machen?«

»Ich würde gern in Rosenheim bleiben. Mir hat die Gegend gefallen. Ich bin gelernter Zimmermann, und Handwerker werden doch immer gebraucht. Bestimmt finde ich eine Anstellung.«

Justus beugte sich vor.

»Und? Warum willst du denn nun unbedingt zurück nach Hause?«

Sie zögerte. Sollte sie diesem ihr fremden Mann ihre Geschichte erzählen? Was würde er von ihr denken? Würde er sie dann immer noch als Heldin sehen?

Justus sah sie abwartend an.

Sie gab sich einen Ruck. Alles musste sie ihm ja nicht auf die Nase binden. Dass sie einst eine Geächtete gewesen war, konnte sie gewiss weglassen.

So begann sie, ihm von Anderl zu erzählen, und mit jedem Wort funkelten ihre Augen mehr, und sie vergaß die Dunkelheit, vor der sie sich gefürchtet hatte.

Der nächste Tag begann mit Sonnenschein. Es war milder geworden, der Himmel leuchtete strahlend blau, und ganz weit entfernt am Horizont glaubte Marianne, tatsächlich die Berge zu erkennen, was ihre Stimmung deutlich hob. Auch Elise war guter Laune. Marianne war aufgefallen, wie sie Justus eindeutige Blicke zuwarf, die er erwiderte. Die beiden schienen anscheinend einen Narren aneinander gefressen zu haben.

Caspar war immer noch mürrisch, doch auch seine Laune schien sich ein wenig gebessert zu haben. Er fluchte nicht mehr bei jeder Gelegenheit und wartete geduldig und ohne Murren, wenn die beiden Frauen eine Pause brauchten.

Auf den Straßen war viel los. Das Ende des Krieges hatte sich herumgesprochen, und die zahllosen Flüchtlinge, die sich in den Bergtälern oder auf der anderen Seite des Inns verkrochen hatten, waren auf dem Heimweg.

Mitleidig beobachtete Marianne die blassen und ausgemergelten Frauen, die ihr ganzes Hab und Gut auf dem Rücken trugen, ein Kind auf dem Arm und drei an der Hand. Oftmals hatten sie nur dünne, löchrige Kleider am Leib, und so manches Kind war barfuß. Männer auf Krücken oder in Karren sitzend zogen vorüber, in ihren Gesichtern Hoffnungslosigkeit.

Doch es kamen auch fröhliche Menschen des Weges. Eine Gruppe junger Burschen zog singend an ihnen vorbei. Die Männer zogen höflich ihre Hüte und grüßten Marianne und Elise freundlich, riefen ihnen aber auch einige Anzüglichkeiten hinterher. Bauern mit stattlichen Fuhrwerken, auf denen Getreidesäcke und Rüben lagen, fuhren vorüber, eine große Schafherde kreuzte ihren Weg, und zwei Hunde liefen bellend um die beiden Frauen herum.

Marianne genoss den Trubel, er lenkte sie ab von den trüben Gedanken der Nacht und den Sorgen um Anderl.

Um die Mittagszeit erreichten sie eine größere Ansiedlung, die anscheinend von einer Heimsuchung verschont geblieben war. Die Kirchturmglocke läutete einladend. Weitläufige Streuobstwiesen umgaben die großen Bauernhöfe, vor denen hier und da Pferde, Ziegen und Kühe auf den Weiden grasten.

»Endlich mal ein Dorf, das nicht zerstört worden ist«, sagte Elise, als sie den winzigen Marktplatz betraten, in dessen Mitte neben einer großen Linde ein Brunnen plätscherte.

Marianne nickte.

»Ja, hübsch ist es hier. Nur etwas still, dafür, dass der Krieg vorbei ist.«

Misstrauisch blickten sich auch Justus und Caspar um.

»Du hast recht, Mädchen«, bestätigte Caspar Mariannes Worte.

»Hier stimmt etwas ganz und gar nicht.«

Er holte seine Trinkflasche aus seinem Beutel und wollte sie ins Wasser des Brunnens halten. Doch eine piepsige Stimme hielt ihn zurück.

»Das würde ich an Eurer Stelle lieber nicht tun, mein Herr.« Verwundert sahen sich die vier um, und Caspar zog sofort seine Flasche zurück.

»Wer sagt das?« Suchend blickte er sich um.

»Ich«, antwortete die Stimme. Wie ein Äffchen kletterte ein kleiner Junge, nicht älter als acht Jahre, aus der Linde. Er trug zerschlissene Hosen und ein graues Hemd und war barfuß. Sein Gesicht war von Sommersprossen übersät, und er grinste die vier spitzbübisch an.

»Wer bist du?«, fragte Caspar verdutzt. Der Junge musterte ihn von oben bis unten, schlug ein Rad, blieb direkt vor Marianne stehen und nickte ihr lächelnd zu.

»Spielt das eine Rolle?«

Justus wurde ungeduldig. Er hatte Durst, seine Trinkflasche war leer, und das Wasser sah sauber und köstlich aus.

»Was ist denn jetzt mit dem Wasser?«

Die Miene des Jungen verfinsterte sich, und er deutete auf den Brunnen.

»Das Wasser ist vergiftet, es macht krank.« Caspar trat einige Schritte zurück.

»Vergiftet?«, fragte Marianne, die den rothaarigen Burschen niedlich fand.

»Seht Euch doch um. Es ist so still. Niemand getraut sich auf die Straße. Warum wird das so sein?«

Verdutzt blickten die vier um sich, und Marianne beschlich ein seltsames Gefühl.

»Jetzt rede schon, Junge«, brüllte Caspar den Knaben an. »Was ist hier los?«

Der Junge schlug ein weiteres Rad. Er schien Gefallen daran zu finden, sie zu necken.

»Wisst Ihr denn nicht die Stille zu deuten?«

Marianne dämmerte langsam, was hier los war. Nur eines konnte die Menschen in ihren Häusern halten.

Der Junge lief ganz nah an ihr vorbei und schaute ihr ins Gesicht.

»Du hast es erkannt. Ich kann es in deinen Augen sehen. Nicht wahr?«

Marianne nickte. Doch bevor sie antworten konnte, mischte sich ein älterer Mann ein, der unbemerkt näher getreten war.

»Ihr solltet das Dorf lieber schnell verlassen, denn der Schwarze Tod wütet schon seit Wochen bei uns.«

Er zeigte auf den Brunnen.

»Die schwarzen Katzen des Teufels haben das Wasser vergiftet, hat der Pfarrer gesagt. Trinkt nicht davon, sondern geht lieber schnell weiter.«

Elise, Justus und Caspar ließen sich das nicht zweimal sagen. Der kleine Junge lachte laut auf, während sie die Beine in die Hand nahmen, um schleunigst fortzukommen. Die Einzige, die einen Moment zögerte, war Marianne.

Verwundert sah der alte Mann sie an, und auch der Junge stand jetzt ganz still. Diese Frau faszinierte ihn. Sie schien es nicht eilig zu haben wie all die anderen Wanderer, und in ihre Augen trat nicht diese ganz besondere Art von Furcht, die die Worte »Schwarzer Tod« sonst bei den Menschen auslösten.

Ruhig blieb sie neben dem alten Mann stehen und legte ihm sogar eine Hand auf den Arm.

»Habt Dank für Eure Warnung. Könnt Ihr mir trotzdem sagen, ob auf dem Weg ein Gasthaus liegt? Die Nächte im Wald sind sehr kalt und voller Gefahren, und wir haben noch ein ganzes Stück vor uns.«

Verblüfft sah der alte Mann Marianne an. Doch dann nickte er und deutete in die Richtung, in die die anderen verschwunden waren.

»Einfach nur der Straße folgen. Bis zum Abend müsstet Ihr ein größeres Waldstück erreicht haben, wenn Ihr dann den rechten Weg einschlagt, kommt Ihr an ein Gasthaus.«

»Vielen Dank«, erwiderte Marianne, wandte sich zum Gehen und strich im Vorbeigehen dem lustigen Knaben über den Kopf.

»Dir auch Dank für deine Hilfe. Und gib auf dich acht.«

Der Junge nickte schweigend. So viel Mut machte auch ihn sprachlos. Der alte Mann legte dem Jungen den Arm um die Schultern und blickte Marianne nachdenklich hinterher.

»Sie hat ihn schon gesehen, den Schwarzen Tod. Und sie weiß genau, dass er ihr nichts tun wird.«

Als die Dämmerung hereinbrach, erreichte die Gruppe tatsächlich den Wald und die angekündigte Weggabelung. Caspar blieb mitten auf der Kreuzung stehen und blickte skeptisch auf den schmalen Pfad, der angeblich zu dem Gasthaus führen sollte. Er hielt nicht viel davon, allzu weit von der Straße abzuweichen, und dieser wenig befahrene Weg machte keinen besonders einladenden Eindruck.

»Und der Alte hat wirklich gesagt, dass dort ein Gasthaus liegt?« Marianne nickte.

»Ja, das hat er gesagt. Wir sollten uns am Waldrand rechts halten, dann würde ein Gasthaus kommen.«

»Und was ist, wenn dort kein Gasthaus ist und wir zu weit vom Weg abkommen?«

Justus schlug sich auf Mariannes Seite. Auch er zog eine Nacht in einer warmen Wirtsstube dem dunklen Wald vor.

»Lasst uns doch wenigstens nachsehen. Welchen Grund sollte der Alte gehabt haben, uns anzulügen?«

Caspar gab nach. »Also gut, aber wenn dort nicht bald ein Gasthaus auftaucht, dann gehen wir wieder zurück.«

Sie wandten sich also nach rechts, und tatsächlich schimmerten bereits hinter der ersten Kurve Lichter durch die kahlen Bäume. Das Gasthaus entpuppte sich als alte Mühle, die bereits vor einer Weile stillgelegt worden war. Einige Pferde standen in dem weitläufigen Hof an einer Tränke, auf dem gackernde Hühner die Neuankömmlinge begrüßten. Der Duft von frisch gebackenem Brot hing in der Luft, der sie alle daran erinnerte, dass sie den ganzen Tag über nichts gegessen hatten. Vom Hunger getrieben, steuerte die Gruppe freudig den Eingang des Wirtshauses an, und sogar Caspar hatte jetzt ein Lächeln auf den Lippen.

Im Gastraum saßen zwei Männer vor einem großen, offenen Kamin und beschäftigten sich mit einem Würfelspiel, und hinter der Theke stand ein dickliches Mädchen mit blondem strähnigem Haar und einer großen roten Narbe auf der Wange. Sie trug ein eng anliegendes, weit ausgeschnittenes Kleid, das Marianne an Margit erinnerte.

»Neue Gäste«, rief sie nach hinten und würdigte die vier

dann keines Blickes mehr. Etwas ratlos schauten sich Marianne und die anderen um. Gastfreundschaft sah in ihren Augen anders aus. Doch dann öffnete sich hinter der Frau die Tür, und ein großer, stämmiger Mann, der sogar Caspar überragte, betrat die Stube, begrüßte sie mit einem herzlichen Lächeln und deutete eifrig auf einen Tisch unweit des Kamins.

»Ihr seht müde und hungrig aus. So setzt Euch doch.«

»Bring den Leuten warmes Bier, Alma«, rief er dem Mädchen zu.

Die vier setzten sich an den Tisch.

»Wo kommt Ihr denn her?«, fragte der Wirt neugierig und ließ seinen Blick wohlwollend über Marianne und Elise schweifen.

»Aus der Nähe von Fürstenfeldbruck«, erwiderte Justus und warf Caspar einen warnenden Blick zu. Darüber, dass sie im Heer der Schweden gedient hatten, sollten sie hier lieber Stillschweigen bewahren.

Sofort wurde die Miene des Wirtes mitleidig.

»Da seid Ihr schon ein Weilchen unterwegs. Gewiss sind die Damen müde.«

»Wir würden gern die Nacht bei Euch verbringen«, sagte Justus. Caspar warf seinen Geldbeutel auf den Tisch.

In die Augen des Wirtes trat ein gieriger Ausdruck.

»Aber gern. Die Damen können sogar eine der Gästekammern haben, und wenn es den Herren nichts ausmacht, könnten sie ihr Nachtlager vor dem Kamin aufschlagen.«

Caspar und Justus nickten.

»Das ist mehr, als wir erwartet haben.«

Das Mädchen brachte das warme Bier. Neugierig musterte sie Marianne und Elise und warf den beiden Männern einen abschätzenden Blick zu, den Marianne zu deuten wusste. Diese Frau war kein Kind von Traurigkeit.

»Und bring den Gästen dann auch gleich von dem gebratenen Huhn und den Eiern.«

Er wandte sich an die Damen.

»Wir haben auch frisch gebackenes Brot.«

Marianne nickte dankbar, trank von ihrem Bier und genoss das warme Gefühl, das sich in ihrem Magen ausbreitete.

Nach dem Essen hatten sich Marianne und Elise in die winzige Dachkammer zurückgezogen, die ihnen der Wirt angeboten hatte. Der Raum war spartanisch eingerichtet, aber sauber. Die Betten bestanden aus einfachen Strohmatratzen, auf denen dicke Wolldecken lagen, und auf einem winzigen Tisch unter dem einzigen Fenster brannte eine Kerze.

Jetzt endlich, wo sie allein waren, stellte Marianne Elise die Frage, die ihr schon eine ganze Weile auf dem Herzen lag.

»Du magst Justus, nicht wahr?«

Elise war gerade mit dem Aufschnüren ihres Korsetts beschäftigt. Überrascht sah sie Marianne an.

»Wie kommst du darauf?«

»Ich habe Augen im Kopf.« Marianne lächelte.

»Ist es so offensichtlich?« Elise blickte zu Boden und wurde verlegen.

Marianne grinste.

»Selbst ein Blinder hätte bemerkt, wie die Luft zwischen euch beiden knistert.«

»Denkst du, er mag mich auch?« Marianne hob eine Augenbraue.

»Also, wenn Caspar und ich nicht dabei gewesen wären …« Sie grinste.

Elise schlug ihr empört auf den Arm und zog einen Schmollmund.

»Was denkst du von mir. Niemals würde ich es vor der Hochzeit tun. Das ist doch eine Sünde.«

Marianne wandte sich ab.

»Sag bloß …?« Elise stand der Mund offen.

»Du hast doch nicht etwa …« Sie wagte nicht, es auszusprechen.

Jetzt war Marianne diejenige, die errötete. Elise sah ihre Freundin missbilligend an.

»Bist du denn von allen guten Geistern verlassen gewesen. Vor der Ehe ist es eine Todsünde, bei einem Mann zu liegen, dafür wirst du in der Hölle schmoren.«

Marianne versuchte, sich zu verteidigen.

»So schlimm ist es auch wieder nicht, dann müssten ja alle Huren in die Hölle kommen. Albert und ich, wir haben uns geliebt.« Ein Lächeln spielte um ihren Mund. Sie setzte sich aufs Bett und schlüpfte aus ihren Stiefeln. »Albert war ein großartiger Liebhaber, so zärtlich und aufmerksam.«

In Elises Augen trat plötzlich Interesse. Immerhin stand ihr dasselbe noch bevor, und es konnte nie schaden, vorab genauestens informiert zu sein.

»Wie ist es denn so?«, fragte sie neugierig und setzte sich neben Marianne.

Diese sah Elise verwundert an.

»Ich dachte, es wäre eine Todsünde.«

Elise zuckte mit den Schultern.

»Ja, aber wenn man verheiratet ist, dann ist es keine mehr. Ich muss doch wissen, was auf mich zukommt.«

Sie knuffte Marianne in die Seite.

»Wirst du mir erzählen, was ich tun muss?« Bittend sah sie sie an, und Marianne gab nach.

»Also gut.« Sie schlüpfte unter ihre Decke, bot Elise den Platz neben sich an und begann, in allen Einzelheiten zu erzählen, was es mit der körperlichen Liebe auf sich hatte – und mit jedem Wort, mit jedem Detail, das sie berichtete, fühlte sie sich Albert näher.

Später starrte Marianne grübelnd an die Decke und lauschte den gleichmäßigen Atemzügen von Elise. Eigentlich wäre es für sie und Justus das Beste, wenn sie zueinanderfinden würden, gemeinsam war es einfacher, sich in einer fremden Welt ein neues Leben aufzubauen. Sie könnte sich bei Pater Franz für ihn einsetzen, denn einen tüchtigen Zimmermann konnte er gewiss irgendwohin vermitteln oder sogar im Kloster gebrauchen. Sie atmete tief durch. Es war schon seltsam. Da machte sie sich Gedanken über andere, obwohl sie selbst nicht wusste, was aus ihr werden würde. Würde Pater Franz sie aufnehmen? Tief in sich hoffte sie immer noch, dass sich inzwischen alles in Wohlgefallen aufgelöst hatte und Anderl mit der Unterstützung der Mönche die Brauerei leitete.

Justus und Elise könnten die erste Zeit bei ihr bleiben. Groß genug war die Brauerei. Vielleicht konnte Justus sogar die Geschäfte als Partner übernehmen, und Elise würde bei ihr bleiben. Sie hatte das Mädchen inzwischen richtig ins Herz geschlossen. Es wäre wunderbar, wenn sie sich nicht trennen müssten.

Marianne schloss die Augen und schlief schon bald ein. Plötzlich schreckte sie hoch, blickte sich einen Augenblick verwirrt um und sank erleichtert zurück in die Kissen. Doch dann war ein lautes Poltern zu hören, und jemand schien zu schreien. Unruhig lauschte sie. Die Geräusche wurden immer lauter. Hufgetrappel und das Wiehern von Pferden drangen vom Hof zu ihnen herauf. Von Unruhe gepackt, kletterte sie über die schlafende Elise hinweg und blickte aus dem Fenster.

Auf dem Hof standen mehrere Männer. Einige von ihnen hatten Fackeln dabei. Der Wirt wurde aus dem Haus geschleift, und auch Justus und Caspar lagen bereits auf dem Boden. Sie konnte sie an ihrer Kleidung erkennen. Die beiden bewegten sich nicht mehr.

Erschrocken wich Marianne vom Fenster zurück.

Sie mussten hier weg, denn lange konnte es gewiss nicht dauern, bis sie hier oben entdeckt wurden. Bestimmt würden die Männer das ganze Haus nach Wertgegenständen absuchen, und sie wollte sich lieber nicht ausmalen, was sie mit ihnen machten, wenn sie entdeckt würden.

Hektisch rüttelte sie Elise wach.

»Elise! Elise! Wach auf! Wir müssen hier weg!«

Elise öffnete die Augen und sah Marianne schlaftrunken an.

»Was ist denn los?« Marianne zog ihr die Decke weg.

»Wir müssen weg, sofort! Marodeure sind hier! Sie sind überall.« Sie deutete zum Fenster.

»Im Hof liegen bereits Justus und Caspar.«

Ein lautes Kreischen unterbrach Marianne. Schaudernd blickte sie erneut zum Fenster, anscheinend hatten sie die Wirtstochter gefunden.

Marianne schlüpfte in ihr Kleid und reichte Elise das ihre. »Wo ist denn mein Korsett«, fragte das Mädchen.

Marianne verdrehte die Augen.

»Dafür ist jetzt keine Zeit. Wir müssen sehen, dass wir fortkommen. Vielleicht können wir uns hintenherum wegschleichen, bestimmt hat die Küche eine Hintertür.«

Sie band sich ihren Umhang um, während Elise sich eilig anzog. Vorsichtig öffnete Marianne die Tür und spähte in den finsteren Flur. Im Moment war es still. Die beiden schlichen Hand in Hand nach draußen. Als sie die oberste Stiege erreichten, war noch immer alles ruhig. Kein Poltern, keine Stimmen. Langsam schlichen sie nacheinander in den ersten Stock hinunter. Erleichtert stellte Marianne, die als Erste unten war, fest, dass niemand hier war.

Anscheinend waren die Männer noch immer auf dem Hof. Sie bedeutete Elise, ihr zu folgen, und legte den Zeigefinger auf den Mund. Vorsichtig huschten sie die Stufen zur Gaststube hinunter.

Als sie unten ankamen, öffnete sich die Haustür, und drei Männer betraten laut lachend den Raum. Marianne reagierte blitzschnell, duckte sich und kroch unter die Eckbank neben der Theke.

Elise hatte nicht so viel Glück. Sie stand noch auf der Treppe und starrte die Männer an.

»Na, was haben wir denn da«, sagte der eine von ihnen. »Noch ein Täubchen. Und da dachten wir, hier wäre niemand mehr.« Fluchtartig drehte sich Elise um und rannte die Treppe wieder nach oben. Marianne kniff die Augen zusammen und hielt den Atem an, denn sie wusste, dass Elise jetzt in der Falle saß. »Lauf nur, Kätzchen. Wir kriegen dich ja doch.«

Laut polterten die Männer die Treppe hinauf.

Als sich ihre Stimmen entfernten, nahm Marianne all ihren Mut zusammen, kroch unter ihrer Bank hervor und das kurze Stück zur Theke hinüber. Ein markerschütternder Schrei ließ sie zusammenzucken. Sie hatten Elise erwischt. Suchend blickte sie sich in dem dunklen Raum um und entdeckte erleichtert die Hintertür. Elise kreischte noch immer laut. Panisch rüttelte Marianne an der Türklinke. Es dauerte eine Weile, bis sie begriff, dass abgeschlossen war. Mit zitternden Händen tastete sie von der Klinke zum Schloss. Der Schlüssel steckte! Als sich die Tür endlich öffnete, stürmte sie, ohne auf irgendetwas um sich herum zu achten, nach draußen und über den kleinen Hinterhof in den Wald, der direkt hinter dem Gasthaus begann.

## 17

Pater Franz stand in seinem Arbeitszimmer am Fenster und blickte nach draußen. Tiefhängende, dunkle Wolken standen am Himmel, und dicke weiße Flocken fielen auf die Erde, wo sie schmolzen. In der Ferne ließen sich die weißen Gipfel der Berge erahnen. Der Winter zeigte dieses Jahr bereits sehr früh sein hässliches Gesicht. Die letzten Flüchtlinge aus Salzburg waren weitergezogen. Der eine oder andere Reisende hatte bei ihnen vor dem Wetter und den Räuberbanden Zuflucht gesucht, aber seit einigen Tagen hatte sich die winterliche Ruhe wie ein Mantel über sie gelegt. Er genoss es, wenn es um diese Jahreszeit stiller wurde und weniger zu erledigen war, denn dann blieb ihm mehr Zeit für seine Kanzleiarbeiten und zum Beantworten der Briefe. So viele Schreiben seiner Glaubensbrüder aus den anderen Klöstern waren bei ihm eingetroffen, und auch den Brief von Maurus musste er noch beantworten. Er wandte sich vom Fenster ab und blickte auf den großen Stapel, der neben seiner Feder und dem Tintenfass auf dem Schreibtisch lag, doch ihm fehlte die Kraft zum Schreiben. Er schlief kaum noch und verbrachte viele Nächte in Zwiesprache mit Gott in der Kapelle.

Tagsüber saß er oft bei Margit. Der jungen Frau ging es von Tag zu Tag besser. Sie zog beim Gehen ein Bein nach, und der Medikus meinte, diese Einschränkung würde den Rest ihres Lebens so bleiben, doch ansonsten ging es ihr gut. Sie aß mit kräftigem Appetit und lächelte sogar wieder. Nur erinnern konnte sie sich weiterhin nicht. Einmal war er sogar mit ihr nach Rosenheim gegangen und hatte sie über den Marktplatz geführt, doch geholfen hatte es nichts. Immer mehr schwand seine Hoffnung. Schweren Herzens besuchte er weiterhin Anderl. Meistens saßen sie schweigend nebeneinander.

Der Junge war inzwischen nur noch Haut und Knochen, und seit einigen Wochen plagte ihn ein schrecklicher Husten. Wenn ihn nicht der Galgen umbrachte, dann würde er gewiss bald an einer Lungenentzündung sterben.

Er setzte sich seufzend an seinen Schreibtisch, griff nach dem ersten Brief und öffnete ihn. Als er gerade zu lesen begann, klopfte es an der Tür, und Pater Johannes blickte herein.

»Störe ich?«, fragte er. Der Abt schüttelte den Kopf und bedeutete seinem Freund, näher zu treten.

»Du störst mich doch nie.« Er versuchte zu lächeln. Pater Johannes trat an den Tisch und deutete auf den Berg von Papier.

»Du wirst doch nicht endlich deine Briefe beantworten?«

»Irgendwann muss ich es ja angehen. Es gibt auch noch viele andere Dinge, die wir vor dem Winter erledigen müssen. Der Ziegenstall muss repariert werden, das Dach ist undicht, und einige der Fensterläden hängen nur noch lose in den Angeln. Die vielen Gewitterstürme haben ihnen arg zugesetzt.«

Pater Johannes winkte ab und setzte sich seinem Freund gegenüber.

»Darum habe ich mich doch schon längst gekümmert. Morgen früh kommt Ludwig Thalhammer und wird den Stall reparieren und die Scharniere der Läden erneuern.«

Verdutzt sah Pater Franz seinen Freund an. Johannes hatte noch nie Arbeiten angeordnet, ohne Rücksprache mit ihm zu halten.

»Warum hast du mir nicht davon berichtet?« Johannes atmete tief durch.

»Weil ich dich nicht auch noch mit alltäglichen Dingen belasten wollte, sehe ich doch jeden Tag, wie sehr du dich quälst. Du schläfst und isst kaum noch, verbringst viele Stunden bei Margit oder läufst grübelnd durch die Gänge.«

Pater Franz lehnte sich zurück und faltete seine Hände.

»Ist es wirklich so schlimm mit mir geworden?« Johannes sah seinem Freund ernst in die Augen.

»Du hast getan, was du konntest. Mehr ist nicht möglich. Anderls Schicksal liegt in Gottes Hand.«

Pater Franz erwiderte den Blick.

»Ich weiß, aber irgendeine Möglichkeit wird sich doch noch finden können. Etwas, woran ich mich festhalten kann. Anderl darf einfach nicht hingerichtet werden.«

»Ich habe übrigens Neuigkeiten.« Pater Johannes wechselte das Thema. »Der neue Richter ist heute in der Stadt eingetroffen und wird bereits morgen seine Amtsgeschäfte aufnehmen.«

»Ich habe mich ohnehin schon gefragt, warum es so lange gedauert hat«, erwiderte Pater Franz. »Immerhin ist der Tod von Richter Bichler bereits drei Wochen her. Also läuft dieser Aufschub nun auch ab, denn August Stanzinger wird gewiss alles dafür tun, den Prozess schnellstmöglich beginnen zu lassen.« Pater Johannes nickte zustimmend.

»Das befürchte ich auch. Besonders, seit er weiß, dass du seine Neigungen kennst.«

Pater Franz begann, im Raum auf und ab zu gehen.

»Ich weiß, das war nicht richtig von mir, aber ich konnte in diesem Moment einfach nicht anders.«

Pater Johannes hob beschwichtigend die Hände.

»Jeder hätte so gehandelt, auch ich.«

Erneut klopfte es an der Tür. Die ältere Frau, die sich um Margit kümmerte, blickte vorsichtig in den Raum. Erschrocken sahen die beiden Männer sie an. Noch nie hatte sie den Abt persönlich aufgesucht.

»Entschuldigt mein Eindringen«, sagte sie und neigte den Kopf.

»Das Mädchen, Margit, erinnert sich wieder. Sie ist vorhin aufgewacht, und plötzlich hat sie ganz schrecklich zu weinen begonnen. Vom Brunnen hat sie erzählt und vom Josef, der sie umbringen wollte.«

Ungläubig starrten die beiden Männer die Frau eine Weile an. Pater Franz war der Erste, der sich wieder fing. Sofort eilte er zur Tür.

»Aber das ist ja wunderbar«, rief er und rannte, gefolgt von Pater Johannes, aufgeregt den Flur hinunter.

Aufgewühlt lief Pater Franz zwei Tage später über den Inneren Markt. Es war ein stürmischer Novembertag. Am Horizont trotzten die ungewöhnlich klar erkennbaren Berge dem drohenden Wetterumschwung. Wie immer bei dieser Wetterlage plagten ihn Kopfschmerzen und Schwindel, die ihn heute Morgen so mitgenommen hatten, dass er es sich beinahe noch einmal überlegt hatte, dem neuen Richter, Constantin von Lichtenberg, seine Aufwartung zu machen. Aber Pater Johannes hatte ihn mit einem ordentlichen Schluck Branntwein und einem warmen Frühstück so weit wieder auf die Beine gebracht, dass er sich den Weg in die Stadt zutraute. Vorsichtshalber begleitete ihn aber ein junger Mönch.

Der neue Richter hatte die Wohnung im Gerichtsgebäude bezogen, die am Ende des Äußeren Marktes neben der Nikolauskirche lag und keinen besonders luxuriösen Eindruck machte. Am Eingang war lediglich ein großes Schild angebracht, das die Funktion des Gebäudes auswies, und über der Tür hing das kaiserliche Wappen.

Pater Franz wurde unsicher, als er das Gebäude erreichte. Auf dem Weg hierher war er noch guten Mutes gewesen, aber jetzt wusste er nicht, was er zu dem neuen Richter überhaupt sagen wollte.

Vielleicht sollte er doch wieder umkehren und ein andermal zurückkommen, wenn er mehr Beweise vorlegen konnte. Doch er war heute ja nicht nur wegen Anderl hierhergekommen, sondern auch, um den neuen Amtmann in Rosenheim zu begrüßen, denn bisher hatte er jedem neuen Amtsrat, Richter oder Bürgermeister als Leiter des Kapuzinerklosters einen Antrittsbesuch abgestattet.

Er straffte die Schultern und klopfte an die Tür.

Nach einigen Minuten, die dem Geistlichen wie eine Ewigkeit vorkamen, wurde diese geöffnet.

Eine Frau mittleren Alters blickte mit ernster Miene durch einen Spalt nach draußen. Als sie erkannte, wer vor der Tür stand, lächelte sie.

»Ach, der Pater Franz ist es.« Sie öffnete die Tür. »Schön, Euch zu sehen. Wie geht es Euch denn?«

Der Abt freute sich über die freundliche Begrüßung.

»Grüß Gott, Fräulein Josefa.« Er reichte der Frau die Hand, die sie überschwänglich schüttelte.

»Die Freude liegt ganz auf meiner Seite. Es ist eine Weile her, seit wir uns das letzte Mal begegnet sind«, antwortete sie.

Die Frau bat auch Pater Franz' Begleiter, näher zu treten.

»Ihr kommt aber auch zu selten zu uns. Aber was sollte Euch dazu leiten, ein Gericht aufzusuchen. Einen Ort der Sünde.«

Den letzten Satz flüsterte sie hinter vorgehaltener Hand.

Der junge Mönch blickte beschämt zu Boden, doch Pater Franz winkte ab.

»Dieses Haus ist auch nicht anders als all die anderen. Sündigen kann man überall. Hier wird Recht gesprochen, was nichts mit Sünde zu tun hat.«

»Wie weise Ihr doch seid.« Josefa deutete zur Treppe. »Aber Ihr seid gewiss nicht gekommen, um einer alten Haushälterin Eure Aufwartung zu machen. Ihr wollt bestimmt den neuen Richter kennenlernen.«

Pater Franz nickte.

Kurz darauf geleitete Josefa den Abt in einen gemütlich eingerichteten und wohlig warmen Raum. Vor drei großen Fenstern mit Butzenscheiben standen ein Esstisch und massive Bänke aus dunklem Holz, auf denen dicke rot-weiß karierte Sitzkissen zum Verweilen einluden. Ein blau gefliester Kachelofen stellte einen besonderen Blickfang dar. Dieser musste neu installiert worden sein, denn der Abt konnte sich nicht entsinnen, dieses Meisterwerk des Ofenbaus vorher schon einmal hier gesehen zu haben.

Josefa bemerkte seinen bewundernden Blick.

»Wunderschön ist der neue Ofen, nicht wahr? Er ist erst im letzten Jahr eingebaut worden.«

Der Abt nickte bewundernd.

»Ein Prachtstück. Wunderbar gearbeitet.«

Die Tür zum Nebenzimmer wurde geöffnet, und ein Mann mittleren Alters betrat den Raum. Mit ausgebreiteten Armen und einem Lächeln im Gesicht kam er auf den Abt zu.

»Meine Haushälterin hat mir eben berichtet, welch hohen

Besuch ich bekommen habe. Es freut mich sehr, Euch kennen-
zulernen, Pater. Ich habe bereits so viel von Euch gehört.«

Er griff nach der Hand, die Pater Franz ihm entgegenstreckte.
Der Mönch lächelte ebenfalls, musterte den Mann aber eher
skeptisch.

Die freundliche Art des Richters hatte etwas Bemühtes an
sich. Constantin von Lichtenberg schien um die vierzig zu sein
und trug eine dunkelhaarige Perücke, wie es zur Zeit bei den
Adligen Mode war. Sein Wams und seine Hosen aus schwarzem
Samt waren etwas zu weit für seinen schlaksigen Körper. Er
hatte bereits viele Falten um seine grünen Augen, die halb unter
Schlupflidern verschwanden. Trotz der überschwänglichen Begrüßung machte er auf Pater Franz keinen besonders herzlichen Eindruck.

Er legte seinem Gast vertrauensvoll den Arm um die Schultern und geleitete ihn zum Tisch.

Als die beiden gerade Platz nahmen, betrat Josefa mit einem
Tablett den Raum. Eine Teekanne, zwei Tassen, Teller, ein ganzer Gugelhupf und kleine Schinkenpasteten hatten darauf Platz
gefunden.

Sie deckte rasch den Tisch, schenkte Tee ein und verließ
ohne ein weiteres Wort den Raum.

Wohlwollend blickte der Amtmann auf die Köstlichkeiten.

»Sie ist eine Perle. Ich bin erst seit einer knappen Woche hier
und habe bereits zugenommen.«

Er griff nach dem Teller mit den Pasteten und bot seinem
Gast davon an. Doch der Mönch lehnte dankend ab. Genuss-
sucht war, besonders im Hinblick darauf, dass viele andere
Menschen im Land noch immer hungerten, für ihn eine Sünde.
Vorsichtig nippte er an seinem Tee.

»Ja, unsere Josefa hat den Ruf einer guten Köchin.«

Der Richter wischte sich mit einer Serviette den Mund ab und wandte sich mit ernster Miene an seinen Gast.

»Die Stärkung wird mir guttun. In den nächsten Tagen kommt eine Menge Arbeit auf mich zu. Der Tod meines Vorgängers liegt doch einige Wochen zurück, und es haben sich mehrere Fälle angesammelt.«

»Ich hoffe, Ihr werdet mit Bedacht handeln und jeden Fall genau prüfen.«

Der Richter sah ihn verwundert an.

»Hat das mein Vorgänger nicht getan?« Der Mönch hob abwehrend die Hände.

»Richter Bichler war ein patenter und gerechter Mann. Gott möge seiner Seele gnädig sein. Es ist nur …« Er hielt kurz inne.

»Ich denke«, fuhr er fort, »dass es für Euch nicht immer leicht sein wird, ein richtiges Urteil zu fällen, denn gewiss sind doch auch Fälle dabei, die viele Fragen aufwerfen.«

Constantin von Lichtenberg sah den Mönch verwundert an.

»Ihr interessiert Euch für solche Dinge?«

»Durchaus.«

Der Richter wirkte irritiert. Einem Mönch, der Interesse an der Gerichtsbarkeit zeigte, war er bisher noch nie begegnet.

»In der Regel ist es klar, wer der Täter ist. Aber Ihr habt natürlich recht, auch ich habe bereits Fälle erlebt, bei denen ich mich fragte, ob ich nicht einen Unschuldigen auf das Schafott schicke. Aber häufig ist das noch nicht vorgekommen, und auch hier sprechen die vorliegenden Unterlagen eine klare Sprache.« Pater Franz seufzte innerlich.

Darunter war auch Anderls Fall. Was sollte dieser Mann auch anderes denken, dachte er. Hedwig Thaler war erschlagen worden, und es gab einen angeblichen Zeugen, der den Sohn dabei beobachtet hatte. An Anderls Schuld gab es laut der Anklage-schrift nichts zu rütteln.

»Und was wäre, wenn es in einem dieser Fälle eine neue Be-weislage gäbe?«, fragte er und biss sich auf die Zunge. Er hatte gar nicht so weit gehen wollen. Nur ein Antrittsbesuch, ein gegenseitiges Vorstellen sollte es sein.

Verwundert sah ihn sein Gegenüber an.

»In welchem der Fälle?«

Der Abt zögerte, doch dann gab er sich einen Ruck. Er konnte nicht mehr zurück.

»Im Fall Anderl Thaler.«

Der Richter zog die Augenbrauen hoch.

»Im Fall des Mörders? Na, das müssen dann aber sehr hoch-wertige Argumente sein, denn es gibt einen Zeugen, der ihn bei der Tat beobachtet hat.«

Pater Franz zitterte innerlich vor Anspannung.

»Der Zeuge lügt, dessen bin ich mir sicher.«

Dem Richter glitt beinahe seine Teetasse aus der Hand. Und sein aufgesetztes Lächeln hatte er auch verloren.

»Das ist aber eine harte Anschuldigung.«

»Ich weiß«, antwortete Pater Franz.

August Stanzinger saß in seinem Büro und unterzeichnete die letzten Schriftstücke des Tages. Heute war Markttag gewesen, und es waren einige Taschendiebe gefasst worden. Sie saßen jetzt im Stadtgefängnis und warteten auf ihre Verurteilung, was bei ihren Vergehen in der Regel den Verlust der rechten Hand bedeutete. Allerdings lag diese Entscheidung letztendlich beim Richter, denn der eine oder andere konnte vielleicht noch mit einer Verwarnung davonkommen. Richter Bichler war in dieser Hinsicht häufig kulant gewesen, doch wie der neue Mann entscheiden würde, das konnte er noch nicht einschätzen.

Das Wetter war in der Nacht umgeschlagen. Der milde Südwind und die letzten wärmenden Sonnenstrahlen waren nasskaltem Dauergrau gewichen. Den ganzen Tag fiel bereits Schneeregen vom Himmel, den ein schneidend kalter Wind über den Marktplatz trieb. August Stanzinger hatte in seiner Stube Feuer gemacht, doch der kleine schmiedeeiserne Ofen, der in der hinteren Ecke des Raumes stand, hatte kaum die Kraft, für ausreichend Wärme zu sorgen. Er blickte zum Fenster hinaus. Der Marktplatz versank im Dämmerlicht des herannahenden Abends, die letzten Verkaufsbuden waren inzwischen abgebaut worden. Fröstelnd rieb er sich über die Arme.

Bereits seit Tagen ließ ihn ein hartnäckiger Husten schlecht schlafen, und dazu plagte ihn die Sorge, der Mönch könnte sein Wissen doch noch kundtun. Seit Pater Franz bei ihm gewesen war, hatte er Anderl nicht mehr aufgesucht, obwohl er sich sehr nach dem Jungen sehnte. Es war zu gefährlich, sich weiterhin der Lust hinzugeben, auch wenn es ihm schwerfiel.

Die Tür wurde geöffnet, und Constantin von Lichtenberg betrat den Raum.

Überrascht sah der Büttel ihn an.

»Grüß Gott, Büttel.« Der Richter hob kurz seinen Hut.

»Guten Abend, Herr Richter«, erwiderte August den Gruß.

»Was treibt Euch bei diesem ungemütlichen Wetter noch nach draußen?«

Der Richter setzte sich auf den Stuhl vor Augusts Schreibtisch und sah sich neugierig um. Er war zum ersten Mal in der Amtsstube seines Kollegen und war enttäuscht von der spartanischen Einrichtung. Die einfachen Holzmöbel, der winzige

Ofen, irgendwie hatte er in solchen Dingen von August Stanzinger, der einen sehr gepflegten Eindruck auf ihn machte, mehr erwartet. Aber vielleicht war sein Geschmack in seinen Privaträumen ein anderer.

Der Richter kam sofort zur Sache. Er war kein Freund von Höflichkeitsfloskeln.

»Gestern Nachmittag hatte ich Besuch von Pater Franz, dem Abt des Kapuzinerklosters. Ein zuvorkommender, freundlicher Mann, doch er hat mir etwas erzählt, was mir nicht mehr aus dem Kopf geht, und ich wollte von Euch wissen, was Ihr von der Sache haltet.«

August Stanzinger setzte sich dem Richter gegenüber. Sein Herz schlug ihm vor Aufregung bis zum Hals, und er hatte Mühe, die Fassung zu wahren.

»Was hat er Euch denn erzählt?«

»Er hat von diesem Jungen gesprochen, der des Mordes an seiner Mutter angeklagt ist. Wie war noch gleich sein Name?«

»Anderl Thaler.« Die Hände des Büttels begannen zu zittern, und ihm wurde eiskalt.

»Genau, von selbigem. Er meinte, dass der Bursche seine Mutter nicht erschlagen habe und er eine Zeugin hätte, die alles gesehen hat. Könnt Ihr mir dazu Auskunft geben?«

Der Stadtbüttel atmete tief durch. Offensichtlich hatte der Mönch doch nicht über seine Neigungen gesprochen. Gewiss war diese Zeugin Margit. Aber soweit er wusste, litt das Mädchen an Gedächtnisverlust. Erst vor kurzem hatte er sich beim Medikus nach deren Befinden erkundigt.

Er lehnte sich in seinem Stuhl zurück und faltete die Hände hinter dem Kopf.

»Damit meint er gewiss Margit. Sie ist im Brunnen der Brauerei gefunden worden. Die arme Frau scheint dort hineingefallen zu sein und leidet seitdem an Gedächtnisverlust. Vor ihrem Unfall war sie mit dem Wirt des Stockhammer Bräu so gut wie verlobt. Aber unter uns« – er senkte seine Stimme –, »sie war ein leichtes Mädchen. Eine, die gern mal die Beine breit gemacht hat. Ihr wisst schon.«

Der Richter sah ihn entsetzt an.

»Das soll eine glaubhafte Zeugin in einem Mordfall sein?« August Stanzinger zuckte mit den Schultern und begann zu grinsen. Er hatte sein Ziel erreicht. Dieser Mann würde Margit nicht ein Wort glauben.

»Pater Franz ist in diesem speziellen Fall ein wenig, wie soll ich sagen, beeinflusst. Er hat sich viele Jahre um den Jungen gekümmert, der geistig ein wenig zurück ist, doch an den Tatsachen kann er nicht rütteln. Anderl Thaler ist dabei beobachtet worden, wie er seine Mutter erschlagen hat, und vor dem Schafott wird ihn auch seine Dummheit nicht retten.«

Der Richter erhob sich seufzend. Sein Instinkt hatte ihn nicht getäuscht, ahnte er doch gleich, dass an der Sache etwas faul war.

»Habt Dank für die Auskunft. Also kann ich mir den Besuch im Kloster ersparen. So eine Zeugin ist natürlich nicht tragbar. Ich werde die Akten noch einmal studieren, aber so wie es aussieht, ist der Fall klar.«

Der Büttel geleitete seinen Besuch erleichtert zur Tür. Ein Schwall kalter, nach Schnee riechender Luft zog in den Raum, als er sie öffnete. Der Richter wickelte seinen Umhang enger um sich und trat nach draußen.

»Dann wünsche ich Euch noch einen schönen Abend, und ich freue mich auf eine gute Zusammenarbeit.« Eilig hastete er durch den Regen und verschwand in einem der Laubengänge. August Stanzinger hob die Hand zum Gruß.

»Euch ebenfalls einen schönen Abend und danke für Euer Vertrauen.«

Rasch schloss er die Tür und lehnte sich erleichtert dagegen. Das war gerade noch mal gutgegangen.

Margit saß im Refektorium und löffelte gierig Haferbrei in sich hinein. Es war noch früh am Tag, und Kerzenlicht erhellte den Raum. Es würde noch ein Weilchen dauern, bis es richtig hell war. Ihr Rücken schmerzte, und sie zog ein Bein nach, aber sonst ging es ihr besser. Der stechende Schmerz in der Lunge hatte aufgehört, und das Sprechen fiel ihr wieder leichter.

Doch das Erlebte hatte sie noch lange nicht losgelassen. Immer wieder träumte sie davon, wie sie im Brunnen lag, von der Kälte und der Dunkelheit.

Sie hatte geglaubt, sterben zu müssen, hatte bereits abgeschlossen mit dem Leben, einem Leben, das sie nun hasste. Die Erinnerung war wie ein Schlag zurückgekommen, und sie schämte sich dafür. Sie war kein guter Mensch gewesen, war stets nur auf ihren eigenen Vorteil bedacht und hatte dabei jeden Anstand verloren. Inzwischen wusste sie auch wieder, was der Auslöser für ihren Sturz in den Brunnen war. Der Mann, dem sie vertraute und mit dem sie sich eine Zukunft erhofft hatte, hatte sie dort hineingestoßen.

Wie hatte sie nur auf den Gedanken kommen können, bei einem Mörder gut aufgehoben zu sein?

Sie wusste, was sie Pater Franz verdankte. Er hatte ihr das Leben gerettet, aber was würde nun aus ihr werden? Sie war heimatlos, und in Rosenheim konnte sie nicht bleiben. Wahrscheinlich würde Josef niemals damit aufhören, ihr nach dem Leben zu trachten. Ihr, der ungeliebten Zeugin, die eine Gefahr für seine Existenz werden könnte.

Seufzend griff sie nach ihrem Becher, nahm einen Schluck warmen Würzwein und genoss den Geschmack der Nelken auf ihren Lippen.

Pater Franz betrat das Refektorium.

»Guten Morgen, Margit«, begrüßte er seinen Schützling, kam lächelnd auf sie zu, setzte sich zu ihr, schenkte sich einen Becher Wein ein und nahm einen kräftigen Schluck.

Danach musterte er Margit wohlwollend.

»Du hast dich gut erholt, mein Kind. Bald wirst du wieder deine eigenen Wege gehen können.«

Margit antwortete nicht darauf. Sie getraute sich nicht, zu fragen, wohin sie gehen sollte. Die Mönche hatten bereits mehr für sie getan, als sie erwarten konnte.

Pater Franz wischte sich den Mund mit einer Serviette ab.

»Heute wird der neue Richter kommen. Ich habe ihm von dir berichtet. Er würde dich gern zu Anderl befragen.«

Margit riss erschrocken die Augen auf.

»Josef wird mich umbringen, wenn er davon erfährt«, rief sie und sprang auf. »Ich kann das nicht tun. Er hat mich deshalb fast umgebracht.«

Pater Franz hob beschwichtigend die Hände.

»Hier bist du in Sicherheit, Kind. Niemals wieder kann er dir etwas tun. Diesem Mann muss das Handwerk gelegt werden. Er ist ein Mörder, ein Mann des Teufels und der Sünde. Wer weiß, wie viele Menschen er bereits auf dem Gewissen hat, und durch deine Aussage können wir ihn aufhalten.«

Margits Blick wanderte ängstlich durch den Raum. Abwehrend hob sie die Hände und ging rückwärts zur Tür.

»Nein, ich kann das nicht tun. Nicht ich! Er wird mich umbringen, ich bin nirgendwo sicher. Suchen wird er mich, bis er mich findet. Und wenn er aus der Hölle heraufkommen muss, um mich zu sich zu holen. Dazu wäre er fähig. Ihr versteht das nicht. Er ist der Teufel! Der Teufel persönlich!«

Pater Johannes betrat den Raum. Margit stieß gegen ihn und schrie erschrocken auf.

»Da ist er! Ich habe es doch gesagt! Holen kommt er mich, der Teufel!«

Sie begann, wild um sich zu schlagen. Pater Franz eilte seinem Freund zu Hilfe. Mit vereinten Kräften schafften es die beiden Männer, Margit festzuhalten, und der Abt versuchte, sie mit Worten zu beruhigen.

»Er ist es nicht. Er ist nicht hier. Wir sind es, Margit! Mach die Augen auf! Es sind nur wir. Er kann dir nichts mehr tun!« Irgendwann gab sie ihre Gegenwehr auf und sackte weinend zwischen ihnen auf den Boden, schlang die Arme um ihren Körper und rollte sich zusammen wie ein kleines Kind.

Verzweifelt blickte Pater Franz seinem Freund in die Augen. Pater Johannes erwiderte den Blick kopfschüttelnd.

»Ich bringe Nachrichten aus Rosenheim.« Er hielt ein Schreiben in der Hand. »Der Brief ist von Richter Lichtenberg.« Hastig riss Pater Franz seinem Freund das Schreiben aus der Hand, brach das Siegel und überflog die Zeilen. Doch seine erwartungsvolle Miene veränderte sich schnell, und er ließ das Papier enttäuscht zu Boden fallen.

»Er wird Margit nicht befragen, denn in seinen Augen ist sie nicht als Zeugin geeignet.«

Pater Johannes blickte auf die weinende Frau auf dem Boden.

»Er hat mit August Stanzinger gesprochen.« Pater Franz ballte wütend die Fäuste.

»Er darf nicht gewinnen, das kann einfach nicht sein. Irgendeine Lösung muss es doch geben.«

Pater Johannes ging neben Margit in die Hocke und strich ihr beruhigend über den Rücken.

»Es ist ja gut. Nichts musst du tun, alles wird wieder gut werden.«

Pater Franz stand fassungslos daneben, und plötzlich sah er Marianne vor sich, wie sie ihn voller Hoffnung angesehen hatte, damals im Rosengarten, als er sie wie eine Ware verkauft hatte. Gott strafte ihn für diese Sünde. Doch Anderl konnte nichts dafür. Er schüttelte den Kopf.

»Nicht ihn sollst du richten, sondern mich. War doch ich derjenige, der gesündigt hat.«

## 18

Marianne lag zusammengekauert unter einem Felsvorsprung und starrte vor sich hin. Wo sie war, wusste sie nicht, und das Grauen und die Angst waren inzwischen Gleichgültigkeit gewichen. Sie wollte nur noch hier liegen bleiben und niemals wieder aufstehen. Wofür sollte sie noch kämpfen. Sie brachte allen Menschen Unglück, und es war wohl besser, wenn sie hier in diesem Wald sterben würde. Niemand würde sie finden, und die Wölfe, die nachts laut heulten, würden sie zerfleischen und die Erinnerung an sie endgültig auslöschen. Das Pestkind würde endlich sterben.

Sie wickelte sich in ihren klammen Mantel, drehte sich auf den Rücken und blickte auf die kahlen Felsen über sich. Wie hoffnungsvoll war sie noch vor wenigen Tagen gewesen. Alberts Gesicht tauchte vor ihrem inneren Auge auf. Er lächelte, und seine grünen Augen leuchteten. Aufstehen sollte sie, nicht aufgeben, denn irgendwie ging es doch immer weiter.

Sie atmete tief durch. Natürlich ging es weiter. Sie hatte ein Ziel, das sie erreichen wollte. Sie musste zurück nach Rosenheim und Anderl helfen.

Sie schloss die Augen und öffnete sie wieder. Auf dem Felsen waren Muster zu erkennen. Sie wirkten wie verschlungene Wege mit spitzen Kurven und tiefen Abgründen, die es zu überwinden galt. Sie fuhr eine dieser seltsamen Straßen mit dem Finger nach. Der Stein fühlte sich unter ihrem Finger rauh und kalt an. Sie schaute in das Licht des trostlosen Herbsttages. Sie konnte jetzt nicht aufgeben, denn vielleicht würde ihr Weg ja genauso weitergehen wie das Muster in den Steinen, und am Ende würde alles gut werden.

Sie kroch unter dem Felsvorsprung hervor, strich sich einige Blätter vom Rock und blickte sich um.

Der Felsen, unter dem sie gelegen hatte, gehörte zu einer Gruppe großer Felsbrocken, die mit grünem Moos bewachsen waren und zwischen den Bäumen irgendwie fehl am Platz wirkten. Der Himmel war grau, aber es war ein wenig milder geworden. Orientierungslos drehte sich Marianne im Kreis. Wo war Osten? Wenn sie auf den Fluss treffen wollte, dann war dies der richtige Weg, was sie jedenfalls hoffte. Doch hier sahen alle Himmelsrichtungen gleich aus, und es gab keine Sonne, nach der sie sich richten konnte.

Irgendwann entschloss sie sich für einen Pfad, der rechter Hand an den Steinen vorbeiführte. Das Laub raschelte unter ihren Füßen, kein Vogel sang, und kein Wind wehte. Stille und Einsamkeit umgaben sie in diesem Wirrwarr aus Bäumen und Büschen. Nach einer Weile öffnete sich der Wald, und sie trat auf eine Lichtung, über die ein breiter Bach plätscherte. Erst bei seinem Anblick wurde sie sich bewusst, dass sie seit ihrer Flucht aus dem Gasthof nichts getrunken oder gegessen hatte. Sie sank am Ufer ins weiche Gras und trank gierig das kühle Wasser. Die Sonne schimmerte durch die dünne Wolkendecke und zauberte funkelndes Licht auf die Wasseroberfläche. Marianne blickte lächelnd zum Himmel. Die Wolken rissen auf. Es war wie ein kleines Wunder, als würde irgendjemand die Geschicke lenken und ihr den Weg erleichtern wollen. Doch so schnell, wie der Moment gekommen war, verging er wieder, die Sonne verschwand erneut hinter einer grauen Wand aus Wolken, der

Wind frischte auf und zerrte an Mariannes Umhang. Sie erhob sich und blickte auf die andere Seite des schnell fließenden Baches. Eine Überquerung würde gewiss nicht einfach werden. Fröstelnd rieb sie sich über die Arme, lief am Ufer entlang und suchte Schutz unter einer mächtigen Tanne. Der Wind rauschte in den Wipfeln der Bäume, und überall um sie herum knarrten die Äste. Marianne fielen die Augen zu, und sie sank in einen unruhigen Schlaf.

Einige Zeit später schreckte sie hoch und blickte sich verwirrt um. Dämmerlicht kroch unter die Tanne, und es war kälter geworden. Zitternd zog Marianne ihren Umhang enger um sich. Sie wusste nicht, wie lange sie geschlafen hatte. War es später Nachmittag oder bereits früher Morgen? Ihr Kopf schmerzte, und ihre Nase war verstopft. Sie kroch unter den Zweigen hervor. Es schneite leicht. Der Waldboden war bereits von einer dünnen Schneeschicht bedeckt. Wieder war es totenstill. Betrübt blickte sie sich um. Sie hasste die Stille, die ihr Angst machte und ihr all ihre Kräfte raubte. Wie sehr sehnte sie sich nach irgendjemandem, mit dem sie reden konnte. Inzwischen kam es ihr so vor, als würde sie seit Tagen durch diesen Wald stolpern.

Sie blickte in den Himmel. Wo in diesem schrecklichen Wald Osten war, würde sie niemals herausfinden.

Sie entschied sich, weiterhin dem Bach zu folgen. Inzwischen war ihr Hunger kaum noch zu ertragen. Unterwegs fand sie einige vertrocknete Brombeeren. Gierig aß sie die Früchte und ignorierte den bitteren Geschmack.

Die Kopfschmerzen wurden immer stärker, ihre Nase lief, und sie begann zu husten. Krank war sie geworden, in dieser Kälte kein Wunder. Was hätte sie jetzt für einen warmen

Schlafplatz gegeben, doch weit und breit war kein Ende des Waldes in Sicht. Im Gegenteil, das Gestrüpp schien immer undurchdringlicher zu werden. Die Angst vor den Wölfen kehrte zurück, für die sie eine leichte Beute darstellte, denn nicht einmal Feuer konnte sie machen, da alles feucht und von Schnee bedeckt war. Irgendwann setzte sie sich verzweifelt auf einen umgefallenen Baumstamm, der wie eine Brücke über den Bachlauf führte. Es schneite stärker. Wie Dauen sanken die Flocken zwischen den Bäumen auf die Erde und schmolzen im Wasser. Der Wald, die Bäume, die Schneeflocken, alles begann sich zu drehen. Sie schloss die Augen. Wie sehr sie sich jetzt nach Hause wünschte, in ihren geliebten Rosengarten, auf die sonnige Bank. Pater Johannes würde ihr Haferbrei mit Honig kochen und sie mit warmem Würzwein verwöhnen. Sie öffnete die Augen, richtete sich auf und straffte die Schultern. Sie durfte nicht aufgeben. Wenn sie jetzt hier sitzen blieb, dann würde sie erfrieren und Anderl und all die anderen niemals wiedersehen.

Entschlossen kroch sie über den umgestürzten Baumstamm auf die andere Seite des Baches. Vielleicht endete ja auf der anderen Seite irgendwo der Wald, fand sich ein Dorf, eine Scheune, irgendein Unterschlupf für die Nacht.

Immer wieder stolperte sie über Wurzeln und Steine, doch sie gab nicht auf, denn noch eine Nacht in diesem Wald würde sie nicht mehr durchstehen.

Als die Dämmerung hereinbrach, irrte sie noch immer durchs Unterholz. Es hatte zu schneien aufgehört, doch die Kälte hatte sich in ihren Gliedern festgesetzt. Ihre Finger waren steif, ihre Füße fühlten sich wie Klumpen an, und ihre Kopfschmerzen waren unerträglich geworden.

Dann erreichte sie eine Lichtung, auf der etwas anders war.

Verwundert blickte sie sich um. Sie brauchte einen Moment, bis sie feststellte, was die Veränderung ausmachte. Es duftete nach Holzrauch. Taumelnd trat sie näher und erkannte im schwindenden Licht vor einer Höhle eine Feuerstelle. Das Feuer war fast niedergebrannt, nur noch wenige Flammen züngelten in dem verkohlten Holz. Langsam hob sie ihre Hände und streckte sie der Wärme entgegen, schloss die Augen und genoss das Kribbeln in den Fingern.

Doch dann traf ein harter Schlag sie am Hinterkopf, und alles um sie herum versank in Dunkelheit.

Als Marianne wieder zu sich kam, dröhnte ihr Kopf, und Blitze zuckten vor ihren Augen. Soweit sie erkennen konnte, schien über ihr eine Felswand zu sein, außerdem roch es nach Holzrauch und getrockneten Kräutern.

»Bist aufgewacht.« Eine Stimme drang an ihr Ohr. Ein verhutzeltes Gesicht kam in ihr Blickfeld, aus dem winzige blaue Augen sie ansahen.

»Hast mir einen gehörigen Schrecken eingejagt, Kindchen.« Marianne versuchte, ihren Blick zu schärfen, was ihr nicht gelingen wollte. Immer wieder verschwamm das wenig vertrauenerweckende Gesicht vor ihren Augen. Sie schüttelte den Kopf und wollte sich aufsetzen. Doch die Alte drückte sie zurück auf das Lager, das aus Stroh und trockenem Laub bestand, über dem einige Tierfelle ausgebreitet waren.

»Das würde ich an deiner Stelle lieber nicht tun, bist viel zu schwach zum Aufstehen. Das Fieber hat dich geholt, kein Wunder, so wie du rumgelaufen bist.«

Marianne sah die Alte überrascht an. Ein sanftes Lächeln

umspielte die Lippen der Frau. Marianne musterte die Alte jetzt genauer. Sie trug ein buntes Flickenkleid, das wie ein Sack an ihrem Körper hing, darüber einen weiten Umhang, der aus Tierfellen zu bestehen schien, und ihr weißes Haar hatte sie mit einem weinroten Tuch gebändigt.

Die Alte bemerkte Mariannes prüfenden Blick.

»So jemandem wie mir bist du noch nie begegnet, oder?« Marianne schüttelte den Kopf.

»Wie heißt du?«

Die Alte grinste und setzte sich auf einen winzigen Schemel neben Mariannes Lager.

»Gute Güte, wie lange hat mich das schon keiner mehr gefragt. Ich heiße Petronella.«

Marianne ließ ihren Blick durch die kleine Höhle schweifen. In einer Ecke standen einige Fässer, daneben Körbe mit Äpfeln. Eine Feuerstelle, über der ein Kupferkessel hing, erwärmte die Behausung. Überall an der Decke baumelten Bündel mit getrockneten Kräutern, und kleine Fläschchen, gefüllt mit verschiedenfarbigen Flüssigkeiten, standen in Felsnischen und auf einem großen Tisch. Jetzt wurde sie doch misstrauisch.

Petronella deutete ihren Blick richtig.

»Ich bin dir unheimlich, nicht wahr?« Marianne sah sie erstaunt an.

»Allen Leuten bin ich unheimlich«, erwiderte die Alte. »Du bist nicht die Erste, Kindchen.«

Marianne wollte nach dem Grund dafür fragen, doch sie kam nicht dazu, denn ein kräftiger Hustenanfall schüttelte sie durch. Fürsorglich richtete die Alte sie auf und stützte sie, bis es vorüber war.

Als Marianne sich wieder beruhigt hatte, erhob sich Petronella, fischte einen Tonbecher aus einer der Felsnischen, füllte diesen mit einer dampfenden Flüssigkeit aus dem Topf und reichte ihn Marianne.

»Trink, das wird dir wieder auf die Beine helfen.«

Marianne roch vorsichtig an dem seltsamen Gebräu und verzog das Gesicht.

Petronella lachte auf.

»Bös muss Bös vertreiben. Wirst schon sehen, danach geht es dir besser.«

Marianne nippte vorsichtig an dem Getränk. Die bittere Flüssigkeit rann ihren schmerzenden Hals hinunter und trieb ihr die Tränen in die Augen, doch der quälende Hustenreiz ließ sofort nach. Erstaunt blickte sie in den Becher.

»Siehst du, es wirkt schon.«

Marianne nahm noch einen kräftigen Schluck von dem Gebräu, stellte den Becher neben sich auf den Boden, drehte sich auf die Seite und kuschelte sich in die warme Decke.

»Also«, fragte sie, »warum bist du den Leuten unheimlich?« Petronella holte zwei Äpfel aus einem der Körbe, zauberte ein Messer aus ihrer Rocktasche und begann, sie aufzuschneiden.

»Eigentlich bin ich hier diejenige, die Fragen stellen sollte. Immerhin läufst du allein durch den Wald und bist einfach hier eingedrungen.«

Marianne schämte sich.

»Ich wollte nicht …« Petronella fiel ihr ins Wort.

»Dass du das nicht wolltest, ist mir klar, Kindchen. Ist dein Glück gewesen, dass du über mein Lager gestolpert bist. Hast schlimm ausgesehen.« Die Alte reichte Marianne ein Stück Apfel. »Drei Tage hast du geschlafen. Ich hatte schon Sorge, das Fieber würde nicht runtergehen.«

»Drei Tage?« Marianne fuhr in die Höhe.

»Aber, das geht nicht. Ich muss doch …« Die Alte hielt ihr das nächste Apfelstück hin.

»Gesund werden musst du.«

Vor Mariannes Augen drehte sich die Höhle. Sie sank zurück aufs Kissen.

»Ich muss zu meinem Bruder. Er braucht mich.« Die Alte legte den Kopf schräg.

»Warum?«

Marianne stiegen Tränen in die Augen.

»Ich habe ihm versprochen zurückzukommen.«

Ihr Kopf begann erneut zu pochen, und sie griff sich stöhnend an die Stirn und schloss die Augen.

Liebevoll tätschelte Petronella ihr den Arm.

»Ruh dich noch ein wenig aus, dann sehen wir weiter.«

Eine ganze Weile blieb die Alte neben Marianne sitzen, aß den restlichen Apfel und beobachtete ihren ungebetenen Gast. Das Mädchen war noch so jung, mit seinem schwarzen Haar und der hellen Haut sehr hübsch. Was hatte sie nur allein in den Wald getrieben?

Am späten Nachmittag stand Marianne zum ersten Mal seit ihrem unfreiwilligen Zusammenbruch wieder auf und trat vor die Höhle. Der November hatte heute beschlossen, sein nebliges und trauriges Gesicht zu verstecken, und ein milder Wind blies ihr ins Gesicht. Der Himmel war wolkenlos, und die Sonne schimmerte durch die unbelaubten Bäume.

Sie streckte sich und atmete tief durch.

Petronella stand am Lagerfeuer. Es duftete nach gebratenem Fleisch. Mariannes Magen knurrte, und sie trat langsam näher. Petronella lächelte sie an.

»Ich hoffe, du magst Eichhörnchen. Die sind diesen Herbst zahlreich vorhanden und eine leichte Beute.«

Marianne besah sich die beiden winzigen gehäuteten Körper näher, viel schien an einem Eichhörnchen nicht dran zu sein. Petronella erriet ihre Gedanken. »Satt machen sie nicht, aber ich habe noch Bucheckernbrei und Brot.«

Marianne sah Petronella skeptisch an. Die alte Frau grinste. »Du hast noch nie Bucheckern gegessen, oder?«

»Nein«, antwortete Marianne und errötete. Sie kam sich wie ein dummes kleines Mädchen vor.

»Er schmeckt nicht so gut wie Haferbrei, aber er ist erträglich. Ich mische Honig darunter, und Vickerl gibt ihre Milch dazu.« Sie deutete auf einen kleinen Holzverschlag neben der Höhle, der Marianne erst jetzt auffiel. Wie auf Kommando begann eine Ziege zu meckern und streckte ihren Kopf zur Tür heraus.

Petronella deutete in die Höhle.

»Honig ist noch genügend da, die Bienen waren dieses Jahr fleißig.«

Später saßen die beiden vor dem Eingang der Höhle. Die Dunkelheit war hereingebrochen, über ihnen leuchteten die Sterne, und der Mond war eine schmale Sichel, die kaum Licht spendete, aber wunderschön und wie gemalt aussah.

Marianne hatte gierig das Fleisch von den Knochen abgenagt und aß nun den Bucheckernbrei, der trotz des Honigs absonderlich schmeckte. Immer wieder musste sie einen Schluck Kräutertee nehmen, der in unerschöpflichen Mengen vorhanden war.

Petronella stellte ihre Schale auf den Boden und sah Marianne neugierig an. »Also, Kindchen, jetzt musst du mir aber endlich erklären, was dich allein in diesen Wald getrieben hat?«

Marianne legte ihren Holzlöffel weg. Ihre Schale war noch immer nicht leer, und eigentlich forderte ihr Magen immer noch Nachschub, aber es war ihr unmöglich, auch nur einen weiteren Löffel von dem Brei hinunterzuschlucken.

»Ich wollte zurück nach Hause.«

»Lass mich raten«, antwortete Petronella mit vollem Mund.

»Du wohnst irgendwo den Inn hinunter, so wie du sprichst.« Marianne nickte.

»Ich bin in Rosenheim aufgewachsen.« Petronella riss die Augen auf.

»Das ist aber noch ein ganzes Stück entfernt. Was, in Gottes Namen, hat dich in diesen Wald gebracht?«

Marianne brach ein Stück Fladenbrot ab und tunkte es in den Tee.

»Das ist eine lange Geschichte.«

»Ich mag lange Geschichten«, antwortete Petronella, und Marianne begann zu erzählen.

Sie berichtete von ihren Eltern, dem Hof in Kieling und davon, dass sie die Pest überlebt hatte. Sie erklärte Petronella, was es mit Hedwig, Anderl und Pater Franz auf sich hatte, und beschrieb ihr in allen Einzelheiten das Kloster mit seinem Rosengarten. Sie berichtete von dem Überfall der Schweden und von dem Tag, als Albert sie gegen ihren Willen mitgenommen hatte. Auch von Helene und Milli erzählte sie und davon, wie sie gestorben waren. Sie ließ nichts aus. Auch nicht das Versprechen, das sie ihrem Stiefbruder gegeben hatte. Bei der Erinnerung an die geliebten Menschen traten Tränen in ihre Augen. Am Ende schilderte sie die Geschehnisse in dem Gasthof und ihre Flucht in den Wald.

Petronella hörte die ganze Zeit schweigend zu. Als Marianne geendet hatte, sagten beide eine Weile kein Wort.

»Ein Pestkind also.« Marianne nickte und senkte den Blick. Doch Petronella legte ihre Hand unter Mariannes Kinn, hob es an und blickte ihr in die Augen.

»Gräm dich nicht, mein Kind. Du kannst nichts für die Dummheit der Menschen. Gott hat dir das Leben geschenkt, und er hat gewiss einen guten Grund dafür, dich auf Erden zu lassen. Du bringst kein Unglück. Es sind die Zeiten, die Unglück bringen, und der Aberglaube der Menschen zerstört so vieles. Nur weil sie manche Dinge nicht verstehen, sind sie noch lange nicht falsch.«

»Aber warum sterben alle Menschen, die mir etwas bedeuten? Warum straft mich Gott so sehr?« Marianne schlug die Hände vors Gesicht.

Mitleidig sah die Alte Marianne an, erhob sich, legte ihre Arme um sie und zog sie eng an sich. Marianne genoss die Wärme und Nähe der alten Frau und ließ es zu, dass sie ihren Rücken streichelte. Irgendwann löste sie sich aus der Umarmung und strich sich die Haare aus dem Gesicht.

»Es geht schon wieder.«

Petronella ging auf ihren Platz zurück. »Wir sind uns gar nicht so unähnlich.« Sie brach ein Stück Brot ab.

Marianne sah sie erstaunt an.

»Fortgejagt haben sie mich aus meinem Dorf, weil ich eine Hexe sein soll, derweil habe ich doch immer nur versucht zu helfen.« Marianne legte den Kopf schräg.

Petronella deutete in die Höhle.

»Ich lebe hier nicht freiwillig, doch der Wald und ich haben unseren Frieden geschlossen. Früher verirrten sich ab und an noch verzweifelte Mädchen aus dem Dorf zu mir. Ich half ihnen gern, auch wenn es nicht immer gutging.«

Marianne zog die Augenbrauen hoch.

»Bei was hilfst du ihnen?«

Petronella nahm einen Schluck aus ihrem Becher.

»Kannst du dir das nicht denken?« Marianne blickte auf ihren Bauch.

»Doch nicht etwa …« Petronella nickte.

»Also bist du eine Engelmacherin«, stellte Marianne fest. Jetzt lächelte die Alte.

»Diese Bezeichnung mag ich am liebsten, aber natürlich bin ich nicht nur eine Engelmacherin, sondern ich helfe bei vielen Dingen.« Petronella seufzte. »Irgendwann kam ein neuer Pfarrer in unser Dorf, und ab dann ist niemand mehr zu mir gekommen. Er hat gesagt, ich würde sie verzaubern und hätte es mit dem Teufel.«

Marianne winkte ab. »Mit dem Teufel hatte ich es auch.«

»Dich wollten sie aber nicht als Hexe verbrennen, oder?« Marianne schüttelte den Kopf. »Warum bist du nicht weitergezogen und lebst allein in dieser Höhle?«, fragte sie und nahm noch einen Schluck von ihrem Kräutertee. »Du könntest doch in einem anderen Dorf unterkommen.«

»Keine zehn Pferde bringen mich von hier fort.« Petronella machte eine weit ausholende Geste. »Soll der Pfarrer doch gegen mich wettern – was er bis heute tut. Meine Kinder leben noch im Dorf, und sie lasse ich nicht allein. Wenn sie mich brauchen, wissen sie, wo sie nach mir suchen müssen.« Sie seufzte. »Doch sie sind schon seit längerem nicht mehr gekommen. Langsam frage ich mich, ob ihnen etwas zugestoßen ist.«

Marianne sah die Alte mitleidig an.

»Und wenn du nach ihnen suchen würdest?« Petronella winkte ab.

»Keine hundert Meter nähere ich mich dem Dorf. Der Pfarrer hat seine Häscher auf mich angesetzt, die mich jedoch niemals finden werden, da keiner den Weg kennt.«

»Und was wäre, wenn deine Kinder nicht mehr leben?«, fragte Marianne. »Immerhin war Krieg, die Schweden haben so viele Dörfer niedergebrannt und ...«

Petronella unterbrach sie.

»Das hätte ich erfahren, ich habe meinen Quellen. Sie leben noch, und solange sie hier sind, werde ich nicht fortgehen.« Marianne konnte die alte Frau verstehen.

»Und solange es die Hoffnung gibt, dass Anderl noch lebt, werde ich weiterziehen, denn ich habe ihm versprochen zurückzukommen«, antwortete sie und spürte erneut die Angst in sich aufsteigen.

Drei Tage später war Marianne wieder so weit auf den Beinen, dass sie weitergehen konnte. Petronella hatte ihr einen Beutel mit Proviant und eine Decke eingepackt. Mehrfach hatte sie ihr den Weg zum Inn erklärt, der nicht weit von ihrem Dorf entfernt durch ein Tal floss.

Marianne war guten Mutes, als sie mit Petronella am Rand der kleinen Lichtung stand. Jetzt, wo der Abschied bevorstand, fehlten beiden die Worte. »Vielen Dank für alles. Und entschuldige, dass ich dich so überfallen habe«, sagte Marianne, nachdem sie eine Weile geschwiegen hatten.

Petronella winkte ab.

»Ich muss mich entschuldigen, immerhin habe ich dich niedergeschlagen.«

Marianne griff sich an den Hinterkopf. Die dicke Beule, die Petronellas Pfanne hinterlassen hatte, war fast verschwunden.

»Du wusstest ja nicht, wer ich war.« Petronella neigte den Kopf zur Seite.

»Ich werde dich vermissen, denn es war schön, jemanden hier zu haben.« Sie deutete hinter sich. »Ab jetzt sind Vickerl und ich wieder allein.«

Marianne lächelte. Doch dann wurde ihre Miene ernst.

»Vielleicht solltest du wirklich darüber nachdenken, von hier fortzugehen. Gewiss findest du in der Umgebung eine Anstellung als Magd.«

Petronella schüttelte den Kopf. »Und das alles hier verlassen? Auf keinen Fall. Vickerl und ich kommen schon zurecht.«

Sie breitete die Arme aus, trat auf Marianne zu und drückte sie fest an sich.

»Pass auf dich auf, mein Kind. Ich wünsche dir, dass all deine Träume in Erfüllung gehen und du deinem Bruder helfen kannst.« Sie schob Marianne wieder von sich und sah ihr in die Augen.

»Und rede dir nie wieder ein, Unglück zu bringen. Du bist von Gott geküsst und wirst von den Engeln des Himmels behütet. Denke immer an meine Worte.«

Marianne nickte gerührt und wandte sich zum Gehen.

»Ich werde daran denken. Gott sei mit dir, Petronella.« Winkend lief Marianne den schmalen Pfad entlang, bis sie die alte Frau nicht mehr sehen konnte.

Sie genoss es, durch den Wald zu laufen, der dadurch, dass die Sonne durch die unbelaubten Bäume schien, hell und freundlich wirkte. Sie folgte dem kleinen Pfad bis zu seinem Ende und erreichte, wie es Petronella beschrieben hatte, eine breitere Straße. Bereits nach wenigen Metern vernahm sie laute Stimmen. Schnell duckte sie sich hinter eine Ansammlung halbhoher Fichten.

Eine ganze Gruppe grölender Menschen ging an ihr vorbei. Sie trugen Stöcke und Mistgabeln und brüllten laut. Vorneweg lief ein in Schwarz gekleideter Mann mit grimmiger Miene.

»Jetzt holen wir die Hexe. Ich weiß, wo sie sich verkrochen hat«, rief er. »Das Teufelsweib muss endlich brennen.«

»Ja, brennen soll sie«, riefen die anderen. »Endlich haben wir die Hexe.«

Marianne wurde es eiskalt. Die Gruppe schlug den Weg zu Petronellas Lager ein. Sie musste sofort zurück. Wenn sie hintenherum lief, dann könnte sie vielleicht vor den Leuten da sein und Petronella warnen. Hastig verließ Marianne ihr Versteck und rannte durchs Unterholz. Sie sprang über kleine Gräben und stolperte über Wurzeln. Irgendwann blieb sie völlig verzweifelt stehen und blickte sich um. Wo war der richtige Weg? Wieder einmal hatte sie sich in diesem verfluchten Wald verlaufen. Erneut drangen laute Rufe an ihr Ohr, die nichts Gutes verhießen.

Sie folgte den Stimmen und erreichte Petronellas Lichtung, doch sie kam zu spät. Das Feuer war ausgetreten, Petronellas Sachen lagen überall auf dem Waldboden verstreut, und Vickerl lag, die Kehle durchgeschnitten, in der Tür zu seinem Verschlag. Traurig trat Marianne neben das Tier.

Das konnte nicht sein. Sie durften Petronella nicht hinrichten. Sie war keine Hexe, sie hatte ihr das Leben gerettet. Entschlossen ballte sie die Fäuste.

Sie musste der alten Frau helfen. Petronella brauchte eine Freundin, und die würde sie jetzt sein. Eilig verließ sie die Lichtung und rannte den Trampelpfad entlang.

Sie holte die Gruppe sehr schnell ein und folgte ihr in einigem Abstand. Nach einer Weile erreichten sie ein Dorf, das anscheinend von größeren Plünderungen verschont geblieben war. Die Ansiedlung war nicht klein, ein Kirchturm mit einem mächtigen Zwiebeldach ragte zwischen Wohn- und Bauernhäusern in die Höhe. Das Wetter war inzwischen umgeschlagen, und graue Wolken und ein unangenehmer Wind kündigten Regen an. Marianne schlich an den Hauswänden entlang. Sie wollte kein Aufsehen erregen und zog ihre Kapuze über den Kopf. Die ersten Regentropfen fielen vom Himmel und verwandelten die nicht gepflasterten Straßen in lehmige Rutschbahnen.

Es war nicht schwierig, Petronellas Aufenthaltsort zu finden, denn sie musste nur dem lauten Gegröle der Leute folgen.

Die Menschen hatten sich vor der Kirche des Dorfes versammelt, neben der ein prachtvoll herausgeputztes Gebäude mit Türmchen und kleinen Erkern stand, in das Petronella hineingeführt wurde.

Inzwischen regnete es stärker. Marianne suchte unter einem vorstehenden Dachfirst Schutz, sah den Menschen dabei zu, wie sie nach Hause gingen und wie bald auch der letzte Neugierige vor dem herbstlichen Unwetter floh.

Nach einer Weile hatte sich der Vorplatz der Kirche in eine matschige Landschaft verwandelt. Marianne trotzte geduldig Sturm und Regen und wandte den Blick nicht von dem Haus ab, in das Petronella gebracht worden war. Ihre Füße begannen zu schmerzen, sie fror, und ihr Magen knurrte, doch sie rührte sich nicht. Nur kein Aufsehen erregen, nicht entdeckt werden. Fremden gegenüber waren die Leute immer misstrauisch. Vorsichtig band Marianne ihr Bündel auf und zog ein Stück von dem Brot heraus, das ihr Petronella am Morgen eingepackt hatte. Unter den Regen mischten sich erste Schneeflocken. Der milde Südwind war einer unangenehmen Kälte gewichen. Marianne kannte dieses Phänomen. Wie oft hatten zu dieser Jahreszeit die Tage warm und mild begonnen, um kalt und mit Schnee zu enden.

Plötzlich wurde die Tür des Gebäudes geöffnet und Petronella herausgeführt. Marianne hatte gerade einen Schluck Wasser getrunken und verschluckte sich. Innerlich fluchend versuchte sie, einen Hustenanfall zu unterdrücken. Sie steckte die Flasche zurück in den Beutel und folgte der kleinen Gruppe, die in einer engen Gasse verschwunden war.

Gerade noch rechtzeitig sah sie, wie Petronella in einen Holzschuppen gebracht wurde. Schnell duckte sie sich in die Nische eines Eingangs, als einer der Männer in ihre Richtung blickte. Ihr Herz schlug ihr vor Aufregung bis in den Hals. Was sie hier vorhatte, war verrückt, denn wenn sie sie erwischten, würde sie genauso wie Petronella auf dem Scheiterhaufen landen. Die Männer entfernten sich, nur einer blieb und setzte sich grummelnd unter das winzige Vordach.

Marianne fluchte. Natürlich stellten sie einen Wachposten auf. Wie hatte sie nur einen Moment daran glauben können, dass es einfach werden würde.

Der Mann zog eine Pfeife aus seiner Hemdtasche und zündete diese an einer kleinen Laterne an, die neben ihm auf dem Boden stand. Marianne beobachtete ihn von ihrem Versteck aus und grübelte, wie sie am besten an ihm vorbeikäme.

Irgendwann hielt sie es in der engen Nische nicht mehr aus und schlich langsam näher. Kurz bevor sie den Schuppen erreichte, bemerkte sie, dass dieser nicht direkt an die nächste Hauswand grenzte. Sie zwängte sich in den engen Durchgang, drückte sich an der hölzernen Wand entlang und hoffte inständig, der Wachposten würde ihre Schritte, die ihr auf dem matschigen Untergrund schrecklich laut vorkamen, nicht hören.

Hinter der Hütte holte sie tief Luft und blickte sich neugierig um. Sie stand auf dem freien Feld, dahinter begann der Wald. Es hatte zu regnen aufgehört, zwischen den dicken Wolken waren vereinzelt die Sterne zu erkennen.

Marianne drehte sich um und prüfte die Bretterwand. Diese wirkte stabil und schien erst vor kurzem errichtet worden zu sein. Enttäuscht ließ sie die Schultern hängen. Als sie gesehen hatte, wo die Männer Petronella eingesperrt hatten, hatte sie gehofft, die Freundin befreien zu können. Jeder Schuppen hatte irgendwo in der Wand ein loses Brett, jedenfalls die meisten, die sie kannte. Hoffnungsvoll tastete sie die Wand ab, lief um den Schuppen herum und zwängte sich auf der anderen Seite erneut in den schmalen Durchgang zwischen Hausmauer und Holzwand. Hier wurde sie fündig, zwei der Latten saßen locker.

Sie begann, vorsichtig dagegenzudrücken, und tatsächlich gaben sie nach innen nach.

»Wer ist da?«, hörte sie Petronella fragen.

»Ich bin es, Marianne. Ich will dich hier rausholen. Die Holzlatte ist locker, du musst mir helfen, sie zu bewegen.«

»Marianne, Kind! Was, um Himmels willen, tust du denn hier? Mach lieber, dass du fortkommst, bevor sie dich finden.«

»Niemand wird mich erwischen. Du sollst mir jetzt helfen und mich nicht fortschicken«, sagte Marianne, um Petronella zu beruhigen.

»Ich würde dir ja gern helfen, aber meine Hände sind gefesselt.«

»Ist da jemand?«

Mariannes Atem stockte. Jetzt war der Wachposten doch auf sie aufmerksam geworden. Sie duckte sich und lief um die Ecke zurück auf die Rückseite des Schuppens, schloss die Augen und hielt den Atem an. Doch nichts passierte. Keine Schritte kamen näher, niemand sagte etwas.

Nach einer Weile schlich sie wieder zurück, rüttelte erneut an den Latten und versuchte, die lockeren Nägel zu lösen.

Petronella stand auf der anderen Seite.

»Er ist schon misstrauisch«, flüsterte sie. »Verschwinde lieber, Mädchen. Was kümmert dich eine alte Frau. Geh zum Fluss und nach Hause. Mein Schicksal ist besiegelt.«

»Gar nichts ist besiegelt«, zischte Marianne. Langsam wurde sie wütend. »Die Holzlatte gibt gleich nach, und dann kannst du fliehen.«

Ein letztes Mal zerrte sie an dem Stück Holz, endlich lösten sich die Nägel auf der Unterseite, und sie konnte die Latte beiseiteschieben. Der Spalt war nicht besonders groß, aber eine schmale Person wie Petronella konnte sich hindurchzwängen. Die beiden schlichen hinter die Hütte. Petronella sah Marianne gerührt an.

»So etwas hat noch nie jemand für mich getan.« Doch Marianne legte den Finger auf den Mund und deutete auf den nahen Wald. Erst dort waren sie in Sicherheit. Eilig liefen sie über die Wiese.

Im Schutz der Bäume blieb Marianne stehen. Jetzt fiel die Anspannung von ihr ab, und sie begann zu lachen.

Petronella sah sie verwundert an.

Marianne lachte so sehr, dass ihre Lungen schmerzten und sie husten musste. Völlig überwältigt von ihren Gefühlen, wischte sie sich die Tränen aus den Augen und setzte sich auf einen umgefallenen Baumstamm.

»Die Gesichter würde ich gern sehen, wenn sie morgen in den Schuppen kommen und du fort bist.«

Auch von Petronella fielen jetzt Anspannung und Angst ab,

und sie lächelte, doch ihre gefesselten Hände zitterten. »Ja, besonders das Gesicht des Pfarrers würde ich gern sehen.« Doch dann wurde ihre Stimme ernst.

»Vielen Dank, Marianne.« Marianne beruhigte sich wieder.

»Du hast mir das Leben gerettet. Ohne deine Hilfe wäre ich im Wald erfroren, das war ich dir schuldig.«

In Petronellas Augen traten Tränen der Rührung. Marianne deutete auf Petronellas Hände.

»Jetzt sollten wir zusehen, dass du die Fesseln loswirst und wir von hier fortkommen.«

Petronella nickte, doch dann blickte sie plötzlich wehmütig zurück. »Jetzt kann ich mich nicht einmal mehr von meinen Kindern verabschieden.«

»Sie werden es verstehen«, tröstete Marianne sie. »Was, denkst du, ist ihnen lieber? Eine Mutter auf dem Scheiterhaufen oder eine, die irgendwo in Frieden lebt und glücklich ist?« Petronella nickte wehmütig.

»Du bist eine weise Frau.«

Marianne begann, an Petronellas Fesseln zu zerren. »Für so eine Feststellung muss man nicht sonderlich weise sein.«

Der Knoten löste sich, und die Stricke fielen auf die Erde. Sie versteckten sie, um ihre Spuren zu verwischen, und machten sich auf den Weg in die Dunkelheit.


Am nächsten Morgen erreichten sie den Inn. Glücklich atmete Marianne den Geruch des grünen Wassers ein und ging ans Ufer, um ihre Hände in das kühle Nass zu tauchen. Sie war so überwältigt, dass ihr Tränen in die Augen traten. Petronella beobachtete Marianne nachdenklich. Sie wusste, dass sich hier ihre Wege trennen würden, denn sie wollte nicht in den Süden, sondern nach Passau, was nur etwa zwei Tagesmärsche von hier entfernt lag. Die Stadt war groß genug, um einer Frau wie ihr einen Neubeginn zu ermöglichen. Nur wie sie Marianne ihren Entschluss beibringen sollte, wusste sie noch nicht.

Marianne sah sie mit leuchtenden Augen an.

»Ist er nicht wunderschön? Ich habe nicht mehr daran geglaubt, den Inn jemals im Leben wiederzusehen, und jetzt stehen wir hier.«

Petronella konnte Mariannes Freude nicht ganz verstehen. Flüsse gab es viele auf der Welt, und sie hatte das grüne Wasser des Inns stets skeptisch beäugt. Wer wusste schon genau, welches Getier in der trüben Brühe hauste. Doch sie hielt sich zurück, sie wollte die Freude des Mädchens nicht schmälern.

»Jetzt sind wir bestimmt bald in Rosenheim.« Marianne deutete flussaufwärts. »Die Stadt wird dir gefallen.«

Petronella atmete tief durch.

»Das wollte ich dir vorhin schon sagen«, schnitt sie das leidige Thema an. »Ich werde nicht nach Rosenheim mitkommen können.«

Marianne sah die alte Frau überrascht an.

»Aber warum denn nicht?«

»Nicht weit von hier mündet der Inn in die Donau. Dort liegt Passau, eine große Stadt, genau der richtige Ort für eine wie mich.« Petronella schaute betreten zu Boden.

Marianne blickte flussabwärts. Sie war fest davon ausgegangen, dass Petronella sie begleiten würde. Sogar gefreut hatte sie sich darauf, von nun an nicht mehr allein laufen zu müssen. Doch wie es jetzt aussah, würden sich ihre Wege hier trennen.

»Aber …«

Petronella griff nach Mariannes Händen.

»Ich weiß, du hast gedacht, ich würde mit nach Rosenheim kommen. Aber so weit im Süden, das ist nichts für mich. Ich gehöre hierher an die Mündung des Flusses, das ist meine Heimat. Du wirst in Rosenheim gewiss deinen Bruder wohlbehalten vorfinden und all deine Freunde. Ich gehöre nicht dazu.«

Marianne schüttelte den Kopf.

»Du wirst immer dazugehören. Was willst du denn allein in Passau? Niemand kennt dich dort, und am Ende wirst du auf der Straße betteln müssen.«

Ihre Stimme klang trotzig, denn sie konnte Petronellas Entscheidung nicht verstehen.

Die alte Frau grinste verschmitzt.

»Ganz so ist es auch nicht. Ein alter Freund von mir lebt dort. Er ist Schmied und hat eine Frau und viele Kinder, gewiss kann ich bei ihm bleiben, bis ich eine Anstellung gefunden habe.« Marianne sah Petronella flehend an.

»Ich will nicht allein laufen, ich fürchte mich davor. Überall sind Räuberbanden, besonders am Fluss.«

Petronella winkte ab.

»Du wirst das schaffen. Sieh nur« – sie deutete auf den grünen Strom –, »du bist bis hierhergekommen, und Gott hat immer seine schützenden Hände über dich gehalten.«

Marianne erkannte, dass sie die alte Frau nicht umstimmen konnte.

»Ein Schmied also.«

»Ein Schmied«, bestätigte Petronella.

»Na gut, dann trennen sich hier also unsere Wege.«

»Ja, so ist es«, sagte Petronella und drückte Marianne fest an sich.

Marianne schloss die Augen. In diesem Moment wurde sie sich klar darüber, der alten Frau Glück gebracht zu haben. Wäre sie nicht gewesen, dann wäre Petronella als Hexe gestorben.

Das machte ihr plötzlich Mut, denn zum ersten Mal seit langem hatte sie das Gefühl, etwas richtig gemacht zu haben.

»Auf Wiedersehen, Petronella«, sagte sie, Tränen in den Augen, und löste sich aus der Umarmung. »Du wirst mir fehlen.«

In Petronellas Augen schimmerten ebenfalls Tränen.

Mahnend hob sie den Zeigefinger, und ein leichtes Lächeln umspielte ihre Lippen.

»Und nimm dich vor Bratpfannen in Acht.« Marianne nickte lachend.

»Das mache ich, versprochen.«

Petronella legte ihre Hände um Mariannes Kopf und küsste sie auf die Stirn.

»Gott beschütze dich.«

Sie drehte sich um und schlug den Weg flussabwärts ein. Marianne winkte so lange, bis Petronella hinter der nächsten Biegung verschwunden war, und blickte dann traurig über den Fluss. Es hatte erneut zu schneien begonnen, und dicke weiße Flocken fielen ins grüne Wasser. Seufzend griff sie nach ihrem Beutel und machte sich auf den Weg flussaufwärts.

Die Trauer über den Abschied von Petronella verflog schnell. Sie genoss es, am Ufer des Inns entlangzulaufen, und beobachtete die Boote, die an ihr vorüberzogen. Nach einer Weile kam sogar die Sonne heraus und ließ das Wasser funkeln. Sie hatte es geschafft, hatte endlich den Fluss erreicht. Ab jetzt würde alles gutgehen.

Am späten Nachmittag zog die herbstliche Dämmerung schnell herauf, und Nebelschwaden legten sich über die Weiden und Büsche am Ufer. Marianne rieb sich fröstelnd die Arme. Sie musste sich Gedanken darüber machen, wo sie die Nacht verbringen würde. Sie entfernte sich ein Stück vom Ufer und lief durch ein kleines Wäldchen. Der Boden war feucht und matschig, und schnell waren ihre Schuhe voller Schlamm und durchweicht. Es roch nach verfaultem Gras und brackigem Wasser. Am Ende des Wäldchens lag ein freies Feld, hinter dem Tannen in die Höhe ragten. Vielleicht würde sich dort einen trockenen Platz für die Nacht finden, dachte Marianne.

Unter den Tannen war es düster, und der weiche Waldboden war ebenfalls feucht. Langsam verließ sie der neu gefasste Mut, und das Dämmerlicht jagte ihr Angst ein. Im Unterholz knackte es, und der Wind heulte in den Baumwipfeln. Sie zog ihren Umhang enger um sich und kroch durchs Unterholz. Allzu weit wollte sie sich nicht vom Fluss entfernen. Sie überquerte einen kleinen Bachlauf und kletterte einen steilen Hang hinauf. Doch als sie oben ankam, erstarrte sie, denn sie blickte auf ein Paar Männerschuhe.

# 19

Pater Franz lief die Färbergasse hinunter. Er war auf dem Weg zu seinem Freund Paul, dem Färber und Stoffhändler, der schwer krank darniederlag. Das Wetter passte zu diesem traurigen Anlass, denn es nieselte, und dicke Wolken verhüllten die Berge, von denen man nur die schneebedeckten Gipfel erkennen konnte. In der engen Gasse war trotzdem Hochbetrieb. Fuhrwerke ratterten an ihm vorbei, und Frauen, Wäschekörbe unter dem Arm, musterten ihn neugierig. Kinder mit schmutzigen, eingefallenen Gesichtern rannten durch die Pfützen oder saßen am Straßenrand und starrten ihn an. Er versuchte, ihre traurigen Augen, die um etwas zu essen flehten, genauso zu ignorieren wie den Uringeruch und den beißenden Gestank der Färbemittel, der hier aus jedem Hof aufstieg und sich in die Häuser und schäbigen Hütten hineingefressen hatte.

Der Krieg war vorbei, doch die Armut blieb. Selbst in Rosenheim, das glimpflich davongekommen war, würden diesen Winter die Menschen sterben wie die Fliegen.

Am oberen Ende der Färbergasse lag das Anwesen seines Freundes. Die weitläufige Anlage mit mehreren Wirtschaftsgebäuden grenzte direkt an das Färbertor, das eigentlich kein richtiges Stadttor war und eher wie ein ärmlicher Verschlag wirkte.

Der alte Paul war einer der wohlhabendsten Färber Rosenheims, hatte sich weit über die Stadtgrenzen hinaus einen

Namen gemacht. Sein Tuch wurde mit Schiffen in weite Teile Bayerns, sogar bis nach Italien transportiert.

Das Hoftor war geschlossen. Pater Franz öffnete es, trat auf den Innenhof, und sofort kamen ihm gackernd einige Hühner entgegen, die ihn neugierig beäugten. Er verzog angewidert das Gesicht, denn aus den gegenüberliegenden Wirtschaftsgebäuden stieg gelber Rauch auf, und ein undefinierbarer Gestank raubte ihm den Atem. Hastig kramte er ein Tuch aus seiner Tasche und hielt es sich vor Nase und Mund. In der Mitte des Hofes standen einige Holzgestelle, die zum Trocknen des Tuches dienten, jetzt aber leer waren. Kein Mensch war zu sehen, doch aus dem geöffneten Fenster drangen Stimmen nach draußen. Die Mägde und Knechte gingen, trotz der Krankheit ihres Herrn, ihrer Arbeit nach. Wohlwollend bemerkte er diese Tatsache und schritt auf das Wohnhaus zu, das schlicht gehalten war. Paul hätte durchaus die Möglichkeit, sich ein prunkvolles Haus zu bauen, doch er war den Rosenheimer Bürgern sehr zugetan und spendete hohe Summen für die Erhaltung seiner Heimatstadt. Im Winter richtete er Suppenküchen für die Armen ein. Auch dem Kloster hatte er häufig Spenden zukommen lassen, und die Renovierungsarbeiten an der Nikolauskirche, nach dem großen Brand, konnten durch seine Unterstützung schneller durchgeführt werden. Rosenheim würde einen ehrenvollen Bürger verlieren.

Düsteres Licht empfing Pater Franz in dem engen Flur, und nach altem Fett riechende Luft schlug ihm entgegen.

Die Küchentür war geschlossen, Stimmen waren jedoch zu hören. Pater Franz klopfte an. Das Gespräch verstummte, und die Tür wurde geöffnet. Fanni, die Küchenmagd, sah ihn verwundert an. Seit er denken konnte, stand die korpulente Frau in Pauls Diensten und war stets fröhlich und guter Dinge. Sie war einen guten Kopf kleiner als er, und ihre braunen Augen lugten unter Schlupflidern hervor.

Auch an Fanni waren die letzten Monate nicht spurlos vorübergegangen. Graue Strähnen durchzogen ihr schwarzes Haar, und ihren Augen fehlte der Glanz, den er so sehr gemocht hatte.

Ihre Lippen umspielte kein Lächeln, schmal und verkniffen kamen sie ihm vor.

»Pater Franz. Wie schön, dass Ihr uns besuchen kommt.« Sie wischte sich die Hand an einem Küchentuch ab und streckte sie ihm entgegen.

»Schön, Euch wiederzusehen, Fanni. Wie ich sehe, habt Ihr noch immer alles im Griff.« Er deutete nach draußen.

Fanni winkte ab.

»Sie machen, was sie wollen. Wahrscheinlich wird es erst besser, wenn Hans aus Florenz zurückkehrt.«

Pater Franz nickte. Hans hatte ebenso wie sein Vater das Färberhandwerk ergriffen und ging im Moment bei einem befreundeten Tuchhändler in die Lehre. Sicher würde ein tüchtiger Färber, Händler und Kaufmann zurückkehren, der die Geschäfte genauso gewissenhaft führte wie sein Vater.

Aber Fannis Miene verfinsterte sich so schnell, wie sie sich aufgehellt hatte.

»Ihr seid gewiss nicht gekommen, um Euch mit mir zu unterhalten.« Sie deutete die Treppe hinauf.

»Ich werde nachsehen, ob der Herr wach ist.«

Pater Franz nickte, hielt sie dann aber am Arm zurück.

»Steht es denn wirklich so schlimm, wie die Leute sagen?« Fanni warf ihm einen langen Blick zu.

Der Mönch nickte. Sie brauchten keine Worte.

Kurz darauf betrat der Abt das Zimmer des Kranken. Die Vorhänge waren zugezogen, nur wenig Licht drang in den kleinen Raum, und der Geruch von Urin und Kot schlug ihm entgegen. Auf dem Nachttisch brannte eine Kerze, daneben standen eine Schüssel Wasser mit sauberen Leinentüchern, ein Tonkrug und ein Becher. Paul saß aufrecht im Bett. Seine Wangen waren eingefallen, sein Gesicht wirkte grau und fahl, und auf seiner Stirn glänzten Schweißperlen. Nur noch wenige graue Haare waren ihm geblieben, doch er lächelte Pater Franz an und bedeutete ihm, auf dem Stuhl neben dem Krankenlager Platz zu nehmen.

»Es ist schön, dass Ihr gekommen seid, mein alter Freund«, begrüßte er den Mönch. Weiter kam er nicht, denn ein Hustenanfall schüttelte ihn.

Pater Franz schenkte Wasser in den Becher und reichte ihn seinem Freund. Geduldig ließ der Abt dem Kranken Zeit, zu Atem zu kommen. Als sich der Färber beruhigt hatte, versuchte er zu lächeln.

»Der Husten frisst mich auf. Alles brennt wie Feuer in mir, und nichts kann mir noch helfen. Auch dem Medikus gestatte ich schon lange nicht mehr, mich zur Ader zu lassen.« Er deutete auf seine Arme, die mit roten Narben überzogen waren.

Mitleidig sah Pater Franz seinen Freund an. Doch dieser winkte ab.

»Für uns alle kommt irgendwann das Ende.« Er blickte sich seufzend um. »Hier komme ich nicht mehr raus, aber was will ich klagen. Gott hat mir ein erfülltes Leben geschenkt, nicht wahr?«

Pater Franz nickte.

»Ich habe wunderbare Söhne, und Hans wird den Betrieb weiterführen. Er ist ein guter Junge.«

Er drehte sich zur Seite, öffnete seine Nachttischschublade und zog ein zerknittertes Papier heraus.

»Er hat mir geschrieben, aus Florenz. Bald wird er hier sein.«
Er hielt den Brief dem Mönch hin. Pater Franz griff danach und
überflog die Zeilen, die in gestochen scharfer Schrift geschrieben waren.

»Hans war schon immer ein guter Junge.« Er legte das Schreiben zurück in die Schublade.

»Ja, das ist er. Er hat sogar von einem Mädchen erzählt. Er
will sie mitbringen. Viola ist ihr Name, sie soll sehr hübsch
sein.« Sein Gesichtsausdruck wurde plötzlich wehmütig.

»Ich hätte so gern meine Enkelkinder erlebt.«

Der Mönch legte seine Hand auf die des Freundes.

»Du wirst sie sehen, ganz bestimmt.« Der Färber lächelte.

»Ihr Mönche seid so fest verankert in eurem Glauben. Wenn
ich ehrlich sein soll, habe ich Angst. Was wird kommen?«

Pater Franz zuckte mit den Schultern.

»Diese Frage kann nur Gott beantworten.«

Ein weiterer Anfall schüttelte den Kranken. Der Husten
klang trocken, und es rasselte in Pauls Brust. Erneut reichte
Pater Franz seinem Freund den Becher und half ihm beim Trinken. Als sich der Färber wieder beruhigt hatte, musterte er den
Mönch neugierig. Ihm entgingen nicht die Sorgenfalten auf der
Stirn seines Freundes.

»Was ist los?«, fragte er freiheraus.

Der Abt zuckte zusammen. Selbst am Sterbebett konnte er
Paul nichts vormachen.

»Geht es um das Mädchen?«

Der Mönch schüttelte seufzend den Kopf.

»Nein, es ist Anderl, um den ich mir Sorgen mache. Er sitzt
noch immer im Gefängnis, und in drei Tagen ist der Prozess.
Wenn ich bis dahin keinen Zeugen finde, dann wird er für eine
Tat hingerichtet, die er nicht begangen hat.«

Plötzlich wurde seine Stimme lauter, und er ließ seiner Verzweiflung freien Lauf.

»Ich habe Marianne versprochen, dem Jungen zu helfen, und jetzt sind mir die Hände gebunden. Alles, was ich versuche, geht schief. Es ist, als hätten sich das Schicksal und Gott gegen mich verschworen.«

Paul sah seinen Freund mitleidig an.

»Manchmal kann man die Dinge nicht ändern«, tröstete der Färber den Pater.

Wütend sprang der Mönch auf, riss die Vorhänge zur Seite und blickte in den Hof hinunter.

»Aber sie müssen sich ändern lassen. Der Junge ist unschuldig, das weiß ich genau. August Stanzinger ist ein Mann der Sünde und darf nicht gewinnen.«

Paul sah ihn verwundert an. So impulsiv kannte er Franz nicht. Die beiden schwiegen nach diesem Gefühlsausbruch. Die Kerze flackerte auf dem Nachttisch, und Wachs tropfte auf den winzigen Teller, auf dem sie stand.

»Und wenn du ihn mit seinen eigenen Waffen schlägst?«, fragte Paul.

Der Abt sah den Färber verwundert an.

»Wie meinst du das?«

In Pauls Augen blitzte der alte Schalk auf, den der Mönch immer so an ihm geliebt hatte.

»Was wäre, zum Beispiel, wenn der Junge aus dem Gefängnis fliehen würde?« Entsetzt sah der Geistliche seinen Freund an.

»Und wie soll das möglich sein?« Paul grinste.

»Ich denke, dir wird etwas einfallen.«

Drei Tage später stand Pater Franz in Anderls Zelle und half dem Jungen dabei, sich umzuziehen. Er hatte ihm frische Kleidung mitgebracht und knöpfte fürsorglich das Hemd zu. Seine Hände zitterten, denn in der winzigen Kammer war es eiskalt. In Anderls Brust rasselte es, und seine Nase lief. Er war blass, und seine Augen lagen tief in den Höhlen. Notdürftig hatte der Priester sein verfilztes Haar, in dem sich massenhaft Läuse tummelten, gewaschen und frisiert. Anderl hatte alles wortlos über sich ergehen lassen. Seit Wochen hatte er nicht mehr mit dem Abt gesprochen, und die Stille in der Zelle fraß Pater Franz' Seele mehr und mehr auf. Doch tapfer besuchte er den Jungen ein Mal in der Woche, setzte sich zu ihm und starrte schweigend vor sich hin. Auf dem Tisch und der Fensterbank standen noch immer die Strohtiere, die ihn jedes Mal anklagend anblickten und von der Hoffnung erzählten, die der Junge schon lange verloren hatte. Heute war Prozesstag. Wie sehr hatte er sich vor diesem Tag gefürchtet, denn jede Aussicht, Anderl zu retten, war verflogen.

»Wir müssen langsam los«, sagte Pater Johannes, der ihn begleitet hatte. Wortlos hatte er sich heute Morgen Pater Franz angeschlossen, und sie waren im kalten Nieselregen nach Rosenheim gelaufen. Der Abt war Johannes unsagbar dankbar für seinen Beistand, denn allein hätte er diesen Tag niemals durchgestanden.

Er nickte seufzend.

»Ja, ich weiß.«

Sie hörten schwere Schritte auf dem Flur. Die Wachposten kamen, um den Jungen zu holen.

Karl warf den beiden Mönchen einen grimmigen Blick zu und griff grob nach Anderls Armen, bog sie auf den Rücken und fesselte ihm die Handgelenke. Anderl verzog das Gesicht.

»Muss das denn sein?«, fragte Pater Johannes. »Der Junge ist krank, kann kaum noch stehen. Wo soll er denn, in Gottes Namen, hin?«

»Ich habe die Regeln nicht gemacht«, schnauzte Karl und führte Anderl aus dem Raum.

Kopfschüttelnd folgten ihm die beiden Mönche.

Vor dem Gerichtsgebäude standen viele Schaulustige. Manche hatten verfaultes Gemüse mitgebracht und bewarfen Anderl damit.

»Mörder!«, riefen viele. »Wie kann man nur seine eigene Mutter töten?«, klagten andere an. »Er war schon immer sonderbar, genauso wie seine Schwester, dieses Pestkind.«

»Der Junge war noch nie ganz richtig im Kopf. So etwas musste ja passieren«, keifte ein weiteres Weib.

Der Abt blickte zu Boden und versuchte, die Menge zu ignorieren. Was wussten die Leute schon. Sie sahen in Anderl nur den dummen Jungen, den Außenseiter, den sie nicht verstanden. Mit gefalteten Händen lief er hinter seinem Schützling her und murmelte ein Gebet.

Später im Gerichtssaal beobachtete er wehmütig, wie Anderl auf die Anklagebank gesetzt wurde. Traurig wurde er sich der Tatsache bewusst, niemals wirklich zu dem Jungen durchgedrungen zu sein. Der einzige Mensch, der Anderl verstanden hatte, war Marianne, und die würde nie wiederkommen, durch seine Schuld.

Pater Johannes setzte sich neben ihn, ließ seinen Blick durch den Saal schweifen und musterte Anderl, der so aussah, als würde er jeden Moment ohnmächtig werden.

Tröstend strich er seinem Freund über den Arm.

»Der Prozess wird schnell vorüber sein.«

Die Augen des Abtes ruhten auf dem Jungen.

»Danach fängt es doch erst an. Ich werde mir das nie verzeihen.«

»Du kannst nichts dafür«, erwiderte Johannes. »Es ist Schicksal.«

Pater Franz atmete tief durch und dachte plötzlich an Pauls Worte. Es wäre gut, wenn er auf sein Herz hören und einfach Dinge tun könnte, ohne Verantwortung tragen zu müssen.

Der Richter betrat den Raum. Die Anwesenden erhoben sich. Jetzt galt es, stark zu sein.

Milde Luft vertrieb wenige Tage später die dunklen Wolken, und plötzlich hatte man das Gefühl, der Frühling würde dieses Jahr dem Winter einen Streich spielen und ihn nicht zum Zug kommen lassen. Das schöne Wetter konnte Pater Franz allerdings nicht fröhlich stimmen. Er trat mit ernster Miene aus der Nikolauskirche, in der gerade der Trauergottesdienst für Paul, den Färber, stattgefunden hatte. Die Nachricht von seinem Tod kam nicht überraschend, traf ihn aber dennoch hart. Die halbe Stadt war gekommen, um dem beliebten Bewohner die letzte Ehre zu erweisen. Schweigend folgten sie dem Sarg, der mit Tannenzweigen, bunten Tüchern und Astern geschmückt war. Sein Sohn Hans war am Tag zuvor angekommen, hatte seinen Vater aber nicht mehr lebend angetroffen. Mit gesenktem Kopf lief der junge blonde Mann, der den herzlichen Blick des alten Färbers geerbt hatte, hinter dem Sarg her. Danach folgten viele Mitglieder der Färbergilde, die sogar aus umliegenden Dörfern angereist waren. Sie trugen die übliche einheitliche Kleidung und hatten sich alle ein Stück schwarzes Tuch um den Oberarm gebunden. Stumm zog der Trauerzug zum Friedhof. Pater

Johannes und viele weitere Mönche waren ebenfalls gekommen. In der Färbergasse hingen schwarze Stofffetzen an den Fenstern und Haustüren.

Die Menschenmenge fand auf dem Friedhof kaum Platz. Die Mönche versammelten sich abseits und verfolgten schweigend die Beerdigung, lauschten den Worten des Pfarrers, der noch einmal das Leben des Toten in Erinnerung rief und seine Mildtätigkeit lobte. Pater Franz gingen Pauls Worte nicht mehr aus dem Kopf. Seit Tagen grübelte er, ob er mit Johannes darüber sprechen sollte. Nach der Gerichtsverhandlung, in der Anderl zum Tod durch den Strang verurteilt worden war, hatte er kaum noch mit seinem Freund geredet. Zu schlimm waren die Eindrücke des Tages gewesen. Anderl hatte gefasst reagiert und keine Miene verzogen. Niemand würde mehr zu ihm durchdringen.

Seufzend reihte sich der Abt in die lange Reihe der Angehörigen ein, die dem Toten die letzte Ehre erwiesen. Die Vögel zwitscherten in den Bäumen, Wind fegte über die Gräber und wirbelte den Staub auf den Wegen auf. Als ob Paul noch einmal zeigen wollte, dass er etwas Besonderes gewesen war, dachte der Abt und blickte lächelnd in den blauen Himmel. Der alte Färber verwandelte einen Wintertag in Frühling, spendete ein letztes Mal das Gefühl von Hoffnung und schenkte ihnen für einen Moment ein wenig Wärme.

»Ruhe in Frieden«, flüsterte der Abt leise, als er vor dem Grab stand und eine Handvoll Erde hineinwarf.

Später liefen die beiden Mönche schweigend über den Marktplatz und durchs Münchener Tor. Über dem freien Feld tobte der warme Wind und riss ihre Umhänge in die Höhe. Aufziehende Wolken versuchten, gegen den Sturm anzukämpfen, und schoben sich an die Berge heran. Pater Johannes blickte sorgenvoll zum Himmel.

»Es wird eine stürmische Nacht werden. Vielleicht gibt es sogar ein Gewitter.«

»Vielleicht«, antwortete Pater Franz.

Johannes blieb stehen und sah seinen Freund missbilligend an.

»So kann es nicht weitergehen.« Verwundert drehte sich der Abt um.

»Wie, was meinst du denn?«

»Na, mit dir. Ich kann deinen Trübsinn nicht mehr ertragen. Wir alle können die Dinge nicht ändern, und auch ich bin traurig. Anderl wird bald bei Gott sein, und wahrscheinlich ist dort der beste Platz für den Jungen. Ich habe es satt, dich jeden Tag so still und traurig zu erleben. Ich möchte meinen Abt und Freund wiederhaben, den Menschen, den ich kenne, und nicht diese leblose Hülle.«

Pater Franz sah seinen Freund verwundert an. So hatte er ihn noch nie erlebt.

»Ich …«

Johannes schnitt ihm das Wort ab.

»Die Sache mit Marianne hat mir auch weh getan. Aber du konntest nichts dafür. Das Schicksal hatte seine Hände im Spiel, vielleicht war es ja Gottes Wille, dass sie dem jungen Schweden begegnete. Du konntest es damals nicht ändern, genauso, wie du jetzt Anderl nicht retten kannst, Versprechen hin oder her.«

Pater Franz sah seinen Freund überrascht an. So impulsiv kannte er ihn gar nicht. Es musste einen Ausweg geben, irgendeine Möglichkeit, wie er Anderl vor dem Galgen retten konnte. Pater Johannes sah ihn abwartend an.

»Ich kann nicht einfach so zur Tagesordnung übergehen.«

Der Abt seufzte. »Es ist grausam, ungerecht und eine Sünde. August Stanzinger ist ein Kinderschänder und machtgieriger Mensch. Er darf nicht gewinnen. Dann geht Gott eben diesmal einen falschen Weg.«

Entgeistert sah Johannes seinen Freund an. Noch nie hatte jemand von ihnen es gewagt, Gottes Wege in Frage zu stellen.

»Gottes Wege sind oft unergründlich, wie wir wissen. Er sandte uns Kriege und Krankheiten, um uns zu prüfen. Vielleicht ist dies wieder eine Prüfung, die uns stärker machen wird.«

Franz schüttelte den Kopf.

»Ich will und werde sie aber nicht annehmen, denn ich kann es einfach nicht ertragen, den Jungen sterben zu sehen.«

Pater Johannes seufzte.

»Wir werden es nicht verhindern können.« Er legte seinem Freund beruhigend die Hand auf den Arm.

Pater Franz trat einen Schritt zurück.

»Doch, das können wir. Paul hat mich auf eine Idee gebracht.«

»Wieso Paul?«, fragte Johannes irritiert.

Sie erreichten das Kloster und traten in den Innenhof.

»Er hat mir klargemacht, dass wir mit legalen Mitteln nicht mehr weiterkommen werden. Wenn wir Anderl retten wollen, dann müssen wir ihm zur Flucht verhelfen.«

Johannes blieb stehen und starrte den Abt entsetzt an. Pater Franz hatte mit dieser Reaktion gerechnet.

»Ich weiß, es ist nicht richtig, und wir versündigen uns. Aber immerhin für eine gute Sache. Bereits seit Tagen denke ich darüber nach und komme immer wieder zu demselben Ergebnis. Wir müssen Anderl irgendwie dort herausholen und fortbringen.«

Pater Johannes konnte nicht glauben, was er da hörte. Der Abt des Kapuzinerklosters plante tatsächlich einen Einbruch ins Stadtgefängnis. Natürlich waren seine Beweggründe nicht böser Natur, aber trotzdem konnten sie das nicht tun. Was würde geschehen, wenn sie erwischt würden? Der neue Richter wäre ihnen bestimmt nicht gnädig gesinnt. Er hatte auch in Margits Fall nicht auf ihrer Seite gestanden und das Mädchen nicht einmal angehört. August Stanzinger hatte in ihm einen mächtigen Verbündeten, und über den Schaden, den sie mit so einer Tat dem Orden zufügen würden, wollte er erst gar nicht nachdenken.

Er schüttelte den Kopf.

»Das geht nicht. Auf keinen Fall können wir Anderl befreien. Sie könnten uns erwischen. Und auch wenn es klappen würde, der Stadtbüttel weiß genau, bei wem er nach Anderl suchen muss. Er wird uns doch sofort verdächtigen.«

Pater Franz sah seinen Freund bittend an.

»Ich kenne all diese Einwände, aber ich habe Marianne versprochen, den Jungen zu retten. Gott war mein Zeuge. Ich muss Wort halten, um jeden Preis.«

Pater Johannes seufzte. Sie standen im Kreuzgang, die Sonne verschwand hinter den Wolken, der Sturm rüttelte an den Fensterläden und wirbelte trockene Blätter in die Höhe. Ernst sah er seinem Freund in die Augen und erkannte die Entschlossenheit, die darin lag. Er würde ihn nicht mehr umstimmen. Franz würde den Jungen dort herausholen, ob er ihm half oder nicht.

»Also gut«, gab er nach, »dann erkläre mir, was du genau vorhast. Wie ich dich kenne, hast du bereits einen Plan.« Erleichtert nahm Pater Franz seinen Freund in den Arm.

»Vielen Dank. Gewiss wird alles gutgehen.« Pater Johannes zog die Augenbrauen hoch.

»Dein Wort in Gottes Ohr. Also, was hast du vor?«

Pater Franz holte tief Luft. Lange hatte er gegrübelt, wie sie es anstellen konnten, doch irgendwann war ihm eine Idee gekommen.

»Ich werde Karl aushorchen und sehen, wo er seine Schlüssel aufbewahrt. Ich denke nicht, dass wir in der Lage sind, ein Schloss aufzubrechen.«

Pater Johannes musste schmunzeln.

»Nein, Einbrüche habe ich bisher noch keine verübt. Wenn man davon absieht, dass ich mal das Schloss zur Speisekammer aufgebrochen habe, weil ich den Schlüssel verlegt hatte.«

Pater Franz lächelte jetzt ebenfalls. Er liebte es, sich mit seinem Freund auszutauschen, und auf einmal kam ihm seine Idee nicht mehr ganz so abwegig vor.

»Ich werde Anderl morgen in der Zelle besuchen und dann ein wenig herumschnüffeln.«

Pater Johannes nickte.

»Vielleicht kommst du irgendwie an den Haustürschlüssel heran, der wird unsere größte Hürde werden, denn wenn wir erst einmal im Gebäude sind, wird es einfacher sein.«

Pater Franz sah seinen Freund überrascht an. So weit hatte selbst er noch nicht gedacht.

»Siehst du.« Er schlug Johannes auf die Schulter. »Du hast also doch Einbrecherqualitäten.«

Der alte Mönch seufzte hörbar.

»Hoffentlich werde ich sie nur das eine Mal benötigen.«

Zwei Tage später saß Pater Franz in Anderls Zelle. Ihm brannte es auf der Zunge, dem Jungen von ihren Ausbruchsplänen zu berichten, aber er hielt sich lieber zurück. Es war besser, wenn Anderl nichts davon erfuhr. Am Ende würde er sich bei Karl verplappern oder sonst irgendwie zeigen, dass etwas anders war, und das konnten sie auf keinen Fall riskieren.

Anderl lag auf dem Bett und drehte schweigend eines der Strohtiere in der Hand hin und her. Der Mönch war die Stille bereits gewohnt. Er saß auf einem Stuhl neben dem Fenster und blickte nach draußen. Stimmen drangen herein, und auf dem Salzstadel war trotz des schlechten Wetters noch Hochbetrieb, den aber bald der Winter zur Ruhe zwingen würde.

»Sie kommt nicht mehr«, sagte Anderl plötzlich. Erschrocken zuckte der Mönch zusammen.

Anderl blickte ihn nicht an. Er betrachtete immer noch das Strohtier, einen Hasen. Seine Miene war nachdenklich.

»Sie hat es mir versprochen. Warum kommt sie nicht?«

Pater Franz setzte sich neben seinen Schützling aufs Bett.

»Du weißt doch, dass Marianne fortgehen musste. Es hatte mit dem Krieg zu tun.«

Anderl riss die Augen auf und ließ den Hasen fallen. Er schüttelte den Kopf.

»Nein, das kann nicht sein. Niemals würde sie ohne mich fortgehen. Wir gehören zusammen.«

Pater Franz seufzte.

»Sie ist nicht freiwillig gegangen. Die Schweden sind schuld.«
Anderl antwortete nicht, und Pater Franz wusste diese Art von Schweigen nicht zu deuten. Er wartete ab, doch Anderl machte keine Anstalten, erneut zu sprechen.

Ungeduldig spielte der Abt an der Kordel seines Gürtels herum.

Die Tür zur Zelle wurde geöffnet, und Karl betrat den Raum.

»Die Zeit ist um, Mönch.«

Pater Franz hob abwehrend die Hände.

»Bitte, nur noch zwei Minuten.« Karl verdrehte die Augen.

»Wenn die Zeit um ist, dann habt Ihr zu gehen.«

Pater Franz warf Anderl einen langen Blick zu, doch der Junge schien wieder in seiner eigenen Welt versunken zu sein. Enttäuscht erhob er sich und trat in den muffigen Flur. Karl folgte ihm. Doch genau in dem Moment, als er die Tür schließen wollte, rief Anderl laut:

»Wartet!«

Verblüfft sah der Wärter den Jungen an. Der Bengel konnte tatsächlich sprechen.

Pater Franz' Herz schlug vor Aufregung schneller. Anderl saß auf dem Bett und sah dem Abt in die Augen.

»Warum hast du ihr nicht geholfen?« Verwirrt sah Karl den Mönch an.

Der Abt erwiderte den Blick des Jungen.

»Wenn das in meiner Macht gestanden hätte, dann glaube mir: Ich hätte es getan.«

Der Wärter schloss unerbittlich die Tür, und Anderls fragendes Gesicht verschwand, was Pater Franz in diesem Moment sogar als Erleichterung empfand.

Für Anderl mussten seine Worte wie ein Schlag ins Gesicht gewesen sein, denn jede Hoffnung, Marianne wiederzusehen, war endgültig zerstört.


Im unteren Flur schlurfte Karl in seine Kammer. Pater Franz folgte ihm. Er musste den Wärter auskundschaften. Es war wichtig, so viele Informationen wie möglich zu sammeln.

Karl sah ihn verwundert an.

»Was wollt Ihr noch, Mönch?« Pater Franz ließ seinen Blick durch den Raum schweifen. Erst jetzt fiel ihm die Tür neben dem winzigen Holzofen auf. Wahrscheinlich lag dahinter die Schlafkammer des Wachmanns. Karl hängte seine Schlüssel an einen Haken an der Wand.

»Ich wollte Euch bitten, den Jungen bis zu seiner Hinrichtung besser zu behandeln. Ich bezahle auch dafür.«

Karl zog die Augenbrauen hoch.

»Er hat unsere beste Zelle.«

»Das reicht mir nicht«, antwortete Pater Franz. »Ich will, dass er jeden Tag warmen Tee bekommt und eine wärmere Decke. Er ist krank.«

»Wir sind kein Gasthof«, brummelte der Wärter. Pater Franz warf zwei Goldmünzen auf den Tisch. Gierig griff Karl danach.

»Also gut. Ich werde sehen, was ich tun kann.«

»Ich werde wiederkommen und es überprüfen«, erwiderte der Abt.

Karls Miene wurde plötzlich nachdenklich.

»Warum ist Euch der Bursche so wichtig? Er ist ein Mörder, nichts weiter.«

»Nennt es Nächstenliebe«, erwiderte Pater Franz und wandte sich zum Gehen. »Gott zum Gruß.«

»Nächstenliebe«, murmelte der Wärter, »dass ich nicht lache.« Pater Franz zog die Tür hinter sich zu und stellte zu seiner Freude fest, dass an der Außentür der Schlüssel steckte. Rasch sandte er ein Dankgebet zum Himmel. Karl machte es Einbrechern leicht. Eilig zog er den Schlüssel ab und ließ ihn in seine Rocktasche gleiten.

Dunkelheit lag über den Feldern und Wegen, als Franz und Johannes einige Stunden später durch einen Seitenweg in die

Stadt schlichen. Die Tore waren verschlossen und wurden streng bewacht, denn marodierende Banden zogen noch immer durch die Wälder und Dörfer, die die Stadt umgaben. Es gab jedoch viele Möglichkeiten, ungesehen in die Stadt zu kommen, besonders dann, wenn man sich auskannte. Es war eine kalte, trockene Nacht, Wolkenfetzen zogen über den Himmel, der Mond war fast voll. Sein gespenstisches Licht erhellte die Straße. Es war totenstill, sogar die Gasthäuser hatten um diese Zeit geschlossen. Die beiden Mönche hatten ihre Kapuzen weit ins Gesicht gezogen und hasteten durch die Laubengänge. Pater Franz' Hände zitterten vor Aufregung, und seine Schritte kamen ihm störend laut vor. Jetzt, wo ihr Einbruch ins Gefängnis kurz bevorstand, packte ihn doch die Angst. Was war, wenn sie entdeckt wurden? Johannes' Worte kamen ihm in den Sinn. Sie würden den Orden in Mitleidenschaft ziehen. Wahrscheinlich würde man über ihre Tat sogar in München sprechen. Was würde Maurus denken, wenn er davon erfuhr?

Sie erreichten den Salzstadel. Die Lagerhäuser waren geschlossen. Zwei Laternen malten Lichtkreise auf das feuchte Pflaster, und es war seltsam, den Platz so still und menschenleer vorzufinden. Vor dem Gefängnis blieben sie stehen. Pater Johannes warf seinem Freund einen langen Blick zu. Der Abt nickte. Unruhig schaute er um sich, zog den Schlüssel aus der Rocktasche und steckte ihn vorsichtig ins Schloss. Die Tür öffnete sich quietschend. Auf Zehenspitzen schlichen die beiden Mönche in den dunklen Flur. Pater Franz legte einen Finger auf die Lippen und deutete auf die geschlossene Tür zur Wachstube. Vorsichtig drückte er die Klinke nach unten, die Tür öffnete sich. Stickige, nach Tabak und Holzrauch riechende Luft schlug ihnen entgegen. Pater Franz bedeutete seinem Freund, im Flur zu warten. Durch das Fenster fiel fahles Mondlicht auf den alten Dielenboden. Langsam schlich der Abt zum Schreibtisch und sandte ein Dankgebet zum Himmel, als dort der Schlüssel am Haken hing. Die beiden schlichen die Treppe nach oben. Es lief alles wie am Schnürchen. Im oberen Flur war es stockdunkel. Vorsichtig tasteten sie sich an der Wand entlang und zählten die Türen. Als sie Anderls Zelle erreichten, steckte der Abt mit zittrigen Händen den ersten Schlüssel ins Schloss, doch erst beim dritten Versuch ließ sich die Tür öffnen.

Anderl saß aufrecht im Bett, als sie den vom Mond erhellten Raum betraten. Er hatte die Decke bis zum Kinn hochgezogen und blickte voller Angst zur Tür. Pater Franz erriet sofort seine Gedanken. Anscheinend schlich hier nachts jemand ganz anderer herum.

»Du musst keine Angst haben«, flüsterte er und hob beschwichtigend die Hände. »Wir sind es, Johannes und ich. Wir sind gekommen, um dich zu befreien.«

Der Junge sah ihn ungläubig an.

»Aber ...«

Johannes fiel ihm ins Wort.

»Wir haben jetzt keine Zeit für Erklärungen. Wir müssen zusehen, dass wir wegkommen. Im Kloster können wir alles Weitere besprechen.«

Anderl nickte. Für seine Verhältnisse begriff er ziemlich schnell. Er setzte sich auf die Bettkante, schlüpfte in seine Schuhe und folgte den beiden Mönchen auf den Flur. Langsam schlichen die drei die Treppe hinunter.

Pater Franz hängte den Schlüssel zurück an seinen Platz und legte den Haustürschlüssel auf den Tisch. Gleich war es geschafft.

Die drei traten auf die Straße, blieben dann aber wie erstarrt stehen, denn der Büttel stand vor ihnen und sah sie verblüfft an. Pater Franz war der Erste, in den wieder Leben kam. Hastig zog er Johannes und Anderl mit sich.

»Schnell, lasst uns verschwinden.«

Sie hasteten über den Salzstadel davon, verfolgt vom fluchenden Büttel, der wegen seiner Trunkenheit schlecht mithalten konnte.

Es ging durch eine schmale Gasse, die zwischen zwei Hinterhöfen hindurch auf den Inneren Markt führte. Zwei betrunkene Bettler lagen im Schutz eines Hauseingangs und schliefen. Anderl stolperte über die Beine des einen und fiel der Länge nach hin.

»Franz, warte, nicht so schnell. Anderl ist gestürzt«, rief Johannes seinem Freund hinterher und half dem Jungen aufzustehen. Pater Franz, der bereits das Ende der Gasse erreicht hatte, lief fluchend zurück und half Johannes dabei, Anderl aufzurichten. Er hatte sich das Kinn und die Handflächen aufgeschürft, doch weitere Verletzungen waren nicht zu erkennen.

Prüfend schaute er Anderl in die Augen, in denen Tränen standen.

»Geht es, mein Junge?«

Er wartete die Antwort des Jungen nicht ab, sondern zog ihn eilig weiter, denn erneut tauchte der Büttel hinter ihnen an der Hausecke auf.

»Stehen bleiben, sofort«, drang die Stimme des Büttels an sein Ohr.

Anderl an der Hand, rannte er über den Inneren Markt und auf das Münchener Tor zu, die lauten Rufe des Büttels in den Ohren.

Johannes konnte mit seinem Freund nicht mehr mithalten und blieb, sich die Seite haltend, zurück. Auch Anderl taumelte nur noch neben Franz her, und als sie das Stadttor erreichten, trat ihnen der Torwächter in den Weg, der von den Rufen des Büttels aufgescheucht worden war.

Der Abt blieb stehen und sah den Wächter, mit dem er freundschaftlich verbunden war, bittend an.

»Mein Freund, bitte, lasst uns durch. Ich bin es, Pater Franz.« Der Mann musterte Anderl skeptisch.

»Ist das nicht der Bengel, der seine Mutter erschlagen hat?« Genau in diesem Moment erreichte der Büttel die kleine Gruppe.

»Das ist er, mein Freund. Habt vielen Dank. Ihr habt soeben einen Fluchtversuch verhindert.«

# 20

Marianne saß in einem winzigen Bachlauf und hielt sich das Knie. Sie versuchte, sich aufzurappeln, rutschte aber auf dem feuchten Untergrund aus und fiel nach hinten.

Das Paar Schuhe, das sie so erschreckt hatte, gehörte zu einem jungen Burschen, nicht älter als sechzehn Jahre, der sie verwundert aus seinen braunen Augen anstarrte.

»Ich wollte dich nicht erschrecken«, sagte er und hob beschwichtigend die Hände. »Ich tu dir auch nichts. Ganz bestimmt.«

Marianne blickte auf. Sie zitterte am ganzen Körper, doch sie beruhigte sich wieder, denn der Bursche sah nicht wie der erwartete Räuberhauptmann aus.

»Toni, wo bleibst du denn?«, schallte es zu den beiden herunter, und zwei weitere Männer tauchten über ihnen auf dem Hügel auf. Verwundert sahen die beiden Marianne an und begannen lautstark zu lachen.

»Du solltest Hasen jagen und keine Mädchen«, sagte der eine und deutete mit dem Finger auf Marianne.

»Keine zwei Minuten kann man den Burschen allein lassen.« Der andere grinste kopfschüttelnd.

Toni errötete.

Mariannes Scham wich Wut. Sie versuchte aufzustehen.

Toni kam ihr zu Hilfe, reichte ihr die Hand und half ihr wie ein Kavalier galant auf die Füße. Die beiden anderen Männer kamen zu ihnen herunter und musterten Tonis Fund neugierig.

»Hübsch ist dein Hase, nur werden wir ihn nicht essen können.«

Toni verteidigte sich.

»Ich kann nichts dafür. Sie ist mir regelrecht vor die Füße gefallen.«

Die beiden lachten erneut.

»Hörst du, Wilhelm«, rief der eine, »es regnet Frauen.« Marianne wurde wütend. Ihr tat der Junge leid.

»Lasst ihn in Ruhe! Warum hackt ihr auf ihm herum? Wir sind zufällig aufeinandergestoßen.«

Verblüfft sahen die Männer sie an. Mit so einer Reaktion hatten sie nicht gerechnet. Sie musterten Marianne mit mehr Interesse.

»Was treibt ein junges Ding wie dich allein in den Wald?«, fragte der eine Mann neugierig.

Marianne verschränkte die Arme vor der Brust.

»Geht euch das etwas an?«

»Sie ist zickiger als unser alter Esel«, bemerkte Toni.

Marianne verlor die Geduld. Sie wollte hier weg, irgendwohin, wo sie sich verkriechen konnte. Ihr Knie schmerzte, und ihre aufgescheuerten Handflächen brannten.

»Wir sollten sie mitnehmen.« Wilhelm kratzte sich am Kopf.

»Allein kann sie hier unmöglich bleiben.«

Marianne sah ihn entgeistert an und hob abwehrend die Hände.

»Nein, nein, ich komme schon zurecht.«

Der andere Mann deutete auf ihre feuchten Kleider.

»Das sehen wir. Wilhelm hat recht. Du wirst uns begleiten. Alois soll entscheiden, was wir mit dir machen.«

Marianne warf Toni einen finsteren Blick zu.

»Ich habe gesagt, dass ich allein zurechtkomme«, wiederholte sie noch einmal ihre Worte.

Wilhelm atmete tief durch.

»Und ich habe gesagt, dass du uns begleiten wirst.«

Er packte Marianne unsanft am Arm und zog sie näher an sich heran.

»Ich will mir nicht nachsagen lassen, ich wäre kein Ehrenmann, und eine Dame lässt man nicht allein im Wald.«

Sein Griff war fest und schmerzte. Er sah sie durchdringend mit seinen blauen Augen an, und sie konnte seinen Atem auf der Haut spüren. Seufzend ergab sie sich in ihr Schicksal. Es ging den Weg zurück, den sie gekommen war, und hinter dem freien Feld tauchten sie wieder in den Wald aus Weidenbäumen ein. Toni warf Marianne die ganze Zeit über reumütige Blicke zu, sagte aber nichts.

Wenig später erreichten sie eine größere Lichtung, die direkt am Ufer des Flusses lag. Viele Boote waren dort festgemacht worden, und etwas abseits grasten einige Pferde. Ein großes Lagerfeuer, um das mehrere Männer herumstanden, erhellte die inzwischen hereingebrochene Dunkelheit. Zelte wurden aufgebaut, und eine Gruppe Männer kreuzte ihren Weg, mehrere tote Hasen in den Händen. Marianne schaute sich verwundert um. Eine Räuberbande schien das hier nicht zu sein. Sie hatte Glück gehabt und war einer Gruppe Schifffahrer in die Arme gelaufen. Ob das allerdings in ihrem Fall tatsächlich Glück bedeutete, würde sich noch herausstellen, denn die Gerüchte, wie die Männer mit Frauen umgingen, fielen ihr plötzlich wieder ein.

Wilhelm führte sie zu einem dunkelhaarigen Mann, der mit dem Rücken zu ihnen am Feuer saß und sich angeregt mit einem weißhaarigen Alten unterhielt. Marianne erkannte die Stimme sofort.

Wilhelm räusperte sich, und der Mann drehte sich um. Verwundert riss Alois Greilinger die Augen auf und starrte Marianne an.

»Aber, wie kommst du denn hierher?«

Wilhelm sah den Schiffsmeister und Anführer der Bruderschaft überrascht an.

Marianne atmete erleichtert auf.

Alois Greilinger war hier. Jetzt war alles gut. Niemals würde er ihr etwas antun oder zulassen, dass jemand Hand an sie legte. Wilhelm beantwortete seinem Kameraden die Frage.

»Wir haben sie nicht weit von hier im Wald gefunden.« Ein spitzbübisches Grinsen huschte über sein Gesicht.

»Genauer gesagt hat Toni sie gefunden. Sie ist ihm vor die Füße gefallen.«

Der alte Mann, mit dem Alois gesprochen hatte, lächelte, und seine dichten weißen Augenbrauen schienen dabei über seine Stirn zu tanzen.

»Seit wann fallen die Frauen in dieser Gegend von den Bäumen?«

Marianne warf ihm einen finsteren Blick zu. Trotz der Erleichterung war ihr nicht nach Lachen zumute. Sie hatte Hunger und Durst, ihre Kleider waren nass, und sie zitterte vor Kälte. Alois Greilinger ging auf Marianne zu, legte fürsorglich den Arm um sie und sah die anderen ermahnend an.

»Sie heißt Marianne und kommt aus Rosenheim. Habt ihr sie denn noch nie gesehen, ihr Nichtsnutze? Sie lebt dort schon immer und arbeitet im Stockhammer Bräu. Seht ihr nicht, dass die Frau am ganzen Leib vor Kälte zittert. Schöne Kavaliere seid ihr. Ihr solltet euch was schämen.«

Er zog Marianne näher zum Feuer und griff nach einer bunten Flickendecke, die irgendjemand achtlos dort liegen lassen hatte, hüllte sie darin ein und drückte sie auf den Boden. Danach ging er vor ihr in die Hocke und musterte besorgt ihr Gesicht.

»Siehst blass aus, Mädchen. Ich gehe und hole dir warmen Wein und etwas zu essen, und dann erzählst du mir, was dich hierhergeführt hat.«

Marianne nickte. Ihre Zähne schlugen aufeinander, doch die Wärme des Feuers tat ihr gut.

Alois verschwand, und plötzlich tauchte Toni neben ihr auf und grinste verschmitzt. Erst jetzt bemerkte Marianne die vielen Sommersprossen, die seine Nase zierten.

»Tut mir leid, wenn du wegen mir Ärger hast.« Marianne lächelte.

»Ist schon gut. Du konntest doch nichts dafür.«

Der Junge deutete in die Richtung, in die Alois verschwunden war.

»Du kennst unseren Schiffsmeister?« Marianne nickte.

»Ja, aus Rosenheim. Er ist ein guter Mann.«

»Ja, das ist er«, bestätigte Toni. »Gut und gerecht. Und er kennt den Fluss wie kein anderer.«

Marianne rieb sich die Hände und hielt sie näher ans Feuer. Einige Männer liefen an den beiden vorbei und warfen ihnen neugierige Blicke zu.

»Warum warst du denn allein im Wald«, fragte Toni und bohrte ungeniert in der Nase.

»Ich bin auf dem Heimweg nach Rosenheim und war auf der Suche nach einem trockenen Schlafplatz für die Nacht.«

Toni zog die Augenbrauen hoch.

»Du wolltest ganz allein bis nach Rosenheim laufen? Das ist aber mutig.«

»Mir bleibt nichts anderes übrig. Ich muss dorthin.« Marianne zuckte mit den Schultern.

Toni wischte sich die Hände an seinem Hemd ab.

»Dann fahr doch mit uns. Wir wollen auch dorthin, bestimmt hat Alois nichts dagegen.«

Marianne sah den Jungen überrascht an und begann zu lächeln.

»Also hast du mir am Ende gar kein Pech gebracht, sondern bist mein Glücksbringer.«

Toni errötete bis unter die Haarwurzeln.

»Toni ist unser aller Glücksbringer«, sagte Alois, der mit einer dampfenden Schale in der Hand zurückkam. »Schon vor so manchem Ungemach des Flusses hat er uns gerettet. Er ist mein bester Lehrjunge.«

Toni blickte zu Boden, zwinkerte Marianne grinsend zu und räumte das Feld.

Alois stellte die Schale, die mit duftendem Kanincheneintopf gefüllt war, vor Marianne ab. Ihr Magen begann laut zu knurren, und sie griff gierig nach dem Löffel.

Alois lachte.

»Lass es dir schmecken. Bist dünn geworden.«

Marianne nickte dankbar. Die warme Suppe wärmte ihren Bauch, und endlich ließ das Zittern nach.

Alois beobachtete sie eine Weile. Das Pestkind, allein im Wald, weit weg von zu Hause. Er hatte natürlich davon gehört, dass Marianne mit den Schweden gezogen war, aber warum genau, hatte er nicht erfahren.

»Was treibt dich also in diesen Wald?«

Marianne spülte einen Bissen Brot mit Würzwein hinunter.

»Ich will zurück nach Hause.« Alois zog die Augenbrauen hoch.

»Und das ganz allein?«

Der alte Mann, mit dem sich Alois unterhalten hatte, zog eine Mundharmonika aus seiner Rocktasche und begann, ein fröhliches Lied zu spielen. Ein zweiter Mann mit einer Geige gesellte sich zu ihm, und ein weiterer begann zu singen. Die anderen Männer klatschten den Takt mit, und einige von ihnen tanzten ums Feuer herum.

Alois lächelte und strich Marianne sanft über die Schulter.

»Wir reden später weiter, aber Toni hatte natürlich recht. Wir nehmen dich gern mit zurück, betrachte dich als meinen persönlichen Gast.«

»Vielen Dank.« Marianne war erleichtert. »Du weißt gar nicht, wie sehr du mir damit hilfst.«


Danach blieb sie allein. Keiner der Männer getraute sich zu ihr, und auch Toni suchte nicht mehr ihre Gesellschaft. Nur ab und an wurde sie neugierig aus der Ferne beäugt. Die Musik wurde immer lauter und fröhlicher, und der Wein floss in Strömen. Ausgelassen wurde getanzt, und irgendwann sprangen die Männer sogar laut grölend übers Feuer. Auch Toni sprang über die züngelnden Flammen, und seine dünnen Beine, die in grünen Hosen steckten, flogen dabei in die Luft wie die eines Frosches. Plötzlich vermisste Marianne den Tross, denn das Feuer, die Zelte und die Musik erinnerten sie an Milli und Albert. Traurig dachte sie an ihren Geliebten, der wahrscheinlich irgendwo im Dachauer Moos lag und nie gefunden werden würde. Die Angst um Anderl, ihre Wanderung, der Überfall auf den Gasthof und ihre Odyssee durch den kalten Wald hatten sie den Schmerz über seinen Verlust ausblenden lassen, doch jetzt holte er sie wieder ein.

Genau an einem solchen Feuer hatte Albert sie zum ersten

Mal geküsst. Sie sah sein Gesicht vor sich, seine grünen Augen und sein Lächeln, fühlte fast seine Hände auf den Wangen.

Seufzend kuschelte sie sich in die Decke. Er würde niemals wiederkommen. Ihre Augen wurden feucht.

Plötzlich kam sie sich verlassen vor, die Musik, das Feuer, das Lachen der Männer und deren Fröhlichkeit waren weit fort. Erschöpft drehte sie sich zur Seite und schlief ein.

Marianne öffnete die Augen und schaute sich verwundert um. Sie lag nicht mehr am Lagerfeuer, sondern blickte auf Holzbretter über sich. Sie richtete sich auf und streckte sich gähnend. Der Duft von Tannenharz hing in der Luft. Sie saß auf einem Strohlager, und eine wollene rote Decke lag über ihren Knien. Neben ihr stapelten sich mehrere Stoffballen, und den Rest des Raumes füllten mächtige Fässer aus. Wie sie hierhergekommen war, wusste sie nicht, doch es war gemütlich, trocken und warm. So einen schönen Schlafplatz hatte sie schon lange nicht mehr gehabt. Es gab ein richtiges Dach, und keine Zugluft kam durch irgendwelche Ritzen. Sie beschloss, noch einen Moment liegen zu bleiben und die Stimmen, die von draußen hereindrangen, zu ignorieren. Genüsslich schloss sie die Augen.

Doch plötzlich wurde die Tür geöffnet, und Alois blickte in den Raum.

»Bist du schon wach, Mädchen?«, fragte er mit leiser Stimme.

»Ja, ich bin wach«, antwortete Marianne seufzend.

»Das ist gut. Wir wollen gleich los. Ich habe auch bereits eine Aufgabe für dich, du wirst Fredl auf der Kuchelzille zur Hand gehen. Er ist nicht mehr der Jüngste und kann eine Hilfe gut gebrauchen.«

Marianne wusste nicht so genau, was eine Kuchelzille war, aber gewiss würde sie es gleich erfahren. Sie setzte sich gähnend auf und schlug die Decke zurück. Sie war angezogen. Ihr Kleid war zerknittert, hatte überall Flecken und verströmte einen modrigen Geruch, aber immerhin war es jetzt trocken. Seufzend schlüpfte sie in ihre Schuhe und folgte dem Schiffsmeister nach draußen.

Nebel hing über dem Fluss, das andere Ufer verschwand hinter grauen Schwaden, die übers Wasser zogen, und eine unangenehme Feuchtigkeit hing in der Luft. Marianne fröstelte. Am Ufer herrschte reges Treiben. Der Seßthaler, der den Zug anführte und kommandierte, stand auf der »Hohenau«, die das erste und größte Schiff war und als Kommandozentrale diente, und erteilte Anweisungen. Nebenbei unterhielt er sich mit einem schmächtigen dunkelhaarigen Mann, der einen Stift in der Hand hielt, eifrig nickte und sich Notizen machte. Die Schiffsreiter führten ihre Pferde an die Stellen, die ihnen der Marstaller, der die Verantwortung über die Pferde hatte, zuwies.

Marianne sah sich fasziniert um. Plötzlich genoss sie das rege Treiben um sich herum. Das Schnauben der Pferde, den Geruch von Holzrauch und die Rufe der Männer. Sie war endlich nicht mehr allein, sondern war ein Teil einer Gemeinschaft geworden, die zusammenhielt und ihr half.

Alois riss sie aus ihren Gedanken.

»Komm, Mädchen, bei Fredl bekommst du bestimmt ein Frühstück.«

Sie liefen am Ufer entlang. Marianne sah, wie lang der Zug war.

»Das sind ja viele Boote«, sagte sie. Alois lächelte nachsichtig.

»Wir brauchen sie aber alle. Siehst du das Boot direkt neben der ›Hohenau‹?« Er deutete auf ein flaches Holzschiff, das in der Mitte einen breiten eckigen Aufsatz hatte, der etwas niedriger war als der der ›Hohenau‹.

»Das ist die Nebenbei, genauso wie die Funkelzille, in der du geschlafen hast, ein Frachtschiff. Dann haben wir noch weitere Schiffe, die Seilmutze und die Rossplätten zum Übersetzen der Pferde.« Er blieb vor einem Boot stehen, das fast genauso groß war wie die Nebenbei.

»Und das hier ist die Kuchelzille. Die Küche ist dort untergebracht, und wir haben sogar einen Ofen, auf dem richtig gekocht werden kann. Den Eintopf gestern hat unser Koch Fredl hier zubereitet. Bestimmt wartet er schon auf dich.« Marianne beäugte neugierig das Schiff. Eine Küche auf einem Boot war ihr neu. Da fiel ihr der kleine Kamin auf, der aus dem Holzaufsatz ragte.

Alois zog sie zur Seite.

»Was ich dir noch sagen wollte. Fredl ist schon sehr alt, gläubig und übertreibt es manchmal etwas. Er hält nicht viel von Frauen auf Schiffen. Der Flussgott wird es uns übelnehmen, hat er zu mir gesagt. Aber ich bin der Schiffsmeister und treffe alle Entscheidungen. Sollte er sich im Ton vergreifen oder dich nicht nett behandeln, dann nimm es nicht ernst.«

Marianne nickte. Ein ungutes Gefühl machte sich in ihr breit, und die Leichtigkeit von eben verschwand.

Alois kletterte auf das Boot und streckte ihr höflich die Hand hin.

Das Boot schwankte, als sie die Küche betraten. Stickige, verqualmte Luft schlug ihr entgegen, denn der kleine Schornstein schien mit dem vielen Rauch überfordert zu sein. Der Raum war ungewöhnlich groß. Neben dem Ofen, auf dem mehrere Töpfe und Pfannen standen, gab es einen Tisch und zwei Hocker. Auf dem Tisch lagen zwei gehäutete Hasen. An großen Haken hingen Schinken und Würste von der Decke, und in der anderen Ecke dienten Bretter an der Wand als Regale. Unterschiedlich große Gefäße standen darauf, deren Inhalt sich nicht genau bestimmen ließ. In einer Ecke stand ein Butterfass neben einem Korb mit Rüben und Zwiebeln. Fredl rührte in einem der Töpfe, der Geruch von Haferbrei hing in der Luft. Mariannes Magen begann wieder zu knurren, obwohl ihr Hals wie zugeschnürt war.

Der alte Mann drehte sich um und warf Marianne einen finsteren Blick zu. Er war schmächtig und kaum größer als sie selbst. Sein Haar war weiß wie Schnee, und unter ebenfalls weißen Augenbrauen schauten kleine blaue Augen hervor. Seine rechte Wange zierte eine breite rote Narbe, die dem Gesicht eine seltsame Form verlieh.

Alois ignorierte die säuerliche Miene des Kochs.

»Guten Morgen, Fredl. Hier bringe ich dir wie besprochen das Mädchen.«

Der Alte nickte kurz und widmete sich dann wieder dem Essen. Alois zwinkerte Marianne aufmunternd zu.

»Na, dann wünsche ich gutes Gelingen. Was gibt es denn heute, Fredl?«

Der Alte antwortete, ohne sich umzudrehen:

»Haseneintopf, wie man sehen kann.«

Alois versuchte, den ruppigen Ton zu überhören. Er hatte lange überlegt, ob dies der richtige Ort für Marianne war, aber etwas anderes konnte sie nicht tun, und sie einfach so auf einem der Schiffe mitfahren zu lassen wäre nicht richtig, denn jeder leistete seinen Beitrag.

Marianne schluckte und bemühte sich zu lächeln.

»Das hört sich doch wunderbar an. Ich habe bereits in der Küche gearbeitet, damals im Stockhammer Bräu, gewiss bin ich Euch eine Hilfe.«

Der Alte reagierte nicht.

Alois legte Marianne die Hände auf die Schultern.

»Ich muss jetzt los, denn einiges ist noch zu tun, bis wir aufbrechen. Ihr werdet schon zurechtkommen.«

Er verließ die Küche.

Fredl rührte in seinem Topf, dann nahm er das Butterfass, setzte sich auf einen Hocker und begann schweigend, darin herumzustampfen.

Marianne war unsicher. Sie wusste nicht so recht, wie sie auf die abweisende Art des Mannes reagieren sollte. Sie beobachtete ihn eine Weile, doch irgendwann wurde es ihr zu viel. Alois hatte sie hierhergebracht, um zu helfen. Löcher in die Luft starren hätte sie woanders auch gekonnt. Sie setzte sich an den Tisch und griff nach den gehäuteten Hasen. Der Alte zog die Tiere zu sich her.

»Fass das nicht an«, sagte er ruppig.

Sie atmete tief durch. Langsam wurde sie wütend.

»Alois hat gesagt, dass ich Euch helfen soll. Ich weiß, wie man Haseneintopf zubereitet. Das Fleisch muss geteilt und vom Knochen abgelöst werden, das habe ich schon gemacht.« Fredl funkelte sie böse an.

»Es ist mir egal, was du schon gemacht hast. In meiner Küche fasst du nichts an. Alois mag dort draußen der Schiffsmeister sein, aber hier habe ich das Sagen. In dieser Küche hat er nichts zu befehlen, auch wenn er es glaubt. Du bringst Unglück. Alles, was du anfasst, bringt Unglück. Am besten scherst du dich nach draußen, wo ich dich nicht sehen muss.«

Marianne wich erschrocken zurück. Das hier wurde schwieriger, als sie gedacht hatte. Doch so leicht würde sie es dem Koch nicht machen.

Sie versuchte, ruhig zu bleiben.

»Alois hat mir erklärt, Ihr denkt, dass ich Unglück bringe, weil ich eine Frau bin, aber das ist nur Aberglaube. Ich sehe doch, wie viel Ihr zu tun habt. Zu zweit würde die Arbeit viel leichter von der Hand gehen.«

Fredl sah sie überrascht an. Er war es nicht gewohnt, dass jemand Widerworte gab. Normalerweise verließ bei seinen Wutanfällen jeder die Küche. Aber so schnell würde er sich von diesem Weibsbild nicht einwickeln lassen, und da war es ihm auch egal, dass der Schiffsmeister sie unter seinen Schutz gestellt hatte. Der Flussgott würde es ihnen übelnehmen, das wusste er. Frauen auf dem Wasser erzürnten ihn, daran war nicht zu rütteln.

»Es geht doch nicht gegen dich persönlich«, lenkte er ein. Vielleicht begriff sie, wenn er es ihr noch einmal in Ruhe erklärte.

»Es geht um den Flussgott dort draußen. Er macht die Regeln auf dem Inn, und wir sollten uns tunlichst daran halten. Frage nicht, was passiert, wenn er wütend wird.«

Von draußen drangen laute Rufe herein, das Boot setzte sich ruckartig in Bewegung. Die Gefäße in den Regalen wackelten bedenklich, aber keines fiel herunter.

Fredl erhob sich, ging zu dem großen Topf, griff nach einer Tonschale, schaufelte dampfenden Haferbrei hinein und hielt die Schale Marianne hin.

»Es ist besser, wenn du hinausgehst, bitte.«

Marianne nahm seufzend die Schale entgegen. Der Brei duftete sehr gut, und da sie noch nichts gegessen hatte, würde sie jetzt nachgeben und gehen. Aber das letzte Wort war hier noch nicht gesprochen.

Die Schale in der Hand, trat sie nach draußen, wo ihr sofort Toni fröhlich zurief:

»Hallo, Marianne. Hat er dich rausgeworfen?«

Marianne sah Toni verwundert an. Der Bursche stand grinsend am Heck des Schiffes und hatte ein großes schmales Holzruder in der Hand.

Sie setzte sich neben ihn auf eine Bank. Der schwankende Untergrund war ihr nicht geheuer.

»Ja, fürs Erste bin ich geflohen. Ist er immer so?« Sie begann ihr Frühstück zu essen.

Toni schüttelte den Kopf.

»Nein, manchmal ist er erträglich. Wenn er zu viel Wein getrunken hat, dann kann er sogar richtig lustig sein.«

Marianne lächelte.

»Wir können ihm aber schlecht den ganzen Tag Wein geben. Ich werde es später noch einmal versuchen, irgendwann wird er schon einlenken.«

Toni neigte den Kopf zur Seite.

»Und wieder zeigst du mir, wie mutig du bist. Jeder andere würde diese Küche gewiss auf ewig meiden.«

Marianne lächelte.

»So schlimm ist er auch wieder nicht.«

Danach sagte eine Weile keiner etwas. Toni hatte damit zu tun, das Schiff zu steuern, er bekam Anweisungen von dem Boot hinter ihnen. Marianne blickte über den Fluss.

Die Sonne war inzwischen aufgegangen, und das andere Ufer war gut zu erkennen. Grau und kahl ragten die Äste der Bäume in die Höhe. Enten schwammen an ihnen vorüber, und einige Blesshühner tauchten neben dem Boot nach etwas Essbarem. Sie atmete die kühle Luft tief ein. Noch nie im Leben war sie auf einem Schiff gewesen. Plötzlich wünschte sie sich Anderl neben sich. Seine Augen würden strahlen, und seinen Mund würde dieses besondere Lächeln umspielen, das er nur hatte, wenn er die Schifffahrer sah.

Toni bemerkte die Veränderung an Marianne, die Traurigkeit, die plötzlich in ihrem Gesicht geschrieben stand.

»Warum siehst du auf einmal so traurig aus«, fragte er. Marianne zuckte zusammen und sah den Knaben überrascht an.

»Ach, es ist nichts«, wich sie aus.

Toni mochte erst sechzehn Jahre alt sein, aber er hatte vier große Schwestern, und diesen sehnsuchtsvollen Blick kannte er sehr genau.

»Du bist verliebt, oder?«

Marianne zog erstaunt die Augenbrauen hoch. Toni lachte laut auf.

»Ich sehe es in deinen Augen. Ich habe vier ältere Schwestern, und die hatten genau denselben Blick, wenn sie an ihren Liebsten dachten.«

Marianne lächelte. Sie hatte also einen Fachmann vor sich.

»Und was ist, wenn ich nicht an meinen Liebsten gedacht habe?«

Toni kratzte sich nachdenklich am Kopf. Marianne musste schmunzeln. Sie schloss den schmächtigen Knaben mehr und mehr ins Herz. Wahrscheinlich hatte Alois den Jungen ihrem Boot zugeteilt, um sie aufzuheitern, denn Toni war mit seiner erfrischenden Art und seiner Lebensfreude ein lebendiges Gegenstück zu dem mürrischen Fredl und seinem eigenwilligen Flussgott.

Der Junge zuckte mit den Schultern.

»Du hast aber so ausgesehen, als würdest du an ihn denken. Dieser sehnsüchtige Ausdruck in den Augen verrät alle Frauen. Hast du überhaupt einen Liebsten?«

»Ich habe an meinen Bruder gedacht«, erwiderte sie und ließ seine Frage unbeantwortet. Was hätte sie auch darauf antworten sollen? Ja, ich habe einen, aber er liegt tot im Dachauer Moos oder verscharrt in einer Grube?

»Du hast deinen Bruder sehr gern, oder?«

Ein leichter Wind war aufgekommen und trieb das Boot in die Mitte des Flusses.

»Ja«, bestätigte sie, »er lebt in Rosenheim. Bald werde ich ihn wiedersehen.«

»Aber warum schaust du dann so traurig? Das ist doch gut.« Marianne stellte die leere Schale neben sich auf den Boden und murmelte leise: »Wenn er noch lebt.«

»Wieso, wenn er noch lebt?«

Erstaunt sah Marianne den Knaben an. Er hatte ein scharfes Gehör. Sie atmete tief ein.

»Er soll für den Mord eines anderen büßen.«

Jetzt wurde Toni hellhörig. Das roch nach einer guten Geschichte, und dafür war er immer zu haben.

»Erzählst du mir, was passiert ist?«, fragte er neugierig. Marianne zögerte. Doch dann gab sie sich einen Ruck. Toni hatte ihr Glück gebracht. Wäre sie ihm nicht in die Arme gelaufen, würde sie immer noch allein am Ufer entlanggehen und wer weiß wem begegnen.

Sie begann zu erzählen und berichtete auch von ihrer Zeit im Tross, von den Menschen dort und von Albert. Als sie geendet hatte, starrte Toni sie mit offenem Mund an.

»Da hol mich doch der Teufel. Und ich dachte, mein Leben wäre aufregend.«

Marianne lachte laut auf.

»Lass das mit dem Teufel lieber sein.« Toni grinste breit.

»Ich habe ja gleich gesehen, dass du etwas Besonderes bist.

Aber jetzt verstehe ich so einiges. Kein Wunder, dass Alois dich gern hat.«

»Alois hat mich gern?«

Toni biss sich auf die Lippen. Marianne sah ihn herausfordernd an.

»Raus mit der Sprache. Was hat er gesagt?« Der Junge hob abwehrend die Hände.

»Gar nichts, wirklich. Es ist nur …«

»Was ist nur?« Marianne war aufgestanden. Warum die Andeutungen des Knaben sie so ärgerten, wusste sie selbst nicht. Eigentlich sollte sie sich geschmeichelt fühlen, wenn der Schiffsmeister sie gern hatte.

»Er sieht dich immer auf so eine besondere Art an.«

Marianne lachte. Wie gut Toni Blicke deuten konnte, hatte er bereits unter Beweis gestellt. Kopfschüttelnd griff sie nach ihrer Schale und wandte sich ab.

»Ich werde dann mal einen neuen Versuch starten, Fredl zur Hand zu gehen. Wir sehen uns später.«

Toni sah ihr verblüfft nach.

»Warum gehst du denn fort? Ich wollte dich nicht beleidigen, ehrlich.«

Marianne drehte sich noch einmal zu ihm um.

»Das hast du nicht.«

Lächelnd trat sie in die Küche und wurde vom dunklen Rauch des Ofens verschluckt.

Fredl stand am Herd, der Duft von gebratenem Fleisch erfüllte den Raum. Neben dem Tisch stand ein Korb mit Wurzelgemüse, das geputzt werden musste. Schweigend setzte sich Marianne und begann, Rüben zu schälen. Fredl reagierte nicht, obwohl er sie gewiss bemerkt hatte. Marianne sah es als ein gutes Zeichen an, dass er sie nicht gleich wieder fortschickte.

In aller Ruhe erledigte sie ihre Arbeit und freute sich darüber, endlich etwas Sinnvolles zu tun zu haben, denn sie mochte es nicht, tatenlos herumzusitzen, während alle anderen arbeiteten.

Irgendwann brach Fredl dann doch das Schweigen.

»Sie müssen in Scheiben geschnitten werden«, sagte er mürrisch, ohne sich umzudrehen.

Marianne nickte.

Fredl griff nach einem der Gefäße an der Wand, öffnete es und streute etwas von dessen Inhalt über das Fleisch. Marianne atmete tief ein.

»Rosmarin«, sagte sie genüsslich.

Jetzt drehte sich der Alte doch zu ihr um.

»Ja, Rosmarin. Was sonst.«

Marianne zog den Kopf ein und arbeitete schweigend weiter. So verging eine ganze Weile. Als sie mit dem Schneiden der Rüben fertig war, warf er das Gemüse zum Fleisch. Marianne blieb geduldig auf ihrem Platz sitzen.

Und tatsächlich fragte Fredl nach einer Weile:

»Kannst du Fladenbrot backen?« Er sah sie herausfordernd an.

»Ja«, antwortete sie.

»Gut.« Er deutete auf eines der Fässer in der Ecke. »Darin ist Mehl, also fang an.«

Mehr Freundlichkeit konnte Marianne von ihm nicht erwarten. Sie erhob sich, doch plötzlich begann das Boot gefährlich zu schwanken. Es schaukelte so stark, dass einige der Behälter vom Regal rutschten und klirrend auf dem Boden zerbrachen. Die Töpfe auf dem Ofen begannen zu rutschen. Fredl hielt sie fest.

»Was ist denn jetzt los?«, rief Marianne erschrocken und klammerte sich an einen Stützpfeiler.

»Das ist er. Ich habe es doch gleich gesagt«, schimpfte der alte Mann. »Der Flussgott! Er ist wütend! Wir hätten ihn in Ruhe lassen sollen!«

Ein lauter Donnerschlag ließ das Boot erzittern. Marianne zuckte zusammen.

»Ich glaube, es ist eher der Wettergott, der uns nicht wohlgesinnt ist.« Sie blickte sich unsicher um. Sie hörte die Wellen gegen das Holz schlagen und die ersten Regentropfen aufs Dach prasseln. Plötzlich drang ein lauter Schrei an ihr Ohr.

»Das ist Toni!«, rief Marianne. Ein erneuter Donnerschlag erschütterte das Boot. »Ich muss zu ihm.«

Sie hangelte sich zum Ausgang und trat auf das schwankende Heck. Toni klammerte sich an seinem Ruder fest. Er hatte die Kontrolle über das Boot verloren. Es schüttete wie aus Kübeln, und die Wellen des Flusses schwappten über die Reling.

»Toni!«, rief Marianne. »Ich komme, gleich bin ich bei dir!« Dem Jungen stand die nackte Panik in den Augen. Marianne kroch auf allen vieren über das Deck. Immer wieder wurde sie von Wellen überspült, das kalte Wasser des Flusses raubte ihr den Atem. Als sie das Ruder endlich erreichte, hing Toni schon zur Hälfte im Wasser. Mit letzter Kraft klammerte er sich fest. Ein erneuter Donnerschlag ließ Marianne zusammenzucken. Das Boot schlingerte nach rechts, Toni wurde herumgeschleudert, verlor den Halt und ließ los. Laut kreischend stürzte er ins Wasser. Marianne erschrak. Schnell hastete sie zur Reling und versuchte, seine Hand zu packen, was ihr auch gelang.

»Ich hab dich. Halt dich fest! Nicht loslassen!«

Doch plötzlich schlug jemand auf ihren Arm, und sie ließ los. Toni riss erschrocken die Augen auf und verschwand in dem aufgewühlten Wasser.

»Der Flussgott, ich habe es gesagt. Wir haben ihn erzürnt. Rächen tut er sich an uns«, brüllte Fredl hinter ihr.

Marianne blickte fassungslos auf den Fluss. Unsagbare Wut stieg in ihr auf. Dieser abergläubische Irre hatte ihn umgebracht. Anstatt ihr zu helfen, hatte er Toni in den sicheren Tod geschickt.

Sie drehte sich um und schlug wie eine Verrückte auf den alten Mann ein.

»Ihr habt ihn getötet! Seid Ihr denn von Sinnen! Das kann kein Gott wollen, niemals!«, schrie sie verzweifelt.

Der alte Mann duckte sich zur Seite. Sein graues Hemd klebte an seinem dürren Körper, jede einzelne Rippe war zu sehen. Mit hocherhobener Hand trotzte er den Naturgewalten und deutete auf den Fluss hinaus.

»Was der Fluss einmal hat, darf ihm niemand nehmen. Du erzürnst unseren Gott mit deiner Anwesenheit, du dummes Ding! Hineinwerfen sollte ich dich, genauso opfern wie den Jungen, vielleicht lässt er sich so beruhigen.«

Marianne wich zurück. Voller Angst sah sie den alten Mann an, dem der Wahnsinn in den Augen stand. Sie klammerte sich an der Reling fest, schloss die Augen und erwartete das Schlimmste.

Doch dann drang Alois' Stimme an ihr Ohr.

»Es reicht, Fredl!«, brüllte er laut. »Wehe, du krümmst ihr nur ein Haar!«

Das Boot war von den anderen Männern unter Kontrolle gebracht worden und wurde ans Ufer gezogen. Der Wind flaute langsam ab.

Marianne schlang verzweifelt die Arme um den Körper und blickte in das graue Wasser, während Alois und die anderen an Bord kamen.

»Er ist tot«, stammelte sie. »Einfach so untergegangen, und ich hatte ihn doch schon an der Hand gepackt.«

Der Inn war wieder friedlich. Marianne konnte kaum glauben, dass er sich noch vor kurzem wie ein reißendes Ungeheuer gebärdet hatte.

Sie standen am Ufer, die Boote waren festgemacht worden, und die Pferde grasten auf einer nahen Lichtung. Alle schwiegen. Selbst der alte Fredl sagte kein Wort, warf ihr aber ab und an finstere Blicke zu.

Marianne stand abseits der Männer und beobachtete, wie sie von einem Kameraden Abschied nahmen. Sie fühlte sich schuldig. Wieder einmal hatte sie jemandem Unglück gebracht. Vielleicht hatte Petronella doch nicht recht, und am Ende lag es nicht an der Zeit oder dem Krieg, denn allen Menschen, die sie gern hatte, war etwas Böses zugestoßen. Und das schloss Petronella nicht aus, immerhin wäre sie beinahe als Hexe hingerichtet worden.

Alois stand zwischen seinen Männern. Er wirkte jetzt nicht wie der Schiffsmeister, der jedes Problem löste, sondern strahlte Unsicherheit aus. Marianne rieb sich fröstelnd die Hände. Niemand hatte sich bisher die Mühe gemacht, ein Feuer zu entzünden. Sie steckte noch immer in ihren nassen Sachen, Alois hatte ihr nur eine Decke über die Schultern gelegt. Gesprochen hatte er weder mit ihr noch mit Fredl. Keiner der Männer hatte viel gesagt. Ihr Schweigen hatte etwas Lähmendes an sich.

In ihr brodelten immer noch Wut und Enttäuschung. Fredl hatte den Jungen auf dem Gewissen. Warum hatte er ihr nicht geholfen? Er war aufgebracht gewesen, aber dafür war Toni nicht verantwortlich.

Alois trat nach vorn und begann zu sprechen:

»Liebe Kameraden, heute hat uns der Fluss wieder gezeigt, wie tückisch er sein kann. Er hat uns gelehrt, dass wir achtsamer sein müssen und uns niemals in Sicherheit wähnen dürfen. Leider hat er ein Opfer gefordert, einen jungen Burschen, unseren Toni, hat er aus dem Leben gerissen.«

Fredl, der die ganze Zeit bereits mit sich haderte, konnte und wollte diese Worte nicht akzeptieren. Er ballte die Fäuste und trat vor.

»Nicht der Fluss hat den Jungen getötet, sondern Ihr. Hättet Ihr dieses Weibsbild« – er deutete auf Marianne – »nicht an Bord gelassen, dann würde Toni jetzt noch leben. Erzürnt habt Ihr den Flussgott, Euch hinweggesetzt über seine Regeln.« Viele der Umstehenden begannen zu nicken. Leises Murmeln setzte ein, und so manch einer warf Marianne wütende Blicke zu.

»Wir wollen jetzt nicht streiten«, versuchte Alois die Leute zu beruhigen. »Wir wollen in Frieden von Toni Abschied nehmen, und danach werden wir weitersehen.«

Doch die Männer ließen sich nicht beruhigen.

»Ich denke, Fredl hat recht«, mischte sich jetzt auch Wilhelm ein. »Wahrscheinlich hat der Flussgott Toni ausgewählt, weil er sie gefunden hat, das wäre doch möglich.«

Er blickte in die Runde, erneut nickten viele. Marianne zog sich immer weiter zurück, doch fortlaufen wollte sie nicht. Ihre Neugierde war stärker.

Alois hob beschwichtigend die Hände.

»Diese Behauptung ist erstunken und erlogen, Wilhelm. Es war ein unglücklicher Zufall, dass es Toni getroffen hat.«

»Aber Frauen an Bord bringen Unglück«, riefen jetzt auch andere.

Wilhelm trat nun ebenfalls nach vorn. Seine Stimme wurde lauter. Bereits seit einiger Zeit versuchte er, an Alois' Stuhl zu sägen, denn er wäre gern Schiffsmeister geworden, und dieser Vorfall kam ihm gerade recht.

»Wäre Fredl nicht rechtzeitig gekommen, hätte sie den Flussgott noch mehr erzürnt, denn sie wollte ihm sein Opfer wieder entreißen.«

Wieder nickten viele. Manche klatschten sogar Beifall.

Alois wurde wütend. Er wusste, er hatte einen Fehler gemacht. Niemals hätte er Marianne Fredl anvertrauen dürfen. Der Fluss war schon immer von den Naturgewalten geprägt, und mit einem Gott, der das Wasser lenkte, hatte der Vorfall nichts zu tun. Doch wie sollte er das diesen Männern beibringen, in deren Köpfen dieser Aberglaube fest verankert war.

Er trat die Flucht nach vorn an.

»Gut, ich habe einen Fehler gemacht. Sie hätte nicht auf eines der Schiffe kommen sollen, aber wir dürfen nicht vergessen, wer wir sind. Wir sind eine Bruderschaft, die Menschen in Not hilft, die zusammenhält und jede Schwierigkeit meistert. Wenn Toni jetzt noch hier wäre« – er deutete auf den Fluss hinaus –,

»dann würde er mir zustimmen, da bin ich mir sicher. Der Flussgott hat sein Opfer bekommen, und ich werde ihn nicht weiter erzürnen. Doch deshalb werde ich meinen Glauben an das Gute nicht aufgeben, und ich hoffe, dass ihr alle genauso denkt. Diese junge Frau braucht Hilfe. Sie war allein und schutzlos allen Widrigkeiten ausgeliefert und hat für uns alle bei den Schweden ihren Kopf hingehalten.«

Marianne riss verwundert die Augen auf. Woher wusste Alois davon? Sie hatte ihm nichts erzählt.

Die Männer blickten zu Boden.

»Und du, lieber Fredl« – er deutete auf den alten Mann –, »solltest dich was schämen, unseren Gast so zu behandeln. Wahrscheinlich wäre es gar nicht erst zu dem Unfall gekommen, wenn du nicht so schäbig mit ihr umgegangen wärst.«

Fredl blickte beschämt zu Boden. Seine Wut verrauchte, und die Trauer über den Verlust des Jungen, den er sehr gern gehabt hatte, gewann die Oberhand.

Alois trat auf Marianne zu und reichte ihr die Hand.

»Es tut mir leid, Marianne. Ich verspreche dir: Von nun an wird jeder dich achten und dir den Respekt entgegenbringen, den du verdienst.«

Marianne deutete ein Nicken an. Einige der Männer klatschten.

»Es lebe unser Schiffsmeister«, rief einer, und die anderen stimmten ein. »Ja, hoch soll er leben«, riefen sie und warfen ihre Hüte in die Höhe. Alois lächelte Marianne zu.

Er hatte die Schlacht gewonnen.


Später saßen Marianne und Alois nebeneinander am Lagerfeuer. Marianne hatte einen Becher warmen Würzwein in den Händen und blickte in die Flammen. Heute Abend spielte niemand lustige Musik, alle saßen schweigend vor ihren Zelten oder auf irgendwelchen Booten. Die einzelnen Feuer schimmerten durch die Bäume, und der Geruch von Holzrauch hing in der Luft. Marianne hatte ein wenig von dem Haseneintopf gegessen, auch wenn sie eigentlich keinen Hunger hatte.

Alois war den ganzen Abend nicht mehr von ihrer Seite gewichen. Wie ein Schatten hatte er sie überallhin begleitet. Jetzt saß er vor ihr und sah sie verträumt an. Marianne kamen Tonis Worte in den Sinn. Der Junge hatte recht gehabt, denn in den braunen Augen des Schiffsmeisters war tatsächlich mehr als nur Freundschaft zu erkennen.

Sie unterdrückte ein Gähnen, stellte ihren Becher neben sich und sah Alois an.

»Woher wusstest du von der Sache mit den Schweden?«

Alois grinste.

»Einer der Mönche ist ein Freund von mir, er hat davon berichtet. Es hat mich schwer getroffen. Pater Franz hätte das niemals tun dürfen.«

Marianne zuckte mit den Schultern.

»Er hatte keine Wahl. Oder besser gesagt, ich hatte keine.«

»Hast du den Schweden geliebt?« Marianne errötete und blickte zu Boden. Er wich ein Stück zurück.

»Du liebst ihn noch immer.« Marianne schüttelte den Kopf.

»Es spielt keine Rolle mehr, was ich tue. Er ist tot.«

»Das tut mir leid.«

Seine Worte klangen aufrichtig.

In Mariannes Augen traten Tränen. Die Last des Tages fiel von ihr ab, und die Erinnerung an Albert raubte ihr die letzten Kräfte.

Sie wischte sich über die Augen.

»Nur Anderl ist mir noch geblieben. Wenn nicht …«

Alois rückte näher an sie heran und zog sie an sich. Sie ließ es zu, dass er seinen Umhang schützend über ihre Schultern legte, und genoss den Geruch nach Tabak und Wein, den er verströmte.

»Gewiss wird alles gutgehen, du wirst ihn wiedersehen, davon bin ich überzeugt.«

Sie schloss die Augen und lehnte sich an ihn. »Ich bete jeden Tag dafür, denn er darf nicht sterben, das darf einfach nicht sein.«

# 21

In der Kammer herrschte dämmriges Licht, und es war bitter-kalt. Ein Strohhaufen diente als Bett, zwei löchrige Decken lagen darauf, und es gab weder Tisch noch Stühle, keine Kerze erhellte den Raum. Die Wände, an denen Striche und einge-ritzte Bilder von vorherigen Gefangenen erzählten, waren grau. Spinnweben hingen in den Ecken.

Pater Johannes blickte nachdenklich auf die schwere Tür, die sich laut knarrend geschlossen hatte. Noch nie hatte ihm je-mand seine Freiheit genommen, dachte er betrübt. Er hatte Kummer gehabt und sich verstecken müssen, und er hatte Dinge im Leben gesehen, die ihn innerlich erstarren ließen, aber eingesperrt worden war er noch nie.

Furcht stieg in ihm auf, die sich anfühlte, als würde ihm je-mand die Kehle zuschnüren. Am Ende würden sie für immer hierbleiben müssen, eingeschlossen und vergessen. Sie hatten gesündigt und gegen die Gesetze gehandelt. Aber war es wirk-lich eine Sünde, für einen Unschuldigen einzutreten?

Pater Franz saß schweigend neben ihm. Er hatte den Kopf an die Wand gelehnt und starrte die Decke an.

Mühsam streckte Johannes seine Beine aus.

Seine alten Knochen schmerzten, denn die Kälte tat ihm nicht gut. In einigen Tagen würde er sich bestimmt nicht mehr bewegen können.

Pater Franz sah ihn an.

»Es tut mir leid, dass ich dich in diese Lage gebracht habe.«
Seine Stimme klang rauh.

Johannes stand auf und streckte sich. Seine Gelenke knackten, und ein unangenehmer Schmerz zog bis in seine Zehen.

»Es ist nicht deine Schuld«, erwiderte er und griff sich stöhnend ans Bein. »Ich wollte dich begleiten. Schon vergessen? Wir hätten es auch beinahe geschafft, der Plan war gut.«

Pater Franz veränderte ebenfalls seine Sitzposition.

»Wir hätten das nicht tun dürfen. Wir haben gesündigt.« Er schüttelte den Kopf. Niemals hätte er Johannes in die Sache mit hineinziehen dürfen, denn er allein trug die Verantwortung dafür. Was aus ihm werden würde, war ihm nicht so wichtig, aber Johannes war einfach nur eine treue Seele und hatte es nicht verdient, für seinen Fehler zu büßen.

Er faltete die Hände.

»Was bin ich nur für ein schlechter Abt. Ich habe mich vom Teufel in Versuchung führen lassen und einen guten Freund dazu überredet, vom rechten Weg abzuweichen.«

Johannes trat an das winzige Fenster und blickte über die Dächer der Stadt.

»Was werden sie jetzt mit uns machen?« Er sah Franz fragend an.

»Ich weiß es nicht, Johannes. Unser Schicksal liegt in der Hand des Gesetzes.«

Johannes zog die Augenbrauen hoch.

»Der neue Richter wird niemals zu unseren Gunsten entscheiden, denn er stand von Anfang an auf der Seite des Büttels.«

»Ich weiß«, bestätigte Pater Franz.

»Wenn es schlecht läuft, dann werden wir am Ende vor demselben Galgen wie der Junge stehen.«

Johannes riss erschrocken die Augen auf.

»Das denkst du doch nicht wirklich?« Der Abt zuckte mit den Schultern.

»Dem Büttel traue ich alles zu. Unser Vergehen spielt ihm in die Hände, sieht er mich doch bereits seit längerem als Gegner.«

Pater Johannes trat vom Fenster zurück und setzte sich neben seinen Freund aufs Stroh.

»Aber wir sind Männer des Glaubens, sie können uns doch nicht einfach umbringen.«

Pater Franz sah ihn entmutigt an.

»Das wird den Büttel gewiss nicht aufhalten, denn ich bezweifle, dass dieser Mann an irgendetwas glaubt.«

»Wir haben sie. Ich wusste es. Glaubensbrüder, dass ich nicht lache.« Josef lief aufgeregt in der leeren Gaststube der Brauerei auf und ab. An einem der Tische saß der Büttel. Er wirkte nicht ganz so euphorisch wie sein Mitstreiter.

Es war noch früher Morgen, und eine dünne Schneedecke hatte den Marktplatz überzogen.

Josef hatte noch nicht eingeheizt, die Tür stand offen. Fröstelnd rieb August Stanzinger sich die Arme und blickte besorgt nach draußen.

»Nicht so laut. Es könnte uns jemand hören.« Josef schloss die Tür.

»Was ist los? Wir haben gewonnen. Gewiss werden sie hingerichtet, denn für ein solches Vergehen kann es keine andere Strafe geben.«

»Das habe nicht ich zu entscheiden. Der Richter ist dafür zuständig«, erwiderte der Buttel.

Josef blieb vor dem Tisch stehen, stützte die Arme auf und sah seinem Gefährten in die Augen.

»Ich dachte, Ihr hättet ihn in der Hand. Immerhin hat er doch auch die Aussage von Margit abgeschmettert.«

»Das mag sein, aber es ist ein Unterschied, die Aussage eines leichten Mädchens nicht in Betracht zu ziehen oder zwei Mönche hinzurichten, besonders, wenn einer der beiden Pater Franz ist, der sich um die Stadt sehr verdient gemacht hat.«

Josef richtete sich wieder auf und lief erneut durch den Raum. Er hatte sich seine Zukunft in Rosenheim wesentlich rosiger vorgestellt. Nichts war so gelaufen, wie er es sich vorgenommen hatte. Der Braumeister hatte gekündigt, die Knechte waren ihm gefolgt, und alle waren zur Konkurrenz abgewandert. Seine Köchin war seit über einer Woche nicht mehr zum Dienst erschienen, nur weil er sie ein Mal mit dem Kochlöffel verdroschen hatte. Eine einzige Magd hielt den Betrieb in der Küche aufrecht, allerdings war das dumme Ding kaum zu gebrauchen, und da halfen auch die Prügel nicht weiter, die sie jeden Tag von ihm bezog.

Die Gäste blieben mehr und mehr aus. Er hatte geglaubt, er könnte einen gutgehenden Betrieb übernehmen, doch inzwischen war er sich darüber klargeworden, dass er noch viel Arbeit hineinstecken musste. Mit Anschaffen und Ausruhen war es nicht getan. Wie seine Base, das faule Weibsbild, das hinbekommen hatte, konnte er nicht verstehen. Vielleicht lag es daran, dass sie bei den Bürgern Rosenheims angesehen gewesen war. Sie, die Witwe des Braumeisters, die ihrem Mann stets treu zur Seite gestanden und nach seinem Tod die Brauerei weitergeführt hatte.

Er selbst hatte noch keinen Zugang zur Bürgerschaft gefunden. Noch immer wurde er misstrauisch beäugt, und hinter seinem Rücken wurde getuschelt, und auch dass Margit im Brunnen gefunden worden war, hatte seine Situation nicht wirklich verbessert. Doch das Gerede der Leute konnte man beenden. Er wusste nur noch nicht, wie. Auch einen neuen Braumeister würde er finden, und über kurz oder lang würden die Gäste wieder ins traditionsreiche Stockhammer Bräu zurückkehren, dessen war er sich sicher. Allerdings standen seine Pläne auf wackligen Beinen, denn dieser Mönch wusste zu viel und war, genauso wie Margit, eine Gefahr.

Nächtelang hatte er darüber gegrübelt, wie er den Abt loswerden konnte, aber eine gute Lösung war ihm nicht eingefallen, denn eine Persönlichkeit wie Pater Franz konnte er nicht einfach erschlagen, und unerwünschte Zeugen gab es hier an jeder Ecke.

Er blieb vor dem Büttel stehen.

»Aber jetzt hat er einen Fehler gemacht. Er ist ins Gefängnis eingebrochen, um einen verurteilten Mörder zu befreien.« August nickte. Immer wieder sah er die drei vor sich, und besonders Anderls Gesichtsausdruck ging ihm nicht aus dem Kopf. Die Angst in seinen Augen. Er hatte so verletzlich und allein gewirkt, trotz der beiden Mönche an seiner Seite. Am liebsten hätte er ihn zu sich nach Hause geholt, wo er in Sicherheit war.

Eigentlich hatte er in jener Nacht nicht den Weg zum Gefängnis einschlagen wollen, doch die Sehnsucht nach dem Jungen war stärker gewesen. Dass er dadurch Zeuge eines Ausbruchs geworden war, den er letztlich verhindert hatte, bestürzte ihn schon fast, denn inzwischen wünschte er sich, dieser wäre gelungen. Er selbst hatte Anderl des Mordes angeklagt und ihn abgeführt, wollte ihn für sich. Immer wieder hatte er sich einzureden versucht, Josef wäre für alles verantwortlich, da er ihn erpresste. Doch inzwischen war er sich darüber klargeworden, dass er sich aus dieser Lage jederzeit hätte befreien können, aber jetzt war es zu spät. Für ihn und auch für Anderl, denn sein Tod ließ sich nicht mehr verhindern.

Josef hatte recht, auch der Abt und sein Glaubensbruder mussten den Tod finden. Sie wussten zu viel über den Mord und über ihn. Seufzend strich er sich über die Stirn.

»Ich werde sehen, was ich tun kann. Der Richter scheint mir zu vertrauen. Gewiss wird er auch in dieser Angelegenheit meinen Rat anhören. Ich werde ihn später aufsuchen und mit ihm sprechen.«

Erleichtert atmete Josef auf, setzte sich neben den Büttel und legte ihm die Hand auf die Schulter.

»So ist es gut. Wenn sie erst tot sind, wird alles wieder seinen geregelten Gang gehen.«

August Stanzinger blickte auf.

»Das glaubt Ihr doch nicht wirklich. Gut wird es niemals wieder sein.«

Eigentlich war es nicht seine Art, mit Gefangenen zu sprechen, aber diesmal würde Richter Constantin von Lichtenberg eine Ausnahme machen. Er schloss die Tür seiner Wohnung und trat auf die Straße, auf der trotz des nasskalten Wetters das rege Treiben eines Markttags herrschte. Dicke Schneeflocken fielen vom Himmel und sanken zwischen Marktbuden und Ständen in matschige Pfützen. Es duftete nach Würzwein und gebratenen Würsten. Fröhliche Musik lockte die Menschen zu einer Aufführung von Gauklern, die vor dem Nepomuk-Brunnen dargeboten wurde. Auch er blieb davor stehen und bewunderte die Gruppe, wie sie Räder schlug, übereinanderkletterte und hohe Türme baute, nur um dann wieder fröhlich tanzend herumzuspringen. Die Männer trugen grüne Anzüge mit roten Streifen und lustige Zipfelmützen auf den Köpfen. Eine junge blonde Frau, die mit ihrem dunkelblauen Leinenkleid einen seltsamen Kontrast zu den bunten Burschen bildete, schlug eifrig das Tamburin und lief mit einem Klingelbeutel durch die Menge. Ihr blondes Haar ringelte sich um ihre runden Wangen, und ihre blauen Augen strahlten Freude und Zuversicht aus.

So ein hübsches Mädchen hatte er lange nicht mehr gesehen. Sie blieb vor ihm stehen und lächelte ihn aufmunternd an. Fasziniert griff er nach seiner Börse, ohne den Blick von ihren Augen abzuwenden, und warf zwei Taler in ihren Beutel. Sie bedankte sich in einer ihm unbekannten Sprache und lief weiter. Sehnsüchtig blickte er ihr nach. Sie sah seiner verstorbenen Gattin Sybilla ähnlich, die im letzten Jahr im Kindbett gestorben war. Der Schmerz über ihren Verlust war noch immer allgegenwärtig. Er hatte sie aufrichtig geliebt und wie eine Göttin verehrt. Sein Sohn war tot zur Welt gekommen und hatte friedlich neben seiner toten Mutter gelegen, die aussah, als würde sie schlafen.

Er schüttelte den Kopf, um die Erinnerungen loszuwerden, und wandte sich von der Schaustellertruppe ab. Das war Vergangenheit.

Er ging weiter. Er mochte Markttage, das bunte Treiben und die unterschiedlichen Menschen, die in die Stadt zogen. An einem Stand wurden Traumfänger, Kerzen und duftende Öle verkauft, an einem weiteren die herrlichsten Stoffe und Kleider. Stundenlang hätte er sich hier aufhalten können, aber die Pflicht rief. Er bog schweren Herzens in die Gasse ab, die zum Salzstadel führte. Mit Salz beladende Fuhrwerke kreuzten seinen Weg. In den Lagerhallen herrschte die übliche Geschäftigkeit, und auch die leichten Mädchen, die hier nach Kundschaft

Ausschau hielten, waren zahlreich vertreten. Doch sie getrauten sich nicht, den Richter anzusprechen, und wichen vor ihm in die Nischen der Häuser zurück.

Constantin von Lichtenberg erreichte das Gefängnis, holte tief Luft und blieb davor stehen. Er hatte Erkundigungen über Pater Franz eingeholt. Überall in Rosenheim war der Mann beliebt und hatte sich noch nie etwas zuschulden kommen lassen. Im Gegenteil, die Menschen sahen in ihm einen Helden, den Mann, der sie vor einem vernichtenden Überfall der Schweden bewahrt hatte.

Der Abt hatte gewiss einen guten Grund dafür, warum er den Jungen befreien wollte, und diesen wollte er sich jetzt anhören. Er trat in den dunklen Flur und öffnete die Tür zur Wachstube. Stickige Luft empfing ihn. Der Wärter sprang auf. Er hatte, die Füße auf dem Tisch, an einem Hühnerbein genagt.

Mit so hohem Besuch hatte Karl nicht gerechnet, doch er konnte sich schon denken, warum Constantin von Lichtenberg hier war.

»Grüß Gott, Euer Gnaden«, begrüßte er den Richter und deutete eine Verbeugung an. Fett troff von seinen Fingern und klebte an seinen Wangen. Der Richter wandte angewidert den Blick ab und deutete in den Flur.

»Ich möchte mit den Mönchen sprechen, sofort.« Sein Tonfall war ruppig. Karl wischte sich die Finger an seiner Hose ab, griff nach seinem Schlüsselbund und schlurfte am Richter vorbei ins Treppenhaus.

Pater Franz schaute hoch, als sich die Tür öffnete. Sein Freund Johannes lag auf dem Strohlager und schlief. Der Richter betrat die winzige Kammer und rümpfte die Nase.

Karl blieb neugierig in der Tür stehen. Constantin von Lichtenberg sah ihn abwartend an.

»Habe ich Euch gebeten hierzubleiben?« Der Wärter wich zurück und schloss die Tür. Pater Johannes öffnete die Augen. Erschrocken sah er den Richter an und setzte sich auf.

»Gott zum Gruß«, begann Constantin von Lichtenberg das Gespräch und musterte die beiden Männer neugierig. Sie waren blass und sahen müde aus, besonders der Alte wirkte mitgenommen und nervös und wich, im Gegensatz zu Pater Franz, seinem Blick aus. Der Abt sah ihn offen an und erwiderte mit fester Stimme seinen Gruß.

»Grüß Gott, Euer Gnaden. Was führt Euch zu uns?« Constantin von Lichtenberg musste innerlich über diese Frage schmunzeln. Als wenn das nicht offensichtlich wäre.

»Ich wollte Eure Fassung der Geschichte erfahren. Ich habe mich ein wenig umgehört, und Ihr wurdet mir als guter Abt und Geistlicher beschrieben, der warmherzig und großmütig ist. Ihr steht für die Bürger dieser Stadt ein, und alle sehen Euch als Helden, der sie vor den Schweden bewahrt hat.«

Pater Franz winkte ab.

»Das wird überschätzt. Gewiss hätte der Bürgermeister auch ohne mein Zutun so gehandelt.«

Der Richter sah den Mönch interessiert an.

»Ihr seid zu bescheiden. Ich weiß genau, was vorgefallen ist. Ihr wart die treibende Kraft damals, ohne Euer Zutun wäre Rosenheim nicht so glimpflich davongekommen.«

»Ihr seid gewiss nicht gekommen, um mich deshalb zu loben«, erwiderte Pater Franz. »Ihr wollt wissen, was zwei Mönche dazu bringt, in ein Gefängnis einzubrechen, um einen Verurteilten zu befreien.«

Der Richter erwiderte Pater Franz' Blick.

»Ihr habt es erfasst.«

»Der Junge ist unschuldig«, mischte sich plötzlich Pater Johannes mit rauher Stimme in das Gespräch ein.

»Er hat seine Mutter nicht erschlagen, und wir können es beweisen, aber Ihr wolltet uns keinen Glauben schenken.« Überrascht sah der Richter Johannes an.

Pater Franz legte seinem Glaubensbruder beruhigend die Hand auf den Arm.

»Das spielt jetzt keine Rolle mehr, Johannes. Nicht wahr?« Er sah den Richter an. »Ihr habt Anderl zum Tode verurteilt, und daran kann nicht mehr gerüttelt werden, auch wenn er unschuldig ist.«

Constantin von Lichtenberg überlegte kurz. Er hatte damals einzig und allein auf das Wort des Büttels vertraut. Einem Mann, den er kaum kannte, hatte er mehr Vertrauen entgegengebracht als einem Mönch. Er seufzte innerlich. Pater Franz hatte recht. Die Verurteilung des Jungen würde er nicht mehr zurücknehmen, denn damit würde er sein eigenes Urteilsvermögen in Frage stellen.

Er nickte betreten.

»Darin muss ich Euch leider zustimmen. Es spielt keine Rolle mehr, denn das Urteil ist gesprochen. Was das Mädchen auch immer zu berichten hat, ihre Aussage würde die des anderen, männlichen Zeugen niemals ins Wanken bringen.«

Pater Johannes seufzte.

»Also war alles umsonst.«

Der Richter schüttelte den Kopf.

»Nein, das war es nicht. Ihr habt mich davon überzeugt, dass Ihr ein Ehrenmann seid, der für andere einsteht, bis in den Tod, und davor habe ich großen Respekt.«

Er reichte Pater Franz die Hand und half ihm auf.

»Ihr könnt nach Hause gehen. Ich werde in diesem Fall beide Augen zudrücken und Gnade vor Recht ergehen lassen.«

Pater Franz sah den Mann überrascht an.

»Für uns muss kein Sonderrecht gelten, denn wir haben ein Verbrechen begangen.«

Er blickte zu Johannes, der seine Worte mit einem Nicken bestätigte.

»Dann seht es als Angebot meiner Freundschaft. Ich zolle Euch Respekt, also beleidigt mich nicht.«

Der Richter hielt dem Abt die Hand hin. Pater Franz ergriff sie erleichtert. »Dies war nicht meine Absicht. Habt vielen Dank für Euer Vertrauen. Ich verspreche Euch, wir werden Euch nicht enttäuschen.«

August Stanzinger lief über den Marktplatz, auf dem die letzten Stände abgebaut wurden. Er war müde, denn Markttage waren stets anstrengend. Auch heute waren wieder Taschendiebe und andere Halunken in sein Büro geführt worden, und allerlei Papierkram hatte erledigt werden müssen. Einmal war es sogar laut geworden, denn einer der Diebe hatte einen Fluchtversuch unternommen, hatte im Kampf gegen die Wachmänner die Stühle umgeworfen, war unter den Tisch gekrochen und hatte wild um sich geschlagen.

Wahrscheinlich genoss er deshalb die abendliche Ruhe heute besonders, obwohl er innerlich noch sehr aufgewühlt war. Das Gespräch mit Josef ging ihm nicht mehr aus dem Kopf, und langsam begriff er, dass er sich des Brauereiwirtes entledigen musste, denn so konnte es nicht weitergehen. Er durfte sich nicht länger erpressen lassen. Wenn Anderl tot war, würde er überlegen, wie er es anstellen konnte, dass Josef verschwand.

Und wenn er auch in diesem einen Fall zu anderen Mitteln greifen müsste, dann wäre dem eben so.

Im Büro des Richters brannte noch Licht. Er klopfte an und betrat den winzigen Raum.

Regale aus massivem Holz säumten die Wände. Ein schwerer Sekretär stand in einer Ecke, daneben war ein kleiner Ofen in die Wand eingelassen, in dem ein Feuer knisterte. Verwundert sah der Richter den Büttel an.

»Guten Abend, Büttel. Was treibt Euch zu dieser Stunde noch zu mir?«

Er bedeutete seinem Besuch, Platz zu nehmen. Stanzinger setzte sich auf einen Hocker neben dem Sekretär.

»Ich wollte mich erkundigen, wie Ihr in dem Fall der Mönche verfahren möchtet. Immerhin habe ich das Verbrechen aufgedeckt.«

Constantin von Lichtenberg zog die Augenbrauen hoch.

»Und deshalb soll ich Euch meine Entscheidungen kundtun? Liegen diese nicht einzig und allein bei mir?«

August Stanzinger nickte ungeduldig.

»Ich wollte nur nachfragen …«

»Ich habe die beiden heute Morgen zurück ins Kloster geschickt«, schnitt ihm der Richter das Wort ab.

»Wie, Ihr habt die beiden laufenlassen? Aber das geht doch nicht.« Fassungslos starrte August Stanzinger den Richter an.

»Die beiden haben einen verurteilten Mörder aus dem Gefängnis befreit. Dafür müssten sie am Galgen baumeln.« Constantin von Lichtenberg wurde ungehalten. Immer mehr bekam er den Eindruck, dass an der Sache tatsächlich etwas faul war.

»Ich habe mit Pater Franz gesprochen. Er hat mir versichert, dass so etwas nicht wieder vorkommen wird. Er glaubt an die Unschuld des Jungen.«

Der Richter fixierte den Büttel.

»Habt Ihr mir irgendetwas verschwiegen?«

August Stanzinger wurde nervös, und Schweißperlen traten auf seine Stirn.

»Nein«, antwortete er und wich dem Blick des Richters aus.

»Von Anfang an war der Fall eindeutig. Der Zeuge hat alles genau gesehen und schwört, die Wahrheit zu sagen.« Constantin von Lichtenberg glaubte Stanzinger kein Wort. Jetzt war es für ihn offensichtlich, dass der Büttel log. Doch noch waren ihm die Hände gebunden. Wenn der Zeuge bei seiner Aussage blieb, konnte an dem Urteil nicht gerüttelt werden. Er konnte nur dafür sorgen, dass die Hinrichtung aufgeschoben wurde, was in seinen Augen allerdings wenig Sinn machte, denn der Knabe wartete bereits viel zu lange in seiner Zelle auf die Vollstreckung seines Urteils.

Er sah den Büttel nachdenklich an.

So etwas war ihm in seiner ganzen bisherigen Laufbahn noch nicht passiert. Zum ersten Mal stellte er die Aussage eines Amtmannes in Frage.

»Hat es eigentlich Gründe für die Tat gegeben? Immerhin hat der Bursche seine eigene Mutter erschlagen, was nicht oft vorkommt.«

Der Büttel zuckte mit den Schultern. »Genau kann ich es nicht sagen. Er war schon immer wirr, nicht ganz bei Sinnen. Was in so einem Kopf vorgeht, kann man nie wissen. Aber vielleicht hing es auch mit seiner Stiefschwester Marianne, diesem Pestkind, zusammen. Sie hat öfter mit der alten Hedwig gestritten.«

Der Richter sah den Büttel überrascht an.

»Warum stand von ihr nichts in den Akten? Weshalb wird die Frau so genannt?«

August Stanzinger biss sich auf die Lippen, doch es half nichts. Jetzt musste er die Geschichte von Marianne erzählen.

Er berichtete, was sich wie zugetragen hatte, und schnitt kurz an, warum Marianne das Pestkind genannt wurde.

»Also musste sie damals die Schweden begleiten, gegen ihren Willen. Das ist ja interessant«, murmelte der Richter und lehnte sich zurück. Langsam schloss sich der Kreis. Er hatte sich immer gefragt, warum der Abt so sehr um das Leben eines einfachen Burschen kämpfte. Jetzt wurde ihm die Sache klar.

Margit stand mit einem Bündel im Arm am Eingang des Klosters und blickte zur Stadt. Das Münchener Tor sah im kalten Regen trostlos und traurig aus. Die Straßen waren leer, niemanden trieb es bei diesem Wetter aus dem Haus.

Ihre Zeit im Kloster endete heute, denn sie war wieder so weit genesen, dass sie reisen konnte. Ein Zisterzienserinnen-Kloster in Salzburg sollte das Ziel sein. So war es besser, hatte Pater Franz gesagt. Sie wäre dort in Sicherheit, und niemand würde bei den Nonnen nach ihr suchen.

Sie hatte genickt und hingenommen, dass er die Entscheidung darüber getroffen hatte, wie ihr Leben in Zukunft aussehen sollte. In Rosenheim konnte sie nicht bleiben, und ihr Bein hinderte sie daran, irgendwo als Magd zu arbeiten, denn niemand würde einen Krüppel beschäftigen.

Sie seufzte. Ihr Leben war vorbei, bevor es richtig begonnen hatte. Jetzt würde sie niemals einen Mann finden und nie Kinder bekommen. Hinter Klostermauern würde sie versauern, weil sie so selbstsüchtig gewesen war. Wie hatte sie auch nur einen Moment annehmen können, Josef würde ein guter Mann für sie sein. Nur ihren eigenen Vorteil hatte sie gesehen, hatte die Augen vor der Wirklichkeit verschlossen und zahlte jetzt die Zeche dafür.

Pater Franz trat neben sie.

»Es wird dir in Salzburg gefallen, mein Kind. Es ist eine große Stadt voller Leben und neuer Eindrücke. Das Kloster liegt nicht weit außerhalb. Die Zisterzienserinnen sind gutmütige Frauen, die sogar eine Schule leiten. Gewiss wirst du dort deinen Weg finden.«

Eine von einem Pferd gezogene Kutsche fuhr vor. Sie war klein und machte keinen komfortablen Eindruck. Die Bänke waren nicht gepolstert, und es gab keine Möglichkeit, das Gepäck zu verstauen.

Neben Pater Franz traten jetzt Johannes und ein weiterer Mönch, der die Aufgabe hatte, das Mädchen sicher nach Salzburg zu geleiten. Der Abt hätte es gern selbst getan, aber ihm fehlte die Zeit.

»Pater Korbinian wird dich begleiten.« Er reichte dem Mönch einen Brief und eine kleine, kunstvoll verzierte Truhe.

»Überreicht dies bitte der Mutter Oberin. In der Truhe ist ein Geschenk für sie. Ich kann ihr für ihre Hilfe nicht genug danken.« Der junge Mönch nickte und öffnete die Kutschentür.

Pater Franz umarmte Margit zum Abschied.

»Ich wünsche dir alles Glück der Welt, mein Kind. Es wird bestimmt alles gut werden, das verspreche ich dir.«

Er löste die Umarmung und strich fürsorglich über ihr Kleid.

»Gott muss dir gleich drei Schutzengel gegeben haben.« Tränen traten in seine Augen.

»Ich hoffe, du wirst keinen von ihnen mehr brauchen.« Margit nickte gerührt. Ihr wurde bewusst, wie sehr sie die Mönche ins Herz geschlossen hatte.

»Habt Dank für alles. Euch verdanke ich mein Leben.«

Pater Johannes trat nun ebenfalls näher. Er umarmte das Mädchen nicht, schüttelte ihr aber kräftig die Hand.

»Wir kommen dich bestimmt bald besuchen. Jetzt, da der Krieg vorbei ist, werden wir wieder öfter in Salzburg sein.«

Margit nickte.

»Das wäre wunderbar. Und auch Euch vielen Dank für alles.«

Pater Johannes musterte das Mädchen noch einmal kritisch.

»Und dass du mir auch genug isst. Jetzt hast du so schön zugenommen.«

Margit lächelte. Er benahm sich wie eine Mutter. Pater Franz mahnte zum Aufbruch.

»Es wird Zeit. Wenn ihr vor Einbruch der Dämmerung in Salzburg ankommen wollt, müsst ihr jetzt los.«

Margit kletterte in die enge Kutsche, der Mönch folgte ihr. Pater Franz schloss die Tür, lächelte ihr aufmunternd zu und gab dem Kutscher das Zeichen zur Abfahrt.

Der Mann ließ die Peitsche knallen, und das Pferd setzte sich in Bewegung.

Langsam rollte die Kutsche auf die Straße. Die beiden Mönche blieben noch eine Weile vor dem Tor stehen und winkten, bis die Kutsche außer Sichtweite war.

»Jetzt ist sie fort«, sagte Johannes und ließ die Hand sinken. Pater Franz nickte.

»Es hatte keinen Sinn, sie noch länger hierzubehalten. So ist es besser für sie.«

»Was ist besser für sie«, fragte eine Stimme hinter ihnen. Erschrocken drehten sich die beiden um.

Richter Lichtenberg stand vor ihnen und musterte sie mit hochgezogenen Augenbrauen. Er deutete die Straße hinunter.

»Wer ist da gerade abgefahren?«

Pater Franz erholte sich als Erster von dem Schrecken.

»Margit, das Mädchen, das für Anderl aussagen wollte.« Constantin von Lichtenberg legte den Kopf schräg.

»Warum reist sie ab?«

Pater Franz deutete auf das Klostertor.

»Wollen wir das nicht drinnen besprechen? Es ist kalt hier draußen, und ein warmer Schluck Bier wird uns allen gewiss guttun.«

Der Richter folgte den beiden Mönchen ins Innere des Klosters und blickte sich überrascht um.

Er war noch nie in einem Kloster gewesen und hatte sich solche Anlagen immer düster und grau vorgestellt. Still war es hier, aber alles andere als düster oder grau. Helle Säulengänge umrahmten einen geräumigen Innenhof, mit einem großen Ziehbrunnen. Kletterrosen und Efeu rankten an den Säulen empor.

Sogar an diesem verregneten Tag hatte der Hof etwas Reizvolles. Ein unerklärliches Gefühl von Frieden breitete sich in ihm aus, während er den Mönchen durch den breiten Gang folgte und die wunderbare Decke mit den filigranen Kreuzen bestaunte. Sie traten durch eine schmale Tür in ein enges Treppenhaus, in dem Kerzen an den Wänden warmes Licht verbreiteten. Pater Franz führte den Richter nicht ins Refektorium, sondern in die Klosterküche.

Fasziniert ließ Constantin von Lichtenberg seinen Blick über die gemütliche Einrichtung schweifen. In den Ecken standen mit Obst und Gemüse gefüllte Körbe und Kisten, und es roch ausgesprochen aromatisch. Er atmete diese Gerüche von Kräutern, Haferbrei und Bier tief ein. Als Kind hatte er sich gern in der Küche seines Elternhauses aufgehalten, die in seiner Erinnerung einer der schönsten Plätze des weitläufigen Herrenhauses gewesen war. Das rege Treiben der Mägde und Köche, die zischenden Töpfe und Pfannen und die verlockenden Düfte hatten ihn dorthin gezogen, doch diese Küche, die bedeutend kleiner war als die in seiner Kindheit, gefiel ihm fast noch besser.

Pater Johannes trat hinter den Ofen und rührte in einem riesigen Topf.

»Möchtet Ihr etwas Haferbrei?«, fragte der Mönch.

»Gern. Es ist gemütlich hier«, antwortete der Richter beseelt. Pater Franz warf Johannes einen amüsierten Blick zu. Anscheinend war es eine hervorragende Idee gewesen, den Richter in die Küche zu führen.

Der Abt setzte sich neben Constantin von Lichtenberg.

»Das hier ist einer meiner Lieblingsräume des Klosters. Ich schätze die Atmosphäre und natürlich die Anwesenheit von Johannes, der sich ausgezeichnet um unser aller Wohl kümmert.«

Er lächelte seinem Freund zu, der einen großen Löffel Honig unter den Haferbrei rührte und die Schale vor den Richter stellte. Danach füllte er aus einem weiteren Topf warmes Bier in einen Krug, nahm zwei Becher von einem Regal an der Wand und stellte alles auf den Tisch.

»Wohl bekomm's«, sagte er. Der Richter griff nach dem Löffel und begann zu essen. Johannes verließ die Küche. Er musste im Refektorium nach dem Rechten sehen, und es war besser, wenn nur einer von ihnen mit dem Richter sprach. Pater Franz sah dem Mann eine Weile beim Essen zu, nahm einen kräftigen Schluck von dem warmen Bier und genoss dessen bitteren Geschmack.

Constantin von Lichtenberg griff ebenfalls zu seinem Becher und trank ihn in einem Zug leer, dann musterte er Pater Franz neugierig.

»Und das alles hättet Ihr wegen dem dummen Jungen auf- gegeben? Vielleicht sogar Euer Leben?«

Pater Franz sah ihn überrascht an.

»Es gibt Menschen, die tun für ihre Überzeugungen vieles.« Der Richter lächelte.

»Oder für eine Frau.«

Pater Franz zog überrascht die Augenbrauen hoch.

»Wieso für eine Frau?«

»Der Büttel hat mir von der Stiefschwester des Jungen be- richtet. Das war doch das Mädchen, das mit den Schweden mitgegangen ist, oder? War sie hübsch?«

Verwirrt sah der Mönch den Richter an. Er glaubte doch nicht wirklich …

»Ihr müsst Euch keine Gedanken machen, so etwas kommt doch in den besten Familien vor. Deshalb wollt Ihr also den Jungen unbedingt retten. Ihr habt es Eurer Geliebten verspro- chen.«

Der Abt schnappte nach Luft. Was reimte sich dieser Mann zusammen? Wie konnte er es wagen, ihn so zu beleidigen.

»Ich verbitte mir, so eine Vermutung in diesen Räumen auch nur auszusprechen. Marianne Leitner war mein Mündel, und sie war wie eine Tochter für mich. Niemals wäre ich auf den Gedanken gekommen, sie anzurühren.«

Der Richter hob beschwichtigend die Hände.

»Schon gut. Ich hatte gedacht …«

Pater Franz fuhr ruhiger fort: »Aber mit einer Sache hattet Ihr recht. Sie ist der Grund dafür, warum ich Anderl unbedingt retten wollte, denn ich habe es ihr versprochen. Als sie mit den Schweden ging, konnte sie das Versprechen, das sie ihrem Bru- der gegeben hatte, nicht mehr halten, also muss ich es jetzt für sie tun. Nur leider gelingt es mir wohl nicht.«

Pater Franz schlug die Augen nieder. Die Erinnerung an Marianne traf ihn wie ein Schlag. Wie sehr er das Mädchen vermisste. Er wusste nicht einmal, ob es ihr gutging und ob sie noch am Leben war. Womöglich war sie gestorben und fern der Heimat begraben, wo sie verstoßen, verraten und verkauft worden war.

»Warum ging sie denn mit den Schweden?«, fragte der Richter, der bemerkte, dass er einen wunden Punkt getroffen hatte, es aber nicht lassen konnte nachzubohren.

»Das ist eine längere Geschichte«, versuchte Pater Franz abzuwiegeln.

Constantin von Lichtenberg lehnte sich zurück.

»Ich habe Zeit. Erzählt sie mir.«

Pater Franz atmete tief durch. Vielleicht half es, dem Richter die Zusammenhänge begreiflich zu machen, damit er endlich verstand, dass Anderl seine Mutter nicht getötet hatte.

Er erzählte also von Marianne, wie sie sein Mündel wurde, erklärte, warum Hedwig ihre Ziehmutter wurde und damit Anderl ihr Stiefbruder, und schilderte die Umstände von Hedwigs Tod.

Er berichtete von deren Beerdigung, dem Überfall der Schweden und von den Abläufen in der Kirche, soweit er konnte. Er ließ nichts aus, auch nicht, dass Marianne oft mit Hedwig gestritten und Anderl sie immer beschützt hatte. Der einfältige Junge, der keiner Fliege etwas zuleide tun konnte und den nur Marianne wirklich verstand. Sie liebten einander wie Bruder und Schwester, obwohl sie es nicht waren. Er berichtete von Mariannes Versprechen im Gefängnis und schilderte genau, was sich bei der Übergabe des Geldes und der Wertsachen an die Schweden im Kloster zugetragen hatte.

»Ich hatte keine Wahl. Sie musste Wrangel begleiten, denn

er hätte die Stadt niedergebrannt, wenn sie es nicht getan hätte«, endete er.

Constantin von Lichtenberg hatte die ganze Zeit über ruhig zugehört. Mit jedem Wort, das der Mönch sagte, verstand er den Mann mehr und begriff, warum er ins Gefängnis eingebrochen war. Er hatte mit allen Mitteln das Versprechen einlösen wollen, das er seinem Mündel gegeben hatte, doch leider schien er zu scheitern.

Der Richter nahm noch einen Schluck Bier, das inzwischen kalt geworden war. Angewidert verzog er das Gesicht, warm schmeckte das Gebräu eindeutig besser.

»Und das Mädchen, das heute weggefahren ist, hätte wirklich die Unschuld des Jungen beweisen können?«

»Ja, sie hat den Mörder gesehen.«

Der Richter schaute den Mönch erstaunt an.

»Und, wer war es?«

Pater Franz zuckte mit den Schultern.

»Ist das jetzt noch wichtig? Ihr würdet der jungen Frau sowieso nicht glauben, denn sie ist in aller Augen eine Dirne, die noch dazu auf den Kopf gefallen ist.«

Die Augen des Richters wurden immer größer.

»Jetzt möchte ich aber wirklich wissen, was hier gespielt wird«, sagte er mit fester Stimme.

Pater Franz sah ihn eine Weile schweigend an.

»Habt Ihr es denn noch nicht bemerkt?« Der Richter zog die Augenbrauen hoch.

»Was soll ich bemerkt haben?«

»Wer hat Euch denn davon abgeraten, das Mädchen zu befragen?«

Constantin von Lichtenberg fuhr sich durchs Haar.

»Der Büttel.« Pater Franz nickte.

»Und dreimal dürft Ihr raten, warum er das getan hat.«

Der Richter warf dem Mönch einen langen Blick zu, dann erhob er sich. Das war eine gewichtige Anschuldigung, denn immerhin war August Stanzinger nicht irgendjemand, sondern ein angesehener Mann.

»Das erklärt so einiges. Allerdings habt Ihr recht, Pater. Die Aussage des Mädchens hätte in diesem Fall nicht ausgereicht. Um so einen Mann zu Fall zu bringen, bräuchten wir einen ganz anderen Zeugen. Es tut mir leid, wenn ich Euch das sagen muss, aber ich werde für Euren Schützling nichts tun können. Wenn kein weiterer Zeuge auffindbar ist, wird er nächste Woche auf dem Schafott stehen.«

Pater Franz nickte seufzend.

Er wusste, wer dieser Zeuge war. Doch würde all sein Flehen nicht helfen. Niemals würde der Bürgermeister seine Meinung ändern.

Der Richter wandte sich zum Gehen. Pater Franz folgte ihm in den Kreuzgang. Am Eingangstor blieb der Richter stehen und reichte dem Mönch die Hand. »Vielen Dank für Eure Gastfreundschaft.«

Pater Franz hielt die Hand des Mannes fest und blickte ihm in die Augen.

»Glaubt Ihr mir?« Der Richter seufzte.

»Es ist nicht von Belang, ob ich Euch glaube. Der Zeuge, der den Jungen gesehen haben will, ist in der ganzen Stadt nicht mehr aufzufinden.«

Pater Franz ließ nicht locker.

»Danach habe ich Euch nicht gefragt.« Constantin von Lichtenberg atmete tief durch.

»Ja, ich glaube Euch.«

# 22

Marianne schlug die Augen auf und schaute in den blaugrauen und von kahlen Ästen durchzogenen Himmel. Die Sonne war noch nicht aufgegangen, doch um sie herum herrschte bereits Aufbruchstimmung. Die Männer rollten ihre Zelte ein, verstauten Decken und Essgeschirr und spannten die Pferde an.

Wilhelms Gesicht tauchte in ihrem Blickfeld auf.

»Steh lieber auf, Mädchen, und such dir eine sinnvolle Beschäftigung. Ist besser für dich.«

Unbehagen machte sich erneut in Marianne breit. Sie wusste nicht, wie sie sich den Männern gegenüber verhalten sollte.

Sie richtete sich auf. Jeder Knochen im Leib tat ihr weh, und ihr Kopf brummte. Die Anstrengungen des gestrigen Tages hatten ihre Spuren hinterlassen, und wie sie durch den heutigen Tag kommen sollte, war ihr ein Rätsel.

Das Lagerfeuer war heruntergebrannt, und es war empfindlich kalt. Sie stand auf, glättete ihren zerknitterten Rock und rieb sich fröstelnd über die Arme, wickelte sich in ihren klammen Umhang und blickte sich um. Die nahen Wiesen waren mit Rauhreif überzogen und glitzerten in der aufgehenden Sonne. Sie folgte den Männern zum Fluss. Die Boote lagen festgebunden am Ufer, und zwischen ihnen saßen die Schifffahrer und Reiter in Gruppen beieinander, besprachen den Tagesablauf und aßen nebenbei Fredls Haferbrei, den er eifrig an die Männer verteilte. Wie ein Wiesel rannte der Alte mit Schüsseln,

Bechern und Krügen hin und her und achtete darauf, dass jeder seinen Anteil bekam.

Sie entdeckte Alois, der mitten in einer der größeren Gruppen saß und einem der anderen Männer lachend auf die Schulter klopfte. Ein seltsam warmes Gefühl breitete sich bei seinem Anblick in ihr aus.

»Was starrst du Löcher in die Luft? Hilf mir lieber!«

Fredl blieb vor Marianne stehen und streckte ihr ein Tablett mit einem Krug und mehreren Bechern darauf entgegen.

Marianne sah ihn verdutzt an.

»Aber, ich dachte …«

»Zum Denken bist du nicht hier«, fiel er ihr ins Wort. »Du sollst mir helfen, also arbeite gefälligst.«

Marianne nickte und nahm das Tablett. Sie konnte es kaum glauben. Fredl sprach wieder mit ihr, und so wie es aussah, würde sie ihm trotz der Vorfälle von gestern zur Hand gehen. Ob er sie aber auch auf sein Boot lassen würde, wagte sie zu bezweifeln.

Erleichtert darüber, etwas zu tun zu haben, ging sie zu den Männern und verteilte Getränke. Später half Marianne Fredl dabei, die Schüsseln an Deck der Kuchelzille zu stapeln.

»Wir brechen auf«, rief Alois. Die Männer erhoben sich. Alle waren bester Laune, und das schreckliche Unglück schien vergessen zu sein. Die Reiter schwangen sich auf ihre Pferde, während die anderen ihre Plätze auf den Schiffen einnahmen. Auch auf die Kuchelzille kletterte ein Mann und nahm am hinteren Ruder Platz. Marianne blieb zögernd vor dem Boot stehen. Gewiss würde Fredl sie gleich fortjagen, doch dann legte sich plötzlich eine Hand auf ihre Schulter.

Sie drehte sich um.

Alois lächelte sie aufmunternd an.

»Guten Morgen, Marianne. Es tut mir leid, dass ich erst jetzt zu dir komme, aber es gab noch einige Dinge zu klären.«

»Ich bin ja auch nicht wichtig.«

Marianne lächelte. Erneut breitete sich das warme Gefühl in ihr aus, und ihr Herz schlug schneller.

»Doch, natürlich bist du wichtig. Ich habe heute Morgen mit den Männern und Fredl gesprochen, als du noch geschlafen hast. Du wirst weiterhin auf der Kuchelzille mitfahren. Fredl ist damit einverstanden. Er hat eingesehen, dass er nicht richtig gehandelt und die Sache mit dem Flussgott übertrieben hat. Wintergewitter sind selten, aber sie kommen vor.«

Marianne nickte. Sie war nicht begeistert darüber, erneut Fredl zur Hand gehen zu müssen, widersprach aber nicht. Alois hatte für sie gebürgt. Bestimmt war das Gespräch heute Morgen nicht einfach gewesen, und sie wollte ihm dankbar dafür sein, dass sie überhaupt noch mit ihnen reisen durfte, denn bis Rosenheim waren es noch mindestens vier Tagesmärsche. Mit den Schifffahrern würde es zwar nicht viel schneller gehen, aber immerhin war sie nicht schutzlos und allein.

»Kommst du, Alois?« Wilhelms Stimme drang an ihr Ohr. »Wir warten nur noch auf dich.«

Alois zwinkerte Marianne zu.

»Es wird schon alles gutgehen. Balthasar steht heute am Ruder. Er ist ein erfahrener Mann und wird auf dich achten.« Marianne warf dem Mann einen kurzen Blick zu. Er zog seine Mütze, deutete eine Verbeugung an, und auf seinem ebenmäßigen, ungewöhnlich braunen Gesicht zeigte sich ein Grinsen.

»Stets zu Diensten, mein Fräulein.« Alois hob lachend die Hand.

»Balthasar, du sollst ihr keine verliebten Nasenlöcher machen, sondern auf sie und das Boot aufpassen.«

Der dunkelhaarige Bursche setzte eine unschuldige Miene auf.

»Ist eben hübsch, Eure Freundin.« Er grinste Marianne erneut an, wandte sich dann aber wieder seinem Ruder zu.

Marianne lächelte.

Alois zuckte entschuldigend mit den Schultern.

»Es tut mir leid. Einen besseren Beschützer konnte ich auf die Schnelle nicht ausfindig machen.«

»Wieso? Er ist doch wunderbar, denn er wird mich zum Lachen bringen, was ich bei Fredls Griesgrämigkeit gewiss gebrauchen kann.«

Alois wandte sich um.

»Unterschätze den Alten nicht, er kann netter sein, als du denkst.«

Marianne schwang ihre Beine über die Reling.

»In diesem Leben nicht mehr.«


Kurze Zeit später saß sie tatsächlich wieder vor der Küche an der frischen Luft. Fredl hatte ihr eine Schale Haferbrei und einen Becher warmes Bier in die Hand gedrückt und auf die Tür gezeigt. Er hatte etwas von Essen gemurmelt und sich dann wieder einem großen Berg Zwiebeln zugewandt.

Genüsslich aß Marianne den warmen Brei, den der mürrische Koch sogar mit Honig verfeinert hatte, und reckte ihr Gesicht in die Sonne, die von einem wolkenlosen Himmel schien. Der Inn schimmerte grün, und Kraniche flogen auf ihrem Weg in den Süden über sie hinweg. Marianne hatte trotz der Ruhe, die der Morgen ausstrahlte, ein seltsames Gefühl im Bauch. Sie blickte auf das Wasser, das ihr so große Angst gemacht hatte. Die Wellen schlugen sanft gegen das Holz, trotzdem wurde ihre Unruhe stärker. Sie fühlte, wie ihr ein Schauer über ihren Rücken lief. Irgendwo in diesem Wasser trieb der tote Toni, wurde vielleicht bald an ein fremdes Ufer geschwemmt oder blieb für immer auf dem Grund des Flusses.

Balthasar hatte Marianne die ganze Zeit über schweigend beobachtet. Er konnte gut verstehen, warum der Schiffsmeister sich für das Mädchen einsetzte, denn sie war ausgesprochen hübsch, und ihre blauen Augen bildeten einen auffallenden Kontrast zu ihrem schwarzen Haar und ihrer hellen Haut. Nur war sie etwas dünn, aber dieser Umstand ließ sich gewiss beheben. Er hatte bemerkt, wie Alois Greilinger das Mädchen ansah, und in diesen Blicken lagen mehr als freundschaftliche Gefühle.

Er räusperte sich, und Marianne schaute auf. Sie versuchte zu lächeln und nahm einen Schluck von ihrem Bier.

»Du konntest nichts für Toni tun«, sagte Balthasar plötzlich. Marianne sah ihn überrascht an.

»Warum glaubst du, dass ich an ihn gedacht habe?« Balthasar lächelte.

»Deine Augen haben dich verraten. Du bist traurig.«

»Bist du es denn nicht?«, fragte Marianne. Balthasar zuckte mit den Schultern.

»Doch, irgendwie. Ich hatte Toni gern. Er wäre ein guter Schifffahrer geworden, aber der Flussgott hatte anderes mit ihm vor.« Marianne stellte den Becher auf den Boden.

»Glaubst du wirklich an diesen Flussgott?« Balthasar zog die Augenbrauen hoch.

»Aber natürlich. Wir alle tun das. Der eine mehr« – er deutete auf die Küchentür –, »der andere weniger. Aber dass es ihn gibt und er unser Schicksal auf dem Wasser lenkt, daran glaube ich ganz fest.«

»Du denkst also auch, dass ich schuld an Tonis Tod bin?«, fragte Marianne.

Balthasar schüttelte den Kopf.

»Nein, das denke ich nicht.« Er grinste. »Toni war ein zu guter Schiffsjunge, er wäre dem Flussgott vielleicht zu mächtig geworden, wer weiß. Er hat ihn geholt, das ist Schicksal.« Marianne fielen die Schutzpatrone der Schiffsleute ein.

»Warum haben denn eure Heiligen, Nikolaus und Nepomuk, nicht auf ihn achtgegeben?«

Balthasar sah Marianne überrascht an.

»Sie müssen auf eine Menge Schiffsleute achten, auf allen Flüssen der Erde. Da kann ihnen so ein Flussgott schon mal ein Schnippchen schlagen.«

Marianne grinste.

»Du legst dir die Schutzpatrone und Flussgötter auch so zurecht, wie du sie brauchst.«

Balthasar neigte den Kopf zur Seite.

»Das würde ich niemals tun, denn am Ende liegen wir doch alle in Gottes Hand, und nur er weiß, was unser Schicksal ist.«

»Weise gesprochen, mein Freund«, antwortete plötzlich der alte Fredl, der eben aus der Küche gekommen war.

»Und deshalb achtest du jetzt lieber wieder auf dein Ruder, und das Mädel spült das Geschirr.«

Er füllte einen Eimer mit Flusswasser und reichte ihr einen Lappen und ein Stück Kernseife.

»Wenn du fertig bist, kommst du zu mir in die Küche. Für die Suppe müssen noch jede Menge Zwiebeln geschält werden, und wir haben nicht den ganzen Tag Zeit.«

Marianne machte sich sogleich an die Arbeit. Sie säuberte die Schüsseln und legte sie auf ein langes Brett zum Abtropfen.

Balthasar konzentrierte sich wieder auf sein Ruder. An dieser Stelle des Flusses gab es viele gefährliche Strömungen, auf die es zu achten galt.

Marianne war froh darüber, dass er nicht mehr sprach. Während sie spülte, wanderten ihre Gedanken erneut zu Alois, und sofort kribbelte es in ihrem Magen. Sie wusste, was dieses Gefühl zu bedeuten hatte, wollte es aber nicht zulassen. Es durfte einfach nicht sein, denn sie liebte doch Albert und vermisste ihn sehr.

Fredl unterbrach jäh ihre Gedanken.

»Träumen tut sie, anstatt zu arbeiten. Willst du den ganzen Tag für das Geschirr brauchen?«

Marianne zuckte zusammen.

»Nein, nein«, antwortete sie und legte die letzten beiden Tonschalen in den Eimer.

»Ich bin fast fertig und komme gleich.«

Grummelnd verschwand der Alte wieder. Marianne warf Balthasar kurz einen Blick zu, doch der Schifffahrer hatte seine Aufmerksamkeit auf sein Ruder gerichtet.

Hastig wischte sie sich die Hände an ihrem Rock trocken und betrat die Küche. Der beißende Geruch der Zwiebeln raubte ihr für einen Moment den Atem, Tränen schossen ihr in die Augen. Der ganze Tisch war voller Schalen, in einem großen Topf lagen die bereits fertig geschälten und in Stücke geschnittenen Knollen und warteten auf ihre Weiterverarbeitung.

Fredl sah sie auffordernd an.

»Da bist du ja endlich, dachte schon, du kommst gar nicht mehr.«

Er bedeutete ihr, Platz zu nehmen, und warf ein weiteres Messer auf den Tisch.

»Hör auf zu heulen, Kindchen, sondern mach dich lieber an die Arbeit. Die Männer werden später großen Hunger haben.« Marianne setzte sich, griff nach dem Messer und begann, die erste Zwiebel zu schälen. Dabei zog sie etwas undamenhaft die Nase hoch. Tränen liefen über ihre Wangen.

Fredl bemerkte es mit Genugtuung.

»Ist nicht gerade leicht, so eine Zwiebelsuppe zu machen, aber sie ist billig, gut bekömmlich und macht satt.«

»Eine Suppe nur aus Zwiebeln?«, fragte Marianne verwundert. Fredl war erstaunt.

»Sag bloß, du kennst keine Zwiebelsuppe, Kindchen.« Marianne schüttelte den Kopf.

Der Alte lachte zum ersten Mal in ihrer Gegenwart und schlug sich dabei auf seine dünnen Schenkel.

»Nein, so etwas, dass es das überhaupt gibt. Sie kennt keine Zwiebelsuppe, das kann doch nicht sein.«

Marianne sah ihn an. Wenn er lachte, wirkte er gar nicht mehr so böse. Seine Augen leuchteten, und die vielen Falten um seinen Mund machten ihn fast ein wenig liebenswert.

Fredl erhob sich, wischte sich die Tränen aus den Augen und ging zum Herd.

Schweigend blieb er davor stehen, doch dann drehte er sich plötzlich um und sah Marianne ernst an. Seine Fröhlichkeit von eben war verschwunden.

»Es tut mir leid, so grob zu dir gewesen zu sein. Alois hat schon recht damit, dich mitzunehmen und zu beschützen. Er hat mir ein wenig von dir erzählt, weißt du …«

Er brach mitten im Satz ab.

Sie legte das Messer zur Seite und streckte ihm wortlos ihre Hand zur Versöhnung entgegen.

Der alte Mann ergriff sie dankbar.

»Wir werden uns bis Rosenheim schon vertragen. So weit ist es ja nicht mehr.« Er zwinkerte ihr zu.

Marianne nickte und getraute sich endlich die Frage zu stellen, die ihr die ganze Zeit über auf der Zunge lag.

»Warum hast du mir gestern auf den Arm geschlagen? Gemeinsam hätten wir Toni bestimmt retten können.«

Fredl seufzte hörbar.

»Was einmal in den Fluss gefallen ist, gehört dem Flussgott und darf nicht mehr herausgezogen werden. Wir erzürnen ihn damit, wenn wir ihm etwas wegnehmen.«

»Ich verstehe«, antwortete Marianne. »Nur frage ich mich, ob Toni in diesem Moment genauso gedacht hat.«

Fredl zuckte mit den Schultern.

»Bestimmt. Bereits als er im Wasser hing, wusste er, dass sein Leben verwirkt war.«

Marianne nickte stumm. Doch in Tonis Augen hatte die Hoffnung auf Rettung gelegen und sonst nichts.

Einige Tage später saß Marianne vor einem kleinen Lagerfeuer und stocherte lustlos in ihrem Gemüseeintopf herum. Eigentlich sollte sie hungrig sein, denn seit dem Morgen hatte sie nichts mehr gegessen und Fredl den ganzen Tag beim Zubereiten der Speisen geholfen. Aber ihr Magen war wie zugeschnürt. Bald würde sie Anderl wiedersehen oder von seinem Tod erfahren.

Heute hatten sich die Männer aufgeteilt und mehrere kleinere Feuer entzündet, die wie helle Punkte zwischen den kahlen Bäumen schimmerten. Überall wurde gelacht, einige Männer musizierten und sangen. Sie waren guter Dinge, denn morgen würden sie Rosenheim erreichen und diesen Winter nicht mehr mit den Booten rausfahren. Sie konnten heimkehren, in ihre Dörfer und zu ihren Familien, falls es diese noch gab. Der Krieg hatte seine Schrecken noch nicht verloren, und die Menschen würden für lange Zeit seine Nachwehen spüren.

Marianne stellte die Schale neben sich und wickelte sich fester in ihren Umhang. Es war zwar trocken, aber recht kalt. Die Nächte verbrachte sie auf ihrem Schlafplatz im Laderaum der Funkelzille. Sie war froh darüber, nicht unter freiem Himmel oder in einem Zelt schlafen zu müssen, genoss inzwischen sogar das sanfte Schaukeln des Bootes und lauschte nachts den Wellen, wie sie gegen das Holz schlugen.

Was würde sie tun, wenn Anderl tot war? Rasch schob sie den Gedanken beiseite. Sie hatte sich in den letzten Tagen das Wiedersehen in den schönsten Farben ausgemalt, wie er sie strahlend vor Freude umarmte und küsste. Bestimmt hielt er sich in der Brauerei auf. Und wenn dort immer noch dieser schreckliche Josef war, dann hatte Pater Franz Anderl gewiss zu sich genommen. Er würde Johannes in der Küche zur Hand gehen und die Gartenarbeit erledigen, und vielleicht könnte er sogar in den Orden eintreten. Er wäre ein guter Mönch, und im Kloster würde niemand auf ihm herumhacken.

Doch was würde aus ihr werden? Diese Erkenntnis traf sie wie ein Schlag. Sie war das Pestkind, eine Geächtete, die alle verspotteten und mieden. In Rosenheim gab es keinen Platz für sie und hatte nie wirklich einen gegeben. Wehmütig blickte sie in die Flammen.

Daran hatte sie bei ihrem abrupten Aufbruch aus dem Schwedenlager nicht gedacht. Dort wäre sie versorgt gewesen. Auch wenn Albert tot war, hätte sich Anna Margarethe um sie gekümmert.

Es war schon seltsam. Voller Angst hatte sie vor wenigen Monaten, die ihr heute wie ein ganzes Leben vorkamen, auf dem Karren zwischen Hühnern gesessen und die Stadt in eine ungewisse Zukunft verlassen, und jetzt wurde sie sich plötzlich klar darüber, dass sie die Sicherheit ihres neuen Lebens einfach so aufgegeben hatte. Nur Anderl und ihr Liebeskummer waren wichtig gewesen.

»Morgen erreichen wir Rosenheim, und du machst ein Gesicht wie sieben Tage Regenwetter«, sagte Alois. Überrascht blickte Marianne auf. Sie hatte den Schiffsmeister nicht kommen hören.

Er setzte sich neben sie.

»Was betrübt dich so?« Marianne atmete tief durch.

»Ich weiß nicht, was mich erwartet. Ist Anderl am Leben, ist er tot? Ehrlich gesagt beginne ich mich langsam zu fragen, ob es nicht besser gewesen wäre, im Tross zu bleiben.«

Alois war erstaunt.

»Bei den Schweden?« Marianne nickte.

»Sie sind nicht böse. Ich habe unter ihnen viele Freunde gefunden, und im Tross sind auch nicht alle Schweden. Von überall her sind die Menschen gekommen. Die unterschiedlichen Dialekte und Sprachen waren nicht immer einfach, aber irgendwie funktionierte die Verständigung.«

Der Schiffsmeister musterte Marianne überrascht. So begeistert hatte er das Mädchen, das er bisher nur ernst, traurig oder in Not erlebt hatte, noch nie gesehen.

»Es gab Marketender, die mit allem Möglichen handelten. Eine davon war meine Freundin, Milli. Eine unglaublich liebenswerte Frau. Die Männer scharten sich abends um deren Stände, und Wein und Bier flossen in Strömen. Der ganze Tross war wie eine Stadt, und es gab sogar einen Profos und einen Trosswaibl, die für Recht und Ordnung sorgten.«

Alois nickte.

»Davon habe ich auch schon gehört. Einer der Reiter hat eine Weile unter Wrangel in der Infanterie gedient. Er sagte, dass es stets sehr gesittet zuging und sogar die Huren ihren eigenen Lagerplatz zugewiesen bekommen hatten.«

Die Freude in ihren Augen verschwand.

»Vielleicht hätte ich doch nicht fortgehen sollen, auch wenn Albert tot ist. Irgendwie wäre es schon weitergegangen. Es mag sich in deinen Ohren komisch anhören, aber für mich war der Tross meine Heimat geworden, die ich aufgegeben und verloren habe.«

»Und wenn du einfach wieder zurückgehst?« Marianne warf ihm einen fragenden Blick zu.

»Wie denn? Die beiden Männer, die mich begleiteten, sind tot, und allein finde ich den Weg niemals.«

Alois antwortete nicht darauf, sondern legte seinen Arm um sie und zog sie näher an sich heran.

Seine Nähe und Wärme taten ihr gut.

»Das wird schon irgendwie werden«, flüsterte er. Marianne schloss die Augen und deutete ein Nicken an.

»Pater Franz wird sich um dich kümmern, und Anderl wird vor Freude ganz aus dem Häuschen sein, wenn er dich wiedersieht.«

»Ja«, murmelte Marianne, kuschelte sich in seinen Arm und schlief ein.

Alois Greilinger hob sie sanft in die Höhe und trug sie zur Funkelzille hinüber. Die meisten Lagerfeuer waren inzwischen erloschen, und auch die Musik war verstummt.

Vorsichtig kletterte er über die Reling und öffnete die Tür zum Frachtraum. Marianne sank auf ihr Schlaflager. Liebevoll deckte er sie zu und musterte ihr blasses Gesicht. Sie war so wunderschön, zerbrechlich und gleichzeitig stark. Er konnte gut verstehen, warum der Schwede sich in sie verliebt hatte, denn auch ihm wurde bei dem Gedanken, dass er sie morgen ziehen lassen musste, schwer ums Herz. Seufzend wandte er sich ab, doch Marianne hielt ihn plötzlich zurück.

»Bitte, geh nicht, bleib bei mir. Lass mich nicht allein.« Überrascht sah er sie an. Sie rückte ein Stück zur Seite, um ihm Platz zu machen. Er nahm die Einladung an und legte sich neben sie. Er war nervös, tatsächlich hatte diese Frau es geschafft, ihn um seine Fassung zu bringen. Marianne legte ihren Arm um ihn und kuschelte sich wie ein Kätzchen an seine Brust. Es war seltsam. Er kannte sie, seit sie ein kleines Mädchen war, und hatte sie immer beschützen wollen. All das Gerede der Leute und die dummen Vorurteile verstand er nicht. Doch jetzt kam ihm Marianne irgendwie anders vor. Sie war nicht mehr die Geächtete, die alle verurteilten. In seinen Augen war sie eine starke Frau, die für sich und ihren Bruder kämpfte und nicht aufgab, und dafür bewunderte er sie. Er wusste, dass er sich in sie verliebt hatte. Er genoss ihre Nähe und hätte in diesem Moment alles dafür gegeben, das zu tun, was sein Körper forderte, aber er konnte nicht. Alles sollte so bleiben, wie es war. Unbeholfen zog er die Decke über sie beide und musterte noch einmal ihr Gesicht. Er atmete tief durch. Wenn er es könnte, dann würde er all ihre Wünsche erfüllen und ihr die Traurigkeit nehmen.

Marianne saß am Heck der Funkelzille. Der Morgen graute und tauchte den klaren Himmel in sein im Osten rötlich schimmerndes Licht. Das allein war schon ein Schauspiel für sich, aber heute faszinierte sie etwas anderes. Die Berge, sie waren wieder da. Die ganze Zeit hatte sie sich gefragt, wann sie die vertrauten Gipfel wiedersehen würde. Seit Tagen schon hatte sie hoffnungsvoll den Horizont abgesucht, aber stets hatten tiefhängende Wolken den Blick versperrt und den Horizont verdunkelt. Über den weiß gefrorenen Wiesen hing leichter Bodennebel, der im Licht des Morgens lebendig wirkte. Alma hatte ihr früher Geschichten über den Nebel erzählt. Von Elfen und Feen, die sich darin verborgen hielten und durch die milchige Wand die Menschen beobachteten. Eigentlich hatte sie Alma diese Geschichten nie wirklich geglaubt, aber wenn sie heute auf die hellgrauen Schwaden guckte, glaubte sie tatsächlich, Gesichter darin zu erkennen.

Die Gipfel der Berge waren weiß, schimmerten rötlich und wirkten wie gemalt. Wie sehr hatte sie diesen Anblick vermisst, hatte sie doch geglaubt, dass sie sie niemals wiedersehen würde. Vergessen waren plötzlich die Zweifel, ob ihre Flucht wirklich richtig gewesen war. Sie war zu Hause, hierher gehörte sie. Die Berge, der Inn und Rosenheim waren ihre Heimat.

Sie saß schon eine ganze Weile hier draußen. Alois' Schnarchen hatte sie geweckt. Es war bitterkalt. Sie hatte sich fest in ihren Umhang gewickelt, fror aber trotzdem. Vielleicht sollte sie wieder zurückgehen und noch einmal die Nähe des Schiffsmeisters suchen, doch sie zögerte. Sie wusste, dass es besser war, hier draußen zu bleiben. Die Sehnsucht nach der Nähe eines Mannes brachte Albert auch nicht zurück. Es war verrückt. Sie würde ihn niemals wiedersehen, und doch wollte sie ihm treu sein und nicht in den Armen eines anderen liegen. Sie atmete tief durch und schaute auf die Berge, die die ersten Sonnenstrahlen in ein warmes Licht tauchten.

Die Tür zum Frachtraum öffnete sich, und Alois sah sie verwundert an.

»Was tust du hier draußen?« Marianne lächelte.

»Guten Morgen, Alois. Ich konnte nicht schlafen.« Er kratzte sich am Kopf.

»Ich habe geschnarcht, oder?«

»Vielleicht ein wenig.« Er trat neben sie.

»Entschuldige.«

Marianne zuckte mit den Schultern.

»Albert hat auch geschnarcht.«

Er antwortete nicht darauf. Ihm fiel auf, dass Marianne ihn nicht ansah. Er folgte ihrem Blick und begann zu grinsen.

»Sie sind wunderschön, nicht wahr?« Marianne nickte seufzend.

»Sie sind Heimat, irgendwie Seele, ganz tief im Herzen.«

Sie schlang die Arme um ihren Körper und begann zu weinen. Es brach einfach aus ihr heraus.

»Sie haben sie mir genommen und mich fortgebracht von den Bergen, von Rosenheim und Anderl. Ich habe ihn alleingelassen. Sie haben mich mit sich genommen wie einen Gegenstand. Die Berge, ich dachte, ich würde sie niemals wiedersehen.«

Sie schlug die Hände vors Gesicht und schluchzte laut. Behutsam nahm Alois sie in die Arme und drückte sie an sich.

»Es ist ja gut. Jetzt bist du wieder hier. Die Berge sind doch noch da. Sie haben auf dich gewartet und werden es immer tun. Niemand wird sie dir jemals wegnehmen.«

Marianne vergrub ihren Kopf an seiner Schulter. Nach einer Weile löste sie sich aus seiner Umarmung und wischte sich peinlich berührt die Tränen vom Gesicht.

»Es tut mir leid, ich wollte nicht …« Er winkte ab.

»Ich kann dich gut verstehen. Der Anblick der mächtigen Gipfel löst auch in mir solche Gefühle aus. Sie sind ein Teil von uns, und das wird sich niemals ändern, egal, wo wir auch leben.« Mariannes Blick wanderte flussaufwärts.

»Was, denkst du, wird mich zu Hause erwarten?«

»Das weiß ich nicht.« Alois zuckte mit den Schultern.

»Die Häme der Leute und deren Verachtung?«

»Aber auch Anderl und Pater Franz«, erwiderte er.

Marianne nickte. Sie riss sich vom Anblick der Berge los und warf Alois nachdenklich einen Blick zu. Er erriet ihre Gedanken.

»Du musst dir keine Sorgen machen wegen letzter Nacht. Es war nichts und wird auch kein Gerede geben.«

Marianne war erleichtert und nickte.

Am Ufer wurde es unterdessen laut, die anderen Männer krochen aus ihren Zelten.

»Was trödelst du hier herum, Mädchen«, rief Fredl.

Marianne blickte sich um. Der alte Koch stand am Ufer und sah sie auffordernd an.

»Soll ich etwa die ganze Arbeit allein machen?«

Eilig raffte Marianne ihre Röcke und kletterte über die Reling.

»Aber nein. Ich bin doch da, natürlich helfe ich.« Alois blickte ihr wehmütig hinterher.

Er hätte ihr gern den Hof gemacht. Aber einen Schiffsmeister und das Pestkind würde Rosenheim niemals akzeptieren.

# 23

Der Tag war wie immer, wie all die Tage hier waren. Hatte es jemals eine andere Zeit gegeben vor diesem Raum und der weißen Wand, die er stundenlang anstarrte?

Anderl schloss die Augen und wanderte in Gedanken an den Fluss.

Es war Sommer, ein heller, sonniger Tag. Das Wasser schimmerte grün, und sanfte Wellen schlugen an das steinige Ufer. Er atmete den Geruch nach feuchtem Schlick und Schilf ein. Sanft zauberte der Wind Wellen auf die Wasseroberfläche und strich ihm durchs Haar, und die Weiden am Ufer ließen ihre Zweige ins Wasser hängen, als hätten sie Durst. Plötzlich durchdrangen laute Rufe diese Ruhe, davon aufgescheucht, flog ein Schwarm Enten schnatternd vom Ufer auf und floh in einen schmalen Seitenarm, der von Bäumen verdeckt wurde.

Da kamen sie, die Boote. An einer Kette waren sie hintereinander aufgereiht und wurden von prachtvollen Pferden gezogen, die von stattlichen Reitern geführt wurden. Sehnsüchtig blickte er auf die Boote. Jedes einzelne konnte er benennen. Die Hohenau, das große Hauptschiff, das an erster Stelle kam, die Nebenbei, die Funkelzille und Pferdeplätten. Er wusste genau, wer für was zuständig war, und beneidete sogar die Männer, die nur zum Sichern der Ladung an Bord waren. Am Ufer kam jetzt der Stangenreiter in Sicht. Kräftig und muskulös waren seine braungebrannten Arme. Anderl hätte alles dafür gegeben, um mit ihnen fahren zu können, denn diese Männer waren frei. Der Fluss leitete ihr Leben, nur er machte ihre Gesetze.

Er öffnete die Augen. Heute war erneut einer dieser Tage, an denen er nicht schlafen konnte. Es wurde hell, es wurde dunkel, er bemerkte es nicht. Die Tage vergingen einer wie der andere. Nur eines weckte in ihm noch die Lebensgeister, denn die Schritte des Mannes hörte er schon von weitem. Wenn er kam, dann wurde Anderl hellwach, und sein Herz begann wie wild zu schlagen. Hier gab es kein Entrinnen und niemanden, der ihm half. Er kam und holte sich, was er haben wollte, war grob und gemein und tat ihm weh. Sein lustvolles Stöhnen ging ihm durch und durch, und seine widerlichen Worte, die liebevoll klingen sollten, klangen wie Hohn in seinen Ohren.

Oft aber saß auch Pater Franz bei ihm. Seine Schritte klangen anders, sanft und ruhig. Er war still und hörte nur zu, auch wenn es nichts zu reden gab. Es war schön, wenn er hier war, denn er brachte jedes Mal ein wenig von Marianne mit.

Doch sein letzter Besuch lag eine halbe Ewigkeit zurück. Damals, in der Dunkelheit, als er tatsächlich die Hoffnung hatte, der weißen Wand und dem Büttel entfliehen zu können, vielleicht auch dem Tod.

Seitdem war der Mönch nicht mehr gekommen. Erst jetzt, wo er fernblieb, wurde sich Anderl bewusst darüber, wie sehr er ihn vermisste.

Er schloss die Augen. Der Schmerz über den Verlust von Marianne überkam ihn. Ihre blauen Augen, ihr Lächeln, ihre Nähe. Was würde er nicht alles dafür geben, nur noch eine Nacht neben ihr zu liegen. Sie war so warm und weich gewesen, lieb und voller Verständnis. Niemals hatte sie ihn angeschrien oder ungeduldig angesehen wie all die anderen.

Sie war fort, mit irgendwelchen Schweden mitgegangen, ohne ihn. Sie hatte zum ersten Mal ein Versprechen gebrochen.

Traurig blickte er auf die Strohtiere auf der Fensterbank und dem Tisch, die ihn stumm ansahen. Sie würde sie nicht holen, niemals würde sie die Tiere sehen, aber er hatte sie doch für sie gemacht. Sie musste einfach kommen, musste sie holen. Wütend sprang er auf und wischte die Tiere vom Tisch. Ohne ein Geräusch zu machen, fielen sie auf den Boden. Tief atmend blieb er vor ihnen stehen und starrte sie an. Was hatte er getan?

Der Schlüssel wurde ins Schloss gesteckt, und die Tür ging auf. Pater Franz betrat den Raum.

Karl stand hinter ihm.

»Ihr habt zehn Minuten.« Pater Franz wandte sich um.

»Es ist seine Beichte.«

Der Wärter zuckte mit den Schultern.

»Das ist mir egal. So viel wird er nicht zu sagen haben. Zehn Minuten, länger nicht. Ihr könnt froh sein, dass Ihr überhaupt zu ihm dürft.«

Die Tür schloss sich hinter dem Mönch.

Pater Franz sah Anderl erstaunt an. Der Junge stand mitten im Raum, hatte die Hände zu Fäusten geballt und starrte auf die Strohtiere, die auf dem Boden lagen.

»Was ist los?«, fragte er behutsam und blieb an der Tür stehen. So aufgelöst hatte er Anderl noch nie erlebt. Lange hatte er überlegt, was er zu dem Jungen sagen sollte, denn er wusste wahrscheinlich gar nicht, was ihm bevorstand. Wie sollte er ihm nur beibringen, dass die letzten Stunden seines Lebens verstrichen und heute Nachmittag alles vorbei sein würde. Gott würde ihn in sein Paradies holen, in seinen Garten Eden, in dem er alles sein konnte, vielleicht auch ein Kapitän auf seinem eigenen Schiff.

Anderl starrte noch immer auf die Tiere. Der Abt trat näher und blieb neben ihm stehen.

»Willst du sie nicht lieber aufheben? Sie sollten nicht auf dem Boden liegen.«

Anderl sah den Mönch traurig an und schüttelte den Kopf.

»Nein. Es ist doch egal, denn sie wird nicht kommen. Sie hat mich alleingelassen.«

Er schloss die Augen und kämpfte mit seiner Verzweiflung. Pater Franz tat jetzt endlich das, was er schon vor langer Zeit hätte tun sollen. Er nahm den Jungen in den Arm und drückte ihn fest an sich. Anderls Anspannung ließ nach. Er ließ sich in die Umarmung fallen und begann laut zu schluchzen, weinte bitterlich. Schweigend strich ihm der Mönch über den Rücken. Es gab keine Worte, die jetzt helfen würden. Er konnte dem Jungen seinen Schmerz nicht nehmen, konnte nur da sein, ein wenig zuhören und ihm in den letzten Stunden seines Lebens Wärme und Trost spenden.

Er selbst hatte den größten Kampf seines Lebens verloren und war an seinem Versprechen gescheitert. Nach dem heutigen Tag würde nichts mehr so sein, wie es einmal war.

Irgendwann hörte Anderl auf zu schluchzen und löste sich aus der Umarmung. Er bückte sich, hob die Tiere wieder auf und stellte sie zurück auf den Tisch. Pater Franz sah ihm schweigend dabei zu.

Plötzlich wandte Anderl den Kopf und sah den Mönch ernst an.

»Wirst du auf sie aufpassen, wenn ich nicht mehr hier bin?« Der Abt sah ihn überrascht an.

»Du weißt es also.«

Anderl konzentrierte sich auf die Strohtiere.

»Sie sollten einen besseren Platz bekommen, vielleicht einen am Fenster, mit viel Licht und Sonne. Sie mögen es nicht, wenn es kalt und dunkel ist.«

Pater Franz trat neben Anderl. Er verstand. Der Junge wollte nicht darüber reden.

Anderl sah den Mönch an. Jetzt hatte er wieder diesen kindlichen Ausdruck in den Augen, der zeigte, dass er nicht das war, was er zu sein schien. In dem Körper des jungen Mannes steckte ein verletztes, einsames Kind.

»Das wirst du doch tun, oder?«

Pater Franz legte seine Hand auf die seines Schützlings.

»Ja, das werde ich. Ich verspreche dir: Sie werden einen wunderbaren Platz bekommen, direkt am Fenster, mit viel Licht und Sonne.«

In diesem Moment ging die Tür auf. Karl winkte den Mönch zu sich.

»Deine Zeit ist um, Abt.«

Pater Franz wandte sich seufzend zum Gehen. An der Tür blieb er noch einmal stehen und bekreuzigte sich.

»Gott sei mit dir.«

Anderl reagierte nicht. Er sortierte seine Strohtiere und stellte sie in eine Reihe. Die Tür schloss sich, und der Mönch folgte dem Wärter durch das dämmrige Treppenhaus, heute zum letzten Mal.

Marianne wusch nervös die Tonschalen aus. Nur noch wenige Stunden trennten sie von zu Hause.

Wohin würde sie zuerst gehen? In die Brauerei? Oder doch lieber ins Kloster? Wahrscheinlich war das besser. Sie freute sich auf den Gesichtsausdruck von Pater Franz, wenn er sie wiedersah. Auf Johannes, wie er sie in die Arme nahm. Aber am meisten freute sie sich auf Anderl. Endlich würde sie ihn wiederhaben, und wie auch immer ihre Zukunft aussah, sie würde ihn nicht mehr allein lassen.

Eine Tonschale rutschte aus ihren Händen und zerbrach auf dem Holzboden. Marianne bückte sich und hob die Scherben auf. Ihre Hände zitterten, und sie schnitt sich in den Finger. Blut tropfte auf die Bretter.

Fluchend trat der Koch näher.

»Bist heute aber auch zu nichts zu gebrauchen. Sieh nur, was du angerichtet hast. Scher dich fort und setz dich da hinten in die Ecke.« Er deutete neben Balthasars Ruder. »Da kannst du wenigstens nichts anstellen. Wird Zeit, dass du von Bord kommst, nichtsnutziges Ding.«

Marianne gehorchte wortlos und setzte sich an die Reling. Fredl hob die Scherben auf, trug den Holzeimer und die restlichen Schalen in die Küche.

Balthasar sah Marianne mitleidig an.

»Ist heute nicht dein Tag, was?« Marianne nickte abwesend.

Ihr waren Fredls Worte gleichgültig. Nur noch wenige Stunden würde sie auf diesem Boot zubringen und den alten Mann niemals im Leben wiedersehen. Sollte er doch schimpfen, wie er wollte.

Das Boot triftete ein Stück nach rechts ab. Balthasar richtete das Ruder aus.

»Du siehst nicht gerade wie jemand aus, der sich freut, nach Hause zu kommen.«

Marianne sah ihn überrascht an.

»Ich weiß nicht, was mich erwartet.« Balthasar nickte.

»Das kenne ich, mir geht es ebenso. Unser Hof liegt außerhalb der Stadt in einem kleinen Dorf. Ob meine Frau und die Kinder noch leben, weiß ich nicht. Seit Wochen bin ich unterwegs und sehe nichts als den Fluss. Ich konnte sie nicht beschützen, nicht bei ihnen sein, und womöglich finde ich nichts als verbrannte Erde vor und habe alles verloren.« Sein Blick wurde traurig.

»Lisbeth war schwanger, als ich sie verließ. Wir haben bereits vier Söhne und eine Tochter. Die Kleine ist wie ein Kätzchen so süß. Ich bete jeden Tag dafür, sie lebendig in die Arme schließen zu dürfen.«

Marianne kam sich plötzlich schäbig vor. Sie versank in Selbstmitleid, obwohl sie einen sicheren Platz hatte, wo sie hingehen konnte.

Sie hatte Angst um ihren Stiefbruder, aber Balthasar und all die anderen Männer, die mit ihnen zogen, wussten nichts von dem Schicksal ihrer Familien. Sie fuhren in eine noch viel schlimmere Ungewissheit als sie.

Sie blickte eine Weile stumm über das graue Wasser. Sie wusste nicht, was sie antworten sollte. Es gab keine tröstenden Worte für diejenigen, die alles verloren hatten und vom Unglück heimgesucht worden waren.

Fröstelnd zog sie ihren Umhang enger um sich. Balthasar sah sie mitleidig an.

»Du solltest wieder reingehen. Hier draußen wirst du dir noch den Tod holen.«

Marianne lächelte.

»Zu dem alten Kauz? Gewiss wird er mich gleich wieder vor die Tür setzen. Nein, nein, ich bleibe lieber hier draußen.« Balthasar grinste.

»Ich glaube, ich werde dich vermissen. So eine unterhaltsame und gleichzeitig hübsche Begleitung werde ich so schnell nicht wieder bekommen.«

Marianne errötete und schlug ihm scherzhaft gegen das Bein.

»Aber ich bin doch eine Frau und bringe Unglück. Sei lieber vorsichtig, sonst hört dich noch der Flussgott.«

Balthasar beugte sich zu ihr hinunter und senkte seine Stimme.

»Soll mir egal sein, wenn er dich nicht mag.«

Marianne zog gespielt streng die Augenbrauen hoch und nickte zur Küchentür.

»Lass das Fredl besser nicht hören, sonst bekommst du am Ende nichts mehr zu essen.«

»Rosenheim voraus«, unterbrach plötzlich eine laute Stimme ihr Gespräch.

Sofort sprang Marianne auf und lief an die Reling. Ihr Herz schlug vor Aufregung schneller. Und tatsächlich waren der Schlossberg und die beiden Kirchtürme der Stadt zu erkennen.

Die Boote legten an der Stelle an, wo die alte Brücke früher über den Inn geführt hatte. Marianne konnte es kaum fassen. Mit Tränen in den Augen stand sie an Deck und blickte auf den Weg, der zum Inntor führte. Sie war zu Hause, endlich. Um sie herum herrschte reges Treiben. Auch andere Boote legten an, Männer liefen durcheinander, und Säcke, Kisten und Salzscheiben wurden auf Karren geladen. Seide, Damast und Leinen in vielen Farben konnte Marianne erkennen. Die Ballen wurden auf einem überdachten Wagen sicher verstaut. Große Fässer wurden über Planken gerollt, Säcke, gefüllt mit kostbaren Gewürzen, folgten. Sie blickte sich um, und es war wunderbar und einzigartig, das Treiben zu beobachten und irgendwie ein Teil davon zu sein.

»Willst du nicht zusehen, dass du fortkommst«, sagte plötzliche Fredl mürrisch hinter ihr. Sie drehte sich um. Fredl wedelte mit den Armen.

»Mach dich endlich von Bord. Damit mich der Flussgott wieder in Ruhe lässt.«

Marianne machte Anstalten, über die Reling zu klettern. Fredl hatte recht. Was stand sie hier herum und vergeudete ihre Zeit. Sie musste sich beeilen. Das Boot schwankte leicht, als sie einen Fuß aufs Ufer setzen wollte, sie ruderte mit den Armen und versuchte, das Gleichgewicht zu halten. Da kam ihr eine Hand zu Hilfe.

Marianne blickte auf uns sah in Alois' Gesicht.

»Halt dich fest, Mädchen, sonst fällst du uns am Ende noch in den Fluss.«

Er warf Fredl einen strafenden Blick zu, während er Marianne ans sichere Ufer beförderte.

»Unser Koch hat seine Manieren mal wieder vergessen.« Fredl wischte sich die Hände an einem Tuch ab.

»Soll sich fortmachen. Höflichkeit hat niemand von mir verlangt.«

Marianne lächelte nachsichtig.

»Jetzt hat er seinen Flussgott wieder für sich.« Sie strich ihren Rock glatt und fuhr sich durchs Haar, denn sie wollte ordentlich aussehen, wenn sie über den Marktplatz lief. Ihre Hände zitterten, als sie ihren Umhang richtete. Die Leute hatten sich an ihre Abwesenheit gewöhnt. Wie würden sie reagieren, wenn sie plötzlich wieder auftauchte? Vielleicht sollte sie die Stadt meiden und über die Dörfer ins Kloster laufen, aber das war ein großer Umweg, und sie wollte möglichst schnell dorthin.

Alois erriet ihre Gedanken.

»Nervös?« Marianne nickte.

»Das habe ich mir schon gedacht. Bist auf einmal etwas blass um die Nase.« Er blickte sich um. »Meine Männer kommen auch ohne mich eine Weile zurecht. Ich bringe dich ins Kloster.

Fürs Erste ist es besser, wenn du nicht allein bleibst.« Marianne atmete erleichtert auf.

Er reichte ihr charmant seinen Arm.

»Darf ich bitten, mein Fräulein?« Sie hängte sich lachend ein.

Es tat gut, ihn bei sich zu haben. Gemeinsam ließen sie den Fluss hinter sich und folgten der Straße in Richtung Stadt. Marianne konnte Theos Hütte erkennen. Doch der Alte war nicht zu sehen.

Sie erreichten das Inntor, und der Torwächter staunte nicht schlecht, als er Marianne erblickte. Ihm stand vor Verblüffung der Mund offen. Marianne versuchte, ihn zu ignorieren, und klammerte sich an Alois' Arm. Alois zog seinen Hut und grinste breit.

»Grüß Gott, Jakob. Schön, Euch wiederzusehen.«

Der Mann schüttelte seinen Kopf. Er konnte nicht glauben, was er da sah. Das Pestkind war zurück und hing auch noch am Arm von Alois Greilinger. Das konnte es doch nicht geben, mit dem Teufel musste es zugehen, jawohl, das musste es. Aus der Hölle war sie gestiegen, ausgerechnet heute. Er wich vor ihr zurück, seine Augen weiteten sich voller Angst, und er wurde blass. Alois zog die Augenbrauen hoch.

»Seltsam, der sah aus, als wäre ihm der Teufel persönlich begegnet.«

Marianne konzentrierte sich auf ihre Schritte. Sie wollte die Menschen nicht ansehen, es fehlte ihr die Kraft, deren Verachtung auszuhalten.

Sie erreichten das Mittertor. Dicht gedrängt standen die Leute darin, an ein Durchkommen war nicht zu denken. Hilflos blieben die beiden in der Menge stecken. Alois Greilinger reckte sich ungeduldig. »Was ist denn da vorn los? Warum sind so viele Leute hier?«

Ein altes Weiblein, das ein wollenes Stricktuch trug, wandte sich zu ihm um und sah ihn missbilligend an.

»Aber das weiß doch jeder. Der dumme Junge, dieser Anderl, wird heute endlich hingerichtet. Wurde auch Zeit.«

Marianne erstarrte. Anderl, er wurde hingerichtet, heute, jetzt und hier. Aber das konnte doch nicht sein. Er war unschuldig! Pater Franz hatte es doch versprochen, hatte gesagt, dass alles gutgehen würde. Es durfte einfach nicht sein. Sie war doch hier, sie war zurückgekommen.

Panisch riss sie sich von Alois' Arm los und kämpfte sich durch die Menge.

Manche Menschen erkannten sie und wichen vor ihr zurück, erbleichten genauso wie der Torwächter.

»Nein!«, rief Marianne immer lauter. »Das dürft ihr nicht. So hört mich doch an.«

Sie erreichte den Marktplatz. Anderl stand bereits auf dem Schafott, auf einem Hocker, die Schlinge um seinen Hals.

Neben ihm standen der Büttel und der Henker. Sie konnte es nicht fassen. Dieser Mann sollte gewinnen, und die Lüge und falsche Anklage sollten die Oberhand behalten? Das durfte einfach nicht sein!

»Anderl!«, rief sie und schob sich durch die Menge. »Anderl, ich bin es, Marianne! Hörst du mich!«

Der Junge blickte auf.

Die Leute starrten sie erstaunt an und wichen zurück. Einige Frauen legten die Hände auf den Mund, andere begannen zu schreien.

Marianne kümmerte das alles nicht, denn sie sah nur Anderl und fühlte grenzenlose Wut.

Sie erreichte das Schafott und kletterte die wenigen Stufen hinauf.

August Stanzinger erbleichte. Der Teufel persönlich war aus der Hölle gekommen, um ihn zu holen. Er strafte ihn für seine Sünden und nahm ihn mit hinab ins Fegefeuer.

Marianne lief an ihm vorbei und klammerte sich an ihren Bruder.

»Ich bin hier!«, flüsterte sie außer Atem. »Ich hab versprochen zurückzukommen. Jetzt ist alles gut, ich bin wieder da.« Anderl nickte. Tränen rannen über seine Wangen. Marianne küsste sie fort. Sie hatte alles um sich herum vergessen. Jetzt gab es nur noch ihn, ihn allein.

Inzwischen hatten auch Pater Franz und Johannes das Schafott erreicht. Sie hatten etwas weiter hinten gestanden und eine Weile gebraucht, um zu verstehen, was die Aufregung dort vorn ausgelöst hatte. Ungläubig starrte der Abt Marianne an.

Die Wachmänner standen wie erstarrt unterhalb des Schafotts und verfolgten das makabre Schauspiel, denn keiner konnte glauben, was er dort sah: Das Pestkind war zurückgekommen. Der Büttel fing sich als Erster wieder. Das war nicht der Teufel, der ihm da erschienen war. Dieses dumme Mädchen würde ihm keinen Strich durch die Rechnung machen.

Er schritt auf Marianne zu, packte sie grob am Arm und zog sie von Anderl fort.

Sie begann laut zu schreien und um sich zu schlagen. »Lasst mich los! Das dürft Ihr nicht, hört Ihr! Ihr dürft ihn nicht hinrichten! Er war es nicht, ich kann es beweisen!«

»Wachen!,« brüllte der Büttel. »So tut doch endlich etwas!«

In diesem Moment erreichte auch Alois Greilinger das Schafott und eilte die Stufen hinauf.

Marianne wehrte sich mit aller Macht, und der Büttel verlor immer mehr die Kontrolle über sie. Alois Greilinger zog Marianne von ihm weg und hielt sie fest.

»Beruhige dich! Hör auf damit! Du machst es nur noch schlimmer!«

»Aber er war es nicht! So hört mir doch alle zu!« Sie trat an den Rand des Schafotts.

Die aufgebrachte Menge wich ein Stück zurück.

»So hört doch bitte zu!«, flehte sie. »Er hat sie nicht umgebracht. Das müsst ihr mir glauben.«

»Wer war es denn dann?«, rief plötzlich jemand aus der Menge. Die Leute wandten sich um.

Constantin von Lichtenberg trat näher. Er hatte sich die ganze Zeit über im Hintergrund gehalten, doch jetzt konnte er nicht anders.

Marianne wandte sich um. Ihr Blick wurde kalt. Sie hob die Hand und deutete auf den Büttel.

»Er hat Hedwig Thaler erschlagen.« Ein Raunen ging durch die Menge.

Constantin von Lichtenberg stand direkt vor dem Schafott und blickte Marianne ruhig an.

»Das ist eine schwere Anschuldigung. Warum sollte er Hedwig Thaler umbringen, frage ich dich.«

»Das ist jetzt nicht mehr wichtig. Ihr habt Euer Urteil gesprochen. Der Junge ist schuldig«, schrie Stanzinger ihn an.

Der Richter hob die Hand.

»Ich will, dass sie spricht.«

Er blickte kurz zu Pater Franz, der ihm zunickte.

Richter Constantin von Lichtenberg hatte endlich verstanden. Da verlor der Büttel endgültig die Kontrolle. Sie würde ihn verraten und würde aller Welt erzählen, warum er sich auf diesen schrecklichen Handel eingelassen hatte. Ganz Rosenheim würde erfahren, welchen Neigungen er verfallen war. Er war kein Mörder! Niemals! Er hatte das doch alles nicht gewollt!

Eilig hastete er zum Galgen und stieß mit dem Fuß gegen den Hocker, auf dem Anderl stand.

Der Stuhl kippte um, der Strick spannte sich, und Anderls Genick brach sofort.

Marianne kreischte auf, rannte zu ihrem Bruder und umschlang seine Beine.

»Nein! Bitte nicht! Nein! Das darf nicht sein! Nicht sterben bitte! Es ist doch alles gut!«

Verzweifelt sank sie unter ihm auf die Knie und krümmte sich zusammen. Der Schmerz überrollte sie. Er war tot, einfach so hatte der Büttel ihn umgebracht. Sie war zurückgekommen, jetzt müsste alles gut werden. Eben noch hatte er erleichtert gelächelt. Alles um sie herum versank hinter einer Wand aus Tränen und Verzweiflung.

»Bitte«, flüsterte sie, »du darfst doch nicht tot sein. Bitte, bitte nicht! Du darfst heute Nacht auch bei mir schlafen. Hörst du! Ich will dir nah sein, und alles wird wie früher sein. Du darfst nicht gehen, bitte! Ich bin doch wieder da, bin zurückgekommen.«

Die Menge tobte, Frauen kreischten, Kinder weinten. Alle rückten näher ans Schafott, denn keiner wollte etwas von dem Schauspiel verpassen. So eine aufsehenerregende Hinrichtung hatte es noch nie gegeben.

Die Wachmänner hatten alle Hände voll damit zu tun, die Leute unter Kontrolle zu halten. Alois, Pater Franz, Johannes und die anderen starrten fassungslos auf den toten Jungen, und selbst der Henker war sprachlos.

August Stanzinger stand schwer atmend neben dem Galgen. Verzweifelt starrte er Marianne an, die für ihn eine große Bedrohung war. Seine Verzweiflung wich plötzlich der Wut, und er ballte die Fäuste. Sie hatte ihm alles verdorben, sein Leben zerstört. Das Pestkind hatte das Unglück über ihn – über sie alle gebracht. Er machte einige Schritte auf sie zu und zog sie grob auf die Beine. Marianne zuckte erschrocken zusammen und starrte ihn aus weit aufgerissenen Augen an.

Doch dann erklang plötzlich ein lauter Schuss, dessen Echo wie ein Donnerschlag von den Hauswänden widerhallte.

Schlagartig war alles still.

August Stanzinger blickte ungläubig an sich hinunter und brach tot zusammen.

Pater Franz und Alois, die zu Marianne eilen wollten, schauten fassungslos in die Menge. Wer hatte geschossen?

Ein weiterer Schuss erklang. Panisch stoben die Leute auseinander. Eine Gruppe von Männern in Uniform tauchte auf.

Albert. Er hatte seine Pistole in der Hand und blickte Marianne an. Hinter ihm kamen Claude und die anderen.

Der junge Schwede kletterte aufs Schafott. Er hatte nur Augen für Marianne. Endlich hatte er sie gefunden.

Sie konnte es nicht fassen. Er war nicht tot. Er stand vor ihr und war nur wegen ihr zurückgekommen. Weinend fiel sie in seine Arme.

Behutsam strich er über ihr Haar und drückte sie fest an sich.

»Ist ja gut. Ich bin da. Es tut mir leid. Ich hab dich allein gelassen. Es tut mir so unendlich leid.« Sein Blick wanderte zu Anderl. »Ich wünschte, ich wäre eher gekommen.«

Marianne konnte nicht aufhören zu schluchzen. Irgendjemand schnitt Anderls Strick durch, leblos sank der Junge auf die Bretter und wurde weggetragen.

»Er hat ihn umgebracht, einfach so getötet.«

»Ich weiß«, antwortete Albert.

Marianne schloss die Augen und ließ ihren Kopf an seine Schulter sinken. Albert, er war zurückgekehrt, doch Anderl hatte auch er nicht retten können.

# 24

Constantin von Lichtenberg saß mit ernster Miene vor dem Schreibtisch von Pater Franz.

»Er hat den Mann erschossen, vor allen Leuten. Ich werde den Schweden anklagen müssen. Der Krieg ist vorbei, und er hat sich genauso unserem Recht zu unterwerfen wie alle anderen auch.«

Pater Franz beugte sich vor. Er war müde und erschöpft, und im Kerzenlicht wirkten seine Wangen eingefallen.

»Er hat ihr das Leben gerettet, und wir beide wissen, dass August Stanzinger der eigentliche Mörder von Hedwig Thaler ist, und Anderl hat er ebenfalls auf dem Gewissen.«

Der Richter zog eine Augenbraue hoch.

»Aber deshalb hatte Albert Wrangel nicht das Recht, selbst das Urteil zu fällen.«

Pater Franz trat ans Fenster und blickte nachdenklich in die Nacht.

»Dieser Krieg, die Armut und das Leid der Menschen haben mich mürbe gemacht. So viele haben alles verloren, und das Land wird lange brauchen, um sich wieder zu erholen. Blühende Dörfer und Städte werde ich gewiss keine mehr sehen. Aber zwischen all dieser Ungerechtigkeit und dem Grauen, das mich bis in meine Träume verfolgt, habe ich immer wieder Licht gesehen.«

Er drehte sich um.

»Heute war so ein Tag, an dem ich Licht gesehen habe. Seit Monaten habe ich gekämpft und versucht, dem Jungen zu helfen, und auch meinem Mündel, von dem ich dachte, ich würde es niemals wiedersehen. Alles schien vergebens zu sein, doch dann kam dieser junge Mann und gab mir neue Hoffnung.«

»Aber …«

Der Pater hob die Hand. »Lasst mich ausreden, Euer Gnaden. Ich weiß durchaus, dass es nicht richtig gewesen war, Stanzinger zu erschießen, aber wenn Ihr ehrlich zu Euch selbst seid, dann wisst Ihr, dass dem Büttel niemals der Prozess gemacht worden wäre.«

»Schätzt Ihr mich wirklich so ein?«, fragte der Richter.

»Hättet Ihr ihm denn den Prozess gemacht?« Der Richter zuckte mit den Schultern.

»Ich weiß es nicht.«

»Seht Ihr. Also lasst es doch einfach dabei bewenden. Marianne und Albert werden weiterziehen, irgendwo ein neues Leben beginnen, und bald wird in der Stadt niemand mehr über den Vorfall reden. Er wird zum Krieg gehören wie alles andere auch.« Der Richter trat neben den Mönch und sah ihm offen ins Gesicht.

»Es tut mir leid, dass der Junge nicht gerettet worden ist, ich hätte so gern mehr für Euch getan.«

Pater Franz atmete tief durch.

»Anderl ist jetzt bei Gott und gewiss glücklich. Sein größter Wunsch auf Erden ist ihm erfüllt worden, denn er hat seine Schwester, den Menschen, den er am meisten liebte, noch einmal sehen dürfen. Dafür bin ich dankbar. Marianne hat ihr Versprechen gehalten und mich von meinem entbunden. Sie ist zurückgekommen, und auch wenn sie ihm nicht mehr helfen konnte, so war sie wenigstens in seinen letzten Minuten bei ihm.«

Der Richter nickte. Er konnte den Abt gut verstehen. Auch ihn hatte dieser Krieg schwer getroffen. Vier seiner Geschwister waren gestorben, und sein Vater war nicht mehr heimgekehrt.

Er wusste, was die Worte bedeuteten, und kannte auch das Licht, von dem Pater Franz gesprochen hatte. Diese Momente waren kostbar und mussten festgehalten werden.

Er legte die Hand auf die Schulter des Abtes.

»Dann lassen wir es dabei bewenden.« Er lächelte. »Marianne ist für Euch wie eine Tochter, nicht wahr?«

Pater Franz nickte.

»Ja, das ist sie. Und ich wünsche mir so sehr, dass sie glücklich wird.«

Albert wandte sich zur Tür und hielt den Finger vor den Mund, als Pater Franz die kleine Gästekammer betrat. Die Kerze auf dem Nachttisch war weit heruntergebrannt und zauberte Schatten an die Wände. Der Mönch trat leise näher und blickte auf Marianne, die schlafend vor ihm lag, die Hände gefaltet. Selbst das warme Kerzenlicht konnte die Erschöpfung in ihrem Gesicht nicht verbergen. Ihre Wangen waren eingefallen, und ihre Augen, unter denen dunkle Ringe lagen, zuckten nervös hin und her.

»Endlich ist sie eingeschlafen«, flüsterte Albert. Pater Franz legte seine Hand auf Alberts Schulter.

»Es war ein langer Tag. Kommt, lassen wir sie schlafen.« Albert ließ vorsichtig Mariannes Hand los und folgte dem Abt aus dem Raum.

»Möchtet Ihr mich noch auf einen Spaziergang durch den Kreuzgang begleiten?« Pater Franz merkte dem jungen Schweden seine Unruhe an. »Zu dieser späten Stunde verbreitet das Kloster immer eine Ruhe, die mir guttut.«

Albert nahm die Einladung an und bemerkte schnell, was der Mönch gemeint hatte. Der Kreuzgang war mit Kerzen beleuchtet, die ihn in warmes Licht tauchten, die Dunkelheit jedoch nicht ganz vertreiben konnten. Kühle Luft belebte Alberts Sinne und ließ ihn freier atmen. Endlich begann die Anspannung zu weichen.

»Ich glaubte, ich würde sie niemals wiedersehen«, sagte er plötzlich. »Als sie uns im Wald gefangen nahmen, dachte ich, alles wäre vorbei, und der Weg nach München war der schwerste meines ganzen Lebens.«

Pater Franz sah ihn verwundert an.

»Ihr seid gefangen genommen worden?«

»Ja, unweit von Kemnaten wurden wir von den Kaiserlichen bei der Jagd überrascht. Claude und ich waren irgendwann umzingelt, und es glich einem Wunder, dass sie uns nicht schon an Ort und Stelle umgebracht haben. Wir wurden mit vielen Männern nach München gebracht und auf dem Marktplatz wie Vieh vorgeführt. Die Menschen bewarfen uns mit faulem Gemüse und mit Eiern. Diese Schande werde ich mein ganzes Leben lang nicht vergessen.«

»Aber wieso seid Ihr nicht hingerichtet worden? Ich hörte, dass alle Gefangenen in München den Tod fanden.«

»Ein junger Bursche hat uns zur Flucht verholfen.« Albert lächelte. »Ich konnte es kaum glauben, als ich erkannte, wer da in der winzigen Zelle, in die sie mich und Claude geworfen hatten, vor mir stand. Seine blauen Augen kann man nicht vergessen. Damals, in Aibling, haben wir sein Elternhaus überfallen, seinen Vater umgebracht und seine Mutter vergewaltigt.« Pater Franz sog die Luft ein.

»Nein, nein« – Albert winkte ab –, »ich habe die Frau nicht geschändet, aber meine Kameraden waren wie im Rausch. Ich stand etwas abseits und hörte plötzlich ein Geräusch. Als ich unter die Ofenbank guckte, saß dort der Junge und hielt seiner kleinen Schwester den Mund zu. Ich habe sie nicht verraten.

Hätte ich es getan, wären sie heute gewiss nicht mehr am Leben. Die Menschen verlieren im Krieg ihren Verstand.«

»Und dieser Knabe hat Euch gerettet?«

»Ja, das hat er. Er hatte sich nach dem Überfall den Kaiserlichen angeschlossen und diente als Stückknecht. Er hat mich wiedererkannt.« Albert sah dem Mönch in die Augen. »Ist es nicht sonderbar, welch seltsame Wege Gott für uns findet? Vielleicht war es Schicksal, dass der Junge und ich uns wiedertrafen. Zwei Menschen, die ihre Seelen nicht verkauft haben an die Grausamkeit und den Hass.«

Pater Franz nickte und bedeutete Albert, ihm in den Flur zu folgen. »Noch vor einigen Wochen dachte ich, ich würde Marianne in ihr Unglück schicken und hätte sie verraten und verkauft, aber vielleicht war es Gottes Wille, dass es so gekommen ist, denn nun ist sie glücklich, hat eine Zukunft und wird endlich nicht mehr die Geächtete und das Pestkind sein, das niemand haben wollte.«

Marianne saß mit verweinten Augen am nächsten Morgen allein bei Johannes in der Klosterküche beim Frühstück, während der alte Mönch am Ofen stand und in einem großen Topf mit Linseneintopf rührte. Sie war wieder wie früher an ihrem Platz.

»Hast du Pater Franz heute Morgen schon gesehen?«, fragte sie und schenkte sich einen weiteren Becher Würzwein ein.

»Nein«, log Pater Johannes. Marianne warf ihm einen strafenden Blick zu.

»Lüg mich nicht an, Johannes. Ihr seht euch doch jeden Morgen beim Angelus-Gebet. Er geht mir aus dem Weg, oder?« Der alte Mönch legte den Kochlöffel zur Seite und setzte sich Marianne gegenüber. Wie sollte er ihr klarmachen, was in seinem alten Freund in den letzten Wochen vorgegangen war und was ihn jetzt dazu bewog, Marianne aus dem Weg zu gehen?

»Er schämt sich. Immerhin hat er es nicht geschafft, Anderl zu retten. Es war nicht leicht für ihn in den letzten Wochen. Er hat sich sehr verändert, weißt du.«

Marianne seufzte.

»Haben wir das nicht alle?«

»Ja, aber dein Mentor ist immer trauriger geworden und hat irgendwann fast den Glauben verloren. Er wollte unbedingt sein Versprechen halten. Wir haben Grenzen überschritten, und das hätten wir nicht tun sollen.«

Marianne blickte ihn erstaunt an.

»Was habt ihr denn angestellt?«

Der Mönch musste schmunzeln. Marianne wusste seine Worte richtig zu deuten.

»Sagen wir mal«, versuchte er ihr auszuweichen, »wir waren nicht ganz gesetzestreu, aber geholfen hat es uns nicht, denn beinahe wären wir selbst noch am Galgen gelandet.«

Marianne senkte den Blick.

Johannes biss sich auf die Lippen und legte seine Hand auf ihren Arm.

»Es tut mir leid, ich wollte nicht ...«

»Ist schon gut.« In Mariannes Augen traten Tränen. Sie straffte die Schultern.

»Ich hätte Anderl wahrscheinlich auch nicht helfen können. Der Büttel war einfach zu mächtig.«

Pater Johannes schenkte sich ebenfalls Wein ein und trank den Becher in einem Zug leer.

»Leider ist Josef Miltstetter noch immer flüchtig, bestimmt ist er bereits über alle Berge.«

Marianne winkte ab.

»Wenigstens ist er fort.«

Danach schwiegen beide. Von draußen drang das Gackern der Hühner herein. Marianne ließ ihren Blick durch den Raum schweifen. Bald würde sie wieder von hier fortgehen und diesmal gewiss nicht zurückkommen. Pater Johannes erriet ihre Gedanken.

»Albert wird sich gut um dich kümmern.« Er griff nach ihrer Hand. »Er ist ein guter Mann mit einem großen Herzen.«

»Ich weiß«, erwiderte Marianne und sah dem Mönch in die Augen. »Aber wird Pater Franz mir verzeihen können? Ich hätte ihn niemals an ein so großes Versprechen binden dürfen.« Der alte Mönch lächelte und drückte ihre Hand.

»Es gibt nichts zu verzeihen. Er wird bald zu dir kommen, ganz bestimmt.«

Über den alten Klosterfriedhof wehte ein sanfter Wind, vereinzelt wirbelten Schneeflocken vom Himmel und fielen auf die Gräber mit ihren schmiedeeisernen Kreuzen.

Marianne saß am Grab ihres Bruders und hatte die Hände auf die feuchte Erde gelegt.

Pater Franz hatte erwirkt, dass der Junge unter der alten Weide beerdigt wurde. Marianne hatte diesen Platz immer sehr gemocht. Sie wollte nicht, dass er im Grab seiner Mutter beigesetzt wurde. Hedwig hatte den Jungen gehasst, er sollte nicht auf ewig mit dieser Frau, die niemals wie eine Mutter zu ihm gewesen war, verbunden sein.

Pater Franz trat näher und räusperte sich. Marianne wandte

sich um. Der alte Mönch hatte eine Federschachtel in der Hand. Peinlich berührt blickte er zu Boden. Seit der Hinrichtung hatten die beiden nur wenig miteinander gesprochen. Was hätte er ihr auch sagen sollen? Sie würde ihm nicht glauben. Er hatte sein Versprechen nicht gehalten und hatte Anderl nicht geholfen.

Marianne stand schweigend auf und wischte sich die Erde vom Rock.

»Ich habe etwas für dich. Anderl hat sich gewünscht, dass ich auf sie aufpasse, aber eigentlich hat er sie für dich gemacht.«

Er hielt ihr die Federschachtel hin.

Marianne nahm sie entgegen und öffnete sie. Kleine Strohtiere lagen darin. Sie hob eines davon heraus, sah es bewundernd an, und plötzlich umspielte ein Lächeln ihren Mund.

»Ja, so etwas konnte er gut.« Sie legte das Tier zurück in die Schachtel und schloss sie wieder.

Pater Franz, dem beim Anblick der Tiere die letzten Minuten des Jungen in der Zelle in den Sinn kamen, zeigte zum Kloster.

»Gehen wir ein Stück? Vielleicht in den Rosengarten?« Marianne nickte.

Schweigend verließen die beiden den Friedhof, und der Abt schloss das quietschende Eisentor. Inzwischen fielen immer mehr Schneeflocken vom Himmel und wirbelten um sie herum. Marianne fing sie mit der Hand auf und sah zu, wie sie schmolzen.

»Wie kleine Sterne, hat Anderl immer gesagt. Er hat den Winter trotz der Kälte geliebt.«

Pater Franz zog seine Kapuze über den Kopf. Marianne fuhr fort: »Ich glaube, es gab nur eine einzige Sache, die ihn noch glücklicher machte als Schnee.«

Pater Franz nickte.

»Die Innschifffahrt, ich weiß.«

Sie erreichten den Rosengarten. Marianne blieb unter dem kahlen Holzbogen am Eingang stehen und blickte auf die Beete und Kieswege. Sie war wieder hier in ihrem geliebten Garten, wo immer Frieden herrschte, in dem es nichts Böses gab und die Welt ausgeschlossen schien. Sie entspannte sich und sprach weiter:

»So oft hat er am Ufer des Flusses gestanden und den Booten nachgesehen. Und er wäre so gern mitgefahren.«

Pater Franz seufzte tief. Sie erreichten ihre Bank und setzten sich. Marianne sah ihren Mentor nachdenklich an. Ihr fiel auf, wie sehr sich sein Gesicht verändert hatte und das warme Strahlen seiner Augen erloschen war. Er war nicht mehr der Mensch von früher, er hatte seine Kraft verloren.

Pater Franz zuckte mit den Schultern.

»Die Wege des Herrn sind unergründlich. Anderl ist ins Himmelreich eingezogen, da bin ich mir sicher, und wenn es ihn glücklich macht, auf einem Boot zu sein, dann wurde ihm dieser Wunsch gewiss erfüllt.«

Marianne musste bei dieser Vorstellung lächeln. Der Gedanke, dass Anderl jetzt irgendwo dort oben auf einem Boot saß und sich den Wind um die Ohren wehen ließ, gefiel ihr.

»Das wäre schön.«

Sie strich mit der Hand über die Federschachtel. Pater Franz sah die Bewegung aus dem Augenwinkel.

»Er hat gesagt, die Tiere sollten an einem hellen Platz stehen, irgendwo, wo sie Licht und Sonne haben, das hätten sie gern.« Marianne nickte.

»Gewiss werde ich einen guten Platz finden.« Ihr Blick wurde wehmütig.

»Ich hatte so gehofft, mehr für ihn tun zu können.« Sie seufzte.

»Wenigstens konnte ich mein Versprechen halten, und er hat mich noch einmal gesehen. Er wusste, dass ich seinetwegen zurückgekommen bin.«

Marianne schaute auf die schneebedeckten Beete und rieb sich fröstelnd die Arme. »Wir sollten reingehen.«

Pater Franz nickte. Liebevoll legte er den Arm um sie.

»Etwas Warmes zu trinken wird uns jetzt gewiss nicht schaden. Lass uns zu Johannes gehen, er wird sicher schon auf uns warten.«

Marianne kuschelte sich an Albert und öffnete langsam die Augen. Die Morgendämmerung kroch durch die geschlossenen Fensterläden, was das Zeichen dafür war, dass sie sich wieder von ihrem Liebsten trennen musste. Auch Albert war bereits wach. Er blickte nachdenklich an die Decke. Er hatte sie gefunden. Was hatte er für einen Schrecken bekommen, als ihm Anna berichtete, sie wäre gegangen.

Marianne musste unendlich verzweifelt gewesen sein, als sie damals losgezogen war. Wahrscheinlich hätte er an ihrer Stelle nicht anders gehandelt und wäre ebenfalls fortgelaufen und hätte sich an die einzige Hoffnung geklammert, die es noch gab. Jetzt würde nichts auf der Welt sie nochmals trennen. Noch heute würden sie in ihr neues Leben ohne Krieg und Schlachten aufbrechen. Nach Hause würde er sie bringen, nach Schweden, an den geliebten Mälarensee, ins väterliche Schloss.

Marianne rekelte sich genüsslich neben ihm und schlang ihren Arm um seinen Hals.

»Der Morgen graut. Du musst gehen, nicht, dass dich Pater Franz hier erwischt.«

Albert warf ihr einen verschmitzten Blick zu, drehte sie auf den Rücken und legte sich auf sie. Marianne unterdrückte einen Aufschrei. Er grinste sie an.

»Ich glaube, dein Pater Franz weiß ganz genau, was wir hier tun.«

Sie atmete tief durch. Wenn es nach ihr ginge, hätten sie den ganzen Tag in diesem Bett verbringen können, aber sie hatten für heute ihren Aufbruch geplant, und es schickte sich einfach nicht, in einem Kloster beieinanderzuliegen.

»Das ist mir gleichgültig. Wir brechen sowieso schon die Regeln, dann müssen wir es nicht auch noch vor aller Augen tun.« Albert nickte und küsste sie.

»Es wird Zeit, dass wir endlich heiraten. Wenn wir in Nürnberg angekommen sind, trage ich dich in die nächstbeste Kirche.« Marianne dachte an den Alptraum aus hellblauem Stoff und verdrehte die Augen.

»Können wir nicht einfach hier heiraten, still und leise in der Kapelle. Pater Franz würde uns noch heute trauen.«

Albert rollte von ihr herunter und setzte sich auf die Bettkante.

»Das kann ich meinem Bruder und Anna nicht antun. Sie werden sowieso schon sehnsüchtig auf meine Rückkehr warten. Carl wollte mich erst gar nicht ziehen lassen, so erleichtert war er darüber, mich wiederzusehen.«

Marianne drückte ihren Kopf an seinen Rücken.

»Dann wirst du mich aber in einem Alptraum aus hellblauer Seide ertragen müssen.«

Albert küsste sanft ihre Wange.

»Das werde ich aushalten. Du wirst bestimmt wunderhübsch darin aussehen, und nach der Hochzeit wird es mir große Freude bereiten, dich aus dem vielen Stoff zu schälen.« Marianne schlug ihm auf den Rücken.

Albert stand grinsend auf und legte den Finger auf den Mund.

»Nicht so laut. Wir wollen doch die Mönche nicht stören.«

Sie sank gespielt wütend zurück aufs Kissen, drehte sich zur Seite und sah ihrem Verlobten beim Anziehen zu.

»Werde ich Nürnberg mögen?«

Albert schlüpfte in seinen Rock und hauchte ihr einen sanften Kuss auf die Wangen.

»Es wird dir gefallen. Es ist groß und voller Leben, ganz anders als Rosenheim.«

Er trat zur Tür, warf ihr noch einen Kuss zu, verließ das Zimmer und schlich leise zurück zu seiner Kammer.

Einige Stunden später standen Marianne, Albert und alle Mönche im Innenhof des Klosters. Die Zeit des Abschieds war gekommen. Pater Franz war traurig, denn erneut musste er Marianne mit dem Schweden ziehen lassen. Nur war es heute kein heißer Sommertag, sondern ein kalter, klarer Wintermorgen, und Schnee knirschte unter seinen Füßen.

Marianne sah glücklich aus. Sie gab jedem einzelnen Mönch die Hand und bedankte sich.

Vor Johannes, der direkt neben dem Abt stand, hielt sie kurz inne und fiel ihm dann um den Hals. Vorsichtig schloss der alte Mönch seine Arme um sie.

»Vielen Dank für alles. Du bist so wunderbar, mein geliebter Johannes. Ich werde dich vermissen.«

Johannes war gerührt und wischte sich verstohlen eine Träne aus dem Augenwinkel.

»Du wirst mir auch fehlen«, antwortete er wehmütig.

»So einen hübschen Gast werde ich in meiner Küche niemals wieder haben.«

Marianne wandte sich Pater Franz zu. Sie kramte in ihrer Rocktasche und zog das kleine Gemälde von sich heraus. Albert hatte es ihr mitgebracht.

»Ich will es Euch schenken. Es soll Euch immer an mich erinnern.«

Verwundert blickte der Mönch auf das kleine Bild. Er konnte es nicht fassen. Es war ein Meisterwerk, bezaubernd und einzigartig. So etwas Wunderbares hatte ihm noch nie jemand geschenkt.

Bewundernd strich er über den geschnitzten Holzrahmen und zog Mariannes Züge auf dem Gemälde mit den Fingerspitzen nach.

»Ich werde es hüten wie meinen Augapfel.«

Er reichte das Bild an Johannes weiter, trat einen Schritt vor und umarmte Marianne.

»Du wirst immer einen Platz in meinem Herzen haben, und auch ohne das Gemälde werde ich dein wunderschönes Antlitz nicht vergessen. Ist es doch ein Teil meiner Seele. Gott beschütze dich.«

Er löste die Umarmung und küsste sie auf die Stirn.

Dicke Tränen rannen über Mariannes Wangen. Schniefend trat sie neben Albert, der dem Mönch die Hand zum Abschied reichte.

»Habt Dank für Eure Gastfreundschaft, sie war nicht selbstverständlich.«

Er wollte seine Hand wieder zurückziehen, doch der Mönch hielt sie fest.

Ernst sah er dem jungen Schweden in die Augen.

»Für einen Freund steht unsere Tür immer offen.«

Albert senkte sein Haupt. Claude, der die ganze Zeit über bei den Pferden gewartet hatte, mahnte zum Aufbruch.

»Es wird Zeit, Albert.«

Sie verließen den Hof, und Albert half Marianne in die kleine Kutsche, die er extra für sie angemietet hatte.

Pater Franz und Pater Johannes folgten ihnen nach draußen und beobachteten schweigend, wie das letzte Gepäck verstaut wurde und die Männer auf ihre Pferde stiegen.

Marianne steckte ihren Kopf aus dem Fenster der Kutsche und winkte zum Abschied.

»Auf Wiedersehen. Ich werde Euch schreiben, fest versprochen.«

Die beiden Mönche wurden immer kleiner und verschwanden irgendwann ganz. Wehmütig blickte Marianne auf die Berge und die Häuser der Stadt. Wieder einmal musste sie sich von ihnen verabschieden, und wie es schien, für immer.

Plötzlich tauchte Albert neben ihr auf und reichte ihr die Hand. Er erriet ihre Gedanken.

»Ich verspreche dir: Ich werde dir eine neue Heimat schenken. Ein wundervolles Zuhause, in dem du glücklich sein wirst.« Marianne versuchte zu lächeln. Ihr Blick wanderte von ihm zu den Bergen und wieder zurück.

Danach drückte sie fest seine Hand.

»Glaube mir«, antwortete sie, »ich bin glücklich, so glücklich, wie ich es noch niemals im Leben war.«

# Epilog

Marianne stand vor dem Spiegel und erkannte sich selbst nicht mehr. Wohin war die Frau verschwunden, die sie heute Morgen noch gewesen war, als sie nach dem Aufstehen lange am Fenster gestanden und über die schneebedeckten Dächer Nürnbergs geblickt hatte. Ihre Augenbrauen waren mit schwarzer Kohle nachgemalt und ihre Lippen rot geschminkt worden. In ihrem hochgesteckten Haar funkelten viele kleine Perlen. Darüber trug sie den prachtvollen hellblauen Spitzenschleier. Wunderschöne Brillantohrringe zierten ihre Ohren und funkelten im Sonnenlicht, das durch die Fenster hereinfiel. Sie konnte kaum atmen, so eng war ihr Korsett geschnürt worden. Vorsichtig drehte sie sich zur Seite. Ihr Kleid war atemberaubend. Spitze, Seide und Tüll umhüllten sie. Das Oberteil, das wie eine Korsage gearbeitet war, zierten viele weiße Perlen, die mit silbernen Fäden aufgestickt worden waren, und den Saum und die Schleppe des Kleides schmückte die gleiche Spitze, die auch im Schleier verarbeitet worden war.

Genau so, wie es Anna Margarethe damals gewollt hatte, dachte Marianne. Bei der Erinnerung an diesen Tag lächelte sie. Stunden hatte sie auf dem Hocker, der Schneiderin ausgeliefert, zugebracht, doch das Ergebnis war überwältigend. Sie hatte es damals schlichter haben wollen, doch jetzt schien es genau richtig zu sein. Beseelt strich sie mit der Hand über den weichen Stoff und fuhr vorsichtig mit den Fingern über die kostbaren Perlen.

»Du siehst wunderschön aus.«

Erschrocken drehte sich Marianne um. Sie hatte nicht gehört, dass jemand eingetreten war.

Pater Franz stand vor ihr und lächelte. Ungläubig sah sie den Mönch an.

Der Abt ging auf sie zu und blieb vor ihr stehen.

»Ich getraue mich gar nicht, dich anzufassen, bei all dem vielen Stoff.«

Marianne war sprachlos vor Freude. Was machte Pater Franz hier in Nürnberg?

»Aber …«

Anna Margarethe betrat lächelnd den Raum.

»Es war Alberts Idee. Er wollte dich überraschen.«

Marianne glaubte immer noch, einem Geist gegenüberzustehen. Sie hatte gedacht, sie würde Pater Franz niemals wiedersehen, und jetzt stand er vor ihr und sah sie mit blitzenden Augen an. Verschwunden war der traurige Mönch, von dem sie sich noch vor wenigen Wochen verabschiedet hatte. Er war wieder wie früher und strahlte diese ganz eigene Art von Sicherheit aus, die sie so sehr an ihm liebte.

Marianne sah Anna Margarethe an. Diese verstand auch ohne Worte und verließ den Raum, hob aber mahnend die Hand.

»Aber nicht lange, denn die Kutsche wartet bereits.«

Als sich die Tür hinter ihr schloss, trat Pater Franz näher zu Marianne heran und musterte sie von oben bis unten.

»Ich denke, es fehlt noch etwas.«

Marianne sah ihn überrascht an und blickte an sich hinunter.

»Wirklich?«

»Ja, etwas Besonderes, das unglaubliches Glück bringen soll.« Er hob seine Hand, und zwischen seinen Fingern rutschte der kleine goldene Engel heraus.

Marianne schlug die Hände vor das Gesicht.

Vorsichtig griff sie nach dem filigranen Schmuckstück, das sie für verloren gehalten hatte, vergessen in ihrer Kiste, in der kleinen Kammer der Brauerei. In einem anderen Leben.

»Mir hat einmal jemand erzählt«, sagte Pater Franz, »dass dieser Engel magische Kräfte haben soll.«

In Mariannes Augen schimmerten Tränen.

»Ja, ich weiß«, flüsterte sie.

Der Abt trat hinter sie und legte ihr die kleine Kette um den Hals.

»Dann solltest du sie tragen, denn heute ist doch ein besonderer Tag, oder?«

Er blickte auf die junge Frau im Spiegel.

»Was meinst du, jetzt ist es vollkommen, oder?«

»Ja, jetzt ist es so, wie es sein soll«, bestätigte Marianne und schlang ihre Finger um den winzigen Engel an ihrem Hals.

»Dann sollten wir jetzt gehen, denn dein Bräutigam wartet auf dich. Und ich habe mir sagen lassen, dass er ein herzensguter Mann ist.«

Er bot Marianne seinen Arm an.

»Ach, das habt Ihr Euch sagen lassen«, antwortete sie lachend, während die beiden zur Tür gingen, die sich wie von Zauberhand öffnete.

»Ja, das wurde mir zugetragen«, bestätigte Pater Franz. Sie gingen die Treppe nach unten und traten in das helle Licht des sonnigen Wintertages.

# Nachwort

In der Nähe von Kieling im Wald steht ein Gedenkstein für die Menschen, die dort 1632 an der Pest starben. Es ist von dem Pfarrer des Ortes, Pfarrer Angerer, überliefert, dass nur ein einziges Mädchen die Seuche überlebt hat.

Im Mai 1648 verlieren die bayerischen Truppen bei Zusmarshausen gegen den Schweden General Carl Gustav Wrangel und den französischen General Turenne eine entscheidende Schlacht und ziehen sich zurück. Daraufhin beginnen die Schweden einen grausamen Rachefeldzug durch ganz Bayern. Die Stadt Aibling, die sich zu wehren versuchte, wird im Juni 1648 geplündert und zerstört.

In Rosenheim verbreiten die Schweden ebenfalls Angst und Schrecken.

Doch durch den findigen Mönch Pater Franz, der Wertgegenstände und Gelder sammelt, wird die Plünderung durch Wrangels Truppen verhindert.

Im Oktober 1648 wird General Wrangel, der leichtsinnig geworden war, tatsächlich von kaiserlichen Truppen im Wald bei der Jagd überrascht. Mit Müh und Not gelingt ihm die Flucht, bei der er seinen ganzen Stolz, seinen goldenen Degen, verliert. Diese Schlacht im Kapuzinerhölzl gilt als die letzte Schlacht des Krieges.

Kurz darauf besiegelt der Westfälische Frieden das Ende des Dreißigjährigen Krieges.

# Historische Personen im Buch:

DAS PESTKIND *(Marianne Leitner)*   Ob sie wirklich so hieß, wird wohl ein Geheimnis bleiben, aber dass das Mädchen in dem kleinen Dorf bei Kieling als Einzige die Pest überlebt hat, ist überliefert.

PFARRER ANGERER   Natürlich hat auch Pfarrer Angerer seinen Platz im Roman bekommen. Seine Überlieferungen zur Pest und dem Überleben des Mädchens finden sich auf einem Gedenkstein direkt neben dem Pestkreuz im Wald bei Kieling.

PATER FRANZ   Pater Franz lebte und wirkte im Kapuzinerkloster. Er eilte damals nach Mühldorf und bat General Wrangel um einen Schutzbrief für Rosenheim. In diesem Brief stand unter anderem, dass Rosenheim von allen Plünderungen, Brandschatzungen und Gewalttaten verschont werden sollte.

CARL GUSTAV WRANGEL *(1613–1676)*
*General und Anführer der schwedischen Truppen*   Wrangel entstammte einer Familie, in der die männlichen Mitglieder stets die militärische Laufbahn einschlugen. Er wurde in Skoloster in Schweden geboren. Sein Vater war Hermann Wrangel, ein schwedischer Feldmarschall und Generalgouverneur von Livland.
1627 trat Wrangel in den Militärdienst ein und kämpfte in den Feldzügen von Gustav Adolf II. in Deutschland. Nach dem Tod des Königs diente er unter Johan Banér und Bernhard von Sachsen-Weimar.
Erst 1645 erfüllte sich Wrangels Wunsch, und er wurde zum Oberbefehlshaber der schwedischen Truppen in Deutschland. Der schwedische General war ein Liebhaber der Pariser Mode und lief wie ein »geschmückter Pfau« herum, wie getuschelt wurde.
Er soll fürchterlich geflucht haben, als ihn die Nachricht vom Ende des Dreißigjährigen Krieges erreichte.
In der damaligen Zeit konnten nur im Krieg Gelder und Vermögen geraubt, gesellschaftliche Anerkennung erreicht und durch Adelsprädikate und Grundbesitz der Reichtum gesichert werden. Bis zu diesem Tobsuchtsanfall hatte sich für Wrangel der Krieg bereits ausgezahlt: Sein Privatvermögen betrug rund eine Million Reichstaler.

ANNA MARGARETHE WRANGEL *(1622–1673)* Sie stammte aus dem einfachen Landadel und wurde in einem Kloster aufgenommen, als ihre Eltern im Krieg ums Leben gekommen waren. Sie wurde zum Mündel des Feldherrn Johan Banér und lernte auf einem der vielen Feste im Tross Wrangel kennen. Er hat sie, obwohl sein Vater gegen diese nicht standesgemäße Ehe war, geheiratet.

Die beiden sammelten mit Feuereifer Antiquitäten und liebten den Luxus. Ganze Wagenladungen feinster Möbel und Gemälde wurden im Tross mitgeführt.

Anna Margarethe Wrangel hat in Dingolfing einen Knaben zur Welt gebracht.

CARL PHILIPP *(\* 1648 in Dingolfing bei München; † 13. April 1668 in London)* Insgesamt schenkte sie dreizehn Kindern das Leben, von denen die meisten im Kindesalter starben.

HENRI DE LA TOUR D'AUVERGNE, VICOMTE DE TURENNE *(1611–1675)* Verbündeter von Wrangel, Marschall von Frankreich

MATTHÄUS MERIAN *(1621–1687)* Matthäus Merian betrieb mit seinem Bruder einen Verlag in Frankfurt und war als Künstler im Lager anwesend, um Porträts zu zeichnen. Auch viele Gemälde von Wrangel und seiner Familie, die später in Nürnberg entstanden sind, stammen von ihm. General Wrangel hat ihn fürstlich dafür bezahlt. Es sollte auch ein Buch über die ruhmreichen Schweden entstehen, das dann aber nach Kriegsende und wegen vieler Verzögerungen nie erschienen ist.

MAURUS FRIESENEGGER *(1590–1655)* Der Abt vom Kloster Andechs (Kloster am Heiligen Berg) hat ein sehr bewegendes Tagebuch geschrieben und darin seine Erlebnisse aus dieser Zeit geschildert. Er ist damals über den Inn nach Salzburg geflohen und war dort Gast bei Bischof Graf Lodron.

Im Buch ist er mit Pater Franz befreundet und besucht ihn im Kloster. Ob diese Freundschaft wirklich bestand, weiß ich nicht. Aber es war mir eine große Freude, diesen Mann, der mich mit seinem Tagebuch sehr beeindruckt und berührt hat, in meinen Roman einzubauen.

# Danksagung

Wieder möchte ich mich bei einigen Menschen bedanken, die mich bei der Entstehung dieses Romans unterstützt haben. Allen voran erneut bei meinem Ehemann Matthias, der mir mit Geduld, Rat und Tat zur Seite stand. Auch möchte ich mich bei meinen Freundinnen bedanken, die mir ebenfalls Mut machten und mich unterstützten. Zusätzlich gilt mein Dank Gerd Fischer, der mir mit viel Geduld zuhörte und mir oft gute Tipps gegeben hat. Ebenfalls bedanke ich mich bei meinem Agenten, Dr. Harry Olechnowitz, der von Anfang an an diese Geschichte geglaubt hat.